ملائكة وشياطين

يضم هذا الكتاب ترجمة الأصل الإنكليزي
ANGELS & DEMONS
حقوق الترجمة العربية مرخّص بها قانونياً من المؤلف
Dan Brown
بمقتضى الاتفاق الخطي الموقّع بينه وبين الدار العربية للعلوم
Copyright © 2000 by Dan Brown
All rights reserved, including the right to reproduce
this book or portions thereof in any form whatsoever.

ملائكة وشياطين

تأليف
دان براون

ترجمة
مركز التعريب والبرمجة

الدار العـربيــة للعـلــوم
Arab Scientific Publishers

ISBN 9953-29-908-0

الطبعة الأولى

1426 هـ - 2005 م

الدار العربية للعلوم
Arab Scientific Publishers
عين التينة، شارع المفتي توفيق خالد، بناية الريم
هاتف: 860138 - 785108 - 785107 (1-961)
ص.ب: 5574-13 شوران - بيروت 2050-1102 - لبنان
فاكس: 786230 (1-961) - البريد الإلكتروني: asp@asp.com.lb
الموقع على شبكة الإنترنت: http://www.asp.com.lb

الترجمة: مركز التعريب والبرمجة، بيروت - هاتف 811373 (9611)

التنضيد وفرز الألوان: أبجد غرافيكس، بيروت - هاتف 785107 (9611)

الطباعة: مطابع الدار العربية للعلوم، بيروت - هاتف 786233 (9611)

ملاحظة المؤلّف

إن الأعمال الفنية والضرائح والأنفاق والملامح الهندسية كافة الــواردة في هذا الكتاب على أنها موجودة في مدينة روما هي واقعية وحقيقية، (وكــذلك الأمر أيضاً بالنسبة إلى مواقعها الصحيحة والدقيقة)، ولا تزال موجودة حــتى أيامنا هذه.

وفي ما يتعلّق بأبناء الطبقة المستنيرة هم أيضاً بدورهم واقعيّون وموجودون أيضاً.

خريطة مدينة روما العصرية

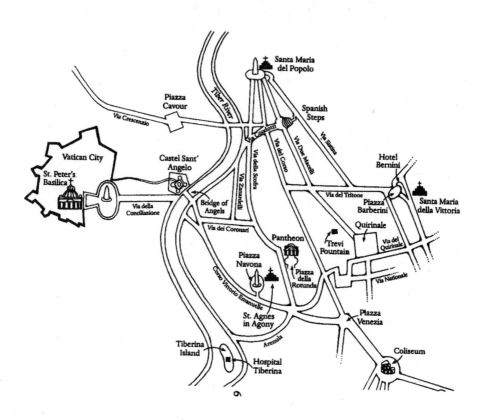

مدينة الفاتيكان

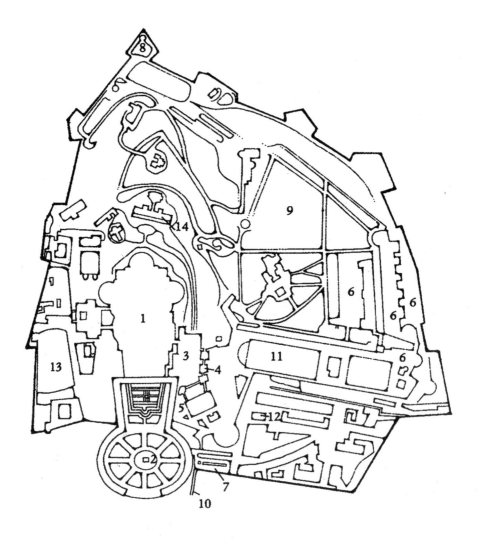

1 – كاتدرائية القديس بطرس
2 – ساحة القديس بطرس
3 – الكنيسة السِّستينية
4 – ساحة بورغيا
5 – مكتب البابا
6 – متاحف الفاتيكان

7 – مكتب الحرس السويسري
8 – الهَلْبُرت: مَهبط الهليكوبتر، أو موضِع إقلاعها
9 – حدائق
10 – الباسّيتو

11 – ساحة البلفيدير
12 – مكتب البريد المركزي
13 – القاعة البابوية الخاصة بالمقابلات الرسمية
14 – القصر الحكومي

مقدّمة

اشتمّ العالِم الفيزيائي ليوناردو فيترا رائحة لحم بشري يحترق، فأدرك أنها رائحته هو. رفعَ رأسه وراح يحدّق بخوف إلى الطيف الذي يلوح فوقه في الظلام: "ماذا تريد!".

فأجابه هذا الأخير بصوتٍ خشنٍ: "كلمة السرّ".

"ولكنّي... أنا لا -".

ضغط الدَّخيل على الجسم الأبيض والساخن الذي يحمله بيده، غارزاً إياه عميقاً في جسم فيترا الذي بات يسمع هسيس جلده المشويّ، فراح يصرخ بألم: "ليس هناك أي كلمة سرّ!" ودخل بدوّار وكاد يغمى عليه.

أخذ الطيف يحملق فيه غاضباً، ثمّ قال: "هذا ما كنت أخشاه".

كان فيترا، محاولاً التماسك قدر المستطاع في ظلام يلفّ المكان، كان عزاؤه الوحيد في حؤوله دون السماح للمتهجِّم عليه هذا بأن يحصل على ما هو آت من أجله. ولكن، بعد مرور فترة وجيزة، سحب الطيف شفرةً حادّة وقرّبها من وجه فيترا فراحت تحوم بتأنٍ وفنٍّ حوله.

توسّل فيترا صارخاً: "بربّك!"، إلا أنّ السيف كان وللأسف قد سبق العَذَل.

1

نادته، ضاحكة بابتسامة ساحرة، من أعلى هرم الجيزة العظيم امرأة شابّة: "أسرع يا روبرت! أعلم أنه كان من المفترض بي الزواج من رجل أصغر منك سنًّا!".

أما هو فكان يشقّ طريقه بصعوبة وجهدٍ كبيرَيْن، حتى بات لا يشعر بقدميْه. فتوسّل إليها: "انتظري، من فضلك...".

وفيما كان يتسلّق الهرم، بدَأ الإرهاق يُعشي بصره، وراح يسمع هديراً مدوياً في أذنيه: "يتعيّن عليّ إبلاغها!" ولكنها قد اختفت عن نظره، ووقف مكانها رجلٌ عجوز مهترئ الأسنان، يحدّق نحو الأسفل فاتلاً شفتيْه فتلةً تشير إلى مدى ألمه ووحدته، ثمّ صاح صيحة كرَب مدويّة تردد صداها عبر الصحراء، ما جعلت روبرت لانغدون يستيقظ من كابوسه مجفلاً، وإذ بالهاتف الذي إلى جانب سريره يرنّ، فرفع السمّاعة مذهولاً.

"هالو؟".

فسمع صوت رجل: "أريد التحدث إلى السيد روبرت لانغدون".

جلس لانغدون في سريره محاولاً استعادة صفوَ أفكاره: "أنا... روبرت لانغدون"، قالها، وهو ينظر بعينيْه نصف المغمضتيْن إلى ساعته. لقد كانت الساعة تناهز الخامسة والثلث فجراً.

"يجب أن أراك فوراً".

"ولكن مَن المتكلّم؟".

"اسمي ماكسيميليان كوهلر، عالم متفرّد بفيزياء الجسيْمات".

"أنتَ ماذا؟"... كان لانغدون بالكاد قادراً على التركيز: "هل أنت واثق من كوني السيد لانغدون الذي تبحث عنه حقاً؟".

"أنت أستاذ في مجال دراسة الأيقونات الدينيّة في جامعة هارفارد، وقد وضعت ثلاثة كتب حول دراسة الرموز أو تفسيرها و–".

"ولكن أتعلم كم الساعة الآن؟".

"أنا آسف. إنما لديّ شيء يتعيّن عليك رؤيته... لا يمكنني أن أشرح لك المزيد على الهاتف".

همهم لانغدون وكأنه فهِم الموضوع الذي يهاتفه هذا الشخص من أجله. فهو كان قد مرّ بمثل هذه الحالة من قبل. في الواقع، إن إحدى أهمّ المخاطر التي يتعرّض لها واضعو الكتب حول دراسة الرموز الدينية هي الاتصالات الهاتفية التي يتلقّاها هؤلاء من قبل بعض المتعصّبين الدينيين الذين يريدونه أن يثبّت لهم آخر إشارة كانوا قد تلقّوها من إلهم السماوي. فالشهر الماضي مثلاً، كانت إحدى المتعرّيات من أوكلاهوما قد وعدت لانغدون بأفضل علاقة جنسية شهدها إلى الآن في حياته إنْ سافر إليها وتحقّق من صحّة الشكل الصليبي الذي كان قد ظهر بطريقة عجائبية على مُلاءة سريرها، والذي كان لانغدون قد أطلق عليه تسمية "كفَن تولسا".

"وكيف حصلت على رقمي؟" سأله لانغدون وهو يحاول أن يكون مهذّباً مع الرجل، على الرغم من الساعة التي يحدّثه هذا الأخير فيها.

"من شبكة الإنترنِت العالمية وموقع كتابك فيها".

عبس لانغدون لدى سماعه ذلك، إذ أنه كان واثقاً كل الثقة من أنّ موقع كتابه هذا على الإنترنِت لم يكن لِيشتمل على رقم هاتفه المنزلي، إذاً هذا الرجل يكذب لا محالة.

ثمّ ألحّ المتّصل قائلاً: "يجب أن أراك. سوف أدفع لك جيداً".

بدأ لانغدون يفقد أعصابه... "أنا آسف، ولكني حقّاً -".

"إن تركت منزلك حالاً، فبإمكانك أن تكون عندي حوالى -".

"لست ذاهباً إلى أيّ مكان! إنها الساعة الخامسة فجراً!". أقفل لانغدون السمّاعة، واندسّ مجدداً في سريره، أغمض عينيْه محاولاً الغط بنومه مجدداً، إنما من دون جدوى، لقد كان ذاك الحلم يستحوذ على تفكيره بالكامل. فوضع عليه رداءَه ونزل إلى الطابق السفلي.

راح لانغدون يتجوّل حافي القدميْن في منزله، الفيكتوري الطراز، الكئيب والمهجور في ماساشوستس، ثمّ أعدّ لنفسه كوباً من الحليب الساخن بالشوكولا، محاولاً بالتالي التغلّب على أرقه. كان الجوّ ربيعياً، وضوء القمر يتسلّل عبر النوافذ الناتئة متلألئاً على السجادات الشرقية. فغالباً ما كان زملاء لانغدون يمزحون معه بتشبيههم منزله بالمتاحف الأنثروبولوجية، فرفوفه محشوّة بتحف دينية من أنحاء العالم كافة - لعبة الإكوابا من غانا، وصليب ذهبي من إسبانيا، وآلهة وثنية إيجيّة منسوبة إلى العصر البرونزي، حتى أنّ لديه أيضاً رسم مُحاك ونادر جداً للملك بوكّوس Boccus من

جزيرة بورنيو، وهو رمز يحمله المحارب الشاب إشارةً إلى الشباب الدائم.

وفيما كان لانغدون جالساً على صندوقه المَهْريشي النحاسي يتذوّق شراب الشوكولا الساخن، استحوذت النافذة الناتئة على كامل انتباهه وتفكيره، إذ كانت الصورة مشوّشة وشاحبةً أمامه... تماماً كالشبح، فراح يفكّر بينه وبين نفسه بالكابوس الذي راوده قائلاً: "شبحٌ مسنٌّ أتى ليذكّرني بواقعي الأليم، واقع روحي الشابة واليافعة التي تعيش في جسد فان".

صحيح أنّ لانغدون البالغ الأربعينَ من عمره لم يكن وسيماً إجمالاً، إلا أنه كان يتميّز بحسب رأي زميلاته بفتنة الأشخاص الواسعي المعرفة - خصل رماديّة تتخلل شعره البنيّ الكثيف، وعينان زرقاوان ثاقبتان، وصوت خفيض رائع، وابتسامة قوية وساحرة. وبما أنه كان أثناء دراساته التكميلية والجامعية عضواً في منتخَب الغطّاسين المحترفين، فقد حرص حتى في سنّه هذه على الحفاظ على قوّته الجسدية ولياقته البدنيّة، وهذا كله بفضل سباحته في بركة الجامعة ذهاباً وإياباً خمسين مرّة يوميّاً.

ولطالما كان أصدقاءه يعتبرونه أيضاً جزءاً من لغز - لا بل رجلاً عالقاً بين الأزمان والعصور. فقد كانوا مثلاً يشاهدونه أحياناً في عطلة نهاية الأسبوع مرتدياً سروال جينز أزرق ومتّكئاً على سيارته يناقش مع الطلاب بعض الرسومات البيانية الحاسوبية، أو بعض المسائل الدينية التاريخيّة؛ ويشاهدونه أحياناً أخرى متألّقاً بسترته التويديّة البَيْسَلية من ماركة هارّيس، ومصوَّراً في صفحات أهمّ المجلاّت الفنية في افتتاحيّات المتاحف حيث يكون قد طُلب منه إلقاء محاضرة ما.

وعلى الرغم من كونه أستاذاً قاسياً وصارماً، إلا أنه كان أوّلَ من اعتنق ما كان ينادي به على أنه "فنّ اللهو الضائع". فهو كان يحبّ الاستجمام، ويستمتع به بتعصّب معد؛ الأمر الذي جعله يكتسب شعبيةً كبيرةً بين طلابه. وكانوا يلقّبونه في الجامعةً بالـ "دلفين"، أولاً لطبعه الودود والدمث، وثانياً لقدرته الخيالية على الغطس في البركة، وبراعته في هزم الفريق العدوّ في لعبة البولو المائية.

وفيما كان لانغدون جالساً بمفرده يحدّق في الظلام، خُرق مجدداً الصمت الذي كان يخيّم على منزله، برنين آلة الفاكس. لقد كان في غاية الإرهاق لكي يزعجه أحد. ضحك بينه وبين نفسه قائلاً: "يا ربّ العالمين، لقد أمضوا ألفيْ عاماً وهم ينتظرون مسيحهم، وإذا بهم لا يزالون على إصرارهم وثباتهم.

أعاد كوبه الفارغ بملل إلى المطبخ ثمّ مشى متباطئاً نحو آلة الفاكس ليجد

13

عندها ورقة ملقاة على الصينيّة، أخذها متنهِّداً ونظر إليها.

شعر لانغدون للوهلة الأولى بغثيان شديد، إذ أنّ الصورة التي وجدها على الورقة كانت صورة جثّة رجل عارٍ مفتول الرأس نحو الخلف، وعلى صدره حرق مروّع. فكان الرجل قد وُسِم بالحديد المُحمّى بكلمة واحدة فقط، كلمة يعرفها لانغدون جيّداً. راح لانغدون يحدّق بالخطّ المزخرف الذي وُسمت فيه هذه الكلمة على صدر الضحيّة ويكاد لا يُصدّق عينيْه.

ثمّ قال متمتماً، وقلبه يخفق بسرعة: "الطبقة المستنيرة"، "هذا مستحيل"...

أدار ورقة الفاكس ببطء 180 درجة، خائفاً مما كان على وشك مشاهدته، ثم نظر إلى الكلمة رأساً على عقب.

انحبست أنفاسه لفترة وكأن شاحنة قد صدمته. بالكاد كان يصدّق عينيْه، ثم عاد وأدار الفاكس قارئاً الوسم على النحو الصحيح، ومن ثمّ قالباً إياه رأساً على عقب.

همس مجدداً قائلاً: "الطبقة المستنيرة".

فانهار مصدوماً في كرسيّه، وظلّ جالساً لوهلة في ذهول تامّ. بعدها، راحت عيناه تتجه تدريجياً نحو وَميض الضوء الأحمر على آلة الفاكس، مما يعني أن الشخص الذي أرسل له هذه الورقة لا يزال على الخطّ... منتظراً إياه لكي يتحدّث إليه.... حدّق بهذا الضوء الأحمر فترة طويلة، ثم رفع السمّاعة وهو يرتجف.

2

"هل تمكّنتُ أخيراً من استرعاء انتباهك؟"، قال الرجل عبر الهاتف.

"أجل سيدي، لقد استرعيته حقاً. أيمكنك أن تشرح لي معنى هذا الفاكس الذي أرسلته إليّ؟".

أجابه الرجل بصوت صارم وأوتوماتيكي: "كما سبق وحاولت أن أشرح لك

14

من قبل، أنا عالم فيزيائي، وأدير مركزاً للأبحاث. لقد تعرّض أحدنا لجريمة قتل، وقد رأيت لتوّك جثّته بأمّ عينك.

"ولكن كيف عثرت عليّ؟"، فقد كان لانغدون بالكاد قادراً على التركيز، فلا يزال مصدوماً من الصورة التي كانت على الفاكس.

"لقد سبق وقلت لك كيف. من شبكة الإنترنت العالمية. موقع كتابك الذي يحمل عنوان: فنّ الطبقة المستنيرة".

حاول لانغدون جمع أفكاره، فكتابه هذا مجهول في الأوساط الأدبية التي كانت سائدة حينذاك، إلا أنه كان قد استقطب مجموعة لا بأس بها من الأتباع بواسطة الإنترنت. ولكن، وعلى الرغم من هذا كله، فقد بات غير مقتنع بما كان يزعمه ذاك الرجل. فقال له عندئذ بلهجة تحدٍّ: "ولكن لم تكن تلك الصفحة لتحتوي على أي معلومات خاصة بي كعنواني أو رقم هاتفي مثلاً؛ أنا واثق من ذلك كل الثقة".

"إنما لديّ هنا في المختبر أشخاص بارعون في استخراج أي معلومات خاصة بمستخدمي الإنترنت".

ظلّ لانغدون يشكّ بصحة ما يقوله ذاك الرجل: "يبدو أن مركزك هذا خبير في مجال الإنترنت".

"ينبغي أن يكون كذلك". أجابه الرجل بعنف: "فنحن من اخترعناه".

كان في صوت الرجل شيء يقول للانغدون إنه لا يمزح.

ألحّ المتّصل قائلاً: "يجب أن أراك. هذه ليست مسألة يمكننا مناقشتها على الهاتف. يقع مركز أبحاثي على مسافة ساعة طيران واحدة فقط من بوسطن".

وقف لانغدون في مكتبه المظلم، وراح يتفحّص الصورة التي كانت جدّ مؤثّرة وبالغة الأهمية؛ فهي ربّما تمثّل اكتشاف القرن في مجال الإبيغرافيا، أو علم دراسة النقوش؛ أبحاث عديدة ومضنية قام بها على مدى عقدٍ كامل يُثبتها رمز واحد فقط.

ألحّ الصوت قائلاً: "الأمر ضروري".

كانت عينا لانغدون مسمَّرةً على الوسم يقرأه بذهول مراراً وتكراراً "Illuminati". لطالما كان عمله مرتكزاً على المرادف الرمزي للأحافير - وثائق قديمة وإشاعات تاريخية - إلا أن هذه الصورة التي بين يديْه اليوم هي من الحاضر. كان يشعر وكأنه عالم إحاثي أو بليونتولجي واقفاً وجهاً لوجه مع دينوصور حيّ.

عاد الرجل وقال له: "لقد تجرّأت وأرسلت لك طائرة من تلقاء نفسي ومن دون أن أستشيرك في الموضوع. سوف تصل إلى بوسطن خلال عشرين دقيقة".

راح لانغدون يشعر بجفاف في فمه. ساعة طيران و...

ثم استطرد الرجل قائلاً: "أرجوك أن تعذر وقاحتي، ولكني بحاجة ماسّة إليك هنا".

ألقى لانغدون نظرة أخرى إلى الصورة - أسطورة قديمة تتبلور اليوم أمامه بالأبيض والأسود. إلا أن تبلورها هذا قد يؤدي إلى أمور خطيرة ومخيفة. فراح يحدّق مذهولاً عبر النافذة الناتئة. كانت أولى طلائع الفجر قد شرعت تبزغ وتتسلّل عبر أشجار البتولا في فِنائه الخلفي، إلا أن المنظر كان مختلفاً بعض الشيء ذلك الصباح. وفيما كان يساوره شعور غريب بالخوف والابتهاج في آنٍ معاً، أدرك لانغدون في النهاية أن لا خيار أمامه.

فقال عندئذ للرجل المتصل به: "لقد فزت، قلْ لي من أين يفترض بي أن أستقلّ الطائرة".

3

على بعد آلاف الأميال، هناك رجلان مجتمعان في قاعة حجرية مظلمة، تعود هندستها إلى القرون الوسطى.

"أهلاً وسهلاً"، قالها الرجل المسؤول. الجالس في الظلمة بمنأىً عن الأنظار... "هل نجحت المهمّة؟".

"بالطبع"، أجابه الوجه الأسمر: "وبامتيازٍ أيضاً"، كانت كلماته عنيفة وصارمة كالصخر.

"ولن يشكّ أحد بنا؟".

"ولا أحد".

"رائع. هل أحضرت معك ما كنت قد طلبته منك؟".

عندها تلألأت عينا القاتِل، سوداء كالزيت. فجلب آلةً إلكترونيةً ثقيلة ووضعها على الطاولة.

لقد بدا عندئذ الرجل الخفيّ مسروراً: "أحسنت صنيعاً".

"تشرّفني خدمةُ الأخوية"، أجابه القاتل.

"سوف تبدأ المرحلة الثانية عمّا قريب. خذْ قسطاً من الراحة الآن. فالليلة سوف نغيّر العالم بكامله".

4

انطلقت سيارة روبرت لانغدون من طراز صعب 900s بسرعة قصوى خارج نفق كلاّهان الذي يَنفذ عند الناحية الشرقية لميناء بوسطن، بالقرب من مدخل مطار لوغان. وفيما كان لانغدون يتحقّق من الطريق الذي يتعيّن عليه سلوكه، وجد الطريق الخاص بالملاحة الجوية. فاستدار يساراً مارّاً بالمبنى القديم التابع للخطوط الجوية الشرقية، ثمّ سلك الطريق المؤدي إلى المدخل، وبعد أن نزل فيه حوالى تسعماية قدمٍ لاحت له في الظلام حظيرة الطائرات، وكان قد دُهِن عليها الرقم "4" بخطٍّ كبيرٍ وواضح. فدخل إلى الموقف وترجّل من سيّارته.

فجأةً ظهر أمامه آتياً من خلف المبنى رجل مستدير الوجه، يرتدي بذلة طيران. فناداه سائلاً: "روبرت لانغدون؟"، كان صوته ودوداً، إلا أن لهجته كانت غريبةً بالنسبة إلى لانغدون.

فأجابه لانغدون وهو يقفل سيّارته: "أنا هو".

"توقيت ممتاز؛ لقد حططت لتوّي. اتبعني من فضلك".

وفيما كانا يدوران حول المبنى، شعر لانغدون ببعض التوتّر. فهو لم يكن معتاداً لا على الاتصالات الهاتفية الخفيّة، ولا على المواعيد السريّة مع الغرباء. وبما أنه لم يكن يعلم ما كان بانتظاره، فكان قد ارتدى الثياب الفاخرة التي كان يرتديها عادةً إلى الجامعة، وهي كناية عن سروالٍ من التشينو وكنزة ذات قبّة واقفة ضيّقة وسترته الهاريّس التويديّة. وفيما كانا يمشيانِ، راحِ يفكّر بالصورة الفاكسية التي كان يحتفظ بها في جيب سترته، وهو لا يزال عاجزاً عن تصديقها.

شعر ربّان الطائرة بقلق لانغدون وتوتّره، فسأله: "ليس لديك مشكلة في الطيران سيدي، أليس كذلك؟".

أجابه لانغدون: "لا، على الإطلاق". ثمّ قال بينه وبين نفسه، لديّ مشكلة مع الجثث الموسومة، أما الطيران فلا.

قاد الرجل لانغدون عبر حظيرة الطائرات، ثم انعطفا عند الزاوية المؤدية إلى المدرج.

توقّف لانغدون مذهولاً وهو يحدّق فاغراً فاه بالطائرة المتوقّفة على الطريق المُسَفلَتة: "هل سنستقلّ هذه الطائرة؟".

ابتسم الرجل ابتسامة عريضةً، وقال: "أتعجبك؟".

بقي لانغدون يحدّق بها لفترة طويلة، ثمّ أجابه قائلاً: "تعجبني؟ ولكن ما هذا بحقّ الله؟".

كانت الطائرة أمامهم كبيرة الحجم، أشبه بالسفن الفضائية، باستثناء أنّ ناحيتها العلوية كانت مشطوبة، وبالتالي مسطّحة تماماً. وكان لدى لانغدون انطباع بأنه يحلم. فقد بدت له الطائرة فخمة شأنها شأن سيّارة البويك. جناحاها خفيّان، إذ لم يكن في الواقع ليظهر منهما سوى زعنفتين صغيرتين عند الناحية الخلفية لجسم الطائرة، وكان لها موجِّهان ظهريّان خارجان من ذيلها. أما في ما يتعلّق بما تبقّى من جسمها فكان مغلقاً بطول 200 قدم من الأمام إلى الخلف، من دون لا كوّات ولا أي شيء آخر.

"إنها مزوَّدة بمئتيْ وخمسين ألف كيلو من الوقود"، قالها الربّان كالأب الذي يتباهى بمولوده الجديد. ثمّ استطرد قائلاً: "إنها تعمل على الهيدروجين الذائب، وهيكلها مصنوع من نسيج التيتانيوم وألياف كربيد السِّليكون. أما حمولتها فهي بنسبة 20:1 قوّة الدفع/الوزن؛ في الوقت الذي تكون فيه إجمالاً حمولة معظم الطائرات بنسبة 7:1. لا شكّ في أن المدير مستعجِل جدّاً لرؤيتك. فهو لا يرسل إجمالاً هذه الطائرة الكبيرة إلى أحد".

سأله لانغدون: "أهي تطير؟".

ابتسم الربان قائلاً: "آه، بالطبع". ثم قاده باتّجاه الطائرة عبر الطريق المسفلتة: "أنا أعلم أنّ هذا كلّه يبدو مروّعاً بالنسبة إليك، إنما يتعيّن عليك الآن أن تعتاد عليه. ففي غضون خمس سنوات من الآن، كل ما سوف تراه هي وسائل النقل الفائقة السرعة تلك؛ ومركزنا هو من أوّل المراكز التي تقتني هكذا طائرة".

فكّر لانغدون بينه وبين نفسه قائلاً: "لا بدّ من أنه مركز أبحاث مذهلٍ حقاً".

ثم استطرد الربان قائلاً: "هذه الطائرة كناية عن نموذج أوّلي لطائرة البوينغ X-33، إنما هناك عشرات النماذج سواها – فهناك مثلاً الطائرة الفضائية الوطنية، والروس لديهم الطائرة النفّاثة الفورية أو السكراجيت Scramjet، في حين أن البريطانيين لديهم الهوتول أو HOTOL. فالمستقبل هنا أمامنا، إلا أن الأمر يستغرق فقط بعض الوقت لكي يبلغ القطاع العام. بإمكانك أن تقبّل الطائرات العادية التقليدية قبلة الوداع".

رفع لانغدون نظره إلى الطائرة، وراح يحدّق فيها بحذر ثم قال: "أظنّ أني أفضّل الطائرات التقليديّات على تلك".

رفع الربّان المعبر الخشبي قائلاً: "تفضّل من هنا سيّد لانغدون، من فضلك. انتبه إلى خطواتك".

جلس لانغدون في مقعده عند الصفّ الأول داخل القَمرة الخالية، فوضع له الربان حزام الأمان، واختفى متجهاً نحو الناحية الأمامية للطائرة.

كانت القَمْرة بحدّ ذاتها أشبه بطائرة تجارية واسعة وكبيرة، باستثناء أنها لم تكن تحتوي على أي كوّة أو نافذة؛ الأمر الذي جعل لانغدون يشعر بالخوف والقلق. فهو يعاني منذ صغره من حالة طفيفة من رُهاب الاحتجاز، وذلك إثر حادث تعرّض له في طفولته و لم يتمكّن قطّ من نسيانه وتخطّيه.

لم يكن كُره لانغدون المرضيّ للأماكن المقفَلة ليُضعفه ويوهنه على الإطلاق، إلا أنه كان يُشعره بالإحباط. في الواقع، لقد تجلّى رُهابه المرضيّ هذا من خلال بعض الأمور البسيطة؛ فقد كان مثلاً يتفادى قدر الإمكان مزاولة الرياضات الواجب ممارستها داخل أماكن مقفَلة كرياضة الراكيت أو رياضة الإسكواش، كما وأنه كان مستعداً وبكل سرور لشراء منزله الفيكتوريّ الهندسة وإن كلّفه الأمر ثروة باهظةً، فقط لكونه شاهقاً وعاليَ السقف. وغالباً ما كان يساور لانغدون شعور بأن انجذابه إلى عالم الفنّ ناجم عن حبّه منذ صغره للمتاحف الشاهقة والفسيحة.

سمع لانغدون فجأة هدير المحرّكات من تحته يصدر رجرجةً عميقة وقويّة عبر الطائرة بكاملها. فازداد خوفه وقلقه، إنما لم يكن أمامه خيار آخر سوى الانتظار. بعدها شعر وكأن الطائرة قد بدأت تدْرج، كما وقد تناهى إلى مسمَعه أيضاً تسجيل موسيقى ريفيّة هادئة كان يعزفها أحدهم على المزمار.

وإذا بالهاتف الذي على الحائط خلفه يرنّ رنّتيْن.

رفع لانغدون السمّاعة وأجاب قائلاً: "هالو؟".

"مرتاح، سيّد لانغدون؟".

"إطلاقاً".

"حاول الاسترخاء. سوف نكون هناك خلال ساعة واحدة فقط، بإذن الله".

"ولكن إلى أين نحن ذاهبون تحديداً؟"، سأل لانغدون، وقد أدرك أن لا فكرة لديه إطلاقاً عن المكان الذي يقصده.

"إلى جنيف"، أجابه الربان، وهو يزيد عدد دورات المحركات في الدقيقة: "فالمختبر في جنيف".

"جنيف"، كرّر لانغدون، شاعراً ببعض الارتياح: "إنها تقع في شمال ولاية نيويورك. كانت عائلتي تعيش هناك بالقرب من بحيرة سينيكا. ولكني لم أكن أعلم أنّ في جنيف مختبرات فيزيائية".

ضحك الربان قائلاً: "أنا لم أقصد منطقة جنيف التي تقع شمال ولاية نيويورك، إنما تلك التي في سويسرا".

بدايةً، لم يتمكّن لانغدون من استيعاب الفكرة... "سويسرا؟"، فازداد خفقان قلبه سرعة: "ظننتك قلت إنّ المختبر على مسافة ساعة واحدة من هنا!".

قال الربان ضاحكاً: "هذا صحيح، سيّد لانغدون فهذه الطائرة تطير بسرعة فائقة".

5

يتسلل القاتل عبر زحمة أحد الشوارع الأوروبية المكتظّة والمحتشدة بالمارّة. كان رجلاً قويّاً، أسمر السّحنة، رشيقاً، واثقاً من نفسه، وذكيّاً. أما عضلاته فكانت لا تزال مشنَّجةً إثر اجتماعه الأخير مع رئيسه.

راح يحدّث نفسه: "لقد سارت الأمور جيّداً والحمد لله". في الواقع، وعلى الرغم من أنّ مستخدِم القاتل لم يكن ليكشف له قطّ عن وجهه أو هويته، إلا أنه كان من المشرِّف بالنسبة إلى هذا الأخير أن يكون في حضرة رئيسه وربّ عمله. أمعقول أنه لم يمرّ سوى خمسة عشر يوماً فقط على اتصال ربّ عمله الأوّل به؟ وكان القاتل لا يزال يتذكّر كل كلمة من المكالمة الهاتفية تلك...

قال المتّصِل له حينذاك: "اسمي يانوس". أنا وأنت كلانا ينتمي إلى الصنف الرديء نفسه من الناس. وبالتالي فنحن أنسباء إلى حدٍّ ما، إذ أن مصالحنا مشتركة. فنحن نتشارك العدوّ نفسه. وقد سمعت أنّ مهاراتك معروضة للخدمة.

فأجاب القاتل: "هذا وقف على الشخص، أو الأشخاص الذين تمثّلهم".

فقال المتصِل: "أهذه نكتة أم ماذا؟ أظنّ أني سبق وأطلعتك على اسمي".

"بالتأكيد ولكنّ الأخوية خرافة".

"أنت لا تزال إذن على الرغم من هذا كله تشكّ بحقيقتي ومصداقيّتي".

"جميعنا يعلم أن الأخوية قد تلاشت وأصبحت من الماضي".

"يا له من أسلوبٍ ملتوٍ في المراوغة والخداع. فالعدوّ الأكثر خطورةً هو الذي لا يخشاه أحد".

كان القاتل يشكّ بصحة كلام المتصِل: "أمعقول أن الأخوية لا تزال موجودة؟".

"إنها موجودة أكثر من أيّ وقت مضى؛ فجذورها قد تسرّبت وترسّخت في كل شيء تراه من حولك... حتى أنها تسرّبت أيضاً إلى الحصن المقدَّس التابع لألدّ أعدائنا".

"هذا مستحيل. فحصنهم منيع بمكان أنه لا يمكن لأحد أن يؤذيهم أو يلحق الضرر بهم".

"أجل. ولكنّ يدنا طائلة".

"إنما لا يمكن لأحد أن تكون يده طائلةً إلى هذا الحدّ".

"قريباً جدّاً سوف تصدّق كل كلمة أقولها لك. سوف يشهد العالم بأسره أعظم دليل على سلطة الأخويّة ونفوذها غير القابليْن للدحض أو الجدل. إثبات واحد فقط على غدرها وقوّتها".

"ولكن ما الذي فعلتموه؟".

أجابه المتصِل: "مهمّةً مستحيلةً".

اندهش القاتل لدى سماعه ذلك، وفي اليوم التالي كانت صحف العالم كلّه تحمل الافتتاحية نفسها: اهتدى القاتل وتحوّل إلى مؤمن.

والآن، وبعد مرور خمسة عشر يوماً على ذلك، فقد ترسّخ إيمان القاتل بمكان أنها لم تعدْ لتشوبه ولا أي ذرّة ريب أو شكّ. فالأخوية صامدة، وسوف تظهر الليلة أمام الجميع لتكشف لهم عن قوّتها وسلطتها.

وفيما كان القاتل يشقّ طريقه عبر شوارع المدينة، بدا وميض عينيْه السوداويْن وكأنه نذيرُ شرٍّ أو شؤم. فأحد أهمّ أعضاء الأخويّة وأكثرهم رهبةً وسرّيّةً قد اتّصل به سعياً وراء خدماته. ثمّ راح يفكّر في قرارة نفسه: "لقد كان اختيارهم حكيماً"، فهو معروف بتكتّمه الفائق الذي لا يقدر عليه سوى الموت وحده.

وهو حتى الآن لم يخدمهم سوى بكلّ نبل وشرف. فقد ارتكب جريمته وسلّم

الغرض إلى يانوس تماماً كما كانوا قد طلبوا منه أن يفعل. أما الآن فقد أصبح من واجب يانوس أن يلجأ إلى سلطته لكي يؤمّن المكان الملائم لهذا الغرض.

المكان الملائم...

راح القاتل يتساءل كيف سيتمكّن يانوس من معالجة هكذا مسألة صعبة ومربكة إلى هذا الحدّ. فلا شكّ في أن للرجل معارف ووساطات من الداخل. لقد بدت له في الواقع سلطة الأخوية سلطة لا تعرف الحواجز والحدود.

"يانوس"، فكّر القاتل في نفسه، لا شكّ في أنّ هذا الاسم رمز أو لقب أو كنية، وأخذ يسأل نفسه إن كان هذا الاسم يشير إلى الإله الروماني ذي الوجهيْن... أو ربّما إلى قمر كوكب زحل؟ على أيّ حال، لم يكن لهذا كلّه أيّ أهمية تُذكر. فقد أثبت يانوس عن قوّة وجدارة يتعذّر علينا سبر أغوارهما، وقد أثبت ذلك من دون أدنى شكّ.

وفيما القاتل يتابع سيره، هُيِّئ إليه أنّ أرواح أسلافه راضيةٌ عنه وتبتسم له من بروج الأعالي السماوية. فهو اليوم يحارب حربهم، لا بل هو يحارب العدوّ نفسه الذي ظلوا هم أنفسهم يحاربونه على مدى عصور وقرون وأجيال حرباً قديمة بمكان أنها تعود إلى القرن الحادي عشر... منذ أن قام العدو وجيوشه الصليبيّة بسلب أراضيهم ونهبها وتدنيس معابدهم وآلهتهم والاعتداء على شعبهم ومن ثمّ قتله زاعمين أنه شعب تشوبه القذارة والنجاسة.

ولكن، وعلى أثر هذا الاجتياح الوحشيّ، قام أسلافه بتشكيل جيش صغير إنما مستعدّ للموت في سبيل الدفاع عن أرضه وشعبه. وقد أصبح بالتالي هذا الجيش معروفاً في أنحاء العالم كافة باسم الجيش الحامي - إذ أنه كان مؤلّفاً من جلاّدين محترفين يطوفون في أنحاء الريف كافة ليقضوا على أيّ عدوٍّ يقعون عليه. وهم لم يشتهروا لأسلوبهم العنيف في القتل فحسب، إنما لاحتفالهم أيضاً بذبائحهم من خلال انغماسهم وإسرافهم في معاقرة المخدّرات إلى حدّ دخولهم في حالة من السبات أو الغيبوبة أو الذهول التام. أما المخدِّر الذي اختاروه لاحتفالاتهم تلك فكان كناية عن مخدِّر قويّ وفعّال أطلقوا عليه اسم الحشيش.

ومع انتشار سوء سمعتهم، أصبح هؤلاء الرجال السفّاحون يُعرفون بكلمة واحدة فقط ألا وهي "الحشّاشون"، أي أتباع الحشيش. وقد أصبح بعد ذلك اسم الحشاشين مرادفاً للموت في أنحاء العالم كافة تقريباً. ولا تزال هذه الكلمة حتى

أيامنا هذه موجودة ومستخدمة في اللغة الإنكليزية المعاصرة... إنما بمعنى أكثر تطوّراً من السابق، ألا وهو البراعة في القتل، كما تطوّر لفظها أيضاً، بحيث أصبحت تُلفَظ حالياً على النحو التالي: Assassin.

6

ست وأربعون دقيقة مضت قبل أن يترجّل روبرت لانغدون من المِعبَر الخشبي على المدرَجة المشمسة، والشكّ لا يزال يهيمن عليه، ويعاني من دُوارٍ طفيف. وفيما كان يستمتعَ بروعة الهواء الطلق، راح النسيم العليل يُحدث حفيفاً خفيفاً في طيّات سترته التويدية. بعدها نظر شزراً إلى الوادي الأخضر الريّان الذي كان يرتفع متعالياً نحو قمم الجبال المكلّلة بالثلوج والمحيطة بهم من كلّ حدبٍ وصوب.

فقال في نفسه: "لا شكّ في أنني أحلم وأنني سوف أستيقظ من حلمي هذا بين دقيقة وأخرى".

"أهلاً بك في سويسرا"، صاح الربّان بصوتٍ عالٍ بسبب هدير محركات الطائرة القويّ خلفهما.

عندها تحقّق لانغدون من ساعته. لقد كانت الساعة 7:07 صباحاً.

فقال له الربّان: "لقد اجتزت لتوّك ستّ مناطق زمنية. فالساعة هنا قد ناهزت الواحدة من بعد الظهر".

فصحّح لانغدون ساعته.

"ما هو شعورك الآن؟".

فرك لانغدون معدته قائلاً: "أشعر ببعض الألم في معدتي".

فأومأ الربّان برأسه قائلاً: "هذا سببه غثيان الارتفاع. لقد كنّا في الواقع على ارتفاع ستّين ألف قدم، وعلى هكذا ارتفاع، نكون إجمالاً أخفّ بنسبة ثلاثين بالمئة من وزننا الفعليّ. أنتَ محظوظ كوننا لم نضطرّ إلى الارتفاع أكثر من ذلك عن سطح الأرض؛ فلو كنّا ذاهبيْن إلى طوكيو مثلاً لكنت اضطررت إلى التحليق بها على ارتفاع مئات الأميال. فما رأيك بهذا الآن؟".

أومأ لانغدون برأسه إيماءةً خفيفة معتبراً نفسه محظوظاً حقاً. لقد كانت بالفعل الرحلة طبيعيّة إجمالاً، إذ لولا السرعة المروّعة التي أقلعت بها الطائرة في

البداية لكانت اعتُبرت حركة هذه الأخيرة طبيعيةً جدّاً، لا بل نموذجية بكل معنى الكلمة - بعض الاضطرابات الخفيفة والعرضية، والقليل من التغييرات الطفيفة في الضغط الجوي مع ازدياد ارتفاعهم عن سطح الأرض، إنما لا شيء على الإطلاق كان ليشير إلى أنهم كانوا يطوفون في الفضاء على سرعة 11.000 ميلٍ في الساعة.

ركض بعض التقنيين والفنّيين مسرعين على المدرَج نحو طائرة الـ X-33K، في حين أنّ الربّان رافق لانغدون إلى سيّارة بيجو سوداء كانت تنتظره في موقف للسيارات خلف برج المراقبة. بعد ذلك بلحظات، انطلقت السيارة بسرعة فائقة، سالكةً طريقاً مرصوفاً يمتدّ عبر قعر الوادي. فلاحت أمامهم في الأفق مجموعة صغيرة من المباني، وكان الضباب في الخارج يلفّ السهول الخضراء الممتدّة عن جانبيْهم.

كان لانغدون يكاد لا يصدّق ما يرى، إذ أن الربّان كان قد رفع عدّاد سرعة السيارة إلى حوالى 170 كيلومتراً في الساعة - أي ما يوازي أكثر من 100 ميلاً في الساعة. فراح يتساءل بينه وبين نفسه قائلاً: "ما مشكلة هذا الرجل والسرعة؟".

ثمّ أخبره الربّان: "بقي أمامنا خمس كيلومترات ونصل إلى المختبر؛ دقيقتان وتكون هناك".

لدى سماعه ذلك، راح لانغدون يبحث إنما من دون جدوى عن حزام الأمان. لَم لا يجعلها ثلاث دقائق ويوصلنا إلى هناك على قيد الحياة؟

غير أنّ السيارة قد واصلت سباقها.

وبهدوء راح الربّان يسأل لانغدون وهو يضغط على شريطٍ موسيقيٍّ داخل المسجِّلة: "أتعجبك ريبا؟".

وإذا بصوت امرأة تغني. "إنه الخوف من الوحدة...".

فكّر لانغدون بذهول تام قائلاً: "لا مجال للخوف هنا". ففي الواقع، إنّ زميلاته في العمل غالباً ما كُنّ يسخرْن منه باعتقادهنّ أن مجموعة تحفه الفنية تلك لم تكن سوى مجرّد محاولة واضحة وجليّة منه لملء الفراغ الذي يخيّم على منزله، ذاك المنزل الذي كان بنظرهنّ بحاجة ماسّة إلى وجود امرأة فيه. غير أنه كان دائماً يتجنّب هذه المسألة المحرجة بالنسبة إليه بالضحك، مذكّراً إياهنّ بالأمور الثلاثة التي تحتلّ قلبه، ألا وهي دراسة الرموز وتفسيرها، ولعبة البولو المائية، والعزوبية - سيّما وأنّ هذه الأخيرة هي بمثابة الحريّة التي ينشدها، والتي تخوّله السفر عبر العالم والنوم

قدر ما يشاء، والاستمتاع بالأمسيات الهادئة التي يمضيها وحده في منزله برفقة كتاب جيّد ومفيد.

وفجأة ينتشله الربّان من حلم يقظته: "نحن أشبه بمدينة صغيرة. فلسنا كناية عن مختبرات فحسب، إنما لدينا مخازن تجارية كبرى ومستشفى وسينما أيضاً".

فأومأ لانغدون برأسه، وراح ينظر من نافذته إلى رقعة الأرض الفسيحة التي كانت تمتدّ أمام ناظريْه والتي كانت تعجّ بالمباني الكثيرة والضخمة.

ثم استطرد الربّان قائلاً: "حتى أننا نملك في الواقع أكبر وأعظم آلة على الأرض".

"حقّاً؟"، أجابه لانغدون وهو ينعم النظر في المنطقة الريفية المحيطة به.

"فأجابه الربّان ضاحكاً: "أجل سيّدي، إنما لن تتمكّن من رؤيتها هنا؛ فهي مطمورة تحت سابع أرض".

لم يكن لدى لانغدون الوقت الكافي لكي يستفسر حول هذا الموضوع؛ فما أن أنهى الربان جملته تلك حتى كبح هذا الأخير السيارة فجأة وبقوّة تامّة موقفاً إياها خارج كُشك عليه حراسة شديدة.

قرأ لانغدون اللافتة الموضوعة أمامهم وكان قد كُتب عليها: توقّف. حاجز أمني.

فإذا به ينتابه شعور بالذعر والرعب، وكأنه أدرك فجأة مكان تواجده.

"يا إلهي! لم أجلب معي جواز سفري!".

عندها أكّد له السائق قائلاً: "ليست جوازات السفر بضرورية هنا؛ فنحن قد سوّينا هذه المسألة مع الحكومة السويسرية تسوية دائمة وثابتة".

راقب لانغدون ما يحدث أمامه بذهول تامّ. قدّم السائق بطاقة هويّته إلى الحارس الذي قام عندئذ بتمريرها عبر جهاز إلكترونيّ للتثبّت من صحّتها. فإذا بالآلة ترسل ضوءاً أخضر.

"اسم الراكب؟".

فأجابه السائق: "روبرت لانغدون".

"ومَن الشخص الذي هو آتٍ لزيارته؟".

"المدير".

قوّس الحارس حاجبيْه لدى سماعه ذلك، ثم استدار ليتحقّق من مطبوعة حاسوبية مقارناً إياها بالمعلومات الظاهرة على شاشة حاسوبه. بعدها، عاد إلى النافذة وقال: "أرجو أن تستمتع بإقامتك عندنا، سيّد لانغدون".

انطلقت السيارة من جديد، مجتازةً مسافة حوالى 200 ياردة أخرى باتّجاه ملتقى دوّار يؤدي إلى المدخل الرئيس للمركز. هناك لاح أمامهم مبنى مستطيل الشكل يتمتّع بهندسة عصرية من الزجاج والفولاذ. أُدهش لانغدون بالتصميم الشفّاف لهذا المبنى المذهل. فهو في الواقع لطالما كان مولعاً بفنّ الهندسة.

"إنها الكاتدرائية الزجاجية"، قال له مرافقه.

"أهذه كنيسة؟".

"كلاّ، بحق الله. لدينا هنا كل شيء ما عدا الكنيسة. ثمّ استطرد قائلاً: "يمكنك هنا أن تعبث ما تشاء، إنما من دون أن تسيء لسمعة أيّ إسكوارك أو ميزون ولو بكلمة".

جلس لانغدون مذهولاً ومرتبكاً، فيما أدار السائق السيارة وأوقفها أمام المبنى الزجاجي.

إسكواركات وميزونات؟ ولا رقابة على الحدود؟ وطائرات من طراز Mach 15؟ ولكن مَن تُراهم يكونون هؤلاء الأشخاص بحقّ الله؟ غير أنّ اللوحة المنقوشة على الغرانيت عند مدخل المبنى كانت تحمل الإجابة على سؤاله هذا:

(CERN)

المركز الأوروبي للأبحاث النوويّة

"أبحاث نوويّة؟"، سأل لانغدون غير واثق من صحّة ترجمته لما كان قد نُقش على اللوحة.

لم يجبه السائق على سؤاله. لقد كان منحنياً إلى الأمام ومنهمكاً بمسجِّلة السيّارة. وإذا به يقول له فجأة: "عليك أن تترل هنا. سوف يكون المدير بانتظارك عند المدخل".

لاحظ لانغدون رجلاً على كرسيّ مدَولب خارجاً من المبنى. بدا له هذا الأخير في أوائل الستينات. لقد كان هزيلاً، أصلع الرأس، متجهّم الوجه، صارماً، كان يرتدي ثوباً أبيض خاص بالمختبر، يسند حذاءه بقوّة على سِناد كرسيّه المدولَب. من بعيد، كانت عيناه تبدوان ميتَتيْن - بالضبط كحجَريْن رماديّيْن.

"أهذا هو؟"، سأل لانغدون.

رفع السائق رأسه ناظراً إلى المدخل وقال: "أجل هذا هو". ثم استدار نحو

لانغدون موجّهاً له ابتسامةً تنذر بالشؤم أو السوء، وقال: "أعوذ بالله من الشيطان الرجيم".

ترجّل لانغدون من السيارة غير واثق ممّا ينتظره هناك مع ذاك الرجل.

أسرع الرجل بكرسيّه المدولَب باتّجاه لانغدون مادّاً له يده الباردة والرطبة قائلاً: "سيّد لانغدون؟ سبق أن تحدّثنا مع بعضنا البعض على الهاتف. اسمي ماكسيميليان كوهلر".

7

كان ماكسيميليان كوهلر، المدير العام للمركز الأوروبي للأبحاث النوويّة، ملقّباً بالملك، وقد نال لقبه هذا نتيجة خوف ورهبة أكثر منه نتيجة وقار واحترام للشخص الذي كان يحكم دولته من على عرشه المدولب. صحيح أن القليل من الأشخاص فقط كانوا يعرفونه شخصيّاً، غير أنّ قصّة شلله المروّعة كانت معروفة من قبل الجميع في CERN، ولم يكن بالتالي سوى القليل منهم فقط ليلوموه على قساوة طباعه... أو على تفانيه للعلم.

لم تمضِ بعد سوى لحظات قليلة على لقائهما، حتى أدرك لانغدون أن المدير كان من النوع الذي يعامل الآخرين بتحفّظ وفتور. ولاحظ أيضاً أنه كان مضطراً عملياً للعدو عدواً لكي يماشيَ كرسيّ كوهلر الكهربائي والمدولَب وهو يجتاز المدخل الرئيس مسرعاً. فلم يكن في الواقع ذاك الكرسي شبيهاً بسائر الكراسي المدولَبة، إذ أنه كان مجهّزاً بمجموعة كبيرة من التجهيزات الإلكترونية - كهاتف متعدد الخطوط، ونظام استدعاء إلكتروني، وشاشة حاسوبية، حتى أنه كان يحوي أيضاً كاميرا فيديو صغيرة ومنفصلة. فقد كان في الواقع هذا الكرسي بمثابة المركز القيادي الجوّال للملك كوهلر.

ظلّ لانغدون تابعاً المدير حتى اجتازا باباً ميكانيكيّاً يؤدّي إلى ردهة الانتظار الضخمة والرئيسة للمركز.

"الكاتدرائية الزجاجية"، قال لانغدون وهو يتأمّل السماء من فوقه.

كان السقف الزجاجي الضارب إلى الزرقة، يومض فوق رأسيْهما باعثاً بإشعاعات هندسيّة الشكل في الهواء، ومضفياً بالتالي على الغرفة جوّاً من العظمة

والفخامة، كما وكانت هناك ظلال تتدلّى كالعروق من على الجدران الرخامية لتتساقط في نهاية المطاف على الأرضيّة الرخامية. أما الجوّ فقد كان نظيفاً ومعقّماً، في حين كان بعض العلماء يطوفون في الرواق بخطوات رشيقة ونشيطة يتردّد صداها في المكان الرنّان.

"تفضّل من هنا سيّد لانغدون، من فضلك"، قال المدير بصوت أشبه بالصوت الإلكتروني. لقد كانت لهجته واضحة وصارمة تماماً كملامح وجهه القاسية والمتجهّمة. سعل بعد ذلك كوهلر ثمّ مسح فمه بمنديل أبيض وهو يحدّق في لانغدون بعينيْه الرماديّتيْن الميتتيْن قائلاً له: "أسرع من فضلك". لقد بدا كرسيّه وكأنه يثب فوق الأرضيّة الرخاميّة.

ظلّ لانغدون يتبع المدير مجتازاً ما قد بدا له عدداً لا يعدّ ولا يُحصى من الأروقة المتفرّعة من الردهة الأساسية. وكان كل رواق يعجّ بالحركة نابضاً بالحياة. أما العلماء فقد بدَت الدهشة على وجوههم لدى مشاهدتهم مديرهم برفقة لانغدون وكأنهم كانوا يتساءلون مَن قد يكون هذا الرجل لكي يستحقّ هكذا رفقة.

"أنا محرَج جدّاً، إنما يتعيّن عليّ أن أعترف لحضرتك بأني لم أسمع بمركزكم CERN من قبل". قال لانغدون ذلك في محاولة منه لمحادثة كوهلر.

"هذا ليس غريباً". أجابه كوهلر، وقد كانت إجابته المقتضبة والواضحة تلك كافية ووافية. "إن الأميركيين في غالبيّتهم لا ينظرون إلى أوروبا على أنها الرائدة في العالم في مجال الأبحاث العلميّة، إنما يعتبروننا مجرّد منطقة تجارية وسياحيّة جذّابة، وهذه في الواقع نظرية غريبة سيّما وإن أخذنا بالاعتبار جنسية بعض أهمّ العلماء وأعظمهم كآينشتاين وغاليليو ونيوتن".

لم يكن لانغدون حينئذ واثقاً من الطريقة التي كان من المفترض به أن يجيبه بها. فأخرج صورة الفاكس من جيبه قائلاً: "هذا الرجل في الصورة، أيمكنك أن –".

فقاطعه كوهلر ملوّحاً بيده وقائلاً: "أرجوك، ليس هنا. سوف آخذك إليه الآن". ثمّ أمسك بيده وقال له: "ربّما يجدر بي أن آخذ هذا منك".

فأعطاه لانغدون الصورة وتابع سيره بصمت.

انعطف يساراً ودخل رواقاً شاسعاً مزيّناً بالجوائز والمكافآت.

كانت هناك لائحة برونزية كبيرة عند المدخل. فتمهّل لانغدون لقراءة ما نُقش عليها.

جائزة ARS ELECTRONICA
للابتكار الثقافي في عصر التكنولوجيا الرقميّة
فاز بها السيّد تيم برنرز لي والمركز الأوروبي للأبحاث النووية
لاختراعهم شبكة الإنترنت العالمية

فكّر لانغدون بينه وبين نفسه وهو يقرأ النص قائلاً: "يا إلهي، لقد قُضي عليّ. لم يكن إذن هذا الرجل يمزح". في الواقع، لطالما كان لانغدون يظنّ أن الأميركيين هم الذين اخترعوا شبكة الإنترنت. لقد كان إذن مدى اطّلاعه على هذا المجال محصوراً بموقع كتابه الخاص على الشبكة كما وبعض الاستكشافات العرضية لمتحفيْ اللوفر أو البرادو على حاسوبه الماكينتوش القديم الطراز.

"إن الشبكة"، قال كوهلر وهو يسعل، ويمسح فمه مجدداً: "قد انطلقت من هنا على شكل شبكة مواقع حاسوبيّة خاصّة بالعاملين داخل مركزنا هذا، وقد كانت في الواقع تخوّل العلماء في مختلف الأقسام من مشاركة اكتشافاتهم اليوميّة مع بعضهم البعض. وعلى الرغم من هذا كلّه، فإن العالم بأسره يظنّ أنّ شبكة الإنترنت هي من اختراع التكنولوجيا الأميركية".

سأله لانغدون وهو يتبعه في الرواق قائلاً: "ولكن لِمَ لا تصححون هذا المعتقد السائد لدى الناس؟".

هزّ كوهلر كتفيْه لامبالاةً وقال: "اعتقاد خاطئ وتافه حول مسألة تكنولوجية بسيطة وتافهة. في الواقع، إنّ مركزنا Cern أعظم بكثير من مجرّد وسيلة ترابط حاسوبية عالميّة. فعلماؤنا يحققون العجائب يوميّاً تقريباً".

نظر لانغدون نظرة تساؤل وقال: "العجائب؟".

لا شكّ في أنّ كلمة "عجيبة" لم تكن لتدخل في معجم المفردات المستخدَمة في كلّية هارفارد الخاصّة بالعلوم أو هارفارد Harvard's Fairchild Science Building، إذ أنها كانت خاصّةً بمدرسة اللاّهوت.

فأجابه كوهلر قائلاً: "تبدو شكوكيّاً. ظننتك عالماً في دراسة الرموز الدينية وتفسيرها. ألا تؤمن بالعجائب؟".

قال لانغدون: "ما زلت متردّداً بشأن العجائب". ثم استطرد بينه وبين نفسه قائلاً: "خصوصاً تلك التي تحدث داخل المختبرات العلمية".

"قد يكون ربّما استخدامي لكلمة عجيبة استخداماً خاطئاً؛ أنا كنت فقط أحاول أن أتكلّم بلغتك".

"لغتي؟" سأل لانغدون ذلك، وكان قد شعر فجأة بانزعاج شديد. ثم أجابه قائلاً: "أنا لا أريد أن أخيّب أملك سيّدي، ولكني عالِم في دراسة الرموز الدينية - وأنا بالتالي لست كاهناً، إنما أكاديميّاً".

عندها أبطأ كوهلر فجأة مشيته واستدار نحو لانغدون ناظراً إليه نظرة لطيفة بعض الشيء وقائلاً: "بالتأكيد. كم كان هذا ساذجاً من قبلي. ليس الإنسان بحاجة إلى أن يُصاب بداء السرطان لكي يحلّل أعراضه".

أومأ كوهلر برأسه قائلاً: "أظنّ أننا أنا وأنت سوف نتفاهم جيداً مع بعضنا البعض، سيّد لانغدون".

غير أن لانغدون كان يشكّ في ذلك نوعاً ما.

وفيما كانا لا يزالان يعبران الرواق، راح لانغدون يسمع قعقعةً عميقةً من فوقه، وقد كانت الضجة تزداد بالتالي أكثر فأكثر مع كلّ خطوة يتقدمانها. فبدا له هذا الضجيج آتياً من آخر الرواق أمامهما.

"ما هذا الضجيج؟" سأل لانغدون أخيراً كوهلر مضطرّاً إلى الصياح لكي يتمكّن هذا الأخير من سماعه. فقد كان يشعر وكأنهما يقتربان من بركانٍ ناشط.

"أنبوب الهبوط الحرّ"، أجابه كوهلر بصوت عميق يعبر الهواء بسهولة من دون أن يقدّم إليه أي تفسير آخر. وبما أنّ لانغدون كان مرهقاً فهو أيضاً لم يعد ليطرح عليه بالتالي أي سؤال آخر. لم يبدُ له ماكسيميليان كوهلر مهتماً بالفوز بأي جوائز حسن ضيافة أو وفادة. لذا عاد لانغدون وذكّر نفسه بسبب وجوده هنا، ألا وهو الـ Illuminnati، أو الطبقة المستنيرة، وكان بالتالي يظنّ أنه من المفترض أن تكون في مكان ما هنا داخل هذا المركز الكبير والضخم جثّة... جثّة موسومة برمزٍ قد طار لتوّه 3.000 ميل خصيصاً لرؤيته.

وفيما كانا يقتربان من آخر الرواق، كانت القعقعة قد أصبحت مُصِمَّةً أكثر فأكثر. انعطفا وإذا بصالة كبيرة تظهر عن يمينهما، وهناك أربعة أبواب زجاجية ضخمة مرصّعة في جدار مقوّس تماماً مثل نوافذ الغوّاصة، توقّف لانغدون ونظر عبر إحدى هذه الأبواب.

فقد سبق للبروفسور روبرت لانغدون أن شاهد الكثير من الأمور الغريبة من قبل، غير أنّ ما رآه حينذاك كان في الواقع من أغرب الأمور التي شهدها إلى الآن في حياته. ألقى نظرات سريعة إلى الداخل متسائلاً إن كان يهلوس أم أنّ ما يراه حقيقة فعلاً. فقد كان يحدّق إلى غرفة مستديرة هائلة، وداخل الغرفة كان ثلاثة أشخاص يطفون فيها وكأنّ لا وزنَ لهم. فلوّح أحدهم بيده متشقلباً في الهواء.

فكّر لانغدون في نفسه قائلاً: "يا إلهي، يبدو أني في أستراليا".

لقد كانت أرض الغرفة كناية عن شبكة قضبان متصالبة أشبه بصفيحة كبيرة من الأسلاك الشائكة، وقد كان يظهر من تحت الشبكة ضباب معدني ناجم عن داسرٍ كبير الحجم.

"أنبوب الهبوط الحرّ"، قال كوهلر وكان قد توقّف منتظراً لانغدون: "غرفة داخليّة مخصّصة للسباحة الجويّة ولإراحة الأعصاب. إنها كناية عن نفق هوائيّ عمودي".

راح لانغدون ينظر إلى الغرفة بذهول وانشداه. بعد ذلك، توجّه أحد الأشخاص الثلاثة الذين يزاولون هواية الهبوط الحرّ، وهي امرأة بدينة نحو النافذة. لقد كانت التيّارات الهوائية تتقاذفها بعنف، إلا أنها ابتسمت للانغدون ابتسامة عريضة، وأومأت له بإبهاميْ يديْها إشارةً إلى استمتاعها بهوايتها تلك. فابتسم لها لانغدون بدوره ابتسامةً خفيفة، وردّ لها الإشارة متسائلاً، إذا ما كانت تلك السيّدة تعلم أن هذه الإشارة كانت الرمز القديم لعبادة القضيب أو آلة الرجل.

ثمّ لاحظ لانغدون أن هذه المرأة البدينة كانت الوحيدة التي ترتدي شيئاً بدا له وكأنه باراشوت مصغّر. لقد كان الرِّباط القماشيّ منتفخاً من فوقها كاللعبة: "ما هي حاجتها إلى ذاك الباراشوت الصغير؟" قال لانغدون سائلاً كوهلر: "فقطره لا يتجاوز حتى الياردة الواحدة".

"إنه للاحتكاك"، أجاب كوهلر: "فهو في الواقع يخفّف من ديناميتها الهوائية فيتمكّن بالتالي الداسر من رفعها". ثمّ استطرد شارحاً: "إن الياردة المربّعة الواحدة من الاحتكاك من شأنها أن تبطّئ من سرعة الجسم الهابط بنسبة عشرين بالمئة تقريباً".

فأومأ لانغدون برأسه مذهولاً.

8

عندما خرج كوهلر ولانغدون من الناحية الخلفية لمجمّـع Cern الـرئيس إلى أشعّة شمس سويسرا القويّة والساطعة، ارتدّت الروح إلى لانغدون، وشعر كأنه عاد إلى بلاده. فقد كان المنظر أمامه أشبه بمرج حرم جامعة آيفي ليغ.

فكان يمتدّ أمام ناظريْه منحدَر معشوشِب، يتـدفّق كالشـلاّل علـى أراضٍ فسيحة ومنخفضة حيث كانت عناقيد قيْقَب السكّر موزّعة على شـكل زوايـا رباعية محاطة بمهاجع قرميديّة وأرصفة للمشاة. والجدير بالملاحظة أيضاً هي حركة الذهاب والإياب الدائمة والسريعة من المباني وإليها لأشخاص تبدو علـيهم هيئـة الطلبة، إذ أنّ معظمهم كان يدخل ويخرج محمَّلاً بكدسات من الكتب. وبالإضافة إلى ذلك، وكأنّما للتأكيد على الجوّ الطلابيّ هذا، كان هناك أيضاً هبّيّـان طـويلا الشعر يتقاذفان الفريزبي وهما يستمتعان بألحان سمفونية ماهلِر الرابعة المتصاعدة من نافذة إحدى المهاجع.

"هذه مهاجعنا السكنية"، شرح كوهلر دافعاً بكرسيّه المـدولَب في الطريـق المؤدّي إلى المباني: "فنحن لدينا هنا أكثر من ثلاثة آلاف عالم فيزيـائيّ، ومركـز CERN وحده يوظّف أكثر من نصف فيزيائيّي الجسيْمات في العالم - تلك العقول النيّرة على الأرض - سواء أكانوا من الجنسية الألمانية أو اليابانية أو الإيطاليـة أو أيضاً الهولندية. في الواقع، إنّ فيزيائيّينا يمثّلون ما يفوق الخمسماية جامعة والسـتين جنسية".

ذُهل لانغدون لدى سماعه ذلك: "ولكن كيـف يتواصـلون مـع بعضـهم البعض؟".

"باللغة الإنكليزية طبعاً؛ فهي اللغة العالمية للعلم".

ولطالما كان لانغدون يسمع بأنّ الرياضيات هي اللغة العالميّة للعلم، إلا أنـه كان مرهقاً بمكان أنّه لم يكن يتحلّى بالجلَد الكافي ليجادله في هـذا الموضـوع، وفضّل بالتالي أن يواصل سيْره وراء كوهلر بصمت، إذ أنه كان يتبعه مـن بـاب الواجب ليس إلاّ. وفيما كانا يتّجهان نزولاً نحو المباني، مرّ بهما شـابٌّ يـركض، وكانت قد كُتبت على قميصه العبارة التالية: لا عظَمة من دون شجاعة!

فظلّ لانغدون يتبعه بنظره والحيرة ظاهرة في عينيْه، ثم سأل قائلاً: "شجاعة؟".

فأجابه كوهلر معلّقاً على سؤاله هذا: "إنها نظريّة عامّة وموحّدة. إنها نظريّة كل شيء".

"فهمْتُ"، أجابه لانغدون إنما من دون أن يفهم في الواقع شيئاً على الإطلاق.

فسأله عندئذٍ كوهلر: "هل لديك فكرة عن فيزياء الجسيْمات، سيّد لانغدون؟".

رفع لانغدون كتفيْه لا مبالاةً ثُم أجابه قائلاً: "لديّ فكرة عن علم الفيزياء بشكل عامّ - كالأجسام الهابطة مثلاً، وهذا النوع من المسائل". فقد كانت في الواقع سنوات خبرته الطويلة في مجال الغطس قد أمدّته باحترام عميق لمسألة تسارع الجاذبيّة الأرضية وقوّة هذه الأخيرة المروِّعة والهائلة.

ثّم استطرد سائلاً: "إن فيزياء الجسيْمات هي العلم المختصّ بدراسة الذرّات، أليس كذلك؟".

هزّ بكوهلر رأسه قائلاً: "قد تبدو الذرّات بمثابة الكواكب إذا ما قارنّاها بالمسائل والأمور التي نعالجها. فنحن أكثر ما يهمّنا هو نواة الذرّة - الذي لا يتجاوز من حيث حجمه عشر أجزاء الألف من حجم الذرّة ككل". ثّم سعل مجدّداً وكأنه مريض ليعود ويستطرِد قائلاً: "إن الرجال والنساء موجودون هنا في Cern بهدف إيجاد أجوبة للأسئلة نفسها التي راح الإنسان يطرحها على نفسه منذ بداية الكون. مِن أين أتيْنا؟ ومِمَّ نحن مكوَّنون؟

"وهل يمكننا الحصول على هذه الأجوبة في مختبر فيزيائيّ؟".

"تبدو مستغرِباً".

"أجل. فلطالما كانت تبدو هذه الأسئلة بالنسبة إليّ دينيّة روحيّة".

"الأسئلة كلها كانت يا سيّد لانغدون في البداية روحيّة دينيّة. فمنذ بداية الزمان، راح الإنسان يلجأ إلى الروحانيّة والدين، وذلك في محاولة منه لسدّ الثغرات التي لم يتمكّن العلم من فهمها. فكان مثلاً شروق الشمس وغيابها منسوباً في الماضي إلى إله الشمس هَلْيوس ومركبته المضطرمة المتوهِّجة. وكذلك الأمر أيضاً بالنسبة إلى الهزّات الأرضية والأمواج المديّة التي كانت بحسب المعتقدات القديمة ناجمة عن غضب الإله بوسيدون وهو إله البحر عند الإغريق. ولكنّ العلم قد أثبت الآن أنّ هذه الآلهة كلها ليست سوى مجرّد أوثان أو آلهة زائفة، وقريباً جداً سوف

يثبت العلم أن الآلة كلها هي مجرّد آلهة زائفة. فقد مدّنا العلم حتى الآن بأجوبة لكل الأسئلة تقريباً التي من الممكن أن تخطر على بال الإنسان. ولم يبقَ بالتالي سوى القليل من الأسئلة، وهي الأسئلة المرتبطة بالمسائل السرّية والخفيّة. من أينَ أتيْنا؟ وما الذي نفعله هنا على هذه الأرض؟ وما هو معنى الحياة والكون؟".

فسأله لانغدون مذهولاً: "أهذه هي إذن الأسئلة التي يحاول مركزكم CERN الإجابة عليها؟".

"بل هذه هي الأسئلة التي نحن نجيب عليها".

صمت لانغدون بينما كانا يشقّان طريقهما عبر الساحة الرباعيّة الزوايا والمحاطة بالأبنية السكنيّة. وفيما كانا يتابعان سيْرهما، طارت إحدى الفريزبيهات فوق رأسيْهما لتحطّ أمامهما تماماً. فتجاهلها كوهلر وتابع سيْره.

وإذا بصوت يصيح بالفرنسيّة من الجهة المقابلة للساحة: "من فضلك!".

نظر لانغدون باحثاً عن الشخص الذي كان يناديه، فإذا به يرى رجلاً عجوزاً شائب الشعر مرتدياً قميصاً فضفاضاً كُتب عليه "معهد باريس" يلوّح له بيده. فالتقط لانغدون الفريزبي عن الأرض ورماه بها بفنّ واحتراف. فالتقطها العجوز على أحد أصابعه قاذفاً بدوره رفيقه بها بقوّة من فوق كتفه، ثمّ صاح للانغدون شاكراً، بالفرنسيّة أيضاً.

"تهانيّ"، قال كوهلر للانغدون: لقد قذفت الفريزبي لتوّك إلى جورج شارباك وهو حائز جائزة نوبل، إذ أنه مخترع الغرفة التناسبيّة المتعددة الأسلاك".

أومأ لانغدون برأسه قائلاً بينه وبين نفسه: "إنه يوم سعدي".

بعد ثلاثة دقائق، بلغ لانغدون وكوهلر المكان الذي كانا يقصدانه - وهو كناية عن مهجع واسع ومنظّم محفوف بأجَمة من شجر الحوْر الرّجراج. كانت أبنية ذاك المهجع في غاية الفخامة مقارنةً مع سائر المهاجع. أما اللوحة الحجريّة عند مدخل المبنى فنقش عليها: المبنى C.

قال لانغدون في نفسه: "يا له من اسمٍ دالّ على سعة الخيال!".

ولكن وعلى الرغم من اسمه العقيم والجاف، فقد استرعى المبنى C انتباه لانغدون من حيث هندسته المحافظة والمتينة. فواجهته ملبَّسة بالقرميد الأحمر، ودرابزينه مزخرف، في حين كانَ كلّه مسيّجاً بشجيرات مشذّبة على نحوٍ متناسق ومتماثل. وفيما كان الرجلان يصعدان الطريق الحجريّ المؤدّي إلى المدخل، مرّا

تحت قوسٍ مرتكزٍ على عمودَيْن رخاميّيْن، أُلصِقت على أحدهما الملاحظة التالية: العمود أيونيّ.

تأمل لانغدون العمود ضاحكاً بينه وبين نفسه: "نقش أثريّ فيزيائيّ؟".

"لقد ارتحت نوعاً ما لرؤيتي أنّ حتى الفيزيائيّين اللامعين يرتكبون الأخطاء".

فنظر كوهلر إلى العمود وقال: "ما الذي تقصده بكلامك هذا؟".

فأجابه لانغدون قائلاً: "أيّاً كان الشخص الذي كتب هذه الملاحظة، فقد ارتكب خطأً فادحاً. فهذا العمود ليس أيونيّاً، إذ أن الأعمدة الأيونيّة تكون متّسقة من حيث عرضها، في حين أن هذا العمود مدَرَّج ومستدقّ الطرف. إنه في الواقع عمود دوريّ - يشبه الأعمدة اليونانيّة القديمة. خطأ شائع".

لم يبتسم كوهلر لدى سماعه ذلك، إنما ردّ على تعليق لانغدون قائلاً: "لقد وُضعت هذه الملاحظة على سبيل المزاح يا سيّد لانغدون. فالمقصود بأيونيّ هنا أنه يحتوي على الأيونات - وهي الجسيْمات التي تحتوي على شحنات كهربائية والتي تكون موجودة في معظم الأشياء تقريباً".

فنظر لانغدون مجدداً إلى العمود بامتعاض.

كان لانغدون لا يزال يشعر بالغباء وهو يخرج من المصعد عند الطابق العلوي للمبنى C، ثمّ نزل وراء كوهلر في رواق مجهَّز بأفخم الأثاث من النوع الفرنسي التقليدي الاستعماري - أريكة مصنوعةً من خشب الكرز، وإناء صينيّ، وزخرفة خشبية ملولبة.

فشرح كوهلر قائلاً: "نحب أن نحافظ على راحة علمائنا ورخائهم".

"هذا واضح"، فكّر لانغدون في نفسه: "إذاً الرجل المصوَّر في الصورة كان يقيم هنا؟ أكان واحداً من موظّفيكم المهمّين؟".

"بالضبط"، أجاب كوهلر: "لقد تغيّب عن الاجتماع الذي كان من المفترض أن يتمّ بيني وبينه هذا الصباح، كما وأني ناديْته على جهازه ولكنه لم يجِبْني. فصعدت إلى هنا لكي أتفقّده ولكني وجدته ميتاً في حجرة جلوسه".

شعر لانغدون بقشعريرة مفاجئة لدى إدراكه أنه كان على وشك رؤية جثّة هامدة. لم يشعر من قبل بهكذا انكماش في معدته. فهو كان في الواقع قد اكتشف نقطة ضعفه تلك منذ أن كان لا يزال طالباً في مجال الفنّ، وتحديداً عندما أخبرهم أستاذهم أنّ ليوناردو دافينشي قد اكتسب خبرته في رسم الشكل البشري ونحته من

خلال نبشه القبور وإخراجه الجثث منها، ومن ثمّ تشريح جهازها العضليّ.

ظلّ كوهلر يقوده حتى نهاية الرواق حيث كان باب واحد فقط.

"إنها شقّة فوق سطح المبنى"، قال كوهلر ماسحاً العرق عن جبينه.

نظر لانغدون إلى الباب السندياني الذي كان أمامهما، وإذا بلوحة كُتب عليها اسم: ليوناردو فيترا.

فقال كوهلر: "كان ليوناردو فيترا ليبلغ الثامنة والخمسين من عمره الأسبوع المقبل. لقد كان في الواقع من أبرز علماء عصرنا وألمعهم. وبالتالي فقد شكّل موته خسارة كبيرة بالنسبة إلى العلم".

شعر لانغدون للحظة ببعض التأثر والانفعال على وجه كوهلر القاسي، ولكن سرعان ما غاب انفعاله هذا، مستعيدةً بالتالي ملامح وجهه قساوتها المعهودة.

راح كوهلر يمحّص كومةً من المفاتيح كان قد أخرجها من جيبه.

ولكن خطرت فكرة غريبة فجأة على بال لانغدون. فقد بدا له المبنى مهجوراً. فسأل كوهلر قائلاً: "ولكن أينَ الجميع يا تُرى؟" فهو في الواقع لم يكن ليتوقّع هكذا هدوء، سيّما وأنهما كانا على وشك الدخول إلى ساحة جريمة.

"المقيمون هنا في مختبراتهم"، أجابه كوهلر، وقد وجد أخيراً المفتاح الذي كان يبحث عنه.

"لا، أنا أعني الشرطة"، قال لانغدون موضّحاً: "هل غادرت المكان بهذه السرعة؟".

توقّف كوهلر قليلاً وكان قد بدأ يُدخل المفتاح في القفل، ثم قال: "الشرطة؟".

وقعت عينا لانغدون في عيني المدير: "أجل، الشرطة. لقد أرسلت لي فاكساً عن جريمة قتل. فكان من المفترض بك أن تتّصل بالشرطة".

"ولكني لست غبيّاً إلى هذا الحد لكي أتّصل بالشرطة".

"ماذا؟".

بدت النظرة في عينيْ كوهلر الرماديّتيْن أكثر حدّة من العادة: "المسألة معقّدة، سيّد لانغدون".

انتاب لانغدون فجأةً شعور غامض بشرٍّ مرتقَب: "ولكن... لا شكّ في أنّ هناك شخصاً آخر على علم بالموضوع!".

"أجل. ابنة ليوناردو بالتبنّي. فهي أيضاً عالِمة فيزيائية عندنا هنا في CERN، وهي تتشارك ووالدها إحدى مختبراتنا. لقد كانا في الواقع شريكيْن. ولكنها كانت خارج المركز هذا الأسبوع، إذ أنها تقوم ببعض الأبحاث الميدانيّة. لقد بلّغتها خبر موت والدها وهي بالتالي سوف تعود قريباً جدّاً".

"ولكنَّ رجلاً قد قُتِل -".

"سوف تأخذ التحقيقات الرسميّة مجراها"، أكّد كوهلر بصوت حازم: "ولا شكّ في أنها سوف تتضمّن تفتيشاً دقيقاً لمختبر فيترا، ذاك المكان الذّي لطالما سعى هو وابنته إلى الحفاظ على سرّيته وخصوصيّته. لذا، سوف نضطرّ إلى انتظار عودة السيّدة فيترا. فأنا أشعر بأني مدين لها بالقليل من السريّة والكتمان".

أدار كوهلر المفتاح في القفل.

ولكن وما أن فُتح الباب حتى هبّ هواء بارد في الرواق لافحاً لانغدون على وجهه ومدخلاً إيّاه مجدداً في ذهول تامّ. لقد كان واقفاً عند عتبة عالم غريب يحدّق بالشقّة التي كَان يلفّها ضباب أبيض وكثيف. لقد كان السَّديم يجري مُلتفّاً كالدوّامة من حول الأثاث لافّاً الغرفة بضباب كثيف.

"ما هذا بحقّ... ؟" قال لانغدون متمتماً.

فأجابه كوهلر قائلاً: "إنه نظام التبريدَ الفِريونيّ. فقد برّدت الشقة لكي أحفظ الجثّة".

أقفل لانغدون أزرار سترته التويديّة ليقي نفسه من البرد.

9

كانت الجثّة الملقاة على الأرض أمام لانغدون شنيعةً للغاية. فقد كان الرّاحل ليوناردو فيترا ممدّداً على ظهره عاري الجسم، وقد أصبح لون بشرته رماديّاً ضارباً إلى الزرقة. أمّا عظام رقبته المطقوقة فقد كانت ناتئةً نحو الخارج، في حين كان رأسه مفتولاً كلّياً نحو الخلف. لم يكن وجهه مرئيّاً، إذ أنه كان مضغوطاً على الأرض، ممدد وسط بولِه المثلّج الذي كان يشكّل بركةً صغيرةً من حوله، وشعر عانته يبدو تماماً كالعنكبوت بفعل الجليد.

وفيما كان لانغدون يشعر بالغثيان، وقع نظره على صدر الضحيّة. وصحيح

أنّه كان قد حدّق من قبل إلى الجرح المتناسق عشرات المرّات على الفاكس، غير أنّ الحرق كان في الواقع أشنع بكثير على الطبيعة. لقد كانت البشرة المَشويّة مخطّطةً تخطيطاً واضحاً ودقيقاً... مصوِّرةً بالتالي الرمز تصويراً تاماً.

فراح لانغدون يتساءل إن كان البرد المثلج الذي يشعر به ناجماً عن تكييف الهواء أم عن ذهوله التامّ أمام أهميّة ما كان يحدّق إليه.

Illuminati

"Illuminati"، أو الطبقة المستنيرة.

بقلب يخفق بسرعة، راح لانغدون يدور حول الجثّة، قارئاً الكلمة رأساً على عقب، مؤكّداً بالتالي المهارة والفنّ الظاهريْن في اتّساق الحرق. لقد بدا له الرمز أقلّ وضوحاً الآن وهو يحدّق إليه.

"سيّد لانغدون؟".

لم يسمع لانغدون شيئاً. لقد كان في الواقع في عالمٍ آخر... عالمه الخاص حيث تصادم التاريخ مع الواقع والأساطير، غامراً عقله وحواسّه كاملة.

"سيّد لانغدون؟" ناداه كوهلر مستغرباً.

لانغدون لا يجيبه مرّةً أخرى. لقد كان يركّز تركيزاً تاماً على الجثة الممدّدة على الأرض أمامه والتي كانت تستحوذ على كامل عقله وحواسّه: "ما الذي تعرفه عن هذه المسألة؟".

"أنا لا أعرف في الواقع شيئاً عن هذا الموضوع سوى تلك المعلومات التي زوّدني بها موقعك الإلكتروني.

فكلمة Illuminati تعني الطبقة المستنيرة، وهذا في الواقع كان اسم إحدى الأخويّات القديمة".

فأومأ لانغدون برأسه سائلاً: "هل سمعت بهذا الاسم من قبل؟".

"كلاّ. لقد كانت هذه المرّة الأولى التي أسمع فيها عن هذا الاسم عندما رأيته موسوماً على جثّة السيّد فيترا".

"فرحت عندئذٍ تبحث عن معناه في الإنترنت؟".

"صحيح".

"ولا شكّ في أنّ هذه الكلمة قد أتتك عندئذ بمئات المراجع".

"لا بل الآلاف"، أجابه كوهلر: "إلاّ أنّ تفسيرك لهذه الكلمة فقد كان يستند إلى مراجع مهمّة كأوكسفورد هارفارد وهو ناشر مهمٌّ ومحترَم، كما وإلى لائحة طويلة من منشوراته. وأنا كعالِم فقد تعلّمت في الواقع أنّ المعلومات لا تكون قيّمة إلا بقدر ما يكون مصدرها مهم. فقد بدت لي بالتالي تفسيراتك صحيحة".

كانت عيْنا لانغدون لا تزالان مسمَّرتيْن على الجثّة.

لم يضف كوهلر ولا أيّ كلمة أخرى، إنما ظلّ يحدّق إلى الجثّة منتظراً على ما يبدو لانغدون لكي يلقي بعض الضوء على المشهد الذي كان أمامهما.

ألقى لانغدون نظرةً خاطفة إلى الشقّة المثلّجة قائلاً: "ربّما يجدر بنا مناقشة هذه المسألة في مكان آخر يكون أكثر دفءاً".

"هذه الغرفة جيّدة"، بدا كوهلر غير شاعرٍ بالبرد: "سوف نتحدّث هنا".

تجهّم وجه لانغدون لدى سماعه ذلك، إذ لم يكن في الواقع تاريخ الطبقة المستنيرة تاريخاً بسيطاً على الإطلاق. ثم قال في نفسه: "سوف أموت برداً وأنا أحاول أن أشرح له تاريخ الطبقة المستنيرة تلك". بعدها راح يحدّق مجدداً في الوسم، الأمر الذي بعث فيه شعوراً جديداً بالخوف والرهبة.

صحيح أنّ الروايات حول شعار الطبقة المستنيرة كانت كلها خرافيّة في علم دراسة الرموز العصري والحديث، ولكن لم يشهد يوماً ولا أيّ أكاديميّ ذاك الشعار على الإطلاق. فقد كانت الوثائق والمستندات القديمة تصف الرمز على أنه من الممكن قراءته من كلا الجهتيْن، أي من اليمين إلى اليسار أو بالعكس. وعلى الرغم من كون هذا النوع من الخطّ شائعاً في علم دراسة الرموز وتفسيرها - كالصلبان المعقوفة، واليين يانغ وهو في الفلسفة الصينية رمز مبدأ الكون الأنثوي السلبي والذكريّ الناشط، والنجوم اليهوديّة والصلبان العاديّة البسيطة - فقد كانت تبدو فكرة التفنّن بخَطّ كلمة ما على نحوٍ يمكن قراءته من الجهتيْن فكرةً مستحيلة. ولطالما حاول الأخصائيون في علم دراسة الرموز وتفسيرها وعلى مدى سنوات عديدة أن يكتبوا كلمة Illuminati بخطٍّ متّسق تمام الاتساق، إلا أنهم كانوا دائماً يخفقون وللأسف الشديد في محاولاتهم تلك. لذا حسم حاليّاً معظم الأكاديميّين الأمر باعتبارهم وجود الرموز مجرّد أسطورة.

"مَن هي إذن هذه الطبقة المستنيرة؟" سأل كوهلر.

أجل، صحيح، مَن هي هذه الطبقة؟ فبدأ لانغدون قصّته.

راح لانغدون يشرح لكوهلر قائلاً: "منذ بداية التاريخ، كانت هناك هوّة هائلة وعميقة تفصل العلم عن الدين. وبالتالي فقد كان العلماء الصريحون شأن كوبرنيكوس مثلاً–".

فقاطعه هنا كوهلر قائلاً: "يُقتَلون من قبل الكنيسة لكشفهم النقاب عن الحقائق العلميّة. فلطالما كان الدين يضطهد العلم".

"أجل. ولكن في القرن الخامس عشر، قامت مجموعة من الرجال في روما بمحاربة الكنيسة، إذ راح في الواقع بعض أهمّ الرجال في إيطاليا وأكثرهم تنوّراً – سواء في مجال الفيزياء أو الرياضيّات أو الفلك – بالاجتماع سرّاً، وذلك بهدف مشاركة همومهم ومقالقهم بشأن تعاليم الكنيسة الخاطئة وغير الدقيقة. لقد كانوا في الواقع يخافون من أن يؤدّي احتكار الكنيسة "للحقيقة" إلى تهديد انتشار التنوّر الأكاديمي والعلمي في العالم؛ لذا ألّفوا في ما بينهم أوّل جمعيّة علميّة وفكريّة في العالم، مطلقين بالتالي على أنفسهم تسمية: الطبقة المستنيرة.

"الـ Illuminati".

"أجل". أجابه لانغدون: "أعظم العقول في أوروبا وأكثرها علماً ومعرفةً وتفانياً للبحث عن الحقيقة العلميّة".

دخل كوهلر في صمت وذهول تامّين.

"وقد كانت بالطبع الطبقة المستنيرة تلك مضطهَدة بقساوة من قبل الكنيسة الكاثوليكيّة، ولم يكن بالتالي هؤلاء العلماء ليحافظوا على سلامتهم إلاّ من خلال بعض الطقوس والشعائر الدينية التي تتمتّع بسرّية تامة. ولكن سرعان ما انتشرت الكلمة عبر الجماعات الأكاديميّة السريّة، وكبرت أخويّة الطبقة المستنيرة لتشملَ أكاديميّين من أنحاء العالم كافّة. وكان هؤلاء العلماء يجتمعون في روما بانتظام في مخبأ سريّ للغاية أطلقوا عليه تسمية: كنيسة التنوّر".

سعل كوهلر وهو يتنقّل في كرسيّه المدولَب.

ثم استطرد لانغدون قائلاً: "وأراد بعد ذلك العديد من أعضاء الطبقة المستنيرة أن يحاربوا استبداد الكنيسة وطغيانها من خلال لجوئهم إلى أعمال العنف، غير أنّ أحد أهمّ أعضاء هذه الأخويّة وأكثرهم وقاراً نصحهم بعدم القيام بذلك. لقد كان

في الواقع مسالماً شأنه شأن أحد أهم العلماء الذين عرفهم التاريخ".

كان لانغدون واثقاً من أنّ كوهلر سوف يعرف اسم العالم الذي كان يقصده بكلامه هذا، إذ حتى الأشخاص البعيدين كل البعد عن مجال العلم كانوا على علمٍ بعالِم الفلك القليل الحظّ الذي أقدمت الكنيسة على اعتقاله وكانت حتى على وشك إعدامه لقوله إن الشمس هي مركز النظام الشمسي، لا الأرض. ولكن وعلى الرغم من كون معلوماته تلك غير قابلة للجدل أو الشكّ، فقد عوقب عالم الفلك هذا عقاباً شديداً لتلميحه من خلال اكتشافه هذا بأنّ الله تعالى لم يختَر الإنسان ليضعه في مركز كونه.

ثم تابع لانغدون شرحه قائلاً: "لقد كان اسمه غاليليو غاليلي".

عندها نظر إليه كوهلر مستغرباً وقال: "غاليليو؟".

"أجل. لقد كان غاليليو عضواً من أعضاء الطبقة المستنيرة، كما وأنه كان أيضاً كاثوليكيّاً ورعاً وتقيّاً. فقد حاول أن يليّن موقف الكنيسة من العلم من خلال محاولته إقناعها بأنّ العلم لا ينكر وجود الله، إنما هو على العكس يعزّزه ويدعمه، حتى أنه كان قد كتب ذات مرّة أنه عندما كان ينظر إلى الكواكب السيّارة عبر مقرابه، كان يسمع صوت الله في موسيقى تلك الكرات السماويّة. لقد كان يعتقد أنّ العلم والدين ليسا عدوّيْن إنما حليفيْن - وكأنهما في الواقع كناية عن قصّة واحدة إنما محكيّة بلغتيْن مختلفتين، ولكن القصة في النهاية هي نفسها في كلا الحالتيْن، قصّة التناسق والتوازن... والجنّة والنار، والليل والنهار، والبرد والحرّ، والله والشيطان. في الواقع، إن العلم والدين كلاهما كانا يبتهجان ابتهاجاً عظيماً في تناسق الله... والصراع الدائم واللامتناهي في ما بين الظلمة والنور". توقّف لانغدون بعد ذلك عن الكلام ضارباً الأرض بأخمص قدميْه في محاولة منه للحفاظ على دفئه وحرارته.

ظلّ كوهلر جالساً في كرسيّه محدّقاً في الجثّة.

ثمّ أضاف لانغدون قائلاً: "ولكن ومع الأسف الشديد، لم تكن الكنيسة ترغب باتحاد العلم والدين".

فقاطعه كوهلر: "بالطبع لا، إذ أنّ اتحادهما كان في الواقع ليبطل زعم الكنيسة القائل بأنها المركبة الوحيدة التي يمكن للإنسان من خلالها أن يصل إلى الله ويدركه ويؤمن به. لذا اعتبرت الكنيسة غاليليو مهرطقاً ومذنباً وحكمت عليه بالإقامة الجبريّة الدائمة. أنا مطّلع على التاريخ العلميّ إطّلاعاً لا بأس به، يا سيّد لانغدون.

41

إلا أن هذا كان منذ قرون طويلة. فما علاقة هذا كلّه بليوناردو فيترا؟".

إنه سؤال وجيه. سؤال المليون دولار. فاستطرد لانغدون شرحه قائلاً: "إن اعتقال غاليليو قد أثار غضب الطبقة المستنيرة واستنكارها، الأمر الذي دفعها إلى ارتكاب العديد من الأخطاء، ممّا أتاح الفرصة أمام الكنيسة لكي تكتشف هويّة أربعة من أعضائها وتعتقلهم وتستجوبهم. غير أنّ العلماء الأربعة لم يفشوا لها بأيٍّ من أسرار الأخويّة... على الرغم من تعرّضهم إلى الكثير من أساليب الضّرب والتعذيب.

"تعذيب؟".

فأومأ لانغدون برأسه قائلاً: "أجل. لقد وُسِموا بإشارة الصليب على صدرهم وهم أحياء".

اتّسعت عيْنا كوهلر دهشةً لدى سماعه ذلك، ثم ألقى نظرة خاطفة على جسم فيترا.

"ثمّ قُتل العلماء الأربعة بطريقة وحشيّة ورُميَت جثثهم في شوارع روما كتحذير للآخرين الذين كانوا يفكّرون بالانضمام إلى الطبقة المستنيرة؛ ممّا اضطر أعضاء الطبقة المستنيرة المتبقّين إلى الفرار خارج إيطاليا".

ثمّ توقّف لانغدون ليشدّد على مسألة أساسيّة، ونظر إلى كوهلر في عينيْه الميتتيْن قائلاً: "أصبحت الطبقة المستنيرة جمعيّة سرّية وراسخة الجذور بمكان أنها راحت تختلط مع مجموعات أخرى فارّة من التطهير الكاثوليكي - كالمتصوّفين أو الباطنيّين والخيميائيّين والمؤمنِين بالقوى الخفيّة وبإمكان إخضاعها للسيطرة البشريّة والمسلمين واليهود. ومع مرور الوقت، ظلّت الطبقة المستنيرة تجتذب أعضاء جدداً، إلى أنَ نشأت بالتالي عن ذلك طبقة مستنيرة جديدة أكثر غموضاً وسرّيّةً من الأولى؛ طبقة مستنيرة مناهضة للمسيحيّة. فعظُم شأن هذه الأخوّة وازدادت قوّتها يوماً بعد يوم، لاجئةً بالتالي إلى شعائر وطقوس غامضة، كما وإلى سرّيّة مفرَطة إلى حدّ الموت، وآخذة على نفسها عهداً بأن تعود يوماً وتأخذ بثأرها من الكنيسة الكاثوليكيّة. وظلّت قوّة هذه الجمعيّة تتعاظم مع الوقت إلى أن أصبحت في نهاية المطاف بنظر الكنيسة القوّة الوحيدة الخطيرة والمناهضة للمسيحيّة على الأرض. وبالتالي فقد أطلق الفاتيكان على هذه الجمعيّة أو الأخويّة تسمية: أخويّة الشيطان".

"الشيطان؟".

بدا فجأة بعض القلق والاضطراب على وجه كوهلر.

لقد كان صوت لانغدون مثيراً للاشمئزاز: "سيّد كوهلر، أنا لا أعلم لا كيف ظهرت هذه الإشارة على صدر هذا الرجل... ولا لماذا... ولكنّك تنظر الآن إلى رمز إحدى أقدم العبادات الشيطانيّة وأكثرها قوّةً في العالم".

10

كان الممرّ ضيّقاً ومهجوراً، والحشّاش أو القاتل المأجور يمشي بخطىً واسعة، الآن وعلامات الاستفهام بادية بجلاء في عيْنيْه السوداويْن. ففيما كان يقترب من مكانه المقصود، كانت كلمات يانوس الأخيرة والوداعيّة لا يزال يتردّد صداها في ذهنه. *سوف تبدأ المرحلة الثانية عمّا قريب. خذ قسطاً من الرّاحة الآن.*

ابتسم الحشّاش ابتسامة تكلّف، فهو كان قد أمضى ليلته مستيقظاً، غير أنّ النوم كان آخر شيء يمكن أن يخطر على باله. فالنوم كان بالنسبة إليه للضعفاء. أمّا هو فكان محارباً تماماً كأسلافه ولم يكن بالتالي شعبه لينام قطّ عندما تكون معركة ما قد بدأت. ولا شكّ في أنّ هذه المعركة قد بدأت حتماً، وقد كان له الشرف في أن يكون الشخص المختار لسفك الدم. وأمامه ساعتان لكي يحتفل بنجاحه قبل أن يعود إلى عمله.

أنام؟ هناك طرق أفضل بكثير للراحة والاسترخاء...

فهو كان في الواقع قد ورث عن أسلافه ميله إلى مذهب اللذّة والمتعة. فلطالما كان أسلافه ينغمسون في إدمانهم على الحشيش، إلا أنه شخصيّاً كان يفضّل نوعاً آخر من اللّذة. فقد كان يتباهى بجسده بمكان أنه وعلى الرغم من العادات والتقاليد التي كان قد ورثها عن أجداده كان يرفض أن يلوّثه بالمخدّرات. فقد كان في الواقع مدمناً على شيء أفضل من المخدّرات وأكثر منها إفادةً... شيءٍ كان بالنسبة إليه بمثابة مكافأة أكثر صحّةً وإبهاجاً.

وفيما كان حبّه المعتاد لاستباق الأمور يزداد في داخله، راح الحشّاش يترل

الممرّ مسرعاً أكثر فأكثر إلى أن بلغ باباً غريب الشكل، يتعذّر عليّ وصفه لكم، ورنّ الجرس. ففُتحت كوّة صغيرة في الباب، وإذا بعيْنيْن بنيّتيْن تحدّقان فيه باستغراب متسائلةً عن هويّته. وبعد هنيهة، فُتح له الباب.

"أهلاً وسهلاً"، قالت له المرأة الأنيقة، ثمّ قادته نحو غرفة للجلوس خافتة الأضواء ومترَفة الأثاث. لقد كان الجوّ فيها مفعماً بشذا المسك النفّاذ: "متى ما تريد"، قالت له المرأة معطيةً إيّاه ألبوماً من الصور. ثم استطردت قائلةً: "رنَّ لي عندما يقع اختيارك على إحداهنّ". وانصرفت.

ابتسم الحشّاش.

وما أن جلس على الأريكة البَلْشيَّة واضعاً ألبوم الصور على فخذيه، شعر بنهمٍ شهوانيٍّ شديد. صحيح أنّ بيئته لم تكَن معتادةً على الاحتفال بعيد الميلاد، إلا أنه تصوّر وأدرك فجأة الشعور الذي قد يخالج الطفل المسيحي الجالس أمام كومة من هدايا عيد الميلاد، وهو على وشك أن يكتشف العجائب التي في داخلها. ففتحَ الألبوم وراح يتفحّص الصور، وإذا بسلسلة طويلة من النزوات الجنسية تعود إلى باله.

ماريزا. إلهة إيطالية. صوفيا لورن الشابة.

الغايشا اليابانيّة الرشيقة ساشيكو التي لا شكّ في أنها ماهرة في هذا المجال.

الكانارا وهي كناية عن رؤيا له لفتاة مذهلة وغامضة ومثيرة.

تفحّص الألبوم كلّه مرّتيْن، واختار في النهاية إحدى الفتيات، ثمّ ضغط على زرٍّ كان على الطاولة بجانبه. عندها عادت وظهرت المرأة التي كانت قد استقبلته في البداية. فأشار لها إلى الفتاة التي وقع اختياره عليها. فابتسمت له قائلةً: "اتبعني".

وبعد إتمامها التدابير والترتيبات الماليّة كافة، قامت المرأة سرّاً باتصال هاتفيّ سريع، ثمّ انتظرت بضع دقائق لتقوده بعد ذلك عبر درجٍ لولبيّ ورخامي إلى رواقٍ فخمٍ ومترَف. فقالت له: "عند الباب الذهبيّ في آخر الرواق". ثم استطردت قائلةً: "لديك ذوقٌ مترَفٌ".

ردد في قرارة نفسه: "من المفترض أن يكون ذوقي كذلك. فأنا خبير في هذا المجال".

اجتاز الحشّاش الرواق بخطىً خافتة تماماً كالنمر الهاجم على فريسته، ثم ابتسم لدى وصوله إلى المدخل المفتوح جزئيّاً... ويدعوه بالتالي إلى الدخول. فدفعه بيده فاتحاً إيّاه بصمت.

وعندما رأى الفتاة التي كان قد اختارها، أدرك أنه قد أحسنَ فعلاً الاختيار. لقد كانت تماماً مثلما طلب... عارية وممدّدة على ظهرها، وموثوقة الذراعيْن إلى أعمدة السرير بواسطة حبال مخمليّة سميكة. فاجتاز الغرفة ومرّر إصبعه الأسود على صدرها العاجيّ، ثم راح يحدّث نفسه: بالأمس ارتكبت جريمةً وأنتِ بالتالي مكافأتي.

11

"شيطانيّة؟" مسح كوهلر فمه دافعاً كرسيّه بانزعاج: "هذا إذن رمز إحدى العبادات الشيطانيّة؟".

راح لانغدون يذرع الغرفة ذهاباً وإياباً في محاولة منه للحفاظ على دفئه وحرارته: "أجل. لقد كانت الطبقة المستنيرة من عبدة الشيطان، إنما ليس بالمعنى الحديث والعصري لذلك".

وبدأ لانغدون يشرح له باختصار كيف أن معظم الناس كانوا يتصوّرون العبادات الشيطانيّة على أنها ديانات شرّيرة تدعو إلى عبادة الشيطان والإيمان به، في حين أنّ عبدة الشيطان تاريخيّاً كانوا مجرّد أشخاص مثقّفين وقفوا بوجه الكنيسة واعتبروها عدوّهم اللّدودة. الشيطان. وبالتالي فإنّ الشائعات حول السحر الشيطاني الأسود والشرير والتضحيات الحيوانية ورمز النجمة الخماسيّة السحري كلّها أكاذيب نشرتها الكنيسة لتشوّه سمعة أعدائها. ولكن مع الوقت، راح أعداء الكنيسة يصدّقون تلك الأكاذيب ويطبّقونها؛ الأمر الذي أدى إلى نشوء العبادات الشيطانيّة بمعناها الحديث.

"ولكن هذا كله تاريخ قديم. فما أريد أنا أن أفهمه هو كيف وصل هذا الرمز إلى هنا"، قال كوهلر بفظاظة.

أخذ لانغدون نفساً عميقاً وأجابه قائلاً: "إن الرمز هذا بحدّ ذاته كان قد وضعه فنّان مجهول الهويّة من القرن السادس عشر، وينتمي إلى الطبقة المستنيرة، وذلك تقديراً وإجلالاً منه لحبّ غاليليو للتناسق - وقد كان بالتالي إلى حدٍّ ما بمثابة رمز مقدّس ومكرَّس للطبقة المستنيرة. وقد احتفظت بالتالي الأخويّة بسرّية هذا الرمز، متذرِّعة بحجّة أنها لا تنوي الإفصاح عنه إلاّ عندما تصبح مسلّحة بالقوّة

45

الكافية والتي تلزمها لتعود وتظهر على الملأ محقّقةً بالتالي هدفها الأوّل والأخير".

بدا كوهلر مضطرباً: "أيعني إذن هذا الرمز الذي أمامنا أنّ الطبقة المستنيرة قد عادت الآن لتظهر على الملأ؟".

عبس لانغدون: "هذا مستحيل؛ إذ لا يزال هناك جزء واحد من تاريخ الطبقة المستنيرة لم أشرحه لك بعد".

فقال كوهلر بصوت جهور: "نوِّرني إذن".

راح لانغدون يفرك راحتيْه محاولاً بالتالي تذكّر مئات الوثائق والمستندات التي كان قد قرأها أو كتبها عن الطبقة المستنيرة، ثمّ تابع شرحه قائلاً: "يمكننا القول إن أعضاء الطبقة المستنيرة قد نجوا من الموت بأعجوبة. فهُم عندما هربوا من روما، راحوا يتنقّلون من مكان إلى آخر عبر القارّة الأوروبية باحثين بالتالي عن مكان آمنٍ يتجمّعون فيه من جديد. لذا فقد انضمّوا إلى جمعيّة سريّة أخرى... وهي كنايةٌ عن أخويّة مؤلّفة من أشخاص حرَفيّين بافاريّين أثرياء يعملون في مجال الحجارة ويُعرفون بالماسونيّين، أي البنّائين الأحرار".

نظر إليه كوهلر مجفلاً: "الماسونيّون؟".

أومأ لانغدون برأسه غير مستغرب على الإطلاق من كون كوهلر على علمٍ بهذه الجمعيّة. ففي الواقع، إنّ الأخويّة الماسونيّة تضمّ حاليّاً أكثر من خمسماية عضوٍ موزَّعين في العالم، نصفهم في الولايات المتّحدة الأميركية وما يفوق المليون منهم في أوروبا.

ولكنّي واثق من أن الماسونيّين ليسوا من عبدة الشيطان"، قال كوهلر متردّداً.

"بالطبع، لا. فقد وقع الماسونيّون ضحيّة نزعتهم الخيريّة، إذ أنهم وبعد إيوائهم العلماء الفارّين من إيطاليا في القرن السابع عشر، أصبحوا وعلى غفلة منهم بمثابة جبهة بالنسبة إلى الطبقة المستنيرة التي راحت تنمو وتترعرع في صفوفهم، مستوليةً شيئاً فشيئاً على أهمّ مراكز السلطة والنفوذ عندهم. وعلاوةً على ذلك، فقد أعادت الطبقة المستنيرة تلك إنشاء أخويّتها العلمية وبسرّية تامّة ضمن الماسونيّة نفسها، مشكّلة بالتالي نوعاً من الجمعية السريّة ضمن الجمعية السريّة؛ حتى أنها راحت تلجأ في النهاية إلى المحافل الماسونية وعلاقاتها العالمية لتؤثّر في نفوس الناس في أنحاء العالم كافّة".

توقّف لانغدون ليأخذ نفساً عميقاً وبارداً قبل أن يتابع شرحه: "لقد كان في

الواقع هدف الطبقة المستنيرة الأساسي محو الكثلكة وإبادها إبادةً تامّة. وقد كانت هذه الأخويّة تعتقد بأن عقائد الكنيسة ومبادئها الخرافية هي عدوّ الإنسان الألدّ، وكانت تخشى بالتالي، في حال استمرّ الدين في حثّه الناس على الإيمان بالأساطير والخرافات الدينيّة الكاذبة والزائفة، بأن تتعثّر مسيرة التطوّر العلمي، حاكمة بالتالي على الإنسان بمستقبل جاهلٍ مليء بالحروب الدينية التافهة والسخيفة".

"تماماً كالحروب التي نشهدها في أيامنا هذه".

قطّب لانغدون حاجبيْه. لقد كان كوهلر على حقّ. فالحروب الدينيّة لا تزال حتى أيامنا هذه تشكّل العناوين الرئيسة للصحف والمجلاّت. إلهي أفضل من إلهك.

"حسناً، تابع"، قال كوهلر.

جمّع لانغدون أفكاره ثم تابع شرحه قائلاً: "تعاظمت قوّة الطبقة المستنيرة وسلطتها في أوروبا، وراحت، بالتالي تصوّب أنظارها نحو أميركا، تلك الدولة الحديثة التي كان معظم قادها من الماسونيّين - مثل جورج واشنطن وبن فرانكلن - الصادقين الذين يخافون ربّهم إنما الذين كانوا غير واعين لسيطرة الطبقة المستنيرة وسلطتها على الماسونيّة. فراحت الطبقة المستنيرة تستغلّ هذا التسلّل، كما وراحت بالتالي تطلب من القطاع المصرفي والجامعات والقطاع الصناعي بأن يدعموا ضالّتها المنشودة ويموّلوها". أخذ لانغدون استراحةً قصيرة ثم استطرد قائلاً: "ألا وهي إنشاء دولة عالميّة واحدة وموحَّدة - أي نوع من نظام عالمي جديد مبني على أساس العلمانيّة".

لم يحرّك كوهلر ساكناً.

"نظام عالمي جديد"، كرّر لانغدون: "مرتكز على أساس التنوّر العلميّ؛ الأمر الذي كانوا يعتبرونه بمثابة شريعتهم اللّوسفيريّة أو المنوِّرة. فراحت عندئذ الكنيسة تزعم أنّ كلمة لوسفير Lucifer تشير إلَى إبليس أو الشيطان، غير أنّ الأخويّة كانت دائماً تصرّ علَى المعنى الحقيقي والحرفي لهذه الكلمة اللاتينيّة الأصل، ألا وهو المادّة المولِّدة للنور أو المادّة المنوِّرة".

تنهّد كوهلر وقال بصوت كئيب: "اجلس من فضلك، سيّد لانغدون".

جلس لانغدون متردّداً علَى كرسيّ مغلّف بالصّقيع.

اقترب كوهلر منه بكرسيّه قائلاً: "لست واثقاً من كوني قد فهمت كلّ شيء قد شرحته لي للتوّ، ولكن كل ما أعرفه هو شيء واحد فقط، ألا وهو أن ليوناردو

فيترا كان من أهمّ العلماء في مركزنا CERN، كما وأنه كان أيضاً من أعزّ أصدقائي. لذا فأنا بحاجة إليك لكي تساعدني على اكتشاف مكان الطبقة المستنيرة وتحديده".

لم يعرف لانغدون بمَ يجيبه فسأله قائلاً: "اكتشاف مكان الطبقة المستنيرة؟" محدّثاً نفسه: "لا شكّ في أنه يمزح، أليس كذلك؟"، وأجاب كوهلر: "أخشى أن يكون ذلك مستحيلاً، سيّدي".

فقطّب كوهلر حاجبيْه قائلاً: "ما الذي تعنيه بكلامك هذا؟ أتريد أن تقول إنّك لن –".

انحنى لانغدون نحو مُضيفه غير واثقٍ من الطريقة التي من المفترض به أن يفهِمه بها ما كان على وشك قوله له: "سيّد كوهلر، لم تنتهِ القصّة بعد؛ فعلى الرغم من هذه الظواهر كلها، أنا أشكّ في أن تكون الطبقة المَستنيرة هي التي قامت بهذا الوسم الذي هنا أمامنا. فنحن لم نحصل على أيّ دليل على وجودها منذ أكثر من نصف قرن تقريباً، وبالتالي فإن معظم العلماء يجمع على أنّ الطبقة المستنيرة قد امّحت منذُ سنوات عديدة".

صمت رهيبٌ لفّ الغرفة. راح كوهلر يحدّق في الضباب مذهولاً وغاضباً في آن معاً.

"كيف تقول لي بحقّ الله إنّ هذه الجمعيّة قد انقرضت منذ سنوات عديدة في الوقت الذي أرى فيه اسمها موسوماً هنا أمامي على صدر هذا الرجل!".

ولكن هذا هو السؤال الذي كان لانغدون يطرحه على نفسه منذ الصباح. فقد كان ظهور رمز الطبقة المستنيرة أمراً عجيباً للغاية. حتى أنّ العلماء المختصّين بدراسة الرموز وتفسيرها في أنحاء العالم كافّة كانوا ليذهلون لدى رؤيتهم ذلك؛ ولكن وعلى الرغم من هذا كلّه، فقد كان لانغدون مقتنعاً بأنّ إعادة ظهور هذا الوسم لم يكن ليثبت شيئاً على الإطلاق في ما يختصّ بالطبقة المستنيرة.

وإذا بلانغدون يستطرد قائلاً: "إن الرموز لا تثبت ولا بأيّ شكل وجود واضعيها الأصليّين".

"وما الذي تقصده بكلامك هذا؟".

"أنا أقصد أنّ رموز الفلسفات والجمعيّات تبقى حتى بعد اضمحلال هذه الأخيرة... فيصبح بالتالي بإمكان جمعيّات أخرى أن تتبنّاها وتتّخذها رمزاً لها؛

وهذا في الواقع أمر شائع جدّاً في علم دراسة الرموز وتفسيرها، ويُعرف بالنَّقل أو التحويل. فالنازيّون مثلاً قد أخذوا رمز الصليب المعقوف عن الهندوسيّين، كما وأنّ المسيحيّين قد أخذوا رمز الصليب عن المصريّين والـ".

يقاطعه كوهلر متحدّياً وقائلاً: "ولكني هذا الصباح عندما طبعت كلمة Illuminati، أو الطبقة المستنيرة على الحاسوب حصلت على آلاف المراجع الحالية. فيبدو لي أن العديد من الناس يعتقدون أنّ هذه الجمعية لا تزال ناشطة حتى أيامنا هذه".

أجابه لانغدون: "إنّها التآمرات". فهو لطالما كانت تزعجه كثرة النظريات التآمريّة المنتشرة في الثقافات والحضارات العصرية والشعبية. فوسائل الإعلام تسعى دائماً وراء العناوين الرئيسة الغامضة والمثيرة للدهشة، في حين أنّ الاختصاصيّين في مجال الدين لا يزالون يستغلّون مسائل الإدمان على المخدّرات مع قصص زائفة يزعمون فيها أن الطبقة المستنيرة لا تزال موجودة وفي أفضل حالاتها، وأنها بصدد إنشاء نظامها العالمي الجديد. وقد صدر مؤخّراً عن النيويورك تايمز تقرير يتحدّث عن العلاقات الماسونية الخفيّة والمخيفة التي تربط في ما بين العديد من الرجال المشاهير كالسير آرثور كونان دويل والدّوق في كنت وبيتر سيليرز وآيرفينغ برلين والأمير فيليب ولويس آرمسترونغ، كما ومجموعة كبيرة من العظماء والمشاهير في كلٍّ من مجاليْ الصناعة والصناعة المصرفيّة.

فأشار كوهلر بغضب إلى جسم فيترا: "أجل، ولكن نظراً إلى الإثبات الموجود هنا أمامنا الآن فإني أعتقد أنّ الشائعات التآمريّة هذه صحيحة".

أجابه لانغدون بديبلوماسيّة: "أنا أعلم طريقة تفكيرك بالأمور، إنما هناك تفسير معقول أكثر، ألا وهو أن إحدى الجمعيّات قد استولت على رمز الطبقة المستنيرة وتستخدمه الآن لأهداف شخصيّة".

"أيّ أهداف؟ وما الذي تثبته هذه الجريمة؟".

سؤال وجيه، فكّر لانغدون به في نفسه. فهو أيضاً لم يكن قادراً على تصوّر من هي هذه الجماعة التي تمكّنت من نبش رمز الطبقة المستنيرة بعد مرور 400 عام على اضمحلال هذه الأخيرة: "كل ما يمكنني قوله لك هو أنه حتى ولو كانت الطبقة المستنيرة ناشطة حتى أيّامنا هذه، وأنا واثق من أنها ليست كذلك، فليس لها أيّ يدٍ في مقتل ليوناردو فيترا".

"لا؟".

"لا. صحيح أنّ هدف الطبقة المستنيرة كان القضاء على المسيحيّة في العالم، إلا أنها كانت دائماً تلجأ إلى الوسائل السياسية والمادية لتحقيق هدفها هذا، لا إلى أعمال العنف والإجرام. وعلاوةً على هذا كلّه، فقد كانت الطبقة المستنيرة تلك تخضع لنظام أخلاقيّ صارم في ما يختصّ بطرق تعاملها مع الذين كانت تعتبرهم أعداء لها. فهم مثلاً كان يجلّون العلماء ويحترمونهم إلى أبعد حدّ؛ لذا فإنه من المستحيل عليهم أن يقدموا على قتل زميلٍ لهم في مجال العلم شأن ليوناردو فيترا".

فقال كوهلر: "ولكني ربّما لم أذكر أمامك أن ليوناردو فيترا لم يكن عالماً عاديّاً كسائر العلماء".

تنهّد لانغدون بصبر قائلاً: "يا سيّد كوهلر، أنا واثق من أنّ ليوناردو فيترا كان لامعاً ومتفوّقاً في مجالات عدّة، إنما الحقيقة هي -".

يُدير كوهلر فجأةً كرسيّه المدَولب ويخرج بسرعة من غرفة الجلوس متّجهاً نحو الرواق حيث غاب عن ناظريْ لانغدون.

"بحقّ الله"، صاح لانغدون مستنكراً، ثمّ خرج وراء كوهلر الذي كان ينتظره في فجوة صغيرة داخل الجدار عند آخر الرواق.

"هذا مكتب ليوناردو"، قال كوهلر متجهاً نحو باب منزلق: "ربّما عندما تراه، قد تغيّر رأيك في الموضوع، وترى الأمور من وجهة نظرٍ مختلفة".

فتح كوهلر الباب وإذا بلانغدون يشعر فجأة ببشرته تَنمل وتتخدّر: "يا إلهي"، قال لانغدون بينه وبين نفسه.

12

في بلد آخر، كان حارسٌ شابٌّ جالساً بصبر أمام صفٍّ طويل من أجهزة المراقبة الفيديويّة. لقد كان ينظر إلى الصور التي كانت تظهر أمامه - تلك الصور الحيّة التي تلتقطها مئات كاميرات الفيديو الموزّعة في أنحاء المجمّع الضخم كافّة بهدف مراقبته. كانت الصور تمرّ أمامه في سلسلةٍ لامتناهية.

مدخل مترف الأثاث.

مكتب خاصّ.

مطبخ صناعيّ الحجم.

وفيما كانت الصور تتسلسل أمامه، كاد الحارس يغفو وهو جالس على كرسيّه. صحيح أنّ دوامه كان قد أوشك على الانتهاء، إلاّ أنه كان لا يزال يقظاً وحذراً. فقد كانت الخدمة بمثابة شرف عظيم بالنسبة إليه، وهو كان يأمل بأن يحظى يوماً ما بالثواب الذي لطالما كانً يطمح بالحصول عليه.

وفيما كان جالساً يركّز على الصور التي تتسلسل على الشاشات أمامه، راحت إحدى الصّور تنذره فجأةً بالخطر. فإذا بيده تضغط عندئذ لاشعوريّاً على أحد أزرار لوحة المراقبة مجمِّدةً بالتالي الصورة أمامه. فانحنى نحو الشاشة ناظراً إليها عن كثب وبتوتّرٍ شديد، وإذا بالكتابة على جهاز المراقبة تقول له إنّ الصّورة هذه صادرة عن الكاميرا رقم 86 - وهي كاميرا من المفترض بها أن تكون مشرِفةً على مدخل أو رواق.

غير أنّ الصورة المجمّدة أمامه لم تكن لتشير إطلاقاً لا على مدخل ولا على رواق.

13

حدق لانغدون بانذهال إلى المكتب أمامه: "ما هذا المكان بحقّ الله؟" ولكن، وعلى الرغم من لفحة الهواء الساخنة التي استُقبِل بها، اجتاز عتبة الباب بخوفٍ وارتعاش، وتبعه كوهلر صامتاً.

شرع لانغدون يتفحّص الغرفة، من دون أن تكون لديه أدنى فكرة عن إمكانيّة استخدامها. فقد كانت تحتوي على مزيج فريد ومميّز من التحف الفنية التي لم يشهد لها مثيلاً من قبل. فعلى الجدار الطويل والمقابل له، كان صليب خشبيّ ضخم طاغياً على ديكور الغرفة، ظن لانغدون أنه إسبانيُ الأصل وينتمي إلى القرن الرابع عشر. وفوق الصليب يتدلى من السقف نموذج معدنيّ متحرّك عن الكواكب السيّارة. أما على اليسار، فهناك لوحة زيتيّة لمريم العذراء، وإلى جانبها لوحة مصفّحة ودوريّة للعناصر.

جال لانغدون في الغرفة ناظراً من حوله بدهشة كبيرة. فوجد على مكتب فيترا الإنجيل المقدّس، وإلى جانبه نموذج بلاستيكيّ عن ذرّة بور، ونسخة مطابقة إنما مصغَّرة عن لوحة النبي موسى للرسام ميكال آنجلو.

فكّر لانغدون متسائلاً: "يا له من ديكور انتقائيّ مؤلّف من عناصر مستمدّة من مصادر مختلفة". صحيح أنّ المكان دافئ بالنسبة إليه، إلا أنّ ثمّة شيئاً في الديكور يجعله يشعر بالقشعريرة. لأنه يشهد تصادم قوّتيْن فلسفيّتيْن جبّارتيْن... لا بل تصادم قوّتيْن عظميين متعارضتيْن. ثم راح بعد ذلك يتفحّص بدقّة عناوين الكتب التي كانت موجودة هناك على الرفّ:

الذرّة الإلهية
الطّاو، أو المبدأ الأول لعلم الفيزياء
الله: الحق

وقد كان أحد مساند الكتب محفوراً بالاقتباس التالي:

بالعلم الحقيقيّ نكتشف الله
المنتظِر خلف كلّ باب.
– البابا بيوس الثاني عشر

"كان ليوناردو كاهناً كاثوليكيّاً"، قال كوهلر.

فاستدار لانغدون وسأله مستغرباً: "كاهناً؟ ظننتك قلت إنه كان فيزيائيّاً".

"لقد كان في الواقع الاثنيْن معاً. والرجال الذين جمعوا في ما بين العلم والدين ليسوا بالشيء الجديد في التاريخ. فكُثُرٌ قبله كانوا كذلك، وهو بالتالي كان واحداً منهم. لقد كان يعتبر الفيزياء "شريعة الله الطبيعيّة"، حتى أنه كان يدّعي بأن كتابة الله كانت ظاهرةً بجلاء في النظام الطبيعي من حولنا. وعلاوةً على هذا كلّه، فقد كان يأمل أن يتمكّن يوماً ما من إثبات وجود الله إلى الجماهير الكثيرة الشكوك عن طريق العلم، إذ أنه كان يعتبر نفسه ثيوفيزيائياً".

ثيوفيزيائياً؟ كان لانغدون يعتبر أن هذه الكلمة مركّبة من لفظتيْن متناقضتيْن تماماً.

ثمّ استطرد كوهلر قائلاً: "إن العلماء المختصّين بمجال فيزياء الجسيْمات قد قاموا مؤخّراً باكتشافات روحيّة ودينية مذهلة، وقد كان ليوناردو مسؤولاً عن العديد من تلك الاكتشافات".

أخذ لانغدون يحدّق بمدير مركز Cern محاولاً فهم هذه الأجواء الغريبة

وتحليلها: "روحانيّات وفيزياء؟ كان لانغدون في الواقع قد أمضى حياته المهنيّة في دراسة التاريخ الديني، وإن كان بالتالي من موضوع واحد يتكرّر باستمرار أمامه فهو أنّ الدين والعلم لطالما كانا منذ اليوم الأول للتاريخ عدوّيْن لدوديْن... تماماً كالزيت والماء... لا يتمازجان أبداً.

ثمّ عاد كوهلر وقال: "لقد كان فيترا عند الحدّ الفاصل لفيزياء الجسيْمات، إذ أنه كان قد بدأ يدمج الدين بالعلم... مظهراً كيف أنهما يكمّلان بعضهما بعضاً في معظم الحالات، ومطلقاً بالتالي على هذا الحقل تسمية علم الفيزياء الجديد". أخذ بعد ذلك كوهلر كتاباً عن الرفّ ومرّره إلى لانغدون.

فقرأ لانغدون العنوان الذي كان على غلافه الخارجي. الله والعجائب وعلم الفيزياء الجديد - لواضعه ليوناردو فيترا.

يستطرد كوهلر قائلاً: "صحيح أنّ هذا الحقل صغير، إلا أنه يأتينا بأجوبة حديثة لبعض الأسئلة القديمة التي لطالما كانت تراود الإنسان - أسئلة حول أصل الكون مثلاً، كما وحول القوى التي تربط في ما بيننا جميعاً. لقد كان ليوناردو يعتقد في الواقع أن أبحاثه تلك من شأنها أن تهدي الملايين من الناس نحو حياة أكثر روحانيّة وتديّناً. فهو مثلاً كان قد أثبت في العام المنصرم وجود قوّة أو طاقة توحّدنا جميعاً، إذ أنه قد أثبت أننا جميعاً منوطون فيزيائيّاً ببعضنا بعضاً... وبأنّ الجزيئات التي في جسمك منضفرة بالجزيْئات التي في جسمي... وبأنّ هناك قوّة واحدة فقط تتحرّك فينا جميعاً".

شعر لانغدون باضطراب وقلق عظيميْن: "وقوّة الله تعالى سوف توحّدنا أجمعين". ثمّ قال: "أتريد إذن أن تقولَ إن السيد فيترا قد اكتشف في الواقع طريقة يثبت من خلالها أن الجزيئات كلها مرتبطة ببعضها بعضاً؟".

"لقد أثبت نظريّته هذه إثباتاً حاسماً ونهائيّاً. حتى أنّ هناك مقالاً علمياً أميركياً قد رحّب بعلم الفيزياء الجديد، معتبراً إيّاه السبيل الأضمَن إلى الله من الدين نفسه".

ضرب هذا التعليق على الوتر الحسّاس عند لانغدون الذي وجد نفسه فجأة يفكّر بالطبقة المستنيرة المناهضة للدين، سامحاً بالتالي لنفسه بأن يقوم رغماً عنه بغزو فكريّ موقّت للمستحيل. فَلو كانت الطبقة المستنيرة لا تزال حقّاً ناشطة حتى اليوم، فهل كان من الممكن أن تُقدم على قتل ليوناردو للحؤول دون تمَكّنه من نقل رسالته الدينية تلك إلى العامّة؟ ولكن سرعان ما عاد لانغدون واستبعد هذه الفكرة

قائلاً في نفسه: "هذا سخيف! إن الطبقة المستنيرة أصبحت من الماضي القديم! والأكاديميّون جميعهم يعلمون ذلك!".

تابع كوهلر: "كان لفيترا الكثير من الأعداء في المجال العلمي. فالعديد من العلماء المتزمّتين يمقتونه ويحتقرونه، لا سيّما هنا في CERN، إذ أنهم كانوا يشعرون أن اللجوء إلى علم الفيزياء التحليلي بهدف دعم المبادئ الدينيّة هو بمثابة خيانة للعلم إجمالاً".

"ولكن أليس موقف العلماء اليوم موقفاً أقلّ دفاعياً بعض الشيء حيال الكنيسة؟".

أجابه كوهلر بقرف واشمئزاز: "ولِمَ ينبغي علينا أن نتّخذ موقفاً دفاعيّاً حيالها؟ فلا يمكن للكنيسة أن تستمرّ في مهاجمة العلماء واعتبارهم كبش محرقة، ولكنّك إن كنت تظنّ أن الكنيسة قد أزاحت يدها عن العلم فلمَ لا تسأل نفسك إذن لِمَ أنّ نصف المدارس في بلادك ليس من المسموح لها أن تعلّم نظريّة النشوء، ولِمَ أنّ التحالف المسيحي الأميركي هو التحالف الأقوى والمعادي للتقدّم العلمي في العالم. فالمعركة ما بين العلم والدين لا تزال في أوجّها، يا سيّد لانغدون، ولكنها انتقلت من ساحات القتال إلى الغرف الجانبيّة؛ هذا الاختلاف كله".

أدرك لانغدون أن كوهلر على حقّ. ففي الأسبوع الماضي فقط، قامت مدرسة هارفارد اللاهوتية بمسيرة تظاهريّة إلى المبنى المختصّ بعلم الأحياء محتجّة على إدخال مادّة الهندسة الجينيّة إلى البرنامج الجامعي. غير أنّ مدير القسم الأخير هذا، العالِم الشهير بالطيور السيد ريتشارد آرونيان قد دافع عن منهاجه الدراسيّ الجديد هذا بتدليته من نافذة مكتبه رايةً ضخمة رُسِمت عليها "السمكة" المسيحية إنما معدَّلة بحيث أضيفت إليها أربع أرجلٍ صغيرة - وذلك وبحسب زعم آرونيان إجلالاً لتطوّر السمك الرئوي الأفريقي وتمكّنه من العيش على اليابسة؛ وتحت السمكة استعيض عن كلمة "يسوع" بكلمة "داروين".

إشارة صوتيّة حادّة تُسمع فجأةً في الغرفة، فراح لانغدون يبحث عن مصدر ذاك الصوت، في حين مدّ كوهلر يده نحو لوحة الأزرار الإلكترونية الموجودة على كرسيّه المدولَب منتزعاً جهاز النداء الذي كان مثبَّتاً عليها وقارئاً بالتالي الرسالة التي كانت قد وردته للتوّ.

"جيّد. هذه ابنة ليوناردو. إنّ السيّدة فيترا سوف تخرج الآن من مهبط

الهليكوبتر. سنلتقي بها هناك. أظنّ أنه من الأفضل لها ألاّ تأتي إلى هنا وترى والدها بهذه الحالة".

وافقه لانغدون الرأي، إذ أنها إن رأت والدها بهذه الحالة سوف تُصدم صدمةً حياتها، صدمةً لا يستحقّها ولا أيّ ولد في الكون.

"سوف أطلب من السيدة فيترا أن تشرح لنا المشروع الذي كانت تعمل عليه مع والدها... على أمل أن يساعدنا ذلك في معرفة سبب مقتل هذا الأخير".

"أتظنّ إذن أنّ عمل فيترا له علاقة بمقتله؟".

"هذا محتمَل جدّاً. فليوناردو قال لي مرة إنه يعمل على شيءٍ سوف يقلب المقاييس رأساً على عقب. هذا كلّ ما قاله لي، إذ أنه في الواقع شديد التكتّم حيال مشروعه هذا. صحيح أنه كان يملك مختبراً خاصّاً به وحده، إلاّ أنه كان قد طلب مني مؤخّراً مكاناً منعزلاً يعمل فيه على مشروعه؛ فلبّيت له طلبه بكل سرور، إذ أنه كان حقّاً لامعاً في عمله. إذ كان عمله يتطلّب في الآونة الأخيرة كميّات مضاعفة من الطاقة الكهربائيّة، ولطالما كنت أرغب في الاستفسار منه عن سبب حاجته إلى كل هذه الكميّات من الكهرباء، إلاّ أنني كنت دائماً أحجم عن ذلك". قال هذه الكلمات، واستدار نحو باب المكتب، مردداً: "ولكن، لا يزال هناك أمر واحد يجب أن أطلعك عليه قبل أن نغادر هذه الشقّة".

لم يكن لانغدون واثقاً من أنه يريد فعلاً سماع أي شيء.

"لقد سُرق شيء من فيترا عند مقتله".

"شيء؟ أيّ شيءٍ؟".

"اتبعني".

عاد المدير ودفع كرسيّه المدولَب نحو غرفة الجلوس التي كان الضباب يلفّها من كلّ حدب وصوب، تبعه لانغدون من دون أن تكون لديه أدنى فكرة عمّا كان بانتظاره هناك. اقترب كوهلر من جثّة فيترا، ملوّحاً للانغدون داعياً إيّاه إلى الانضمام إليه. فاقترب لانغدون منه بتردّد، مشمئزّاً من رائحة بول الضحيّة المثلّج.

فقال له كوهلر: "أنظر إلى وجهه".

"أنظر إلى وجهه؟" سأل لانغدون مقطّباً حاجبيْه باستغراب. ظننتك قلت لي إن شيئاً قد سُرق منه.

ركع لانغدون بتردد بالقرب من جثّة فيترا محاولاً إلقاء نظرةً إلى وجهه، غير أنّ رأسه كان مفتولاً نحو الخلف على 180 درجة، في حين كان وجهه مضغوطاً على السجّادة.

عندها، بذل كوهلر قصارى جهوده في محاولة منه للتغلّب على إعاقته، ثم انحنى نحو الجثّة وأدار رأس فيترا المثلّج بحذر تامّ.

"يا إلهي!" صاح لانغدون برهبة شديدة. لقد كان وجه فيترا مليئاً بالدماء وكانت عينه اليتيمة والبندقيّة اللون تحدّق فيه من دون حياة، في حين كان محجر عينه الأخرى ممزّقاً وفارغاً: "لقد سرقوا عينه؟".

14

خرج لانغدون من المبنى رقم C إلى الهواء الطلق، شاكراً ربّه لكونه قد أصبح خارج شقّة فيترا. لقد كان للشمس دور كبير في محو صورة محجر العين الفارغ ذاك من ذهنه.

"من هنا، من فضلك"، قال كوهلر متّجهاً نحو طريق شديد الانحدار. لقد بدا الكرسيّ المدولَب وكأنه يترلق المنحدر بسرعة متزايدة ومن دون أي جهدٍ.

"من المفترَض أن تصل السيّدة فيترا بين لحظة وأخرى الآن".

فأسرع لانغدون ليتمكّن من مجاراة كوهلر.

"إذاً"، سأله كوهلر: "هل ما زلت تشكّ في تورّط الطبقة المستنيرة في هذه المسألة؟".

لم تكن للانغدون أي فكرة عمّا يفترض به أن يفكّر أو يظنّ. فقد كانت عقائد فيترا الدينيّة مقلقةً حقاً، ولكن، على الرغم من هذا كلّه، لم يكن بإمكان لانغدون أن يحمل نفسه على التخلّي عن أيٍّ من الحقائق العلميّة التي لطالما كانت محور أبحاثه ودراساته. وبالإضافة إلى هذا كلّه، فقد كانت هناك أيضاً العين...

"أنا لا أزال على رأيي"، قال لانغدون بحزمٍ يفوق قناعته الشخصية والفعليّة: "بأن ليس للطبقة المستنيرة دخلٌ في هذه الجريمة؛ والدليل الأبرز على ذلك هو العين المفقودة".

"ماذا؟".

استطرد لانغدون شارحاً: "إن البتر أو التشويه الخلقيّ العشوائي ليس من عادات الطبقة المستنيرة إطلاقاً. في الواقع، إن الأخصائيين في مجال الأديان والعبادات يروْن في التشويه الجزافيّ عملاً ناجماً عن الشيع والطوائف الاختصاصيين والمتطرّفة - كالزيْلوتيّين مثلاً، الذين كانوا يقومون بأعمال إرهابية عشوائية - غير أنّ الطبقة المستنيرة طالما كانت أكثر تروياً في قراراها وتصرّفاها".

"تروّياً؟ ولكن أفلا تظنّ أن اقتلاع مُقلة عين أحدهم اقتلاعاً جراحيّاً هو عمل مترَوّى فيه؟".

"إن القيام بهكذا عمل لا يبعث بأيّ رسالة واضحة؛ وعلاوة على ذلك فهو لا يخدم هدفاً سامياً".

توقّف كوهلر بكرسيّه عند قمّة الهضبة، ثم استدار نحو لانغدون وقال: "صدّقني، يا سيّد لانغدون، إنّ هذه العين المفقودة تخدم حقّاً هدفاً سامياً... هدفاً هو في الواقع أسمى بكثير ممّا تظنّ".

وفيما كان يجتازان الهضبة المعشوشبة، تناهى إلى مسمعهما من الغرب صوت إحدى المروحيّات. وبعد ذلك بقليل، ظهرت الهليكوبتر متّجهة نحوهما من فوق الوادي، ثمّ انحدرت انحداراً حادّاً لتحوم ببطء فوق مهبطها على العشب.

يراقب لانغدون المروحيّة أثناء هبوطها، بذهن مشوَّش، متسائلاً إن كان يمكن لليلة طويلة من النوم الهنيء أن تعيد الصفاء إلى أفكاره. إلا أنه كان في الحقيقة يشكّ في ذلك بعض الشيء.

وما أن لامست مزلقات الهليكوبتر الأرض حتى قفز الربّان منها وراح يفرّغ حمولتها - من معدّات تخييم، إلى أكياس رطبة من الفينيل، فأجهزة للتنفّس تحت الماء، وصناديق على شكل أقفاص - وقد بدت كلها وكأنها معدّات عالية التقنية ومخصّصة للغطس تحت الماء.

شعر لانغدون ببعض التشوّش والارتباك، ثم صاح إلى كوهلر وسط هدير المحرّكات قائلاً: "أهذه كلها عدّة السيّدة فيترا؟".

أومأ كوهلر برأسه وأجابه صائحاً بدوره: "أجل، لقد كانت تقوم ببعض الأبحاث الأحيائية في بحر الباليار".

"ولكن ظننتك قلت عنها إنها عالمة فيزيائية!".

"أجل. إنها عالِمة أحيائية وفيزيائية في آنٍ معاً. فهي في الواقع تقوم بدراسة

ترابط أنظمة الحياة، وعملها هذا مرتبط بعمل والدها في مجال فيزياء الجسيْمات ارتباطاً وثيقاً. فهي مثلاً قد دحضت مؤخّراً إحدى نظريّات آينشتاين الأساسية، وذلك من خلال استخدامها كاميرات متزامِنة الذرّات بهدف دراسة ومراقبة مجموعة أو قطيع مائيّ من سمك التُّنّ".

راح لانغدون يحدّق في وجه مُضيفه ليرى إن كان يمزح معه أم ماذا. فما علاقة آينشتاين بسمك التّنّ؟ وبدأ يتساءل إن كانت المركبة الفضائية X-33 قد أنزلته بالخطأ على هذا الكوكب.

وما هي إلا فترة وجيزة، حتى ترجّلت فيتوريا فيترا من الهليكوبتر. فأدرك روبرت لانغدون أن يومه سوف يكون حافلاً بالمفاجآت خصوصاً عندما بدت له فيتوريا بسروالها القصير الكاكيّ اللون وقميصها الأبيض غير المُردَّن، مختلفة تماماً عن صورة عالمة الفيزياء المولعة بالكتب والدراسة والتي كان قد كوّنها عنها في ذهنه. لقد كانت في الواقع رشيقةً وممشوقة القامة، حنطيّة البشرة، في حين كان شعرها الأسود والطويل يتطاير وسط دوّامة هواء المروحيّة. أمّا ملامح وجهها فكانت إيطاليّة محض - صحيح أنها لم تكن في غاية الجمال، إلا أنها كانت تتمتّع بملامح شهوانيّة تجذب حتى من على بعد عشرين ياردةً. وفيما كانت التيّارات الهوائية تلاطم جسمها من كل حدب وصوب، راحت ثيابها تلتصق على جسدها مبرزةً جذعها النحيل ونهديْها الصغيريْن.

"إن السيدة فيترا امرأة قويّة الشخصيّة"، قالها كوهلر بعد أن أيقن افتتان لانغدون بجمالها الساحر والأخّاذ. ثم استطرد قائلاً: "فهي في الواقع تمضي شهوراً بكاملها في العمل في أنظمة بيئيّة خطيرة. إنها نباتيّة من حيث نظامها الحميّ، كما وأنها مرشِدة CERN الروحية في نظام تمرينات الهاتا يوغا الهندوسيّة".

"الهاتا يوغا؟" قال لانغدون مستغرِقاً في التفكير. لقد بدا له نظام التمرينات التأمليّة البوذي والقديم هذا بمثابة مهارة غريبة بالنسبة إلى عالمة فيزيائية وابنة كاهن كاثوليكي.

راح لانغدون يراقب فيتّوريا وهي تقترب منهما. من الواضح جداً أنها كانت تبكي، إذ أنّ عينيْها كانتا مملوءتان بعواطف لم يتمكّن لانغدون من تحديدها. ولكن وعلى الرغم من هذا كلّه، فقد كانت تتجه نحوهما بغضب واندفاع. لقد كانت

أوصالها قويّة ومتألّقة بشعاع البشرة المتوسّطية التي استمتعت على ما يبدو بساعات طويلة في الشمس.

بادرها كوهلر فيما كانت تدنو منهما بالقول: "أتقدّم منك بأحرّ التعازي، يا فيتّوريا. لقد كان موته خسارة كبيرة للعلم... كما ولنا جميعـاً هنا في CERN".

فأومأت فيتّوريا برأسها معبّرةً له عن شكرها وامتنانها، وعندما تكلّمت، كان صوتها لطيفاً وهادئاً، في حين كانت لهجتها الإنكليزيّة حلقيّة ومميّزة: "هل تعلم من المسؤول عن هذا؟".

"نحن لا نزال نعمل على ذلك".

استدارت بعد ذلك نحو لانغدون، مادّةً له يداً نحيلة وقالت: "اسمي فيتّوريـا فيترا. لا شكّ في أنّك من الأنتربول، على ما أفترض".

أخذ لانغدون بيدها، مسحوراً بعمق نظرتها السابرة والدامعة، ثم قال: "اسمي روبرت لانغدون". ثم سكت إذ أنه لم يكن واثقاً ممّا كان مـن المفتـرض بـه أن يضيف قائلاً.

فتدخل كوهلر شارحاً: "إن السيّد لانغدون لـيس مـع السـلطات. إنـه اختصاصي من الولايات المتحدة الأميركية، وهو هنا ليساعدنا علـى اكتشـاف المسؤول عن هذه الجريمة الشنيعة".

فنظرت إليه فيتّوريا غير مرتاحة لكلامه هذا وسألته: "وماذا عن الشرطة؟".

تنهّد كوهلر من دون أن ينبس ببنت شفة.

ثم سألته قائلةً: "وأين الجثة؟".

"ثمّة مَن يلازمها ويسهر عليها".

تفاجأ لانغدون بهذه الكذبة البيضاء.

"أريد أن أراه"، قالت فيتّوريا.

فقال لها كوهلر عندئذ: "لقد قُتل والدك بطريقة وحشيّة، يا فيتّوريا. لذا فقد يكون من الأفضل لك أن تتذكّريه بالصورة التي تحتفظين بها عنه في ذهنك".

وكانت فيتّوريا قد بدأت تتكلّم عندما قاطعها صياح بعض الأشخاص.

"مرحباً يا فيتّوريا!" صاحت جماعة من الأشخاص عن بعد: "أهـلاً بـكِ في ديارك!".

استدارت ناظرة إلى مجموعة من العلماء المارّين بمهبط الهليكوبتر والذين يلوّحون لها بسرور.

ثم صاح لها أحدهم قائلاً: "هل ثمّة نظريّات أخرى لآينشتاين سوف تضحدينها؟".

وأضاف عالِم آخر قائلاً: "لا شكّ في أنّ أباك فخور جدّاً بك!".

سلّمت فيتّوريا على الرجال سلاماً خفيفاً، ثم استدارت نحو كوهلر والحيرة بادية بجلاء على محيّاها: "ألم يعلم أحد بعد بالأمر؟".

"ظننت أنه من المفترض بنا أن نكتم الأمر ونحافظ على سرّيته".

"لم تخبر إذن العلماء والعمّال بمقتل والدي؟".

كانت الحيرة في نبرتها قد انقلبت غضباً.

فأجابها كوهلر بنبرة قاسية: "ربّما قد نسيتِ يا سيّدة فيترا أنني إن بلّغت عن مقتلِ والدك فسوف تبدأ عندئذ التحقيقات في CERN، كما وسوف يقومون أيضاً بتفتيش مختبر والدك تفتيشاً دقيقاً، في الوقت الذي لطالما كنت أحاول أن أحترم سرّية والدك وأحرص على حفاظه على خصوصيّاته. في الواقع، إنّ والدك لم يطلعني سوى على أمرين اثنين فقط في ما يختصّ بمشروعكما الحالي. أوّلهما، إنه قادر على مدّ CERN بملايين الفرنكات من حيث تأمينه التراخيص للعقود خلال العقد التالي؛ وثانيهما إنه ليس بعد مستعدّاً لنشره على العلن لأنه لا يزال يعتبره من التقنيّات الخطيرة. لذا، ونظراً إلى هذين الأمرين، فأنا أفضّل ألا يدخل الغرباء إلى مختبره ويسرقوا عمله، أو يقتلوا أنفسهم في هذه العملية، ملقين بالتالي بالمسؤولية القانونية على CERN. أيبدو كلامي واضحاً الآن؟".

راحت فيتّوريا تحدّق إليه بصمت. فاستشعر لانغدون بأنها احترمت وجهة نظره وقبلت بها على مضض.

ثمّ استطرد كوهلر قائلاً: "قبل أن نبلّغ السلطات بأي شيء، يتعيّن عليّ أن أعرف الأمر الذي كنتما تعملان عليه؛ لذا يجب أن تصحبينا إلى مختبركما".

"لا علاقة للمختبر بالأمر"، قالت فيتّوريا: "فلم يكن أحد يعلم بالموضوع الذي كنت أنا ووالدي نعمل عليه. وبالتالي فأنا أؤكّد لك أن لا علاقة لعملنا هذا بمقتل والدي إطلاقاً".

تنهّد عندئذٍ كوهلر وقال: "غير أنّ الأدلّة تقول عكس ذلك تماماً".

"أدلّة؟ أيّ أدلّة؟".

لقد كان في الواقع لانغدون يتساءل بينه وبين نفسه السؤال نفسه.

راح كوهلر يربّت فمه من جديد قائلاً: "ثقي بي فحسب".

ولكن نظرة فيتّوريا إليه توحي أنها لم تكن لتثق به إطلاقاً.

15

تبع لانغدون بصمت وبخطىً واسعة فيتّوريا وكوهلر اللذين كانا يتجهان من جديد نحو الردهة الرئيسة حيث كانت قد بدأت زيارة لانغدون الغريبة العجيبة هذه. كانت ساقا فيتّوريا تتحرّكان بسلاسة ورشاقة لا شكّ في أنهما ناجمتان عن المرونة والتركيز والسيطرة التي تتطلّبها تمارين اليوغا. وكان بإمكانه سماعها تتنفّس ببطء وتروٍّ وكأنها تحاول أن تخفّف من حزنها وألمها.

كان لانغدون يريد أن يقول لها شيئاً لطيفاً ومعزّياً، إذ أنه هو أيضاً كان قد مرّ بمثل هذه الحالة من قبل، وأدرك الشعور الموحش بالفراغ الذي ينتاب المرء عندما يخسر فجأة أحد والديْه. وراح يتذكّر الجوّ المكفهرّ والممطر يوم الجنازة. فبعد مرور يوميْن على عيد ميلاده الثاني عشر، كان المنزل يعجّ برجال يرتدون بذلات رماديّة، رجال راحوا يشدّون على يده بقوّة وهم يسلّمون عليه لتعزيته. لقد كانوا جميعهم يتمتمون كلمات كـ "قلبية" و"ضغط"، في حين كانت أمّه تخبر الجميع على سبيل المزاح وهي تبكي إنها لطالما كانت قادرة على متابعة أحوال البورصة بمجرّد إمساكها بيد زوجها وجسّها نبضه.

وفي أحد الأيام، عندما كان والده لا يزال على قيد الحياة، سمع لانغدون أمّه تتوسّل إلى أبيه لكي "يتوقّف ويشتمّ رائحة الأزهار". ففي ذاك العام نفسه، اشترى لانغدون لوالده، لمناسبة عيد الميلاد، وردة زجاجيّة صغيرة منتفخة. كانت أجمل شيء شاهده لانغدون حتى الآن... إذ أنها كانت تعكس الأشعة الشمسيّة باعثة بقوس قُزح رائع من الألوان الزاهية على الحائط. "إنها رائعة"، قال له والده عندما فتحها مقبِّلاً روبرت على جبينه: "فلنبحث لها معاً عن مكان آمن نضعها فيه". ثم وضع والده الوردة بحذر على إحدى الرفوف العالية والمغبَّرة، في أكثر زوايا غرفة الجلوس ظلمةً. ولكن بعد بضعة أيام، أحضر لانغدون كرسيّاً وصعد عليه وأخذ

الوردة وأعادها إلى المتجر الذي كان قد اشتراها منه من دون أن يلاحظ والده يوماً اختفاء تلك الوردة.

فجأة يعيد المصعد لانغدون إلى الحاضر حيث سبقاه كوهلر وفيتّوريا إليه. فوقف لانغدون متردداً خارج أبواب المصعد المفتوحة على مصراعيْها.

"هل من خطب؟" سأل كوهلر، وقد بدا مستعجلاً أكثر منه، وقلقاً عليه.

"لا، إطلاقاً"، أجابه لانغدون، متقدّماً نحو المصعد الضيّق رغماً عنه. فهو في الواقع لم يكن ليستخدم المصعد إلا عند الضرورة، إذ أنه كان يفضّل بيوت السلالم الواسعة والشّرحة.

"يقع مختبر الدكتور فيترا تحت الأرض"، قال كوهلر.

"رائع"، قالها لانغدون في نفسه، وهو يخطو داخل المصعد، شاعراً بهواء بارد جليديّ يتصاعد من أغوار بيت المصعد. ثمّ أوصدت الأبواب وبدأ المصعد بالهبوط.

"ستّ قصص"، قال كوهلر بانشداه تماماً وكأنه آلة محلّلة.

راح لانغدون يتصوّر الظلمة التي تسود بيت المصعد الفارغ تحتهم، محاولاً إزالة هذه الصورة من ذهنه من خلال تركيزه على الشاشة المرقّمة التي تشير إلى انتقالهم من طبقة إلى أخرى. ولكن الغريب في الأمر هو أن المصعد لم يكن يشير سوى إلى وجود طبقتيْن اثنتيْن فقط، ألا وهما الدور الأرضي والـ LHC.

"إلام تشير الأحرف LHC؟"، سأل لانغدون محاولاً ألا يدع التوتر والخوف يبدوان في صوته.

فأجابه كوهلر قائلاً: "إنها تشير إلى عبارة Large Hadron Collider، أي مصادم أو مسرِّع الجسيْمات الضخم".

"مسرِّع الجسيْمات؟" كانت للانغدون فكرة غامضة عن هذا المصطلح. فهو سمعه أول مرّة عندما كان يتناول العشاء مرّةً مع بعض زملائه في دانستر هاوس في كامبريدج، ووصل أحد زملائه الفيزيائيين واسمه بوب براونِل إلى العشاء غاضباً.

"لقد قاموا السفلة بإلغائه!" قال براونِل شاتماً.

"بإلغاء ماذا؟" سأله الجميع.

"الـ SSC!".

"الـ ماذا؟".

"الـ Superconducting Super Collider، أو مصادِم الجسيْمات المفـرِط المُوَصِّليّة".

فقال أحدهم هازّاً كتفيْه لامبالاةً: "ولكني لم أكن أعلم أن هارفارد في صدد بناء شيءٍ من هذا القبيل".

"لا دخل لهارفارد بذلك!" هتف صائحاً: "إنما الولايات المتحدة الأميركيـة! كان سيكون أقوى وأعظم مسرِّع للجسيْمات في العالم! لقد كان هذا المشـروع من أهمّ مشاريع العصر العلميّة! لقد أنفقوا عليه إلى الآن أكثر من بليـونيْ دولارا، وإذا بمجلس الشيوخ يضع فجأةً يده عليه. تباً لجماعة الضغط تلك!".

وأخيراً، وعندما استعاد براونِل هدوءه، شرح لهم أنّ مسرِّع الجسيْمات هـذا هو كناية عن قناة أو نفق كبير ودائري تتمّ من خلاله عمليّة تسـريع الجسـيْمات دون الذرّيّة، إذ أنّه يحتوي على أجزاء مغنطيسيّة تظلّ تدور وتنطفئ على نحو متتال وسريع حتى تصبح قادرة على تدوير الجسيْمات مراراً وتكراراً إلى أن تبلـغ هـذه الأخيرة سرعة مروِّعة وهائلة. ففي الواقع، إن الجسيْمات التي تبلغ تلـك السـرعة القصوى تدور في ذلك النفق بسرعة تفوق الـ 180.000 ميلاً في الثانية الواحدة.

"ولكن هذه السرعة تضاهي تقريباً سرعة الضوء"، قـال أحـدهم بدهشـة شديدة.

"هذا صحيح"، قال براونِل، واستطرد شرحه قائلاً إنه في حال قـام العلمـاء بتسريع جسيْميْن اثنيْن وتدويرهما باتّجاهيْن متعارضين داخـل النفـق، ومـن ثمّ جعلوهما يتصادمان ببعضهما البعض فقد يتمكّنون بالتالي من تفتيت الجسيمَيْن إلى مكوّناهما الأساسيّة، فيلقوا بالتالي نظرة على مكوّنات الطبيعة الأولى والأساسيّة. ثمّ أضاف براونِل قائلاً: "تشكّل في الواقع مسرِّعات الجسيْمات نقطة تحوّل خطـيرة وحاسمة بالنسبة إلى المستقبل العلمي، وذلك لأن الجسيْمات المتصادمة هي وحـدها بإمكانها أن تساعدنا على فهم العناصر الأولى والأساسية التي يتألّف منها الكـون وإدراكها".

لم يبدُ شاعر هارفارد، وهو رجل هادئ يُـدعى تشـارلز بـرات متـأثّراً بالموضوع، إذ قال: "يبدو لي هذا كلّه أسلوباً نياندرتاليّاً بدائيّاً للتوصّل إلى العلم... أسلوباً شبيهاً بتحطيم الساعة لاكتشاف طريقة عملها كما ومكوِّناها الداخليّة.

عندها رمى براونِل شوكته وخرج من الغرفة غاضباً.

"لدى CERN إذاً مسرِّع للجسيْمات؟" راح لانغدون يفكّر في نفسه، فيما المصعد لا يزال يهبط بهم: "قناة دائريّة لتحطيم الجسيْمات وتفتيتها". ولكنه راح يتساءل لِمَ دفنوه تحت الأرض.

وعندما توقّف المصعد، شعر لانغدون بارتياح كونه قد وصل أخيراً إلى برّ الأمان. ولكن سرعان ما تبخّر ارتياحه هذا عندما فُتحت أبواب المصعد على مصراعيْها، إذ وجد روبرت لانغدون نفسه واقفاً مرّةً أخرى في عالمٍ غريب عنه كلّياً.

كان الممرّ يمتدّ أمام ناظريْه من الجهتيْن، يميناً ويساراً، إلى ما لا نهاية؛ وكان هذا الممر كناية عن نفق شاسع من الإسمنت بحيث يتّسع لمرور عربة مزوّدة بثماني عشرة عجلة. وكانت الناحية التي يقفون فيها شديدة الإنارة، في حين كان الممرّ شديد السواد والظلمة في الأسفل. وفجأة ينبعث هواء خفيف رطبٍ من الظلمة – وكأنه تذكير مقلِقٌ بتواجدهم الآن في غور الأرض.

بدا لانغدون وكأنه يحسّ بثقل التراب والحجارة المتدلية فوق رأسه، وشعر للحظة وكأنه في التاسعة من عمره... إذ كانت الظلمة تعود بذكرياته إلى الوراء... إلى تلك الساعات الخمس الكالحات الظلام اللواتي لا يزلن يطاردنه حتى الآن.

ظلّت فيتّوريا صامتة، خرجت من المصعد، وراحت تجتاز الظلمات وحدها بخطىً واسعة ومن دون أيّ تردّد. صحيح أنّ المصابيح الفلْوريّة كانت تنير طريقها، غير أنّ الجوّ العامّ للنفق كان غير مريح على الإطلاق، فكّر لانغدون في نفسه، وراح يتبعها هو وكوهلر من دون تفكير، وقد كانت مسافة طويلة تبعدهما عنها.

ثمّ قال لانغدون بهدوء: "ومسرِّع الجسيْمات هذا، أهو هنا في مكانٍ ما تحت الأرض داخل هذا النفق؟".

"ها هو هناك". أجابه كوهلر مشيراً إلى جهته اليسرى، حيث كانت قناة طويلة ولمّاعة من الكروم تمتدّ على طول الجدار الداخليّ للنفق.

نظر لانغدون إلى القناة بارتبك وحيرة: "أهذا هو المسرِّع؟" لا يبدو هذا الجهاز مثلما تصوّره. فقد كان مستقيماً وذا قطر عرضه حوالى ثلاث أقدام، كما أنه يمتدّ أفقيّاً على طول النفق قبل أن يختفي في الظلام، اعتبره لانغدون: "إنه أشبه بمجرور عالي التقنية". ثمّ وجّه الحديث إلى كوهلر قائلاً: "ظننت أنّ مسرِّعات الجسيْمات تكون دائريّة الشكل".

فأجابه كوهلر: "أجل، هذا المحرِّك دائريّ الشكل، صحيح أنه يبدو مستقيماً، ولكنّها خدعة بصريّة. في الواقع، إنّ محيط دائرة هذا النفق كبير بمكان أن تقوّسَه أو انحناءه لا يظهر للعين - تماماً كتقوّس الأرض مثلاً".

بدا لانغدون مذهولاً. هذه دائرة؟ "لا بدّ من أنها كبيرة الحجم حقّاً!".

"إنّ الـــ LHC أكبر آلة في العالم".

تذكّر لانغدون عندئذ أنّ سائق CERN كان قد حدّثه من قبل عن آلة هائلة الحجم مطمورةٍ تحت الأرضً. ولكن -.

إن قطره يزيد على الثمانية كيلومترات، في حين أنّ طوله يزيد علـــى ســبعةٍ وعشرين كيلومتراً".

ذُهل لانغدون لدى سماعه ذلك. "سبعة وعشرون كيلـــومتراً؟" راح يحـــدّق بالمدير مشدوهاً ثمّ استدار ونظر إلى داخل النفق المظلم أمامه. "هذا النفـــق طولـــه سبعة وعشرون كيلومتراً؟ إنه... إنه يتخطّى الستة عشر ميلاً!".

أومأ كوهلر برأسه قائلاً: "إنه مجوَّف تجويفاً دائريّاً مثاليّاً. فهو يمتدّ وصولاً إلى فرنسا قبل أن يعود وينعطف باتّجاه هذه النقطة؛ وبالتالي فإن الجسيْمات ولـــدى بلوغها سرعتها القصوى سوف تدور في هذه القناة أكثر من عشرة آلاف دورة في الثانية الواحدة قبل أن تتصادم ببعضها البعض".

شعر لانغدون بتمطّط قدميْه وهو يحدّق إلى أسفل النفق المجوّف. "أتريـــد أن تقول لي إذن أنّ CERN قد حفر في الأرض ملايين الأطنان من التراب فقط لكي يتمكّن من تفتيت جسيْمات صغيرة؟".

فهزّ كوهلر كتفيْه وقال: "يتعيّن على الإنسان أحياناً أن يحرّك الجبـــال مـــن أماكنها سعياً وراء الحقيقة".

16

على بعد مئات الأميال من CERN، سُمع صوتٌ عبر جهازٍ لا سلكيّ يقول: "حسناً، أنا في المدخل".

فضغط الفنيّ المسؤول عن مراقبة شاشات الفيديو على الزرّ الموجود على جهـــاز إرساله. "ابحث عن الكاميرا رقم 86. من المفترض أن تكون في آخر الرواق".

65

ثم تلا ذلك صمت طويل على الراديو، وكان الفنيّ المنتظِر قد بدأ يفقد صبره، وأخيراً سمع قرقعة على جهازه.

"ليست الكاميرا هنا"، قال الصوت عند الطرف الآخر للراديو: "ولكن يمكنني رؤية المكان الذي كانت مثبّتة فيه. يبدو أنّ هناك مَن انتزعها من هنا".

تنهّد الفنيّ تنهيدة طويلة ثمّ قال: "شكراً. إبقَ معي للحظة، من فضلك".

فعاد وركّز انتباهه من جديد على صفّ شاشات الفيديو التي كانت أمامه. لقد كانت في الواقع أجزاء كبيرة من المجمّع مفتوحة أمام العامّة، ولطالما كانت تختفي بعض الكاميرات اللاسلكيّة منه من قبل، إذ كان يُقدم أحياناً بعض الزوّار المزوحين على سرقتها سعياً وراء تذكار أو ما شابه؛ ولكن عادةً، ما أن كانت إحدى الكاميرات تغادر المركز، أو تصبح خارج الخدمة حتى كان الإرسال ينقطع عن الشاشة. فارتبك الفنيّ، وعاد يحدّق في المِرقاب، فإذا بالصورة الصادرة عن الكاميرا رقم 86 صافيةً كالبلّور.

فتساءل: "إن كانت الكاميرا قد سُرقت فعلاً، فلماذا لم ينقطع الإرسال عنها؟ لم يكنْ لذلك سوى تفسير واحد فقط، ألا وهو أنّ الكاميرا لا تزال داخل المجمّع، إنما ثمّة من قام بنقلها من مكانها إلى مكانٍ آخر. ولكن مَن تُراه قد يُقدم على عمل كهذا؟ ولماذا؟".

ظلّ يتفحّص المِرقاب لفترة طويلة، ثمّ التقط أخيراً جهازه اللاّسلكيّ وقال: "هل من خزانات أو فجوات سريّة أو مظلّلة في بيت السلّم هذا؟".

فأجابه الصوت عند الطرف الآخر بارتباك قائلاً: "كلاّ. لمَ هذا السؤال؟".

رد الفنيّ عابساً: "حسناً. لا بأس. شكراً لمساعدتك". ثمّ أطفأ جهازه اللاسلكيّ زامّاً شفتيْه.

نظراً إلى صغر حجم كاميرا الفيديو تلك، ولكونها لاسلكيّةً، أدرك الفنيّ أنه يمكن للكاميرا رقم 86 أن تبثّ من أيّ مكان، ضمن نطاق المجمّع الشديد الحراسة - ذاك المجمّع الذي يضمّ اثنيْن وثلاثين مبنى منتشرين على مساحة نصف ميل. فالتفسير الوحيد لذلك هو أن تكون الكاميرا قد وُضعت في مكان مظلم. غير أنّ تحليله هذا لم يكن بالطبع كافياً لاكتشاف مكان الكاميرا، إذ أن المجمّع كان يحتوي في الواقع على عدد لامتناه من الأماكن المظلمة - كحجرات الصيانة وقنوات التدفئة، وسَقائف العدّة الجُنائنيّة، وحجرات الملابس، وحتى شبكة الأنفاق التحت

أرضيّة. وبالتالي فقد يستغرق تحديد موقع الكاميرا رقم 86 أسابيع عديدة.

"ولكنّ هذا آخر همومي"، فكّر في نفسه.

فعلى الرغم من المشكلة التي كانت تطرحها مسألة تحديد مكان الكاميرا، كان الفنيّ يواجه مشكلةً أخرى أخطر بكثير. فراح يحدّق من جديد إلى الصورة التي كانت تبثّها الكاميرا المفقودة، وإذا به يرى فيها شيئاً ثابتاً، شيئاً أشبه بجهاز عصريّ لم يكن الفنيّ قد رأى مثله من قبل. فراح يتفحّص وميض الشاشة الإلكترونيّة عند قاعدته.

وعلى الرغم من كون الحارس خاضعاً لتدريبات قاسية وصارمة تحضّره لهكذا مواقف متوتّرة، إلا أنه كان يشعر بارتفاع متزايد في ضغطه. فهو كان يقول لنفسه، إنه من المفترض به ألاّ يدع الذعر والهلع يستحوذان عليه، إذ لا بدّ من أن يكون هناك ثمّة تفسير لهذا كلّه. فقد بدا له هذا الشيء صغيراً بمكان أنه من المستحيل أن يكون ذا خطورةٍ كبرى. غير أنّ مجرّد وجوده داخل المجمّع كان يقلقه، لا بل كان يقلقه فعلاً.

ولطالما كان الأمن من أوّل الأولويّات بالنسبة إلى ربّ عمله؛ ولكن اليوم بالتحديد، وأكثر من أيّ يوم آخر من أيام السنوات الاثنتي عشرة الماضية، كان الأمن ذا أهميّة كبرى. حدّق الفنيّ بذاك الشيء لوقتٍ طويل، ثمّ راح يشعر بدمدمات عاصفة بعيدة قادمة نحوه.

فاتّصل برئيسه على الفور والعرق يتصبّب منه.

17

ليسوا كثيراً الأولاد القادرين على قول إنهم يتذكّرون اليوم الأول الذي قابل فيه كل منهم والده، ولكنّ فيتّوريا فيترا قادرة فعلاً على ذلك. فقد كانت حينذاك في الثامنة من عمرها ومقيمةً في ميتم سيينا، ميتم كاثوليكيّ بالقرب من فلورانس، نشأت فيتّوريا وترعرعت فيه منذ نعومة أظافرها عندما وضعها هناك والداها اللذان لم تعرفهما يوماً. لقد كان المطر ينهمر بغزارة في ذلك اليوم، وكانت الراهبات قد نادتها إلى ذلك الحين مرتيْن لكي تأتي وتنضمّ إليهنّ على العشاء، ولكنها قد تظاهرت كالمعتاد بأنها لم تسمعهنّ. فقد كانت ممدّدة في الفناء الخارجيّ تشاهد

قطرات المطر تتساقط على جسمها، محاولةً أن تحزر المكان الذي سوف تحطّ فيه النقطة التالية. فراحت الراهبات تناديها مجدداً مهدّدات إياها بأنه يمكن لداء ذات الرئة أن يحوّل الولد الشديد العناد إلى ولد قليل الفضوليّة حيال الطبيعة.

"لا أسمعكنّ"، كانت فيتّوريا تفكّر بينها وبين نفسها.

كانت مبلّلة حتى عظامها، عندما خرج الكاهن الشاب لمناداتها. وهي لم تكن تعرفه قطّ، إذ أنه كان جديداً هناك. فانتظرته فيتّوريا لكي يمسك بيدها ويجرّها إلى الداخل، ولكنّه لم يفعل. فإذا به يتمدّد إلى جانبها، مغطِّساً ثوبه في إحدى بريْكات الماء الموحلة.

"سمعت عنكِ أنك تطرحين الكثير من الأسئلة"، قال لها الشاب.

فأجابته فيتّوريا عابسةً: "وهل الأسئلة شيء مزعج؟".

ضحك قائلاً: "أظنّ أنّ ما سمعته عنك صحيح".

"لِمَ أنتَ هنا؟".

"للسبب نفسه الذي أنتِ هنا من أجله... أتساءل عن سبب تساقط قطرات المطر".

"أنا لا أتساءل عن سبب تساقط قطرات المطر! فأنا أعرف سبب تساقطها!".

فنظر إليها الكاهن بتعجب وقال: "حقّاً؟".

"أجل. فتقول الأخت فرانسيسكا إن قطرات المطر هي دموع الملائكة التي تتساقط لكي تغسل خطايانا وتطهّرنا منها".

"يا له من شيء رائعٍ حقّاً"، قال الكاهن مذهولاً. "هذا هو السبب إذاً".

"كلاّ!" أجابته الفتاة: "تتساقط في الواقع قطرات المطر لأن كل شيء في هذا الكون يتساقط! فكل شيء يتساقط! ليس المطر فحسب!".

حكّ الكاهن رأسه، وقد بدت الحيرة على وجهه، ثم قال: "أتعلمين يا فتاة، أنت على حقّ. كل شيء في هذا الكون يتساقط بسبب الجاذبية".

"بسبب ماذا؟".

فنظر إليها مستغرباً: "ألم تسمعي من قبل بالجاذبيّة؟".

"كلاّ".

فهزّ الكاهن كتفيْه استهجاناً. "وا أسفاه! يمكن في الواقع للجاذبيّة أن تجيب عن الكثير من الأسئلة".

جلست عندئذ فيتّوريا وسألته: "ما هي الجاذبيّة؟ قلْ لي!".

فغمزها الكاهن قائلاً: "ما رأيك لو ندخل الآن وسوف أخبرك بكل شيء على العشاء؟".

لقد كان الكاهن الشاب ليوناردو فيترا. فهو وعلى الرغم من كونه حائزاً على جائزة في الفيزياء أثناء دراسته الجامعية، إلا أنه شعر بعد ذلك بأن لديه دعوة أخرى يتعيّن عليه تلبيتها، والتحق بالتالي بالمعهد اللاّهوتي. وهكذا أصبح ليوناردو وفيتّوريا صديقيْن حميميْن في هذا العالم الموحِش، عالم الراهبات والأنظمة، إذ أعادت فيتّوريا الضحكة إلى وجه ليوناردو، في الوقت الذي حضنها هذا الأخير وراح يعلّمها أن الأشياء الجميلة كأقواس القزح والأنهار لديها تفسيرات عديدة. فشرع يخبرها عن النور والكواكب والنجوم، كما عن كل شيء في الطبيعة، وذلك من خلال وجهتيْ النظر الدينيّة والعلميّة معاً. وقد كانت فيتّورياً بطبيعتها تحبّ العلم والمعرفة، الأمر الذي جعل منها تلميذة ماهرةً. فقد كان ليوناردو يرعاها ويهتمّ بها تماماً وكأنها ابنته.

وكانت فيتّوريا سعيدة بذلك أيضاً. فهي لم تعرف يوماً السعادة الناجمة عن فكرة أن يكون لديها والد يحبّها ويهتمّ بها. وفيما كان الجميع يجيبها على أسئلتها بصفعة على معصمها، كان ليوناردو يمضي معها ساعات طويلة في القراءة والمطالعة؛ حتى أنه كان يسألها عن آرائها في مواضيع شتّى. ولطالما كانت فيتّوريا تتوسّل إلى ليوناردو لكي يبقى دائماً إلى جانبها، إلى أن تحقّق ذات يوم الكابوس الذي كان دائماً يطاردها، عندما أخبرها الأب ليوناردو بأنه مضطرّ إلى مغادرة الميتم.

"سوف أنتقل إلى العيش في سويسرا"، قال ليوناردو. "لقد حصلت على منحة لدراسة الفيزياء في جامعة جنيف".

"الفيزياء؟" صاحت فيتّوريا: "ظننتك تحبّ الله!".

"هذا صحيح، أنا أحبّ الله حقّاً؛ لذا أريد أن أدرس قواعده الإلهية. فالقوانين الفيزيائيّة هي في الواقع الأقمشة القنّبيّة التي خلقها الله ليرسم عليها تحفته".

بدت فيتوريا شديدة الحزن إلى أن أطلعها الأب ليوناردو على الخبر الآخر والسارّ بأنه تحدّث إلى رؤسائه وقد سمحوا له بأن يتبنّاها.

"أتعجبك فكرة أن أتبنّاك؟" سأل ليوناردو.

69

"ما الذي تقصده بذلك؟" قالت فيتّوريا.

فشرح لها الأب ليوناردو الفكرة، وعندها عانقته فيتّوريا لخمس دقائق، ذارفة الدموع فرحاً. "آه أجل! أجل!".

أخبرها ليوناردو بأنه مضطرّ في البداية إلى السفر وحده لكي يشتري بيتاً ويجهّزه، ولكنه وعدها بأن يعود بعد ذلك ويرسل بطلبها في غضون ستّة أشهر لكي تأتي إليه وتعيش معه. وقد كانت فترة الانتظار تلك أطول فترة عرفتها فيتّوريا في حياتها، غير أنّ ليوناردو وفى فعلاً بوعده لها. وبالتالي، وقبل خمسة أيامٍ من بلوغها عامها التاسع، انتقلت فيتّوريا إلى العيش مع ليوناردو في جنيف، حيث كانت تقصد مدرسة جنيف الدولية نهاراً، وتتعلّم أموراً عديدة من والدها ليلاً.

وبعد مرور ثلاثة أعوام على ذلك، بدأ ليوناردو فيترا عمله في مركز CERN، ممّا اضطر ليوناردو وفيتّوريا إلى تغيير مكان سكنهما مرّة جديدة، إنما هذه المرة للعيش في عالمٍ عجائبيّ لم تحلم الشابة فيتّوريا بمثله من قبل.

شعرت فيتّوريا فيترا بجسمها كلّه مخدّراً وهي تجتاز بخطى واسعة نفق مسرِّع الجسيْمات. لقد كانت تشعر بغياب والدها، كما وأنها كانت قد بدأت تفتقده. فهي كانت تعيش إجمالاً حياةً هادئة، حياة متناغمة مع العالم المحيط بها، وإذا بها تشعر فجأة الآن بأنّه لم يعد لحياتها أيّ معنى. لقد كانت الساعات الثلاث الأخيرة تلك ضبابيّة بمكان أنها كانت تعشي قلبها وبصرها.

كانت الساعة العاشرة صباحاً عندما اتصل بها كوهلر إلى جزر الباليار ليخبرها بالفاجعة. "لقد قُتل والدك. يجب أن تحضري إلى هنا حالاً". عندها، وعلى الرغم من القيظ الشديد والمزعج على ظهر سفينة الغطس، كانت كلماته تلك قد جعلت عظامها ترتجف برداً، هذا مع العلم أنّ نبرة كوهلر الخالية من أيّ تأثّر أو عواطف، والتي أطلعها بها على الفاجعة كانت بالنسبة إليها مؤلمةً بقدر ما كان الخبر نفسه.

وها هي الآن قد عادت إلى ديارها. ولكن لماذا، وما هي الفائدة من عودتها تلك؟ فقد بدا لها فجأة CERN، وهو العالم الذي تعيش فيه منذ الثانية عشرة من عمرها، غريباً بالنسبة إليها، وذلك لأن والدها، ذاك الرجل الذي كان يملأ عليها حياتها سحراً وفرحاً، قد رحل.

"نفساً عميقاً"، قالت لنفسها، ولكنها لم تكن قادرةً على استعادة هدوئها

الذهني وصفوه، وذلك لأنّ أسئلة عديدةً كانت تدور وتدور في ذهنها. من قتل والدي؟ ولماذا؟ ومَن هو هذا "الاختصاصي" الأميركي؟ ولِمَ كوهلر مصرّ على رؤية المختبر؟

قال كوهلر إنّ ثمّة دليلاً على أن لمقتل والدها علاقة بالمشروع الذي يعملان عليه حاليّاً. "ولكن أيّ دليلٍ هو هذا؟ فلا أحد يعرف بالمشروع الذي نعمل عليه! وحتى ولو اكتشف أحدهم الأمر، فلمَ قد يُقدم على قتله؟".

وفيما كانت تترل في نفق مسرِّع الجسيْمات، متّجهةً نحو مختبر والدها، أدركت فيتّوريا أنها كانت على وشك أن تكشف النقاب عن أهمّ إنجازات هذا الأخير من دونه. فهي في الواقع كانت قد تصوّرت حلول هذه اللحظة بطريقة مختلفة كلّياً. فكانت قد تصوّرت مثلاً والدها داعياً نخبة العلماء في CERN إلى مختبره وعارضاً عليهم اكتشافه العظيم هذا، فيما تكون هي جالسة تشاهد الرعب والروع على وجوههم. ثمّ كانت قد تصوّرته بوجهه المشعّ بفخر الأبوّة وهو يشرح لهم أنّ ابنته فيتّوريا هي التي شجّعته وحثّته على تحقيق هذا المشروع. فشعرت فيتّوريا فجأة بغصّة في حنجرتها. "لقد كان من المفترض أن نتشارك أنا وأبي هذه اللحظة معاً". فإذا بها هنا وحيدةً. لا زملاء ولا وجوه سعيدة. فقط هي وذاك الأميركي الغريب وماكسيميليان كوهلر.

"جلالة الملك، ماكسيميليان كوهلر".

منذ صغرها وهي لا تحبّ هذا الرجل. صحيح أنها قد أصبحت في النهاية تحترم ذكاءه وفطنته، إنما لطالما بدا لها سلوكه البارد قاسياً وعديم الإنسانية، عكس والدها تماماً. فقد كان كوهلر يسعى وراء العلم لأسباب منطقيّة محضة... في حين أنّ والدها كان يسعى في العلم وراء معجزاته الروحية. ولكنّ الغريب في الأمر هو أنه، وعلى الرغم من هذا كله، فلطالما كان هناك ثمّة احترام متبادل ومكتوم بين الرجليْن. وقد فسّر لها أحدهم مرّة هذا الوضع بقوله: "العباقرة يتقبّلون بعضهم بعضاً من دون أيّ شروط".

راحت تفكّر في نفسها قائلةً: "عبقري، والدي... عبقريّ. ولكنّه قد مات الآن".

كان المدخل إلى مختبر ليوناردو فيترا كناية عن رواق طويل ومجدب مبلّط بكامله ببلاط أبيض. فشعر لانغدون وكأنه يدخل مأوىً تحت أرضي للأمَراض العقلية.

وكانت هناك على طول الرواق عشرات الصور البيضاء والسوداء المطوّقة بإطارات. صحيح أنّ لانغدون كان مختصّاً بدراسة الصور، إلا أنّ هذه الأخيرة كانت غريبة عجيبة بالنسبة إليه. فقد كانت تبدو وكأنها صور سلبيّة مشوّشة وتجريديّة لخطوط ودوائر رُسِمت على نحوٍ عشوائي. فراح يسأل نفسه متأمِّلاً: "أهذا نوع من أنواع الفنون العصريّة؟" للرسّام جاكسون بولّوك حول الأمفيتامينات؟

"إنها رسومات متفرّقة"، قالت فيتّوريا وقد لاحظت الاهتمام البادي بجلاء على وجه لانغدون: "فهذه في الواقع صور حاسوبية تمثّل عمليّة تصادم الجسيْمات. يمكنك أن ترى هنا مثلاً الجسيْم من نوع Z"، قالت مشيرةً إلى خطّ خفيف بالكاد كان ظاهراً وسط الفوضى والتشوّش. "لقد اكتشفه والدي منذ خمس سنوات. إنه في الواقع جسيْم مفعم بالطاقة المحضة - ولا حجم له على الإطلاق. فهو قد يكون المادّة المكوِّنة الأولى والأصغر للطبيعة. فالمادة ليست في النهاية سوى مجرّد طاقة محبوسة أو محتجَزة".

"المادّة كناية عن طاقة؟" أمال لانغدون رأسه: "يبدو هذا حقّاً زينيّاً". فراح يحدّق إلى الخطّ البالغ الصغر في الصورة ثم تساءل ما الذي قد يقوله زملاؤه في قسم هارفارد المختصّ بالفيزياء عندما سيخبرهم بأنه أمضى عطلة نهاية الأسبوع في مصادمٍ ضخمٍ للجسيْمات يشاهد الجسيمات من نوع Z.

وفيما كانوا يقتربون من باب المختبر الفولاذي الضخم، صاح كوهلر قائلاً: "ينبغي عليّ أن أقول لك يا فيتّوريا إني نزلت إلى هنا هذا الصباح بحثاً عن والدك".

فأُجفلت فيتّوريا بعض الشيء وقالت: "حقاً؟".

"أجل. ولا يمكنك أن تتصوّري كم تفاجأت عندما اكتشفت أنه استبدل جهاز الأمان الموحَّد والمعتمَد إجمالاً في CERN بشيءٍ من نوع آخر". وكان كوهلر يشير إلى جهاز إلكترونيّ معقّد مركّب إلى جانب الباب.

"أنا آسفة"، قالت: "ولكنّك تعلم كم أنه كان حريصاً على سريّة خصوصيّاته. فهو لم يكن يريد أن يتمكّن أحد من الدخول إلى هنا سوانا نحن الاثنين.

فأجابها عندئذ كوهلر قائلاً: "حسناً. افتحي الباب".

ظلّت فيتّوريا واقفةً لفترة طويلة، ثمّ أخذت نفساً عميقاً، وتقدّمت نحو الجهاز الآلي المعلّق على الحائط.

لم يكن لانغدون مستعدّاً قطّ لما سوف يحدث بالتالي.

صعدت فيتّوريا إلى مستوى الجهاز، وركّزت عينها اليمنى بحذر على عدسة ناتئة بدت له كالتلسكوب، ثمّ ضغطت على أحد الأزرار، وإذا بطقطقة تُسمع داخل الآلة التي راحت بالتالي تصدر ذبذبات إشعاعية تترجّح تارةً نحو الأمام وطوراً نحو الوراء، متفحِّصة مقلة عينها تفحّصاً دقيقاً.

فقالت: "إنه جهاز لتفحّص شبكة العين". كفالة مضمونة مئة بالمئة، إذ أنها مزوّدة بسلطة فتح الباب لنموذجيْن فقط من شبكات العين، عيني وعين والدي".

وقف روبرت لانغدون مذهولاً أمام بوحها لهما بهذا السر، ثم راحت تتراءى له من جديد صورة ليوناردو فيترا بوجهه الدامي وعينه اليتيمة البندقيّة اللون التي كانت تحدّق في العدم ومحجر عينه الثانية الفارغ. حاول أن يرفض هذا الواقع الأليم، إلا أنه رآه بعد ذلك... تحت جهاز المسح على البلاط الأبيض... حيث وقع نظره على قطرات صغيرة باهتة قرمزيّة اللون. لقد كانت في الواقع قطرات صغيرة جداً من الدم الجاف.

الحمد لله أن فيتّوريا لم ترها.

فُتح بعد ذلك الباب الفولاذيّ أمامهم ودخلت فيتّوريا المختبر.

وإذا بكوهلر يرمق لانغدون نظرةً قاسية. لقد كانت الرسالة التي أراد أن يبلّغه إياها بنظرته تلك واضحةً تماماً: كما سبق وقلت لك... إن العين المفقودة تخدم هدفاً أسمى من ذلك بكثير.

18

كانت يدا المرأة لا تزالان موثوقتيْن، في حين كان معصماها قد أصبحا أرجوانييْ اللون ومتورّميْن من جرّاء احتكاكهما بالرباطات المخمليّة. أمّا الحشّاش الذي كان يتميّز ببشرته البنيّة اللون الضاربة إلى الحُمرة فقد كان ممدّداً إلى جانبها يتأمّل مكافأته العارية. فراح يتساءل إن كان سباتها العميق هذا ناجماً عن خيبة أملها به؟ أم أنه كان مجرّد محاولة مثيرة للشفقة منها للتهرّب من أيّ خدمة أخرى قد يطلبها منها.

ولكنّه لم يكن ليأبه لهذا كلّه إطلاقاً. فقد حصد مكافأة قيّمة. والآن وقد أشبع رغبته، جلس في السرير مستيقظاً.

كانت النساء تعتبر في بلاده من المقتنيات. فهنّ بالنسبة إليهم ضعيفات، وسائل متعة، عبيد رقيق يُتّجر بهنّ تماماً كالماشية. وهنّ في الواقع، أدركْن مكانتهنّ. ولكن هنا في أوروبا، فقد اختلقت المرأة لنفسها قوّة واستقلاليّة تعجبانه وتثيرانه في آن معاً، وبالتالي فقد كان إجبارهنّ على الانصياع له جسديّاً بمثابة مكافأة لطالما كان يستمتع بها.

والآن، وعلى الرغم من إشباعه شهوته ورغبته الجنسيّة، شعر الحشّاش بشهوة أخرى متزايدة في داخله. فهو قد قام بالأمس بجريمة قتل كما وبعمليّة تشويه خلقيّة؛ والقتل كان بالنسبة إليه تماماً كالهيروويين... يشبع رغبة المدمن عليه إشباعاً موقّتاً لكي يعود بعد ذلك ويزيد من رغبته فيه وتوقه إليه أكثر فأكثر المرّة تلوَ الأخرى. فالآن وقد زال شعوره بالابتهاج والانتعاش، عاد يشعر برغبة ملحّة في القتل.

راح يتفحّص المرأة النائمة إلى جانبه. وفيما كان يمرّر يده حول عنقها، شعر فجأة بالحماسة لإدراكه أنه قادر على وضع حدٍّ لحياتها في لحظة. وأين المشكلة في ذلك؟ فهي دون البشر مرتبةً، وليست في النهاية سوى مجرّد وسيلة متعة وخدمة. فوضع أصابعه القويّة حول حنجرتها، وراح يستمتع بتحسّس نبضها الضعيف والرقيق. ولكنه قاوم بعد ذلك رغبته تلك وأزاح يده. فقد كان لديه عمل ينبغي عليه القيام به خدمةً منه لقضيّة أسمى بكثير من رغباته الشخصيّة.

وفيما كان ينهض من السرير، راح يفكّر بفخر واعتزاز بالعمل الذي يتعيّن عليه الآن القيام به والذي قد يكون من الشرف له تأديته. فقد كان لا يزال حتى ذلك الحين عاجزاً عن فهم تأثير ذاك الرجل المدعو يانوس والأخويّة القديمة التي كان يرأسها. فهو كان يتساءل مستغرباً لمَ أن الأخويّة قد اختارته هو بالتحديد. فلا بدّ من أنهم قد سمعوا عن مهاراته. ولكن كيف؟ فهو لن يتمكّن أبداً من معرفة ذلك، إذ أنّ جذورهم واسعة الانتشار.

فإذا بهم قد وهبوه الآن الشرف الأعلى والأسمى. فقد أصبح يمثّل أيديهم وأصواتهم جميعاً. لقد أصبح الآن قاتلهم ومرسالهم. الشخص الذي أطلق عليه شعبه لقب "ملاك الحق".

19

كان مختبر فيترا مستقبليّ النزعة، شديد البياض مقفراً، في حين كانت الأجهزة الحاسوبية والأجهزة الإلكترونية المختصة والمحيطة به من الجهات كافّة تضفي عليه جواً أشبه بغرف العمليّات. فراح لانغدون يتساءل عن الأسرار التي من المحتمل أن يحتويها هذا المكان لكي يستلزم ولوجه فحصاً دقيقاً لشبكة العين.

بدا كوهلر مضطرباً وهم يدخلون المختبر، في حين بدت عيناه وكأنهما تبحثان عن أدلّة تشير إلى دخول شخص غريب إلى هنا. غير أنّ المختبر كان مقفراً، وكانت فيتّوريا هي أيضاً تتقدّم ببطء... وكأن المكان كان يبدو غريباً ومختلفاً كَليّاً بالنسبة إليها من دون والدها.

حطّ نظر لانغدون فوراً على وسط الغرفة، حيث كانت سلسلة من الأعمدة القصيرة تتصاعد من الأرض. لقد كان هناك حوالى اثني عشر عموداً لمّاعاً من الفولاذ منتصبين كلهم في وسط الغرفة على شكل دائرة، في حين كان طول كلٍّ من تلك الأعمدة يناهز الثلاث أقدام تقريباً، وقد شبّهها لانغدون بالأعمدة التي تكون في المتاحف، والتي تعرض عليها الجواهر والحجارة الكريمة بهدف إبرازها. ولكنه من الواضح جدّاً أن هذه الأعمدة لم تكن من أجل الحجارة الكريمة، إذ أن كلّ واحد منها كان يدعم علبة صغيرة سميكة وشفّافة بحجم علبة طابات التنس تقريباً، وقد بدت له تلك العلب فارغةً.

رمق كوهلر العلب الصغيرة والحيرة بادية على وجهه، لكنه تجاهلها في الوقت الحاضر على ما يبدو، ثم استدار نحو فيتّوريا قائلاً: "هل سُرق شيء من هنا؟".

"قلت سُرق؟ هل جُننت؟ بفضل جهاز فحص شبكة العين هذا، لا يمكن لأحد سوانا أنا وأبي الدخول إلى هنا".

"حسناً، ولكن القي نظرة على الغرفة فحسب".

تنهّدت فيتّوريا وراحت تتفحّص الغرفة للحظات ثمّ قالت: "لا يزال كل شيء مثلما يتركه أبي عادةً، في حالة من الفوضى المنظّمة".

شعر لانغدون وكأنّ كوهلر يزن خياراته ويفكّر إذا كان من المفترض إطلاع فيتّوريا على الحقيقة... الحقيقة كاملةً، ولكنه قد قرّر على ما يبدو أن يغضّ الطرف

عن هذا الموضوع الآن. وفيما كان متّجهاً بكرسيّه المدولَب نحو وسط الغرفة، راح يعاين مجموعة تلك العلب الصغيرة الغريبة والتي كانت تبدو لهم فارغة.

ثم قال كوهلر أخيراً: "لقد أصبحت الأسرار الآن من وسائل الترف التي لم يعد بإمكاننا تحمّلها".

هزّت فيتّوريا برأسها موافقةً إيّاه الرأي، وقد بدت فجأة عاطفيّة، وكأنّ وجودها هناك في مختبر أبيها قد جلب معه وابلاً من الذكريات.

"امنحها بعض الوقت"، فكّر لانغدون في نفسه.

أغمضت فيتّوريا عينيْها وراحت تأخذ نفساً عميقاً، وكأنها تتحضّر لما كانت على وشك أن تبوح به لهم.

وكان لانغدون ينظر إليها بقلق: "أهي على ما يُرام يا ترى؟" ثمّ ألقى نظرة سريعة على كوهلر الذي بدا له غير متأثّر بحركاتها تلك على الإطلاق، وكأنه قد شاهدها بهذه الحالة من قبل. ومرّت بالتالي عشر دقائق قبل أن تعود فيتّوريا وتفتح عينيْها.

لم يتمكّن لانغدون من تصديق تحوّلها العجيب هذا، إذ بدت له فيتّوريا مختلفة تماماً. فإذا بشفتيْها المكتنزتيْن قد تلاشتا، وكتفيْها قد هبطا، في حين أصبحت النظرة في عينيْها رقيقةً ذليلة. فقد بدت له وكأنها أعادت صفّ كل عضلة من عضلات جسمها لكي تتمكّن من تقبّل الوضع، كما وقد هيِّئ إليه أيضاً بأنّ امتعاضها وكرهها الشخصيّ قد قُمعا خلف هدوءٍ عميق ودامِع.

"من أين أبدأ.. ". قالت بنبرة هادئة.

فأجابها كوهلر قائلاً: "في البداية، أخبرينا عن الاختبار أو التجربة التي قام بها والدك".

"لطالما كان حلم والدي في الحياة أن يصحّح ويصلح الأمور ما بين العلم والدين"، قالت فيتّوريا. "فهو في الواقع كان يأمل أن يتمكّن من إثبات أن العلم والدين هما مجالان متناغمان ومنسجمان انسجاماً تامّاً - طريقتان مختلفتان للتوصّل إلى الحقيقة نفسها". ثمّ توقّفت بعد ذلك عن الكلام وكأنها كانت عاجزةً عن تصديق ما كانت على وشك أن تبوح به. "إلا أنه قد وجد مؤخّراً طريقةً تخوّله القيام بذلك".

لم ينبس كوهلر ببنت شفة.

"فقد توصّل بالتالي إلى ابتكار تجربة أمل بأن تعالج إحدى أعنف النزاعات وأكثرها مرارةً في تاريخ كلٍّ من العلم والدين".

راح لانغدون يتساءل عن طبيعة النزاع الذي كانت تقصده بكلامها هذا، إذ أن تاريخ العلم والدين كان في الواقع حافلاً بالنزاعات.

"الخلق والخليقة"، قالت فيتّوريا: "النزاع حول كيفيّة نشوء الكون".

"يا إلهي"، فكّر لانغدون في قرارة نفسه: "الجدل الأعظم".

ثم استطردت قائلةً: "فقد ورد طبعاً في الإنجيل المقدّس أنّ الله تعالى قد خلق الكون. فقد قال الله تعالى للنور: "كنْ! فكانَ"، وظهر بالتالي من العدم كل شيء نراه من حولنا. ولكن وللأسف الشديد، تقول إحدى أهمّ القوانين الفيزيائية وأوّلها أنه لا يمكن للمادّة أن تنشأ من لا شيء".

وكان في الواقع لانغدون قد قرأ عن هذه المسألة المحرِجة من قبل. ففكرة أن الله قد خلق "شيئاً من لا شيء" كانت في الواقع فكرة مناقضة تماماً لقوانين علم الفيزياء العصري والحديث؛ الأمر الذي حثّ العلماء على الإدّعاء بأنّ سفر التكوين مناف كلياً للعلم والمنطق.

ثمّ استدارت فيتّوريا قائلةً: "لا بدّ من أنّك يا سيّد لانغدون قد سمعت من قبل عن نظريّة البيغ بانغ أو الانفجار العظيم.

فهزّ لانغدون كتفيْه قائلاً: "نوعاً ما". فنظريّة البيغ بانغ التي يعرفها كانت في الواقع كناية عن النموذج، أو النظرية المقبولة علميّاً لنشأة الكون. فهو لم يفهمها يوماً فهماً جيّداً، إنما تقول هذه النظرية باختصار أنّ ثمّة نقطة واحدة فقط وغنيّة بالطاقة المركّزة على نحو مفرط قد انفجرت انفجاراً مفاجئاً وعنيفاً وامتدّت امتداداً خارجيّاً شاسعاً لتشكّل الكوَن. أو شيئاً من هذا القبيل.

ثم تابعت فيتّوريا كلامها قائلةً: "وعندما اقترحت الكنيسة الكاثوليكيّة ولأوّل مرّة عام 1927 نظريّة البيغ بانغ –".

قاطعها لانغدون قائلاً: "المعذرة، ولكن هل تقولين إن فكرة البيغ بانغ هي فكرة كاثوليكيّة أساساً؟".

فبدت فيتّوريا وكأن سؤاله هذا قد فاجأها، ثمّ أجابته قائلةً: "بالتأكيد. فقد اقترحها عام 1927 راهب كاثوليكيّ يُدعى جورج لو ميتر".

فقال لانغدون متردِّداً: "ولكني كنت أظنّ أنّ...ألم تكن نظريّة البيغ بانغ

أساساً فكرة عالم فلك هارفارد السيّد إيدوين هابل؟".

فحملق به كوهلر قائلاً: "إنها مرّة أخرى وقاحة العلماء الأميركيين. فقد قام هابل بنشر هذه النظريّة عام 1929، أي بعد عامين من لو ميتر".

عبس لانغدون قائلاً في نفسه: "غير أنّ المقراب معروف بمقراب هابل، سيّدي. فأنا لم أسمع قطّ بمقراب لو ميتر!".

"إن السيّد كوهلر على حقّ"، قالت فيتّوريا: "فالفكرة في الأساس للو ميتر. وبالتالي فكلّ ما فعله هابل هو أنه أكّد هذه النظرية من خلال جمعه الأدلّة والبراهين التي تثبت أنّ نظريّة البيغ بانغ نظرية محتمَلة علمياً".

"آه" قال لانغدون متسائلاً إن كان أتباع هابل في قسم علم الفلك في هارفارد قد أتوا مرّة على ذكر لو ميتر في محاضراتهم.

ثم استطردت فيتّوريا قائلةً: "وعندما اقترح لو ميتر نظريّة البيغ بانغ للمرّة الأولى، زعم العلماء أنها نظريّة سخيفة للغاية. فالمادّة، يقول العلم، لا يمكنها أن تنشأ من لا شيء. لذا عندما صدم هابل العالم بإثباته صحّة نظريّة البيغ بانغ إثباتاً علمياً، أعلنت الكنيسة عن ظفرها، مستخدمةً ذلك كدليل على أن كتاب الإنجيل المقدّس مضبوط وصحيح علميّاً، وهو بالتالي الحقيقة الإلهية".

فأومأ لانغدون برأسه وكان قد أصبح الآن كلّه آذاناً صاغيةً.

"ولكنّ العلماء لم تعجبهم طبعاً فكرة أن تقوم الكنيسة باستخدام اكتشافاتهم بهدف تشجيع الدين، لذا عمدوا على الفور إلى تحويل نظريّة البيغ بانغ إلى نظريّة حسابيّة بحتة، نازعين منها أيّ معان دينية، وزاعمين بالتالي أنها فكرتهم. إنما ولسوء حظّ العلم والعلماء، لا تزال معادلاتهم حتى اليوم تواجه نقصاً، أو بالأحرى خللاً خطيراً تحبّ الكنيسة أن تشير إليه باستمرار".

وهنا قاطعها كوهلر قائلاً: "مسألة التفرّد". وكان قد تفوّه بهذه الكلمة وكأنها لعنة وجوده.

"أجل، مسألة التفرّد"، قالت فيتّوريا: "اللحظة الأولى والمحددة لنشوء الكون.. اللحظة صفر". ثمّ نظرت إلى لانغدون واستطردت قائلةً: "حتى اليوم، لا يزال العلم عاجزاً عن تحديد اللحظة الأولى والأساسيّة لنشأة الكون. في الواقع، إنّ معادلاتنا تشرح عملية نشوء الكون البدائي شرحاً يمكن اعتباره إيجابيّاً وفعّالاً إلى حدٍّ بعيد. ولكننا عندما نرجع في الوقت إلى الوراء ونقترب من اللحظة صفر ندرك فجأةً أن

حساباتنا خاطئة، ويصبح بالتالي كل شيء من حولنا عديم المعنى".

"صحيح"، قال كوهلر بصوت حادّ: "وبالتالي فإن الكنيسة تستعين بهذا الخلل لتثبت قدرة الله العجائبية. والآن فلندخل صلب الموضوع. ما هي النقطة التي أردتِ أن توضيحها لنا؟".

برد صوت فيتّوريا بعض الشيء، إذ قالت: "النقطة التي أردت أن أوضحها لكم هي أنّ والدي لطالما كان مؤمناً بتدخّل العناية الإلهية في مسألة البيغ بانغ. صحيح أن العلم كان عاجزاً عن إدراك لحظة الخلق الإلهية، إلا أن والدي كان واثقاً من أنه سوف يتمكّن يوماً من إدراكها". وهنا أشارت بحزن إلى مذكّرة مطبوعة باللاّزر ومثبّتة بمسمار صغير فوق مكان عمل والدها. "لطالما كان والدي يلوّح لي بهذه الورقة ويذكّرني بها في حال راودتني بعض الشكوك".

فقرأ لانغدون العبارة المكتوبة على الورقة:

إن العلم والدين ليسا في نزاع أو خصام مع بعضهما البعض

ولكن كلّ ما في الأمر هو أنّ العلم لا يزال حديثاً جدّاً لكي يفهم

"أراد والدي أن يرفع العلم إلى مستوى أعلى وأسمى"، قالت فيتّوريا: "حيث يدعم ويؤيّد العلم مفهوم الله". ثمّ مرّرت إحدى يديْها في شعرها الطويل والكآبة بادية على وجهها. "لذا قرر القيام بشيء لم يفكّر أيّ عالمٍ من قبله القيام به، شيءٍ لم يكن لأحد علماء التكنولوجيا اللازمة القيام به". ثمّ توقّفت لبعض الوقت عن الكلام، وكأنها غير واثقة من الطريقة التي كان من المفترض بها أن تعبّر بها عن كلماتها التالية: "لقد قام في الواقع بتصميم تجربة تثبت إمكانية نشوء الكون مثلما هو وارد في سفر التكوين".

"تثبت إمكانيّة نشوء الكون وفقاً لما هو وارد في سفر التكوين؟" راح لانغدون يتساءل مستغرباً: "فليكن النور فيكون؟ ومادّة من لا شيء؟".

"عفواً، ماذا قلت؟" قال كوهلر ضجِراً وهو يجيل نظره في الغرفة.

"لقد ابتدع والدي عالماً... من لا شيء على الإطلاق".

فإذا بكوهلر يدير رأسه بسرعة قائلاً: "ماذا!".

"إنه بمعنى آخر أعاد ابتداع نظريّة البيغ بانغ".

بدا كوهلر مستعدّاً لأن يثب واقفاً على رجليْه، في حين بدا لانغدون في حالة ضياع تامّ. ابتداع عالمٍ؟ وإعادة ابتداع نظرية البيغ بانغ؟

"ولكنّه قام بذلك طبعاً على مقياس أصغر بكثير"، قالت فيتّوريا، وكانت قد بدأت تتحدّث بسرعة أكبر الآن: "لقد كانت في الواقع هـذه العمليّـة في غايـة البساطة؛ فقد قام بتسريع شعاعيْن ضعيفيْن جداً من الجسيْمات كلٍّ منهما في اتّجاه معاكس للآخر، وذلك حول القناة المسرِّعة للجسـيْمات. فتصـادم أولاً رأس الشعاعيْن على سرعة فائقة بمكان أنهما قد اندمجا ببعضهما البعض ضاغطيْن بالتالي كامل طاقتيْهما داخلَ نقطة صغيرة ودقيقة جداً تماماً كرأس الدبّوس. فقد توصّـل أبي في الواقع إلى ابتداع كثافات طاقيّة قصوى". وراحت تنشِّط وتسرّع شعاعاً من الوحدات، في حين راحت عينا المدير تتسع دهشة أكثر فأكثر.

حاول لانغدون أن يتمالك نفسه ويظلّ مركِّزاً. لقد كان ليوناردو فيتـرا إذن يحاول اختراع شيئاً أشبه بنقطة الطاقة المضغوطة التي انبثق منها الكون.

استطردت فيتّوريا قائلةً: "وقد كانت النتيجة مذهلةً ومدهشة حقاً. وعنـدما سيتمّ نشرها وإعلانها على الملأ، سوف تهزّ وتزعزع أسس علم الفيزياء العصـري والحديث". كان كلامها قد أصبح بطيئاً الآن، وكأنها كانـت تسـتمتع بعظمـة وضخامة أخبارها تلك. "فداخل قناة مسرِّع الجسيْمات، وعند نقطة الطاقة البالغة الكثافة والتركيز تلك، بدأت جسيْمات من المادّة تظهر من لا شيء، وذلك مـن دون أي سابق إنذار أو تحذير".

لم يكن لكوهلر ولا أيّ ردّ فعلٍ يُذكر. لقد كان يحدّق بفيتّوريا مذهولاً.

ثمّ كررت فيتّوريا قائلةً: "لقد كانت المادّة تنبثق من لا شيء. عرض مـذهل لألعاب ناريّة. لا بل انبجاس عالم صغريٍّ مفعمٍ بالحياة. وهو لم يثبت بأنه يمكـن للمادّة أن تنبثق من لا شيء فحسب، ولكنه أثبت أيضاً أنّه يمكن لنظريّة البيغ بانغ وسفر التكوين أن يُفسّرا بمجرّد القبول بفكرة وجود مصدر هائل للطاقة".

فسألها كوهلر قائلاً: "أتقصدين بكلامك هذا الله؟".

"الله أو بوذا أو القوّة أو يَهْوَهْ أو التفرّد أو نقطة التوحّد – أطلق عليه التسمية التي تشاء – فالنتيجة هي نفسها في الحالات كلها. إن العلم والدين يؤيّدان الحقيقة نفسها، ألا وهي أنّ الطاقة المحضة هي أمّ الاختراع".

فقال كوهلر بصوت كئيب: "لقد أوقعتِني في حيرة كبرى، يا فيتّوريا.أتريدين أن تقولي إذن إنّ والدك قد استنبط المادّة... من لا شيء إطلاقاً؟".

"أجل". أجابته فيتّوريا مشيرةً إلى العلب الصغيرة: "والدليل على ذلك موجود

هنا أمامكم، إذ أن العلب الصغيرة تلك تحتوي على عيّنات عن المادّة التي استنبطها".

سعل كوهلر واتّجه نحو العلب كالحيوان الحذر الذي يحوم حول شيء يظنّه خطيراً ثمّ قال: "من الواضح أنّ شيئاً ما قد فاتني. كيف تتوقّعين منّا أن نصدّق أن هذه العلب الصغيرة تحتوي على جسيْمات مادّيّة استنبطها والدك؟ فيمكن لوالدك أن يكون قد أخذ هذه الجسيْمات من أيّ مكان آخر؟".

فأجابته عندئذ فيتّوريا بحزمٍ وثقة قائلةً: "في الواقع، إن هذا أمر مستحيل، وذلك لأن هذه الجسيْمات فريدةٌ من نوعها. فالمادّة التي تؤلّف هذه الجسيْمات هي من نوع غير موجود في أيّ مكان آخر على هذه الأرض... فلا بدّ من أن تكون إذن مستنبَطة".

فسألها كوهلر بوجه مكفهر: "ولكن، ما الذي تقصدينه يا فيتّوريا بنوع معيّن من المادّة؟ فليس في الكون سوى مادّة من نوع واحد فقط وهي -".

قاطعته فيتّوريا، وقالت بأسلوب تعبيريّ منتصر: "ولكنّك أنت بالذّات يا حضرة المدير قد تناولت هذا الموضوع في إحدى محاضراتك، حين أكّدت أنّ الكون يحتوي على نوعيْن اثنيْن من المادّة. واقع علميّ". ثم استدارت نحو لانغدون قائلةً: "ما الذي يقوله الإنجيل المقدّس يا سيّد لانغدون بشأن مسألة الخلق والخليقة؟ ما الذي خلقه الله تعالى؟".

شعر لانغدون ببعض الارتباك، إذ أنه لم يكن واثقاً من علاقة هذا بأي شيء آخر، ثم أجابها قائلاً: "لقد خلق الله... النور والظلمة والجنة والنار -".

"بالضبط"، قالت فيتّوريا: "لقد خلق كل شيء ونقيضه. تناسق تامّ. توازن مثاليّ". ثم عادت واستدارت نحو كوهلر قائلةً: "إن العلم، يا حضرة المدير، يقول بالشيء نفسه الذي يقوله الدين، ألا وهو أنّ البيغ بانغ، أو الانفجار العظيم، هو الذي خلق كل شيء في هذا الكون مع نقيضه".

"بما في ذلك المادّة نفسها"، همس قائلاً وكأنه يتحدّث إلى نفسه.

فأومأت فيتّوريا برأسها قائلةً: "وعندما قام والدي بتجربته تلك، ظهر معه نوعان من المادّة".

فراح لانغدون يتساءل عن معنى كلامها هذا. "أكانت تقصد بذلك أن ليوناردو فيترا قد استنبط مضادّ المادّة؟

81

بدا عندئذ كوهلر غاضباً وقال: "إن المادة التي تتحدّثين عنها تلك ليست موجودة سوىً في مكان آخر من هذا الكون. إنما ليس هنا على الأرض بالتأكيد، كما وأنها قد لا تكون حتى موجودة في مجرّتنا هذه!".

"بالضبط!" أجابت فيتّوريا: "وهذا دليل آخر على أنّ الجسيْمات الموجودة في هذه العلب هي من اختراع والدي".

عندها أصبحت تعابير وجه كوهلر أكثر قساوةً وقال: "لا يمكنك يا فيتّوريا أن تقصدي بكلامك هذا أن هذه العلب الصغيرة تحتوي على عينات ونماذج واقعية؟".

"بلى". قالت ذلك وهي تنظر بفخر إلى العلب الصغيرة. "فأنت تنظر حاليّاً يا حضرة المدير إلى النماذج الأولى في العالم عن مضادّ المادّة".

20

"المرحلة الثانية"، فكّر الحشّاش في نفسه وهو يعبر النفق المظلم بخطى واسعة. لقد كان المِشعل في يده قويّاً أكثر من اللزوم، وهو كان يعلم ذلك، إلا أنه كان يستخدمه مَن أجل التأثير في الآخرين. فالتأثير كان كل شيء بالنسبة إليه، في حين أن الترهيب كان حليفه. فهو كان قد تعلّم أن الخوف يُشلّ أسرع من أيّ أداة حرب أخرى. لم يكن هناك على الطريق أيّ مرآة لكي يتمكّن من التأمل بزيّه التنكّريّ، إلا أنه كان يشعر من ظلّ ردائه المنتفخ أنه ممتاز. لقد كان المزج يشكّل جزءاً من الخطّة... لا بل جزءاً من فساد المكيدة. فهو لم يحلم قطّ من قبل بأنه سوف يأتي اليوم الذي يؤدّي فيه دوراً كهذا.

منذ أسبوعيْن فقط كان يعتبر المهمّة التي تنتظره في آخر هذا النفق مهمّةً مستحيلة، لا بل عمليّة انتحارية، كأن يمشي الواحد منّا عارياً في عرين الأسد. غير أن يانوس قد غيّر تحديد المستحيل.

في الواقع، إن يانوس قد باح للحشّاش في الأسبوعيْن المنصرميْن بأسرار عديدة، ومنها سرّ هذا النفق بالتحديد. وصحيح أن هذا النفق بات قديماً الآن، إلا أنّ طريقه كان لا يزال سالكاً.

وفيما كان يقترب مَن عدوّه أكثر فأكثر، راح الحشاش يتساءل إن كان ما

ينتظره في الداخل سهلاً كما وعده يانوس. فقد أكّد له يانوس أنّ ثمّة شخصاً في الداخل سوف يقوم له بالترتيبات اللازمة كافة. "شخص في الداخل. هذا مستحيل". كلّما كان يفكّر في الأمر، كلّما كان يدرك أن الأمر أشبه بلعب الأولاد الصغار.

"واحد... اثنان... ثلاثة... أربعة" قال الحشّاش لنفسه وهو يقترب من آخر النفق. واحد... اثنان... ثلاثة... أربعة...".

21

"أظنّ أنك قد سمعت بالمادّة المضادّة من قبل، يا سيّد لانغدون أليس كذلك؟" كانت فيتّوريا تمتحن معلوماته في حين كانت بشرتها السمراء تتعارض تماماً مع بياض المختبر.

رفع لانغدون نظره إليها وقد شعر فجأةً بالغباء ثمّ أجابها قائلاً: "أجل، حسناً... نوعاً ما".

فابتسمت ابتسامةً صغيرة وقالت: "لا بدّ من أنّك تشاهد برنامج ستار تريك".

تورّد وجه لانغدون خجلاً وقال: "حسناً إن تلاميذي يستمتعون...". ثم عبس قائلاً: "أليست المادّة المضادّة هي التي تزوّد شركة U.S.S بالطّاقة؟".

أومأت فيتّوريا برأسها قائلةً: "إن الأفلام العلميّة الخياليّة الجيّدة تكون إجمالاً مستوحاة من مسائل علميّة حقيقيّة وصحيحة".

"أتريدين القول إنّ المادّة المضادّة مسألة حقيقيّة؟".

"إنها في الواقع من صنع الطبيعة، إذ لكلّ شيء في هذا الكون مضادّه. فهناك مثلاً البروتونات والإلكترونات؛ والكواركات العالية وتلك المنخفضة؛ وبالتالي فإنّ العالم كلّه مبنيّ على أساس تناسق كونيّ على المستوى الدوذريّ. ووفقاً للفلسفة الصينيّة، إنّ المادّة المضادّة هي بمثابة الين أو المبدأ الأنثوي السلبي للكون بالنسبة إلى اليانغ، وهو المبدأ الذكري الناشط للكون. وهذا في النهاية ما يحقق التوازن في المعادلات الفيزيائيّة.

فخطر عندئذٍ على بال لانغدون إيمان غاليليو بمبدأ الثنائية أو الإزدواجية.

ثم استطردت فيتّوريا قائلة: "لقد أدرك العلماء ومنذ العام 1918 أنّ البيغ البانغ، أو الانفجار العظيم، قد ولّد نوعيْن من الطاقة؛ النوع الأوّل هو النوع الذي نراه هنا على الأرض والذي تتكوّن منه الصخور والأشجار والبشر، في حين أن النوع الثاني هو عكس الأول تماماً - أي أنه وبمعنى آخر مطابق للمادّة في حالاتها كلها، باستثناء أنّ شحنات جسيْماته معكوسة".

فتحدّث كوهلر والحيرة بادية على وجهه: "ولكن ثمّة عوائق وعراقيل تكنولوجيّة عديدة تحول دون التمكّن من تخزين المادّة المضادّة. فماذا عن مسألة التحييد مثلاً؟".

"لقد أنشأ والدي آلة خوائيّة ذات قوّة استقطابية معاكسة، وذلك لكي يتمكّن من سحب البوزترونات، أو جسيمات المادة المضادة الموجبة، خارج مسرِّع الجسيْمات قبل انحلالها وفسادها".

فقطّب كوهلر حاجبيْه قائلاً: "إنما يمكن لهذه الآلة الخوائية أن تسحب المادّة أيضاً خارج مسرِّع الجسيْمات. وبالتالي فلن تكون بعد ذلك من طريقة ممكنة لفصل الجسيْمات عن بعضها البعض".

"لا. فهو في الواقع قد جهّز هذه الآلة بحقل مغنطيسيّ قويّ وفعّال، إذ أنه يجذب المادّة يميناً والمادّة المضادّة يساراً. فهما في الواقع قطبان متناقضان".

عندها، بدأ جدار الشكّ لدى كوهلر يتشقّق متداعياً، إذ نظر إلى فيتّوريا والدهشة بادية على وجهه بجلاء؛ ثمّ ومن دون أيّ سابق إنذار أو تحذير، انقضّت عليه نوبة جديدة من السعال.

"غير... معقول..." قال وهو يمسح فمه: "وعلاوةً على ذلك، فكيف..."، بدا وكأنه غير مقتنعٍ بالفكرة اقتناعاً تامّاً. "حتى ولو نجحت الأداة الخوائية بعملها هذا، فإن هذه العلب الصغيرة مصنوعة من المادّة. وبالتالي فإنه لأمر مستحيل تخزين المادّة المضادّة داخل علب مصنوعة من مادّة. فقد يؤدّي ذلك فوراً إلى تفاعل المادّة المضادّة مع -".

"إن عينات المادة المضادّة لا تلامس العلب الصغيرة"، قالت فيتّوريا وكأنها كانت تتوقّع منه هذا السؤال. "فالمادّة المضادّة محفوظة داخل هذه العلب على نحوٍ متدلٍّ. وتُعرف هذه العلب الصغيرة بمحابس المادة المضادة لأنها، وتماماً كما تشير تسميتها إليها، تحتبس المادة المضادة وتحتجزها في وسطها، على نحوٍ متدلٍّ وآمن وبعيدٍ عن جوانبها وقعرها".

"متدلّيةً؟ ولكن... كيف؟".

"إنها في الواقع تبقى متدلّية في ما بين حقليْن مغنطيسيّيْن متداخليْن. إلقِ نظرةً هنا".

عبرت فيتّوريا الغرفة لتعود ومعها جهاز إلكترونيّ ضخم. لقد شبّه في الواقع لانغدون هذه الأداة الغريبة الشكل بمسدّس شعاعيّ من النوع الذي نراه في الرسوم المتحرّكة - إذ أنها كانت مؤلّفة من ماسورة كبيرة أشبه بالمدفع، ومزوّدة عند ناحيتها العلويّة بمجهر مراقبة، في حين كانت شبكة من الإلكترونيّات تتدلّى من ناحيتها السفليّة. فصفّت فيتّوريا المجهر في خطٍّ مستقيم مع إحدى العلب الصغيرة وحدّقت داخل عدسته، ثمّ قامت بمعايرة بعض المسكات، وتنحّت بعد ذلك جانباً داعيةً بالتالي كوهلر إلى إلقاء نظرة داخل العلبة.

بدا كوهلر مرتبكاً: "هل جمعتما كميّات كبيرة منها؟".

"خمسة آلاف جزء من بليون من الغرام، أو خمسة آلاف نانوغراماً"، قالت فيتّوريا: "جبلة سائلة مكوّنة من ملايين البوزترونات أو الجسيْمات الموجبة".

"قلتِ ملايين؟ ولكن لم يتمكّن أحد من مشاهدة سوى بضع من هذه الجسيْماتِ فقط".

"الزينون"، قالت فيتّوريا بنبرة باردة: "لقد قام والدي بتسريع شعاع الجسيْمات عبر دفق من الزينون، مجرِّداً بالتالي إيّاه من الإلكترونات. وهو كان قد أصرّ على الحفاظ على طريقة القيام بذلك سرّيّةً، ولكنها كانت تفترض في الوقت نفسه حقن الإلكترونات الخام داخل المسرِّع".

شعر لانغدون بضياعٍ تامّ، وراح يتساءل إن كانوا يتكلّمون العربيّة أم الكرشونية؛ في حين أن كوهلر ظلّ صامتاً لبعض الوقت، ثمّ أخذ فجأة نفساً قصيراً، وتلاشت قواه وكأنه أصيب برصاصة. "ولكن تقنيّاً، قد تمدّكم هذه الطريقة بـ...".

فأومأت فيتّوريا برأسها قائلةً: "أجل بالكثير منه".

حدّق كوهلر من جديد في العلبة الصغيرة أمامه. وفيما كان الشكّ لا يزال بادياً بوضوح في نظرته، مدّ جسده في كرسيّه واضعاً عينيه على العدسة، ناظراً إلى الداخل بتمعّن، وظلّ يحدّق لوقت طويل من دون أن ينبس ببنت شفة، وعندما عاد وأرخى جسده، كان جبينه مغطّى بالعرق، وكانت سيماؤه قد زالت عن وجهه، وانقلبت الصرامة في صوته همساً: "يا إلهي... لقد نجحتما حقّاً في ذلك".

فأومأت فيتّوريا برأسها قائلةً: "إن والدي هو الذي نجح في ذلك".

"أنا... أنا لا أعلم ماذا أقول".

فاستدارت فيتّوريا نحو لانغدون وقالت له: "أتودّ أن تلقي نظرة؟" وهي تشير إلى المجهر.

فتقدّم منه لانغدون، غير واثق ممّا كان ينتظره هناك داخل تلك العلبة الصغيرة. وقد بدت له العلبة من على بعد قدميْن خالية. فاستنتج بالتالي أنّ أياً كان الشيء الذي داخل هذه العلبة فهو متناهي الصغر. فوضع عينه على العدسة وانتظر للحظة، إذ أنّ الصورة أمامه كانت تتطلّب بعض الوقت لكي تصبح واضحةً.

ثمّ رآها بعد ذلك.

فهي لم تكن في أسفل المستوعب كما كان متوقّعاً، إنما كانت تسبح - معلّقةً في وسطه - كريّة مومضة من سائل أشبه بالزئبق. لقد كان في الواقع هذا السائل يتقلّب ويتأرجح في العَدم تأرجحاً عجائبيّاً. وبالإضافة إلى ذلك، فقد كانت مويْجات صغيرة ومعدنية تترقرق على سطح قطرة ذاك السائل. لقد ذكّره هذا السائل المتدلّي والمعلّق في العدم بفيلم فيديو كان قد شاهده مرّة وموضوعه قطرة ماء في جوّ لا جاذبيّة فيه. صحيح أن الكريّة كانت مجهريّة الحجم، إلاّ أنه كان في الواقع قادراً على مشاهدة كلّ تموّج من تموّجاتها، إذ أنّ كريّة البلازما تلك كانت تتقلّب ببطء في حالة تدلّيها.

فقال: "إنها... تسبح".

"هذا ما ينبغي عليها أن تفعل"، أجابت فيتّوريا: "فالمادّة المضادّة غير مستقرّة إطلاقاً، إنما هي على العكس شديدة الحركة والتقلّب. وإن أردنا أن نتحدّث من المنطلق الطاقيّ، فالمادّة المضادّة هي الصورة المعكوسة في المرآة للمادّة، وبالتالي فإنهما وباحتكاكهما ببعضهما البعض يُبطل أحدهما الآخر على الفور. لذا فقد يكون بالطبع من الصعب جدّاً إبقاء المادّة المضادة بمعزل عن المادّة، سيّما وأنّ كل شيء على هذه الأرض مصنوع من المادّة، ويتعيّن إذن حفظ هذه العيّنات في مكان لا تلامس فيه شيئاً على الإطلاق - ولا حتى الهواء".

ذُهل لانغدون حقاً بذلك.

ثمّ قاطعها كوهلر، وقد بدا مذهولاً أيضاً وهو يمرّر إصبعه الشاحب اللون على قاعدة إحدى العلب الصغيرة وقال: "وهذه العلب التي تحتجزون فيها المادّة

المضادة، أهي من تصميم والدك؟".

فأجابته قائلة: "إنها في الواقع من تصميمي أنا".

فنظر إليها بدهشة كبيرة.

ثم استطردت بكل تواضع قائلةً: "لقد ابتدع والدي الجسيْمات الأولى للمادة المضادّة، إلا أنه كان عاجزاً عن إيجاد طريقة لحفظها. فاقترحت عليه عندئذ فكرة هذه العلب الصغيرة المغلقة بوجه الهواء والمزوَّدة بأجهزة كهرطيسيّة معاكسةً عند كلّ طرف من أطرافها".

"يبدو أن عبقرية والدك قد تلاشت وزالت أمام عبقريّتك".

"ليس تماماً. فأنا قد استوحيْت هذه الفكرة من الطبيعة. في الواقع، إنّ البوارج الحربية البرتغالية تحتجز السمك بين مجسّاتها بواسطة شحنات كيسيّة سلكيّة. وبالتالي فقد طبّقت هذا المبدأ نفسه هنا؛ إذ أني زوّدت كل علبة صغيرة بكهرطيسيّيْن اثنيْن، واحد عند كلٍّ طرف من طرفيْها. وبالتالي فإن حقليْهما المغنطيسيّين المتعاكسيْن يتداخلان في وسط العلبة حابسيْن بالتالي المادّة المضادة هناك معلّقة في الخلاء".

راح لانغدون ينظر مجدداً إلى العلبة الصغيرة حيث كانت المادّة المضادّة تسبح في الخلاء من دون أن تلامس شيئاً على الإطلاق. لقد كان كوهلر على حقّ. فهذا عمل عبقريّ حقّاً.

ثمّ سأل كوهلر قائلاً: "وأين هو المصدر الذي يستمدّ منه هذان المغنطيسان طاقتهما؟".

فأجابته فيتّوريا قائلةً: "هنا في العمود الموجود تحت العلبة. فالعلب مثبّتة برصيف شحنٍ يشحنها على نحوٍ مستمرّ، فلا يكفّ بالتالي المغنطيسان أبداً عن مهامّهما".

"وفي حال توقّف الحقل المغنطيسيّ عن العمل؟".

"هذا أمر بديهي. فعندها تسقط المادّة المضادّة من وسط العلبة حيث كانت متدلّية وترتطم بقعرها وتزول".

نصب بلانغدون أذنيْه ليتحقق مما يسمعه: "تزول؟" لم تعجبه كثيراً هذه الكلمة.

بدت فيتّوريا غير مهتمّة للأمر. "أجل، في حال احتكّت المادة المضادة بالمادة،

يزول كلاهما على الفور. ويطلق في الواقع علماء الفيزياء على هذه الظاهرة "ظاهرة الزوال".

فأومأ لانغدون برأسه مذهولاً: "يا إلهي".

"هذا في الواقع التفاعل الطبيعي الأبسط. تندمج جسيْمة من المادة بجسيْمة من المادّة المضادّة لتولّد جسيْمتيْن جديدتيْن - تعرفان بالفوتونات. والفوتون هو في الواقع كناية عن وميض ضوئي بالغ الصغر".

وكان لانغدون قد قرأ عن الفوتونات - تلك الجسيْمات الضوئية - التي تمثّل الشكل الأنقى للطاقة.

وقرّر هنا ألا يسألها عن استخدام الكابتن كيرك للطُربيدات الفوتونيّة ضدّ الكلينغونز، إنما استعاض عن سؤاله هذا بسؤال آخر: "إذاً في حال سقوط المادّة المضادة، نشهد وميضاً ضوئيّاً خفيفاً؟".

فهزّت فيتّوريا بكتفيْها قائلةً: "هذا مرتبط بتحديدك لكلمة خفيف. دعني أريك هنا شيئاً". فاتجهت نحو العلبة الصغيرة وشرعت تنزعها عن العمود الذي يشحنها.

فإذا بكوهلر يصيح مذعوراً وينحني نحو الأمام مبعداً يديْها عن العلبة. "هل جُننتِ، يا فيتّوريا؟".

22

وقف كوهلر للحظة مذعوراً وهو يترنّح على ساقيْه الذّاويتيْن، وقد كان وجهه أبيض من شدّة الهول.

"لا يمكنك يا فيتّوريا أن تفكّي العلبة!".

كان لانغدون يشاهد ما يحدث مذهولاً أمام هلع المدير المفاجئ.

"خمسة آلاف نانوغرام!" قال كوهلر: "فإن حطّمت الحقل المغنطيسي -".

"لا خطر في ذلك إطلاقاً، يا حضرة المدير"، قالت فيتّوريا: "فكل علبة مزوّدة بجهاز أمان وهو كناية عن حاشدة أو بطاريّة كهربائية داعمة في حال تمّ قطع العلبة عن شاحنها؛ وبالتالي تبقى العيِّنة متدلية في وسط العلبة حتى ولو أقدمت على فكّ هذه الأخيرة ونزعها".

بدا كوهلر غير واثق من كلامها هذا، ثمّ عاد وجلس بتردّد في كرسيّه.

استطردت فيتّوريا قائلةً: "تبدأ في الواقع البطّاريّات بالعمل بشكل أوتوماتيكي حالما تنتَزع العلبة الحابسة عن شاحنها. وهي تظلّ تعمل لمدّة أربع وعشرين ساعة، شأنها شأن خزّان الغاز الاحتياطي". ثم استدارت نحو لانغدون وكأنها قد شعرت بانزعاجه وقالت: "تتميّز المادّة المضادة بخصائص غريبة، يا سيّد لانغدون، الأمر الذي يجعل منها شيئاً في غاية الخطورة. فعشرة ملّغرامات فقط من المادّة المضادة – أي ما يساوي حجم حبّة الرمل – من المفترض بهم أن يولّدوا كميّة من الطاقة تضاهي تلك التي يولّدها مئتا طنٍّ متريٍّ من وقود الصواريخ".

انفتل رأس لانغدون مرّة أخرى لدى سماعه ذلك.

"إنها مصدر طاقتنا للمستقبل، وقوّتها تفوق في الواقع قوّة الطاقة الذريّة بآلاف المرّات. إنها في الواقع فعّالة بنسبة مئة في المئة. فلا نتائج جانبيّة غير متوقّعة، ولا طاقات إشعاعيّة ولا تلوّث. وبضع غرامات منها فقط قادر على تزويد إحدى أكبر المدن وأهمها بالطاقة لمدّة أسبوع تقريباً".

"غرامات؟" ابتعد لانغدون بقلق وارتباك عن المنصّة.

"لا تقلق"، قالت فيتّوريا: "لا تشكّل هذه العيّنات سوى جزء صغير جدّاً من الغرام، وهي بالتالي غير مؤذية نسبيّاً:.

ثمّ عادت وأمسكت بالعلبة الصغيرة من جديد نازعةً إياها عن قاعدة شحنها.

ارتعش كوهلر بعض الشيء، ولكن هذه المرّة من دون أن يتدخّل. وما أن أصبحت العلبة الحابسة تلك حرّة طليقةً حتى سُمع طنين حادّ، وتحرك صمّام ثنائيّ منير بالقرب من قاعدتها. ثمّ راحت بعد ذلك الأرقام الحمراء تومض بادئة بعدّها التنازلي من الساعات الأربع والعشرين نزولاً حتى الساعة صفر.

24:00:00 ...

23:59:59 ...

23:59:58 ...

فراح لانغدون يتفحّص العدّاد مشبّهاً إيّاه بعداد القنبلة الموقوتة.

وإذا بفيتّوريا تشرح قائلةً: "سوف تظلّ البطاريّة شغّالةً لمدّة أربع وعشرين ساعة قبل أن تموت. ولكن يمكننا إعادة شحنها بإعادتنا العلبة الحابسة إلى مكانها على المنصّة. فهي مصمّمة كتدبير وقائي، ولكنها صالحة للنقل أيضاً".

89

"للنقل؟" سأل كوهلر وقد بدا مصعوقاً: "أنتما تخرجان هذا الشيء من المختبر؟".

"بالطبع لا"، قالت فيتّوريا: "غير أنّ التحرّكيّة تسمح لنا بدراسة ذلك".

قادت فيتّوريا لانغدون وكوهلر نحو آخر الغرفة حيث فتحت ستارة تكشّفت لهم عن نافذة، وخلف هذه النافذة كانت غرفة كبيرة وفسيحة، جدرانها وأرضها وسقفها كلّها مطليّة بالفولاذ. وقد شبّه لانغدون تلك الغرفة بخزّان إحدى شاحنات النفط التي كان قد استقلّها مرّةً إلى بابوا في غينيا الجديدة لدراسة النقش الأثري الذي كان على جسم هانتا.

"إنه خزّان الإبادة أو الإبطال"، قالت فيتّوريا.

فنظر إليها كوهلر وسألها: "يمكنكما أن تراقبا عمليّات الإبطال؟".

"لقد كان والدي في الواقع مذهولاً بالتحليل الفيزيائي لنظريّة البيغ بانغ وكيف أنّ كميّات هائلة من الطاقة قد صدرت عن نواة صغيرة جدّاً من المادّة". وفتحت فيتّوريا درجاً فولاذيّاً كان تحت النافذة، ووضعت العلبة الحابسة في داخله، ثمّ عادت وأغلقت الدرج من جديد. بعد ذلك سحبت مخلاً كان إلى جانب الدرج، وإذا بالعلبة الحابسة تعود لتظهر بعد لحظة من الجهة الأخرى للزجاج وهي تدور بلطف وهدوء وعلى نحو متقوّس فوق الأرض الفولاذية إلى أن توقّفت في وسط الغرفة.

ابتسمت فيتّوريا بتكتّم قائلةً: "أنتما الآن على وشك مشاهدة أوّل عمليّة إبادة، أو إبطال للمادّة والمادّة المضادة في حياتكما. إنه في الواقع نموذج متناهي الصغر، لا يتجاوز بضع أجزاء صغريّة من الغرام".

راح لانغدون ينظر إلى العلبة التي كانت المادة المضادة محتجَزة في داخلها، وقد كانت مستقرّة وحدها في أسفل مستوعب ضخم؛ أما كوهلر فقد استدار بدوره نحو النافذة وكان يبدو غير واثق ممّا كان على وشك مشاهدته.

"في الحالات الطبيعية"، قالت فيتّوريا: "كان من المفترض بنا أن ننتظر انقضاء الساعات الأربع والعشرين كاملة لكي تموت البطاريّات؛ غير أن هذه الغرفة مزوّدة تحت الأرض بأجهزة مغنطيسيّة من شأنها أن تخرق العلبة الحابسة وتسحب بالتالي المادّة المضادّة خارج نطاق تدلّيها. وعندما تصطدم المادة بالمادّة المضادّة.. ".

"يُبطل بعضهما بعضاً"، همس كوهلر قائلاً.

"ولكن ثمّة أمراً آخر"، قالت فيتّوريا: "إنّ المادّة المضادّة تحرّر طاقـــةً خالصـــة صرف؛ الأمر الذي يؤدّي إلى تحوّل المادّة بنسبة مئة في المئة إلى فوتونات. لــذا لا تنظرا مباشرةً إلى العيّنة، إنما أحجبا عينيْكما وأنتما تنظران إليها".

كان لانغدون حذراً، ولكنه شعر فجأة أنّ فيتّوريا هـــي الـــتي كانـــت قـــد أصبحت الآن تعظّم الأمور بعض الشيء. لا ننظر مباشرة إلى العلبة الصغيرة؟ ولكن لماذا؟ فالجهاز موضوع على بعد أكثر من ثلاثين ياردةً عنهم وخلف جدار سميـــك جداً من الزجاج الضفيري. وعلاوة على هذا كلّه، فإن العيّنة الموجـــودة داخـــل العلبة كانت مجهريّة الحجم. أحجب عيني؟ كان لانغدون يفكر بينه وبين نفســـه. ولكن ما هي كميّة الطاقة التي يمكن لهذه العيّنة المجهريّة أن تولّدها؟

ضغطت فيتّوريا على الزرّ.

بُهر نظر بلانغدون على الفور، إذ ظهرت فجأة داخل العلبة نقطـــة ضـــوئية ساطعة وشديدة اللمعان بمكان أنها ما لبثت أن انفجرت خارجاً في صدمة موجـــة ضوئية رجّاجة راحت تشعّ في الجهات كافّة، منفجرةً بالتالي على النافـــذة أمامـــه ومدوّية بقوّة أشبه بقصف الرعود. فزلّت به قدمه، في حين أن الضوء ظلّ ســـاطعاً لبعض الوقت ثم راح بعد ذلك يندفع من جديد نحو الداخل ممتصّاً نفســـه بنفســـه ليعود بعد ذلك وينهار متحوّلاً من جديد إلى ذرّة صغيرة ما لبثـــت أن اختفـــت وانعدمت. راحت عينا لانغدون تؤلمانه إلى أن عاد وتحسّن نظره شيئاً فشيئاً. ثم راح يحدّق بعيْنين نصف مغمضتيْن إلى داخل الغرفة الداخنة، فإذا بالعلبة الصغيرة الـــتي كانت على الأرض قد اختفت تماماً وتبخّرت من دونَ أن تخلّف وراءها أيّ أثر.

فراح يحدّق مشدوهاً: "يا إلهي".

أومأت فيتّوريا برأسها حزينةً وقالت: "هذا بالضبط ما قاله والدي أيضاً".

23

كان كوهلر يحدّق في غرفة الإبادة مشدوهاً بالمشهد الذي كان قـــد شـــهده لتوّه، وكان روبرت لانغدون إلى جانبه يبدو هو أيضاً أكثر ذهولاً منه.

"أريد رؤية والدي"، قالت فيتّوريا: "لقد أريْتكما المختبر. الآن أريـــد رؤيـــة والدي".

استدار كوهلر ببطء، متظاهراً بعدم سماعها: "لَمَ انتظرتما هذه الفترة كلها، يا فيتّوريا؟ فقد كان من المفترض بك وبوالدك أن تطلعاني على اكتشافكما هذا على الفور".

"يمكننا يا حضرة المدير أن نتشاجر بشأن ذلك لاحقاً. أما الآن فأنا أريد رؤية والدي".

"أتعلمين ما معنى هذه التكنولوجيا؟".

"بالطبع"، أجابته فيتّوريا: "إن هذا الاكتشاف قد يدرّ أموالاً طائلةً على Cern. والآن أريد أن –".

"أهذا هو إذاً السرّ الذي كنتما تحتفظان به؟" سألها كوهلر بغضب: "لأنكما كنتما تخشيان أن أقرّر أنا ومجلس الإدارة ألا نسمح لكما بتنفيذه؟".

"كان من المفترض بكم على أيّ حال أن تسمحوا لنا بتنفيذه"، أجابته فيتّوريا بفظاظةٍ شاعرةً بأنه كان يستفزّها ويدفعها إلى التشاجر معه: "فالمادة المضادة هي من الأمور التكنولوجيّة المهمّة، ولكنها في الوقت نفسه خطيرة. لذا فقد كنّا أنا ووالدي بحاجة إلى بعض الوقت لندقّق في الإجراءات ونصقلها ونتثبّت بالتالي من أمانتها قبل أن نعرضها عليكم".

"أي أنكما وبمعنى آخر لم تكونا واثقيْن من أنّ مجلس الإدارة سوف يولي الحذر العلميّ أهميّة أكبر من الطمع والجشع الماديّيْن".

تفاجأت فيتّوريا بنبرة كوهلر اللامبالية وقالت: "كانت لدينا أسباب أخرى أيضاً. فقد كان والدي بحاجة إلى بعض الوقت لكي يعرض المادّة المضادّة بالطريقة المناسبة".

"ما الذي تقصدينه بكلامك هذا؟".

"ما الذي تظنّ أني أقصده برأيك؟ "مادة من طاقة؟ شيء من لا شيء؟ فاكتشافنا هذا هو في الواقع كناية عن دليل عملي على أن سفر التكوين أمر معقول علميّاً".

"وهو بالتالي لم يكن يريد للمفاهيم الدينيّة التي يتضمّنها اكتشافه هذا أن تضيع وسط جلبة هجومٍ ضارٍ على الربح والتجارة، صحيح؟".

"نوعاً ما".

"وأنتِ؟".

المضحك في الأمر هو أنّ مخاوف فيتّوريا ومخاوفها كانت مناقضة نوعاً ما لمخاوف والدها ومخاوفه. فالمتاجرة كانت أمراً خطراً وحرِجاً بالنسبة إلى نجاح أي مصدر طاقيّ جديد. صحيح أنّ التقنيّة الطاقيّة المعتمدة على أساس المادّة المضادة كانت تتميّز بقدرة صاعقة ومذهلة على توليد الطاقة بفعاليّة تامّة ومن دون أي تلوّث أو تأثيرات جانبيّة - ولكن لو كُشف النّقاب عنها في وقت مسبق، لكانت السياسات والوساطات الفاشلة قد شوّهت صورتها وحطّت من قدرها، تماماً كما فعلت مع الطاقة النوويّة والطاقة الشمسيّة سالفتيْها. فالطاقة النوويّة قد شاع استخدامها قبل أن تصبح آمنةً، وقد وقعت بالتالي حوادث كثيرة من جرّاء ذلك؛ وكذلك الأمر أيضاً بالنسبة إلى الطاقة الشمسية التي شاع استعمالها بين الناس قبل أن تصبح ذات فعاليّة تامّة، وخسر بالتالي هؤلاء أموالاً طائلة من جرّاء ذلك. وهكذا نرى كيف شُوِّهت سمعة هاتيْن التقنيّتيْن اللتيْن ماتتا على أمّهما.

"اهتماماتي أنا"، قالت فيتّوريا: "كانت أقلّ نبالةً بعض الشيء من هدف توحيد الدين والعلم".

"البيئة"، جازف كوهلر واثقاً من إجابته.

"طاقة من دون حدود. لا تعدين، ولا تلوّث، ولا إشعاعات. يمكن في الواقع لتقنيّة المادة المضادة أن تنقذ كوكبنا من الكثير من المخاطر والكوارث الطبيعيّة:.

"كما ويمكنها أيضاً أن تدمّره تدميراً كليّاً"، عقّب عليها كوهلر مراوِغاً: "فهذا وقفٌ على الأشخاص الذين يستخدمونها وسبب استخدامهم لها". شعرت فيتّوريا تجاه كوهلر ببعض الجفاء الناجم عن شلله. ثمّ عاد وسألها قائلاً: "ومَن سواكما أنتما الاثنيْن كان على علمٍ باكتشافكما هذا؟".

"لا أحد"، قالت فيتّوريا: "فقد سبق وأكّدت لك ذلك".

"إذاً، لماذا قتل والدك، برأيك؟".

تشنّجت عضلات فيتّوريا، وأجابته قائلة: "لا أعلم. فأنت تعلم أنّه كان لديه أعداء هنا في CERN، ولكني واثقة أن لا علاقة لعداواته تلك بالمادّة المضادّة لا من قريب ولا من بعيد. فنحن كنّا قد أقسمنا لبعضنا البعض بأن نحفظ هذا السرّ في ما بيننا نحن الاثنيْن فقط لبضعة أشهر بعد، حتى نصبح جاهزيْن.

"وهل أنتِ واثقة من أنّ أباك قد تمكّن من الوفاء بعهده وكتمان الأمر؟".

بدأ الغضب هنا يستحوذ على فيتّوريا إذ قالت: "لطالما تمكّن والدي من حفظ الأسرار والإيفاء بالوعود الأكبر من تلك بكثير!".

"وأنتِ ألم تخبري أحداً بالأمر؟".

"بالطبع لا!".

تنفّس كوهلر الصعداء ولكنه ظلّ صامتاً وكأنه كان يختار كلماته التالية بحذر. "ولنفترض أنّ أحداً ما قد اكتشف أمر اختراعكما هذا. ولنفترض أيضاً أن أحداً قد تمكّن من ولوج هذا المختبر. فما هو الشيء الذي بنظرك قد يكون أتى إلى هنا سعياً وراءه؟ أتعلمين مثلاً إن كان والدك قد ترك هنا ثمّة ملاحظات أو معلومات أو مستندات خاصّة بمشروعه هذا؟".

"لقد كنت صبورةً معك يا حضرة المدير، واستمعت إليك مطوّلاً. ولكني أنا أيضاً بحاجة إلى بعض الأجوبة الآن. ما زلت تفكّر باحتمال أن يكون أحدهم قد اقتحم هذا المختبر أو دخله سرّاً، ولكنّك قد رأيت لتوّك وبأمّ عينك جهاز فحص شبكة العين. فلطالما كان والدي حذراً في ما يختصّ بالأمور السريّة والمسائل الأمنية".

"حسناً داريني وسايريني بعض الشيء"، ردّ عليها كوهلر بنبرة حادّة ولاذعة: "هل من أمر مفقود أو ناقص؟".

"لا فكرة لديّ". أجابته فيتّوريا وهي تتفحّص المختبر بغضب. فقد كانت عيّنات المادّة المضادّة لا تزال كلّها موجودة، ومكان عمل والدها كان لا يزال يبدو مرتّباً مثلما تركه. "لم يأتِ أحد إلى هنا"، قالت: "لا يزال كلّ شيء هنا في الطابق العلويّ على ما يُرام".

"قلتِ في الطابق العلويّ؟" قال كوهلر ذلك وقد بدا مستغرباً.

كانت فيتّوريا قد تفوّهت بذلك عن غير قصد. ثمّ استطردت قائلةً: "أجل هنا في المختبر العلويّ".

"أنتما تستخدمان المختبر السفليّ أيضاً؟".

"أجل، للتخزين".

كرّج كوهلر كرسيّه المدولب نحوها وهو يسعل من جديد. "أنتما تستخدمان حجرة الموادّ الخطرة للتخزين؟ ولكن ما الذي تخزّنانه هناك؟".

"موادّ خطيرة، فما الذي قد نخزّنه هناك برأيك! كان صبر فيتّوريا قد بدأ ينفد. "المادة المضادّة".

رفع كوهلر نفسه متكئاً على ذراعيْ كرسيّه وقال: "ثمّة عيّناتٍ أخرى؟ ولكن لَمَ لم تخبريني بالأمر بحقّ الله؟!".

"ها أنا قد أخبرتك بالأمر للتوّ"، أجابته فيتّوريا بغضب: "فأنت لم تترك لي فرصةً لكي أخبرك بالأمر من قبل!".

"يتعيّن علينا إذن النزول وتفحّص تلك العيّنات"، قال كوهلر.

"وحالاً".

"إنها عيّنة واحدة فقط". قالت فيتّوريا: "وأنا واثقة من أنها بخير، إذ لا يمكن لأحد أن –".

"عيّنة واحدة فقط؟" سأل كوهلر متردِّداً: "ولَمَ ليست هنا في المختبر العلوي؟".

"أراد والدي أن يضعها تحت الأرض كتدبير وقائي احترازي. فهي في الواقع أكبر من سواها".

تبادل لانغدون وكوهلر نظرة ملؤها الذعر والهول، ثم عاد كوهلر وتقدّم نحو فيتّوريا بكرسيّه المدولب. "هل اخترعتما عينة يفوق حجمها الخمسماية نانوغرام؟".

"هذا ضروريّ"، قالت فيتّوريا بلهجة دفاعيّة. فقد كان علينا أن نتحقّق من إمكانيّة تخطّي عتبة نسبة التزويد بالطاقة/الإنتاجية بأمان. فهي كانت تعلم أنّ المشكلة الوحيدة بالنسبة إلى مصادر الوقود الجديدة كانت مشكلة نسبة التزويد بالطاقة على الإنتاجية – أي بمعنى آخر كميّة المال التي يتعيّن علينا إنفاقه لكي نتمكّن من الحصول على الوقود. وبالتالي فإن إنشاء مبنى كامل ومجهّز بالآليات والمعدّات كافة اللازمة لحفر آبار النفط حفراً جيّداً قد يكون مثلاً محاولة فاشلة في حال كانت إنتاجيّة هذا المبنى لا تتخطّى البرميل الواحد فقط من النفط. ولكن في حال كان هذا المبنى نفسه وبأقلّ تكلفة مضافة ممكنة قادراً على إنتاج الملايين من براميل النفط، فعندها يمكننا اعتبار عملنا عملاً رابحاً. وكذلك كان الأمر أيضاً بالنسبة إلى المادّة المضادّة؛ إذ أنّ إضرام ستة عشر ميلاً من الآلات الكهرطيسيّة وتشغيلها كلّها من أجل الحصول على عيّنة صغريّة واحدة فقط من المادّة المضادّة هو في الواقع عمل فاشل وخاسر، إذ أننا نكون بذلك في صدد استهلاك كميّة من الطاقة تفوق بكثير تلك الموجودة في عيّنة المادّة المضادة الناجمة عن اختراعنا هذا.

فلكي نتمكّن من إثبات فاعلية المادة المضادة وقابليّة تطبيقها، كان من المفترض بنا أن نخترع عيّنات أكبر حجماً وقدرةً.

وعلى الرغم من أن والد فيتّوريا كان في البداية متردّداً حيال فكرة إنشاء عيّنة كبيرة وضخمة، إلا أنّ فيتّوريا هي التي حثّته في الواقع على تطبيق هـذه الفكـرة، بحجّة أنهما ولكي يتمكّنا من إثبات مدى قدرة المادّة المضادة وفاعليّتـها، ولكـي يحملا بالتالي الناس إلى أخذ هذه الأخيرة على محمل الجدّ، فكان من المفترض بهمـا أن يثبتا أمريْن اثنيْن: أولهما أنها ذات مردودية وإنتاجية هائلة وفاعلة؛ وثانيهمـا أنّ هناك طرقاً وأساليب آمنة لحفظ العيّنات. وهكذا تمكّنت في النهاية من إقناع والدها بالفكرة وحثه على وضعها حيّز التنفيذ، إنما ليس طبعاً من دون أن يضع خطوطـاً إرشاديّة صارمة وقويّة في ما يختصّ بمسألتيْ السريّة ووسائل الحصول علـى تلـك العيّنة. لذا أصرّ والدها على حفظ المادة المضادة في حجرة المواد الخطـيرة، وهـي كناية عن حفرة صغيرة من الغرانيت موجودة على عمق سبع وعشرين قدماً أخرى تحت الأرض. واتفقا بالتالي أن تظلّ تلك العينة سريّة في ما بينـهما وألا يـتمكّن بالتالي أحد سواهما من الوصول إليها.

فسألها كوهلر بصوت متوتّر: "وما هو حجم هذه العيّنة التي اخترعتها أنـتِ ووالدك؟".

شعرت فيتّوريا حينها بسعادة وغبطة عارِمتيْن، إذ أنها كانت واثقة مـن أن حجم هذه العيّنة سوف يصعق أعظم الناس، لا سيّما منهم ماكسيميليان كـوهلر. راحت تتصوّر المادّة المضادّة في الأسفل. لقد كان في الواقع منظر لا يُصدَّق. فقـد كانت كناية عن كريّة صغريّة من المادة المضادة تتراقص متدلّيـة داخـل العلبـة الحابسة. غير أن هذه العيّنة لم تكن مجهريّة الحجم، إذ أنه كان من الممكن رؤيتـها بالعين المجرَّدة.

فأخذت فيتّوريا نفساً عميقاً وقالت: "إنها بحجم ربع غرامٍ كامل".

بدا وجه كوهلر شاحباً لدى سماعه ذلك، وكأن الدم قد انقطع عنه. "ماذا!" قال وسط نوبة قويّة من السعال. "قلتِ ربع غـرام؟ فهـذا يتحـوّل إلى خمـس كيلوطنّات تقريباً!".

"كيلوطنّات". كانت فيتّوريا تكره هذه الكلمة، وبالتـالي فهـي لم تكـن لتستخدمها قطّ لا هي ولا والدها. في الواقع إنّ الكيلوطن الواحد كان يعادل ألف

طنّ متريّ من ثالث نتريت التولوين. فالكيلوطنّات كانت تُستخدم للأسلحة. الشحنات المتفجّرة. الطاقة المدمِّرة. لذا فقد كانت هي ووالدها يستعيضان عن الكلمة أو وحدة القياس تلك بوحدتيْ الإلكترون فُلط والجول - محصول الطاقة البنّاءة.

"ولكن يمكن لهذا القدر من المادة المضادة أن يبيد كل شيء يمتد أمامه على قطر نصف ميل!" صاح كوهلر.

"أجل، في حال أُبيد دفعةً واحدةً"، أجابت فيتّوريا: "ولكنّي لا أظنّ أن أحداً قد يقدم على عملٍ كهذا".

"إلاّ في حال كان جاهلاً، أو في حال شحّ مصدر الطاقة، أو تعرّض لخللٍ ما!" وهنا بدأ كوهلر يتجه نحو المصعد.

"لهذا السبب بالتحديد أصرّ والدي على الاحتفاظ بهذه العينة في حجرة المواد الخطيرة، مزوِّداً بالتالي إياها بجهازٍ واقٍ في حال تعرّض مصدر طاقتها لعطلٍ ما، وبجهاز إنذار طنّان في حال حاول أحدٌهم اقتحام الحجرة".

فاستدار كوهلر متفائلاً بالخير: "هل وضعتما أجهزة أمنية إضافية عند حجرة المواد الخطرة؟".

"أجل فقد وضعنا هناك جهازاً آخر لفحص شبكة العين".

فلم يتفوّه كوهلر سوى بكلمتيْن فقط: "إلى تحت، الآن".

هبط المصعد بهم كالصخرة.

خمس وسبعون قدماً أخرى تحت الأرض.

كانت فيتّوريا واثقة من الخوف الذي كان يشعر به الرجلان فيما كان المصعد يترل أكثر فأكثر في أغوار الأرض، إذ أنّ وجه كوهلر الذي لطالما بدا لها خالياً من أيّ تعابير أو عواطف كان التوتّر بادياً عليه بجلاء. ثم راحت فيتّوريا تفكّر في نفسها، أنا أعلم أن العينة هائلة الحجم غير أن التدابير الوقائية التي اتّخذناها -".

وإذا بهم قد وصلوا أخيراً إلى الأسفل.

فتح باب المصعد على مصراعيْه، وراحت بالتالي فيتّوريا تقود الرجليْن عبر الرواق الذي كان يتميّز بإنارته الخافتة، إلى أن بلغوا في النهاية باباً فولاذيّاً ضخماً. باب حجرة المواد الخطيرة. لقد كان جهاز فحص شبكة العين بجانب الباب مشابهاً تماماً لذلك الذي كان في الطابق العلويّ. فاقتربت منه فيتّوريا واضعة عينها بحذر

على العدسة، وإذا بها تتراجع إلى الوراء. هناك خطب ما. فالعدسة التي طالما كانت نظيفة ونقيّة بدت لها ملطّخة بشيء أشبه بـــ.... الدّم. فاضطربت واستدارت نحو الرجليْن شاحبيْ الوجه، عيناهما مسمَّرتان على الأرض عند قدميْها.

ركزت عينيها حيث كانا ينظران... إلى الأسفل.

"لا!" صاح لانغدون، محاولاً منعها من ذلك. إلا أنّ الأوان كان قد فات.

تسمّر نظرها على الشيء الذي كان على الأرض إلى جانبها؛ وقد شعرت فجأة أنه غريب وفي الوقت نفسه مألوف بالنسبة إليها. ولكن ما لبثت أن مرّت لحظة على ذلك، حتى انتابها ذعر رهيب. لقد كانت في الواقع تحدّق بمقلة عين مرميّةً على الأرض كالقمامة، وشعرت فجأةً بأنها كانت قد رأت عيناً بهذا الظّل البنيّ في مكانٍ ما من قبل.

24

حبس رجل الأمن الفنيّ أنفاسه فيما كان قائده منحنياً فوق كتفه يتفحّص صفّ أجهزة المراقبة الأمنية أمامهما لمدّة دقيقة تقريباً.

كان صمت القائد متوقَّعاً، حدّث الفنيّ نفسه. فقد كان القائد صاحب بروتوكول صارمٍ وقاسٍ. وهو في الواقع لم يرقَّ ليقود إحدى أهم الأجهزة الأمنية وأعظمها في العالَم لكونه يتكلّم أولاً ومن ثمّ يفكّر.

ولكن بمَ تُراه يفكّر؟

فالغرض الذي كانا يتأملانه على جهاز المراقبة كان أشبه بعلبة صغيرة – علبة صغيرة ذات جوانب شفافة. فهذا سهل. ولكنّ الباقي فقد كان من الصعب عليهما فهمه.

إذ داخل المستوعب، كانت قطيْرة صغريّة من سائلٍ معدني تبدو لهما وكأنها تسبح في الهواء، وكانت هذه القطيْرة تتراءى لهما حيناً ثمّ تعود وتختفي حيناً آخر خلف الوميض الأحمر الآلي للصمّام الثنائي المنير الذي كان يهبط بعزمٍ، جاعلاً الفنيّ يشعر بتنميل في جسمه كلّه.

"أيمكنك أن تفتّح الصورة؟" سأل القائد الفنيّ محفلاً إيّاه.

نفّذ الفنيّ تعليمات قائده، وفتّح الصورة بعض الشيء. فانحنى القائد نحو

الأمام، وراح يحدّق بشيء كان قد ظهر لتوّه عند القاعدة السفلية للمستوعب.

تبع الفني بنظره قائده، وإذا بهما يشاهدان لفظة أوائليّة مطبوعة بجانب الصمّام الثنائي المنير: كلمة مركّبة من أربعة حروف كبيرة تمثّل أوائل حروف كلمات أخرى.

"ابق هنا"، قال القائد: "لا تقل شيئاً. أنا سأهتمّ بالأمر".

25

حجرة المواد الخطيرة. خمسون متراً تحت الأرض.

ترنحت فيتّوريا فيترا، وكادت أن تهوي على جهاز فحص شبكة العين، ولكنها شعرت بالأميركي يهمّ لمساعدتها والإمساك بها للحؤول دون وقوعها على الأرض. لقد كانت في الواقع مقلة عين والدها مرميّة على الأرض إلى جانب قدميْها. "لقد اقتلعوا عينه!" شعرت بأن العالم بأسره يدور من حولها. فساعدها لانغدون لكي تُخضع عينها لجهاز فحص شبكة العين الذي ما لبث أن راح يطنّ فاتحاً الباب أمامهم.

وعلى الرغم من هول مشهد عين والدها المقتلعة، شعرت فيتّوريا أنّ هناك شيئاً مرعباً آخر ينتظرها في الداخل. وفيما كانت تجول بنظرها الضبابيّ في الغرفة، تأكّدت من وجود جزء ثان لذلك الكابوس الذي كانت تعيشه؛ فالمنصّة الوحيدة الشاحنة أمامها فارغةً، والعلبة الصغيرة الحابسة قد اختفت. فهم اقتلعوا عين والدها لكي يتمكّنوا من دخول الحجرة وسرقتها. فالعيّنة التي كان من المفترض بها أن تثبت للعالم بأسره أن المادة المضادة كناية عن مصدر طاقيّ آمن وقابل للتطبيق قد سُرقت. لم يكن أحد يعلم بوجود هذه العيّنة! ولكن أن الحقيقة تقول عكس ذلك تماماً. فلا بدّ من أن أحدهم قد اكتشف أمر هذه العيّنة. إنما لم تكن لدى فيتّوريا أي فكرة عن هويّة السارق. فحتى كوهلر الذي يقولون عنه إنه يعرف كل شاردة وواردة في CERN، لم يكن يعلم أيّ شيء عن هذا الموضوع.

ها هو والدها قد مات الآن. لقد قُتل بسبب عبقريّته. وفيما كان قلبها منفطراً حزناً وأسىً، خالج فيتّوريا فجأة شعور جديد، شعور مؤلم، شعور كان يطعنها ويجرحها في الصميم، ألا وهو الشعور بالذنب. فهي كانت تعلم أنها هي

التي حثّت والدها على إنشاء تلك العيّنة من دون أن يكون هو شخصـيّاً مقتنعـاً بالفكرة اقتناعاً تامّاً. ولهذا السبب فقد قُتل.

ربع غرام من....

شأنها شأن أي وسيلة تكنولوجيّة أخرى - كالنـار أو البـارود أو محـرّك الاحتراق - من الممكن للمادة المضادة أن تكون، سيّما وإن وقعت بين الأيدي غير الملائمة والصحيحة، مادّة خطيرة، لا بل مميتة. في الواقع، إنّ المادة المضادّة كنايـة عن سلاحٍ مهلك، إذ أنها قويّة وفعّالة، وفي الوقت عينـه يسـتحيل توقيفهـا، أو الحؤول دون انفجارها. فما أن تُنتزَع العلبة الحابسة مـن منصّـتها الشـاحنة في CERN، حتى تبدأ هذه الأخيرة بالعدّ العكسي الذي لا رحمة عنده والذي لا مفرّ منه، شأنه شأن القطار المنطلِق بسرعة خاطفة.

وعند انقضاء الفترة الإنذاريّة...

هناك الكارثة. نور باهر ورعد هادر واحتراق تلقائي مرمِّد. لحظـة واحـدة فقط... وتتفجّر الفوّهة البركانيّة، متمخِّضة عن كل ما فيها. لحظة واحدة فقـط و... كل ما يبقى لدينا هو فوّهة بركانية كبيرة وفارغة.

لقد كانت فكرة استخدام عبقريّة والدها الهادئة والمسالمة كوسيلة دمار تجري كالسمّ في عروقها. إن المادة المضادة هي السلاح الإرهابي الأسوأ في العالم. فهي لا تشتمل لا على أجزاء معدنيّة لكي توقف وتعترض المكشافات المعدنية، ولا علـى شارة كيميائية يمكن للكلاب تعقّبها، ولا أيضاً على صـمّامة كهربائيـة يمكـن للسلطات تعطيلها في حال حددوا موقع العلبة الحابسة. لقد بدأ العد العكسيّ...

* * *

لم يكن لانغدون يعلم ما الذي ينبغي عليه فعله. أخذ منديله وأخفى به مقلـة عين ليوناردو فيترا. كانت فيتّوريا واقفة عند مدخل حجرة المواد الخطيرة القاحلة، وكان الحزن والهلع ظاهريْن بجلاء على وجهها. اتجه لانغدون لاشعوريّاً نحوها مرّة أخرى، إلا أنّ كوهلر قد اعترضه قائلاً.

"سيّد لانغدون؟" وكانت ملامح وجهه خالية من أيّ تعابير، فلوّح له بيده إذ بدا له وكأنه لا يسمعه إطلاقاً. فردّ عليه لانغدون بتردّد، تاركاً فيتّوريا وحيدةً مع فاجعتها. "أنتَ الاختصاصي هنا"، قال كوهلر هامساً بقوّة: "أريد أن أعلـم مـا الذي تنوي تلك الطبقة المستنيرة السافلة فعله بهذه المادّة المضادة".

حاول لانغدون التركيز. ولكن وعلى الرغم من الأمور الجنونيّة كلـها الـتي كانت تحدث من حوله، جاء ردّ فعله الأوليّ جدّ منطقيّ. رفض أكاديمي. فقد كان كوهلر لا يزال يقوم بافتراضات مستحيلة. فأجابه لانغدون قائلاً: "لم يعد للطبقـة المستنيرة أي وجود، يا سيّد كوهلر؛ وأنا واثق من كلامي هذا كل الثقـة. فقـد تكون لهذه الجريمة تفسيرات كثيرة ومحتمَلة - حتى أنه من الممكن مثلاً أن يكـون أحد العاملين هنا في CERN قد علم باكتشاف السيد فيترا وارتكب بالتالي جريمته تلك ظنّاً منه أن هذا المشروع خطير بحيث يستحيل الاستمرار فيه".

بدا كوهلر مذهولاً بتحليل لانغدون هذا. "أوَتظنّ إذن يا سيّد لانغـدون أن هذه الجريمة قد اقترفها شخص ما نظراً لما أملاه عليه ضميره؟ يا لـه مـن كـلام سخيف حقّاً. إن مَن أقدم على قتل ليوناردو قد فعل ذلك سعياً وراء شيء واحـد فقط - عينة المادة المضادة. ولا شكّ في أنهم قد سرقوها لأهداف معيّنة".

"أتعني بذلك أهدافاً إرهابية؟".

"بكل تأكيد".

"ولكن الطبقة المستنيرة لم تكن يوماً أخويّة إرهابية".

"قلْ ذلك لليوناردو فيترا".

شعر لانغدون بشيء من الحقيقة في هذه العبارة. فليوناردو فيترا قد وُسم فعلاً بشعار الـ Illuminati، أو الطبقة المستنيرة. ولكن من أين أتى هذا الوسم بحـقّ الله؟ فقد بدا له هذا الوسم المقدّس خدعة صعبةً بالنسبة إلى شخص يحاول أن يبعد عنه الشبهات من خلال توجيه الأنظار نحو مكان أو جهةٍ أخرى. فلا بدّ مـن أن يكون هناك تفسير آخر لذلك.

أجبر لانغدون نفسه مرّة أخرى على التفكير بالمستحيل. إن كانـت الطبقـة المستنيرة لا تزال ناشطة حقّاً، وإن كانت هي التي أقدمت على سرقة المادّة المضادّة، فما هي نواياها يا تُرى؟ لم يتأخر عقله عن استحضار إجابة فوريّة سـرعان مـا استبعدها. صحيح أنه كان للطبقة المستنيرة عدوّ واضح ومعروف من قبل الجميع، غير أنّ هجوماً إرهابيّاً واسعاً من هذا النوع ضدّ هذا العدوّ كان أمراً مُحالاً وغـير ملائم إطلاقاً.

أجل، لقد أقدمت الطبقة المستنيرة على قتل العديد من الناس، هذا صـحيح، إنما أفراد فقط. أهداف محدّدة بحذر. فالتدمير الشامل عمل إجرامي جـائر وثقيـل

الوطأة. توقّف لانغدون عن التفكير، ثم عاد يتساءل قد يكون في الأمر رهبة معينة أن تُستخدم المادّة المضادة، هذا الإنجاز العلمي العظيم، لإبادة -".

ولكنه كان يرفض تقبّل هذه الفكرة المنافية للعقل والمنطق. وفجأةً يلوح في خاطره: "لا بدّ من أن يكون لذلك تفسير منطقيّ آخر غير الإرهاب".

كان كوهلر يحدّق فيه منتظراً منه تحليلاً وجيهاً.

حاول لانغدون أن يحلّل الأمر من منطلق آخر. فلطالما كانت الطبقة المستنيرة تحظى بنفوذ هائل من خلال لجوئها إلى الوسائل المادية. فقد كانوا مثلاً يسيطرون على المصارفَ ويقتنون السبائك الذهبية، حتى أن هناك شائعات تقول إنهم كانوا يملكون أكبر حجر كريم موجود على سطح الأرض - ماسة الطبقة المستنيرة، وهي كناية عن ماسة صافية ونقيّة هائلة الحجم. "المال"، قال لانغدون: "من المحتمَل أن تكون المادة المضادة قد سرقت من أجل الربح المادي".

بدا كوهلر غير واثق من تحليل لانغدون هذا... "ربح ماديّ؟ ولكن أين يمكن لأحد أن يبيع قطيْرة من المادة المضادة؟".

"فهو لن يبيع العيّنة"، أجابه لانغدون: "إنما التكنولوجيا. فمن المفترض أن تكون تكنولوجيا المادة المضادة ذات قيمة باهظة لا تقدَّر بثمن. وبالتالي فمن المحتمل جدّاً أن يكون أحدهم قد سرق العيّنة بهدف القيام بالتحاليل والأعمال التقميشية والإنمائية".

"أتقصد بذلك التجسّس الصناعي؟" ولكن ليس أمام هذه العلبة الحابسة سوى أربع وعشرين ساعة قبل أن تفرغ بطاريّاتها، ويمكن بالتالي لهؤلاء الباحثين أن يفجّروا أنفسهم قبل أن يحصلوا على أيّ معلومات تُذكر".

"إنما يمكنهم أن يُعيدوا شحنها قبل أن تنفجر. فيمكنهم أن يصنعوا لها منصّة شاحنة مشابهة تماماً لتلك الموجودة هنا في CERN".

"وهذا كله في غضون أربع وعشرين ساعةً؟" قال كوهلر بلهجة ملؤها التحدّي: "وحتى ولو كانوا قد سرقوا الرسومات التخطيطيّة أيضاً، فإنّ هندسة شاحنٍ كهذا قد تستغرق أشهراً، لا ساعات!".

"إنه على حقّ". قالت فيتّوريا بصوتٍ ضعيف. فاستدار الرجلان، وإذا بها تتجه نحوهما بمشية مرتجفة تماماً كصوتها.

"إنه علىَ حقّ. لا يمكن لأحد أن يقوم بعمل كهذا. فالسطح البينيّ وحده قد

تستغرق هندسته أسابيع بكاملها، إذ يجب معايَرة مرشحات الدفق وسلسلة الأنابيب والأسلاك المؤازرة والأشابة المكيِّفة وفقاً لدرجة الطاقة المحدّدة للموقع".

عبس لانغدون مستغرقاً في التفكير. فالقطيْرة قد سُرقت، والعلبة الحابسة للمادة المضادة لم تكن شيئاً يمكننا وبكل بساطة تشريجه من خلال توصيله بأيّ قابس كهربائي في الحائط. في الواقع، ما أن تُنتزع العلبة الحابسة من CERN حتى تسلك طريقاً ذات اتجاه واحد، منطلقة بالتالي في رحلة طولها أربع وعشرون ساعة نحو النسيان.

الأمر الذي تركهم أمام استنتاج مزعجٍ واحد لا غير.

"يتعيّن علينا أن نتصل بالأنتربول"، قالت فيتّوريا: "يتعيّن علينا أن نتّصل بالسلطات المختصّة على الفور".

هزّ كوهلر برأسه قائلاً: "هذا مستحيل".

فأجابته مصعوقة: "لا؟ ما الذي تقصده بذلك؟".

"أنتِ ووالدك قد وضعتماني هنا في موقف حرج جدّاً".

"نحن بحاجة إلى المساعدة، يا حضرة المدير. يجب أن نعثر على هذه العلبة الحابسة ونعيدها بأسرع ما يمكن إلى هنا قبل أن يتأذّى أحدهم. فهذه مسؤوليّة كبيرة ملقاة على عاتقنا!".

"يجب أن نفكّر جيّداً"، قال كوهلر بلهجة قاسية: "إن هذا الوضع قد تكون له مضاعفات خطيرة على CERN".

"أأنت قلق على سمعة CERN؟ أتعلم ما الذي قد تتسبّب به هذه العلبة الحابسة لإحدى نواحي المدينة؟ فهي تتميز بشعاع انفجاري طوله نصف ميل!".

"ربّما كان يجدر بك أنتِ ووالدك أن تفكّرا بهذا الأمر قبل أن تقدما على إنشاء هذه العيّنة".

أحسّت فيتّوريا وكأنها قد طُعنت بسكّين: "ولكننا قد أخذنا... الاحتياطات اللازمة كلها".

"ولم يكن هذا كافياً على ما يبدو".

"إنما لم يكن أحد على علمٍ بوجود المادّة المضادة". ولكنها ما لبثت أن عادت وأدركت بعد ذلك بالطبع أن حجّتها تلك كانت سخيفة ومنافية للمنطق، إذ لا شكّ في أنّ هناك مَن كان يعلم بوجود تلك المادّة المضادة.

غير أن فيتّوريا لم تخبر أحداً بالأمر. ممّا يعني أنه لم يكن أمامهم سوى تفسيرين اثنين. فإمّا أن يكون والدها قد أفشى بسرّهما هذا لأحدهم وأمّن به من دون علمها، وهذا مستحيل لأن والدها هو الذي حلّفها وحلّف نفسه بألا يفشيا بهذا السر لأحد؛ وإما أنها ووالدها كانا مراقبيْن. فربّما كانت خطوطهما الخلويّة مراقبة؟ فهي كانت تعلم جيّداً أنهما كانا قد تحدّثا مع بعضهما البعض على الهاتف بهذا الخصوص بضع مرّات أثناء سفرها. ولكن هل قالا الكثير؟ هذا محتمَل. وقد كان هناك أيضاً بريدهما الإلكتروني. ولكنهما لطالما كانا حذريْن في ذلك، أليس كذلك؟ وجهاز CERN الأمني؟ هل كانا مراقبيْن بطريقة أو بأخرى من دون علمهما؟ ولكنّ هذا كلّه لم يعد مهمّاً الآن. فالذي صار قد صار، ووالدها قد مات.

غير أن هذه الفكرة قد أثارت فجأةً حماستها وشجاعتها للقيام بشيءٍ ما. فإذا بها تخرج هاتفها الخلوي من جيب سروالها القصير.

فأسرع كوهلر نحوها ساعلاً بعنف وعيناه تشتعلان غضباً: "بِمَن... تتصلين؟".

"بسنترال CERN. فهو بإمكانه أن يصلنا بالأنتربول".

"ولكن فكّري قليلاً!" صاح كوهلر وهو يختنق بسعاله، محاولاً ردعها عن ذلك: "هل أنت ساذجة إلى هذا الحدّ؟ يمكن لتلك العلبة الحابسة أن تكون في أي مكان في العالم الآن. وبالتالي فلن تستطيع ولا أي وكالة استخبارات في العالم أن تتحرّك وتحدّد مكانها في الوقت المناسب وقبل فوات الأوان".

"هل سنبقى مكتوفي الأيدي؟".

"كلا، إنما سوف نتصرّف بذكاء"، قال كوهلر: "لن نعرّض سمعة CERN للخطر من خلال إطلاعنا السلطات على الأمر، سيّما وأنّ هذه الأخيرة لن تتمكّن في الحالات كلها من مساعدتنا".

كانت فيتّوريا تعلم أنّ كلام كوهلر منطقيّ من جهة، ولكنها كانت تعلم أيضاً من جهة أخرى أنّ المنطق، ومن حيث تحديده، مجرّد من أيّ مسؤولية أخلاقية ومناقبية. فكان والدها قد عاش من أجل المسؤوليّة الأخلاقية - علم حذر ومسؤولية وإيمان بالإنسان وبطيبته المتأصّلة. وكانت فيتّوريا أيضاً تؤمن بهذه الأمور، إلاّ أنها كانت تنظر إليها بلغة الكَرْما. فابتعدت عن كوهلر وفتحت هاتفها.

"لا يمكنكِ أن تفعلي هذا"، قال.

"لا تحاولَ منعي".

لم يتحرّك كوهلر من مكانه. ولكن بعد فترة، أدركت فيتّوريا سبب بقائه جامداً. فهو كان واثقاً من أنها لن تتمكّن من الاتصال بأحد من هنا، إذ أنه من المستحيل على أيّ هاتف خلوي أن يتلقّى إرسالاً تحت سابع أرض.

فاستشاطت غيظاً واتجهت بسرعة نحو المصعد.

26

وقف الحشّاش عند آخر النفق الحجريّ، مشعله لا يزال ساطعاً، في حين كان الدخان يمتزج برائحة الطحالب والهواء النتن. وكان الصمت يلفّ المكان بأسره. صحيح أنّ الباب الحديدي الذي كان يسدّ طريقه قد بدا له صدئاً وقديماً بقدم النفق، إلا أنه كان لا يزال صامداً. فراح ينتظر في الظلام، بكل ثقة.

كان يانوس قد وعده بأنّ شخصاً من الداخل سوف يأتي ويفتح له الباب. وقد كان الحشّاش يكره الخيانة. فهو كان مستعدّاً لأن ينتظر الليل بطوله هنا عند هذا الباب إلى أن ينجز مهمّته، ولكنه كان يشعر بأنّ هذا لن يكون ضرورياً. فهو كان يعمل لحساب رجال حازمين وجديرين بالثقة.

بعد مرور دقائق قليلة على انتظاره، وفي تمام الساعة المحددة، سُمعت قعقعة مفاتيح ثقيلة من الجهة الثانية للباب، وصوتٌ أشبه بصوت احتكاك المعادن، وبدأت ثلاثة أقفال حديديّة تفتح، الواحدة تلوَ الأخرى، تزعق وكأنها لم تُفتح منذ قرون... ثمّ فُتحت أخيراً.

عاد بعد ذلك الصمت ليخيّم على المكان.

انتظر الحشاش بصبر خمس دقائق تماماً كما كان قد قيلَ له، ثمّ دفع الباب فاتحاً إيّاه بحماسة لا توصَف.

27

"لن أسمح لكِ بذلك، يا فيتّوريا!" كانت أمارات الإجهاد بادية بجلاء في تنفّس كوهلر الذي راح يزداد سوءاً مع صعود مصعد حجرة المواد الخطيرة. غير أنها قد تجاهلته تماماً. فقد كانت تسعى عبثاً وراء شيء حميمٍ في هذا المكان الذي لم

تعد تشعر بأنه منزلها. فكل ما كان يتعيّن عليها فعله الآن هو أن تكبت ألمها وتتصرّف. يجب أن تبلغ هاتفاً ما.

كان روبرت لانغدون إلى جانبها صامتاً كالمعتاد، وهي لم تعد مهتمّةً لمعرفة هويّته الحقيقيّة. "اختصاصي؟" أكان بإمكان كوهلر أن يكون أقلّ تحديداً من هذا؟ "يمكن للسيّد لانغدون أن يساعدنا على اكتشاف هويّة الشخص الذي أقدم على قتل والدك". غير أنّ لانغدون لم يكن في الواقع ليقدّم إليهم أيّ مساعدة تُذكر. صحيح أنّه يتمتّع بطيبة قلب وحرارة صادقتيْن، إلا أنه من الواضح أنه كان يخفي شيئاً. فقد كانا في الواقع كلاهما يخفيان عنها شيئاً.

عاد كوهلر إليها قائلاً: "بصفتي مدير CERN، فأنا لدي مسؤوليّة كبرى حيال المستقبل العلمي. فإن عظّمت هذه المشكلة جاعلة منها حادثةً عالميّة وتأذّى بالتالي CERN من –".

"المستقبل العلمي؟"، استدارت فيتّوريا نحوه قائلة: "أتنوي حقاً أن تتملّص من هذه المسؤوليّة بعدم اعترافك بأن مصدر هذه المادّة المضادة CERN؟ أتنوي حقّاً أن تغض النظر عن هؤلاء الناس التي باتت الآن حياتهم معرّضة للخطر بسببنا؟".

"لم يكن ذلك بسببنا"، أجابها كوهلر: "إنما بسببكِ أنتِ ووالدك".

أزاحت فيتّوريا نظرها عنه.

ثم استطرد كوهلر قائلاً: "على أيّ حال، هكذا هي الحياة محفوفة بالمخاطر. فأنتِ تعلمين تماماً كم أنّ لتكنولوجيا المادة المضادة مضاعفات وتأثيرات هائلة وكبيرة في الحياة على كوكبنا هذا. ففي حال أفلس CERN من جرّاء تشوّه سمعته، فسوف يخسر الجميع. إن مستقبل الإنسان هو بين أيدي الأماكن كـ CERN حيث يعمل العلماء، مثلك ومثل والدك على حلّ المشاكل المستقبليّة".

كانت فيتّوريا قد سمعت محاضرة كوهلر العظيمة تلك من قبل، غير أنها لم تتمكّن يوماً من القبول بها. فالعلم نفسه مسؤول عن نصف المشاكل التي كان يحاول حلّها، في حين أنّ "التطوّر" كان بالنسبة إلى كوكبنا الأرض بمثابة شرٍّ مهلك.

"إن التقدّم العلمي محفوف بالمخاطر"، قال كوهلر: "وهو طالما كان كذلك". فالبرامج الفضائية والأبحاث الجينيّة والطبّ، كلّها مليئة بالأخطاء. لذا ينبغي على العلم أن يتحمّل مسؤوليّة أخطائه مهما كلّف الأمر، وهذا من أجل مصلحة الجميع".

ذهلت فيتّوريا بقدرة كوهلر على التفكير مليّاً بالمسائل الأخلاقيّة بتجرّد علمي تامّ. فكان ذكاؤه يبدو لها ثمرة انفصال تامّ بين عقله وروحه. "أتظنّ إذاً أنّ CERN مهمّ بالنسبة إلى مستقبل الأرض بحيث يجدر بنا أن نكون معفيّين من أي مسؤوليّة أخلاقيّة؟".

"لا تناقشيني في الأخلاقيات. فأنتما قد تجاوزتما حدودكما عندما اخترعتما هذه العيّنة معرّضين بالتالي هذا المركز بأسره للخطر. وكل ما أحاول فعله هو ليس حماية وظائف العلماء الثلاثة آلاف الذين يعملون هنا فحسب، إنما أنا أحاول أيضاً أن أحمي سمعة والدك. فكّري به ولو للحظة. في الواقع، إنّ شخصاً كوالدك لا يستحقّ أن يتذكّره الناس على أنه من مخترعي أسلحة الدمار الشامل".

شعرت فيتّوريا بكلام كوهلر الأخير هذا يضرب على الوتر الحسّاس. فراحت تقول همس: "أنا في الواقع أقنعت والدي بفكرة إنشاء هذه العيّنة. أنا المذنبة في هذا كلّه!".

وعندما فُتح الباب، كان كوهلر لا يزال يتكلّم، لكنها خرجت من المصعد، محاولة الاتصال من جديد.

لا يزال الإرسال مقطوعاً. سحقاً! فاتجهت نحو الباب.

"توقّفي، يا فيتّوريا". كان المدير قد بدأ يبدو مصاباً بالربو الآن، إذ أنه كان يتبعها بسرعة. "تمهّلي. يجب أن نتكلّم!".

"تبّاً للكلام!".

"فكّري بوالدك"، قال كوهلر: "ما الذي كان ليفعله في وضع كهذا؟".

ولكنها تابعت طريقها من دون أن تصغي إليه.

"أنا لم أكن يا فيتّوريا صريحاً معك صراحة تامّة".

تباطأت في مشيتها.

"أنا لا أعلم بمَ كنت أفكّر"، قال كوهلر: "كل ما كنت أحاول فعله هو حمايتك. قولي لي ما الذي تريدينه فحسب. يتعيّن علينا أن نتعاون ونعمل مع بعضنا بعضاً هنا".

توقّفت فيتّوريا في وسط المختبر من دون أن تلتفت إليه. "أريد أن أعثر على المادة المضادة، وأريد أن أعرف من الذي قتل والدي". ثم سكتت منتظرةً منه ردّاً على ذلك.

تنهّد كوهلر قائلاً: "نحن نعلم يا فيتّوريا مَن قتل والدك. أنا آسف".

فاستدارت قائلةً: "ماذا قلت لتوّك؟".

"لم أكن أعلم كيف أخبرك بالأمر. هذا صعب –".

"أنتما تعلمان مَن قتل والدي؟".

"أجل، لدينا فكرة جيّدة عن الفاعل، إذ أنه ترك لنا شيئاً يشير نوعاً ما إلى هويّته، أو إلى الجهة التي ينتمي إليها. لذَا اتصلت بالسيّد لانغدون، إذ أنّ الجمعية المشتبه بها بأنها المسؤولة عن هذا العمل الإجرامي هي من اختصاصه".

"الجماعة؟ أهي جماعة إرهابية؟".

"لقد سرقوا ربع غرام من المادة المضادة، يا فيتّوريا".

نظرت فيتّوريا إلى روبرت لانغدون الذي كان واقفاً هناك عند الناحية الأخرى من الغرفة. فإذا بالأمور قد بدأت تتضح لها الآن. إذاً، هذا هو سبب هذا التكتّم كله. ولكن كيف لم تخطر هذه الفكرة على بالها من قبل. لقد اتصل كوهلر بالسلطات. "السلطات". لقد أصبح الأمر واضحاً بالنسبة إليها الآن. فقد كان روبرت لانغدون أميركيّاً محافظاً حذراً وذكيّاً وذا شخصيّة متميِّزة. فهو بالتأكيد كذلك. ولكن كان ينبغي على فيتّوريا أن تحزر ذلك منذ البداية. فإذا بها قد شعرت عندئذ بأمل جديد يلد في داخلها.

استدارتً نحوه قائلةً: "سيّد لانغدون، أريد أن أعرف مَن قتل والدي، كما وأني أريد أن أعرف أيضاً إن كانت وكالتكم قادرة على العثور على المادّة المضادة".

بدا لانغدون مرتبكاً: "وكالتي؟".

"أجل، فأنت من وكالة الاستخبارات الأميركية على ما أفترض، أليس كذلك؟".

"في الواقع... كلاّ".

فقاطعه كوهلر قائلاً: "إن السيد لانغدون بروفسور في مجال تاريخ الفنون في جامعة هارفارد".

شعرت فيتّوريا حينها وكأنّ أحداً قد رماها بدلوٍ من الماء المثلّج. "أستاذ في مجال الفنون؟".

"إنه اختصاصي في مجال دراسة الرموز الدينيّة وتفسيرها"، تنهّد كوهلر قائلاً. "نحن نعتقد في الواقع يا فيتّوريا أنّ والدك قد قُتل من قبل جماعة شيطانيّة".

سمعت فيتّوريا تلك الكلمات، ولكنها عجزت عن تحليلها واستيعابها... "جماعة شيطانية".

"إن الجماعة المشتبه بها على أنها الفاعلة تطلق على نفسها تسمية الـ Illuminati، أو الطبقة المستنيرة".

نظرت فيتّوريا إلى كوهلر ومن ثمّ إلى لانغدون متسائلةً إن كان كلامهما هذا نوعاً من المزاح أم التضليل. فسألت قائلةً: "الطبقة المستنيرة؟ كتلك الطبقة المستنيرة البافاريّة؟".

بدا كوهلر مشدوهاً بمعلوماتها: "هل سمعت عنهم؟".

شعرت عندها بدموع الإحباط تتدفق من تحت الأرض: "الطبقة المستنيرة البافارية: نظام عالميّ جديد. إنها لعبة حاسوبية لستيف جاكسون. فنصف التقنيّين هنا يلعبونها على الإنترنت". ثمّ استطردت قائلةً بصوت أجشّ: "ولكنّي لا أفهم...".

رمق كوهلر لانغدون نظرة مشوَّشةً.

هزّ لانغدون رأسه قائلاً: "إنها لعبة شعبيّة. أخويّة قديمة تسيطر على العالم. لعبة شبه تاريخيّة. لم أكن أعلم أنها رائجة هنا في أوروبا أيضاً".

بدت فيتّوريا مذهولةً: "ما الذي تتحدّث عنه؟ الطبقة المستنيرة؟ إنها لعبة على الكومبيوتر!".

"يا فيتّوريا"، قال كوهلر: "إن الطبقة المستنيرة هي الجماعة التي يفترض بها أن تكون مسؤولة عن مقتل والدك".

استجمعت فيتّوريا كلّ ذرّة شجاعة لديها لكي تمنع نفسها عن البكاء، وأرغمت نفسها على الصمود ومعالجة الوضع بمنطق وعقلانيّة. ولكنها كلّما كانت تدقّق في هذه المسألة كلما كانت قدرتها على فهم الأمور تضعف. فوالدها قد قُتل. وأمن Cern مهدّد بالخطر. وهناك في مكان ما قنبلة موقوتة هي مسؤولة عن صنعها، وقد بدأت الآن بعدّها العكسي. وقد عيّن المدير أستاذاً في مجال الفنون ليساعدهم على العثور على أخويّة شيطانيّة خرافيّة.

شعرت فيتّوريا نفسها فجأةً وحيدة. فاستدارت لتذهب، إلا أن كوهلر كان قد اعترض طريقها. مدّ يده إلى جيبه مخرِجاً منه ورقة فاكس مكرنشة وأعطاها إياها. انحنت مذعورة لدى مشاهدتها الصورة.

"لقد وسموه"، قال كوهلر... "السفلة، لقد وسموه على صدره".

109

28

كانت السكرتيرة سيلفي بودلوك في حالة من الهلع والذعر الشديدين. فمرّت بسرعة أمام مكتب مديرها الخالي، ثم راحت تتساءل: "أين تراه يكون بحقّ الله؟ وما الذي يتعيّن عليّ فعله الآن؟".

لقد كان يومها غريباً للغاية؛ وفي الواقع، إنّ أيّ يوم عمل لحساب ماكسيميليان كوهلر من شأنه أن يكون يوماً غريباً، غير أنّ كوهلر نفسه كان يتصرّف بغرابة اليوم.

"ابحثي لي عن ليوناردو فيترا!" كان قد قال لسيلفي عندما وصلت إلى مكتبها هذا الصباح.

فلبّت له سيلفي طلبه على الفور، وراحت تنادي ليوناردو فيترا على الجهاز وتتصل به هاتفيّاً وبواسطة البريد الإلكتروني، إنما من دون جدوى.

غادر كوهلر مكتبه بغضب، وذهب على ما يبدو ليبحث عن فيترا بنفسه. ولكنّه عندما عاد إلى مكتبه بعد بضع ساعات، لم يكن يبدو على ما يُرام. صحيح أنه لم يكن أبداً ليبدوَ على ما يُرام، إلا أنه يبدو هذا اليوم بالذات أسوأ من العادة، إذ أنه حبس نفسه في مكتبه، وكان يتناهى إلى مسامعها صوته وهو يتحدّث على الهاتف ويرسل الفاكسات. ثم عاد وغادر مكتبه وهو لم يعد منذ ذلك الحين.

فقرّرت سيلفي أن تغضّ النظر عن سلوكه الغريب هذا، إلا أنّ القلق بدأ يساورها فعلاً عندما رأت أنّ الوقت قد حان لحقناته اليوميّة وهو لم يعد بعد إلى مكتبه؛ إذ تتطلب حالة المدير الجسديّة علاجاً دائماً ومنتَظَماً. وهو عندما كان يقرّر أن يجازف ببعض الشيء بصحّته، لم تكن النتائج مرضيةً على الإطلاق - إذ كانت تنتابه نوبات من السعال وضيق في التنفس، الأمر الذي كان يثير جنون أطبّائه وممرِّضيه عليه، ويدفعهم إلى لومه لمجازفته بصحته. حتى أنّ سيلفي كانت تظنّ أحياناً أنّ ماكسيميليان كوهلر يتمنّى الموت لنفسه.

فكّرت أن تناديه عبر جهازه، ولكنها عادت وتذكّرت أن كوهلر كان يتمتّع بعزّة نفس كبيرة وأنه يكره أن يخاف أو يقلق أحد عليه. فالأسبوع الفائت مثلاً، كان أحد العلماء قد أخطأ وأظهر له بعض الشفقة حيال وضعه الجسدي، الأمر الذي أغضبه غضباً شديداً، فانتصب على ساقيْه ورماه بلوحٍ مِشبكيّ على رأسه.

فالغضب يمدّ الملك كوهلر بخفّة ورشاقة مذهلتيْن.

غير أنّ قلق سيلفي على صحّة مديرها كان في الوقت الحاضر قد خفّ بعض الشيء ليحلّ مكانه قلق من نوعٍ آخر، إذ أنّ سنترال CERN كان قد اتصل منذ خمس دقائق مذعوراً ليبلغها بأن هناك اتصال ضروريّ للمدير.

"ولكنّه ليس هنا الآن"، أجابت سيلفي.

عندها أطلعها عامِل الهاتف على اسم المتّصِل.

فضحكت سيلفي بصوتٍ عالٍ قائلةً: "أنتَ تمزح، صحّ؟" ثمّ راحت تصغي إليه واكفهرّ بالتالي وجهها غير مصدّقة ما كانت تسمع. "وهل هويّة المتصل مطابقة حقاً لـ" بدت سيلفي عندئذ مقطّبة الحاجبيْن. "فهمت. حسناً. أيمكنك أن تسأله ما –" تنهّدت قائلةً: "كلاّ. هذاً جيّد. أطلب منه أن يبقى معنا على الخطّ. سوف أبحث عن المدير في الحال. أجل، فهمت، سوف أصلك به بأسرع ما يكون".

غير أن سيلفي لم تتمكّن من العثور على المدير. فهي كانت قد اتصلت به على هاتفه الجوّال ثلاث مرّات، وكانت في كل مرّة تحصل على الرسالة نفسها: "إن الاتصال بهذا الرقم غير ممكن حاليّاً". غير ممكن حاليّاً؟ ولكن أين تراه يكون؟ لذا اضطرت سيلفي عندئذ أن تناديه على جهازه مرّتيْن، ولكن من دون جدوى. غريب. حتى أنها كانت قد اتصلَت به بالبريد الإلكتروني على هاتفه الحاسوبي الجوّال، إنما من دون فائدة أيضاً. فقد هيّئ إليها وكأن الرجل قد اختفى عن وجه الأرض.

وما الذي يتعيّن عليّ فعله الآن؟ راحت تتساءل.

اختصاراً للوقت، وبما أنه كان من المستحيل بالنسبة إليها أن تذهب وتبحث عنه بنفسها في مجمّع CERN بكامله، أدركت سيلفي فجأة أن ثمّة طريقة واحدة فقط تلفت بها انتباه مديرها. صحيح أنّ هذه الطريقة قد لا تعجبه، إلاّ أنها في الواقع كانت مضطرة إلى لجوء إليها لأن الرجل الذي ينتظر على الخطّ شخص لا يجدر بالمدير أن يبقيه منتظراً على الهاتف لمدّة طويلة. وعلاوةً على ذلك، فقد بدا لها أن المتصل لم يكن بمزاج يسمح لها بأن تقول له إن المدير ليس موجوداً.

فحزَمت أخيراً سيلفي أمرها ودخلت مكتب كوهلر واتجهت نحو العلبة المعدنيّة المعلّقة على الحائط خلف مكتبه وفتحتها ثمّ راحت تحدّق في الأزرار إلى أن وجدت الزرّ الملائم.

ثمّ أخذت بعد ذلك نفساً عميقاً وأمسكت بالمِذياع.

111

29

لم تتذكّر فيتّوريا كيف وصلوا إلى المصعد الرئيس، ولكنّهم في الوقع يصعدون به. كان كوهلر واقفاً خلفها، وقد أصبح يتنفّس بصعوبة الآن. أما لانغدون فقد كان القلق بادياً بجلاء في عينيْه، أخذ صورة الفاكس من يدها ووضعه في جيب سترته بعيداً عن ناظريْها، غير أنّ الصورة كانت لا تزال حيّةً في ذهنها.

وفيما كان المصعد لا يزال يتسلّق المبنى، كانت فيتّوريا تشعر وكأنها تائهة وسط دوّامة كالحة الظلام. أبي! لقد كانت تفكّر بوالدها، ثمّ راحت تتوافد الذكريات الجميلة على ذهنها، سيّما عندما كانت في التاسعة من عمرها تتدحرج على الهضاب الخضراء تحت السماء السويسريّة التي كانت تغزل فوق رأسها.

أبي! أبي!

كان ليوناردو فيترا يضحك خلفها، مشرق الوجه.

"ما الأمر، يا ملاكي؟".

"أبي!" قهقهت قائلةً:"اسألني ما بي!".

"ولكن لِمَ أسألك ما بكِ، يا عزيزتي؟ فأنت تبدين سعيدةً".

"اسألني ما بي، وحسب".

فهزّ كتفيْه وقال من دون أن يفهم شيئاً: "حسناً، ما بكِ؟".

فراحت تضحك قائلةً: "ما بي؟ بي مادّة طبعاً. وكل شيء على هذه الأرض مصنوع من مادة، الصخور والأشجار والذرّات وآكلو النمل! فالمادّة هي كل شيء في هذه الدنيا!".

فرد ضاحكاً: "أنتِ اخترعت هذا كلّه؟".

"أنا ذكيّة، أليس كذلك؟".

"أنت آينشتاين الصغير".

فتجهّمت قائلةً: "ولكنه يبدو غبيّاً بتسريحته هذه. فقد رأيت صورته".

"أجل، ولكنّ هيئة وجهه توحي بذكائه. فقد سبق وأطلعتك على النظريّة التي أثبتها، صحيح؟

اتّسعت عيناها بفزع وقالت: "أبي! لا! لقد وعدتني!".

"$E = MC^2$" قال وهو يداعبها ويدغدغها: "$E = MC^2$".

"لا رياضيات! لقد سبق وقلت لك ذلك! أنا أكره الرياضيات!".

"أنا سعيد كونكِ تكرهين الرياضيات، لأن الفتيات لا يحقّ لهنّ حتى القيام بحل المسائل الرياضية".

تفاجأت فيتّوريا قائلة: "حقّاً؟".

"أجل. فالجميع يعلم ذلك. الفتيات يلعبن بالدمى، والفتيان يقومون بالمسائل الرياضية والحسابية. لا رياضيّات للفتيات. حتى أنه لا يحقّ لي أن أحدّث الفتيات عن الرياضيات".

"ماذا! ولكنّ هذا ليس عدلاً!".

"الأنظمة هي الأنظمة. لا رياضيّات إطلاقاً للفتيات الصغيرات".

بدت فيتّوريا شديدة الغضب وقالت: "ولكنّ الدمى مضجرة!".

"أنا آسف"، قال لها والدها: "كان بإمكاني أن أحدّثك عن الرياضيات، ولكن إن ضبطني أحد..." وراح هنا ينظر بتوتّر من حوله إلى الهضاب المقفرة.

"تبعته فيتّوريا بنظرها، ثم همست قائلةً: "حسناً، أخفض صوتك وأخبرني عنها".

* * *

توقظها حركة المصعد فجأةً من حلمها، ففتحت عينيْها، وإذا به يختفي.

ها هي قد عادت مجدداً إلى واقعها الأليم والمرير. فنظرت عندئذ إلى لانغدون، وكانت نظرته القلقة والصادقة تغمرها بدفء الملاك الحارس، خصوصاً وسط هالة كوهلر الباردة.

غير أنّ فكرة واحدة فقط كانت تهيمن على تفكيرها.

أين المادّة المضادة؟

كانت في الواقع الإجابة المروّعة على بعد لحظة منها.

30

"ماكسيميليان كوهلر. الرجاء أن تتصل بمكتبك على الفور".

شعّت عينا لانغدون ببريق ساطع عندما فُتحت أبواب المصعد على مصراعيْها

على الردهة الأساسيّة. وقبل أن يخبوَ صدى النداء على نظام الاتصال الداخلي الذي كان فوق رؤوسهم، شرعت الأجهزة الإلكترونية كلها الموجودة على كرسيّ كوهلر المدولَب تطِنّ وترن على التوالي؛ جهازه اللاسلكيّ، ثمّ هاتفه، ثم بريده الإلكتروني. فراح كوهلر ينظر إلى تلك الأضواء المومضة كلها على كرسيّه مصعوقاً. فالمدير عاد وظهر من جديد على سطح الأرض.

"حضرة المدير كوهلر، اتصل بمكتبك من فضلك".

بدا كوهلر مذعوراً لدى سماع اسمه على مكبِّرات الصوت.

بدا أوّل الأمر غاضباً، ثم عادت ملامح القلق لتظهر فجأةً على محيّاه. فراح ينظر إلى لانغدون وفيتّوريا، وكان وجه كلٍّ منهما خالياً من أي عواطف أو تعابير، وكأنّ كل التوتّر الذي كان في ما بينهم قد أزيل لوهلةٍ ليحلّ مكانه قلق واحد مشترك، قلقهم بشأن نذير الشؤم أو الشرّ هذا.

سحب كوهلر هاتفه الجوّال من ذراع كرسيّه المدولَب واتّصل بإحدى الأرقام الامتداديّة، مواجهاً نوبة جديدة من السعال. فظلّ لانغدون وفيتّوريا منتظريْن لفترة.

"أنا... المدير كوهلر"، قال وهو يتنفّس بجهد: "ماذا؟ لقد كنت في مكان ما تحت الأرض ولم يكن لديّ بالتالي إرسال". ثمّ راح يصغي إلى الشخص على الطرف الثاني من الخط، وتتسع عيْناه الرماديّتان دهشة: "مَن؟ أجل، صِليني به". ثمّ كان هناك صمت قصير، قبل أن يعاود كوهلر الكلام: "مرحباً، أنا ماكسيميليان كوهلر مدير CERN. مَن المتصِل؟".

وبصمت ينظر لانغدون وفيتّوريا إلى كوهلر وهو يصغي إلى المتّصِل به.

"قد لا يكون من الحكمة أن نتكلّم بهذا الموضوع على الهاتف"، قال كوهلر أخيراً: "سوف أحضر في الحال". يسعل من جديد: "وافِني... إلى مطار ليوناردو دافينشي بعد أربعين دقيقة". قالها وهو يختنق، فأصيب بنوبة أخرى قويّة من السعال بمكان حتى أصبح بالكاد قادراً على الكلام: "حدّدوا لي موقع العلبة الصغيرة الحابِسة على الفور... وأنا آت". ثم أطفأ بعد ذلك هاتفه.

ركضت فيتّوريا نحوه، ولكنّ كان قد أصبح عاجزاً عن الكلام. وكان لانغدون واقفاً يشاهد ما يجري من حوله، في حين أخرجت فيتّوريا هاتفها الجوال على الفور واتصلت بالمَشفى الخاصّ بـ CERN. فشعر لانغدون عندئذٍ وكأنه في باخرة على وشك أن تواجه عاصفة قويّة.

114

"وافني إلى مطار ليوناردو دافينشي". كانت لا تزال كلمات كوهلر الأخيرة تلك تتردّد كالصدى في ذهنه.

إن الشكوك والأفكار المعتمة التي كانت تجول كالضباب في ذهن لانغدون منذ الصباح، كانت قد تجسّدت فجأةً وبلحظة واحدة في صورة حيّة. ففيما كان واقفاً هناك وسط دوّامة من التشوّش والحيرة، شعر فجأةً وكأن باباً في داخله قد فُتح... وكأن عتبة سريّة وغامضةً قد اجتيزت للتوّ. فالرمز الممكن كتابته وقراءته من الناحيتيْن. والكاهن/العالم الذي قُتل. والمادة المضادة. والآن... الهدف. إن مطار ليوناردو دافينشي لا يَمكنه أن يعني سوى شيء واحد فقط. وبلحظة وعي قويّة وواضحة، أدرك لانغدون أنه تمكّن أخيراً من حلّ هذا اللغز.

لقد أصبح مؤمناً.

"خمسة كيلوطنّات. فليكُن النور".

ثم شاهد فجأة ممرِّضيْن بلباسهما الأبيض يعبران الردهة الرئيسة بسرعة قصوى ليجثوا بالقرب من كوهلر واضعين له قناع الأكسيجين على وجهه، في حين توقّف بعض العلماء في الردهة لمشاهدة ما يجري.

راح كوهلر يتنشّق الأكسيجين، وما لبث أن أخذ منه نفسيْن عميقيْن اثنيْن فقط حتى أزاح القناع عن وجهه ونظر إلى كلّ من فيتّوريا ولانغدون ثم قال لهما لاهثاً: "روما".

"روما؟" سألته فيتّوريا: "هل المادة المضادة في روما؟ ولكن مَن هو الشخص الذي اتّصل بك؟".

بدا وجه كوهلر مشوَّهاً في حين كانت عيناه تدمعان. "السويسري..." كاد يختنق وهو يتكلّم، لذا عاد المرضان ووضعا له من جديد قناع الأكسيجين على وجهه. وفيما كانا يتحضّران لأخذه بعيداً، أمسك كوهلر بذراع لانغدون.

فأومأ هذا الأخير برأسه. لقد كان يعرف ما ينبغي عليه فعله.

"اذهب..." قال كوهلر لاهثاً من خلف القناع: "اذهب... اتّصل بي..." ثمّ جرّه المرضان في كرسيّه بعيداً.

وقفت فيتّوريا مسمَّرةً مكانها، تشاهده وهو يغادر الردهة، ثمّ استدارت نحو لانغدون سائلةً: "روما؟ ولكن ما الذي كان يقوله بشأن ذلك السويسري؟".

وضع لانغدون يده على كتفها هامساً: "الحرس السويسري". الخفَر المحلّف التابع لمدينة الفاتيكان".

31

سُمع هدير الطائرة الفضائيّة X-33 تحلّق في السماء، متّجهةً نحو روما، ولانغدون على متنها صامتاً. لقد كانت الدقائق الخمسة عشرة الأخيرة شديدة الغموض والضبابية بالنسبة إليه. ولكن الآن وبعدما انتهى من إعطاء فيتّوريا لمحةً سريعة ومقتضبة عن تاريخ الطبقة المستنيرة ومناهضتها القديمة والدائمة للفاتيكان، بدأت الصورة تجلو بالنسبة إليه.

فراح يسائل نفسه: "ولكن ما الذي أفعله هنا، بحقّ الله؟ فقد كان من المفترض بي أن أعود إلى دياري، الآن وقد تسنّت لي الفرصة لذلك!" إلاّ أنه كان يعلم في قرارة نفسه أنّ الفرصة لم تتسنَّ له قطّ لذلك حتى الآن. كان عقله ينصحه بالعودة إلى بوسطن، في الوقت الذي كان ذهوله الأكاديميّ ينصحه بتوخّي الحذر. فكل ما كان يؤمن به إلى الآن بشأن زوال الطبقة المستنيرة، قد بدا له فجأة وكأنه مجرّد خدعة أو كذبة كبيرة. وبالإضافة إلى توقه لمعرفة الحقيقة وإيجاد البراهين والإثباتات، كانت المسألة قد أضحت بالنسبة إليه مسألةً ضميريّة أيضاً. فمع توعّك كوهلر الصحيّ، وتواجد فيتّوريا وحيدةً أمام مشكلتها الكبيرة هذه، كان يشعر أنّ واجبه الأخلاقي يحتّم عليه البقاء هنا، سيّما وأنّ معرفته بالطبقة المستنيرة قد تكون ربّما مفيدةً بطريقة أو بأخرى.

ولكنّ لم يكن هذا كل شيء، فهناك في الواقع أمر آخر يحثّه على المضيّ قدماً في مهمّته تلك. صحيح أنه كان يشعر بالخجل ليقرّ بذلك، إلاّ أنّ أكثر ما كان يرعبه عند سماعه بموقع المادّة المضادّة لم يكن خوفه من الخطر المُحدق بالأرواح البشريّة المقيمة في مدينة الفاتيكان فحسب، إنما خوفه على شيءٍ آخر أيضاً، ألا وهو الفنّ.

فالمجموعة الفنيّة الأوسع في العالم ترقد الآن على قنبلة موقوتة. متحف الفاتيكان وحده يشتمل على أكثر من 60.000 تحفة فنيّة نفيسة جداً، وموزّعة على 1.407 غرف - ميكال آنجلو ودافينشي وبرنيني وبوتيشيلي. فراح يتساءل إن كان من المحتمَل إخلاء هذا المتحف بالكامل وتهريب هذه التحف الفنيّة كلها إلى خارج المدينة إن لزم الأمر. إلا أنه كان يعلم أنّ هذا أمر مستحيل. فالعديد من هذه التحف كان كناية عن منحوتات يتجاوز وزنها الأطنان. وعلاوةً على ذلك، أعظم

116

الثروات موجودة هناك، وأهمّها هندسيّةً ككنيسة سِستين الصغيرة، وكاتدرائية القديس بطرس، ودرج ميكال آنجلو الذي يتميّز بتصَميمه الهندسي اللولبي الشهير والذي يؤدّي إلى متحف الفاتيكان - وكلها شهادات نفيسة على الإبداع البشري الخلاّق. وتساءل بشأن الوقت الذي كان لا يزال أمام العلبة الحابِسة قبل أن تنفجر.

"شكراً لمجيئك معي"، قالت فيتّوريا بصوت خافت.

صحا لانغدون فجأة من حلم يقظته ونظر إليها، فإذا بها جالسة عند الناحية الأخرى من الطائرة، وقد كانت تتميّز، حتى هنا تحت أضواء القَمرة الفلْورية والقويّة، بهالة من الهدوء ورباطة الجأش أشبه بتألّق ساحِرٍ من التمام والكمال. وقد بدا له تنفسها أكثر عمقاً، وكأنّ شرارة من التحفّظ قَد اشتعلت فجأةً في داخلها... توق شديد إلى تحقيق العدالة، مشحون بالحزن وبحبّ الابنة المكروبة.

لم تتسنَّ لها الفرصة لتبدّل ملابسها، وتخلع عنها ذاك السروال القصير والقميص غير المردَّن، فتورّما ساقاها الأسمران المصفرّان من شدّة البرد الذي كان على متن الطائرة. ودون تصميم خلع لانغدون عنه سترته وأعطاها إياها.

"شهامة أميركية؟" أخذتها منه، عيناها تشكرانه بصمت.

ثم تعرّضت الطائرة بعد ذلك لبعض المطبّات الهوائية، الأمر الذي جعل لانغدون يشعر بخطر محدق. لقد عاد يشعر من جديد بضيق القمرة التي لم تكن تحتوي على أيّ كوّةٍ أو نافذة. لذا راح يتصوّر نفسه في حقلٍ واسع. إلاّ أنه سرعان ما أدرك سخافة انطباعاته الشخصية تلك. فقد كان في الواقع في حقل واسع عندما حدث له ذلك. *ظلمة كالحة*. إلا أنه سارع إلى طرد هذه الذكريات الشنيعة من ذهنه؛ فهي قد أصبحت الآن من الماضي.

كانت فيتّوريا تتأمّله بدقّة: "هل تؤمن بالله، يا سيّد لانغدون؟".

أجفله هذا السؤال، كما النبرة الجديّة في صوتها التي أجفلته أكثر من السؤال نفسه. هل أؤمن بالله؟ لقد كان يأمل أن يكون حديثهما في هذه الرحلة أقلّ جديّة.

"أحجية روحيّة"، راح لانغدون يفكّر في نفسه: "هذه هي التسمية التي يطلقها عليّ أصدقائي". فهو وعلى الرغم من كونه قد درس اللاهوت لسنوات عديدة، إلا أنه لم يكن في الواقع رجلاً متديّناً وتقيّاً. فقد كان يحترم قوّة الإيمان ونزعة الكنائس إلى الكرم والأعمال الخيريّة، كما وأنه كان يحترم أيضاً القوّة التي

117

كان الدين يمدّ العديد من الناس بها... ولكن، وعلى الرغم من هذا كلّه، فلطالما كانت النقاط والمسائل العديدة التي لا تزال عالِقة والتي تدعو إلى الشك والجحود والكفر تقف عقبةً بين فكره الأكاديمي من جهةَ وإيمانه بالله من جهة أخرى. وإذا به يجيبها قائلاً: "أنا أريد أن أؤمن بالله".

"ولِمَ لا تفعل إذن؟" أجابته فيتّوريا من دون أن تحكم عليه أو تتحدّاه.

ضحك ضحكةً خافتةً قائلاً: "حسناً، ليس الأمر بهذه السهولة. فالطريق إلى الإيمان طريق متعرّج حقاً. فهو يشتمل على الكثير من العقبات والعراقيل، كما وأنه يتطلّب تقبّلاً عقليّاً للظواهر العجائبية كظاهرة الحبل بلا دنس والتدخّلات الإلهيّة المختلفة. وعلاوةً على هذا كلّه، هناك أيضاً الأنظمة والقوانين السلوكيّة. فسواء أكان الإنجيل أم القرآن أم الكتاب المقدّس لدى الطائفة البوذيّة تضمّن هذه الكتب كلها الوصايا نفسها وأساليب العقاب نفسها. في الواقع، إن الكتب المقدّسة تلك تزعم أني إن لم أحيا حياةً صالحة وفقاً لأنظمتها وقوانينها المحددة فسوف يكون مصيري الجحيم. ولكن لا يمكنني أن أتصوّر إلهاً يحكم بهذه الطريقة".

"آمل ألا تكون من الأساتذة الذين يسمحون لتلاميذهم بالمراوغة في إجابتهم بهذه الطريقة المخزية".

فإذا به يُصدَم بتعليقها الجارح هذا: "ماذا؟".

"أنا لم أسألك يا سيّد لانغدون إن كنت تؤمن بما يقوله الإنسان عن الله، إنما سألتك إن كنت تؤمن بالله. وهناك فرق شاسع بين هذيْن السؤاليْن. فالكتب المقدّسة ليست سوى قصص وروايات من نسج الخيال، لا بل هي في الواقع روايات عن تاريخ بحث الإنسان عن ضالّته المنشودة سعياً وراء حاجته الماسة إلى معرفة الحقيقة. فأنا لا أطلب منك أن تفلسف لي الأمور، إنما أسألك، وبكل بساطة، إن كنت تؤمن بالله. فأنت عندما تتمدّد مثلاً في العراء وتنظر إلى النجوم، هل تشعر بقوّة الإله الخالق؟ هل تشعر في أحشائك بأنك تحدّق إلى تحفةٍ من صنع الله؟".

راح لانغدون يفكّر بكلامها هذا فترة طويلة.

"أنا آسفة. فقد كنت متطفّلةً في سؤالي هذا".

"لا، ولكن أنا...".

"لا بدّ من أنك تناقش مسائل دينيّة كهذه مع تلاميذك".

"أجل. دائماً".

"وأتصوّر أنك غالباً ما تؤدي دور محامي الشيطان الـذي يشـحن النقـاش ويدعمه".

قال متبسّماً: "لا بدّ من أنّك أستاذة أيضاً".

"كلا، ولكني تتلمذت على يد أستاذ. فقد كان والدي قادراً على مجادلتـك حول مسألة شريط موبيوس بأنّ له ضلعيْن". ضحك متصوِّراً في مخيّلتـه البراعـة اليدويّة والفنيّة التي تتطلبها صناعة شريط موبيوس - وهو كناية عن حلقة أو دائرة ورقيّة مفتولة وليس لديها تقنيّاً سوى ضلع واحد فقط. وكان في الواقع لانغـدون قد رأى لأوّل مرّة هذا الشكل الأحاديّ الأضلع في عمل م. س. إيشير. "أيمكنني أن أطرح عليك سؤالاً، يا سيدة فيترا؟".

"نادِني فيتّوريا من فضلك، لأن مناداتي بالسيّدة فيترا تجعلـيني أشـعر بـأني عجوز".

فتنهّد بحسرة وكأنه شعر فجأة بكبر سنّه.

"وأنا اسمي روبرت، يا فيتوريا".

"كنت تريد أن تطرح عليّ سؤالاً، أليس كذلك؟".

"أجل، كنت أريد أن أسألك، كونكِ عالِمة وابنة كاهنٍ كاثوليكيّ، ما هـو رأيك في الدين؟".

فتوقّفت مزيلةً خصلة شعر من عينيْها.

"الدين أشبه باللغة أو الثياب. فنحن ننجذب إلى الممارسـات والتطبيقـات العمليّة التي نشأنا عليها، ولكن في النهاية، جميعنا ينادي بالشيء نفسه، ألا وهو أنّ للحياة معنى، وأنّ القوّة الخارقة التي خلقتنا لها الفضل علينا جميعاً في وجودنا".

أثار كلامها هذا اهتمامه وفضوله: "أتقصدين إذاً بكلامك هذا أن كل واحد منّا يعتنق وبالوراثة عن أهله وأسلافه الديانة السائدة في مكان ولادته، سواء أكانت هذه الأخيرة المسيحيّة أم الإسلاميّة، وذلك من دون أن يكون له أي رأي أو خيار في ذلك؟".

"بالضبط. وإن لم تكن مقتنعاً بكلامي هذا، فلِمَ لا تلقي نظرة على انتشـار الأديان في العالم؟".

"أتريدين أن تقولي إن مسألة الإيمان مسألة عشوائيّة؟".

"الإيمان مسألة عالميّة، غير أنّ الأساليب المحددة التي نعتمدها لفهم ذلك الإيمان هي التي تكون في الواقع عشوائية. فبعضنا يصلّي ليسوع المسيح، وبعضنا يحجّ إلى مكّة المكرّمة، في حين أنّ بعضنا الآخر يقوم بدراسة الجسيْمات دون الذريّة. ولكن جميعنا في النهاية يسعى وراء الحقيقة، تلك الحقيقة التي هي في الواقع أعظم بكثير من أنفسنا".

تمنّى لانغدون لو أن تلاميذه قادرون على التعبير عن أنفسهم بوضوح هكذا؛ لا بل كان يتمنّى لو أنه كان هو نفسه قادراً على التعبير عن نفسه بهذا الوضوح. ثم عاد وسألها قائلاً: "وماذا عن الله؟ هل تؤمنين بالله؟".

قالت، بعد صمت طويل: "يقول لي العلم إنّ الله موجود لا محالة، ولكنّ عقلي يقول لي إني لن أتمكّن أبداً من إدراكه، في حين أن قلبي يقول لي إني لست معدّة لذلك".

ففكّر لانغدون في نفسه قائلاً: "يا له من كلام مقتضب وصريح. فأنتِ تعتقدين إذن أن الله أمر واقع ولكننا لن نتمكّن أبداً من إدراكهِ تعالى".

"من إدراكها"، قالت مبتسمة. "لقد كان الأميركيّون الخاصون على حقّ".

ضحك لانغدون ضحكةً خافتةً قائلاً: "كوكبنا الأم".

"الأرض أمنا ومعيلتنا أجمعين". في الواقع، إن كوكبنا هذا كائن حيّ، وجميعنا خلايا ذات وظائف وأهداف مختلفة. ولكن، على الرغم من هذا كلّه، فنحن متداخلون، وكلّ منا يخدم الآخر في سبيل خدمة الكلّ".

وفيما كان لانغدون ينظر إليها، شعر فجأة بشيء يتحرّك في داخله، شيءٍ لم يشعر به منذ زمن بعيد. كانت عيناها تتجلّى عن وضوح ساحر يسلب الألباب... وصوتها نقيّ وصاف. كان يشعر حقّاً بالانجذاب إليها.

"دعني أطرح عليك سؤالاً آخر، يا سيّد لانغدون".

"ناديني روبرت"، قال: "إن مناداتي بالسيّد لانغدون تجعلني أشعر بأني متقدّم في السنّ. ولكني فعلاً متقدّم في السنّ!".

"كنت أريد أن أسألك يا روبرت، هذا إن لم يكن لديك مانع في ذلك طبعاً، كيف تورّطت مع الطبقة المستنيرة؟".

راح يفكّر محاولاً التذكر: "المال".

بخيبة أمل ردت: "المال؟ أتقصد بكلامك هذا الاستشارات؟".

عقب على كلامها، ضاحكاً، لأنه أدرك أنها لم تفهم قصده الحقيقي: "كلا. أنا أقصد بالمال العملة بحدّ ذاتها". ثم مدّ يده إلى جيب سرواله مخرجاً منه بعض المال، وقد وجد في ما بينه ورقة نقديّة لدولار واحد. "لقد بدأت في الواقع هذه الجماعة تثير اهتمامي عندما أدركت أنّ العملة الأميركية مغطّاة برموز الطبقة المستنيرة".

فراحت تحدّق إليه، وتتساءل إن كان من المفترض بها أن تأخذ كلامه هذا على محمل الجدّ أم لا.

ثمّ أعطاها الورقة النقدية قائلاً: "أنظري إلى ناحيتها الخلفيّة. أترين ختم الدولة هذا عند اليسار؟".

أدارت فيتّوريا ورقة الدولار النقدية وقالت: "أتقصد الهرم؟".

"الهرم. أتعلمين علاقة الأهرام بالتاريخ الأميركي؟".

فهزّت بكتفيْها استهجاناً.

"في الواقع"، قال لانغدون: "لا علاقة للتاريخ الأميركي بالأهرام إطلاقاً".

فردت عابسة: "ولمَ هو الرمز المركزي لختم دولتكم؟".

"إنها في الواقع قصّة غريبة بعض الشيء"، قال لانغدون: "فالهرم كناية عن رمز سحريّ وغامض يمثّل تقارباً تصاعديّاً بهدف الالتقاء عند النقطة الوحيدة الأعلى والأسمى، المصدر الأول والأخير للتنوّر أو الاستنارة. أترينَ ماذا يوجد فوقه؟".

راحت فيتوريا تمحّص في الورقة النقدية، ثم أجابته قائلةً: "عينٌ داخل مثلّث".

"هذا ما يُعرف بالتثليث. هل سبق لكِ أن رأيتِ تلك العين داخل مثلّثٍ في مكان آخر؟".

سكتت فيتوريا للحظة ثمّ قالت: "في الواقع، أجل، إنما لم أعد أذكر أين...".

"إنها موجودة على الشعارات الماسونيّة في أنحاء العالم كافة".

"أتريد أن تقول إذن إن هذا الرمز ماسونيّ أصلاً؟".

"في الواقع، لا. إنّ هذا الرمز منسوب إلى الطبقة المستنيرة التي تطلق عليه تسمية "مثلّثها المتألّق"، دعوةً منها إلى التغيير المنوَّر. فالعين ترمز إلى قدرة الطبقة المستنيرة على التسلّل إلى الأماكن كافّة ومراقبة كل شيء، في حين أنّ المثلّث المتألّق يرمز إلى التنوّر. وبالإضافة إلى ذلك، فالمثلّث هو أيضاً الدلتا أو الحرف الرابع من الأبجديّة اليونانيّة وهو في علم الرياضيّات يرمز إلى -".

"التغيير والانتقال".

فعقب مبتسماً: "نسيت أنني أتحدّث مع عالِمة".

"أتريد القول إنّ ختم الدولة الأميركية كناية عن دعوة إلى التغيير المنوَّر الذي يرى كل شيء ويراقبه؟".

"قد يطلق عليه البعض تسمية النظام العالمي الجديد".

بدت فيتوريا مذهولةً بكلامه هذا. فعادت وألقت نظرة سريعة إلى الورقة النقدية التي كانت لا تزال في يدها، ثم قالت: "تقول العبارة المطبوعة تحت الهرم "Novus … Ordo …".

"Novus Ordo Seclorum" قال لانغدون: "أي نظام مدني جديد".

"وهل يقصدون بكلمة مدنيّ أنه نظام غير دينيّ؟".

"صحيح، غير دينيّ". وهذه العبارة لا تعبّر بصراحة عن هدف الطبقة المستنيرة فحسب، إنما هي تتعارض بوضوح والعبارة التالية. "نؤمن بالله".

بدت فيتوريا مضطربةً بعض الشيء. "ولكن كيف وصلت هذه الرموز الدينيّة كلها إلى أعظم عملة نقديّة في العالم؟".

"يظنّ معظم الأكاديميّين أنّ نائب الرئيس، السيد هانري والاّس هو الذي كان وراء وصولها إلى العملة الأميركية. فهو في الواقع كان من الماسونيّين العظماء، ولا شكّ في أنه كان على صلة بالطبقة المستنيرة. ولكن لا أحد يعلم في الحقيقة إن كان وضعه هذا الرمز على عملة بلاده سببه انتماؤه الفعلي إلى الطبقة المستنيرة أم مجرّد تأثّره بها. غير أنّ والاّس هو الذي باع تصميم ختم الدولة هذا إلى الرئيس".

"كيف. ولِمَ قد يوافق الرئيس على –".

لقد كان الرئيس في ذلك الحين فرانكلِن د. روزفلت، وكان والاّس قد قال له إن عبارة Novus Ordo Seclorum تعني وبكل بساطة الاتفاقيّة الجديدة".

لم تبدُ فيتوريا واثقةً من كلامه هذا. "وروزفلت، ألم يطلب من أحد معاونيه أو مستشاريه أن يتحقّق من معنى هذا الرمز قبل أنَ يأمر وزارة المالية بطباعته على العملة؟".

"لم يكن في الواقع بحاجة إلى ذلك، إذ أنه ووالاّس كانا كالإخوة".

"إخوة؟".

"راجعي كتب التاريخ"، قالها مبتسماً: "فرانكلِن د. روزفلت كان هو أيضاً ماسونيّاً معروفاً".

32

حبس لانغدون أنفاسه فيما كانت الطائرة الفضائية X-33 تطير طيراناً لولبيّاً باتجاه داخل مطار ليوناردو دافينشي الدولي في روما. فجلست فيتوريا قبالته مغمضَة العينيْن وكأنها تحاول السيطرة على الوضع، ولكن ما لبثت الطائرة بعد ذلك أن حطّت واتجهت نحو حظيرة خاصّة.

"أودّ منكما أن تعذراني على هذه الرحلة البطيئة"، قال الطيّار وهو يخرج من ركنه: "فقد كنت مضطرّاً إلى أن أخفّف من سرعتها بعض الشيء لكي لا أحدث ضجّة كبيرة فوق المناطق المأهولة، إذ هذه هي في الواقع قوانين الملاحة الجويّة". فتحقّق لانغدون من ساعته، وإذا برحلتهما الجويّة قد استغرقت سبع وثلاثين دقيقة فقط.

ثمّ ضرب الطيّار الباب الخارجي ضربة قويّة وهو يقول: "أيمكن لأحدكما أن يقول لي ما الذي يجري هنا؟".

غير أنّهما كانا قد لزما الصمت من دون أن يجيبه أيّ منهما على سؤاله.

"حسناً"، قال وهو يتمطّط: "سوف أكون بانتظاركما هنا في ركني المكيّف أصغي إلى الموسيقى. أنا وغارث فحسب".

كانت شمس المغيب ساطعةً خارج الحظيرة. فوضع لانغدون سترته التويديّة على كتفيْه، في حين أدارت فيتوريا وجهها نحو السماء آخذةً نفساً عميقاً، وكأن أشعة الشمس كانت تمدّها من جديد بطاقة روحيّة خفيّة وغامضة.

"هكذا هي البلاد المتوسطيّة"، قال لانغدون متأمّلاً، وكان قد بدأ يتصبّب عرقاً.

"أجل، ولكن ألست كبيراً بعض الشيء على الرسوم المتحرّكة؟" سألته فيتوريا من دون أن تفتح عينيْها.

"عفواً، ماذا قلت؟".

"ساعة يدك. لقد رأيتها ونحن على الطائرة".

تورّد عندئذ وجه لانغدون خجلاً بعض الشيء. فهو في الواقع كان معتاداً على الدفاع عن ساعته، إذ أنّ ساعة ميكي ماوس تلك كانت هديّة تلقّاها في

صغره من والديْه. وعلى الرغم من السخافة التي كان ميكي ماوس مادّاً فيها يديْه نحو الخارج للإشارة إلى الساعة، فقد كانت هذه الأخيرة الساعة الوحيدة التي لبسها لانغدون إلى الآن في حياته. فهي كانت في الواقع صامدة للماء، كما وأنها كانت تتوهّج نوراً في الظلام؛ وهذان أمران كانا يجعلان منها ساعة مثاليّة له سواء أثناء السباحة، أو عندما كان يتمشّى في أرجاء الكلية المظلِمة ليلاً. وعندما كان تلاميذ لانغدون يسألونه عن سبب وضعه هذه الساعة بالتحديد في يده، فكان دائماً يجيبهم بقوله إنه يضع ساعة لميكي ماوس في يده كتذكير يوميّ له بضرورة حفاظه على شبابه الروحي.

ثمّ قال: "إنها الساعة السادسة".

فأومأت فيتوريا برأسها وعيْناها لا تزالان مغمضتيْن ثمّ قالت: "أظنّ أن الطائرة التي ستقلّنا قد وصلت".

عندها تناهى هدير بعيد إلى مسمع لانغدون. فرفع ناظريْه وإذا بشعور غريب بالغرق ينتابه فجأةً. لقد كانت في الواقع إحدى الطوافات تتّجه صوبهما، آتيةً من الشمال، ومحلّقة على ارتفاع منخفض فوق المدرج. وقد سبق للانغدون أن سافر مرّةً من قبل على متن إحدى الطوّافات عندما كان في وادي آنديان بالبا يدرس الرسومات الرمليّة التابعة لثقافة النازكا، إلا أنّه لم يستمتع قطّ برحلته تلك. لأنه كان يشبّه الطوافة بعلبة أحذية طائرة. لذا فقد كان يأمل أن يرسل لهما الفاتيكان سيّارة خاصّة تقلّهما، خصوصاً بعد صباح حافل برحلات جويّة على متن طائرة فضائية.

ولكن يبدو أن الرياح لا تجري دائماً كما تشتهي السفن.

راحت المروحية تبطئ تدريجيّاً فوق رأسيْهما، ثمّ ظلّت تحوم فوقهما لفترة إلى أن حطّت أخيراً على المدرج أمامهما. كانت الطوافة بيضاء اللون وتحمل شعار الكرسيّ الرسوليّ – وهو كناية عن مفتاحيْن نحيليْن متصالبيْن فوق ترسٍ ويعلوهما التاج البابوي، وهو الشعار التقليدي للفاتيكان.

"الطوّافة البابويّة"، قال لانغدون بحسرة وهو يراقبها تحطّ على المدرج. وغاب عن باله كلّيّاً أنّ الفاتيكان يملك واحدةً من تلك المروحيّات المستخدَمة لنقل البابا إلى المطار أو إلى اجتماعاته، أو إلى قصره الصيفيّ في غاندولفو. ولا شكّ في أنّ لانغدون كان يفضّل سيّارةً عاديّة على تلك الهليكوبتر.

فقفز الربّان من ركنه وراح يمشي نحوهما بخطى واسعة مجتازاً الطريق المُسفلتة.

بدأ الاضطراب والقلق يبدو على فيتوريا التي سألت لانغدون: "أهــذا هــو ربّاننا؟".

كان في الحقيقة لانغدون يشاركها القلق نفسه: "إما أن نطير وإمّا ألاّ نطــير. المسألة بسيطة".

فقد بدا لهما الربان بالزركشات التي تزيّن ثيابه وكأنه مســتعدّ للتمثيــل في إحدى مسرحيات شكسبير الميلودراميّة، إذ كانت سترته القصيرة والمنتفخة مقلّمة على نحوٍ عموديّ بخطوط لامعة زرقاء وذهبية، في حين كــان يرتــدي ســروالاً وطاقميْن مماثليْن؛ وفي قدميْه ينتعل حذاءً أسود أشبه بالخفّ بلا كعــب، وعلــى رأسه، يعتمر قَلَنْسُوَةً سوداء اللون ومصنوعة من اللبّاد.

"إنه الزيّ التقليدي للحرس السويسري"، شرح لانغدون: "وهو من تصــميم ميكال آنجلو شخصيّاً". وفيما كان الرجل يقترب منهما، أُجفل لانغدون قــائلاً: "يجب أن أعترف أن ميكال آنجلو لم يكن حقّاً موفّقاً بتصميمه لهذا الزيّ".

ولكن، على الرغم من ملابسه المزخرفة، فهذا الرجل بالنسبة إلى لانغدون آت إليهما بهدف العمل. تقدّم نحوهما بصرامة ووقار يضاهيان صرامة البحريّة الأميركيةً ووقارها. وكان لانغدون قد قرأ مرّات عديدة عن الشروط الأساسية والصارمة التي يجب على المرء أن يتحلّى بها لكي يصبح واحداً من نخبة الحــرس السويســري، إذ كان من المفترض بالأعضاء الجدد الذين يرغبون بالالتحاق بالحرس السويسري أن يكونوا رجالاً سويسريين عازبين من إحدى الكانتونات السويسرية الكاثوليكيّــة الأربعة، وأن تتراوح أعمارهم بين التاسعة عشر والثلاثين عاماً، وألا يقــلّ طــول قامتهم عن الخمس أقدام وستة إنشات، كما ويجب أن يكونوا أخيراً مدرّبين علــى يد الجيش السويسري. ولطالما كانت الحكومات العالمية تحسد الفاتيكان على فيلقه الإمبراطوريّ العظيم هذا، كونه القوّة الأمنية الأكثر ولاءً وقوّةً في العالم.

"هل أنتما آتيان من CERN؟" سألهما الحارس بصوتٍ صلب وقويّ.

"أجل، سيّدي"، أجابه لانغدون.

"لقد وصلتما بسرعة"، قال وهو يحدّق بالــ X-33 مدهوشاً. ثم استدار نحو فيتوريا قائلاً: "هل جلبت معك ثياباً أخرى، سيّدتي؟".

"عفواً، ماذا قلت؟".

فأجابها مشيراً إلى ساقيْها: "إن السراويل القصيرة ممنوعة داخل حـرم مدينـة الفاتيكان".

فألقى لانغدون نظرة سريعة إلى ساقيْ فيتوريا مقطّباً حاجبيْه. كان في الواقـع هذا الأمر قد غاب كلّيّاً عن باله. فمدينة الفاتيكان تحظّر ارتداء الثياب التي تكشف عن الساقيْن فوق ناحية الركبة - للرجال والنساء على حدٍّ سواء، وذلك احترامـاً لحرمة هذه المدينة المقدّسة.

"هذا كلّ ما لديّ"، قالت: "فقد كنّا على عجلةٍ من أمرنا".

فأومأ الحارس برأسه، والامتعاض بادٍ بجلاء على وجهـه، ثمّ اسـتدار نحـو لانغدون قائلاً: "هل تحمل سلاحاً؟".

فاستغرب لانغدون السؤال: "سلاح؟ أنا لم أجلب حتى معي بَـدَل ثيـابٍ داخليّة". ثمّ هزّ برأسه بمعنى النفي.

فانحنى الضابط عند قدميْ لانغدون وراح يربّته بدءاً من جاربيْه. "يا له مـن شخصٍ يثق بالآخرين ويصدّق كلامهم!" فكّر لانغدون في نفسه. ثمّ راحت يـدا الحارس القويّتان تتّجه صعوداً نحو ساقيْ لانغدون وصـولاً إلى أُربيّتيْـه فصـدره وكتفيْه. وبعد أن تأكّد من أنه لانغدون أعزل ولا يحمل أيّ سلاح، استدار نحـو فيتّوريا وراح ينظر إليها من ساقيْها إلى جذعها.

فحمْلقت فيه فيتوريا غاضبة: "لا تسمح لنفسك حتى بأن تفكّر بالأمر".

فراح الحارس يحدّق فيها بنظرةٍ يقصد بها إخافتها، غير أنّ فيتوريا لم تبـدِ أيّ إجفال من جهتها.

"ما هذا؟"، سألها الحارس مشيراً إلى انتفاخ دائريّ طفيف في الجيب الأمـامي لسروالها.

فأخرجت من جيبها هاتفاً خلويّاً بالغ الصّغر. فأخذه الحـارس وأداره وبـدا مسروراً كونه ليس سوى هاتف خلويّ عاديّ، ثم أعاده إليها. فوضعته في جيبها.

"استديري، من فضلكِ"، قال الحارس.

اضطرت إلى تنفيذ طلبه، وراحت تدور على نفسها دورةً كاملةً مادّةً يـديْها إلى الأمام.

راح الحارس يتفحّصها بدقّة. غير أنّ لانغدون لم يكن ليلاحظ أيّ نتوء أو انتفاخ غير طبيعيّ لا في سروال فيتوريا القصير ولا في قميصها. وكان الحارس

126

أيضاً على ما يبدو قد توصّل إلى الاستنتاج نفسه إذ قال: "شكراً. من هنا من فضلِكما".

وفيما كان لانغدون وفيتوريا يتّجهان نحو المروحيّة التابعة للحرس السويسري، صعدت فيتوريا أولاً إلى متنها كالمعتادين على ركوب الهليكوبتر، إذ أنّها بالكاد انحنت عند مرورها تحت المراوح الدوّارة، في حين ظلّ لانغدون في الخلف متردّداً بعض الشيء.

"أما من فرصة للحصول على سيّارة تقلّنا؟" صاح لانغدون مازِحاً إلى الحرس السويسريّ الذي كان يهمّ للجلوس في مقعد الطيّار.

غير أنّ الرجل لم يجبه.

إلاّ أنّ لانغدون عاد وتذكّر أن الطيران قد يكون أكثر أمناً خصوصاً مع سائقي روما المجانين. فأخذ نفساً عميقاً وصعد إلى متن الطوّافة منحنياً بحذر وهو يمرّ تحت المراوح الدوّارة.

وفيما كان الحارس يدير المحرّكات، صاحت فيتّوريا سائلةً: "هل حددتم موقع العلبة الحابسة؟".

فرمقَها الحارس نظرةً سريعة من فوق كتفه، وقد بدا مشوّشاً ومرتبكاً بعض الشيء.

"موقع ماذا؟".

"العلبة الحابِسة. ألم تتصلوا بمركز CERN من أجل علبة حابسة ما؟".

هزّ الرجل كتفيْه لامبالاةً وقال: "لا أعلم عمّا تتحدّثين. لقد كنّا اليوم شديدي الانهماك، وقد طلب منّي قائدي أن آتي إلى هنا وأقلّكما إليه. هذا كل ما أعرفه".

نظرت فيتوريا إلى لانغدون نظرة اضطراب.

"ضعا أحزمتكما، من فضلكما"، قال الطيّار، فيما كان يزيد عدد دورات المحرّك. فأخذ لانغدون حزام الأمان وثبّته حول خاصرته. لقد بدا له جسم الطائرة الصغير وكأنه يتقلّص من حوله. ولكن سرعان ما أقلعت الطوافة ومالت بحدّة نحو الشمال باتّجاه روما.

روما... المدينة التي حكمها قيصر والتي صُلب فيها القديس بطرس. مهد الحضارة العصريّة. وفي مركزها... قنبلة موقوتة.

33

كانت روما تبدو من الجوّ أشبه بمتاهة - إذ أنها كناية عن شبكة مطلْسَمة من الممرات والأزقّة القديمة غير النافذة والملتوية حول المباني ونافورات المياه وأنقاض الآثار.

ظلّت المروحيّة تحلّق على ارتفاع منخفض في السماء، ثم انحرفت نحو الجهة الشمالية الغربية مجتازةً طبقةً ضبابيّة دائمة من الدخان الناجم عن الاحتقان الذي في الأسفل. فشاهد لانغدون من فوق الدراجات الناريّة والباصات المخصصة للسياحة وجحافل سيّارات الفيات الصغيرة التي تسير بسرعة متهوّرة وبالاتجاهات كافّة حول ملتقيات المدينة الدوّارة. "تبّاً لهذه الحياة الفوضويّة"، فكّر لانغدون في نفسه، متذكّراً اللفظة الإيطاليّة Koyaanis qatsi التي تشير إلى هذا المعنى نفسه.

وكانت فيتوريا جالسةً خلفه بحزم وصمت، فيما راحت الهليكوبتر تحلّق فوق المدينة وهي مائلة بشدّة على أحد جانبيْها.

وما أن بدأ لانغدون يشعر بتشنّج في معدته، حتى راح يحدّق أكثر فأكثر في المدينة تحته. فوقع نظره على حطام آثار مدرّج روما القديم، ذاك الكولوسيوم الذي لطالما كان لانغدون يعتقد أنه من أعظم سخريات التاريخ، إذ أنه يرمز في أيامنا هذه إلى ازدهار الثقافة والحضارة البشرية، في حين أنّ هذا المدرّج نفسه كان قد شيّد في الماضي ليستضيف قروناً طويلة من الأحداث الهمجيّة البربريّة - كالأسود الضارية التي كانت تنقضّ على المساجين ملتهمةً إياهم، وجيوش الرقيق التي كانت تقاتل حتى الموت، والاغتصابات الجماعيّة لنساء غريبات كانوا يعتقلونهنّ ويتّخذونهنّ أسيرات، هذا فضلاً عن عمليات قطع الرؤوس وعمليات الإخصاء العلنية. إنه في الواقع من السخرية، راح لانغدون يفكّر، أو ربما من المفيد أن يكون الكولوسيوم هذا قد أدى دور الطبعة الهندسيّة الزرقاء بالنسبة إلى ملعب هارفارد لكرة القدم حيث كانت العادات والتقاليد الهمجية والوحشية تعود لتظهر على الساحة في كل فصل خريف... على هتافات الهواة المجانين الذين كانوا يصيحون منادين بإراقة الدماء فيما يخوض فريق هارفارد معركته الدامية ضدّ فريق يال.

وفيما كانت الطوافة متّجهةً نحو الشمال، ألقى لانغدون نظرةً خاطفة إلى الساحة الرومانيّة العامّة - التي كانت تشكّل قلب مدينة روما في عصور ما قبل

المسيحيّة. فقد بدت له الأعمدة المتفسّخة والقديمة كبلاطات الأضرحة المتداعية في مقبرة قد نفدت بطريقة أو بأخرى من خطر أن تلتهمها العاصمة المحيطة بها.

أما من الناحية الغربية، فكان حوض نهر التيبير الرحيب يتماوج مخترقاً أجزاء ونواح شاسعة من المدينة، حتى أنه كان بإمكان لانغدون أن يكشف عن عمق مياهه من الجوّ. في حين أنّ مجاري وجداول المياه التي كانت تتدفّق باهتياج تبدو له بنيّة اللون، إذ أنها موحلة إثر الأمطار الغزيرة التي كانت بالظاهر قد ضربت المدينة.

"أنظرا أمامكما"، قال الطيّار وهو يعلو أكثر فأكثر في الجوّ.

فإذا بالقبّة الضخمة تبزغ أمامهما من خلف الضباب، تماماً كالجبل الذي يودّع سديم الصباح: إنها كاتدرائية القديس بطرس.

فقال لانغدون لفيتوريا: "هذا الآن شيء وُفّق ميكال آنجلو بتصميمه حقّاً".

لم يسبق للانغدون أن شاهد من قبل هذه الكاتدرائية من الجوّ. لقد كانت واجهتها الرخاميّة تتوهّج كالنار تحت أشعّة شمس المغيب. وفيما كان المبنى الهرَقليّ الحجم مزيّناً بـ 140 تمثالاً لقديسين وشهداء وملائكة، فقد كان عرضه يوازي عرض ملعبين لكرة القدم أحدهم إلى جانب الآخر، في حين كان طوله يوازي طول ستّة ملاعب متتالية. أما الكهف الداخلي لتلك البازليكا فقد كان يتّسع لأكثر من 60.000 مؤمن... أي ما يفوق بمئة مرّة عدد سكّان مدينة الفاتيكان، تلك الدولة الأصغر مساحةً في العالم. ولكنّ الأكثر دهشة وغرابة في الأمر هو أنّ هذا الحصن، وعلى الرغم من كلّ عظمته وضخامته، لم يكن ليقلّل من قيمة الساحة أمامه وحجمها. في الواقع، إنّ ساحة القديس بطرس، هذه الرقعة المنفسحة من الغرانيت، كناية عن فسحة شاسعة ومذهلة وسط ازدحام روما واكتظاظها، شأنها شأن أيّ متنزّه مركزيّ تماماً. وأمام البازليكا ساحة شاسعة وبيضاويّة الشكل يحيط بها 284 عموداً مرتدّاً نحو الخارج على شكل أربعة أقواس مُتراكِزة ومتناقصة حجماً... فهذه في الواقع ليست سوى خدعة هندسيّة مستخدَمة للإضفاء على الساحة المزيد من العظمة والفخامة.

وفيما كان يحدّق في هذا المزار المقدّس والعظيم أمامه، راح لانغدون يتساءل ماذا كان القديس بطرس ليفكّر لو أنه كان هنا الآن. لقد كان في الواقع هذا القديس قد شهد ميتةً شنيعة، إذ أنه كان قد صُلب رأساً على عقبٍ في هذا المكان بالذّات. وها هو بالتالي الآن يرقد بسلام في أكثر القبور قداسة، مَدفوناً هنا تحت خامِس أرض، وتحديداً تحت قبّة البازليكا الرئيسية.

"مدينة الفاتيكان"، قال الربان وقد بدا بلهجته كل شيء ما عدا الترحيب.

غير أنّ لانغدون ظلّ ينظر خارجاً إلى الأبراج الحجريّة التي كانت تلوح في الأفق أمامه - تلك الحصون المنيعة المحيطة بالمجمّع... وهي كناية عن حماية أرضية غريبة لعالم روحانيّ مليء بالأسرار والقوّة والألغاز.

"أنظر!" قالت فيتوريا فجأةً ممسكةً بذراع لانغدون. ثمّ أشارت بحماسة شديدة إلى الأسفل نحو ساحة القديس بطرس التي كانت تحتهم تماماً. فوضع لانغدون وجهه على النافذة وراح ينظر إلى الأسفل.

"هناك"، قالت مشيرةً بإصبعها.

نظر لانغدون، وإذا به يرى الناحية الخلفيّة للساحة أشبه بموقف مكتظّ بعشرات العربات المقطورة، وقد كانت الأقمار الصناعية خارجةً من سقف كلّ عربة وموجَّهةً نحو السماء، وقد كُتبت على كلٍّ منها أسماء معروفة كـ "تلفزيون أوروبا"، و"فيديو إيطاليا"، و"ب. ب. س"، و"يونايتد بريس أنترناشيونال".

فانتابه فجأةً شعور بالقلق والحيرة، متسائلاً إن كانت أخبار المادّة المضادة قد تسرّبت إلى هنا وأصبحت على كلّ لسان.

ثمّ بدا التوتّر يظهر فجأةً على فيتوريا: "لماذا الصحافة كلّها هنا؟ ما الذي يجري؟".

فاستدار الربان ورمقها بنظرةً غريبةً من فوق كتفه: "ما الذي يجري؟ ألستِ على علمٍ بالأمر؟".

"كلاّ"، أجابته بسرعة بصوت قويّ وأجشّ.

فإذا به يجيبها قائلاً: "الخلوة الانتخابية، سوف تبدأ بعد حوالى ساعة تقريباً من الآن. العالم بأسره يشاهد هذا الحدث العظيم".

* * *

"الخلوة الانتخابيّة".

ظلّت هذه الكلمة ترنّ طويلاً في أذنيْ لانغدون قبل أن تسقط كالحجارة على فم معدته. الخلوة الانتخابية. اجتماع الفاتيكان السري. ولكن كيف فاته هذا الأمر؟ فهو كان قد سمع عنه مؤخّراً في الأخبار.

فمنذ خمسة عشر يوماً، توفّي البابا بعد حكمٍ شعبيّ له دام اثنيْ عشر عاماً، وكانت بالتالي صحف العالم بأسره قد تحدّثت عن السّكتة القلبية المميتة التي كانت

قد أصابته أثناء نومه. لقد كان في الواقع العديد من المؤمنين يشكون في هذه الميتة الفجائية وغير المتوقّعة. ولكن الآن، وحفاظاً على التقليد المقدّس، وبعد مرور خمسة عشر يوماً على وفاة البابا، كان من واجب الفاتيكان أن تعقد الخلوة الانتخابية – ذاك الاحتفال المقدّس الذي يجتمع فيه 165 كاردينالاً من أنحاء العالم كافّة – وهم أقوى وأعظم رجال العالم المسيحي – بهدف انتخاب البابا الجديد.

كرادلة الأرض جميعهم موجودون هنا اليوم، فكّر لانغدون في نفسه بينما كانت الطوّافة تمرّ فوق بازليكا القديس بطرس. لقد كان العالم الداخلي الفسيح والرحب لمدينة الفاتيكان ممتدّاً الآن تحته. في الواقع، إن التركيبة والقاعدة الأساسية والقويّة للكنيسة الرومانية الكاثوليكية جالسة برمّتها على قنبلة موقوتة.

34

رفع الكاردينال مورتاتي نظره صوب سقف الكابيلاّ السيستينيّة محاولاً إيجاد لحظة هدوء لكي يتمكّن من استجماع أفكاره. فقد كانت الجدران التي تعجّ باللوحات الجصيّة تردد أصوات الكرادلة من أنحاء المعمورة كافة، وكان الرجال يصادم بعضهم بعضاً وسط الحشود الغفيرة المتجمّعة في الهيكل على ضوء الشموع، يهامسون ويستشيرون بعضهم البعض بحماسة وبلغات عديدة ومختلفة، هذا ومع العلم أن اللغات الثلاث العالمية هي الإنكليزيّة والإيطالية والإسبانيّة.

وكان النور الذي يطغى إجمالاً على الكابيلاّ سامياً وجليلاً – فلطالما كانت الشعاعات الشمسية الطويلة والملوّنة بألوان طفيفة تخرق الظلمة كما لو أنها شعاعات آتية من السماء من عند الله – إنما اليوم، فلا. فقد جرت العادة على أن تُكسى نوافذ الكابيلاّ بالمخمل الأسود، وذلك حفاظاً على سريّة الخلوة التامّة، إذ أنهم قد يكونون بذلك واثقين من أنه لا يمكن لأحد من الداخل أن يتصل بالعالم الخارجي، أو أن يرسل مثلاً أي إشارات إلى الخارج. وبالتالي، فيكون المكان إجمالاً كاحل الظلمة، لا يضيئه سوى نور الشموع فقط... وميض مشعّ بدا وكأنه يطهّر الأشخاص جميعهم الذين يلامسهم من أيّ دنس أو خطيئة، جاعلاً منه أطيافاً روحانيين... شأنهم شأن القديسين.

إنه شرف عظيم لي، فكّر مورتاتي في نفسه، أن أعيَّن أنا للإشراف على هذا

الحدث المكرَّس والعظيم. فالكرادلة الذين تخطّوا العام الثمانين من عمرهم عاجزون، ولا يسعهم أن يكونوا مؤهّلين للانتخاب، وهم بالتالي لم يحضروا إلى هذه الخلوة. غير أنّ مورتاتي الذي كان في التاسعة والسبعين من عمره فهو الأكبر سنّاً والأعلى مقاماً هنا، وقد تمّ بالتالي تعيينه لكي يشرف على هذه الخلوة البالغة الأهمّية.

وتبعاً للتقاليد والأعراف السائدة، يجتمع الكرادلة هنا لحوالى الساعتيْن تقريباً قبل انعقاد الخلوة الانتخابية، وذلك لكي يلتقوا بأصدقائهم ويتجاذبوا معهم آخر أحاديث الساعة. وفي تمام الساعة السابعة مساءً، يصل كبار موظّفي البابا الأخير ليقيموا القداس الافتتاحي ومن ثمّ يغادرون. بعد ذلك، يقوم الحرس السويسري بإقفال الأبواب كافّة، وحجز الكرادلة جميعهم داخل الكابيلاّ، وعندها فقط قد يبدأ الطقس الشعائري السياسي الأقدم والأكثر سرّية في العالم. ولا يتمّ بالتالي تحرير الكرادلة إلاّ بعد أن يكونوا قد قرّروا مَن من بينهم سوف يكون التالي لاعتلاء الكرسي البابويّ. خلوة انتخابية. حتى اسمها كان ينطوي على السرّيّة والتكتّم. فكلمة "Con Clave" الإيطالية كانت في الواقع تعني بمعناها الحرفيّ إلى كون الشيء أو الشخص محتجَزاً داخل غرفة ومقفَلاً عليه بالمفتاح". وبالتالي فلم يكن يُسمح للكرادلة بأي اتصال مع العالم الخارجي. فلا اتصالات هاتفية ولا رسائل ولا حتى همسات عبر المداخل. لقد كان من المفترض بالخلوة السرّيّة ألا تتأثّر بأي تأثيرات خارجية، إذ أنهم بذلك قد يتأكدون من أن الكرادلة ليس لديهم سوى الله أمام أعينهم.

أما في الخارج، فقد كانت بالطبع وسائل الإعلام في حالة ترقّب وانتظار تفكّر بالكاردينال الذي سيُنتخَب ليحكم البليون كاثوليكي الموزّعين في أنحاء العالم كافّة. كانت الخلوات الانتخابية تلك تخلق جوّاً سياسيّاً مشحوناً، حتى أنها كانت قد تحوّلت على مرّ العصور إلى اجتماعات مميتة، إذ أنها كانت قد شهدت في الآونة الأخيرة الكثير من عمليات التسميم والشجارات الدامية والجرائم التي كانت تحصل داخل حرم هذا المعبد المقدّس. ولكن هذا كلّه قد أصبح الآن من التاريخ، فكّر مورتاتي في نفسه. فالخلوة السرية التي ستعقد الليلة سوف تكون خلوةً موحّدة وسعيدة... وقبل كل شيء وجيزة ومقتضبةً.

فهذا ما كان على الأقلّ يعتقده.

ولكنّ هناك تطوّراً غير متوقّع قد حدث الآن. فالمحيّر في الأمر هو تغيّب أربعة كرادلة عن الكابيلاّ. غير أن موراتي كان يعلم أن منافذ مدينة الفاتيكان كلها خاضعة لحراسة مشدّدة، وأنه لا يمكن بالتالي للكرادلة المفقودين أن يكونوا بعيدين من هنا. ولكن وعلى الرغم من هذا كله، فقد كان غيابهم يقلقه بعض الشيء، سيّما وأنّه لم تعد هناك سوى ساعة واحدة فقط، أو حتى أقلّ، تفصلهم عن القدّاس الافتتاحي. وعلاوةً على هذا كلّه، فلم يكن الرجال الأربعة المفقودون كرادلة عاديّين؛ إذ أنهم كانوا "الكرادلة" الأربعة الذين وقع عليهم الاختيار.

وكونه المشرف الخاص على هذا الاجتماع، كان مورتاتي قد قام بتبليغ الحرس السويسري عن غياب أولئك الكرادلة عبر القنوات المختصّة. إلا أنه كان لا يزال بانتظار ردٍّ منهم. وكان الكرادلة جميعهم قد لاحظوا هذا الغياب الغريب والمحيِّر، وراحوا يتهامسون ويتشاورون في ما بينهم. فمن بين الكرادلة جميعهم، كان من المفترض بهؤلاء الكرادلة الأربعة بالتحديد أن يحضروا إلى هذا الخلوة في الوقت المحدّد! كان الكاردينال مورتاتي قد بدأ يخشى أن تكون السهرة طويلة.

فهو لم يكن لديه أدنى فكرة عما يحدث.

35

كان مهبط هليكوبتر الفاتيكان يقع ولأسباب أمنيّة، ومنعاً للضجيج عند المقلَب الشمالي الغربي لمدينة الفاتيكان، في أبعد مكان ممكن عن بازليكا القديس بطرس.

"ها قد وصلنا"، قال الربان فيما كانت الهليكوبتر تحطّ على أرض المدرج. ثم ترجّل منها وفتح الباب المنزلق للانغدون وفيتوريا.

ترجّل لانغدون من الطائرة واستدار ليساعد فيتوريا، ولكنها كانت قد نزلت بدورها من الطوّافة وحدها ومن دون أي صعوبة. بدت كل عضلة من عضلات جسمها معدّة لهدف واحد فقط، ألا وهو العثور على المادّة المضادّة قبل فوات الأوان وحدوث كارثة فظيعة.

وبعد تغطيته زجاج ركن الطيّار بستارة عاكسة للشمس، قادهما الربان نحو عربة كهربائية كبيرة الحجم كانت بانتظارهم بالقرب من المهبط، وراح يسير بهم

بسرعة وصمت على طول الحدود الغربية للبلاد - بمحاذاة متراس صلب من الإسمنت طوله خمسون قدماً قادر على صدّ أعنف الهجمات، حتى تلك التي قد تُشنّ على البلاد بواسطة الدبابات. وعلى طول الناحية الداخليّة للجدار، وعلى مسافة خمسين متراً بين الواحد والآخر، كان جنود الحرس السويسري واقفين على أهبّتهم، يحرسون بتيقّظ وحذر الأراضي الداخلية لبلادهم. ثمّ أدار بعد ذلك العربة يميناً سالكاً جادّة الأوسّيرفاتوريو Via della Osservatorio، وقد كانت اللوحات تشير في الجهات كافّة إلى:

القصر الحكومي Palazzo Governatorato
المعهد الحبشي Collegio Ethiopiana
بازليكا القديس بطرس Basilica San Pietro
الكابيلاّ السِّستينيّة Capella Sistina

راح يزيد من سرعة العربة صعوداً في طريق مشذّب مروراً بمبنى كُتب عليه "إذاعة الفاتيكان". فأدرك لانغدون مذهولاً أن هذه الإذاعة تعتبر من أهمّ الإذاعات وأكثرها استماعاً في العالم - إذاعة الفاتيكان - إذ أنها تذيع كلمة الله على ملايين المستمعين في أنحاء العالم كافة.

"انتبها"، قال الربان وهو يدور دورةً عنيفة. وفيما كانت العربة تلتفّ بحدّة، بالكاد كان لانغدون قادراً على تصديق عينيْه. فراح يفكّر في نفسه: "لا بد من أنّ هذا قلب مدينة الفاتيكان". فإذا بالناحية الخلفية لبازليكا القديس بطرس تظهر أمامه مباشرة؛ مشهد أدرك لانغدون فجأة أن معظم الناس لم يُتح لهم فرصة رؤيته قطّ في حياتهم. أمّا عن يمينه، فقد لاح له قصر العدل، مقرّ إقامة البابا الوافر الخضرة والذي لا ينافسه سوى قصر فرساي فقط من حيث طرازه وفنّ عمارته الباروكي، في حين أنّ المبنى الحكومي ذا التصميم الهندسي البسيط والجافّ أصبح الآن خلفهم، وهو المركز الإداري لمدينة الفاتيكان. أما ذاك المبنى الضخم والمستطيل أمامهم عن اليسار فكان مبنى المتحف الفاتيكاني. ولكن لانغدون كان يعلم أنه لن يكون لديه الوقت الكافي في هذه الرحلة لزيارة أي من هذه المتاحف.

"ولكن أين الجميع؟" سألت فيتوريا وهي تعاين المرجات والممرات المقفرة.

تحقّق الحارس من كرونوغرافه الأسود والعسكري الطراز - تلك المفارقة التاريخيّة التي كانت تحت كمّه المنتفخ. "الكرادلة مجتمعون الآن في الكابيلاّ السِّستينيّة. فمن المفترض أن تبدأ الخلوة الانتخابية بعد أقلّ من ساعة تقريباً".

أومأ لانغدون برأسه متذكّراً أنّ الكرادلة، وقبل انعقاد الخلوة الانتخابية، كانوا يمضون حوالى الساعتيْن تقريباً داخل الكابيلاّ السِّستينيّة في تأمّلات صامتة وزيارات تفقّديّة في ما بينهم وبين سائر زملائهم الكرادلة الوافدين من أنحاء العـالم كافّـة. فهاتان الساعتان مخصّصتان لتجديد الصداقات القديمة في ما بين الكرادلة والتمهيد لعمليّة انتخاب أقلّ احتداماً. "وماذا عن سائر المقيمين والموظّفين؟".

"يُمنع عليهم البقاء في المدينة أو الدخول إليها إلى أن تنتهي الخلـوة، وذلـك لأسباب سريّة وأمنيّة".

"ومتى تنتهي الخلوة؟".

هزّ الحارس كتفيْه قائلاً: "الله وحده يعلم". وقد بدا للانغدون وفيتوريا أنـه يعني فعلاً ما يقول.

وبعد أن أوقف العربة على المرجة الفسيحة الواقعة خلف بازليكـا القـديس بطرس تماماً، رافق الحارس لانغدون وفيتوريا عبر خندق حجريّ يؤدّي إلى سـاحة رخاميّة عند الناحية الخلفية للبازليكا. فعبروا الساحة مقتربين من الجـدار الخلفـي للبازليكا، وظلّوا بعد ذلك يسيرون بمحاذاته مجتازين بالتالي جادّة بيلفيدير، مـرورا بفناء مثلّث، ووصولاً إلى مجموعة من المباني المحتشدة والمتراصّة إلى بعضها الـبعض. كان في الواقع تاريخ الفنّ الإيطالي قد علّم لانغدون اللغة الإيطاليّة بمكان أنه كـان قادراً على تبيّن معنى بعض ما كُتب على اللافتات واللوحات الإرشاديّة، كمطبعة الفاتيكان، ومصنع ترميم الأنسجة المطرَّزة والمزدانة بالرسوم والصور وإدارة البريـد وكنيسة القديسة آنّا. ثمّ اجتازوا بعد ذلك ساحة أخرى صغيرة ووصلوا بالتالي إلى مكانهم المقصود.

كان مركز الحرس السويسري مجاوراً لمركز قوى الأمن الداخلي، شمال شرق بازليكا القديس بطرس تماماً، وهو كناية عن مبنى حجريّ منخفض يقـف عنـد مدخله حارسان أشبه بتمثاليْن حجريّين.

كان على لانغدون الاعتراف بأنّ هذيْن الحارسيْن لم يبدوا له مرحيْن إطلاقاً، صحيح أنهما يرتديان البزّة الزرقاء والذهبيّة، إلاّ أن كلاهما كان حاملاً "السـيف الفاتيكانيّ الطويل" – ذاك الرمح البالغ طوله ثماني أقدام، ويتميّز بمنجله ذات الشفرة الحادة – والتي يُقال عنها إنها قطعت عدداً لا يعدّ ولا يُحصى من رؤوس المسلمين أثناء دفاعها عن الحملات الصليبية في القرن الخامس عشر.

وفيما كان لانغدون وفيتوريا يقتربان منهما، خطـا الحارسـان خطـوةً إلى الأمام، وقرّبا سيفيْهما من بعضهما البعض على نحوٍ متصالب معترضـيْن بالتـالي طريقهما. نظر بعد ذلك أحدهما إلى الربان بحيرة وقال: "ماذا عن السروال القصير الذي ترتديه هذه السيدة؟".

غير أنّ الربان طلب منهما أن يتنحّيا جانباً قائلاً لهما بالإيطالية: "يريد القائـد رؤيتهما على الفور".

فعبس الحارسان وتنحّيا جانباً على مضض.

كان الجوّ في الداخل بارداً، ولم تكن تلك المكاتب الإدارية الأمنيّة تبدو مثلما تصوّرها لانغدون. فقد كانت في الواقع مجهّزة بأفخم الأثاث وأحدثـه، في حـين كانت المماشي مزيّنة بلوحات، كان لانغدون واثقاً من أنّ أيّ متحف في العالم قد يتمنّى عرضها في صالة عرضه الرئيسة.

ثمّ أشار لهما الربان إلى درج طويل قائلاً: "انزلا من هنا، من فضلكما". فراح كل من لانغدون وفيتوريا يترل تلك الدرجات البيضاء الرخاميّة، مارّاً بين عدد من التماثيل الذكرية العارية، وقد كانت على كلّ منها ورقة من أوراق شـجر التـين لونها أفتح بعض الشيء من لون سائر جسم التمثال. "إنها ترمز إلى عمليّة الخصيان الكبرى"، فكّر لانغدون في نفسه.

كانت هذه من أفظع المآسي التي شهدها الفن في عصر النهضـة الأوروبيّـة، فعام 1857 ظنّ البابا بيوس التاسع أن التمثيل الحالي للشكل الذكري قد يثير رغبة جنسيّة قويّة داخل حرم الفاتيكان، فأحضر إزميلاً وميتدَةً وراح يقطّـع الأعضـاء التناسليّة لدى كل تمثال ذكري موجود داخل مدينة الفاتيكان، مشـوّهاً بـذلك أعمالاً فنيّة قيّمة لميكال آنجلو وبرامنتي وبرنيني، ومستخدماً بالتـالي أوراق شـجر التين لرقع النواحي المتضررة من تلك التماثيل. لقد تمّ في الواقـع خصـي مئـات التماثيل. وغالباً ما كان لانغدون يتساءل إن كانوا لا يزالون يحتفظون بكل هـذه الأعضاء الذكرية المخصيّة داخل صندوق ضخمٍ في مكانٍ ما هنا.

"هنا"، قال لهما الحارس.

كانوا قد بلغوا أسفل الدرج المؤدّي إلى طريق مسدود، ووصلوا أمـام بـاب فولاذيّ ضخم. ضغط الحارس على بضعة أرقام طابعاً الرمز السرّي للدخول، وإذا بالباب يُفتح أمامهم. فدخلا، وكانت خلف العتبة تسود فوضى تامّة.

36

مكتب الحرس السويسري.

وقف لانغدون في الممرّ يشاهد أمامه تصادم العصور والأزمنة المذهل. كانت الغرفة كناية عن مكتبة فخمة تتميّز بطابع النهضة الأوروبية، مكتبة كاملة مجهّزة برفوف للكتب محفورة ومترّلة وسجادات شرقيّة وتطريزات ملوّنة... وعلاوةً على هذا كلّه، فقد كانت هذه الأخيرة مزوّدة أيضاً بكافةّ الأجهزة والمعدات العالية التقنية - من صفوف كاملة من أجهزة الكومبيوتر، إلى أجهزة الفاكس والخرائط الإلكترونية لمدينة الفاتيكان، وصولاً إلى التلفزيونات التي كانت تنقل قناة الـ سي. أن. أن CNN. وبالإضافة إلى ذلك، كانت الغرفة تعجّ برجال يرتدون بناطلين ملوّنة، ويطبعون بحميّة وقلق على أجهزتهم الحاسوبية، ويصغون بترقّب وحذر في السماعات المثبّتة على آذانهم بعصابات مشدودة إلى رؤوسهم.

"انتظرا هنا"، قال الحارس.

ظلاّ واقفيْن ينتظران الحارس، فيما كان هذا الأخير قد عبر الغرفة باتّجاه رجل طويل القامة نحيل، يرتدي بزةً عسكريّة زرقاء اللون داكنة، يتحدّث حينذاك على هاتفه الخلويّ، وكانت وقفته مستقيمةً ومنحنياً بعض الشيء إلى الوراء. قال له الحارس شيئاً، وإذا به يرمقهما بنظرة سريعة وخاطفة. بعدها، أومأ برأسه ثمّ عاد وأدار لهما ظهره وتابع مكالمته الهاتفية.

عاد بعد ذلك الحارس وقال: "سوف يكون القائد أوليفيتّي معكما بعد لحظة".

"شكراً".

غادر الحارس صاعداً الدرج من جديد.

راح لانغدون يتفحّص القائد أوليفيتّي في الغرفة، مدركاً أنه القائد الأعلى للقوّات المسلّحة في البلاد، وظلّ مع فيتوريا منتظريْن يراقبان سيْر الأمور أمامهما. لقد كان بعض الحرّاس المرتدين بزّات متألّقة يتحرّكون بحميّة واهتياج وهم يصيحون ويصدرون الأوامر بالإيطاليّة.

"تابعوا البحث!" صاح أحدهم بالإيطاليّة وهو يتحدّث على الهاتف.

"هل فتّشتم المتحف؟" سأل شخص آخر.

لم يكن لانغدون بحاجة إلى أن يكون ملماً باللغة الإيطالية لكـي يسـتبين أنّ القوّات الأمنيّة كانت في حالة تأهّب وبحث شديدة؛ فهذه الأخبار السارّة. ولكـنّ الأخبار السيّئة هي أنهم كانوا، على ما يبدو، لم يعثروا بعد على المادّة المضادّة.

"هل أنت بخير؟" سأل لانغدون فيتّوريا.

هزّت كتفيْها استهجاناً وتكشّف ثغرها عن ابتسامة كان التعب بادياً عليهـا بجلاء.

أنهى القائد أخيراً مكالمته الخليويّة واجتاز الغرفة متّجهاً نحوهما. عندها، بـدا لهما هذا الأخير وكأنه يزداد طولاً مع كلّ خطوة يخطوها. وكان لانغدون يُعدّ هو أيضاً طويل القامة، ولم يكن بالتالي معتاداً على رفع رأسه للنظر إلى الناس، غير أنّ النظر إلى القائد أوليفيتي كان يستلزم ذلك حتماً. وشعر لانغدون على الفـور أن هذا القائد كان رجلاً قد خاض الكثير من الصعوبات والمشاكل في حياته، فوجهه كان صلباً وحادّ الملامح، وشعره الداكن مقصوص قصّة عسكريّة قصيرة، في حين كانت عيناه تشعّان بشيء من الثبات والحزم اللذيْن يتعذّر على المرء التحلّي بهمـا من دون سنوات طويلة من التدريب المكثّف. أمّا مشيته فصارمة، وكان قد أخفى سمّاعة الأذن خلف إحدى أذنيْه، الأمر الذي كان يجعله أشبه بعميل أميركي سرّي أكثر منه بحارس سويسريّ.

تحدّث إليهم القائد بلهجة إنكليزيّة مميّزة، وكان صوته هادئاً وخفيضاً بالنسبة إلى شخص ضخم مثله.

"طاب يومكما، أنا القائد أوليفيتّي، القائد الأعلى للحرس السويسري، وأنـا هو الشخص الذي اتّصل بمديركما".

حدّقت فيه فيتّوريا قائلةً: "شكراً لمقابلتك إيّانا، سيّدي".

لم يجبها القائد ولكنّه أشار إليهما بأن يتبعاه، وقادهما عبر شبكة الإلكترونيّات إلى باب كان في الحائط الجانبي للغرفة. "أدخلا"، قال فاتحاً الباب لهما.

فإذا بلانغدون وفيتوريا يدخلان ليجدا أنفسهما داخل غرفة مظلمة للمراقبـة حيث كان جدار كامل من أجهزة المراقبة الفيديوويّة التي تبثّ بـبطء سلسـلات لامتناهية من الصور البيضاء والسوداء الملتقطة عن المجمّع. كان حارس شابّ يراقب الصور بحذر.

"انصرف"، قال أوليفيتّي.

فحزم الحارس أمتعته وغادر المكان.

بعدها، اقترب أوليفيتي من إحدى الشاشات مشيراً إليها لضيْفَيْه، ثمّ استدار نحوهما قائلاً: "هذه الصورة قد التقطتها إحدى الكاميرات النائية والمخبّأة في مكان ما داخل مدينة الفاتيكان. أريد تفسيراً لذلك. "فنظرا إلى الشاشة وشهقا معاً. فقد كانت الصورة واضحة كل الوضوح، وما كان ظاهراً فيها من دون شك العلبة الصغيرة الحابِسة للمادة المضادة والتابعة لمركز CERN. وداخل هذه العلبة، كانت قطرة مومضة من سائلٍ معدني متدلّيةً في الهواء منذرةً بالشؤم، وينيرها وميض الصّمّام الثنائي المنتظَم. والغريب في الأمر هو أن المكان المحيط بالعلبة الحابسة كان كالح الظلمة تقريباً، وكأن المادة المضادّة كانت قد وُضعت داخل خزانة أو داخل غرفة مظلمة. أما في أعلى شاشة المراقبة، فكانت تومض عبارة كتب بعضها فوق الآخر وتقول: صورة حيّة - كاميرا رقم 68.

نظرت فيتوريا إلى الوقت المتبقي أمام العلبة قبل أن تنفجر، والمُشار إليه على المؤشِّر المومض في أعلى العلبة الحابِسة. "أقلّ من ستّ ساعات"، همست للانغدون والتوتّر بادٍ على وجهها.

تحقّقَ لانغدون من ساعته وقال: "إذاً لدينا حتى..." ثمّ توقّف وقد شعر بأن معدته قد انعقدت.

"منتصف الليل"، قالت فيتوريا بنظرة مصعوقة.

منتصف الليل، فكّر لانغدون في نفسه، وقد شعر بأن ساعة وقوع المأساة قد أوشكت.

يبدو أنّ الشخص الذي أقدم ليلة أمس على سرقة العلبة الحابسة، أيّاً كان، قد أحسن توقيت فعلته هذه بامتياز. وإذا به يشعر فجأة بنذير شؤم قَويّ، إذ أدرك أنه جالس الآن في الطبقة صفر.

بدا همس أوليفيتّي الآن أشبه بالهسهسة: "هل ينتمي هذا الغرض إلى مركزكم؟".

أومأت فيتوريا برأسها قائلةً: "أجل سيّدي، لقد أقدم أحدهم على سرقتها من عندنا. إنها تحتوي على مادّة بالغة الاشتعال تُدعى المادّة المضادة".

بدا أوليفيتّي غير متأثّر بكلامها هذا إطلاقاً: "أنا معتاد يا سيّدة فيترا على

الموادّ المشتعلة، ولكني لم أسمع من قبل بالمادة المضادّة".

"إنها تكنولوجيا جديدة. يجب إما أن نعثر عليها على الفور وإمّا أن نباشر بإخلاء مدينة الفاتيكان برمّتها".

أغمض أوليفيتي عينيْه ببطء ثمّ عاد وفتحهما محدِّقاً بفيتوريا، كما لو أنّ تركيزه عليها قد يغيّر ما قد سمعه للتوّ.

"إخلاؤها؟ هل أنت على علمٍ بما يجري هنا الليلة؟".

"أجل سيّدي، وحياة كرادلِتكم مهدّدة بالخطر. أمامنا ست ساعات تقريباً. هل باشرتم باتّخاذ التدابير اللازمة لتحديد موقع العلبة الحابِسة؟".

هزّ أوليفيتّي رأسه قائلاً: "كلاّ، نحن لم نبدأ بعد بالحثّ".

صُدِمت فيتوريا: "ماذا؟ ولكننا سمعنا حرّاسك يتحدّثون عن البحث عن الـ".

"إنهم يبحثون، أجل"، قال أوليفيتي: "إنما ليس عن العلبة الحابِسة. يقوم في الواقع رجالي بالبحث عن شيءٍ آخر لا علاقة لكما به".

وبصوتٍ أجشّ قالت فيتوريا: "إذاً، أنتم لم تبدأوا حتى بالبحث عن العلبة الحابِسة؟".

غار بؤبؤا عينيْ أوليفيتي، لقد كانت نظرته خالية من أي انفعالات، تماماً كنظرة الحشرات. "سيّدة فيترا، أليس كذلك؟" دعيني أشرح لك شيئاً. لقد رفض مدير مركزكم أن يقدّم إلي على الهاتف أي تفسيرات في ما يختصّ بهذا الغرض، باستثناء قوله إنه من المفترض بي أن أعثر عليه على الفور. واستثنائيّاً اليوم، نحن شديدو الانهماك، ولا يمكننا بالتالي تكريس طاقتنا البشريّة وتسخيرها من أجل مسألة ما قبل أن أحصل على بعض الوقائع".

فأجابته فيتوريا قائلةً: "لا يوجد الآن سيّدي سوى واقع واحد فقط له صلة وثيقة بهذا الموضوع، ألا وهو أنّه، وبعد ستّ ساعات بالتحديد، سوف ينفجر هذا الجهاز مدمِّراً مدينة الفاتيكان بكاملها".

ظلّ أوليفيتّي واقفاً من دون حراك ثمّ قال بنبرة متسلّطة: "هناك أمر يجب أن أطلعك عليه، سيّدة فيترا. على الرغم من المظهر القديم لمدينة الفاتيكان، غير أنّ كل مدخل من مداخلها، سواء أكان عامّاً أم خاصّاً، مجهّز بأحدث المعدّات الاستشعاريّة التي عرفها الإنسان إلى اليوم وأكثرها دقّة وتطوّراً. وبالتالي فإن حاول

أحدهم الدخول إلى المدينة مع أيّ نوعٍ كان من الأجهزة المشتعلة أو المتفجِّرة فسوف يتمّ اكتشافه على الفور. فنحن مزوّدون بأجهزة فحص وتفتيش إشعاعيّة، كما ولدينا أيضاً مرشحات شَمِّيَّة أميركية التصميم معدّة خصيصاً من أجل الكشف عن أيّ شارات كيميائيّة مهما كانت ضئيلة حول وجود مواد متفجّرة أو موادّ تحتوي على مادّة التُّكسين. وبالإضافة إلى ذلك كلّه، نحن نستخدم أيضاً أجهزة الكشف المعدنيّة كما وأجهزة التفتيش الإشعاعيّة السينيّة الأكثر تطوّراً في العالم".

"يا له من أمر مدهش حقّاً"، قالت فيتوريا ببرودة تضاهي برودة القائد أوليفيتّي: "ولكن، ولسوء الحظّ أنّ المادّة المضادّة ليست مادّة إشعاعيّة النشاط أو الفاعليّة، وشارتها الكيميائية هي نفسها شارة الهيدروجين الصِّرف؛ وعلاوة على ذلك فإن العلبة الحابسة هي علبة بلاستيكيّة. وبالتالي فلن يكون أيّ من أجهزتكم المتطوّرة هذه قادراً على استبيانها".

"ولكن، لا شكّ في أنّ للجهاز هذا مصدراً طاقيّاً يستمدّ منه طاقته"، قال أوليفيتي مشيراً إلى الصمام الثنائي المومِض: "وبالتالي فإن أقلّ أثر للنيكل - كادميوم قد تستبينه تلك الأجهزة وتسجّله كـ".

"أجل، ولكن البطّاريّات هي أيضاً بلاستيكيّة".

هنا بدأ صبر أوليفيتّي ينفد بجلاء. "بطّاريات بلاستيكيّة؟

"تيفلون وإلكتروليت مصنوع من جلّ البوليمر".

انحنى أوليفيتي صوبها كما وانه يبرز طول قامته وبالتالي تفوّقه وتعاليه عليها ثم قال: "سيّدتي، يتعرّض الفاتيكان شهريّاً لعشرات التهديدات والحوادث من هذا القبيل. لذا فأنا أقوم شخصيّاً بتدريب كلّ حارس من الحرس السويسري على التطوّرات والمستجدّات كافّة في مجال تكنولوجيا المتفجّرات الحديثة. وبالتالي فأنا واثق تماماً من أنّه ليس على الأرض مادّة قويّة قادرة على فعل ما تصفينه لي، إلاّ إن كنت تتحدّثين عن رأس طربيد نوويّ ذي جزء مركزي بحجم طابة البايسبول".

رمقته فيتوريا بنظرة متّقدة قائلة: "تحتوي الطبيعة على الكثير من الألغاز التي لم يتمّ إلى الآن كشف النقاب عنها".

مال أوليفيتّي نحوها مقترباً منها أكثر فأكثر وسألها قائلاً: "أيمكنني أن أسألك مَن أنتِ بالضبط؟ وما هو مركزكِ في CERN؟".

"أنا من الأعضاء الأعلى مقاماً في قسم الأحداث، وقد تمّ تعييني من أجل حلّ هذه الأزمة مع الفاتيكان".

"أعذري فظاظتي، ولكن إن كانت هناك أزمة، فلمَ أنا أتعامل معكِ وليس مع مديرِك؟ وما هي قلّة الاحترام هذه التي تقصدينها بدخولك حرم مدينة الَفاتيكان بسروالك القصير هذا؟".

عندها، همهمَ لانغدون همهمة استنكار. فهو لم يكن قادراً على تصديق أنّ هذا الرجل كان، وعلى الرغمِ من الظروف الصعبة كلها التي يمرّون بها، لا يزال شديد التمسّك بنظام الملبَس. ثمّ عاد بعد ذلك واستدرك أنه إن كانت الأعضاء التناسلية الذكريّة، وحتى الحجريّة منها، تثير أفكاراً شهوانيّة لدى المقيمين في حرم الفاتيكان، فلا شكّ في أنّ فيتوريا فيترا بسروالها القصير هذا سوف تشكّل تهديداً للأمن القومي.

تدخّل لانغدون محاوِلاً أن ينشر ما بدا وكأنه قنبلة ثانية على وشك الانفجار، فقال: "أيّها القائد أوليفيتّي، اسمي روبرت لانغدون، وأنا أستاذ في العلوم الدينيّة في الولايات المتحدة الأميركية ولست عضواً من أعضاء CERN، كما وأني لا أمتّ إلى هذا المركز بأي صلة إطلاقاً. لقد استمعت إلى شرح طويل عن المادّة المضادّة وأنا أشهد للسيّدة فيترا بأنها محقّة في كل كلمة قالتها عن مدى خطورة هذه المادّة. وعلاوةً على ذلك، فنحن لديناَ ما يحملنا على الظّن بأنّ هذه المادّة قد تمّ وضعها هنا داخل مجمّعكم من قبل أطراف ينتمون إلى مذهب مناهِض للدين على أمل أن يفشِلوا اجتماع الكرادلة السرّي".

فاستدار أوليفيتّي محدِّقاً بلانغدون ثمّ قال: "أمامي هنا امرأة مرتدية سروالاً قصيراً تقول لي إنّ ثمّة قطرة من سائل ما سوف تفجّر مدينة الفاتيكان كاملة، وبروفسور أميركي يقول لي إننا مستهدَفون من قبل جماعة مناهِضة للدين. فما الذي تتوقّعان مني أن أفعله بالضبط؟".

"العثور على العلبة الحابسة"، قالت فيتوريا: "وفوراً".

"هذا مستحيل. فيمكنَ لهذا الجهاز أن يكون في أي مكان. ومدينة الفاتيكان مدينة شاسعة".

"أليست كاميراتكم مزوّدةً بأجهزة تحدّد مكان تواجد كلٍّ منها؟".

"لا تتعرّض كاميراتنا إجمالاً للسرقة، وبالتالي فقد يستغرق تحديد مكان هذه الكاميرا المفقودة أياماً عدةً".

"لم يعد أمامنا أيّام"، قالت فيتوريا بقساوة. "لم يعد أمامنا سوى ستّ ساعات فقط".

"ستّ ساعات قبل ماذا، يا سيّدة فيترا؟" قال أوليفيتّي بصوت بدا فجأةً عالياً، مشيراً إلى الصورة على الشاشة: "قبل أن ينتهي العد العكسي لهذه الأرقام؟ قبل أن تُباد مدينة الفاتيكان؟ صدّقيني، أنا لا أتعاطف إطلاقاً مع الأشخاص الذين يحاولون العبث بنظامي الأمني، كما وأني لا أحب أيضاً أن تظهر أجهزة ميكانيكيّة غريبة داخل جدراني من حيث لا أدري. لذا فقد بدأت أقلق حقّاً. لا بل إنه في الواقع من واجبي أن أقلق. غير أنّ كلّ ما قلتماه لي للتوّ مرفوض".

فقاطعه لانغدون قائلاً: "هل سبق لك أن سمعت عن الطبقة المستنيرة؟".

عندها، تحطّم الحائط الجليدي الذي كان القائد يخفي خلفه عواطفه وانفعالاته، وابيضّت عيناه كالقرش الذي يكون على وشك أن ينقضّ على فريسته وقال: "أحذّركما. ليس لديّ الوقت لذلك".

"لقد سمعت إذاً عن الطبقة المستنيرة؟".

بدت نظرته طاعنةً مثل الحربة وقال: "أنا مدافِع محلَّف عن الكنيسة الكاثوليكيّة، فلا شكّ في أني قد سمعت عن الطبقة المستنيرة. ولكنها قد أبيدت منذ عقود طويلة".

عندئذ مدّ لانغدون يده إلى جيبه وأخرج صورة الفاكس التي يظهر فيه جسم ليوناردو فيترا موسوماً وأعطاه لأوليفيتّي.

"أنا أعلم الكثير عن الطبقة المستنيرة"، قال لانغدون فيما كان أوليفيتّي يتفحّص الصورة. "وأواجه بالتالي صعوبةً كبيرة في تقبّل فكرة أن هذه الجمعيّة لا تزال ناشطةً حتى أيامنا هذه؛ غير أنّ هذا الوسم بالإضافة إلى معرفتي بالعداوة القويّة ما بين الطبقة المستنيرة ومدينة الفاتيكان قد غيّرا رأيي كليّاً".

"إنها مجرّد خدعة حاسوبية"، قال أوليفيتّي معيداً الصورة إلى لانغدون.

راح لانغدون يحدّق فيه بنظرة شكوكيّة ثم قال: "خدعة؟ ولكن أنظر إلى الاتّساق! فمن المفترض بك أنتَ أن تدرك أكثر من أيّ شخص آخر أصالة الـ".

"الأصالة هي بالضبط ما ينقصك، يا سيّد لانغدون. ربّما لم تطلعك السيّدة فيترا على ذلك، غير أنّ علماء CERN لطالما كانوا وعلى مدى قرون طويلة ينتقدون السياسات التي يتّبعها الفاتيكان، وهم بالتالي يتوسّلون إلينا باستمرار لكي

نرتدّ عن نظريّة الخلق والخليقة، ونتقدّم باعتذارات رسميّة من كـل مـن غـاليليو وكوبرنيكوس، كما وأنهم يتوسّلون إلينا أيضاً لكي نكفّ عـن انتقـاد الأبحـاث العلمية الخطيرة وغير الأخلاقية. فأيّ هذيْن السيناريوهيْن يبدو بنظرك أكثر احتمالاً وتصديقاً - أن تكون إحدى العبادات الشيطانية القديمة التي مرّ عليها إلى الآن أكثر من أربعماية عام قد عادت وبحوزتها سلاح متطوّر من أسلحة الدمار الشامل، أم أن يكون أحد أعضاء CERN المزوحين يحاول تعطيل هذا الحدث الفاتيكاني المهم عن طريق تدبيره حيلة بارعة كهذه؟".

بصوت يغلي غليانَ الحمم داخل البراكين قالت فيتوريا: "إن هذه الصورة هي لوالدي. لقد قُتل. أتظنّ أني أمزح الآن أيضاً؟".

"لا أدري سيّدة فيترا، ولكن كل ما أعرفه هو أني لن أعلن حالة الطوارئ في البلاد إلا بعد أن أحصل منكما على أجوبة منطقيّة. فواجبي يحتّم عليّ الكثير مـن الحذر والتكتّم... ويتعيّن على المسائل الروحيّة، كتلك التي نشهدها اليوم هنـا، أن تتمّ بصفاء ذهني تامّ. اليوم أكثر من أيّ يوم مضى".

فقال له لانغدون: "ولكن يمكنك على الأقلّ أن ترجئ هذا الحدث حتى يـومٍ آخر".

"أرجئه؟" وراح أوليفيتّي يتفوّه بكلام سليط وعنيف: "يا لها من وقاحة حقاً! الخلوة الانتخابيّة ليست لعبة بايسبول أميركية يمكن إرجاؤها في حال كان الطقس ممطراً. إنما هي حدث مقدّس يخضع لأنظمة وتدابير صارمة ومحددة. ولا تـنسَ أنّ هناك بليون كاثوليكيّ في العالم بانتظار قائدهم الروحي الجديد؛ ناهيك عن وسائل الإعلام العالميّة الموجودة في الخارج. لذا تعتبر بروتوكولات هذا الحدث مقدّسـة، ولا يجوز بالتالي التغيير أو التعديل فيها. في الواقع، إن الخلوات الانتخابية هذه قـد تغلّبت ومنذ العام 1179 على الكثير من الزلازل والمجاعـات وحـتى الطـاعون. صدّقاني، لا يمكنني أن ألغي هذا الحدث المهم بسبب مقتل أحد العلماء، أو أيضـاً بسبب قطرة، الله أعلم ممَّ".

"خذني إلى المسؤول هنا"، قالت فيتوريا.

فحملق فيها أوليفيتي غاضباً وقال: "إنه أمامك".

"كلاّ"، أجابته: "أريد أن أقابل أحداً من الإكليروس".

عندها بدأت شرايين جبين أوليفيتّي تظهر. "رجال الدين جميعهم قد ذهبـوا،

ولم يبق بالتالي أحد هنا في مدينة الفاتيكان سوى الحرس السويسري ومجمّع الكرادلة، وهم جميعهم موجودون الآن داخل الكابيلاّ السِّستينيّة".

"وماذا عن الموظّف البابوي الأعلى؟" قال لانغدون ببرودة.

"مَن؟".

"السكرتير الخاص للبابا الرّاحل". كرّر لانغدون كلامه بالإيطاليّة، متمنّياً من ذاكرته ألاّ تخونه. فهو قد تذكّر أنه كان قد قرأ مرّةً عن الترتيبات الغريبة التي يجب أن تخضع لها الحكومة البابويّة عقب وفاة البابا. وبالتالي فهو إنْ لم يكن مخطئاً، كان قد قرأ أنه وأثناء المرحلة الانتقالية التي تفصل في ما بين وفاة البابا القديم وانتخاب البابا الجديد، تتحوّل السلطة كاملةً، مؤقّتاً وتلقائيّاً، إلى السكرتير الخاص للبابا الراحل - أي إلى سكرتيره الخاص الذي يشرف على الخلوة الانتخابية إلى أن يقع اختيار الكرادلة على الشخص الذي سيكون البابا الجديد. "أظنّ أنه المسؤول عن السلطة والذي يمسك بزمام الأمور الآن".

"تقصد سكرتيره الخاص؟" صاح أوليفيتّي مقطّباً حاجبيْه: "كلاّ، إنه مجرّد كاهن هنا. فقد كان بمثابة اليد اليمنى للبابا الراحل".

"أجل، ولكنّه هنا. وأنتم تستجيبون لأوامره".

كتّف أوليفيتّي ذراعيْه قائلاً: "سيّد لانغدون، صحيح أن الأنظمة والقوانين الفاتيكانيّة تنصّ على أنّ السكرتير الأول للبابا الراحل هو الذي يتعيّن عليه أن يحتلّ منصب الحاكِم والمدير التنفيذي الخاص أثناء انعقاد الخلوة الانتخابية، ولكنّ هذا فقط لأنّ عدمَ أهليّته للانتخابات البابويّة تؤمّن انتخابات عادلة وغير متحيّزة، تماماً كأنّ رئيس جمهوريّتكم قد مات وقد تمّ بالتالي تعيين أحد معاونيه للجلوس مكانه لفترة موقتة في المكتب البيضاوي. في الواقع، إن السكرتير البابوي الأول شابّ، وبالتالي فإن خبرته في المسائل الأمنية والأمور المرتبطة بها لا تزال محدودة. لذا يمكنكما اعتباري المسؤول الخاص هنا".

"خذنا إليه"، قالت فيتوريا.

"هذا مستحيل. فالخلوة الانتخابية سوف تبدأ بعد أربعين دقيقة، ولا شكّ من أنه الآن في مكتب البابا يستعدّ لذلك. أنا لا أريد أن أزعجه بمسائل أمنيّة".

وفيما كانت فيتوريا تحرك فمها لكي تجيبه، قرع أحدهم الباب. ففتح

أوليفيتي، وإذا بحارس يرتدي لباساً خاصّاً واقف في الخارج يقول لــه مشــيراً إلى ساعته: "إن الوقت قد حان، يا حضرة القائد". فتحقق أوليفيتي من ســاعته وهــزّ برأسه ثمّ استدار نحو لانغدون وفيتوريا كالقاضي الذي يفكّر مليّاً بمصيرهما وقــال: "اتبعاني". فإذا به يقودهما عبر المركز الأمني خارج غرفة المراقبة باتّجــاه حجــرة صغيرة قبالة الجدار الخلفي. "هذا مكتبي". قال أوليفيتّي مشيراً لهما بأن يدخلا. لقد كانت الغرفة عاديّة جداً - مكتب يعوزه الترتيب والنظــام، خــزائن للملفــات، وكراسٍ قابلة للطيّ وبرّاد صغير. "سوف أعود بعد عشر دقائق. لذا فأنا أنصحكما بأن تستغلاّ هذا الوقت لتفكّرا بالطريقة التي تريدان اعتمادها في البحث عن العلبــة الحابسة.

ركضت إليه فيتوريا قائلةً: "لا يمكنك أن تغادر هكذا! فالعلبة الحابسة تلك".

"لا وقتَ لديّ لذلك"، قال أوليفيتي غاضباً. "ربّما يجدر بي أن أحتجزكما هنا إلى أن تنتهي الخلوة الانتخابية فأتفرّغ بالتالي لكَما".

"سيّدي"، قال الحارِس بإلحاح مشيراً من جديد إلى ساعته. "علينــا تمشــيط الكابيلاّ".

أومأ أوليفيتي برأسه وهمّ بالرحيل عندما سألته فيتوريا قائلةً: "تمشيط الكابيلاّ؟ أنتما ذاهبان الآن لتمشيط الكابيلاّ؟".

فاستدار أوليفيتّي ونظر إليها نظرةً ثاقبةً ثمّ قال: "نحن نمشّط الكابيلاّ بحثاً عــن أيّ حشرات إلكترونيّة، يا سيّدة فيترا - إنها مسألة سريّة". ثمّ أشــار إلى ســاقيْها قائلاً: "لا أتوقّع منك أن تفهمي في هكذا مسائل".

بهذه العبارة ختم أوليفيتي كلامه وأغلق الباب وراءه بعنف مرجرجاً الزجــاج الثقيل. ثمّ أخذ بحركة رشيقة مفتاحاً وأدخله في الباب وأداره في القفــل، مقفــلاً الباب عليهما.

"يا لك من أحمق!" صاحت فيتوريا: "لا يمكنك أن تحتجزنا هنا!".

بعد ذلك تمكّن لانغدون من رؤية أوليفيتي من وراء الزجــاج يقــول شــيئاً للحارس الذي أومأ بعد ذلك برأسه. وفيما كان أوليفيتي يغادر الغرفة بخطى كبيرة، استدار الحارس من جديد ووقف من الناحية الأخرى للزجاج مديراً وجهه صوبهما ومكتّفاً ذراعيْه، وحاملاً سلاحاً جنبيّاً كبيراً على وركِه.

ممتاز، فكّر لانغدون في نفسه. هذا ممتاز حقّاً.

37

راحت فيتوريا تحملق غاضبةً في الحارس السويسري الواقف عند الناحية الخارجيّة لباب أوليفيتي المَقفَل، وَإذا بهذا الأخير يحملق فيها بدوره، وقد كانت بزّته الملوَّنة تتعارض كلّيّاً وسيماءه المتجهِّمة والمنذرة بالسوء.

"يا للشماتة"، فكّرت فيتوريا في نفسها. "أنا أقع رهينة رجل مسلّحٍ يرتدي ثياب نومه؟!".

ظلّ لانغدون صامتاً، لا ينبس ببنت شفة. فأملت فيتوريا أن يكون في وضع يستخدم فيه دماغه الهارفارديّ ويفكّر بطَريقة للخرَوج من هنا. غير أنها عادت وشعرت بعد ذلك من خلال نظرته أنه كان في حالة ذعر أو اشمئزاز أكثر منه في حالة تفكير. فأسفت على كونها قد ورّطته في هكذا مأزق.

وأوّل فكرةَ خطرت على بالها أن تخرج هاتفها الخلوي وتتصل بكوهلر. غير أنها كانت تعلم أنه قد يكون من الحماقة من طرفها أن تُقدم على عمل كهذا، أوّلاً لأنّ تصرّفها هذا قد يحثّ الحارس على الدخول عليهما وسلبها هاتفها، وثانياً لأنّ كوهلِر قد يكون عاجزاً عن القيام بأيّ شيء من أجلهما، سيّما وإن كانت حالته الصحية لا تزال على ما كانت عليه عندما غادراه. وعلاوةً على ذلك كله، فقد كان أوليفيتي على ما يبدو غير مستعدّ للاستماع إلى أحد، أقلّه في الوقت الحاضر.

تذكّري! قالت لنفسها. تذكّري الحلّ لهذا الاختبار!

التذكّر كان حيلة أحد الفلاسفة البوذيّين؛ وبالتالي فإنّ فيتّوريا وعوض أن تطلب من ذهنها البحث عن الحلّ لمشكلة أو صعوبة قد يكون من المستحيل حلّها، فهي تطلب منه أن يعود بكل بساطة ويتذكّر تلك المشكلة. وبالتالي فإنّ الافتراض المسبَق بأننا قد واجهنا هذه المشكلة من قبل وسبق أن وجدنا لها حلاً يولّد لدينا المعتقد بأنه لا بدّ من أن يكون هناك حلّ لهذه المشكلة... مزيلين بالتالي مفهوم اليأس والإحباط الذي يشلّ عمليّة التفكير. وكانت فيتوريا غالباً ما تلجأ إلى هذه الطريقة لحلّ المآزق العلميّة التي تعترضها... حتى تلك التي كان معظم الناس يظنّ أن لا حلول لها.

إلاّ أنّ لجوءها إلى حيلة التذكّر تلك بات في الوقت الحاضر عقيماً. لذا راحت تزِن خياراتها... لا بل احتياجاتها. إنها بحاجة إلى إنذار أحدهم. لقد كان يتعيّن

عليها أن تجد شخصاً هنا في الفاتيكان يأخذ كلامها على محمل الجدّ. ولكن مَن تُراه يكون هذا الشخص؟ السكرتير البابويّ الأولّ؟ ولكن كيف؟ فهي محتجزة داخل صندوق زجاجيّ ذات مخرج واحد فقط.

عدّة، قالت في نفسها. العدّة متوفّرة دائماً. يتعيّن عليّ إعادة تقويم المكان الذي أنا موجودة فيه.

فأخفضت كتفيْها بعفوية، وأرخت عيْنيْها، آخذة نفساً عميقاً ثلاث مرّات. فشعرت عندئذ بتباطؤ نبضها وتلاشي عضلاتها. كانت حالة الهلع والفوضى التي تهيمن على ذهنها قد زالت. حسناً، فكّرت في نفسها قائلةً: دعي ذهنك يتحرّر كلّياً. ما هو الحلّ الإيجابي لهذا الوضع؟ ما هي الأشياء المفيدة والنافعة التي في حوزتي؟

وما أن هدأ ذهنها التحليلي وصفا حتى أصبح بمثابة قوّة تحليليّة عظيمة. وبالتالي، وما أن مرّت ثوانٍ قليلة، حتى أدركت فجأةً أنّ احتجازهما هو في الواقع المفتاح لهروبهما.

"سوف أجري اتصالاً هاتفيّاً"، قالت فجأةً.

فنظر إليها لانغدون قائلاً: "كنت على وشك أن أقترح عليك فكرة أن تتصلي بكوهلر، ولكن -".

"لن أتّصل بكوهلر، إنما بشخص آخر".

"بمَن؟".

"بالسكرتير البابويّ الخاص".

بدا لانغدون عندئذ في حالةٍ من الضياع التامّ. "سوف تتصلين بالسكرتير البابويّ الأول؟ ولكن كيف؟".

فأجابته فيتوريا قائلةً: "الأمر بسيط. فقد قال أوليفيتي لتوّه إنه موجود الآن في مكتب البابا".

"حسناً. وهل تعلمين رقمَ البابا الخاصّ؟".

"كلاّ. ولكني لن أجري هذا الاتصال من هاتفي الشخصي". قالت ذلك مشيرةً إلى جهاز هاتفي عالي التقنيّة كان على مكتب أوليفيتّي. لقد كان هذا الأخير مزوّداً بأزرار خاصة بالاتصالات السريعة. "لا بدّ من أي يكون هناك خطّ مباشر يربط ما بين مكتب القائد الأعلى للقوات الأمنية ومكتب البابا".

"ولديه أيضاً رافع للأثقال وبندقيّة على مسافة ستّة أقدام من هنا".

"وعلاوةً على ذلك، نحن محتجزان هنا في هذه الغرفة".

"أنا في الواقع على علمٍ بذلك".

"كلاّ. أنا أقصد أنّ الحارس هو أيضاً محتجَز في الخارج. فهذا مكتب أوليفيتي الخاصّ وأشكّ بالتالي أن يكون مع غيره مفتاح آخر".

نظر لانغدون إلى الحارس الواقف في الخارج وقال: "إنّ هذا الزجاج رقيق جدّاً كما وأنّ هذه البندقيّة كبيرة جداً".

"وما الذي قد يفعله بي، أتظنّه قد يقدِم على رميي بالرصاص لاستخدامي الهاتف؟".

"مَن يدري! فهذا المكان غريب جداً وتجري الأمور هنا بطريقة -".

"إمّا أن نقوم بذلك"، قالت فيتوريا "وإما أن نمضي الساعات الخمسة والدقائق الثماني والأربعين التالية محتجزيْن في سجن الفاتيكان. فنحن على الأقلّ بهذه الطريقة قد نحظى بمقعديْن في الصف الأمامي في حال انفجرت المادّة المضادة".

شحب لون لانغدون فجأة: "غير أن الحارس سوف يقوم باستدعاء أوليفيتّي في اللحظة التي سوف ترفعين فيها السمّاعة. وعلاوةً على ذلك، يشتمل الجهاز الهاتفي هذا على عشرين زرّ، ولا أرى للصراحة أي علامة فارقة أو اختلاف بين الواحد والآخر. لذا سوف تضطرين إلى تجربتها كلها، وآمل بالتالي أن تكوني محظوظة".

"كلاّ"، قالت وهي تتّجه بخطى واسعة نحو الهاتف. "سوف أضغط على زرٍّ واحد فقط".

رفعت فيتوريا السماعة وضغطت على الزرّ العلوي. "الزرّ رقم واحد. أراهن على إحدى تلك الدولارات الأميركية التابعة للطبقة المستنيرة والموجودة في جيبك أن هذا هو الزرّ الذي سيصلنا بمكتب البابا، إذ ما من شيء آخر قد يكون أهمّ من البابا بالنسبة إلى قائد الحرس السويسري؟".

لم تتسنَّ الفرصة للانغدون لكي يجيبها، إذ أنّ الحارس كان قد بدأ يدقّ من الخارج بعقب بندقيّته على الزجاج مشيراً إلى فيتّوريا بأن تقفل السمّاعة.

غير أنها لم تكترث له و لم تعطِه أيّ أهميّة، الأمر الذي جعله يستشيط غيظاً.

فابتعد لانغدون عن الباب واستدار نحو فيتوريا "أرجو أن تكوني قد ضغطتِ

149

على الرقم الصحيح، لأن هذا الرجل لا يبدو مسروراً على الإطلاق!".

"تبّاً!" قالت وهي تصغي في السماعة. "لقد أجابتني آلة التسجيل".

"آلة التسجيل؟ سأل لانغدون مستغرباً. "لدى البابا آلة مسجِّلة؟".

"لم يكن هذا مكتب البابا"، قالت فيتوريا مقفلةً السمّاعة.

"لقد كانت هذه قائمة الطعام الأسبوعيّة اللعينة لمطعم الفاتيكان".

وجّه لانغدون ابتسامة صغيرة إلى الحارس الذي كان لا يزال في الخارج والذي كان الآن يحملق فيهما عبر الزجاج بغضب وهو يتحدّث إلى أوليفيتّي عبر جهازه اللاسلكيّ.

38

إنّ السنترال الخاص بالفاتيكان موجود في المكتب الرئيس لشبكة الاتصالات الهاتفيّة خلف مكتب البريد الفاتيكاني، وهو كناية عن غرفة صغيرة نسبياً، يحتوي على لوحة مفاتيح لثمانية خطوط من طراز Corelco 141. ويتلقى هذا المكتب ما يفوق الألفيْ اتصال يوميّاً، يتحوّل معظمها أوتوماتيكيّاً إلى نظام تسجيل المعلومات.

والليلة، كان العامل الوحيد الذي في الخدمة جالساً بهدوء يرتشف فنجاناً من الشاي بالقهوة. لقد كان في الواقع يشعر بالفخر والاعتزاز كونه الوحيد الذي سُمح له الليلة من بين حفنة من الموظّفين بالبقاء داخل مدينة الفاتيكان. ولكن لا شكّ في أنّ اعتزازه هذا كان ينغّصه عليه الحراس السويسريّون الذين كانوا يحومون في الخارج أمام بابه. هل سيرافقني الحارس إلى الحمّام أيضاً؟ فكّر عامل السنترال في نفسه. تبّاً لكلّ هذا الإذلال الذي نتعرّض له باسم الخلوة الانتخابية المقدسة.

ولكن لحسن الحظّ أن الاتصالات الهاتفية كانت خفيفة الليلة، أو ربّما لسوء الحظّ أنها كذلك، فكّر العامل في نفسه. بدا له الاهتمام العالمي بالأحداث الفاتيكانيّة وكأنه قد تضاءل في السنوات الأخيرة. فقد تضاءل مثلاً عدد الاتصالات الصحافيّة، وكذلك الأمر أيضاً بالنسبة إلى الاتصالات الجنونيّة والشديدة الحماسة. كان المركز الصحافي قد أمل بأن يكون حدث الليلة أكثر بهجة واحتفاءً، وأن يثير بالتالي ضجّةً عالميّةً كبرى، ولكن ومع الأسف الشديد، صحيح

أن ساحة القديس بطرس تعجّ بالشاحنات الصحافية، غير أنّ معظم تلك العربات كان ينتمي إما إلى الصحافة الإيطالية وإمّا إلى الصحافة الأوروبية، ومعدودة بالتالي العربات التي تنتمي إلى الشبكات الصحافيّة ذات التغطية العالميّة... التي لا شكّ في أنها قد أرسلت مندوبيها الثانويّين لتغطية هذا الحدث.

أمسك العامل فنجانه متسائلاً كم قد ستطول السهرة. ربّما حتى منتصف الليل على الأرجح، راح يفكّر بينه وبين نفسه. وفي أيامنا هذه، بات معظم المقيمين في الفاتيكان يعلمون مسبقاً مَن هو المُرشَّح الذي سوف يحتلّ على الأرجح منصب البابا الجديد، وذلك حتى قبل انعقاد الخلوة الانتخابية، وبالتالي فقد أصبح من الممكن الآن اعتبار هذه الخلوة طقساً شعائريّاً يدوم فترة تتراوح بين الثلاث والأربع ساعات أكثر منه خلوةً انتخابيّة فعليّة. ويمكن بالطبع للخلافات والشّقاقات التي قد تنشأ بين الصفوف في الآونة الأخيرة أن تُطيل الاحتفال حتى ساعات الصباح الأولى... أو أكثر أحياناً. فخلوة العام 1831 مثلاً قد دامت أربعةً وخمسين يوماً. "آمل ألاّ يتكرّر هذا الليلة أيضاً"، قال ذلك في نفسه؛ فقد كانت هناك في الواقع شائعات حول هذه الخلوة تقول إنها سوف تكون عديمة المعنى والإفادة.

وسرعان ما تبخّرت أفكار عامل السنترال في الهواء مع طنين إحدى الخطوط الداخليّة على لوحة مفاتيحه. فنظر إلى الضوء الأحمر المومض وحكّ رأسه. "غريب"، فكّر في نفسه. "الخطّ رقم صفر. مَن من الداخل قد يتّصل الليلة باستعلامات السنترال؟ مَن تُراه لا يزال في الداخل أصلاً؟".

"مدينة الفاتيكان، نعم؟" قال رافعاً السمّاعة. لقد كان الشخص الذي على الطرف الثاني من السمّاعة يتكلّم بلغة إيطاليّة سريعة. فلم يتعرّف عامل السنترال إلى صوته، ولكنّه شكّ باللهجة، إذ أنها قريبة من لهجة الحرّاس السويسريين الذين يتميّزون بلغتهم الإيطالية الطليقة التي تشوبها لهجة فرنسيّة سويسريّة. غير أنّ المتّصل هذا لم يكن حتماً من الحرّاس السويسريّين.

ولدى سماعه صوت المرأة، وقف عامل الهاتف فجأة وقد كان على وشك أن يدلق الشاي على ثيابه، ثمّ عاد بعد ذلك وألقى نظرةً سريعةً على الخطّ المومض أمامه. فهو لم يكن مخطئاً. إنه خطّ داخليّ. "لا بدّ من أن يكون هناك خطئ ما!" فكّر العامل: "امرأة داخل حرم مدينة الفاتيكان؟ والليلة؟!".

كانت المرأة تتكلّم بسرعة وغضب، وكانت لدى عامل الهاتف خبرة كبيرة

151

تؤهله ليكون قادراً على معرفة إن كان الشخص الذي يتحدّث إليه معتوهاً أم في كامل قواه العقليّة. لم تبدُ له المرأة مجنونةً. صحيح أنها كانت لجوجةً وكثيرة الإلحاح، إلاّ أنها كانت تتكلّم بوعي تامّ، تتحلّى بالهدوء والرزانة. فراح يستمع إلى طلبها مذهولاً.

"السكرتير البابويّ الخاص؟" قال عامِل الهاتف وهو يحاول أن يتبيّن مصدر هذا الاتصال."ربّما لا يمكنني أن أحوّلك... أجل، أنا أعلم أنه في مكتب البابا ولكن... مَن أنتِ مجدّداً؟... وتريدين أن تنذريه بـ..." كان يصغي إليها فيما كان التوتّر يستحوذ على أعصابه أكثر فأكثر ثمّ قال: "الجميع هنا في خطر؟ كيف؟ ومن أين تتصلين الآن؟ ربّما يجدر بي أن أتصل بالحرس..." ثمّ توقّف عامِل الهاتف فجأةً عن الكلام. "أينَ تقولين أنت؟ أين؟".

راح يصغي إليها مصدوماً وإذا به يتّخذ فجأةً قراراً. "ابقي معي للحظة، من فضلك"، قال ذلك جاعلاً على التوّ المرأة في حالة انتظار قبل أن تتمكّن حتى من الإجابة، ومتّصلاً بالتالي بالخطّ المباشر التابع لمكتب القائد أوليفيتّي. "مستحيل أن تكون تلك المرأة حقّاً -.

فإذا بالسمّاعة تُرفع على الفور وإذا بصوت المرأة نفسه يصيح في وجهه قائلاً"، صلني به على الفور، حبّاً بالله!".

فُتح باب المركز الأمني التابع للحرس السويسري، فتفرّق الحرّاس مُفسحين الطريق أمام القائد أوليفيتّي الذي دخل الغرفة كالصاروخ. وفيما كان هذا الأخير يلفّ الزاوية ليدخل إلى مكتبه، تحقّق من صحّة ما كان الحارس قد قاله له للتوّ على الجهاز اللاّسلكيّ؛ فقد كانت بالفعل فيتوريا فيترا واقفةً أمام مكتبه تتكلّم على هاتفه الخاص.

اتّجه مسرعاً، ولونه قد شحب، نحو الباب، وأدار المفتاح في القفل، دافعاً الباب بعنف قائلاً: "ما الذي تفعلينه هنا!".

تابعتْ فيتوريا حديثها على الهاتف متجاهلةً إيّاه كليّاً قائلةً: "أجل، ويتعيّن عليّ أن أحذّرك...".

خطف أوليفيتّي السمّاعة من يدها ووضعها على أذنه قائلاً: "مَن الذي على الهاتف، بحقّ الله!

وبالتالي، وفي أقلّ من لحظة، بدا أوليفيتي مترهّل الوقفة وقال: "أجل، يا

152

حضرة السكرتير البابوي الخاص... هذا صحيح سيّدي... غير أنّ المسائل الأمنيّة تتطلّب... بالطبع لا... لقد قمت باحتجازها هنا لكي... بالتأكيد، ولكن..." ظلّ بعد ذلك يصغي إليه إلى أن قال أخيراً: "حاضر سيّدي، سوف آتيك بهما على الفور".

39

كان البلاط الرسوليّ عبارةً عن مجموعة مبان واقعة بالقرب من الكابيلا السِّستينيّة في الزاوية الشمالية الشرقية لمدينة الفاتيكان، يُطِلّ على ساحة القديس بطرس، ويضمّ الغرف البابويّة والمكتب البابويّ.

بصمت، تبع فيتوريا ولانغدون القائد أوليفيتي الذي قادهما عبر رواق رَكوكيّ التزيين طويل، وعضلات عنقه تنبض بغضب. وبعد تسلّقهم ثلاث مجموعات من السلالم، دخلوا رواقاً شاسعاً يتميّز بإنارته الخفيفة.

كان لانغدون عاجزاً عن تصديق الذوق الرفيع الذي يطغى على زينة الجدران الفنيّة - تماثيل نصفيّة منحوتة وأصليّة، وتطريزات وإفريزات - أعمال تساوي مئات آلاف الدولارات. وعند ثلثيْ الرواق، مروا بنافورة مرْمريّة، قبل أن يستدير أوليفيتّي يساراً داخلاً إحدى الممرّات المعزولة ومتّجهاً بخطىً واسعة نحو واحد من أكبر الأبواب التي شاهدها لانغدون إلى الآن.

"ها هو المكتب البابويّ"، قال القائد عابساً في وجه فيتوريا التي لم تعطِه أيّ أهميّة، إنما على العكس تجاهلته وقرعت بقوّة على الباب.

"مكتب البابا"، فكّر لانغدون في نفسه، وكان يجد صعوبةً في استيعاب فكرة أنه واقف الآن أمام إحدى أكثر الغرف الدينيّة الدنيويّة قداسةً.

"تفضّلْ!" صاح أحدهم من الداخل.

عندما فُتح الباب، اضطر لانغدون إلى حجب نظره. لقد كانت أشعّة الشمس باهرةً. بعدها، راحت الصورة أمامه تتّضح له شيئاً فشيئاً.

كان مكتب البابا أشبه بقاعة رقص أكثر منه بمكتب، فالأرضيّات الرخاميّة الحمراء تمتدّ أمامه في الجهات كافّة وصولاً إلى جدران مزيّنة بلوحات جصّيّة مشرقة ومفعمة بالحيويّة. أما في السقف، فقد كانت ثريّا ضخمة تتدلّى فوق رؤوسهم،

153

وخلفها صفّ من النوافذ المقنطرة يطل على منظرٍ خلاّب لساحة القديس بطرس المنقوعة في الشمس.

"يا إلهي"، فكّر لانغدون في نفسه. "هذه غرفة تطلّ فعلاً على منظر خلاّب".

وفي آخر الغرفة، كان رجل جالساً بغضب أمام مكتب منحوت. "تفضّلوا"، صاح مجدّداً واضعاً قلمه من يده ومشيراً لهم بأن يدخلوا. فدخل أوليفيتّي أمامهما بمشية عسكريّة وقال معتذراً: "سيّدي، أنا لم -".

غير أنّ الرجل قاطعه ووقف يتفحّص زائريْه.

لم يكن السكرتير البابوي الخاص، مثلما تصوّره لانغدون، رجلاً ضعيفاً وعجوزاً يطوف في الفاتيكان بوجهه البشوش. فهو لم يكن واضعاً أي مسابح أو قلادات، كما وأنه لم يكن مرتدياً رداءً فخماً، إنما كان يرتدي على العكس رداء بَسيطاً أسود بدا وكأنه يزيده ضخامةً وقوّة، في أواخر الثلاثينات من عمره، بالفعل كان ولداً بالنسبة إلى المعايير الفاتيكانيّة. وعلاوةً على ذلك، فقد كان رجلاً وسيماً ومدهش الجمال بشعره البني الملتفّ والخشن وعينيْه الخضراويْن المشعّتيْن وكأنهما تتّقدان بأسرار الكون وألغازه. وعلاوةً على ذلك، وفيما كان لانغدون يقترب من الرجل أكثر فأكثر، رأى في عينيه إرهاقاً ما بعده إرهاق - تماماً كالروح التي كانت قد عانت الأمرّيْن ومرّت بالأيام الخمسة عشر الأصعب في حياتها.

"أنا كارلو فنتريسا"، قال بالإنكليزية ممتازة. "وأنا السكرتير الخاص للبابا الراحل، رحمه الله". كان صوته لطيفاً وخالياً من أيّ ادّعاء، إنما كان يتميّز بلهجة إيطاليّة طفيفة.

"وأنا فيتوريا فيترا"، قالت متقدّمةً نحوه ومادّةً له يدها. "شكراً لمقابلتك إيانا".

انتفض أوليفيتي لدى رؤيته السكرتير البابويّ الخاص يسلّم على فيتوريا باليد.

"وأقدّم لك السيّد روبرت لانغدون"، قالت فيتوريا: "إنه بروفسور في التاريخ الديني في جامعة هارفارد".

"أبتِ"، قال لانغدون بلهجته الإيطالية الممتازة ثمّ حنى رأسه مادّاً له يده ليسلّم عليه.

"لا، لا"، قال السكرتير البابويّ بإلحاح، رافضاً أن يقبّل له لانغدون يده. "إن مكتب قداسته لا يجعل منّي رجلاً مقدّساً. أنا لست سوى كاهن - معاونِ البابا أخدمه عند الحاجة".

فرفع لانغدون رأسه.

"تفضّلوا بالجلوس، من فضلكم". قال السكرتير البابوي وهو يقرّب بعض الكراسي من مكتبه، فجلسا، في حين فضّل أوليفيتّي أن يبقى واقفاً على ما يبدو.

فجلس السكرتير البابويّ الأول أمام المكتب وكتّف ذراعيْه متنهّداً ثمّ ناظِراً إلى ضيوفه.

"سيّدي"، قال أوليفيتّي: "أنا آسف بالنسبة إلى ملابس تلك المرأة. فأنا مَن -".

"ليست ملابسها هي التي تقلقني"، أجابه السكرتير البابوي الأول بصوت مرهقٍ غير قادر على تحمل أيّ ازعاج. "إنما ما يقلقني فعلاً هو عندما يتصل بي عاملُ الهاتف من سنترال الفاتيكان قبل نصف ساعة من بدئي بالخلوة الانتخابية ليقول لي إنّ امرأة تتصل من مكتبك الخاص لتنذرني بخطر أمنيّ فظيع لم يطلعني أحد عليه من قبل. هذا ما يقلقني".

وقف أوليفيتّي بصرامة مقوِّساً ظهره كالجندي الذي يخضع لمراقبة مكثّفة.

بدا لانغدون مسحوراً بوجود السكرتير الأول.

بدا هذا الكاهن بشبابه وإرهاقه أشبه ببطل أسطوريّ - يشعّ شعبيّة ونفوذاً.

"سيّدي"، عاد أوليفيتّي وقال بلهجة اعتذار لا خضوع. "يجدر بك ألاّ تقلق وتزعج نفسك بالمسائل الأمنيّة. فأنت لديك مسؤوليّات أخرى".

"أنا أدرك جيّداً ما هي مسؤوليّاتي، كما وأني أعلم جيّداً أيضاً أني، كوني المدير الموقت للفاتيكان في هذه المرحلة الانتقاليّة، فأنا بالتالي المسؤول الخاص عن سلامة الجميع في هذه الخلوة. فما الذي يجري هنا إذاً؟".

"أنا أسيطر على الوضع كل السيطرة".

"لا يبدو الأمر كذلك".

"أبت"، قاطعه لانغدون عندئذ مخرجاً صورة الفاكس المتغضّن من سترته ومادّاً إياه إلى المعَاون البابوي الأول. "تفضّل".

همّ القائد أوليفيتّي بخطوة إلى الأمام، محاولاً التدخّل بالقول: "من فضلك أبتِ، لا تعكّر صفوَ أفكارك بـ-".

غير أن السكرتير البابويّ أخذ صورة الفاكس، متجاهلاً أوليفيتّي، ونظرَ إلى صورة ليوناردو فيترا المقتول ثمّ شهق مسعوراً. "ما هذا؟".

"هذا والدي"، قالت فيتوريا بصوتٍ مرتجفٍ. "لقد كان رجل دين وعلـم في آنٍ معاً. لقد قُتل ليلة أمس".

رقّ وجه السكرتير البابوي للحظة ونظر إليها قائلاً: "أنا فعلاً آسـف، يـا طفلتي العزيزة". ثم صلّب يده على وجهه وراح ينظر من جديد إلى الصورة بعينيْن تجيشان بغضاً واشمئزازاً. "ولكن مَن تُراه قد... وهذا الحرق علـى..." ثمّ توقّـف السكرتير البابوي محدِّقاً بالصورة عن كثب.

"لقد وُسم جسم المغدور بكلمة Illuminati، أو الطبقة المسـتنيرة"، قـال لانغدون: "لا شكّ في أنك قد سمعت من قبل بهذا الاسم".

بدا السكرتير البابوي الأول مستغرِباً، إذ قال: "سبق لي أن سمعت بهذا الاسم، أجل، ولكن...".

"لقد أقدمت الطبقة المستنيرة على قتل ليوناردو فيترا لكي تتمكّن بالتالي مـن سرقة تكنولوجيا جديدة كان –".

"سيّدي"، قال أوليفيتي معترضاً. "هذا أمر سخيف ومنافٍ للعقـل. الطبقـة المستنيرة؟ لا شكّ في أنّ أحدهم قد دبّر هذه الخدعة الشنيعة".

بدا السكرتير البابوي وكأنه يفكّر مليّاً بكلمات أوليفيتي، ثم اسـتدار نحـو لانغدون يتأمله بطريقة قطعت أنفاسه. "سيّد لانغدون، لقد أمضـيت حيـاتي في الكنيسة الكاثوليكيّة، وأنا ملمّ جيّداً بمعتقدات هذه الجمعيّة... كمـا وبأسـطورة الوسومات. إنما يجب أن أحذّرك أنني رجل من الحاضر. وعلاوةً على ذلك، فـإن المسيحيّة لديها ما يكفي من أعداء، ولسنا بالتالي بحاجة إلى أن نعيد إحياء الموتى".

"غير أنّ الرمز حقيقيّ وأصيل"، قال لانغدون بنبرة دفاعيّة مبالغ فيها بعـض الشيء، ثم اقترب من السكرتير البابوي وأدار له الصورة رأساً على عقب.

فإذا به يصمت عندما يرى اتّساق الوسم.

"حتّى أحدث الكومبيوترات"، أضاف لانغدون: "قد عجزت عن تزوير هذه الكلمة باتّساق تام".

كتّف السكرتير البابوي يديْه وبصمت، ثمّ قال أخيراً: "إن الطبقة المستنيرة قد زالت منذ زمن بعيد. فهي قد أصبحت الآن من الماضي".

أومأ لانغدون برأسه قائلاً: "لو أنك كنت قد قلت لي هذا الكلام بـالأمس لكنت قد وافقتك الرأي".

"بالأمس؟".

"أجل، أقصد قبل سلسلة أحداث اليوم. في الواقع، أنا واثق اليــوم مــن أن الطبقة المستنيرة قد عادت لتحقّق ميثاقاً قديماً لها".

"أعذرني، ولكن معلوماتي في التاريخ ضعيفة. فما هو هذا الميثاق القديم؟".

أخذ لانغدون نفساً عميقاً وقال: "تدمير مدينة الفاتيكان".

"تدمير مدينة الفاتيكان؟" بدا عندها السكرتير البابوي مشوّشاً أكثــر منـــه مرعوباً: "ولكنّ القيام بعمل كهذا قد يكون مستحيلاً".

هزّت فيتوريا رأسها قائلةً: "أنا متأسّفة، إنما لدينا المزيد من الأخبار السيّئة".

40

"أهذا صحيح؟" سأل السكرتير البابويّ مذهولاً ومحوِّلاً نظره من فيتوريـــا إلى أوليفيتي.

"سيّدي"، قال أوليفيتّي مؤكّداً،"سوف أعترف لك بأنّ لدينا جهازاً لا أدري للصراحة ما هو، ولكنّه ظاهر على إحدى كاميرات المراقبة. أمــا في مــا يتعلّــق بادّعاءات السيّدة فيترا في ما يختصّ بقوّة هذه المادّة، فأنا لا يمكنني أن –".

"انتظر لحظةً"، قال السكرتير البابويّ الخاص. "هل هذا الشيء الذي تتحدّث عنه ظاهر بوضوح؟".

"أجل سيّدي. على الكاميرا اللاسلكيّة رقم 86".

"ولَم لم تقم إذن بتحديد موقعه؟" وقد بدا صوت السكرتير الأول غاضباً الآن.

"هذا أمر في غاية الصعوبة، سيّدي". وقد كان أوليفيتي لا يزال واقفاً وقفــة مستقيمة وهو يشرح الوضع.

راح السكرتير البابويّ الأول يصغي إليه، وقد شعرت فيتوريا بازدياد قلقه، إذ سأله قائلاً: "هل أنت متأكّد من وجود هذا الشيء داخل مدينة الفاتيكان؟ إذ يمكن أن يكون أحدهم قد سرق الكاميرا وهرب بها خارج المدينة، وقد تكــون بالتــالي تبثّ صورها تلك من مكان آخر".

"هذا مستحيل"، قال أوليفيتّي. "فجدراننا الخارجيّة مزوّدة بأجهزة إلكترونيّة واقية، وذلك بهدف حماية وسائل اتصالنا الداخليّة. وبالتالي، فلا يمكن لهذه الإشارة

أن تكون صادرة إلاّ من داخل مدينة الفاتيكان، وإلاّ لما كنّا قادرين على تلقّيها".

أجابه السكرتير البابوي: "وأفهم إذن من كلامك هذا أنك الآن بصدد البحث عن الكاميرا المفقودة بالوسائل الممكنة والمتوفّرة لديك كافة؟".

هزّ أوليفيتّي رأسه قائلاً: "كلاّ سيّدي. في الواقع، إنّ تحديد موقع هذه الكاميرا قد يتطلّب مئات الرجال وساعات طويلة من البحث والتنقيب، في الوقت الذي لدينا فيه الآن مسؤوليّات أمنيّة أخرى؛ وأنا أكنّ للسيّدة فيترا فائق الاحترام، إلاّ أنّ هذه القطرة التي تتحدّث عنها بالغة الصّغر، ولا يمكنها بالتالي أن تكون متفجِّرةً بقدر ما هي تدّعي".

نفد صبر فيتوريا فقالت: "إن هذه القطرة كافية لسحق مدينة الفاتيكان بكاملها! يبدو أنك لم تصدّق شيئاً ممّا سبق وقلته لك".

"سيّدتي"، قال أوليفيتّي بصوت صلب كالفولاذ: "لديّ خبرة واسعة في مجال المتفجِّرات".

"خبرتك هذه قديمة الطراز". أجابته غاضبة: "فأنا وعلى الرغم من ملابسي هذه التي لا تعجبك والتي أعلم أنك تظنّها مزعجة ومثيرة للمشاكل، إلا أنني عالمة فيزيائيّة عالية المَقام في المركز العلمي دون الذرّي الأكثر تقدّماً في العالَم. فأنا شخصيّاً قمت بتصميم العلبة الحابسة للمادة المضادة، تلك العلبة التي تحول حالياً دون انفجار هذه العيّنة، وأنا أحذّرك أنك إن لم تعثر على هذه العلبة الصغيرة الحابسة في غضون الساعات الستّ التالية فلن يبقى شيء لدى حرّاسك يحرسونه في القرن التالي سوى حفرة كبيرة في الأرض".

عندها اقترب أوليفيتّي من السكرتير البابويّ الأول مسرعاً وعيناه تشعّان غضباً ثمّ قال: "سيدي، لا يمكنني أن أسمح لهذيْن الشخصيْن أن يتماديا معك أكثر من ذلك؛ فهما يضيّعان لك وقتك بمزاحهم وترّهاتهم تلك. فهُما تارةً يتحدّثان عن الطبقة المستنيرة وطوراً عن قطرةٍ سوف تطيح بنا جميعاً. ما هذه السخافات كلّها؟

"توقّف"، قال السكرتير البابوي الأول، وهو وعلى الرغم من تفوّهه بهذه الكلمة بهدوء، إلاّ أنه بدا وكأنّ صداها يتردّد في الغرفة. فكان بعد ذلك صمت طويل، استطرد بعده هذا الأخير حديثه بالهمس. "سواء أكانت المسألة خطيرةً أم غير خطيرة، وسواء أكانت متعلّقة بالطبقة المستنيرة أم لا، فلا يمكن لهذا الشيء أيّاً كان أن يكّون داخل مدينة الفاتيكان... أقلّه ليس عشيّة الخلوة الانتخابيّة. أريدكم

158

أن تعثروا عليه وتزيلوه على الفور".

غير أن أوليفيتّي ظلّ مصرّاً على وجهة نظره: "سيّدي، حتى ولو استخدمنا الحرّاس جميعهم لتفتيش المجمّع، فقد يستغرق البحث أيّاماً طويلة قبل أن نعثر على الكاميرا. وعلاوةً على ذلك، فأنا وبعد حديثي مع السيّدة فيترا، طلبت من أحد حرّاسي أن يراجع إحدى أحدث المعاجم البالستية المتوفّرة لدينا، سعياً وراء أيّ إشارة لمادّة تُعرف بالمادّة المضادة، إلا أني لم أَعثر في الواقع على أيّ ذكر لشيء من هذا القبيل. لا شيء".

"يا له من إنسان مغرور حقّاً"، فكّرت فيتوريا في نفسها. معجم المصطلحات البالستيّة؟ هل بحثت في إحدى الموسوعات العلميّة؟ تحت الحرف الأبجدي "م!".

غير أنّ أوليفيتّي لم ينته بعد من الكلام، وتابع قائلاً: "إن كنت سيّدي تقترح عليّ القيام بتفتيش مدينة الفاتيكان بكاملها بالعين المجرّدة، فقد اضطر إلى رفض اقتراحك هذا".

فأجابه السكرتير البابويّ الأول بصوت يجيش غضباً وقال: "أيجدر بي يا حضرة القائد أن أذكّرك بأنك عندما تخاطبني فكأنك تخاطب البابا نفسه؟ أظنّك لا تعير منصبي أيّ أهميّة أو احترام – ولكن وعلى الرغم من ذلك، فأنا أبقى بموجب القانون المسؤول الأول هنا. فأنا إن لم أكن مخطئاً أظنّ أنّ الكرادلة موجودون حاليّاً بأمان داخل الكابيلاّ السِّستينيّة، وليس لديك بالتالي الآن أيّ مسؤوليّات أمنيّة تُذكر حتى تنتهي الخلوة الانتخابية. أنا لا أفهم لَمَ أنتَ متردِّد في البحث عن هذا الجهاز. فأنا لو لم أكن على علم بما يجري هنا، لكان بدا لي وكأنّك تعرّض هذه الخلوة الانتخابيّة لخطر متعمَّد".

فرد أوليفيتّي بتهكّم وازدراء: "كيف تجرؤ على مخاطبتي بهذه الطريقة! فأنا قد خدمت البابا لمدة اثنَيْ عشر عاماً! والبابا الذي كان قبله لمدة أربعة عشر عاماً! لقد كان الحرس السويسري ومنذ العام 1438 –".

وإذا بأحدهم ينادي فجأةً أوليفيتّي على جهازه اللاسلكيّ الذي كان يضعه على حزامه بصوت عال وحادّ مقاطعاً إيّاه وقائلاً: "حضرة القائد؟".

انتزع أوليفيتّي الجهاز ثمّ ضغط على جهاز الإرسال قائلاً: "أنا مشغول الآن! ماذا تريد!".

"المعذرة سيّدي"، أجابه الحرس السويسري على الطرف الثاني من الراديو.

"معك مركز الاتصالات. ظننت أنّه من واجبي إطلاعك على أمر مهم، وهو أننا تلقّينا تهديداً بوجود ثمّة قنبلة مفخّخة داخل مدينة الفاتيكان".

أجابه أوليفيتي بلا مبالاة: "حسناً، اهتمّ بالأمر! قمْ بالتدابير الأمنيّة المعتادة، وقدّم إلي تقريراً مفصّلاً بذلك".

"لقد فعلت سيّدي، غير أن المتّصل..." وهنا توقّف الحرس للحظة ثم استطرد كلامه قائلاً: أنا لا أريد ازعاجك، يا حضرة القائد، إلا أنه ذكر المادّة التي كنت قد طلبت منّي للتوّ أن أبحث لك عنها في المعجم. "المادة المضادّة".

راح الجميع في الغرفة يتبادل نظرات ملؤها الذهول والانصعاق.

"ما هي الكلمة التي ذكرها؟" سأل أوليفيتّي متمتماً.

"المادة المضادة، سيّدي. فأنا، وفيما كان الحرّاس يحاولون تعقّب أثر هذه القنبلة المتفجِّرة، قمت ببعض الأبحاث الإضافية حول تلك المادّة التي كان يزعم أنها موجودة عندنا، وقد بدت لي للصراحة المعلومات حول المادة المضادة جدّ مقلقة".

"ولكنّك على ما أظن قد قلت لي إنك لم تعثر على هذه الكلمة في معجم المصطلحات البالستيّة".

"أجل سيّدي، ولكني عثرت عليها على الإنترنت".

"هلّلويا"، فكّرت فيتّوريا في نفسها.

ثم تابع الحارس كلامه: "تبدو هذه المادة جدّ متفجِّرة. فقد يكون في الواقع من الصعب تصديق المعلومات الواردة حول هذه المادّة، إلا أنها تقول إنّ الباوند الواحد من المادة المضادة يشتمل على شحنة متفجِّرة تفوق بمئات المرات تلك الموجودة في رأس الطربيد النووي".

فجأة، سقط أوليفيتي أرضاً، وقد كان الأمر أشبه برؤية جبل يتداعى بكامله أمام ناظريْك. أما شعور فيتوريا بالنصر فسرعان ما محته هيئة الرعب والهول التي كانت على وجه السكرتير البابوي الأول.

"هل تعقّبتم مصدر الاتصال؟" سأل أوليفيتي متمتماً.

"لم يحالفنا الحظّ في ذلك. فهو قد اتّصل بنا على ما يبدو من هاتف خلويّ ولم يظهر رقمه عندنا. وعلاوةً على ذلك، فإن الخطوط الهاتفيّة متداخلة، وبالتالي فإنّ عمليّة التثليث معطّلة. إنّما يشير في الواقع التواتر المتوسّط أنه قد اتصل بنا من داخل مدينة روما، إلا أنه من المستحيل حقّاً تعقّب أثر هذا الاتصال".

"وهل كانت لديه أيّ مطالب؟" سأل أوليفيتّي بصوت هادئ.

"كلاّ، سيّدي. لقد حذّرنا فقط من وجود المادّة المضادة مخبّأةً في مكان ما داخل المجمّع، وقد بدا متفاجئاً من كوني لست على علم بذلك. وقد سألني إن كنّا قد عثرنا عليها. وبما أنك كنت قد سألتني عن المادة المضادة، لذا قرّرت أن أعلمك بالأمر".

"حسناً فعلت"، قال أوليفيتي: "دقيقة وأكون تحت. أعلِمني على الفور إن عاود الاتصال بك".

سكت الحارس للحظة ثمّ قال: "إنه لا يزال الآن معي على الخطّ، سيّدي".

بدا أوليفيتي وكأنه قد تلقّى صدمة كهربائيّة مميتة وقال: "ألا يزال الخطّ مفتوحاً؟".

"أجل سيّدي. فنحن نحاول تعقّب مصدر الاتصال منذ عشر دقائق، إنما من دون جدوى. فهو لا بدّ من أنه يعلم أننا لن نتمكّن من تعقّب مكانه، إذ أنه يرفض إقفال الخطّ قبل أن يتحدّث إلى السكرتير البابوي الأول.

"صلني به حالاً!"، أمر هذا الأخير قائلاً.

ركض إليه أوليفيتّي: "لا، أبت. أظنّ أنّه قد يكون من المستحسن لو يقوم بذلك حارس سويسريّ مدرَّب على مسائل المفاوضات.

"قلتُ حالاً!".

فأمر أوليفيتي الحارس بأن يصل المتّصل بالسكرتير البابوي الخاص.

ولم تمرّ لحظة على ذلك، حتى راح الهاتف على مكتب السكرتير البابوي الخاص يرنّ. وإذا بهذا الأخير يضغط على زرّ المِجهار قائلاً: "مَن تظنّ نفسك بحقّ الله؟".

41

كان الصوت المنبعث من مجهار هاتف السكرتير البابويّ الخاص رنّاناً وبارداً وممزوجاً بشيء من التكبّر والعجرفة، وكان جميع مَن في الغرفة آذاناً صاغية.

حاول لانغدون أن يميّز لهجة المتكلّم، وظنّ أنها ربّما تكون شرق أوسطيّة.

"أنا أكلّمك باسم إحدى الأخويّات القديمة"، قال الصوت بنغمة غريبة. "أخويّةً قد أخطأتم بحقّها لقرون عديدة. أكلّمك الطبقة المستنيرة".

شعر لانغدون بانكماش، إذ أنّ عبارته الأخيرة تلك كانت قد حوّلت آخر ذرّات الشك عنده يقيناً. فقد شعر للحظة بمزيجٍ من الرعشة والامتياز والخوف المميت، شعور سبق أن خالجه هذا الصباح لدى رؤيته وسم الطبقة المستنيرة.

"ما الذي تريده؟" سأل السكرتير البابوي الخاص.

"أنا أمثّل رجال العلم. رجال يبحثون مثلكم عن الأجوبة. أجوبةً حول مصير الإنسان وهدفه وخالقه".

"أيّاً كنت"، قالَ السكرتير البابوي الخاص: "فأنا -".

"أسكت. يُستحسن بك الآن أن تصغي إليّ جيداً. لقد ظلّت كنيستك وعلى مدى ألفيْ عام تهيمن على مسألة السعي وراء الحقيقة. لقد تمكّنتم في الواقع من سحق أعدائكم والأطراف المناوئة لكم بواسطة تنبّؤاتكم الكاذبة بشأن الدينونة ويوم الحساب. لقد تلاعبتم بالحقيقة لكي تخدموا حاجاتكم ومصالحكم الخاصة، قاضين بالتالي على أولئك الذين لم تكن اكتشافاتهم تخدم سياساتكم.

هل تفاجأت من كونك مستهدفاً من قبل رجال منوَّرين من أنحاء العالم كافة؟".

الرجال المنوَّرون لا يلجأون إلى الابتزاز التهديدي من أجل تحقيق غاياتهم".

"ابتزاز تهديدي؟" ضحك المتّصل: "هذا ليس ابتزازاً تهديدياً. فنحن ليست لدينا أيّ مطالب. في الواقع، إن الإطاحة بمدينة الفاتيكان أمر مفروغ منه. نحن ننتظر هذا اليوم منذ أربعماية عام. عند منتصف الليل، سوف تدمَّر مدينتكم تدميراً كاملاً وشاملاً وليس لديكم بالتالي أيّ شيء يمكنكم فعله في هذا الصدد".

هجم أوليفيتي بغضب على مجهر الهاتف صارخاً: "يستحيل على أحد، أيّاً كان، الدخول إلى هذه المدينة! ومن المستحيل أن تكونوا قد وضعتم هنا موادّ متفجِّرة!".

"إنك تتحدّث بتفاني الحارس السويسري الجاهِل. لا شكّ في أنّك على علم بأن الطبقة المستنيرة كانت وعلى مدى عصور طويلة قادرة على التسلّل إلى أعظم المنظّمات العالمية وأهمّها. فهل تعتقد أن الفاتيكان يتمتّع بحصانة مميّزة وخاصّة؟".

"يا إلهي"، فكّر لانغدون في نفسه: "لا بدّ من أنّ لديهم أحد هنا في الداخل من طرفهم". فالجميع يعلم أنّ التسلّل هو سرّ قوّة الطبقة المستنيرة ونفوذها. فهم كانوا قد تسلّلوا في الماضي إلى الماسونيّة، وإلى أهمّ الشبكات المصرفيّة في العالم،

162

كما وإلى الهيئات الحكومية. وكان تشرتشل قد قال مرّة للمراسلين الصحفيين أنّ الجواسيس الإنكليز لو كانوا قد تسللوا إلى داخل النظام النازي بقدر ما كانت الطبقة المستنيرة قد تسللت إلى داخل البرلمان الإنكليزي لكانت الحرب قد انتهت في غضون شهر واحد فقط.

"يا لها من خدعة واضحة وجليّة"، ردّ عليه أوليفيتي بحدّة ونزق. "لا يمكن لنفوذكم أن يكون قويّاً إلى هذا الحدّ".

"ولِمَ لا؟ لأنّ حرّاسك السويسريين شديدو الحذر والاحتراس ويراقبون كل زاوية من زوايا عالمكم الخاص؟ ولكن ماذا عن الحرّاس السويسريين أنفسهم؟ أليسوا رجالاً؟ أتظنّهم حقّاً قد يخاطرون بحياقم من أجل خرافة حول رجل يمشي على الماء؟ اسأل نفسك كيف تمكّنت هذه العلبة الحابسة من الوصول إلى مدينتكم، أو كيف يمكن لنخبة كرادلتكم الأربعة أن يكونوا قد اختفوا بعد ظهر اليوم".

"الكرادلة الأربعة؟" سأل أوليفيتّي مقطّب الحاجبيْن. "ما الذي؟ تقصده بكلامك هذا؟".

"واحد، اثنان، ثلاثة، أربعة. ألم تفتقدوهم حتى الآن؟".

"عمَّ تتحدّث بحقّ الـ"، ثمّ توقّف أوليفيتي فجأةً عن الكلام فاغر العيْنيْن وكأنه قد تلقّى للتوّ لكمةً في بطنه.

"أتريدني أن أوضّح لك الأمر أكثر من ذلك؟" قال المتّصل: "أيجدر بي أن أقرأ لك أسماءهم؟".

"ما الذي يجري هنا؟" سأل السكرتير البابوي الخاص، وقد بدا مشدوهاً.

ضحك المتّصل: "ألم يطلعك بعد الضابط على الأمر؟ يا له من تصرّف أثيم وشرّير. ولكن لا عجب في ذلك. إنها في الواقع مسألة فخر واعتزاز. أنا أتصوّر مدى الخزي والعار اللذيْن قد يشعر بهما لو أنه كان ليخبرك بالحقيقة... حقيقة أنّ أربعةً كرادلة كان قد أقسم على حمايتهم قد اختفوا على ما يبدو...".

فاستشاط أوليفيتي غيظاً، قائلاً: "من أين أتيتَ بهذه المعلومات!".

رد المتّصل بصوت ظافر وخبيث: "يا حضرة السكرتير البابوي الخاص، اسأل الضابط إن كان الكرادلة جميعهم موجودين الآن في الكابيلاّ السِّستينيّة".

استدار نحو أوليفيتي، وعيْناه الخضراوان تبحثان عن تفسير وجيه.

"سيّدي"، همس أوليفيتّي في أذن السكرتير البابوي الخاص: "صحيح أنّ أربعة

من كرادلتنا لم يصلوا بعد إلى الكابيلا السِّستينية، إنما لا داعي للقلق والهلع، إذ أن جميعهم قد وصلوا هذا الصباح إلى ردهة المقرّ البابوي وسجّلوا أسماءهم هناك؛ لذا نحن متأكّدون أنهم موجودون بأمان داخل مدينة الفاتيكان. أنتَ نفسك كنت قد تناولت الشاي معهم منذ بضع ساعات. لقد تأخّروا فحسب على التجمّع الذي يسبق الخلوة الانتخابيّة. على أيّ حال، نحن بصدد البحث عنهم الآن، ولكني واثق من أنهم وبكل بساطة لم ينتبهوا للوقت، ولا يزالون يستمتعون بوقتهم في الخارج".

"يستمتعون بوقتهم في الخارج؟" قال السكرتير البابوي الخاص بغضب: "ولكنّه كان من المفترض بهم أن يكونوا في الكابيلاّ السِّستينيّة منذ أكثر من ساعة!".

رمق لانغدون فيتوريا نظرة اندهال، كرادلة مفقودون؟ أهذا إذن ما كانوا يبحثون عنه في الأسفل؟

"إليك اللائحة بأسماء الكرادلة الموجودين عندنا"، قال المتصِل: "وسوف تجدها جدّ مقنعة. لدينا الكاردينال لاماسّي من باريس والكاردينال كيديرا من برشلونا والكاردينال إيبنير من فرانكفورت...".

بدا أوليفيتّي وكأنه يتضاءل حجماً بعد قراءة الأسماء.

وهنا توقّف المتّصل للحظة، وكأنه يجد لذّة خاصّة في قراءة الاسم الأخير ثم قال: "ومن إيطاليا... الكاردينال بادجيا".

عندها انهار السكرتير البابوي الخاص وسقط في كرسيّه هامساً: "النخبة، الأربعة النخبة... ومن بينهم بادجيا... المرشّح الأول لأن يكون خلَف البابا الراحل، ويفوز بمنصب الحبر الأعظم... أهذا معقول؟".

كان لانغدون قد قرأ الكثير عن الانتخابات البابويّة الحديثة ليتفهّم هيئة اليأس التي كانت بادية بجلاء على وجه السكرتير البابوي. صحيح أنه يمكن من وجهة النظر التطبيقيّة لأيّ كاردينال لا يزال دون الثمانين من العمر أن يعتلي الكرسيّ الرسولي، ولكن قليلون هم الذين يتمتّعون بالوقار الضروري واللازم لكي ينالوا باستحقاق غالبيّة ثلثيْ أصوات المقترعين. كانوا يُعرفون بالأربعة النخبة، وإذا بهم قد اختفوا الآن عن وجه الأرض.

راح جبين السكرتير البابوي الخاص يتصبّب عرقاً: "ما الذي تنوي فعله بهؤلاء الرجال؟".

"وما الذي تظنّني قد أنوي فعله بهم؟ أنا متحدِّر من سلالة الحشّاشين".

اقشعرّ بدن لانغدون لدى سماعه ذلك. فهو يعرف هذا الاسم جيداً. في الواقع، كانت الكنيسة قد خلقت لها أعداءً لدودين على مرّ السنين كالحشاشين وفرسان الهيكل وسائر الجيوش التي كانت مضطهدة من قبل الفاتيكان.

"أطلق سراح الكرادلة"، قال السكرتير البابوي الخاص. "ألا يكفيك التهديد بسحق مدينة الله وتدميرها تدميراً شاملاً؟".

"إنسَ أمر كرادلتك الأربعة. فقد خسرتموهم إلى الأبد ولكن تأكّد أنّ ذكرى موتهم سوف تظلّ حيّةً... في أذهان الملايين من الناس. سوف يصبحون قدوة لكلّ شهيد قد يكون مستعدّاً للتضحية بحياته في سبيل الدين. سوف أجعل منهم نجوم وسائل الإعلام كافّة. مع حلول منتصف الليل، سوف تستقطب الطبقة المستنيرة انتباه العالم بأسره؛ إذ ما الضرورة إلى تغيير العالم، إن لم يكن العالم بأسره شاهداً على ذلك؟ هناك في الواقع لدى الناس رهبة مميتة من عمليّات القتل العامّة، أليس كذلك؟ فأنتم أنفسكم قد أثبتم ذلك منذ زمن بعيد... من خلال التحقيقات التعسّفية التي كنتم تقومون بها، وتعذيبكم فرسان الهيكل والحروب الصليبيّة". توقّف قليلاً، ثم استطرد كلامه قائلاً: "وبالطبع، التطهير".

ظلّ السكرتير البابويّ الخاص صامتاً.

"ألا تذكر عمليّة التطهير؟" سأل المتّصل: "بالطبع لا، فأنت لا تزال شابّاً. على أيّ حال، إن الكهنة إجمالاً ضعفاء بالتاريخ، وذلك ربّما لأن تاريخهم يُشعرهم بالخزي والعار".

"التطهير"، سمع لانغدون نفسه يقول لا شعوريّاً. "حصل ذلك في العام ألف وستّماية وثمانية وستين. أقدمت حينذاك الكنيسة على وسم أربعة من الطبقة المستنيرة بإشارة الصليب، وذلك تطهيراً لنفوسهم وتكفيراً لهم عن ذنوبهم".

"مَن الذي يقول هذا؟" سأل المتّصل بصوت بدا فضوليّاً أكثر منه مهتمّاً: "مَن معك في الغرفة؟".

شعر لانغدون بشيء من الرعشة. "ليس من المهمّ أن تعرف اسمي"، قال محاولاً الحؤول دون ظهور الارتعاش في صوته، فمحادثته مع شخصٍ حيٍّ من الطبقة المستنيرة أمر مربِك... تماماً وكأنه يتحدّث إلى الرئيس جورجَ واشنطن. "أنا رجل أكاديميّ وقد درست تاريخ جمعيّتكم".

"رائع"، أجابه الصوت: "يسرّني أن أعرف أن ثمّة أحياء ما زالوا يتذكّرون الجرائم التي ارتكبت بحقّنا".

"معظمنا يظنّ أنه قد قُضي عليكم".

"ليس هذا سوى اعتقاد خاطئ سعت الجمعيّة جاهدةً إلى إشاعته بين الناس. ولكن ما هي الأمور الأخرى التي تعرفها عن التطهير؟".

تردّد لانغدون قليلاً ثم قال في نفسه: "ما هي الأمور الأخرى التي أعرفها؟ أنا أعرف أن هذا الوضع كلّه أمر جنونيّ وغير منطقي، هذا ما أعرفه! "أقدمت الكنيسة بعد وسم هؤلاء العلماء إلى قتلهم وتدلية جثثهم في مواقع عامّة في روما كتحذير لسائر العلماء للحؤول دون انضمامهم إلى الطبقة المستنيرة".

"صحيح. ينبغي علينا إذن القيام بالشيء نفسه للتعويض عن العلماء الأربعة الذين خسرناهم. اعتبروا ذلك بمثابة تعويض رمزي لإخوتنا الذين ذُبحوا. إنّ كرادلتكم الأربعة سوف يموتون، واحداً تلوَ الآخر كلّ ساعة، بدءاً من الساعة الثامنة. وبالتالي ومع حلول منتصف الليل سوف يكون العالم بأسره مأسوراً".

اتّجه لانغدون نحو الهاتف وقال: "هل تنوي حقاً وسم هؤلاء الرجال الأربعة ومن ثمّ قتلهم؟".

"التاريخ يُعيد نفسه، أليس كذلك؟ ولكننا سنكون بالطبع أكثر لياقةً وشجاعة من الكنيسة، إذ أنهم أقدموا على قتل علمائنا الأربع خلسةً وعلّقوا جثثهم في أرجاء المدينة كافّة من دون أن يراهم أحد. فأنا أعتبر تصرّفهم هذا غاية الجبن".

"ما الذي تقصده بكلامك هذا؟" سأله لانغدون: "أنك ستقدم على وسم هؤلاء الرجال وقتلهم علناً أمام العامة؟".

"صحيح. ولكنّ هذا مرتبط بتحديدك لكلمة عامّة. فأنا قد لاحظت مؤخّراً أنه لم يعد الكثير من الناس يذهب إلى الكنيسة".

عندها استدرك لانغدون: "أهذا يعني أنك ستقدم على قتلهم في الكنائس؟".

"عمل خير، ليس إلاّ. لكي يتلطّف الله عليهم ويسمح لأرواحهم بدخول الجنّة على نحو أسرع. هذا يبدو لي غاية في العدل والإنصاف. ولا شكّ في أن وسائل الإعلام سوف تستمتع بذلك أيضاً، على ما أظن".

"هذه خدعة"، قال أوليفيتّي، وقد عاد الهدوء إلى صوته: "لا يمكنك أن تقتل

رجلاً في إحدى الكنائس وتتوقّع أنّك ستنجو من فعلتك هذه من دون أن تتعرّض لأيّ عواقب وخيمة".

"خدعة؟ نتسلّل بين حرّاسكم السويسريين مثل الأشباح ونخطف أربعة من كرادلتكم من داخل أسواركم ونزرع قنبلة متفجِّرةً مميتة في قلب المكان الأكثر قداسةً بالنسبة إليكم وتظنّ أن هذا كلّه مجرّد خدعة؟ على أيّ حال، سوف تندفع وسائل الإعلام وتحتشد كالجراد مع حدوث هذه الجرائم واكتشاف الضحايا. العالم بأسره سوف يدرك مع حلول منتصف الليل القضيّة التي تناضل الطبقة المستنيرة من أجلها".

"وماذا لو زرعنا الكنائس كلها بالحرّاس؟" قال أوليفيتي.

ضحك المتّصل لدى سماعه ذلك: "أخشى أن تجعل طبيعة دينكم المثمرة من ذلك مهمّة مرهقة وشاقّة. ألم تعدَّ مؤخّراً؟ هناك ما يفوق الأربعماية كنيسة كاثوليكيّة في روما، ما بين كاتدرائيات وكابيلاّت ومعابد وكنائس كبيرة وأديرة ومدارس أبرشيّة...".

ظلّ وجه أوليفيتي صلباً وقاسياً.

"سوف تبدأ العملية بعد تسعين دقيقة"، قال المتصل بنبرة نهائية حاسمة. "واحداً تلوَ الآخر كلّ ساعة. توالٍ حسابيّ للموت. أمّا الآن فعليّ أن أذهبَ".

"انتظر!" قال لانغدون: "أخبرني عن الرموز التي تنوي وسم هؤلاء الرجال بها".

بدا القاتل وكأنّه يجد هذه العمليّة جدّ مسلّية: "أظنّك تعلم عمّ ستكون الوسومات. أَم أنك ربّما تشكّ في ذلك بعض الشيء؟ على أيّ حال، سوف تراها عمّا قريب. فهي سوف تكون دليلاً على صحّة الأساطير والخرافات القديمة".

شعر لانغدون بمدى غبائه، فهو كان يعلم تماماً ما الذي كان الرجل يناضل من أجله. ثمّ عاد وتصوّر الوسم الذي كان على صدر ليوناردو فيترا. فقد كانت تقاليد الطبقة المستنيرة ومعتقداتها تتحدّث عن خمس وسومات ككلّ. بقيت هناك إذن أربعة وسومات، فكّر لانغدون في نفسه، ولدينا أربع كرادلة مفقودين.

"لقد حُلِّفت اليمين أمام الله بأني سوف أقوم الليلة بتعيين بابا جديد"، قال السكرتير البابوي الخاص.

"يا حضرة السكرتير البابوي"، قال المتّصل: "ليس العالم بحاجة إلى بابا جديد،

إذ أنه بعد منتصف الليل لن يكون لديه شيء يحكمه سوى كومة من الركام. لقد انتهى أمر الكنيسة الكاثوليكية، وكذلك الأمر أيضاً بالنسبة إلى دوركم على هذه الأرض".

عمّ الغرفة صمت طويل.

بدا الحزن جليّاً على وجه السكرتير البابوي الخاص: "أنتَ مخطئ. الكنيسة ليست مجرّد ملاط وحجارة. لا يمكنك أن تمحو هكذا وبكل بساطة ألفيْ عامٍ من الإيمان... أياً كان هذا الإيمان. لا يمكنك أن تسحق الإيمان بمجرّد قضائك على ظواهره الأرضيّة. فالكنيسة الكاثوليكيّة سوف تستمرّ مع أو من دون مدينة الفاتيكان".

"يا لها من كذبة نبيلة. ولكنها لا تزال في النهاية مجرّد كذبة. كلانا يعرف الحقيقة جيّداً. قلْ لي، لِمَ مدينة الفاتيكان هي بمثابة حصن منيع؟".

"يعيش أبناء الله في عالم محفوف بالمخاطر"، أجابه السكرتير البابوي الخاص.

"كم عمركَ أنت؟ يبدو أنك لا تزال شابّاً في أوّل عمرك. في الواقع، يُعتبر الفاتيكان بمثابة حصن منيع لأن الكنيسة الكاثوليكيّة تحتفظ بنصف ممتلكاتها ومدّخراتها مطوّقة داخل أسوارها - من لوحات فنيّة نادرة، إلى منحوتات فمجوهرات ذات قيمة مخفّضة، وكتب ثمينة لا تُقدَّر بثمن... ثمّ هناك أيضاً السبائك الذهبيّة والصكوك العقارية التي تحتفظ بها تحت الأرض في سراديب بنك الفاتيكان. وبالتالي، تُقدر القيمة الصافية لمدينة الفاتيكان بـ 48.5 بليون دولار. إذاً أنت في الواقع جالس على أموال مدّخرة سوف تصبح في الغد رماداً. سوف تعلنون إفلاسكم، ولا يمكن بالتالي حتى لرجال الدين أن يعملوا مجّاناً من دون أيّ مقابل".

بدت صحّة هذا التصريح وكأنها قد انعكست على وجهيْ أوليفيتي والسكرتير البابوي الخاص اللذيْن كانا يبدوان مصدوميْن. ولم يكن لانغدون واثقاً من إذا ما كان الأمر الأكثر إدهاشاً أنّ الكنيسة الكاثوليكيّة ثريّة إلى هذا الحدّ، وكيف أنّ الطبقة المستنيرة على علمٍ بكل هذه الثروة.

تنهّد السكرتير البابوي بعمق وقال: "الإيمان هو العمود الفقري لهذه الكنيسة، لا المال".

"المزيد من الأكاذيب"، قال المتّصِل: "لقد أنفقتم العام الماضي 318 مليون

دولار، محاولين دعم كفاح أبرشيّاتكم العالميّة ونضالها من أجل البقاء. وفي العقد المنصرم، انخفضت نسبة المؤمنين الذين يذهبون إلى الكنيسة إلى ست وأربعين في المئة. أمّا الهبات والتبرّعات فهي حاليّاً نصف ما كانت عليه منذ سبعة أعوام. وفي ما يتعلّق بعدد الرجال المنضمين إلى المعاهد اللاهوتية فهو في انخفاض مستمرّ. في الواقع، إن كنيستكم في طريقها نحو الزوال، سواء اعترفتم بذلك أم لا. لذا يمكنكم اعتبار تهديدنا هذا لكم بمثابة فرصةٍ متاحة أمامكم لكي يسجّل التاريخ أنّ انفجاراً عظيماً قد أطاح بكنيستكم".

تقدّم عندئذ أوليفيتي خطوةً إلى الأمام، وقد بدا أقلّ مقاومةً، وكأنه قد استدرك حقيقة ذاك الواقع الأليم الذي كان يواجهه. كان يبدو كشخص يبحث عن مخرج أو وسيلة للفرار من هذا المأزق. "وماذا لو قدّمنا بعضاً من سبائكنا الذهبية كدعم لقضيّتكم؟".

"أنصحك بألا توجّه المزيد من الإهانات لا لي ولا لنفسك".

"نحن نملك المال".

"ونحن أيضاً. وأكثر ممّا تتصوّر".

وهنا راح لانغدون يستعيد في ذهنه الثروات كلها التي تدّعي الطبقة المستنيرة بأنها تملكها، والثروة القديمة التابعة إلى البنّائين البافاريّين والـ Rothschilds، والـ Bilderbergers كما وإلى ماسة الطبقة المستنيرة الأسطوريّة.

"النخبة"، قال السكرتير البابوي الخاص بصوتٍ دفاعيّ مغيّراً الموضوع. "أطلق سراحهم. فهم متقدّمون في السنّ. إنهم -".

"إنهم بمثابة ذبائح طاهرة وعفيفة"، قال المتّصل ضاحكاً: "قل لي، أتظنّهم يتّسمون فعلاً بالطهارة والعفّة؟ هل ستنوح عليهم الخرافَ الصغيرة مطلِقةً صرخاتٍ حادّة؟ ذبائح طاهرة وعفيفة على مذابح العلم".

ظل السكرتير البابوي صامتاً، ثمّ نطق أخيراً: "إنهم يتحلّون بإيمان قويّ وعظيم، وهم بالتالي لا يخشوْن الموت".

أجابه المتّصل بصوت سخرية وازدراء: "لقد كان ليوناردو فيترا رجلاً مؤمناً، ومع ذلك فقد شاهدت الرعب في عيْنيْه ليلة البارحة، فانتزعتها بالكامل".

غير أنّ فيتوريا التي كانت صامتة طوال الوقت انتفضت فجأةً وجسمها متوتّر من شدّة الغضب. "تبّاً لك! لقد كان والدي!".

ضحك المتصل ضحكة متقطّعة، ثم أردف: "والدك؟ معقول؟ فيترا لديه ابنة؟ يجدر بك أن تعرفي أن والدك راح يئنّ مثل الطفل الصغير في النهاية. المسكين. لقد كان مثيراً للشفقة حقّاً".

أصيبت فيتوريا بدوار شديد وكأن هذه الكلمات الأخيرة قد ضربتها على رأسها. مدّ لها لانغدون يده، إلا أنها عادت واستعادت توازنها مركزة عينيها القاتمتيْن في الهاتف. "أقسم بحياتي أني سوف أعثر عليك قبل بزوغ الفجر. ثم عادت واستطردت كلامها بصوت حادّ كاللازر قائلةً: "وعندما أفعل سوف...".

ضحك المتّصل قائلاً: "يا لك من امرأة شجاعة حقّاً. لقد أثارتني شجاعتك هذه. أو أني ربّما أنا قد أعثر عليك قبل بزوغ الفجر. وعندما أفعل سوف...".

كانت كلماته الأخيرة هذه حادّةً كالسيف. ومن ثمّ أقفل الخطّ.

42

بدأ الكاردينال مورتاتي يتصبّب عرقاً في ردائه الأسود، ليس لأن الحرارة داخل الكابيلاّ السِّستينيّة كانت شديدة الارتفاع فقط، كأنها في غرفة السّونا، وإنما أيضاً لأنّه من المفترض بالخلوة الانتخابية أن تبدأ بعد عشرين دقيقة، ولم تكن لديه بعد أي أخبار بشأن الكرادلة الأربعة المفقودين. فأثناء غيابهم، كانت همسات التشوّش والارتباك الأوّلية بين الكرادلة الباقين قد تحوّلت إلى قلق عام صريح ومعلَن.

لم يكن مورتاتي قادراً على تصوّر أين يمكن لهؤلاء الرجال المتغيِّبين عن الخلوة أن يكونوا. هل يكونون ربّما مع السكرتير البابوي الخاص؟ فهو يعلم أنه دعاهم بعد الظهر إلى جلسة الشاي التقليديّة، ولكنّ هذا كان منذ أربع ساعات. أم أنهم ربّما مرضى؟ هل تناولوا شيئاً ما أضرّ بصحّتهم؟ يشك مورتاتي في ذلك. فهؤلاء الكرادلة النخبة سيحضرون الخلوة الانتخابية حتى ولو كانوا على حافّة قبرهم، إذ أن فرصة انتخاب أحد الكرادلة لكي يحتلّ منصب الحبر الأعظم لم تكن لتتسنّى للمرء سوى مرة واحدة فقط في حياته، هذا إن تسنّت له أصلاً. وعلاوةً على ذلك، ووفقاً للقوانين الفاتيكانية، يتعيّن على الكاردينال الذي يتمّ انتخابه لهذا المنصب أن يكون داخل الكابيلاّ السِّستينيّة عندما تبدأ عمليّة الاقتراع، وإلاّ فلا يجوز اختياره لهذا المنصب.

صحيح أنّ هناك أربعة كرادلة مرشّحون لهذا المنصب، غير أن الشكوك حول هويّة البابا التالي كانت جدّ ضئيلة. فقد شهدت في الواقع الأيام الخمسة عشر الماضية وابلاً من الفاكسات والاتصالات الهاتفية التي تمّ من خلالها مناقشة المرشّحين المحتملين لاعتلاء هذا المنصب. وقد جرت العادة أن يتمّ اختيار الأسماء الأربعة النخبة، على أن يتحلّى كلّ من تلك الأسماء الأربعة بالصفات المميّزة الأساسية والضرورية للمنصب البابوي:

إتقانه كلاًّ من اللغات الإيطالية والإسبانية والإنكليزية.

لا فضائح في حياته.

أن يكون بين الخامسة والستين والثمانين من عمره.

وكان هناك واحد من بين هؤلاء النخبة أسمى من سواه وأهمّ منهم شأناً، وهو بالطبع الرجل الذي يكون المَجمَع قد ارتأى انتخابه لاعتلاء منصب الحبر الأعظم. وقد كان هذا الرجل الليلة الكاردينال آلدو بادجيا من ميلانو. في الواقع، إنّ ملفّ بادجيا النظيف والذي لا تشوبه شائبة ومهاراته اللغويّة الفريدة من نوعها، وأخيراً قدرته المميّزة في إيصال روح المسائل الروحانيّة إلى الناس، كلها أمور جعلت منه المفضَّل بامتياز.

"إذاً، أين هو بحقّ الله؟ راح مورتاتي يتساءل بينه وبين نفسه.

كانت مسألة غياب هؤلاء الكرادلة الأربعة توتّر أعصاب مورتاتي بشكل خاص، كونه المسؤول الأوّل عن الإشراف على هذه الخلوة الانتخابية. ففي الأسبوع الماضي تحديداً، كان مجمع الكرادلة قد عيّن بالإجماع مورتاتي لهذا المنصب الذي يُعرف بمنصب النّاخب الأعظم - أي الزعيم الديني الداخلي الأوّل لمراسم الخلوة الانتخابيّة. صحيح أنّ السكرتير البابوي الخاص هو المسؤول الأوّل والأعلى مقاماً بالنسبة إلى الكنيسة بعد البابا، غير أنه في الواقع ليس سوى كاهن عاديّ، وليس لديه بالتالي خبرة واسعة في مجال هذه العمليّة الانتخابيّة المعقّدة. لذا يتمّ اختيار أحد الكرادلة لكي يشرف على الحفل من داخل الكابيلاّ السِّستينيّة.

وغالباً ما كان الكرادلة يمزحون بقولهم إن تعيين أحدهم لمنصب الناخب الأعظم هو الشرف الأكثر جوراً وقساوةً في الدين المسيحي، إذ أنه من المستحيل على الشخص الذي يُعيَّن لهذا المنصب أن يرشّح نفسه للانتخابات البابويّة، كما وأنه يتعيّن على الشخص الذي يتمّ تعيينه ناخباً أعظم أن يمضي قبل موعد الخلوة

الانتخابية أياماً عديدة مستغرِقاً في القراءة والمطالعة حول موضوع الخلوة الانتخابية، ومراجعاً أدقّ تفاصيل طقوسها وشعائرها السرية، وذلك كله بهدف التثبّت من صحّة إشرافه على العملية الانتخابية.

ولكن، وعلى الرغم من هذا كلّه، لم يصدر عن مورتاتي أي شكوى أو تذمّر. فهو كان يعلم أن الخيار سوف يقع عليه منطقياً، إذ أنه لم يكن الكاردينال الأكبر سنّاً فيهم فحسب، ولكنه كان أيضاً الصديق الحميم للبابا الراحل والمؤتمن على أسراره، الأمر الذي زاده قدراً واحتراماً. صحيح أنّ مورتاتي كان لا يزال ضمن السن القانونيّة للترشّح للانتخابات، إلا أنه كان قد أصبح في الواقع مسنّاً بعض الشيء لهكذا مهمّة. فهو الآن في التاسعة والسبعين من عمره، وقد تخطّى بالتالي عتبة السنّ التي تخوّله الترشّح للانتخابات، سيّما وأن حالته الصحيّة في هذه السنّ قد تخونه في أي وقت حائلةً بالتالي دون تمكّنه من احتمال البرنامج البابوي الشاق. فقد كان البابا يعمل إجمالاً أربع عشرة ساعة في اليوم، وسبعة أيام في الأسبوع، ليموت بعد ذلك من شدّة الإرهاق، بعد فترة لا تتعدى إجمالاً الست سنوات ونصف. وهناك نكتة شائعة بين الكرادلة تقول إن القبول بالمنصب البابوي "هو الطريق الأسرع إلى الجنّة".

يظنّ العديد من الكرادلة أنه كان بإمكان مورتاتي أن يعيّن باباً في شبابه لولا ذهنيّته المتحرِّرة، إذ أنه عندما كان يسعى جاهداً وراء المنصب البابوي كانت تهيمن آنذاك على الكنيسة عقليّة جدّ متحفّظة.

ولطالما كان مورتاتي يظنّ أنه من السخرية حقاً كيف أن البابا الأخير هذا، رحمه الله، انتظر تبوّأه العرش الرسولي أولاً ليعود بعد ذلك ويعلن فجأةً عن عقليّته المتحرّرة. قد يكون شعوره بتقدّم العالم الحديث وابتعاده عن الكنيسة هو الذي حثّه إلى القيام ببعض التدابير الإيجابية، ملطّفاً بعض الشيء موقف الكنيسة من العلم إجمالاً، ومقدّماً حتى بعض المساعدات الماليّة لبعض القضايا العلميّة الانتقائيّة. غير أنّ مبادراته تلك كانت وللأسف الشديد بمثابة انتحار سياسيّ له، إذ أن الكاثوليكيّين المحافظين قالوا إن البابا قد "ضرب فيه الخرف"، في حين أنّ العلماء المتزمّتين قد اتّهموه بمحاولة بسط تأثير الكنيسة وسيطرتها على عالمٍ ليس عالمها.

"أين هم، يا ترى؟".

استدار مورتاتي، بينما كان أحد الكرادِلة يضربه بعصبيّة على كتفه: "أنتَ تعلم أين هم الآن، أليس كذلك؟".

حاول مورتاتي إخفاء قلقه حيال هذا الموضوع، فرد قائلاً: "هم ربّما لا يزالون مع السكرتير البابوي الخاص".

"في هذه الساعة؟ قد يكون ذلك مخالفاً للتقاليد!" قال الكاردينال بارتياب مقطّباً حاجبيْه. ثم عاد واستطرد كلامه قائلاً: "أيمكن أن يكون السكرتير البابوي الخاص لم ينتبه للوقت؟".

صراحة كان مورتاتي يشكّ في ذلك، إلا أنه لم ينبس ببنت شفة. فهو كان يعلم جيّداً أن معظم الكرادلة لم يكونوا ليهتمّوا كثيراً لأمر السكرتير البابوي الخاص، ظنّاً منهم أنه صغير في السنّ ليكون مقرَّباً من البابا إلى هذا الحدّ. وكان مورتاتي يظنّ أنّ كراهية الكرادلة تلك ناجمة في أغلبيّتها عن الغيرة، إذ أنه شخصيّاً كان معجباً بذاك الشاب، ومؤيِّداً لاختيار البابا له لكي يكون سكرتيره الخاص. ولم يقتنع مورتاتي بجدارة ذاك الشاب إلا بعد أن رأى كيف أنّه، وخلافاً للعديد من الكرادلة، يضع الكنيسة والإيمان في المرتبة الأولى على لائحة اهتماماته قبل السياسات التافهة والحقيرة. إنه في الواقع رجل مؤمن حقّاً.

أصبح تفاني السكرتير البابوي الراسخ والمخلص لعمله على مدى تولّيه هذا المنصب أمراً أسطوريّاً، حتى أنّ العديد من الناس كان ينسب ذلك إلى حدث عجائبي لا بدّ من أنه كان قد تعرّض له أثناء طفولته... ذاك الحدث الذي كان سيترك تأثيراً قويّاً في قلب كل إنسان. "المعجزة والدهشة التي توقعها في النفس"، راح مورتاتي يفكّر بينه وبين نفسه، متمنّياً على الدوام لو أنّ طفولته أيضاً كانت قد احتوت على حدث يعزّز فيه هذا النوع من الإيمان الذي لا يشوبه أيّ شكّ أو ريب على الإطلاق.

غير أنّ مورتاتي كان يعلم أنّه من سوء حظّ الكنيسة ألاّ يتبوّأ هذا الأخير المنصب البابويّ أبداً في حياته، وذلك لأن المنصب البابوي يتطلّب شيئاً من الطموح السياسي، وهذا في الواقع أمر يفتقر إليه السكرتير البابوي الشاب على ما يبدو؛ فهو لطالما كان يرفض الترقيات الإكليركيّة التي كان يعرضها عليه البابا، متذرّعاً بحجّة أنه كان يفضّل أن يخدم الكنيسة من منصبه الوضيع هذا.

"وماذا بعدُ؟" عاد الكاردينال وسأل مورتاتي منتظراً.

فنظر إليه مورتاتي سائلاً: "عفواً، ماذا قلت؟".

"لقد تأخّروا! ما الذي ينبغي علينا فعله الآن؟!".

"ما الذي يمكننا فعله؟" أجابه مورتاتي: "سوف ننتظر ونتحلّى بالصبر والإيمان".

توارى الكاردينال عن الأنظار بين الحشد، إلاّ أنه كان يبدو غير مقتنع بإجابة مورتاتي له.

وقف مورتاتي للحظة متأمِّلاً ومحاولاً استعادة صفو أفكاره: "فعلاً، ما الذي ينبغي علينا فعله؟" وراح يحدّق في المذبح صعوداً إلى لوحة ميكال آنجلو الجصّية التي أعيد ترميمها والتي كانت تحمل عنوان "يوم الحساب الأخير". ولكن لم يكن للوحة أي تأثير إيجابيّ في قلقه. هي كناية عن صورة مريعة، طولها خمسون قدماً، ويظهر فيها يسوع المسيح وهو يدين البشريّة فاصلاً الصالحين عن المخطئين، ومرسلاً الخاطئين إلى الجحيم، حيث هناك جلد مسلوخ وجثث محترقة، حتى أنّ أحد أعداء مايكل آنجلو كان يظهر في اللوحة جالساً في الجحيم وتعتلي رأسه أذنا حمار. وكان غي دو موباسّان قد كتب مرّةً عن هذه اللوحة قائلاً إنها أشبه بشيء قد رسمه شخص جاهل بهدف تعليقه في حُجيْرة معدّة لمباراة في المصارعة.

وقد كان على الكاردينال مورتاتي أن يوافقه الرأي حقاً.

43

وقف لانغدون من دون حراك أمام نافذة البابا المضادّة للرصاص محدّقاً نحو الأسفل إلى الزحمة التي كانت تثيرها الباصات والعربات الإعلاميّة في ساحة القديس بطرس. جعلته هذه المكالمة الهاتفية الغريبة يشعر بأنه منتفخ... ومتورّم بعض الشيء. فهو باختصار لم يكن على ما يُرام.

عادت الطبقة المستنيرة لتخرج كالأفعى من طيّات الماضي الغابر، مشرئبّة ومطوِّقة بجسمها عدوّاً قديماً لها. لا مجال للمطالب ولا للمفاوضات. عقاب فحسب. مسّ شيطانيّ صرف. ثأر تحضّر له منذ 400 عام. يبدو أنّ العلم، بعد قرون طويلة من الاضطهاد، قد عاد ليثأر ويلسع بدوره.

وقف السكرتير البابوي الخاص أمام مكتبه يحدّق بالهاتف مشدوهاً، وكان

أوليفيتّي أوّل من يكسر هذا الصمت الجليديّ بالقول: "كارلو"، منادياً السكرتير البابوي الخاص باسمه الأوّل، الأمر الذي جعله يبدو كصديق حزين أكثر منه كضابط. "لقد كرّست ستّةً وعشرين عاماً من حياتي في سبيل حماية هذا المكتب، ولكنّني أشعر الليلة بالخزي والعار".

هزّ السكرتير البابوي الخاص رأسه، ثمّ أجابه قائلاً: "أنا وأنتَ، كلانا يخدم الله من وجهات نظر مختلفة، غير أن الخدمة لا يمكنها أن تأتي إلاّ بالشرف".

"هذه الأحداث كلها... لا يمكنني أن أتصوّر كيف... هذا الوضع..." وقد بدا أوليفيتي حينها مسحوقاً من شدّة القهر.

"لا بدّ أنك أصبحت تعلم الآن أن ليس أمامنا سوى شيء واحد فقط نفعله. فأنا هنا المسؤول عن سلامة مجمَع الكرادلة".

"ولكنّ هذه المسؤوليّة هي في الأساس مسؤوليّتي أنا، سيّدي".

"لذا سوف يشرف رجالك على عمليّة الإخلاء الفوريّة للمدينة".

"ولكن ما الذي تقوله، يا سيّدي؟".

"التدابير الأمنية الأخرى يمكننا أن نقوم بها لاحقاً - كالبحث عن العلبة المتفجِّرة، والعثور على الكرادلة المفقودين كما وعلى خاطِفيهم. إنما أولاً يتعيّن علينا أن نرسل الكرادلة إلى مكان آمن. فحُرمة الحياة البشَرية وقداستها أثمن من كل شيء، وهؤلاء الرِجال هم ركائز هذه الكنيسة".

"هل تظنّ أنه يتعيّن علينا إلغاء الخلوة الانتخابيّة في الحال؟".

"وهل أمامنا خيار آخر؟".

"وماذا عن مسؤوليّتك حيال مسألة انتخاب بابا جديد؟".

تنهّد السكرتير البابوي الشاب واستدار نحو النافذة مُجيلاً ناظريْه في الفوضى التي كانت تعمّ روما من تحته. "لقد قال لي قداسته مرّةً أن البابا رجل يتجاذبه عالمان... عالم دنيوي وآخر سماويّ. وهو بالتالي قد حذّرني من أنه يستحيل على أي كنيسة أن تبقى وتستمرّ وتنعم لاحقاً بالعالم السماوي إن كانت تتجاهل العالم الدنيويّ هذا". بدا صوته فجأة وكأنه مفعم بحكمة سنوات طويلة من الخبرة. ثمّ تابع كلامه قائلاً: "إنّ العالم الدنيويّ موجود فوقنا الليلة، ولًا جدوًى من إنكارنا ذلك. فالفخر والخبرة لا يمكنهما أن يحجبا المنطق".

هزّ أوليفيتّي رأسه، وقد بدا متأثّراً بهذا الكلام: "لقد أسأت الظنّ بك، سيّدي".

غير أن السكرتير البابوي بدا وكأنه لم يسمعه. لقد كان يحدّق بعيداً عبر النافذة.

"سوف أتكلّم بصراحة تامّة، سيّدي. إن العالم الدنيويّ الذي سبق وتحدّثت عنه هو عالمي أنا. فأنا أنغمس كل يوم في رداءته وشناعته، في حين يكون أشخاص آخرون منهمكين في البحث عن أمور أكثر طهارة. لذا اسمح لي بأن أقدّم لك نصيحة بشأن هذا الوضع الراهن، إذ هذا ما أنا متدرِّب عليه. صحيح أن حدسك حسن ووجيه... إلاّ أنه قد يؤدي إلى كارثة".

استدار السكرتير البابوي مستغرباً.

تنهّد أوليفيتي وقال: "إن إخراج مجمَع الكرادلة من الكابيلاّ السِّستينيّة هو أسوأ ما يمكنك فعله في الوقت الحاضر".

لم يبدِ السكرتير البابوي أيّ سخط أو نقمة حيال الضابط، إلا أنه كان يبدو في حالة من الضياع التام: وما الذي تقترحه علينا فعله إذاً؟".

"لا تقل شيئاً للكرادلة. أغلق أبواب الكابيلاّ السستينيّة عليهم وابدأ بالخلوة الانتخابية بمَن حضر، إذ أننا بذلك قد نكسب بعض الوقت لمحاولة خيارات أخرى".

بدا عندئذ السكرتير البابوي الخاص شديد الارتباك: "هل تقترح عليّ بأن أحتجز الكرادلة كافّة فوق قنبلة موقوتة؟".

"أجل، سيّدي. هذا ما أقترحه عليك للوقت الحاضر. ويمكننا في ما بعد أن ننظّم عمليّة الإخلاء إن لزم الأمر".

هزّ السكرتير البابويّ الخاص رأسه قائلاً: "إنّ مجرّد تأجيل الحفل قبل بدئه بدقائق معدودة سوف يثير بلبلةً عظيمة؛ ولكن عندما يتمّ ختم الأبواب وإقفالها، لن يعود بإمكان أيّ شيء أن يعترضنا وسوف نكون بالتالي مضطرّين إلى البدء بإجراءات الخلوة الانتخابية -".

"هذا صحيح، سيّدي. والآن إصغِ إليّ جيّداً". وشرع أوليفيتي يتكلّم بنبرة الضابط الميداني السريعة والفعّالة. "قد يكون من التهوّر والحماقة أن ندع مئة وخمسة وستين كاردينالاً يمشون في روما من دون أي حماية أو تدابير وقائيّة. فقد يؤدّي ذلك إلى إثارة حالة من الذعر والهلع لدى بعض الرجال المسنّين؛ وصراحةً، تكفينا سكتة قلبية واحدة هذا الشهر".

"سكتة قلبيّة حاسمة". كانت كلمات الضابط الأخيرة تلك تذكّر بالعنـاوين التي كان لانغدون قد قرأها أثناء تناوله العشاء مع بعض الطلاّب في المطعم الخاص بكلّية هارفارد: يتعرّض البابا لسكتة قلبية تقضي عليه أثناء نومه.

"وعلاوةً على ذلك"، قال أوليفيتّي: "إن الكابيلاّ السّستينية هي بمثابة حصـن منيع. صحيح أننا لم نعلن عن هذا الأمر من قبل، إلا أنّ بنيتها قويّة ومدعّمة بحيث أنها قادرة على صدّ أي هجوم يُشنّ عليها، شرط ألاّ يكون بالقذائف والصواريخ. وتحسُّباً لذلك، قمنا بعد ظهر اليوم بتفتيش كلّ زاوية من زوايا الكابيلاّ بحثاً عن أيّ أجسام غريبة أو سواها من أجهزة المراقبة، غير أنّنا لم نعثر على أي شيء من هـذا القبيل فيها. فهي نظيفة وآمنة وأنا واثق بالتالي من أنّ المادّة المضـادّة ليسـت في داخلها. ليس في الواقع من مكان آمن أكثر منها حاليّاً. ويمكننا على أيّ حـال أن نناقش مسألة الإخلاء لاحقاً إن لزم الأمر".

بدا لانغدون متأثّراً بهذا الكلام. في الواقع إنّ برودة أوليفيتي ومنطقه الـذكيّ قد ذكّراه بكوهلر.

"ولكن ثمّة قلاقل أخرى، يا حضرة القائد"، قالت فيتوريا بصوت متوتّر. فلم يقم أحد قطّ من قبل بإنشاء هذا القدر من المادة المضادّة. وبالتالي فإنه من المحتمـل جدّاً أن يطال شعاع هذه القنبلة المتفجّرة بعض ضواحي روما. فإن كانـت مـثلاً العلبة الحابسة في إحدى مبانيكم الرئيسة، أو تحت الأرض، فقد يكون أثر انفجارها أقلّ ضرراً منه إذا ما كانت العلبة الحابسة بالقرب من المِحوَط... كأن تكـون في هذا المبنى مثلاً..." وهنا ألقت فيتوريا من النافذة نظرة سريعة وحذرة إلى الحشـود الغفيرة المتجمّعة في ساحة القديس بطرس.

"أنا أدرك تماماً مسؤوليّاتي تجاه العالم الخارجي"، أجاب أوليفيتي: "وهـذا لا يجعل من الوضع أكثر خطورةً. فلطالما كانت حماية هـذا المكـان المقـدّس مـن مسؤوليّتي الخاصة لأكثر من عقديْن. وبالتالي فأنا لا نيّة لديّ بأن أدع هذه القنبلـة تنفجر".

نظر السكرتير البابوي الخاص إليه سائلاً: "أتظنّ أنه بإمكانك العثور عليها؟".

"دعني أناقش الخيارات والحلول الممكنة مع بعض اختصاصيي المراقبة التابعين لي. فمن المحتمل أننا إن قطعنا التيار عن مدينة الفاتيكان بكاملها فقد نتمكّن بالتالي من إزالة التواتر الخلفي للنبضات أو الإشارات اللاسلكيّة، وقد نخلق بذلك جـوّاً نظيفاً يخوّلنا معرفة شيء حول الحقل المغنطيسي لتلك العلبة الحابِسة".

تفاجأت فيتوريا وتأثّرت بكلام أوليفيتي هذا: "أتريد أن تلفّ مدينة الفاتيكان كلّها بالظلام؟".

"ربّما. أنا ما زلت لا أعرف إن كان هذا ممكناً، ولكنّ هذا الحلّ هو من الخيارات التي أودّ أن أتحرّى حول إمكانيّة تحقيقها".

"ولكن لا شكّ في أن الكرادلة سوف يتساءلون عندئذٍ عمّا يجري"، لاحظت فيتوريا قائلة.

هزّ أوليفيتي رأسه ثم أجابها قائلاً: "تُعقد الخلوات الانتخابية على ضوء الشموع؛ لذا لن يشعر الكرادلة أبداً بانقطاع التيّار الكهربائي. وبالتالي، وبعد بدء الخلوة، يمكنني أن أسحب تقريباً كافّة حرّاسي من الحدود الخارجيّة وأبدأ بالبحث. في الواقع، إنّ مئة رجلٍ قادرون على تمشيط مساحة كبيرة من المدينة في غضون خمس ساعات".

"بل أربعة"، صحّحت فيتوريا قائلةً: فأنا بحاجة إلى أن أعود بالعلبة الحابسة إلى CERN، إذ لا يمكننا في الواقع منع هذه العبوّة من الانفجار إن لم نقدم على تفريغ البطاريّات".

"أما من طريقة لتفريغ البطاريّات هنا؟".

هزّت فيتوريا برأسها قائلةً: "السطح البينيّ في غاية التعقيد، وإلا لكنت قد جلبته معي لو تمكّنت".

"أربع ساعات إذاً"، قال أوليفيتي متجهّم الوجه. لا يزال أمامنا ما يكفي من الوقت. فالهلع عديم الجدوى. أمامك عشر دقائق، سيّدي. اذهب إلى الكابيلاّ واعلن بدء الخلوة الانتخابيّة. امنح رجالي بعض الوقت لكي يقوموا بعملهم. سوف نقوم باتّخاذ القرارات الحرجة مع اقترابنا من الساعة الحرجة".

راح لانغدون يتساءل كم كان أوليفيتي سيدع الأمور تقترب من "الساعة الحرجة".

هنا بدا السكرتير البابوي شديد الارتباك: "غير أنّ مجمع الكرادلة سوف يسألني عن الكرادلة الأربعة النخبة... لا سيّما منهم بادجيا".

"سوف تضطرّ إلى التفكير بشيء ما، سيّدي. قلْ لهم بأنك قدّمت إلى الكرادلة الأربعة مع الشاي شيئاً ما لم يناسبهم".

فبدا عندئذٍ السكرتير البابوي الخاص غاضباً: "أتريدني أن أقف عند مذبح

178

الكابيلاّ السِّستينيّة وأكذب على مجمع الكرادلة؟

"سوف تفعل ذلك من أجل سلامتهم الخاصّة. إنها كذبة بيضاء. ستكون مهمّتك المحافظة على الهدوء والسكينة". قالها أوليفيتي وهو يتّجه نحو الباب: "والآن أعذروني، إنما يفترض بي أن أباشر العمل".

"حضرة القائد"، قال السكرتير البابوي بإلحاح: "لا يمكننا هكذا وبكل بساطة أن نغضّ الطرف عن الكرادلة الأربعة المفقودين".

توقّف أوليفيتّي عند المدخل قائلاً: "إن بادجيا والآخرين هم حاليّاً خارج نطاق اهتمامنا. يجب أن ندعهم يذهبون... في سبيل مصلحة الجميع.هذا ما يُسمّى في التعبير العسكري بالسياسة الانتقائية".

"أتقصد بذلك التخلّي؟".

رد عليه القائد بصوت قاس: "لو كانت أمامي سيّدي أيّ طريقة في الكون... لتحديد موقع هؤلاء الكرادلة الأربعة لكنت فديتهم بحياتي. ولكن..." ثم استطرد كلامه مشيراً إلى النافذة حيث كانت شمس المغيب تتلألأ مومضة فوق روما. "تفتيش مدينة تحتوي على خمسة ملايين نسمة ليس من سلطتي. فأنا لن أهدر الوقت الثمين لأصفّي ضميري بتمرين تافه كهذا. أنا آسف".

وفجأة قالت فيتوريا: "ولكننا إن قبضنا على القاتل، ألا يمكنك أن تجبره على الكلام؟".

عبس أوليفيتي في وجهها قائلاً: "الجنود لا يمكنهم أن يكونوا قدّيسين، يا سيّدة فيترا. صدّقيني، فأنا أتفهّم الحافز الشخصي الذي يجعلك تريدينني أن أمسك بذلك الرجل".

أجابته: "الأمر ليس مسألة شخصيّة فحسب. فالقاتل يعلم بمكان المادة المضادّة... كما وبمكان الكرادلة الأربعة أيضاً. وبالتالي فإن تمكّنّا بطريقة ما من القبض عليه فقد...".

"نلعب بهم لعباً؟" قال أوليفيتي: "صدّقيني، إن نزع كل الحماية عن مدينة الفاتيكان من أجل تعزيز حماية مئات الكنائس، هذا ما تريدنا الطبقة المستنيرة أن نفعل... هدر الوقت الثمين والطاقات البشريّة عندما يكون من المفترض بنا أن نقوم عوضاً عن ذلك بالبحث... والأسوأ من ذلك أيضاً هو أنهم يريدوننا أن نترك بنك الفاتيكان من دون أيّ حماية على الإطلاق. هذا من دون أن نذكر سائر الكرادلة".

وكان قد أصاب بكلامه هذا بيت القصيد.

"وماذا عن شرطة روما؟" سأل السكرتير البابوي الخاص.

"بإمكاننا أن نحذّرها من المحنة، كما ويمكننا أن نطلب منها بأن تساعدنا في العثور على خاطف الكرادلة".

"هذه غلطةَ أخرى قد نرتكبها"، قال أوليفيتي: "فأنت تعرف طبيعة مشاعر شرطة روما حيالنا. وبالتالي فقد نحصل على جهد بعض الرجال الفاتر الذي تعوزه الحماسة مقابل بيعهم محنتنا إلى وسائل الإعلام العالمية. وهذا بالضبط ما يرنو إليه أعداؤنا. وهكذا سوف نضطرّ إلى مواجهة وسائل الإعلام عمّا قريب".

"سوف أجعل من كرادلتكم نجوم وسائل الإعلام"، راح لانغدون يفكّر في نفسه، متذكّراً كلام القاتل. "سوف تظهر جثّة الكاردينال الأول عند الساعة الثامنة، لتعود وتظهر الثانية بعد ساعة من ذلك... وهكذا دواليك إلى أن تظهر جثث الكرادلة الأربعة. سوف تحب الصحافة ذلك".

ثم استطرد السكرتير البابوي الخاص كلامه بنبرة فيها شيء من الغضب: "يا حضرة القائد، لا يمكننا هكذا وبكل بساطة التغاضي عن الكرادلة المفقودين!".

حدّق أوليفيتي به، وقال: "صلاة القديس فرنسيس، يا سيّدي. أتذكرها؟".

عندها تلا الكاهن الشاب الجملة الوحيدة التي تتضمّنها هذه الصلاة وغصّة الألم والشجن بادية في صوته: "ربّي، امنحني القوّة لأقبل تلك الأمور التي لا يمكنني تغييرها".

"ثق بي"، قال أوليفيتي قبل أن يذهب: "فهذا واحد من تلك الأمور".

44

يقع المكتب الرئيس للمؤسسة البريطانية للإرسال (BBC) غرب ميدان البيكاديلّي في لندن. رنّ الهاتف، فرفعت السماعة محرِّرة شابّة تسحق عقب سيكارتها الداهيل مطفئةً إياها: "ب. ب. س، نعم".

صوت خشن يتميّز بلهجته المتوسطيّة: "عندي لكِ أخبار مثيرة تسترعي اهتمام مؤسّستك".

تناولت المحرِّرة قلماً وورقة بيضاء عادية وسألته: "بشأن ماذا؟".

"بشأن الانتخابات البابويّة".

قطّبت عندئذ حاجبيْها بملل، إذ أنّ الــ ب. ب. س كانت بالأمس فقط قــد أجرت تقريراً تمهيديًا حول هذا الموضوع، ولكنه لم يلقَ ذاك التجاوب المتوقّــع، إذ أن الناس على ما يبدو لا يهتمّون كثيراً لمدينة الفاتيكان وشؤونها الخاصة: "وما هي هذه الأخبار؟".

"هل أرسلتم أحد مراسليكم التلفزيونيين إلى روما لكــي يغطّــي العمليــة الانتخابية؟".

"أظنّ ذلك".

"يجب أن أتكلّم إليه مباشرةً".

"أنا آسفة، ولكن لا يمكنني أن أعطيك ذاك الرقم من دون أن تكون لدي ولو فكرة بسيطة عن -".

"إن الخلوة الانتخابية معرّضة للخطر. هذا كل ما يمكنني أن أقوله لك".

فراحت المحرّرة تدوّن أمامها بعض الملاحظات: "وما اسم حضرتك؟".

"اسمي ليس مهمّاً".

وهنا لم تبدُ المحرِّرة متفاجئة على الإطلاق، وتابعت قائلةً: "وهل لــديك أي أدلّة أو إثباتات على صحّة ما تقول؟".

"أجل".

"كنت أودّ لو انّه كان بإمكاني أن أخدمك، غير أن نظام مؤسستنا لا يخوّلني إعطاء أرقام مراسلينا إلاّ في حال -".

"فهمت. سوف أتّصل إذن بمؤسسة تلفزيونيّة أخرى. إلى اللّــ".

فقاطعته: "لحظة واحدة من فضلك. أيمكنك أن تبقى معــي علــى الخــطّ للحظة؟".

جعلته ينتظر، وراحت تمطّط عنقها. في الواقع، إنّ فنّ غربلــة الاتصــالات الهاتفية التي يُحتمَل أن تكون صادرة عن أشخاص مهووسين، أو غير طبيعيّين، هو علم ممتاز حقاً، إلا أن هذا المتّصل كان قد نجح لتوّه في امتحانيْ الــــ ب. ب. س الضمنيّيْن للتحقّق من صحّة وموثوقيّة مصدر المكالمة الهاتفيّــة. فهــو رفــض أولاً الإدلاء باسمه، كما وأنه كان متلهّفاً في ما بعد لإقفال الخطّ، في حــين أنّ الــذين يسعون إجمالاً وراء العظمة والشهرة غالباً ما ينتحبون ويلتمســون الاســتمرار في

181

الاستماع إليهم وإلى أكاذيبهم وادّعاءاتهم.

ولحسن حظّها أن المراسلين كانوا يعيشون في هاجس وخوف دائمين من أن يفوتهم أيّ حدث عظيم؛ لذا نادراً ما كان هؤلاء يغضبون منها أو يعاقبونها إن كانت تصلهم ببعض الأشخاص المخادعين المضلّلين المصابين بالذهان. في الواقع، إن ضيّع المراسِل خمس دقائق من وقته فهذا شيء يُسامَح عليه، ولكنّه إن فوّت عنواناً رئيساً بارزاً، فهذا أمر لن يُغفر له أبداً.

نظرت إلى الكمبيوتر أمامها متثائبةً، ثم طبعت عليه الكلمتيْن الرئيستيْن "مدينة الفاتيكان". وعندما ظهر أمامها اسم المراسل الميداني الذي يغطّي عمليّة الانتخابات البابويّة، راحت تضحك بينها وبين نفسها. لقد كان في الواقع هذا الأخير مجرّد شابّ جديد قد أخذته الـ ب. ب. س من إحدى صحف لندن التافهة والمذرية لكي يقوم بتغطية بعض أهمّ الأحداث العالمية وأبرزها.

فهو على الأرجح قد سئم عيشته هناك، منتظراً الليل بطوله لكي يسجّل بيانه الذي لن يتعدّى العشر ثوان والذي سوف يُبثّ بثّاً حيّاً ومباشراً على الهواء. وبالتالي فقد يكون ممتنّاً لها كلّ الامتنان إن حوّلت له هذا الاتصال الذي قد يخترق رتابة حياته المملّة.

نسخت رقم الخطّ الامتدادي للقمر الصناعي التابع لهذا المراسِل في مدينة الفاتيكان، ثم أشعلت سيكارةً أخرى، معطيةً المتّصل المجهول رقم المراسل.

45

"هذا كلّه لن ينفع"، قالت فيتوريا ذارعةً مكتب البابا جيئةً وذهاباً. ثمّ نظرت إلى السكرتير البابوي الخاص قائلةً: "حتى ولو كان فريق كامل من الحرس السويسري قادراً على تعقّب أي تشويش إلكتروني، فينبغي عليهم أن يكونوا عملياً فوق العلبة الحابسة تماماً لكي يتمكّنوا من كشف أي ذبذبات أو موجات كهربائية صادرة عنها، طبعاً هذا في حال كانت العلبة الحابسة قد وُضعت في مكان من السهلِ الوصول إليه... وغير مطوّق بحواجز أخرى. فماذا لو كانت هذه العلبة مدفونةً داخل علبة معدنية أخرى في مكان ما على أراضيكم، أو في أعلى إحدى قنوات التهوئة المعدنية؟ ففي هكذا حالات مثلاً، قد يكون من المستحيل تعقّب

ذبذباتها الكهربائية. وماذا لو كان بعض أفراد الطبقة المستنيرة قد تسللوا إلى صفوف الحرس السويسري؟ فمَن يستطيع أن يؤكّد لنا أنّ عمليّة التفتيش ستكون في هذه الحالة نظيفةً وأمينة؟".

بدا عندئذ السكرتير البابوي الخاص وكأنّ هموم الدنيا كلها ملقاة على كاهله: "وما الذّي تقترحينه علينا إذن، يا سيّدة فيترا؟

شعرت فيتوريا باهتياج وارتباك شديديْن، إذ قالت: "أليس الأمر واضحاً! "ما الذي أقترحه سيّدي، هو أن تأخذوا على الفور تدابير أمنية وقائية أخرى. فنحن نتمنّى من كل قلبنا أن تكون عمليّة التفتيش التي سوف يقوم بها القائد ناجحةً، إنما في الوقت عينه، أنظر من النافذة إلى تحت. أترى هؤلاء الناس جميعهم وتلك المباني كلها المحيطة بالساحة؟ أترى العربات الإعلامية والسيّاح؟ فمن المحتمل جداً أن يكون جميعهم ضمن المنطقة التي قد يطالها الانفجار. لذا يتعيّن علينا أن نتصرّف وفي الحال".

هزّ السكرتير البابوي الخاص رأسه شارداً.

شعرت فيتوريا بالإحباط، إذ أنّ أوليفيتي كان في الواقع قد أقنع الجميع هنا بأن لديهم ما يكفي من الوقت للعثور على المادة المضادة. غير أنّ فيتوريا كانت تعلم أنه في حال تسرّب أخبار هذه الورطة إلى العامّة فسوف تغصّ عندئذ المدينة بأسرها، وفي غضون دقائق قليلة فقط، بآلاف المشاهدين الفضوليين، إذ هذا بالضبط ما حدث مرّةً خارج مبنى البرلمان السويسري حيث التمّ حينها آلاف الناس الفضوليين خارج المبنى الذي تعرّض لعمل إرهابيّ تخلّله خطف لبعض الرهائن وتهديد بتفجير المبنى، وذلك فقط لكي يروا ما سوف تؤول إليه في النهاية هذه العمليّة الإرهابية. وهي لا تزال تذكر جيّداً أنّ الناس ظلّوا في ذلك الوقت يحتشدون أكثر فأكثر بالقرب من المبنى، على الرغم من التحذيرات كلها التي وجّهتها لهم حينذاك الشرطة بالابتعاد عن المكان نظراً لخطورة الوضع. فلا شيء في الواقع يسترعي الاهتمام البشري أكثر من المأساة البشرية.

استطردت كلامها بإلحاح شديد قائلةً: "سيّدي، إن الرجل الذي قتل والدي لا يزال يسرح حرّاً طليقاً في مكان ما في الخارج. في الواقع، إن كل خلية من خلايا جسمي تودّ لو أنه كان بإمكانها أن تخرج من هنا لمطاردته والقضاء عليه. ولكنني لا أزال واقفة هنا في مكتبك... لأن لدي مسؤوليّة تجاهك. تجاهك وتجاه الآخرين أيضاً. فحياة الكثيرين معرّضة للخطر، يا سيّدي. أتعي جيّداً ما أقول؟".

لم ينبس السكرتير البابوي الخاص ببنت شفة.

كان بإمكان فيتوريا أن تسمع دقّات قلبها السريعة. ثم راحت تتساءل قائلةً: "لَمَ لم يتمكّن أفراد الحرس السويسري من تعقّب مصدر هذا الاتصال اللعين؟ ليس من حلّ آخر سوى القبض على القاتل السفّاك التابع إلى الطبقة المستنيرة! فهو على علم بمكان المادة المضادة... ويعرف أيضاً مكان الكرادلة المفقودين!

شعرت فيتوريا فجأة بقلق شديد، وانتابها شعور غريب بالألم والحزن والأسى، تماماً كذاك الشعور الذي كانت لا تزال تحتفظ بذكرى طفيفة عنه في ذهنها منذ سنوات طفولتها التي أمضتها في الميتم، حيث غالباً ما كان يخالجها شعور بالإحباط، ولكنها كانت دائماً تفتقر إلى الوسائل اللاّزمة لمحاربته والتغلّب عليه. ولكنها عادت وقالت لنفسها: "لديك الوسائل. فالوسائل متوفّرة على الدوام". ولكنّ هذا كلّه كان عديم الجدوى. لقد كانت أفكارها مشوّشة ومتشابكة بحيث كانت تشعر بالاختناق. صحيح أنها كانت باحثة بارعة في حلّ المشاكل والإشكاليّات، إلاّ أن هذه المشكلة بالتحديد لَم يكن هناك من حلٍّ ممكن لها. ثمّ عادت تسائل نفسها قائلةً: "ما هي المعلومات التي أنا بحاجة إليها؟ وما الذي أريده بالضبط؟" حاولت بعد ذلك أن تأخذ نفساً عميقاً، ولكنها وللمرّة الأولى في حياتها لم تتمكّن من ذلك، كانت تشعر بالاختناق.

بدأ لانغدون يشعر بصداع أليم، وانتابه فجأة شعور بأنه يطوف حول حافّة العقلانية. صحيح أنه يشاهد فيتوريا والسكرتير البابوي الخاص، غير أنّ صوراً وهيؤات شنيعة كانت تعشي بصره: انفجارات وحشود إعلاميّة غفيرة وكاميرات وأربعة أشخاص موسومين.

الشيطان... اللوسِفر... مولّد النور... إبليس.

طرد هذه الصور الشيطانيّة كلها من ذهنه. "الإرهاب المدروس والمروّى فيه"، راح يذكّر نفسه متشبّثاً بالواقع. "التشويش والفوضى المخَطّط لهما". ثمّ راح يتذكّر حلقة Radcliffe الدراسيّة التي كان قد حضرها مرّةً أثناء قيامه ببعض الأبحاث والدراسات حول الرموز البريتورية. وهو منذ ذلك الحين لم يعرف إرهابيين مثلهم قطّ.

"الإرهاب"، قال البروفسور في محاضرته: "لديه هدف فريد من نوعه. أتعلمون ما هو؟".

وجازف حينذاك أحد الطلاب مجيباً: "قتل الناس الأبرياء؟".

"خطأ. ليس الموت سوى منتج جانبي للإرهاب".

"عرض للقوّة؟".

"كلاّ. فهذه أضعف طريقة للإقناع".

"إيقاع الرعب والذعر في النفوس؟".

"صحيح. إن الهدف من الإرهاب هو وبكل بساطة إيقاع الرعب والهول في النفوس. فالخوف يضعف الإيمان ويقوّض أسسه. إنه يضعف العدوّ من الداخل... مسبّباً بالتالي هلع واضطراب العامّة. دوّنوا هذا. ليس الإرهاب تعبيراً عن الغضب، إنما هو كناية عن سلاح سياسيّ. أزيحوا الستار عن الواجهة الكاذبة والزائفة التي تختبئ وراءها الحكومات زاعمةً أنها معصومة عن الخطأ، وأن نجاحها مؤكّد وسوف ترون كيف أنكم سوف تزعزعون بالتالي إيمان شعوبها بها".

زعزعة الإيمان...

أكان هذا كل شيء بهذا الشأن؟ راح لانغدون يتساءل كيف ستكون ردود فعل المسيحيين في العالم إزاء تشويه الكرادلة وموتهم ميتة الكلاب. إن كان إيمان الكاهن لم ينجِّه من قوى الشيطان وشروره فما هو الأمل أو الرجاء الذي بقي لدينا، نحن عامّة الناس؟ وكان لانغدون قد بدأ يشعر بتثاقل أكبر وأكبر في رأسه... من جرّاء أصوات خفيضة تتصارع فيه صراعاً عنيفاً.

الإيمان لا يحميكم. الطب والأكياس الهوائية... هذه أمور تحميكم. التنوّر. استثمروا إيمانكم في شيء ذات نتائج حقيقيّة وملموسة. متى كانت المرّة الأخيرة التي سار فيها أحدهم على الماء؟ تنتمي العجائب الحديثة إلى العلم... الكمبيوتر واللقاحات والمحطّات الفضائية... وحتى عجيبة الخلق الإلهية. مادّة من لا شيء... في مختبر. مَن بحاجة إلى الله؟ كلاّ! العلم هو الله.

كان لا يزال صدى صوت القاتل يتردّد في ذهن لانغدون. منتصف الليل... تسلسل الموت تسلسلاً حسابيّاً... ذبائح طاهرة وعفيفة على مذابح العلم".

اختفت فجأةً تلك الأصوات كلها من رأسه، تماماً كطلقة النار التي تُفرّق الجماهير والحشود الغفيرة.

ظلّ روبرت لانغدون مسمَّراً على قدميْه، فكرسيّه وقع خلفه على الأرضيّة الرخاميّة.

قفز كل من فيتوريا والسكرتير البابوي الخاص مذعورَيْن.

"لقد فاتتني"، همس لانغدون مسحوراً: "كانت أمامي بالضبط...".

"ما الذي فاتك؟" سألت فيتّوريا.

استدار لانغدون نحو الكاهن قائلاً: "أبت، لقد بقيت على مدى ثلاث سنوات أتوسّل إلى هذا المكتب لكي يسمحوا لي بالاطّلاع على سجلاّت الفاتيكان المحفوظة في الأرشيف، ولكنهم قد رفضوا طلبي هذا سبع مرّات".

"سيّد لانغدون، أنا آسف ولكن هذا لا يبدو الوقت المناسب لإثارة هكذا مسائل ورفع هكذا شكاوى".

"يجب أن أطّلع على هذه السجلاّت على الفور. فقد أتمكّن بذلك من تبيّن الأماكن التي سيتمّ فيها قتل الكرادلة الأربعة".

حدّقت فيتوريا فيه مذهولة، وكأنها أكيدة من أنها قد أساءت فهم ما قاله للتوّ.

أما السكرتير البابوي الخاص فقد بدا مضطرباً، وكأنها كانت الوطأة العظمى لدعابة قاسية وسمجة. "تريدني أن أصدّق أن هذه المعلومات موجودة في أرشيف الفاتيكان؟".

"لا يمكنني أن أعدك بأني سوف أعثر عليها في الوقت المناسب، ولكنك إن سمحت لي بالإطّلاع على هذه السجلاّت فقد...".

"سيّد لانغدون، يتعيّن عليّ أن أكون في الكابيلاّ السّستينية في غضون أربع دقائق فقط، والأرشيف في الطرف الآخر لمدينة الفاتيكان.

"أنت جادّ، أليس كذلك؟" قاطعته فيتوريا محدّقة بعمق في عيْنيه وكأنها تسعى إلى تحسّس مدى جديّة ما يقول.

"ليس الوقت وقت مزاح"، أجابها لانغدون.

"أبت"، قالت فيتوريا مستديرةً نحو السكرتير البابوي الخاص: "إن كانت هناك ثمّة فرصة لمعرفة الأماكن التي سوف تتمّ فيها عمليّات القتل تلك، فيمكننا عندئذ أن نخضعها لرقابة مكثّفة وبالتالي -".

"ولكن الأرشيف؟" أصرّ السكرتير البابوي الخاص: "كيف يمكنه أن يحتوي على هكذا معلومات موثوقة؟".

أجابه لانغدون: "إن كنت سوف أفسّر لك هذا الآن، فقد يستغرق ذلك وقتاً

طويلاً. ولكني إن كنت على صواب، فقد نتمكّن من استخدام هـذه المعلومـات للقبض على الحشّاش".

بدا السكرتير البابوي الخاص وكأنه يريد أن يصدّقه ولكنه كان عاجزاً عـن ذلك: "يحتوي هذا الأرشيف على أهم المخطوطات المسيحيّة وأكثرها قداسةً... يشتمل على ثروات أنا نفسي لا يحق لي رؤيتها والإطّلاع عليها".

"أنا أعلم ذلك جيّداً".

"لا يحقّ لك الدخول إلى الأرشيف إلا بموجب مرسوم خطّي صادر عن القيّم على الأرشيف كما وعن مجلس القيّمين على مكتبة الفاتيكان".

"وإلاّ"، قال لانغدون: "بموجب تفويض بابوي رسمي. فهذا في الواقع ما كُتب في كل رسالة رفض أرسلها لي القيّم على الأرشيف".

أومأ السكرتير البابوي الخاص برأسه دلالةً على صحّة كلامه.

ولكن استطرد لانغدون كلامه بإلحاح قائلاً: "أنا لا أريدك أن تعتقـد بـأني رجل فظّ ووقح، ولكن إن لم أكن مخطئاً أظنّ أنّ التفويض البابوي الرسمي يصـدر عن هذا المكتب بالتحديد، كما وأظنّ أيضاً أنك الليلة تتولّى رئاسة هذا المنصـب نظراً للظروف الراهنة...".

عندها، أخرج السكرتير البابوي الخاص ساعةَ جيب من غفّارته ونظر إليها قائلاً: "سيّد لانغدون، أنا مستعد الليلة لأن أضحّي بحياتي من أجلِ إنقاذ هذه الكنيسة".

لم يشعر لانغدون بشيء، سوى بالصدق الذي كان بادياً بجـلاء في عـينيْ الرجل.

"وهذه الوثيقة"، أضاف السكرتير البابوي قائلاً: "أتظنها حقّاً موجودة هنـا؟ وهل أنت واثق من أنها سوف تساعدنا على تحديد مكان هذه الكنائس الأربعة؟".

"لو لم أكن مقتنعاً بكلامي هذا لما كنت قد توسّلت إليكم آلاف المرّات لكي تسمحوا لي بالدخول إلى الأرشيف. وعلاوةً على ذلك، فإن إيطاليا بعيدة بعـض الشيء لكي يسافر أستاذ بسيط مثلي إليها مئات المرات بداعي اللهو والمـرح. في الواقع، إن المستند الذي لديكم كناية عن مستند قديم -".

فقاطعه السكرتير البابوي الخاص قائلاً: "أرجوك أن تعذرني، ولكن رأسي لم يعد قادراً على استيعاب المزيد من التفاصيل في الوقت الحاضر. أتعلم أيـن يقـع الأرشيف السري؟

شعر لانغدون بحماسة متّقدة وأجابه قائلاً: "تماماً خلف بوّابة القديسة آنّا".

"مذهل. معظم الأكاديميين يظن أنه يقع عبر الباب السرّي الذي خلف عرش القديس بطرس".

"لا. هذا الأرشيف هناك هو متحف كنيسة القديس بطرس. إنه في الواقع اعتقاد خاطئ وشائع بين الناس".

"هناك إجمالاً شخص قيّم على المكتبة يرافق الداخلين إليها جميعهم. ولكن الليلة القيّمون على المكتبة جميعهم قد ذهبوا، ولديك بالتالي تفويض مطلق للإطلاع على أي مستند تريد. فحتى الكرادلة لا يمكنهم الدخول إلى هناك بمفردهم".

"سوف استخدم ثرواتكم بفائق الاحترام والعناية ولن أخلّف ورائي ولا أيّ أثر، ولن يدرك حتى القيّمون على المكتبة أني كنت هناك". ثمّ راحت فجأةً أجراس كاتدرائية القديس بطرس تقرع فوق رؤوسهم. فعاد السكرتير البابوي الخاص وتحقّق من ساعة جيبه: "يجب أن أذهب". توقّف للحظة ناظراً إلى لانغدون وقال: سوف أطلب من أحد الحراس السويسريين أن يوافيك إلى الأرشيف. لقد وضعت ثقتي بك، يا سيّد لانغدون. اذهب الآن".

ظلّ لانغدون واقفاً مشدوهاً وعاجزاً عن الكلام.

وبدا الكاهن الشاب فجأة وكأنه يتحلّى باتّزان ورباطة جأش غريبيْن، فاقترب من لانغدون وشدّ على كتفه بقوّة مدهشةٍ قائلاً: "أريدك أن تعثر على ما تبحث، وبأسرع ما يمكن".

46

يقع أرشيف الفاتيكان السري على هضبة صغيرة في آخر فناء بورجيا مباشرةً، خلف بوّابة القديسة آنّا، وهو يحتوي على أكثر من 20.000 مجلّد، كما ويُقال أيضاً إنه يشتمل على ثروات نفيسة كمذكّرات ليوناردو دافينشي المفقودة وحتى على كتب للإنجيل المقدّس لم يتمّ نشرها قطّ.

راح لانغدون يصعد بخطى واسعة وسريعة جادّة Via delle Fondamenta متّجهاً نحو الأرشيف، وكان عقله بالكاد قادراً على استيعاب فكرة أنه سيتمكّن أخيراً من ولوج هذا المكان. وكانت فيتوريا تجاريه في مشيته السريعة من دون أن

188

تبذل أي جهد يُذكر، في حين كان شذا اللوز يفوح من شعرها معطِّراً النسيم العليل الذي كان لانغدون يتنشقه بعمق. وقد شعر هذا الأخير لوهلة بشرود تام في أفكاره فراح يمشي مترنّحاً.

سألته فيتوريا: "ألن تقول لي ما هو الشيء الذي نحن بصدد البحث عنه؟".

"إنه كتاب صغير وضعه شاب يُدعى غاليليو".

فقالت عندئذٍ بدهشة وتعجّب: "لا تعبث معي. ما الذي داخل هذا الكتاب؟".

"من المفترض أن يحتوي هذا الكتاب على شيء يُعرف بـ il segno".

"الإشارة؟".

"إشارة، رمز، مفتاح للغز... يمكنك ترجمته كما تشائين".

"إشارة إلامَ؟".

استعاد لانغدون سرعته في المشي وقال: "إشارة إلى مكان سري. فقد كانت في الواقع جماعة غاليليو المنوَّرة بحاجة إلى أن تحمي نفسها من الفاتيكان، لذا وجدت لنفسها مكاناً سريّاً تجتمع فيه هنا في روما، وأطلقت عليه اسم كنيسة التنوّر".

"إنها من الوقاحة حقّاً أن يطلقوا على مخبئهم الشيطاني هذا تسمية كنيسة".

هزّ لانغدون رأسه قائلاً: "إن جماعة غاليليو المنوَّرة لم تكن قطّ شيطانيّةً، إنما كانت مؤلّفة من حفنة من العلماء الذين يقدّرون التنوّر ويجلّونه. ولم يكن بالتالي مكان لقائهم سوى مكان عادي يمكنهم وبكل بساطة الاجتماع فيه ومواضيع ممنوعة ومحرَّمة من قبل الفاتيكان. وعلى الرغم من معرفتنا بوجود هذا المخبأ السري، إلاّ أنّ أحداً لم يتمكّن من تحديد موقعه حتى اليوم".

"يبدو وكأن الطبقة المستنيرة تعرف جيّداً كيف تحافظ على أسرارها".

"بالضبط. فهي في الواقع لم تكن لتكشفَ قطّ عن مكان مخبأها السري هذا لأيٍّ كان خارج الجمعية. وسريّتها هذه هي التي حمتها من جهة، إلا أنها كانت تشكّل لها أيضاً من جهة أخرى عائقاً كبيراً، لا سيّما في ما يختصّ بمسألة انضمام الأعضاء الجدد إليها".

"تقصد أنها لم تكن قادرةً على النمو والازدياد قوّة ونفوذاً من دون إعلان".

"صحيح. فقد عرفت جمعيّة غاليليو عام 1630، وراح بالتالي العلماء من أنحاء العالم كافة يقومون برحلات سريّة إلى روما على أمل أن ينضمّوا إلى الطبقة المستنيرة... وأن يفوزوا بفرصة للنظر عبر مِقراب غاليليو والاستماع إلى أفكار هذا المعلّم. ولكن وللأسف الشديد، وبسبب سَريّة الطبقة المستنيرة التامّة، لم يتمكّن العلماء الوافدون إلى روما من معرفة مكان انعقاد الاجتماعات أو الأشخاص الذين كان بإمكانهم أن يتحدثوا إليهم ويسألوهم عن هذا الموضوع من دون أن يعرّضوا حياتهم للخطر. صحيح أن الطبقة المستنيرة كانت بحاجة إلى أعضاء جدد، إلا أنها لم تكن أيضاً قادرةً على المجازفة بسريّتها من خلال إعلانها عن أماكن تواجدها وتجمّعها".

عبست فيتوريا قائلةً: يبدو هذا كلّه أشبه بوضع من دون حلٍّ".

"بالضبط. معضِلة ذات حدّيْن، إذا صحّ التعبير".

"وما الذي فعلوَه إذاً؟".

"بما أنهم كانوا علماء، درسوا الوضع ووجدوا له حلاً؛ وقد كان في الواقع حلاً رائعاً. فقد وضعت الطبقة المستنيرة شيئاً أشبه بخريطة حاذقة لإرشاد العلماء إلى ملجأهم".

فجأة بدت فيتوريا شكاكة بعض الشيء، وأبطأت مشيتها قائلةً: "خريطة؟ يبدو هذا غاية في الطيش. فماذا كان ليحدث لو وقعت نسخة عنها بأيدٍ غير ملائمة...".

"هذا مستحيل"، قال لانغدون. فلم تكن هناك أيّ نسخٍ عنها ولا في أي مكان. فهي في الواقع لم تكن خريطة من النوع الذي يمكن رسمه على الورق، إذ أنها كانت هائلة الحجم، كما وأنها كانت كناية عن سلسلة أشياء وأشكال موزّعة في المدينة".

أبطأت فيتوريا مشيتها أكثر فأكثر قائلةً: "أتقصد أنها كانت كناية عن أسهم مطليَّة على الأرصفة؟".

"شيء من هذا القبيل، أجل، إنما أكثر حذاقةً وسريّة. فقد كانت الخريطة كناية عن سلسلات من الرموز السريّة الموزّعة بحذاقة في مواقع عامّة في أرجاء المدينة كافّة. فكان كل رمز يقود إلى التالي... فالتالي... وهكذا دواليك... على شكل سلسلة تؤدّي في النهاية إلى مخبأ الطبقة المستنيرة".

راحت فيتوريا تحدّق فيه شزراً قائلةً: "لقد كان الأمر أشبه بعمليّة بحثٍ عن الكتر".

ضحك لانغدون ضحكةً خافتةً قائلاً: "نوعاً ما. لقد أطلقت الطبقة المستنيرة على سلسلة رموزها تلك اسم طريق التنوّر، وبالتالي فإن أي شخص كان يريد الالتحاق بالجمعية كان عليه أن يتبع هذه السلسلة حتى النهاية كنوع من اختبار".

"ولكن لو كان الفاتيكان يريد أن يعثر حقاً على الطبقة المستنيرة، أما كان قادراً وبكل بساطة على اتّباع سلسلة الرموز تلك ؟" قالت فيتوريا.

"كلاّ. فقد كانت الطريق خفيّة. أحجية موضوعة على نحوٍ أنّ بعض الناس فقط قادر على تعقّب الرموز واكتشاف الموقعٍ الذي كانت كنيسة الطبقة المستنيرة مخبّأةً فيه. والمقصود من هذه الخريطة كان نوعاً من الاختبار أو التحضير، إذ أنهم لم يضعوا هذه الخريطة كتدبير أمني فحسب، إنما كوسيلة غربلة أيضاً للتأكّد من وصول أذكى العلماء فقط وأكثرهم دهاءً إلى هذا الباب دون سواهم".

"أنا لا أصدّق هذا الكلام. ففي القرن السادس عشر، كان رجال الدين من أكثر الرجال ثقافةً في العالم. وإن كانت هذه الرموز موضوعةً كما تقول في أماكن عامّة، لكان بعض أعضاء الفاتيكان قد اكتشفوا أمرها".

"بالتأكيد"، قال لانغدون: "إنما هذا لو كانوا على علمٍ بوجودها. إلا أنهم في الواقع، لم يكونوا على علمٍ بها، ولم يشعروا حتى بوجودها، وذلك لأن الطبقة المستنيرة قد وضعت لها تصاميم ما كان رجال الدين ليشكّوا بماهيّتها. فقد استخدمت في تصاميمها تلك أسلوباً يُعرف في علم الرموز بأسلوب الإخفاء".

"تقصد بذلك أسلوب التمويه".

ذهل لانغدون بسعة معلوماتها: "تعرفين إذن هذا المصطلح".

"Dissimulazione"، قالت بالإيطاليّة. إنها في الواقع أفضل وسائل الطبيعة الدفاعية. حاول إن استطعت أن تتعرّف إلى سمكة بوقيّة وهي تسبح عموديّاً وسط عشب البحر".

"حسناً"، قال لانغدون. فقد استخدمت إذن الطبقة المستنيرة المبدأ نفسه، إذ أنها استنبطت رموزاً مبتذلةً ومألوفة بالنسبة إلى الستارة الخلفيّة لمدينة روما القديمة. فهي لم تكن قادرةً على استخدام لا الرموز التي يمكن قراءتها من الجهتيْن، ولا الرموز العلميّة، لأن العمليّة قد تصبح بذلك شديدة الوضوح. لذا فقد استدعت

191

أحد الفنانين وهو ينتمي إلى الطبقة المستنيرة، وهو نفسه ذاك العبقريّ المجهول الذي وضع لها رمزها الذي يمكن قراءته من الجهتيْن، وطلبت منه أن ينحت لها أربعة تماثيل".

"تماثيل خاصّة بالطبقة المستنيرة؟".

"أجل، تماثيل تتضمّن خطّيْن هادييْن اثنين فقط. أوّلهما، أنه يتعيّن على تلك المنحوتات أن تكون شبيهة بسائر التماثيل والأعمال الفنيّة الموجودة في روما... فلا يشكّ بالتالي الفاتيكان باحتمال أن تنتمي إلى الطبقة المستنيرة".

"فنّ دينيّ إذن".

أومأ لانغدون برأسه شاعراً بشيء من الحماسة، فراح يتكلّم بسرعة أكبر الآن. "أمّا ثانيهما فهو أنه كان ينبغي على المنحوتات الأربعة تلك أن تكون لديها مواضيع محدّدة جدّاً. فينبغي على كل منحوتة أن تشير إلى أحد عناصر العلم الأربعة".

"عناصر أربعة؟" قالت فيتوريا: "هناك ما يفوق المئة".

"هذا صحيح، إنما ليس في القرن السادس عشر"، ذكّرها لانغدون قائلاً: "فقد كان الخيميائيون القدماء يظنون أن الكون بأسره مؤلّف من موادّ أربعة ألا وهي، التراب والهواء والنار والمياه".

وقد كان لانغدون يعلم أنّ الصليب البدائي كان الرمز الشائع للعناصر الأربعة - أربع أذرع ترمز إلى التراب والهواء والنار والمياه. وبالإضافة إلى ذلك أيضاً، كانت توجد عبر التاريخ عشرات المظاهر الرمزية للتراب والهواء والنار والمياه - كدورات الحياة الفيثاغوريّة نظريّة هونغ فان الصينية، ومبادئ كارل جانغ الأنثويّة والذكريّة، وربعيّات دائرة البروج، حتى أن المسلمين أنفسهم كانوا يجلّون العناصر القديمة الأربعة... على الرغم من أنّ هذه الأخيرة كانت تُعرف في الإسلام بالدوائر والغيوم والبرق والأمواج". ومع ذلك، فقد كان استخدام هذه العناصر الطبيعيّة الأربعة بالنسبة إلى لانغدون عرفاً حديثاً يُشعره بالقشعريرة - إذ حتى المراحل السريّة الأربعة الضرورية والأساسية للالتحاق النهائي والتام بعضوية الماسونيّة هي: التراب والهواء والنار والمياه.

بدت فيتوريا محتارةً ثم قالت: "نحت هذا الفنان الذي ينتمي إلى الطبقة المستنيرة أربعة تحف فنيّة تبدو دينيّة في الظاهر ولكنها في الواقع ترمز إلى التراب والهواء والنار والمياه؟".

"بالضبط"، قال لانغدون، مستديراً بسرعة، وصاعداً جـــادّة Via Sentinel باتّجاه الأرشيف. "وهكذا امتزجت هذه القطع الفنيّة ببحرٍ من الأعمـــال الدينيـــة الفنية المنتشرة في أرجاء روما كافّة. وبعد ذلك، وبتقديمها هذه الأعمال الفنيّة على نحو مجهول المصدر إلى كنائس محدّدة، وباستخدامها نفوذها السياســـي، ســـهّلت الجمعية عمليّة وضع هذه التحف الفنية الأربع في كنائس أربع اختارتها بعناية مـــن بين سائر كنائس روما. وقد كانت بالطبع كل قطعة فنيّة بمثابة علامةً تشير سرّاً إلى الكنيسة التالية... حيث كانت العلامة التالية بانتظارهم. وهكذا نجحـــت فكـــرة سلسلة الإشارات المتخفّية تلك وراء الفن الديني. وفي حال تمكّن أحد المرشّـــحين للالتحاق بالطبقة المستنيرة من العثور على الكنيسة الأولى وعلى التمثال الذي يشير إلى الأرض، فقد يتمكّن بالتالي من متابعة هذه السلسلة، مروراً بالتمثال الذي يشير إلى الهواء... وبذاك الذي يشير إلى النار... فذاك الذي يشير إلى الميـــاه... إلى أن يصل في نهاية المطاف إلى كنيسة التنوّر".

هنا بدت فيتوريا وكأنها لم تعد تفهم شيئاً على الإطلاق: "وهل لهـــذا كلـــه علاقة بالقبض على القاتل السفّاك الذي ينتمي إلى الطبقة المستنيرة؟".

ابتسم لانغدون لاعباً ورقته الكبرى والحاسمة: "أجل، بكل تأكيـــد. ففـــي الواقع، لقد أطلقت الطبقة المستنيرة على هذه الكَنائس الأربعة تسمية جدّ مميّزة ألا وهي، مذابح العلم".

عبست فيتوريا قائلةً: "أنا آسفة، ولكنّ هذا كلّه لا يعني شيئاً"، ثمّ توقّفـــت فجأة وصرخت: "مذابح العلم؟ القاتل السفّاك. لقد حذّر بأن الكرادِلـــة ســـوف يكونون بمثابة ذبائح طاهرة وعفيفة على مذابح العلم!".

ابتسم لها لانغدون: "الكرادلة الأربعة والكنائس الأربع ومذابح العلم الأربعة".

بدت فيتوريا مذهولةً: "أتريد أن تقول بكلامك هذا أن الكنائس الأربع حيث ستتم تقدمة الكرادلة كذبائح هي الكنائس الأربع نفسها التي تشير إلى درب التنوّر القديم؟".

"أظنّ ذلك، أجل".

"ولكن لمَ قد يعطينا القاتِل هذه الإشارة؟".

ولَم لا" أجاب لانغدون: "في الواقع، قليلون هم علماء التاريخ الذين يعلمون بشأن هذه المنحوتات، وأقلّ منهم حتى هم الذين يؤمنون بوجودها. وعلاوةً علـــى

ذلك، فقد ظلّت مواقع هذه المنحوتات سريّة لمدّة أربعماية عام. فلا شكّ بالتالي في أن الطبقة المستنيرة سوف تحفظ هذا السر لخمس ساعات أخرى. على أيّ حال، فهي لم تعد بحاجة إلى درب التنوّر بعد الآن، ولا شكّ في أن مخبأهم السري قد زال منذ زمن بعيد. فهم يعيشون حاليّاً في العالم العصري، ويجتمعون في المصارف والمطاعم وحصص الغولف الخاصّة. ولكنهم يريدون الليلة الإفشاء عن أسرارهم كافّة. فهذه هي لحظتهم المنتظَرة. لحظة كشف النقاب عن أسرارهم وخفاياهم".

غير أن لانغدون كان يخشى أن تتميّز عملية الإفشاء وكشف النقاب عن أسرارهم تلك بتناسق وتماثل كان لم يأت بعد على ذكرهما. الوسومات الأربعة. في الواقع، كان القاتل قد قسم بأنّ كلاًّ من الكرادلة الأربعة سوف يتمّ وسمه برمزٍ مختلف عن الآخر، وذلك دلالةً على صحّة الأساطير القديمة، بحسب قول القاتل. وأسطورة الوسومات الأربعة التي يمكن قراءتها من كلا الجهتيْن قديمة بقدم الطَبقة المستنيرة نفسها: تراب وهواء ونار ومياه - أربع كلمات موسومة بتناسق وتماثل بارعيْن، تماماً ككلمة Illuminati. كلٌّ من الكرادلة الأربعة سيوسَم بعنصر من عناصر العلم القديمة. أمّا الشائعة التي كانت تقول إن الوسومات الأربعة سوف تكون في اللغة الإنكليزية عوضاً عن الإيطالية فقد ظلّت محور جدل المؤرِّخين. فقد كانت في الواقع اللغة الإنكليزيّة تبدو لهم انحرافاً جُزافيّاً عن لغتهم الأم... في حين لم تكن الطبقة المستنيرة لتقوم بأي شيء جزافاً.

استدار لانغدون وراح يصعد الطريق الآجُرِّي المؤدي إلى مبنى الأرشيف، وراحت تتراءى له عندها صور شنيعة ومروِّعة. كانت مؤامرة الطبقة المستنيرة ككلّ قد بدأت تكشف عن عظمتها الطويلة الأناة. ففي الواقع، كانت الجمعيّة قد أخذت على نفسها عهداً بأن تبقى صامتةً طالما كان ذلك ضرورياً، مستقطبةً في غضون ذلك ما يكفي من السلطة والنفوذ لكي تعود وتظهر من جديد على الملأ من دون خوف، وتحتلّ موقعها المحدد، وتناضل من أجل قضيّتها في وضح النهار. فهي لم تعد ترغب في التخفّي والاختباء، إنما تريد على العكس أن تعرض سلطتها، وأن تثبت حقيقة الأساطير والخرافات التآمريّة. لقد كانت الليلة بالنسبة إليها بمثابة صدمة إعلاميّة ضخمة عالميّة وشاملة.

قالت فيتوريا: "ها قد وصل الحارس الذي سيرافقنا". فرفع لانغدون نظره ورأى حارساً سويسرياً يعبر مسرعاً إحدى المرجات المتاخِمة لهما متّجهاً نحو الباب الرئيس.

وعندما رآهما الحارس، توقّف فجأة وراح يحدّق فيهما وكأنه كان يخال نفسه يهلوس. ثم استدار من دون أن ينبس ببنت شفة وأخرج جهازه اللاسلكيّ. راح بعد ذلك الحارس يتحدّث بإلحاح إلى الشخص الذي عند الطرف الآخر من الخط، وكأنه كان يشكّ في صحّة ما كان قد طُلب منه أن يفعل. وصحيح أنّ الصوت العالي والغاضب الخارج من الجهاز كان مُطلْسماً وغير واضحٍ، إلا أن رسالته كانت واضحة. فانقبض الحارس وأعاد جهازه إلى جيبه ثم استدار نحوهما من جديد وهو يرمقهما بنظرة ملؤها الغضب والاستياء.

وفيما كان الحارس يقودهما إلى داخل المبنى، لم يتفوّه أيّ منهم بكلمة. اجتازوا أربعة أبواب فولاذية، ومدخليْن يُفتحان بمفاتيح خاصّة، ثم نزلوا سلّماً طويلاً وصولاً إلى ردهة مقفلة بقفليْن توافقيّيْن. وبعد أن مرّوا بسلسلة من الأبواب الإلكترونيّة العالية التقنية، وصلوا في نهاية المطاف عند آخر رواق طويل خارج مجموعة من الأبواب المزدوجة الكبيرة المصنوعة من خشب السنديان. فتوقّف الحارس ونظر إليهما مجدداً ثم اتّجه متمتماً نحو علبة معدنية كانت معلّقةً على الحائط. ففتح العلبة ومدّ يده إلى داخلها ثم ضغط على نظامٍ شِفريّ. عندها، طنّت الأبواب أمامهم وفُتحت على مصراعيْها.

استدار عندئذ الحارس وتكلّم إليهما للمرّة الأولى قائلاً: "يقع الأرشيف خلف هذا الباب. لقد طُلِّب مني أن أرافقكما إلى هنا ومن ثم أعود أدراجي لأنّ لديّ أعمالاً أخرى أقوم بها".

"سوف تذهب؟" سألت فيتوريا.

"لا يحق لأفراد الحرس السويسري الدخول إلى الأرشيف السريّ. وأنتما هنا فقط لأن قائدي قد تلقّى أمراً مباشراً من السكرتير البابوي الخاص بالسماح لكما بالدخول".

"ولكن كيف سنخرج بعد ذلك من هنا؟".

"لن تواجهوا في ذلك أي صعوبة، إذ أن الأجهزة الأمنية هنا أحاديّة الاتجاه. وبهذا ختم الحارس حديثه معهما مستديراً بسرعة وخارجاً من الرواق.

قامت فيتوريا عندها بتعليق ما، غير أن لانغدون لم يعرها أيّ اهتمام. فقد كان يركّز على الأبواب المزدوجة أمامه، متسائلاً ما هي الأسرار المدفونة خلفها.

47

على الرغم من أنّ السكرتير البابوي كارلو فنتريسا كان يعلم أن ليس لديه متّسع كافٍ من الوقت، إلا أنه راح يمشي ببطء. فقد كان بحاجة إلى أن يختلي بنفسه لكي يتمكّن من إعادة استجماعٍ أفكاره قبل مواجهة الأمر الواقع والبدء بالصلاة الافتتاحيّة. لقد كان هذا كثيراً. وفيما كان يترل وحده الجناح الشمالي، كانت وطأة الأيام الخمسة عشر الماضية تثقل كاهله.

فهو كان قد أدّى واجباته ومسؤولياته المقدّسة على أكمل وجه.

فوفقاً للتقاليد الفاتيكانية، كان السكرتير البابوي الخاص وبعد وفاة البابا قد أكّد شخصيّاً موت هذا الأخير بوضعه أصابعه على شريان البابا السُّباتي للاستماع إلى نفسه، ثم نادى البابا باسمه ثلاث مرّات. وكان القانون يمنع تشريح الجثّة لتحديد سبب الوفاة. بعد ذلك، أغلق غرفة نوم البابا بإحكام، وأتلف خاتم صيّاد السمك البابوي، وحطّم القالب الذي كان يُستخدم لصناعة الأختام الرصاصية، وقام بالترتيبات اللازمة كلها لمراسم الدفن، وبعد الانتهاء من هذا كله، بدأ بالتحضيرات اللازمة من أجل الخلوة الانتخابية.

"الخلوة الانتخابية"، راح يفكّر بينه وبين نفسه. "الصعوبة الأخيرة". كانت في الواقع هذه من أقدم التقاليد المسيحيّة. وفي أيامنا هذه، أصبحوا ينتقدون هذه العمليّة بقولهم عنها إنها باتت قديمة الطراز، وذلك لأنهم أصبحوا يعرفون مسبقاً النتيجة التي سوف تؤول إليها الخلوة - فقد أصبح الأمر في الواقع أشبه بتقليد سخيف مثير للسخرية أكثر منه بعمليّة انتخابية. غير أن السكرتير البابوي الخاص كان يعلم أن هذا كله ليس سوى سوء فهْم. فالخلوة الانتخابية ليست عمليّة انتخابية، إنما هي في الواقع تقليد قديم وسرّيّ تنتقل بموجبه السلطة من شخص إلى آخر. لقد كان هذا التقليد خالداً سرمديّاً... السريّة وقصاصات الورق المطويّة وحرق أوراق الاقتراع، ومزج موادّ كيميائية قديمة وإشارات الدخان.

وفيما كان السكرتير البابوي الخاص يقترب من مقصورة غريغوريوس الثالث عشر، راح يتساءل إن كان الكاردينال مورتاتي قد أصيب بالذعر أم بعد. فلا شكّ في أنّ هذا الأخير قد لاحظ غياب الكرادلة الأربعة النخبة. فمن دونهم، قد تدوم العملية الاقتراعية الليل بطوله. ثم عاد السكرتير البابوي وطمأن نفسه مفكّراً أنها

كانت حقّاً لفكرة سديدة تعيين مورتاتي ليحتلّ منصب الناخِب الأعظم. فقد كان هذا الرجل يتميّز بتفكير حرّ، وكان بالتالي قادراً على التعبير عَن آرائه بحرّيّة تامّة؛ وفي الحقيقة، فقد تكون الخلوة الانتخابية الليلة بحاجة إلى قائد فعلي أكثر من أيّ وقت مضى.

وعندما وصل السكرتير البابوي الخاص إلى أعلى بيت السلّم الملكي، شعر وكأنه واقف عند حافّة حياته. فحتى من فوق كانت تتناهى إلى مسمعه دمدمة الحركة في الكابيلاّ السِّستينية تحته - ثرثرة قلق واضطراب 165 كاردينالاً. ثمّ صحح نفسه قائلاً: "بل مئة وواحد وستّون كاردينالاً".

شعر السكرتير البابوي الخاص للحظة وكأنه يهبط عموديّاً نحو جهنّم. ناس يصيحون وألسنة النار تبتلعه، والسماء تمطر دماً وحجارة.

وفجأةً عمّ الصمت في كل مكان.

* * *

عندما استيقظ الطفل، كان قد أصبح في الجنّة. كل شيء من حوله كان ناصع البياض. كان النور باهراً ونقيّاً. وعلى الرغم من قول البعض إنه من المستحيل على فتىً في العاشرة من عمره أن يدرك معنى الجنّة، إلا أن كارلو فنتريسا الشاب أدرك معنى الجنّة كلّ الإدراك. لقد كان في الجنّة لتوّه. وأين تُراه يريد أن يكون أيضاً؟ فحتى خلال السنوات العشر القصيرة التي أمضاها كارلو على الأرض، شعر هذا الأخير بعظمة الله - دويّ المزامير والقبب الشاهقة وأصوات غناء وترنيم والزجاج الملوّن الذي يومض ذهباً وبرونزاً. لقد كانت ماريا، والدة كارلو، تصحبه إلى القدّاس يوميّاً. فقد كانت الكنيسة منزله.

"لماذا نأتي إلى القدّاس كل يوم؟" سأل كارلو أمّه من دون أن يبدو مزعوجاً من هذا الموضوع على الإطلاق.

"لأنني قد وعدت الله بذلك"، أجابته قائلةً: "والوعد إلى الله هو أهمّ وعدٍ على الإطلاق. إياك ألاّ تفي يوماً بوعدك إلى الله".

فوعدها كارلو بأنه لن يقدم على عمل كهذا أبداً في حياته. لقد كان يحبّ أمّه أكثر من أي شيء آخر في العالم، كانت ملاكه الحارس، حتى أنه كان يناديها أحياناً بماريا المباركة، مع العلم أنّها لم تكن تحب ذلك على الإطلاق. كان يركع معها وهي تصلّي، ويروح يتنشّق رائحة بشرتها الحلوة، ويصغي إلى همس صوتها

197

وهي تصلّي: "السلام عليك يا مريم، يا أمّ الله... صلّي من أجلنا نحن الخطـــأة... الآن وفي ساعة موتنا".

"أين والدي؟" سأل كارلو أمّه على الرغم من معرفته أن والده قد توفّي قبـــل ولادته.

وكانت أمه دائماً تجيبه قائلة:"الله هو والدك الآن. أنت ابن الكنيسة".

وكان كارلو يحبّ ذلك.

ثمّ تعود وتقول له: "كلّما شعرت بالخوف تذكّر أن الله هو والدك الآن، وهو سوف يحرسك ويحميك إلى الأبد. يحتفظ لك الله بمشاريع كبرى وعظيمـــة، يـــا كارلو". وكان الصبيّ يعلم أنها على حقّ. فهو كان قد بدأ يشعر بالله يســـري في دمه وعروقه.

دم...

تمطر السماء دماً!

صمت. ثمّ الجنّة.

أدرك كارلو عندما أطفئت الأنوار الباهرة أنّ جنّته كانت في الواقع وحـــدة العناية الفائقة في مستشفى القديسة كلارا الذي يقع خارج باليرمو. فكـــان هـــو الناجي الوحيد من التفجير الإرهابي الذي طال إحدى الكابيلاّت حيث كان وأمّه يحضران القدّاس في أحد أيام العطلة. سبعة وثلاثون شخصاً لقوا يومهـــا حـــتفهم، والدته واحدة منهم. وأطلقت حينذاك الصحف على نجاة كارلو تسمية "أعجوبـــة القديس فرنسيس". في الواقع، وقبل لحظات قليلة من وقوع الانفجار، كان كارلو ولأسباب مجهولة قد ترك أمّه وتجرّأ على دخول فجوة آمنـــة كانـــت في إحـــدى جدران الكابيلاّ لكي يتأمّل فيها نسيجاً مزداناً برســـوم تـــروي قصـــة القـــديس فرنسيس.

"الله هو الذي ناداني إلى هناك"، قال بينه وبين نفسه. "أراد أن ينقذني".

كان كارلو يهذي بألم. فهو لا يزال قادراً على رؤية أمّه كيف ركعت عنـــد المقعد الخشبيّ وأرسلت له قبلةً في الهواء، ثم كيف أنّ رائحة بشرتها الحلوة قد ولّت فجأةً بفعل ذاك الارتجاج المدوّي. كان لا يزال يشعر بمرارة شرّ الإنسان. راح الدم يسيل من كل مكان. دم أمّه! ماريا المباركة!

كانت أمّه قد قالت له ذات مرّة: "سوف يحرسك الله ويحميك إلى الأبد".

ولكن أين هو الله الآن!

وبعد ذلك، وتثبيتاً على صحّة كلام أمّه، وصل أحد رجال الدين إلى المستشفى، وهو لم يكن رجل دين عاديّ إنما كان أسقفاً وصلّى على كارلو. أعجوبة القديس فرنسيس. وعندما استعاد كارلو صحّته وعافيته، قام الأسقف بالترتيبات اللازمة كلها لكي يُسمح لكارلو بالإقامة في ديْر صغير تابع إلى الكاتدرائية التي كان يرأسها.

وعاش كارلو وتعلّم مع الرهبان. حتى أنه أصبح يخدم في الكنيسة قداديس ذاك الأسقف الذي كان يتولّى الوصاية عليه الآن. ثم اقترح الأسقف على كارلو بأن يلتحق بإحدى المدارس الرسميّة، إلا أنّ كارلو قد رفض. فهو كان سعيداً جدّاً في منزله الجديد هذا، إذ أنه كان الآن قد أصبح حقّاً يعيش في بيت الله.

كلّ ليلة، كان كارلو يصلّي على نيّة أمه.

وهو كان دائماً يفكّر في نفسه قائلاً: "لا بدّ من أن يكون الله قد أنقذني لسبب معيّن. ولكن ماذا تراه يكون هذا السبب؟".

وعندما بلغ كارلو السادسة عشرة من عمره، أصبح مجبراً بحكم القانون الإيطالي إلى تكريس عاميْن من عمره للخدمة العسكرية الإجبارية. غير أن الأسقف قال له إنه إن التحق بأحد المعاهد اللاهوتيّة فقد يُعفى من الخدمة العسكرية الإجبارية تلك. وأجاب حينذاك كارلو الكاهن بأنه كان ينوي فعلاً الالتحاق بأحد المعاهد اللاهوتية، ولكنه يتعيّن عليه أولاً أن يدرك تماماً معنى الشرّ.

ولكن الأسقف لم يفهم حينها قصده.

فشرح له كارلو وجهة نظره قائلاً: إنه إن كان سوف يمضي حياته كلّها في الكنيسة محارباً الشرّ، فيتعيّن عليه أولاً أن يدرك معنى هذا الأخير جيّداً. وبالتالي، فهو لم يجد مكاناً آخر يدرك فيه جيّداً معنى الشر أفضل من الجيش. فالجيش يستخدم الأسلحة والقنابل، والقنبلة هي التي قتلت أمه المباركة!

حاول الأسقف أن ينصحه بالعدول عن فكرته هذه، إلا أنّ كارلو كان قد عقد العزم على ذلك.

"انتبه إلى نفسك، بنيّ"، قال الأسقف. "وتذكّر أن الكنيسة سوف تكون بانتظارك عندما تعود".

وكان العامان اللذان أمضاهما كارلو في الخدمة العسكرية بغيضيْن ومروّعيْن.

فطفولته كانت طفولة صمت وتأمّل، في حين أنه لم يكن ليجد في الجيش ولو لحظة هدوء واحدة للتأمّل. ضجيج متواصل ولامتناه. آلات ضخمة وهائلة الحجم في كلّ مكان. ولا أي لحظة هدوء وسكينة. وصحيحٌ أن الجنود كانوا يذهبون إلى القدّاس مرّةً في الأسبوع، ولكنّ كارلو لم يكن ليشعر بوجود الله في أيٍّ من زملائه الجنود. فعقولهم كانت ممتلئة بالفوضى والتشوّش بمكان أنهم كانوا عاجزين عن رؤية الله.

كره كارلو حياته الجديدة تلك وكان يريد العودة إلى دياره، إلا أنه عاد وقرّر أن يتابع مسيرته هذه ويتحمّل مشقّاتها حتى النهاية. فلا يزال يتعيّن عليه إدراك معنى الشرّ. ورفض أن يخدم على الأسلحة، لذا علّمه رجال الجيش قيادة إحدى طائرات الهليكوبتر الطبيّة. وكان كارلو يكره الضجيج والرائحة اللذيْن ينبعثان من الهليكوبتر، ولكن هذه الأخيرة كانت باعتقاده تخوّله على الأقلّ الطيران في السماء والاقتراب من الجنّة حيث كانت أمّه. وذُعر كارلو عندما أخبروه بأن تدريبه على الطيران هذا يستوجب عليه أيضاً أن يتعلّم كيفيّة الهبوط بالباراشوت. ولكن لم يكن لديه خيار آخر.

فقال عندها لنفسه: "سوف يتولّى الله أمر حمايتي".

وكان أول هبوط له بالباراشوت بمثابة التجربة البدنيّة الأكثر بهجة وإثارةً في حياته. فقد كانت أشبه بالطيران مع الله، وهو لم يكن ليكتفي بما كان يجده في طيرانه هذا فوق سطح الأرض... من سكينة... وطوفان... ورؤية وجه أمّه في كتل السحاب البيضاء المتدحرجة مثل الموج. "يحتفظ لك الله بمشاريع عظيمة، يا كارلو". وعندما انتهى من الخدمة العسكريّة، عاد كارلو والتحق بالمعهد اللاهوتي.

وقد مرّ على ذلك الآن ثلاثة وعشرون عاماً.

والآن، وفيما كان كارلو فنتريسا يترل بيت السلّم الملكي، حاول أن يفهم تسلسل الأحداث الذي قاده نحو مفترق الطرق المتشابك هذا. ثم عاد وقال لنفسه: "انزع الخوفَ من قلبك، وسلّم هذه الليلة لله".

أصبح بإمكانه الآن رؤية باب الكابيلاّ السّستينية البرونزي العظيم يحرسه أربعة حرّاس سويسريّون. ففتح الحرّاس الباب على مصراعيْه، فاستدار رأس كلّ مَن كان في الداخل. راح السكرتير البابوي الخاص يحدّق في الأثواب السود والأحزمة الحمراء التي كانت أمامه، مدركاً ما كانت المشاريع التي يحتفظ بها الله له. فقد كان في الواقع مصير الكنيسة برمّتها قد وُضع بين يديْه. فصلّب السكرتير البابوي يده على وجهه واجتاز عتبة الباب.

48

كان غانثر غليك مراسل محطّة الـ ب. ب. س التلفزيونية جالساً يتصبب عرقاً في العربة التابعة للمحطّة المتوقّفة عند الطرف الشرقي لساحة القديس بطرس، لاعناً ساعة تعيينه لهذه المهمّة. صحيح أنّ التقويم الشهري الأولي لعمل غليك كان حافلاً بالتقدير والمديح - شابّ بارع في عمله، ذكيّ وجدير بالثقة - إلاّ أنه كان هنا في مدينة الفاتيكان يغطّي حدثاً سخيفاً: "الانتخابات البابويّة". ثم عاد وذكّر نفسه بأن العمل كمراسل صحفيّ لمحطّة الـ ب. ب. س يتطلّب مصداقيّة أكبر بكثير من حشو الكلام السخيف والتافه الذي كان يقدّمه لجريدة "The British Tattler" (الثرثار البريطاني). ولكن وعلى الرغم من هذا كلّه، فلم تكن في الواقع هذه الفكرة التي كان قد كوّنها في ذهنه عن العمل كمراسل صحفي.

كان تعيين غليك لتغطية هذا الحدث السخيف أمراً مهيناً بعض الشيء. فكل ما كان عليه فعله هو الجلوس هنا وانتظار مجموعة من العجزة لكي ينتخبوا عجوزاً آخر زعيماً تالياً لهم، ثمّ الترجّل من العربة وتسجيل تقرير حيّ مدّته خمس عشرة ثانية يكون الفاتيكان ستارته الخلفية.

رائع.

لم يكن غليك قادراً على استيعاب فكرة أنّ الـ ب. ب. س لا تزال إلى اليوم ترسل مراسليها الميدانيّين لتغطية حدث لسخيف كهذا. ففي الواقع، لا وجود هنا الليلة للشبكات التلفزيونية الأميركية؛ وهذا لأنّ هؤلاء الشبان قد أقدموا على عملٍ ذكيّ فعلاً. فقد شاهدوا تقرير الـ سي. أن. أن واختصروه ثمّ صوّروا تقريرهم "الحي" أمام شاشة زرقاء وأخذوا من الأرشيف صورةً للفاتيكان وركّبوها على الستارة الخلفيّة لتقريرهم، فبدا هذا الأخير واقعيّاً مئة في المئة. حتى أنّ محطّة الـ MSNBC قد استخدمت داخل أستديوهاتها آلات تصطنع المطر والهواء وذلك لكي تضفي على تقريرها المزيد من الواقعيّة. فالمشاهد في أيامنا هذه لم يعد يسعى وراء الحقيقة، إنما وراء التسلية والترفيه.

ثمّ راح غليك يحدّق عبر حاجب الريح وشعر للحظة بالمزيد من الإحباط. فقد ظهر أمامه جبل مدينة الفاتيكان الإمبرياليّ متشامخاً كتذكير موحِش بما قد يؤول إليه العزم من إنجازات عظيمة ومهمّة.

وراح بعد ذلك يتساءل بصوتٍ عالٍ قائلاً: "وأنا ما الذي أنجزتـــه إلى الآن في حياتي؟ لا شيء".

"فلمَ لا تستسلم إذاً؟!" قالت له امرأة من الخلف.

فانتفض غليك مذعوراً، إذ أنه كاد ينسى أنه لم يكن وحـــده في العربـــة ثمّ استدار نحو المقعد الخلفي حيث كانت المصوِّرة شينيتا ماكري جالســـةً بصـــمت تنظّف نظاراتها. كانت شينيتا زنجيّةً، مع أنها كانت تفضّل الأفارقـــة الأميركـــيين، بليدةً بعض الشيء إنما داهية الذكاء. لقد كانت عصفوراً غريباً، كان غليك يحبّها، وكان قادراً بكل تأكيد على الاستفادة من صحبتها.

"ما المشكلة، يا غانث؟" سألت شينيتا.

"ما الذي نفعله هنا؟".

فأجابته وهي تمسح نظّاراتها قائلة: "نشهد على حدث عظيم ومثير للاهتمام".

"رجال عجزة محتجزون في الظلمة، أتعتبرين هـــذا حـــدثاً عظيمـــاً ومـــثيراً للاهتمام؟".

"أنت تعلم أنك ذاهب إلى جهنّم لا محالة، أليس كذلك؟".

"أنا هناك الآن".

"قلْ لي، ما بكَ؟" تخاطبه وكأنها أمّه.

"أشعر برغبة كبيرة في أن تفارقني صفتي المميِّزة".

"كنت تكتب لصحيفة الـــ British Tattler (الثرثار البريطاني)".

"أجل، ولكني لم أكتب شيئاً ذات أهميّة تُذكر".

كيف تقول هذا؟ فقد سمعت أنكّ كتبت مقالةً أثارت ضجّة كـــبيرةً حـــول الحياة الجنسيّة السريّة للملكة مع ناس من كوكب آخر".

"شكراً".

"حسناً، ولكنّ الأمور في طور التحسّن الآن. فها أنت الليلة ســـوف تظهـــر ولأوّل مرّة في حياتك على التلفزيون لمدّة خمس عشرة ثانية".

فهمهمَ غليك همْهمة سخرية واستنكار. فهو كان يعلم مسبقاً مـــا ســـوف يكون تعليق منسِّق الأخبار على تقريره هذا. "شكراً لك يا غانثر، تقريـــر رائـــع حقّاً". ثمّ سوف يدير عيْنيْه منتقلاً إلى نشرة الأحوال الجويّة. "كان ينبغي علـــيّ أن أجرّب تأدية عمل المنسِّق الإخباري".

فضحكت عندئذ ماكري قائلةً: "هكذا من دون أن تكون لديك أي خبرة في هذا المجال؟ وبلحيتك هذه؟ إنسَ الأمر".

فمرّر غليك عندئذ يديْه على كومة الشعر الأحمر على ذقنه قائلاً: "أظنّ أنها تجعلني أبدو ذكياً".

ثم رنّ فجأةً هاتف العربة الخلويّ مقاطعاً ولحسن الحظّ غليك عن السخافات التي كان قد بدأ يتفوّه بها. "ربّما قد يكون هذا قسم التحرير". قال متفائلاً. "أتظنينهم يريدون تقريراً عن آخر المستجدّات هنا؟".

"حول هذه المسألة؟" قالت ماكري ضاحكةً. "أنت تحلم كثيراً".

رد غليك على الهاتف بصوت أجشّ ومثير كصوت مذيعي التلفزيون قائلاً: "غانثر غليك، ب. ب. س، مباشرةً من مدينة الفاتيكان".

كان الرجل عند الطرف الثاني من الخطّ يتميّز بلغته العربية الثقيلة فقال: "اصغِ إليّ جيّداً. أنا الآن على وشك أن أغيّر لك مجرى حياتك".

49

لانغدون وفيتوريا واقفان وحدهما خارج الأبواب المزدوجة المؤدّية إلى الحرم الداخلي للأرشيف السريّ. كان الديكور الذي يطغى على صفّ الأعمدة كناية عن مزيج متنافر من السجادات المعلّقة على الجدران فوق أرضيّة رخاميّة، ووسط كاميرات أمنية لا سلكيّة تحدّق نحو الأسفل من خلف ملائكة جميلة منحوتة في السقف. ظنّ لانغدون نفسه في عصر النهضة الأوروبية العقيمة. وخلف المدخل المقوّس، كانت لوحة برونزية صغيرة كُتب عليها:

أرشيف الفاتيكان
القيّم على الأرشيف، الأب جاكي توماسو

الأب جاكي توماسو. عرف لانغدون اسم القيّم على المتحف من رسائل رفض السماح له بالدخول إلى الأرشيف، تلك الرسائل العديدة التي كان لا يزال يحتفظ بها في المنزل مكدّسةً على مكتبه. "عزيزي السيّد لانغدون، يؤسفني أن أعلمك بأنه لا يمكنني أن أسمح لك بأن...".

أسف. ترّهات. منذ أن أصبح جاكي توماسو قيّماً على الأرشيف، لم يلتقِ

لانغدون يوماً ولا بأي طالب أميركي غير كاثوليكي سُمح له بدخول أرشيف الفاتيكان السري. فقد كان المؤرِّخون يطلقون عليه تسمية "الحارس"، وكان في الواقع جاكي توماسو من الأمناء الأكثر صرامةً على وجه الأرض.

وفيما كان لانغدون يفتح الأبواب ويخطو عبر المدخل المعقود إلى داخل حرم الأرشيف، توقّع أن يجد الأب جاكي في لباسه العسكريّ يحرس المدخل حاملاً في يده البازوكة. إلا أنّ المكان كان مقفراً.

صمت تامّ وإنارة خافتة.

أرشيف الفاتيكان.ها قد تحقّق أخيراً واحد من أحلام حياته.

وفيما كان لانغدون يُجيل النظر في الغرفة المقدّسة، شعر للوهلة الأولى بالإحراج، إذ أنه أدرك فجأةً كم أنه رجل رومانسي قليل الخبرة. فالصور التي ظلّ وعلى مدى سنوات طويلة يتخيلها عند الغرفة كانت مختلفةً عن الواقع كلّ الاختلاف. فهو كان يتصوّر رفوفاً متراصّةً مغبَّرةً ومثقلةً بكدسات عالية من الكتب القديمة والبالية، والكهنة يفهرسون على ضوء الشموع ونوافذ ذات زجاج ملوّن ورهبان مستغرقون في قراءة اللفائف الدّرْجية...

غير أن الصورة كانت مختلفةً عن ذلك كليّاً.

إذ بدت له الغرفة للوهلة الأولى أشبه بحظيرة مظلمة للطائرات قد بنى فيها أحدهم عشرات ملاعب كرة المضرب المستقلّة. كان لانغدون يعرف طبعاً ما هي تلك الحظائر المسيّجة ذات الجدران الزجاجية، وهو بالتالي لم يستغرب قطّ لدى رؤيتها؛ في الواقع، كان عاملا الرطوبة والحرارة قد تسبّبا بتآكل المخطوطات والكتب القديمة المجلّدة بورق الرَّق، وبالتالي فإن حماية هذه الثروات والحفاظ عليها من التلف كانا يستلزمان بناء سراديب كتيمة كتلك - مهاجع سادّة للهواء تمنع تسرّب الرطوبة والحوامض الطبيعية الموجودة في الهواء إلى الداخل. وكانت قد تسنّت الفرصة للانغدون مرات عديدة في حياته للتواجد داخل سراديب كتيمة، إلا أنّ ذلك لطالما كان بالنسبة إليه بمثابة تجربة مزعجة... شيء أشبه بالدخول إلى مستوعب سدود للهواء يتحكّم أحد القيِّمين على المكتبة المرجعيّة بكميّة الأكسيجين الداخلة إليه.

وكانت السراديب مظلمةً إلى درجة أنها تبدو وكأنها مسكونة بالأشباح، ولم يكن هناك سوى ضوء مقبَّب وخافت عند آخر كل رفّ. وشعر لانغدون وسط ظلمة تلك الحجيْرات بكدسات الكتب الشاهقة التي كانت تثقل الرفوف تاريخاً. يا

لها من مجموعة عظيمة حقاً!

أمّا فيتوريا فكانت هي أيضاً تبدو مشدوهةً، واقفةً بجانبه تحدّق بصمت في المكعّبات الشفّافة الضخمة والهائلة الحجم.

لم يكن لديهما الكثير من الوقت، لذا فلم يهدر لانغدون أيّ ثانية منه، إذ سرعان ما راح يبحث في الغرفة الخافتة الأضواء تلك عن فهرس أو موسوعة مفهرسة تشير إلى كامل محتويات المكتبة. ولكن، كل ما عثر عليه كان وميض حفنة من أجهزة الكومبيوتر الموزّعة في أرجاء الغرفة كافّة.

"يبدو أنهم يحتفظون بفهرسهم على الكومبيوتر".

بدت فيتوريا متفائلةً: "جيّد. فمن المفترض بهذا إذن أن يسرّع الأمور".

تمنّى لانغدون لو كان بإمكانه مشاركتها حماستها تلك، إلا أنه كان يشعر أنّ هذا نذير شؤم. فاتجه نحو إحدى الأجهزة وراح يطبع عليه، وللحال تأكّدت مخاوفه كلها، إذ قال: "لربما كانت الطريقة التقليدية القديمة أفضل".

"لماذا؟".

فابتعد عن الجهاز قائلاً: "لأن الكتب المهمّة ليست محميّةً بكلمة سرّ. وأنا لا أظنّ أنّ الفيزيائيين مولعون باستخدام الكومبيوتر، أو يعتبرونه من أهمّ هواياتهم، أليس كذلك؟".

هزّت فيتوريا رأسها قائلةً: "صحيح، أنا أعرف كيف أتدبّر أموري عليه، لا أكثر ولا أقلّ".

أخذ لانغدون نفساً عميقاً واستدار نحو مجموعة السراديب الغربية والشفافة، ثمّ اتّجه نحو السرداب الأقرب إليه، محدّقاً بعينيْن نصف مغمضتيْن إلى داخله المظلم. فقد كانت من الناحية الداخلية للزجاج أشكالُ مختلفة، أدرك لانغدون أنها رفوف الكتب العادية وصناديق لفائف المخطوطات الرقّية والجداول المرجعيّة. ثم رفع بعد ذلك نظره إلى العروات الصغيرة المعنوَنة والمتوهّجة الموضوعة عند آخر كلّ كومة من الكتب، وتماماً كما في سائر المكتبات، كانت هذه العروات الصغيرة المعنوَنة تشير إلى محتويات كل الصفّ. فراح يقرأ العناوين نازلاً الحاجز الشفاف.

...Levant ...Urbano II ...Le Crociate ...Pietro L'eremita

"إنها معنوَنة"، قال وهو لا يزال يمشي. "إنما ليس وفقاً للترتيب الأبجدي لأسماء المؤلّفين".

وهو لم يستغرب ذلك قطّ، إذ أنّ الأرشيفات القديمة غالباً لا تكون مجدوَلة بحسب الترتيب الأبجدي لأسماء المؤلّفين، وذلك لأن العديد منهم كان مجهول الهوية. أما الجدولة بحسب الترتيب الأبجدي للعناوين فهي أيضاً لم تكن لتجدي نفعاً، وذلك لأنّ العديد من المستندات التاريخية كان كناية عن رسائل غير معنونة أو أجزاء من مخطوطات رقيّة. وبالتالي، فقد كانت معظم أعمال الجدولة تتمّ بحسب التسلسل الزمني. غير أن المقلق في الأمر هو أنّ ترتيب هذه الكتب لم يبدُ له زمنيّاً قطّ.

شعر لانغدون فجأة بأن الوقت الثمين قد بدأ يضيع سدىً. فقال: "يبدو وكأنّ للفاتيكان نظامه الخاص في الجدولة".

"شيء مدهش حقّاً!".

راح يتفحّص العناوين من جديد، ولاحظ فجأةً أنّ المستندات تعود إلى عصور وقرون مختلفة، في حين أنّ الكلمات الدليليّة كافة مترابطة ببعضها البعض. "أظنّ أنّ الترتيب المعتَمَد هنا هو ترتيب موضوعي".

"موضوعي؟" سألت فيتوريا وقد بدت وكأنها لا توافقه الرأي. "يبدو لي هذا غير فعّال".

"إنها محقّة"، قال لانغدون بينه وبين نفسه بعد أن عاد وفكّر بالأمر بدقّة أكثر. "تكاد تكون هذه الجدولة الأكثر داهيةً التي رأيتها في حياتي". فهو لطالما كان يحثّ تلاميذه على فهْم الأساليب والأفكار الرئيسة لحقبة فنيّة معيّنة عوض أن يضيعوا في بعض أدقّ التفاصيل كالتواريخ وأعمال فنيّة محددة. ويبدو في الواقع أن أرشيف الفاتيكان كان مجدولاً وفقاً للفلسفة نفسها.

ثمّ قال لانغدون وقد بدأ يشعر الآن بثقة أكبر في نفسه: "كل شيء في هذا السرداب له علاقة بالحملات الصليبية. فهذا هو موضوع هذا السرداب". وفي الواقع، كل شيء يختصّ بهذا الموضوع كان موجوداً هنا، من روايات تاريخية ورسائل إلى الأعمال الفنيّة التي تنتمي إلى هذه الفترة والمعلومات الاجتماعية السياسية التي تعود إليها والتحاليل العصرية الحديثة. كل هذا محصور في مكان واحد فقط... الأمر الذي يحثّ إلى التعمّق أكثر فأكثر في فهمنا لموضوع معيّن. أمر مذهل حقّاً.

غير أنّ فيتوريا قالت عابسة: "ولكن هذه المعلومات أو المعطيات من شأنها أن تكون هي نفسها مرتبطةً بمواضيع عديدة في وقتٍ واحد".

"هذا صحيح، ولهذا السبب بالتحديد اعتمدوا أسلوب الإسناد الترافقي بواسطة علامات اسناديّة ترافقية". وأشار لانغدون عبر الزجاج إلى العروات البلاستيكية الملوّنة المُقحَمة بين المستندات قائلاً: "تشير هذه العروات إلى مستندات ثانويّة موجودة في مكان آخر مع مواضيعها الأساسية".

"طبعاً"، قالت وكأنها تريد أن تنتهي من هذا الموضوع. ثمّ وضعت يديْها على ركبتيْها وراحت تعاين ذاك المكان الشاسع. بعد ذلك، نظرت إلى لانغدون سائلة: "إذاً، يا بروفسور، ما اسم هذا الشيء الذي وضعه غاليليو والذي نحن في صدد البحث عنه الآن؟".

وهنا لم يتمالك لانغدون نفسه عن الابتسام. فهو كان لا يزال عاجزاً عن استيعاب فكرة أنه واقف الآن في هذه الغرفة. "إنه هنا"، قال بينه وبين نفسه: "لا بدّ أنه ينتظرنا في مكان ما هنا وسط الظلام".

"اتبعيني"، قال لانغدون. ثم راح يقرأ بسرعة العروات الدليليّة الموجودة في كل سرداب، بادئاً بالجناح الأوّل وقال: "أتذكرين ما أخبرتك إياه عن درب التنوّر وكيف كان هناك أعضاء جدد ينضمون إلى الطبقة المستنيرة من خلال خضوعهم لامتحان متقَن ومعقّد؟".

"تقصد البحث عن الكتر"، قالت فيتوريا وهي تتبعه عن كثب.

"إنّ الصعوبة الكبرى التي واجهتها الطبقة المستنيرة بعد وضعها لهذه العلامات الدليليّة، هي أنه كان من المفترض بها أن تفكّر بطريقة تطلع من خلالها جماعة العلماء على وجود هذه الدرب".

"أمر منطقيّ"، قالت فيتوريا: "وإلاّ فلما كان أحد ليعلم بضرورة البحث عنها".

"أجل. وحتى لو كانوا يعلمون بوجودها، فقد كان من المستحيل على العلماء أن يعرفوا من أين تبدأ هذه الدرب، سيّما وأن روما مدينة كبيرة جدّاً".

"صحيح".

ثم واصل لانغدون بحثه منتقلاً إلى الجناح التالي ومتفحّصاً العروات وهو يمشي: "منذ حوالى خمسة عشر عاماً، كنت أنا وبعض المؤرِّخين من جامعة السوربون قد كشفنا النقاب عن سلسلة من الرسائل التي كانت تنتمي إلى الطبقة المستنيرة والتي كانت تحتوي على أدلّة كثيرة على الـ segno أو الإشارة".

"الإشارة. تقصد بذلك الإعلان عن الدرب والمكان الذي تبدأ منه".

"أجل. ومنذ ذلك الحين، راح العديد من الأكاديميين الذين يتخصّصون في أمور الطبقة المستنيرة، ومن بينهم أنا، يكتشفون أدلّةً ومعلومات إرشادية أخرى حول الـ segno أو الإشارة. وبالتالي، فقد أصبحت النظريّة التي تقول بوجوب وجود دليل يشير إلى هذه الدرب نظريّة مسلَّم بصحّتها من الجميع، كما وأنه أصبح من المسلَّم به أيضاً أنّ أتباع غاليليو كانوا قد قاموا بتوزيع هذه الإشارة إلى جماعة العلماء من دون أن يعرف حتى الفاتيكان بذلك".

"ولكن كيف؟".

"لسنا بعد واثقين من ذلك، ولكن على الأرجح من خلال منشورات مطبوعة. فهو كان في الواقع قد نشر على مرّ السنين العديد من الكتب والرسائل الإخبارية".

"التي لا شكّ في أنّ الفاتيكان قد رآها. يبدو ذلك خطيراً حقاً".

"صحيح، ولكن وعلى الرغم من هذا كلّه فقد تمّ توزيع الـ segno أو الإشارة".

"ولكن، ألم يعثر أحد عليها حتى الآن؟".

"كلاّ. ولكن الغريب في الأمر هو أنّه حيثما يكون هناك تلميح لهذه الإشارة – سواء في المذكّرات الماسونية، أو في المجلاّت العلميّة القديمة، أو في رسائل الطبقة المستنيرة – غالباً ما يكون مشاراً إليها برقم معيّن".

"أهو الرقم 666؟".

فابتسم لانغدون قائلاً: "إنه في الواقع الرقم 503".

"وما الذي يعنيه هذا الرقم؟".

"لم يتمكّن أحد منا من اكتشاف معناه؛ حتى أني قد أصبحت في النهاية مهووساً بهذا الرقم بمكان أني قد لجأت إلى أيّ شيء قد يساعدني على اكتشاف معناه – كالعدادة والمراجع الخرائطيّة وخطوط العرض". وكان لانغدون قد وصل هنا إلى آخر الجناح؛ فاستدار وأسرع ليتفحّص، وفيما هو يواصل كلامه، الصفّ التالي من العروات. "ظلّ لسنوات عديدة مفتاح اللغز الوحيد الذي يبدو لنا أننا اكتشفناه هو أن الرقم 503 يبدأ بالرقم خمسة... وهو من الأرقام المقدّسة عند الطبقة المستنيرة". ثم توقّف بعض الشيء.

"هناك ثمّة ما يجعلني أشعر بأنك اكتشفت إلام يرمز هذا الرقم، وأن هذا هو بالتحديد سبب وجودنا هنا الآن".

"صحيح"، قال لانغدون سامحاً لنفسه لحظة تبجّح نادرة في عمله. "هل سمعت عن كتاب لغاليليو عنوانه Diàlogo ("الحوار")؟".

"بالطّبع. إنه كتاب علمي شهير يقول العلماء إنه كان ذروةً في المبيع إذ نفدت نسخاته كلها".

لم تكن كلمة "نفدت" الكلمة التي كان لانغدون ليستخدمها، إلا أنه كان يعلم ما الذي كانت فيتوريا تقصده بقولها هذا. ففي أوائل الثلاثينات من القرن السادس عشر، أراد غاليليو أن ينشر كتاباً يقرّ فيه بصحّة النظريّة الكوبرنيكيّة القائلة إن الشمس هي مركز النظام الشمسي والأرض والكواكب السيّارة تدور كلها حول الشمس، غير أن الفاتيكان لم يكن ليسمح لغاليليو بنشر هذا الكتاب إلا بشرط أن يُدخل فيه دليلاً مقنعاً يثبت أيضاً من خلاله صحّة نظريّة الكنيسة القائلة إن الأرض هي مركز الكوَن - وهي نظرية كان غاليليو واثقاً من كونها خاطئة. فلم يكن أمام هذا الأخير سوى الإذعان لمطالب الكنيسة وبالتالي نشر كتاب يتناول بالتساوي كلا النظريتين، الصحيحة والخاطئة.

"ولا شكّ في أنك ربّما تعلمين"، قال لانغدون: "أنه وعلى الرغم من نزول غاليليو عند رغبات الكنيسة، اعتُبر كتاب Diàlogo (أي الحوار) هرطقة، وقد حكم بالتالي الفاتيكان على غاليليو بالإقامة الجبريّة".

"هكذا يُقابَل إجمالاً عمل الخير".

ابتسم لانغدون قائلاً: "صحيح. إلا أنّ غاليليو كان شديد الحزم والثبات. وبالتالي، وفيما كان لا يزال تحت الإقامة الجبريّة، وضع سرّا مخطوطةً أخرى أقلّ شهرةً غالباً ما كان الطلاّب يخلطون بينها وبين Diàlogo خطأً، واسم هذا الكتاب Discorsi (أي أحاديث)".

أومأت فيتوريا برأسها قائلةً: "أجل، لقد سمعت عن هذا الكتاب. أحاديث حول حركتيْ المدّ والجزر".

توقّف لانغدون مذهولاً كونها قد سمعت عن هذا الكتاب الذي نُشر سرّاً والذي يتحدّث عن حركة الكواكب وتأثيرها في حركتيْ المد والجزر.

"انتبه، فأنت تتحدّث إلى عالِمة في البحريّة الإيطاليّة كان والدها يُجلّ غاليليو ويقدّره كلّ التقدير".

ضحك لانغدون. على أيّ حال، إن كتاب Discorsi (أو أحاديث) لم يكن هو الكتاب الذي كانا في صدد البحث عنه. ثم راح لانغدون يشرح لها أن كتاب Discorsi لم يكن العمل الوحيد الذي وضعه غاليليو أثناء إقامته الجبرية. ففي الواقع، يظنّ المؤرّخون أنه كان قد وضع كتيّباً سريّاً آخر اسمه Diagramma (أي بيان).

"Diagramma della Verità" قال لانغدون. أي "بيان الحقيقة".

"لم أسمع عنه قطّ".

لا أستغرب هذا. في الواقع، كان Diagramma من أكثر أعمال غاليليو سريّةً. فهو من المفترض به أن يكون نوعاً من البحث أو الرسالة حول الحقائق العلميّة التي كانت بحسب ظنّه حقيقيّة، إنما التي لم يكن من المسموح له أن ينشرها على الملأ. ولكن شأنه شأن سائر مخطوطات غاليليو السابقة، قام أحد أصدقاء غاليليو بتهريب Diagramma (أو البيان) خارج روما، ولم يتمّ بالتالي نشره سوى في هولندا فقط. وهكذا نال الكتيّب شهرة واسعة في الأوساط العلمية الأوروبية السريّة، وعرف بالتالي الفاتيكان بأمره وقام بحملة حرق وإتلاف لهذا الكتيّب".

بدت عندئذ الحيرة على وجه فيتوريا: "وهل تظنّ إذن أن Diagramma كان يحتوي على الحلّ للغز الذي نحن بصدد البحث عنه الآن؟ أعني الإشارة أو المعلومات بشأن درب التنوّر".

"إن كتيّب Diagramma هو الكتاب الذي عبّر من خلاله غاليليو عن كلمته. هذا أنا أكيد منه". ثم دخل لانغدون الصف الثالث من السراديب متابعاً تفحّصه للعروات الدليليّة. "ظلّ القيّمون على الأرشيف يبحثون وعلى مدى سنوات طويلة عن نسخة لكتاب Diagramma. ولكن وبسبب كل ما أقدم عليه الفاتيكان من أعمال حرق وإتلاف لهذا الكتيّب من جهة، وتصنيفه الاستمراري المتدنّي من جهة أخرى، اختفى الكتيّب اختفاءً تامّاً عن وجه الأرض".

"تصنيف استمراري؟".

"أي متانته. في الواقع، يصنّف الأمناء على الأرشيف المستندات من واحد إلى عشرة وفقاً لمتانتها ونوعيّة ورقها. وكتيّب Diagramma كان قد طُبع على الورق البَرْدي، الأمر الذي لا يجعله يدوم أكثر من قرن".

"ولكن لِمَ لم يستخدم ورقاً أفضل وأمتن من هذا؟".

"كانت هذه وصيّة غاليليو. لكي يحمي أتباعه؛ إذ بهذه الطريقة، أيّ عالمٍ يتمّ القبض عليه ومعه نسخة عن هذا الكتيّب يمكنه وبكل بساطة أن يرميه في الماء فينحلّ. فقد كان في الواقع هذا الورق رائعاً لإزالة الأدلّة أو الإثباتات، ولكنه كان رديء النوع بالنسبة إلى الأمناء على الأرشيف. ويظن البعض أن نسخة واحدة فقط عن هذا الكتيّب قد صمدت إلى ما بعد القرن الثامن عشر".

"واحدة فقط؟" سألت فيتوريا ملقية نظرة سريعة على الغرفة من حولها: "أوَتظنّ أنها هنا؟".

"لقد قام الفاتيكان بمصادرتها من هولندا بعد موت غاليليو بفترة وجيزة. مرّت إلى الآن سنوات عديدة وأنا أتوسّل الفاتيكان لكي يسمح لي برؤيتها. ولم أتمكّن بالتالي قطّ من معرفة ما يحتوي عليه هذا الكتيّب".

وإذا بفيتوريا وكأنها قد قرأت ما الذي يجول في بال لانغدون، فاجتازت الجناح وراحت تتفحّص الصفّ الآخر المتاخم من السراديب، مضاعفين بالتالي سرعتهما في البحث والتنقيب.

"شكراً"، قال لها. "ابحثي عن العروات الدليليّة التي لها علاقة بغاليليو أو العلم أو العلماء. ما أن تريها حتى تتعرّفي إليها".

"حسناً، ولكنّك لم تقل لي بعد كيف اكتشفت أنّ كتيّب Diagramma (أو البيان) يحتوي على المفتاح للغز الدرب المنوّرة. هل للأمر علاقة بالرقم الذي كنتم دائماً تجدونه في رسائل الطبقة المستنيرة؟ الرقم 503؟".

أجابها مبتسماً: "أجل. لقد استغرقني ذلك بعض الوقت، ولكني اكتشفت في النهاية أن الرقم 035 ليس سوى رمز شِفري. فهو يشير وبوضوح تام إلى كتيّب Diagramma".

وهنا عاد لانغدون بذكرياته إلى الوراء ليعود ويعيش لبعض الوقت تلك اللحظة غير المتوقّعة التي اكتشف فيها اكتشافه العظيم هذا. لقد كان ذلك في السادس عشر من شهر آب (أغسطس) منذ عاميْن. كان واقفاً حينذاك بالقرب من إحدى البحيرات في زفاف ابن أحد زملائه. كانت مزامير القِربة تعزف لحنها الرتيب على الماء، فيما دخل العروسان إلى حفلة الزفاف دخلةً فريدة من نوعها... إذ أنهما قد عبرا البحيرة حينذاك بواسطة مركب كبير معدٍّ للاحتفالات الخاصّة. وقد كان المركب مزيّناً بحبالٍ وأكاليل من الزهر، كما وأنه كان يحمل عدداً رومانيّاً مدهوناً عليه بكل فخرٍ، وهو DCII.

فراح لانغدون يتساءل إلام قد ترمز هذه العلامة، إلى أن سأل أخيراً والد العروس قائلاً: "إلام يرمز الرقم 602؟".

"الرقم 602؟".

فأشار لانغدون إلى المركب قائلاً: "DCII هو العدد الروماني المطابق لـ 602".

ضحك الرجل وقال: "هذا ليس عدداً رومانياً. هذا اسم المركب".

"مركب الـ DCII؟".

فأومأ الرجل برأسه قائلاً: "مركب Dick and Connie II" (مركب ديك وكوني II).

فخجل لانغدون من نفسه، إذ أنه بدا كالأبله أمام الرجل. فـ "ديك" و"كوني" كانا في الواقع اسميْ العروسيْن. وقد سمِّي المركب على ما يبدو بهذه التسمية على شرفهما. "وما الذي حدث للمركب DCI؟".

فأجابه الرجل متأوِّهاً: "لقد غرق البارحة خلال بروفة الغداء".

فضحك لانغدون قائلاً: "آسف لسماع ذلك". ثم عاد ونظر من جديد إلى المركب. الـ DCII، وراح يفكّر بينه وبين نفسه. إنه أشبه بمصغَّر عن QUII. وبعد لحظة، اكتشف الأمر فجأةً بالمصادفة.

وهناً استدار لانغدون نحو فيتوريا قائلاً: "إن الرقم 503 هو إذن وكما سبق وذكرت كناية عن رمز شِفري. إنها في الواقع خدعة قامت بها الطبقة المستنيرة لتخفيَ العدد الروماني الَّذي يرمز إليه هذا الرقم. في الواقع، إن الرقم 503 يصبح وفقاً للنظام العددي الروماني -".

"DIII".

فنظر إليها لانغدون قائلاً: "لقد كانت إجابتك سريعةً. لا تقولي لي أرجوكِ إنك تنتمين إلى الطبقة المستنيرة".

فضحكت قائلةً: "أنا استخدم الأعداد الرومانية لأصنّف الطبقات الأوقيانوسية".

"بالتأكيد" فكّر لانغدون بينه وبين نفسه. "جميعنا يفعل هذا".

ثم عادت فيتوريا ونظرت إليه سائلةً: "وما هو معنى DIII إذاً؟".

"الـ DI والـ DII والـ DIII كناية عن مختصرات قديمة جداً كان

يستخدمها العلماء القدماء للتمييز في ما بين المستندات الغاليلية الثلاثة التي غالباً ما كانوا يخلطون في ما بينها.

فأخذت عندئذ فيتوريا نفساً قصيراً وقالت: "Diàlogo... وDiscorsi... وDiagramma".

"D واحد. D اثنان. D ثلاثة. المسألة كلها مسألة علمية مثيرة للجدل. فالرقم 503 يعني إذن DIII أي كتاب Diagramma وهو كتابه الثالث".

غير أن فيتوريا بدت عندئذ مضطربة بعض الشيء إذ قالت: "ولكنّ ثمّة شيئاً بعد لا يسعني فهمه. إن كانت هذه الإشارة، أو هذا المفتاح للغز، أو هذا التمويه بشأن درب التنوّر موجوداً حقّاً في كتاب Diagramma الذي وضعه غاليليو، فلمَ لم يرَه الفاتيكان إذن لدى وضعه يدهم على نسخاته كافّة؟".

"من المحتمل جداً أن يكونوا قد رأوه من دون أن يدركوا ماهيّته. أتذكرين إشارات الطبقة المستنيرة الدليليّة؟ إخفاء الأشياء من دون إخفائها؟ التمويه؟ فالإشارة كانت على ما يبدو مخفيّة بالطريقة نفسها - وهي على مرأى من الجميع. فهي في الواقع كانت مخفيّة بالنسبة إلى الذين لم يكونوا في صدد البحث عنها كما وبالنسبة إلى الذين لم يفهموا معناها".

"ممّا يعني؟".

"مما يعني أن غاليليو قد أحسن إخفاءها. فوفقاً للسجلاّت والبيانات التاريخية، كانت الإشارة مذكورة بوضوح في صيغة كانت الطبقة المستنيرة تطلق عليها تسمية lingua pura (أي اللغة التجريديّة الصافية).

"اللغة التجريدية؟".

"أجل".

"الرياضيات؟".

"هذا ما أظنّ. فهذا أمر واضح وبديهي، إذ أنّ غاليليو كان عالماً، وكان بالتالي يكتب للعلماء. والرياضيات قد تكون بحسب رأيي لغةً منطقيّة لكتابة مفتاح اللغز هذا. وعلاوةً على ذلك كلّه فإن عنوان الكتاب هو Diagramma، وبالتالي فقد تكون أيضاً الرسوم البيانية الرياضية جزءاً من الرمز الشِّفري.

بدت فيتوريا أكثر تفاؤلاً بعض الشيء وقالت: "أظنّ أنه كان بإمكان غاليليو وضع رمز شِفري حسابي يصعب على رجال الدين ملاحظته".

"لا تبدين مقتنعةً بكلامي هذا"، قال لانغدون متّجهاً نحو أسفل الصفّ.

"صحيح، وهذا لأنّك أنت نفسك لست مقتنعاً تماماً بما تقول. فإن كنت متأكّداً كل التأكّد بشأن DIII فلمَ لم تقدم على نشر الخبر؟ لكان عندئذ شخص لديه الإذن بالدخول إلى أرشيف الفاتيكان أتى إلى هنا وراجع Diagramma (كتاب البيانات) منذ زمن بعيد".

"أنا لم أكن أريد نشر الخبر"، قال لانغدون. فأنا قد عملت بكدّ وجهد إلى أن اكتشفت هذه المسألة و-" ثمّ توقّف فجأةً عن الكلام محرَجاً بعض الشيء.

"كنت تسعى إذن وراء الشهرة والعظمة".

شعر لانغدون بشيء من الخجل: "يمكنكِ أن تقولي هذا. كل ما في الأمر هو أنني -".

"لا تشعر بالإحراج. أنت تتكلّم مع عالِمة. الإعلان أو الهلاك. نحن في CERN نسمّي هذا الإثبات أو الاختناق".

"لم تكن المسألة مسألة رغبة في أن أكون الأوّل فحسب. إنما كان يساورني أيضاً شعور بالقلق بأنه في حال وقوع تلك المعلومات الموجودة في كتاب Diagramma بين أيد مؤذية وغير صالحة فقد تختفي".

"هل تقصد بالأيدي المؤذية وغير الصالحة الفاتيكان؟".

"هم ليسوا مؤذين وغير صالحين بحدّ ذاتهم، إلا أن الكنيسة لطالما كانت تستخفّ بتهديدات الطبقة المستنيرة، ففي أوائل القرن التاسع عشر ذهب الفاتيكان نفسه إلى القول إن الطبقة المستنيرة ليست سوى وهم من نسج الخيال. وفي الواقع، كان رجال الدين يشعرون، وربّما هم كانوا محقّين في تفكيرهم هذا، أنّ آخر شيء كان المسيحيّون يريدون معرفته هو أنّ هناك حركة مناهضة للمسيحيّة وقويّة جدّاً تتسلّل إلى بنوكهم وجامعاتهم ومراكزهم السياسية".

"أوَتظنّ أن الفاتيكان كان ليطمس أي دليل أو إثبات على وجود الطبقة المستنيرة؟".

"هذا محتمَل. ففي الواقع، إن أي تهديد، حقيقيّاً كان أم وهميّاً، يُضعف إيمان الناس بسلطة الكنيسة ونفوذها".

"لديّ سؤال آخر". قالت فيتوريا أخيراً وهي تنظر إليه وكأنه مخلوق آتٍ من كوكب آخر. "هل أنت جاد في كل ما قلته للتوّ؟".

توقّف لانغدون قائلاً: "ما الذي تقصدينه بسؤالك هذا؟".

"أقصد أهذه هي حقّاً خطّتك لإنقاذ الفاتيكان من الكارثة التي هو واقع فيها اليوم؟".

لم يكن لانغدون واثقاً مما كان يراه في عينيْها أأسفاً وشفقةً، أم مجرّد ذعر محض. "أتقصدين بذلك العثور على كتاب Diagramma؟".

"كلاّ أنا أقصد العثور على كتاب Diagramma وتحديد موقع إشارة segno عمرها أربعماية عام، وحلّ شفرة رمز حسابي، واتّباع سلسلة فنيّة قديمة لم يتمكّن سوى أكثر علماء التاريخ فطنةً وذكاءً من اتّباعها... وهذا كلّه في الساعات الأربع التالية".

هزّ لانغدون كتفيْه استهجاناً وقال: "أنا مستعدّ للاستماع إلى أي اقتراح آخر تعرضينه عليّ".

50

وقف روبرت لانغدون خارج سرداب الأرشيف رقم 9، وراح يقرأ العناوين المدوّنة على العروات.

براهي... كلافيوس... كوبرنيكوس... كَبْلر... نيوتون...

وفيما كان يقرأ الأسماء من جديد، شعر فجأةً بالقلق والاضطراب. ثم راح يتساءل: "ها هي أسماء العلماء كافّة... ولكن أين غاليليو؟".

ثم استدار نحو فيتوريا التي كانت تتفحّص محتويات إحدى السراديب المجاورة قائلاً: "لقد عثرت على الموضوع الصحيح، ولكني لم أعثر فيه على اسم غاليليو".

"لا تقلق، فأنا قد عثرت عليه"، قالت ذلك عابسة وهي تشير إلى السرداب التالي. "إنه هناك. ولكن آمل أن تكون قد أحضرت معك نظّاراتك لأنّ هذا السرداب كلّه خاصّ به".

أسرع لانغدون إلى ذاك السرداب وكانت فيتوريا على حقّ. فكل عروة دليليّة في السرداب رقم 10 كانت تحمل العنوان نفسه: المسألة الغاليليّة Il Processo Galileano.

صفر لانغدون صفرةً خفيضة وطويلة، مدركاً الآن لَمَ أنه كان لغاليليو سردابه

الخاص. "المسألة الغاليلية" قال مدهوشاً وهو يحدّق عبر الزجاج في كدسات الكتب المظلمة. "الدعوى القضائية الأطول والأغلى ثمناً في تاريخ الفاتيكان. أربعة عشر عاماً وستّماية مليون لير إيطالي. كلّها موجودة هنا".

"أحضرْ بعضاً من المستندات القانونيّة".

"أظنّ أن المحامين لم يحرزوا تقدماً يُذكر عبر العصور".

"ولا أيضاً أسماك القرش".

اتجه لانغدون بخطى واسعة وسريعة نحو زرٍّ أصفر كبير عند جانب السرداب، وضغط عليه فإذا بصفّ طويل من الأضواء تشتعل فوق رأسه. كانت الأضواء حمراء اللون داكنة، ما يجعل المكان أشبه بخليّة متوهّجة وقرمزيّة اللون... متاهة من الرفوف الشاهقة.

"يا إلهي"، قالت فيتوريا والروع بادٍ عليها بجلاء. "أنحن في صدد العمل هنا، أم تسمير بشرتنا؟".

"يخبو لون الورق والمخطوطات الرقيّة ويبهت مع الوقت، لذا غالباً ما تكون الإنارة داخل السراديب داكنة وخفيفة".

"يمكننا أن نصاب بالجنون هنا".

"أو حتى أكثر"، فكّر لانغدون في نفسه، متجهاً نحو المدخل الوحيد للسرداب. "تحذير سريع. إن الأكسيجين عامل مؤكسد، لذا فإن السراديب الكتيمة تحتوي على القليل منه فقط. فالمكان في الداخلَ خَوائيّ جزئيّاً. لذا سوف تشعرين في الداخل بضيق في التنفّس".

"ليس إلى هذا الحدّ يا رجل، أمعقول أن نواجه نحن صعوبةً في التنفّس في حين أنّ الكرادلِة العجزة لا يجدون مشكلةً في ذلك؟".

"صَحيح"، فكّر لانغدون بينه وبين نفسه: "عسى أن نكون محظوظيْن مثلهم".

كان مدخل السرداب كناية عن باب إلكتروني منفرد ودوّار. وقد لاحظ لانغدون الترتيب العام المشترك لأربعة أزرار دخول موزّعة على عمود الإدارة الداخليّ للباب بحيث يحتوي كل قسم أو جزء مستقلّ من الباب على زرّ منها. وبالتالي وعندما كان يتم الضغط على أحد الأزرار، كان الباب المزوّد بمحرّك يتعشّق ويدور نصف دورة قبل أن يعود ويتوقّف - وقد كان هذا في الواقع إجراءً معياريّاً من أجل الحفاظ على سلامة الجوّ الداخلي.

"عندما أصبح في الداخل"، قال لانغدون: "اضغطي فقط على الزرّ واتبعـــيني. إن نسبة الرطوبة في الداخل لا تتعدّى نسبة ثمانية بالمئة؛ لذا استعدّي لأنك ســـوف تشعرين ببعض الجفاف في فمك".

خطا لانغدون داخل الجزء الدوّار وضغط على الزر فطنّ الباب طنيناً عاليـــاً وبدأ بالدوران. وفيما كان يتّبع حركته، راح لانغدون يحضّر جســـمه للصـــدمة الطبيعية الفيزيائية التي كانت دائماً ترافق الثواني القليلة الأولى داخل سرداب كتيم. في الواقع، إن الدخول إلى أرشيف كتيم كان أشبه بالارتفاع، وفي غضون لحظـــة واحدة فقط من سطح الأرض إلى ارتفاع 0,0002 قدم. كان من الطبيعي أن يشعر المرء هناك بالدوار والغثيان. شعر لانغدون وكأنّ أذنيْه كانتا على وشك الانفجار. سُمع هسيس هواء ودار الباب نصف دورة ثمّ توقّف.

لقد كان في الداخل.

أوّل شيء لاحظه لانغدون هو أنّ الهواء في الداخل كان أقلّ ممّا كـــان قـــد توقّع. فالفاتيكان يعتني على ما يبدو بأرشيفه بجدّية أكثر مـــن الآخـــرين. قـــاوم لانغدون ذاك الشعور اللاّإرادي بالتقيّؤ وأرخى صدره، فيما راحت أوعية رئتيْـــه الشَّعريّة تتمدّد وتتسع. وبالتالي سرعان ما مرّت فترة الضيق هذه. فسُـــرَّ بنفســـه، واعترف بفضل الدورات الخمسين التي كان يسبحها يوميّاً. وبما أنه كان قد أصبح يتنفّس بطريقة طبيعيّة أكثر الآن، راح ينظر إلى السرداب من حوله. وهنا، علـــى الرغم من شفافيّة الجدران الخارجية، شعر فجأةً بقلق وخوف مألوفيْن، وراح يفكّر بينه وبين نفسه: "أنا في علبة. علبة حمراء بلون الدم".

ثمّ طنّ الباب خلفه، فاستدار لانغدون ليرى فيتوريا داخلة. ولكـــن، مـــا أن أصبحت في الداخل حتى راحت عيناها تدمعان، وبدأت تجد صـــعوبةً كـــبرى في التنفّس.

"امنحي نفسك دقيقة أخرى"، قال لانغدون: "وإن شعرتِ بالدوار، انحني قليلاً".

"أنا... أشعر... وكأنني... أغطس... بمزيج... غير ملائم"، قالت فيتوريـــا وهي تكاد تختنق.

انتظرها لانغدون لكي تتأقلم مع الجوّ. فهو كان يعلم أنها ستكون على مـــا يُرام. وإن كانت في الواقع في حالة يُرثى لها، إنما لا شيء في الواقع أشـــبه بخرّيجـــة Radcliffe العجوز التي كان لانغدون قد رافقها مرّة في سرداب مكتبة Widener

الكتيم والتي كان قد اضطر في نهاية المطاف إلى إعطائها نفساً اصطناعياً، هذا علماً أنها كانت على وشك أن تبتلع سنّها المزيّفة.

"أتشعرين بتحسّن الآن؟" سألها قائلاً.

أومأت برأسها.

"بعد أن ركبت طائرتكم الفضائية اللعينة، ظننت أني مَدين لكم بالكثير".

ظهرت ابتسامة خفيفة على ثغر فيتوريا التي قالت: "أصبتَ".

مدّ لانغدون يده مقحماً إياها داخل العلبة التي كانت إلى جانب الباب، وأخرج منها قفّازات قطنية بيضاء.

"مهمّة رسميّة؟" سألت فيتوريا قائلة.

"حمض الأصابع. لا يمكننا أن نمسك المستندات المحفوظة هنا من دونها. سوف تحتاجينها أنت أيضاً".

وهكذا فعلت: "كم لدينا من الوقت؟".

تحقّق لانغدون من ساعته الميكي ماوس وقال: "لا تزال الساعة السابعة والنصف".

"يتعيّن علينا أن نعثر على هذا الشيء في غضون ساعة واحدة على الأكثر".

"ليس لدينا في الواقع كل هذا الوقت"، قالها مشيراً إلى قناة مرشّحة كانت فوق رأسيْهما. "يقوم عادةً القيّم على الأرشيف بإعادة تدوير نظام الأكْسَجة عندما يكون أحدهم داخل السرداب. إنما اليوم فلا، وبالتالي فقد تجدييننا بعد عشرين دقيقة نمتصّ الهواء".

ابيضّ لون فيتوريا ابيضاضاً ملحوظاً لدى سماعها ذلك.

ابتسم لانغدون وملّس قفّازيْه قائلاً: "الإثبات أو الاختناق، يا سيّدة فيترا. هيا بنا، فإن الوقت قد بدأ يمرّ".

51

ظلّ مراسل الـ ب. ب. س غانثر غليك يحدّق في الهاتف الخلوي الذي في يده لعشر ثوانٍ قبل أن يقدم أخيراً على إقفال الخطّ.

وكانت شينيتا ماكري تتفحّصه من مقعدها الخلفي، ثم قالت: "ماذا حدث؟ مَن كان على الخط؟".

استدار غليك شاعراً بغبطة كبيرة تماماً كالولد الذي قد تلقّى لتوّه هديّة الميلاد ولكنّه خائف من ألاّ تكون فعلاً له. "لقد تلقّيت للتوّ معلومات سريّة. ثمّة خطب ما داخل الفاتيكان".

"اسمها خلوة انتخابية"، قالت شينيتا".

"لا. ثمّة شيء آخر". شيء مهم وضخم على ما يبدو. ثم راح يتساءل إن كانت القصة التي رواها له المتّصل للتوّ حقيقيّةً. وشعر بعد ذلك بالخجل من نفسه عندما أدرك أنه كان يصلّي لكي تكون كذلك.

"ماذا لو قلت لك إن أربعة كرادلِة قد خُطفوا وسوف يُقتلون الليلة، كلّ في كنيسة مختلفة؟".

"لكنت ظننت عندها أنك قد وقعت ضحيّة واحد من المكتب لديه حسّ الدعابة".

"وماذا لو قلت لك إنه سيطلعنا على المكان المحدّد الذي سوف تقع فيه الجريمة الأولى؟".

"أودّ أن أعرف من الذي تحدّثت إليه للتوّ".

"لم يعرّف عن نفسه".

"ربما لأن كل ما قاله لك ليس سوى أكاذيب وترّهات".

كان غليك يتوقّع هذا النوع من السخرية من ماكري، ولكنها قد نسيت على ما يبدو أنّه كان معتاداً ومنذ حوالى عشر سنوات على التعامل مع المنافقين والمجانين، وذلك من خلال عمله في صحيفة الـ British Tattler (الثرثار البريطاني). إلا أن الشخص الذي اتّصل به للتوّ لم يكن مجنوناً أو منافقاً. لقد كان في كامل قواه العقليّة، إذ أنه كان منطقيّاً في كلامه معه: "سوف أتصل بك قبل الساعة الثامنة"، هذا ما قاله الرجل: "وسوف أطلعك على المكان الذي ستتمّ فيه الجريمة الأولى. إن الصور التي ستسجّلها سوف تجعل منك رجلاً شهيراً". وعندما سأله غليك عن سبب تزويده بهذه المعلومات كلها، أتت إجابة المتّصل باردةً ببرودة لهجته المتوسطية، إذ قال: "لأن وسائل الإعلام هي اليد اليمنى للفوضى".

"وقد قال لي شيئاً آخر أيضاً"، أضاف غليك قائلاً: "وما الذي قاله لك؟ إنّ ألفيس بريسلي هو البابا الجديد المنتخَب؟".

"هلاّ اتّصلتِ لي بمركز الـ ب. ب. س للمعلومات؟" وكان غليك قد بدأ

يزداد حماسةً الآن. "أريد أن أعرف ما هي المعلومات الأخرى المتوفّرة لدينا حول هذه الجماعة".

"أي جماعة؟".

"افعلي ما أقوله لكِ من فضلك".

تنهّدت ماكري واتّصلت بمركز الـ ب. ب. س للمعلومات قائلةً: "لن يستغرق ذلك سوى دقيقة واحدة فقط".

كان ذهن غليك مُصاباً بدوار: "لقد كان المتصل مصراً على معرفة إن كان معي مصوِّر".

"مصوِّر تلفزيوني".

"وإن كان بإمكاننا أن نبثّ بثّاً مباشراً".

"واحد فاصلة خمسماية وسبعة وثلاثون ميغاهَرتز. ولَم كل ذلك؟" ثمّ طنّ فجأة مركز المعلومات. "حسناً، نحن الآن على اتصال مباشر بمركز المعلومات. "ما هو الاسم الذي تريد أن تتحرّى عنه؟".

أعطاها غليك الاسم.

وإذا بماكري تستدير وتحدّق فيه قائلةً: "أودّ لو تقول لي إنك تمزح".

52

لم يكن التنظيم الأرشيفي الداخلي للسرداب رقم 10 بديهياً كما كان لانغدون يأمل، وقد تبيّن بالتالي أن كتيّب البيان أو Diagramma لم يكن موجوداً مع سواه من المنشورات الغاليلية المشابهة له. فوقف كلّ من لانغدون وفيتوريا محتارين لا يعرفان أين يفترض بهذا الكتيّب أن يكون، سيّما وأنهما كانا عاجزين عن استخدام الفهرسة الحاسوبية.

"هل أنت واثق من أنّ كتيّب البيان Diagramma موجود هنا؟" سألت فيتوريا.

"طبعاً. إنها جدولة مؤكّدة في كلّ من –".

"حسناً حسناً، طالما أنّك متأكّد من ذلك". ثمّ انعطفت يساراً، وهو يميناً.

باشر لانغدون بحثه اليدوي، وكان بحاجة إلى كلّ ذرّة من ذرّات قدرته على تمالك نفسه لكي لا يتوقّف عند الثروات كلها ويقرأها، فالمجموعة في الواقع مذهلة:

"المجرِّب"... "الرسول النجم"... "رسائل كُلَف الشمس"... "الدوقة كريستينا"... "اعتذار من غاليليو"... وهلمّا جراً.

ولكن فيتوريا هي التي قد عثرت أخيراً على الكتر بالقرب من الناحية الخلفيّة للسرداب. فإذا بها تصرخ فجأةً بأعلى صوتها قائلةً: "Diagramma della verità!" (أو بيان الحقيقة).

أسرع لانغدون إليها عبر السديم القرمزي اللون صارخاً: "أين؟".

أشارت فيتوريا إلى الكتاب، وأدرك بالتالي لانغدون على الفور السبب الذي حال دون عثورهما عليه من قبل. فهو لم يكن موضوعاً على الرفوف إنما داخل صندوق للأوراق والمخطوطات؛ وقد كانت صناديق الأوراق والمخطوطات هذه وسيلة شائعة لتوضيب الأوراق غير المجلّدة. وقد كان العنوان الموضوع على الناحية الأمامية للصندوق لا يترك مجالاً للشكّ بشأن محتوياته.

بيان الحقيقة
غاليليو غاليلي، 1639

هوى لانغدون على ركبتيْه وقلبه يخفق خفقاناً شديداً: "البيان"، ثم ابتسم لها ابتسامةً عريضةً قائلاً:

"عمل رائع. ساعديني على إخراج هذا الصندوق".

ركعت فيتوريا بالقرب منه، وراحا يسحبان، وإذا بالصينيّة المعدنية التي كان الصندوق موضوعاً عليها تتدحرج نحوهما على عجلات صغيرة، كاشفةً غطاءه.

"أليس له قفل؟" سألت فيتوريا لدى رؤيتها السقّاطة العادية.

"أبداً، وذلك تحسّباً لبعض الحالات الطارئة كالحرائق أو الفيضانات مثلاً التي قد يضطرّ فيها أحياناً القيّمون على الأرشيف إلى تفريغ تلك الصناديق بسرعة قصوى بغية إنقاذ المستندات من التلف أو الاحتراق".

"هيّا، افتحه إذاً!".

لم يكن لانغدون بحاجة إلى تشجيعها. فهو وبوجود حلم حياته الأكاديمية نصب عينيْه، وبتضاؤل نسبة الهواء في الحجرة، لم يكن بحالة نفسية تسمح له تضييع الوقت سدىً. ففتح السقّاطة ورفع الغطاء، وإذا بهما يجدان في قعر الصندوق كيساً أسود من جلد البطّ. لقد كانت في الواقع ميزات هذا النسيج التنفّسية خطيرة بالنسبة إلى الحفاظ على محتوياته. فمدّ لانغدون يديْه إلى داخل الصندوق وأمسك

بالكيس تاركاً إياه في وضعيّته الأفقية ثمّ أخرجه منه.

"كنت أتوقّع العثور على صندوق ضخم ومتين لحفظ النفائس". قالت فيتوريا: "ولكنّ هذا أشبه بكيس المخدّة".

فقال لها لانغدون: "اتبعيني". وفيما كان يمسك بالكيس أمامه وكأنه قربان مقدّس، اتجه نحو وسط السرداب، حيث وجد طاولة القراءة الأرشيفية الزجاجية السطح. صحيح أن هذه الطاولة كانت قد وضعت عمداً في وسط السرداب بهدف التخفيف قدر الإمكان من تجوال المستندات داخل السرداب، إلاّ أن الباحثين كانوا يقدّرون السريّة والعزلة التي كانت تؤمّنها كدسات الكتب المحيطة بهم. في الواقع، إن الاكتشافات المهنية المهمّة والعظيمة تمّت في أبرز سراديب العالم وأهمّها، وعلاوة على ذلك فإن معظم الأكاديميين لا يحبون رؤية منافسيهم يحدّقون إليهم عبر الزجاج وهم يعملون.

وضع لانغدون الكيس على الطاولة، وفكّ الزرّ الذي كان عند فتحته، وفيتوريا واقفة إلى جانبه. وفيما كان لانغدون يفتّش بدقّة في صينيّةٍ من الأدوات الأرشيفيّة، عثر على الكمّاشة الأرشيفية التي تُعرف بصَنج الأصابع وهي كناية عن ملقاط حجمه أكبر من الحجم المعتاد ومزوّد بقرص مسطّح عند كل ذراع. وفيما كَانت حماسته تزداد أكثر فأكثر، كان لانغدون يخشى أن يستيقظ فجأةً من حلمه هذا ليجد نفسه من جديد في جامعة كامبريدج مع كدسة من الأوراق التي يتعيّن عليه تصحيحها. فأخذ نفساً عميقاً وفتح الكيس ثمّ أمسك المِلقَط بأصابعه التي كانت ترتجف داخل القفّازات القطنية وأدخله داخل الكيس.

"استرخِ"، قالت فيتوريا: "هذا ورق لا بلوتونيوم".

دسّ لانغدون الملقَط حول كدسة المستندات التي كانت داخل الكيس بحذر، محاولاً قدر المستطاع ألاّ يضغط عليها كثيراً، ومن ثمّ وعوض أن يسحب المستندات خارجاً، تركها حيث هي وسحب الكيس إلى الوراء - لقد كانت هذه الطريقة المعتمَدة من قبل الأرشيفيّين بغية التخفيف قدر الإمكان من الاحتكاك بالمعدن. لم يتمكّن لانغدون من استعادة تنفّسه الطبيعي إلا بعد أن أصبحت المستندات خارج الكيس، وأشعل النور المظلم الذي كان تحت الطاولة.

بدت فيتوريا تماماً كالشبح، إذ أنّ الضوء كان يضرب عليها من الأسفل من خلف الزجاج. "أوراق صغيرة"، قالت متباهية.

أومأ لانغدون برأسه علامةً على موافقتها الرأي. لقد كانت كدسة الأوراق أمامهما أشبه بأوراق سائبة من رواية صغيرة ورقيّة الغلاف. ورأى لانغدون أن الورقة الأولى كانت ورقة الغلاف الخارجي، وكانت مزخرفة بالحبر، وتحمل العنوان والتاريخ واسم غاليليو مكتوباً بخطّ يده.

وفي تلك اللحظة، نسي لانغدون أمر الشوارع الضيقة ونسي تعبه وإرهاقه، ونسي الوضع المروّع الذي أتى به إلى هنا. لقد كان وبكل بساطة يحدّق في الأوراق أمامه بذهول وانشداه تامّ. في الواقع، إن التصادمات والمواجهات الشديدة مع التاريخ غالباً ما كانت تترك لانغدون مخدّراً، لا بل منحنياً انحناءة وقار واحترام... تماماً وكأنه واقف أمام لوحة الموناليزا.

إن بهوت لون الورق الرّقي الأصفر لم يترك لدى لانغدون أي شكّ في ما يختصّ بعمر هذه المخطوطة أو أصالتها. ولكن، وباستثناء هذا البهوت المحتوم والمتعذّر اجتنابه، كان المستند لا يزال في حالة رائعة. فراح يفكّر بينه وبين نفسه: "ابيضاض طفيف في الخضاب، وتشقّق، والتصاق طفيفيْن في الورق الرقي، ولكن إجمالاً... لا يزال الكتيّب في حالة جيّدة". ثمّ راح يدقّق في الزخرفة اليدوية المرسومة على الغلاف الخارجي للكتيّب، وقلة الرطوبة تعشي بصره. ظلّت فيتوريا صامتةً.

"أعطيني ملوقاً، من فضلك". وكان لانغدون يشير هنا إلى طبق كان بجانب فيتوريا مليئاً بالأدوات الأرشيفية المصنوعة من الفولاذ الصامد. فأعطته إياه فتناوله بيده. كان ملوقاً جيداً فعلاً. ثم مرّر أصابعه عليه لينزع عنه أي شحنات إستاتيّة وبعد ذلك، دسّ الشفرة بحذر تامّ تحت الغطاء ورفع المِلوقَ فاتحاً أخيراً الغلاف الخارجي.

كانت الصفحة الأولى مكتوبةً كتابة عاديّة بخطّ منمّق وصغير بالكاد يقرأ. وسرعان ما لاحظ لانغدون أن الصفحة كانت خالية تماماً من أيّ بيانات أو أرقام. لقد كانت كناية عن مقالة.

"مركزيّة الشمس"، قالت فيتوريا مترجمةً العنوان الذي كان على الورقة رقم واحد. ثم راحت بعد ذلك تتفحّص النص قائلةً: "يبدو وكأن غاليليو قد تخلّى هنا نهائيّاً عن المعتقد المركز - أرضي. غير أن النص مكتوب باللغة الإيطالية القديمة، ولا يمكننا بالتالي أن نعلّق آمالنا على الترجمة".

"إنسي الأمر"، قال لانغدون. نحن نبحث الآن عن بيانات حسابية وأرقام. اللغة الصافية الصرف". ثم استخدم الملوق ليقلب الصفحة. وإذا بمقالة ثانية. لا أرقام ولا بيانات حسابية. بدأت عندئذٍ يدا لانغدون تتصببان عرقاً داخل القفّازات.

"حركة الكواكب"، قالت فيتوريا مترجمةً العنوان.

عبس لانغدون. فهو كان سيسرّ بقراءتها في يوم آخر؛ والأمر الذي لا يُصدَّق هو أنّ تكهّنات غاليليو الأصليّة والمبتكرة كانت مطابقة تقريباً للنموذج الحالي لمدار الكواكب السيارة الصادر عن الإدارة القومية للملاحة الجوية والفضاء (N.A.S.A) والذي تمّ اكتشافه ومشاهدته بواسطة أحدث التلسكوبات وأكثرها تطوّراً وتقنيّةً.

"لا رياضيات"، قالت فيتوريا: "إنه يتحدّث عن الحركات العكسية التراجعية والمَدارات الإهليلجية، أو شيء من هذا القبيل".

"مدارات إهليلجية". يذكر لانغدون أنّ غاليليو كان قد بدأ يواجه المشاكل مع الكنيسة والقضاء عندما وصف حركة الكواكب بالحركة الإهليلجية. فقد كان الفاتيكان في الواقع يمجّد ويرفّع كمال الدائرة، ويصرّ على أنّ الحركة السماوية المقدّسة هي وحدها دائرية. إلا أن جماعة غاليليو المستنيرة كانت ترى الكمال في الشكل الإهليلجي أيضاً، مجلّةً بالتالي الازدواجية الحسابية الدقيقة والثابتة لتبؤره المزدوج. وحتى في أيامنا هذه، نرى أنّ الشكل الإهليلجي التابع إلى الطبقة المستنيرة يظهر بجلاء في اللوحات الاستشفافية والأختام الماسونيَة.

"لنر ماذا هناك بعد"، قالت فيتوريا.

قلب لانغدون الصفحة.

"أوجه القمر وحركات المدّ والجزر"، قالت. "لا أرقام ولا بيانات". فقلب لانغدون على الصفحة التالية. ولكن لا شيء. وظلّ بالتالي يقلّب في تلك الصفحات مقلّباً حوالى اثنتي عشرة صفحة، ولكن لا شيء. لا شيء. لا شيء.

"ظننت ذاك الرجل متخصّصاً في الرياضيات"، قالت فيتوريا: "ولكنّ هذا الكتاب كلّه نصوص".

شعر لانغدون بالهواء يتضاءل في رئتيْه، وكذلك الأمر أيضاً بالنسبة إلى آماله التي بدأت تتضاءل بدورها. كانت كدسة الأوراق قد بدأت تتناقص.

"لا شيء هنا"، قالت فيتوريا: "لا رياضيّات، إنما القليل فقط من التواريخ والأرقام المعيارية. ولكن لا شيء يبدو وكأنّه من المحتمل أن يكون حلاً للغز ما".

ثمّ قلب لانغدون الصفحة الأخيرة متنهداً، إذ أنها هي أيضاً كانت كناية عن مقالة.

"كتاب قصير"، قالت فيتوريا متجهّمةً.

وإذا بلانغدون يومئ برأسه علامةً على موافقتها الرأي.

"Merda (تبّاً)، كما نقول في روما".

"هذه الكلمة الصحيحة"، فكّر لانغدون بينه وبين نفسه. بدا انعكاس صورته في الزجاج وكأنه يهزأ به، تماماً كالصورة التي كانت تحدّق فيه هذا الصباح من نافذته الناتئة. شبح مسنّ. "لا بدّ من العثور على شيء ما هنا"، قال ذلك بصوت أجشّ. "لا بدّ من وجود الإشارة في مكان ما هنا. أنا متأكّد من ذلك!".

"ربّما كنت مخطئاً بشأن الرمز DIII".

استدار لانغدون محدّقاً فيها بغضب.

"حسناً، إن الرمز DIII منطقيّ جدّاً، ولكن ربّما قد لا يكون الحلّ لهذا اللغز حلاً رياضياً أو حسابياً".

"اللغة الصافية الصرف. ماذا تراها تكون غير ذلك؟".

"لغة الفنّ مثلاً؟".

"ولكن لا يحتوي الكتاب على أيّ صور أو بيانات حسابية".

"كل ما أعرفه هو أنّ اللغة الصافية الصرف لا تشير بالتأكيد إلى اللغة الإيطالية. تبدو لي لغة الرياضيات أمراً منطقياً".

"حسناً، أنا أوافقك الرأي".

رفض لانغدون تقبّل الهزيمة بهذه السرعة. "يجب أن تكون الأرقام مكتوبة كتابةً عادية. يجب أن تكون الرياضيات مكتوبةً بالكلمات والحروف عوضاً عن المعادلات الحسابية".

"سوف أخصص بعض الوقت لقراءة الصفحات كلها".

"الوقت شيء لا نملكه. سوف نتقاسم العمل". فعاد لانغدون بالصفحات إلى الوراء، وصولاً إلى أوّل الكتاب. "إن إلمامي باللغة الإيطالية كاف لكي أتعرّف إلى الأرقام". ثمّ أخذ الملوق وقسم كدسة الأوراق تماماً وكأنها كدسةً من أوراق اللعب

واضعاً بالتالي الصفحات الست الأولى أمام فيتوريا. "إنه هنا في مكان ما. أنا واثق من ذلك".

مدّت فيتوريا يدها متناولةً صفحتها الأولى.

"الملوق!" قال لانغدون جالباً لها ملوقاً آخر من طبق الأدوات الأرشيفية. "استخدمي الملوق".

"ولكني لا أزال أضع القفّازات"، دمدمت قائلةً. "ما هو الضرر الذي قد ألحقه بهذه الأوراق؟".

"استخدميه فحسب".

أخذت فيتوريا الملوق قائلةً: "أتشعر بما أشعر؟".

"التوتر؟".

"كلاّ. ضيق التنفّس".

لا شكّ في أن لانغدون كان قد بدأ يشعر هو أيضاً بذلك. فقد كان الهواء يتضاءل أسرع مما كان يتصوّر. وهو يعلم أنه يجدر بهما أن يسرعا، إذ أن الألغاز الأرشيفية لم تكن بالشيء الجديد بالنسبة إليه، ولكنه إجمالاً كان يملك أكثر من بضع دقائق لحلّها. فأحنى رأسه من دون أن ينبس ببنت شفةٍ، وشرع يترجم الصفحة الأولى من كدسة الأوراق التي كانت بحوزته.

"اظهر أيها الرمز اللعين! اظهر!".

53

في مكان ما تحت روما، كان الرجل الغامض ينزل خلسةً منحدَراً حجريّاً يؤدّي إلى نفق تحت أرضيّ. تنيره بضعة مشاعل كهربائية، جاعلة الهواء فيه ساخناً ومثقلاً بالغبار. أمّا فوق، في أعلى الممرّ، فقد كان جوّ من الخوف والذعر يهيمن على رجال كانوا يصيحون عبثاً طالبين النجدة، وقد كان بالتالي صدى صيحاتهم يتردد في الممرّات والدهاليز الضيّقة.

وفيما كان يلفّ الزاوية، رآهم تماماً مثلما كان قد غادرهم - أربعة رجال عجزة مذعورين ومقيّدين خلف قضبان حديدية صدئة داخل قاطع حجريّ ضيق وصغير.

"مَن أنت؟" سأل أحد الرجال في الفرنسية: "ما الذي تريده منّا؟".

"النجدة!" صاح آخرٌ في الألمانية: "أطلق سراحنا!".

"أتعلم مَن نكون؟" سأله أحدهم بالإنكليزية وبلهجة إسبانية.

"أصمتوا"، أمرهم الصوت الخشن بنبرة حاسمةً.

أما الأسير الرابع الإيطالي الجنسية فقد ظلّ صامتاً مستغرقاً في التفكير، وراح يحدّق في ذاك الفراغ الأسود على عينيْ معتقله، قاسماً بأنه كان يرى فيه جهنّم بحدّ ذاتها. "ليكن الله في عوننا"، راح يصلي.

تحقّق القاتل من ساعته ثم عاد يحدّق بالأسرى الأربعة قائلاً: "والآن إذاً، مَن منكم سيكون الأوّل؟".

54

داخل السرداب الأرشيفي رقم 10 كان روبرت لانغدون يتلو الأعداد الإيطالية، متفحّصاً المخطوطة الموضوعة أمامه. "ألف... مئة... واحد، اثنان، ثلاثة... أحتاج إلى مرجع عددي! أيّ شيء، تبّاً!

وعندما وصل إلى آخر الصفحة التي كان يقرأها، رفع ملوقه ليقلب الصفحة التالية. إلا أنه وفيما كان يضع الشفرة في خطّ مستقيم مع الصفحة التالية، شعر بارتباك كبير وصعوبة في إبقاء الملوق في وضعيّة ثابتة. وعندما نظر إلى تحت أدرك أنه كان قد أفلت ملوقه وأصبح يقلب الصفحات بيده. "تبّاً"، فكّر في نفسه شاعراً بالذنب. فتناقص الأكسيجين كان يؤثّر في تصرّفاته. "سوف تكون نهايتي على ما يبدو الموت حرقاً في جهنّم القيّمين على هذا الأرشيف".

"لقد حان أخيراً الوقت لذلك"، قالت فيتوريا وهي على وشك أن الاختناق عندما رأت لانغدون يقلب الصفحات بيده. فتركت ملوقها وراحت تحذو حذوه.

"هل عثرتِ على شيء؟".

هزّت فيتوريا برأسها قائلةً: "لا شيء يبدو لي حسابياً صرفاً. أنا أتصفّح هذه الأوراق وأقرأها قراءةً سريعة... ولكن لا شيء يبدو لي حتى الآن وكأنه حلّ للغزٍ ما".

واصل لانغدون ترجمة أوراقه بصعوبة متزايدة، إذ أنّ ملكته الضعيفة للغة

الإيطالية من جهة، والخطّ البالغ الصغر واللغة القديمة من جهة ثانية، كلّها أمور كانت تجعل من عمليّة تفحّصه لتلك الأوراق عمليّة بطيئة. غير أنّ فيتوريا كانت قد بلغت الصفحة الأخيرة من كدسة أوراقها قبل لانغدون، وقد بدت بالتالي مثبّطة الهمة وهي تعيد قلب صفحاتها نحو البداية. فقرّرت عندها أن تعود وتتفحصها مرّة أخرى فحصاً أكثر دقّة وجدّيّة.

وعندما انتهى لانغدون من صفحته الأخيرة، لعن حظّه المشؤوم بصوت خافت ثم نظر إلى فيتوريا التي كانت مقطّبة الحاجبيْن، تحدّق بعينيْن نصف مغمضتيْن في شيء كان في إحدى صفحاتها. "ما الأمر؟" سألها قائلاً.

سألته من دون أن تنظر إليه قائلةً: "هل هناك ملاحظات في أسفل، أو عند هوامش الصفحات التي بحوزتك؟".

"كلاّ، لم ألاحظ شيئاً من هذا القبيل. لماذا؟".

"لأن هذه الصفحة تحتوي على ملاحظة في حاشيتها؛ إلاّ أنه من الصعب ملاحظتها وقراءتها لأنها مخفيّة داخل تغضّن مظلمٍ في الصفحة.

حاول لانغدون أن رؤية ما كانت تنظر إليه، ولكن كل ما تمكّن من رؤيته هو رقم الصفحة في الزاوية العلوية اليمنى للورقة. الصفحة الخامسة. لقد استغرقه الأمر بعض الوقت لكي يسجّل تلك المصادفة، ولكن وحتى بعد أن لاحظ تلك المصادفة، فقد ظلّ الترابط في ما بين الأمور غامضاً بالنسبة إليه. "الصفحة الخامسة. خمسة، فيثاغورَس، النجمة الخماسية، الطبقة المستنيرة. فراح لانغدون يتساءل إن كانت الطبقة المستنيرة قد اختارت الصفحة الخامسة لتخفي فيها الحلّ للغزها. شعر عندئذ ببصيص أمل خفيف وسط السديم الأحمر الذي كان يلفّ المكان من حولهما. "هل من الممكن اعتبار الحاشية شيئاً رياضيّاً حسابياً؟".

هزّت فيتوريا برأسها قائلةً: "نصّ. سطر واحد. خط صغير جداً يكاد يكون غير مقروء".

فذوت عندئذ آماله كلها. "من المفترض بهذا أن يكون رياضيات. اللغة الصافية الصرف".

"أجل، أنا أعلم ذلك". ثم تردّدت بعض الشيء وقالت: "ولكني أظنّك تريد سماع ذلك". وشعر هنا لانغدون بشيء من الحماسة في صوتها.

"هيّا، اقرأي ما عندك".

حدّقت فيتوريا في الصفحة أمامها بعينيْن نصف مغمضتيْن قارئةً ما يلي: "إن درب التنوّر قد رُسِمَت، الاختبار المقدّس".

لم يكن لانغدون يتصوّر سماع هكذا كلمات إذ قال: "عفواً؟".

عادت فيتوريا وقرأت له ذاك السطر من جديد: "إن درب التنوّر قد رُسِمَت، الاختبار المقدّس".

"درب التنوّر؟" شعر عندها لانغدون بوقفته تستقيم.

"هذا ما كُتب هنا. درب التنوّر".

وما أن فهم الكلمات واستوعبها استيعاباً جيّداً حتى شعر وكأن الأمور قد بدأت فجأةً تنجلي أمامه. "إن درب التنوّر قد رُسِمَت والاختبار القدسيّ". فهو لم تكن لديه أي فكرة كيف يمكن لهذه الكلمات أن تفيدهما وتساعدهما على حلّ اللغز، ولكن هذا السطر كان يشير إشارة مباشرة إلى درب التنوّر. "درب التنوّر. اختبار قدسيّ". وإذا به يشعر فجأة وكأن رأسه محرّك يعمل على وقود سيّئ النوعية. "هل أنت واثقة من الترجمة؟".

تردّدت فيتوريا قائلةً: "في الواقع..." ثم نظرت إليه نظرة استغراب: "ومن الناحية الفنيّة، هذه ليست ترجمة، إذ أن السطر مكتوب باللغة الإنكليزية".

ظنّ لانغدون للوهلة الأولى أن الخصائص الصوتية للغرفة قد أثّرت في سمعه. "قلت الإنكليزية؟".

قرّبت له فيتوريا المستند، وراح يقرأ الجملة المكتوبة بخطّ صغير عند أسفل الصفحة. "إنّ درب التنوّر قد رُسِمَت، الاختبار المقدّس. إنكليزية؟ ما الذي تفعله اللغة الإنكليزية داخل الكتب الإيطالية؟".

هزّت فيتوريا كتفيْها استهجاناً. فهي أيضاً كانت تبدو قلقة. "ربما قد تكون اللغة الإنكليزية هي اللغة الصافية الصرف. فهي تعتبر اللغة العالمية للعلم. فنحن في CERN مثلاً لا نتكلّم سوى الإنكليزيّة".

"ولكنّ هذا الكتيّب قد وُضع في القرن السادس عشر"، قال لانغدون مجادلاً: "ولم يكن أحد حينها ليتكلّم الإنكليزيّة في إيطاليا، ولا حتى -" ثم توقّف فجأة مدركاً ما كان على وشك أن يقول. "ولا حتى... رجال الدين". ثم بدأ لانغدون يستخدم ذهنه الأكاديمي منشّطاً إياه نشاطاً بالغاً، إذ قال: وقد أصبح يتكلّم بسرعة الآن: "في القرن السادس عشر، كانت اللغة الإنكليزية لا تزال من اللغات التي لم

يكن الفاتيكان قد اعتنقها بعد. فقد كانوا يتعاملون مع الآخرين ويعالجون مسائلهم كافّة باللغات الإيطالية واللاتينية والألمانية وحتى باللغتيْن الإسبانية والفرنسية، إلا أن اللغة الإنكليزية كانت لا تزال حينها لغةً أجنبية غريبة بالنسبة إلى الفاتيكان. فقد كانوا يعتبرونها لغة مدنّسة، لغة الملحدين المجدّفين الذين يدنّسون حرمة المقدّسات وينتهكونها شأن تشوسر وشكسبير".

ثمّ تنبّه لانغدون فجأة لمسألة وسومات الطبقة المستنيرة الأربعة التراب والهواء والنار والمياه. فقد أصبحت الآن الأسطورة التي تقول إن هذه الوسومات مكتوبة باللغة الإنكليزية أمراً معقولاً وجدّ منطقيّ بالنسبة إليه.

"أتريد أن تقول إنه من المحتمل جداً أن يكون غاليليو قد اعتبر اللغة الإنكليزية اللغة الصافية الصرف لأنها كانت اللغة الوحيدة التي لا يتقن الفاتيكان ملكتها؟".

"أجل. أو ربّما وبجعله الحلّ للغز في اللغة الإنكليزية فقد كان غاليليو يحصر قرّاء كتيّبه بعيداً عن الفاتيكان".

"ولكن لا يمكننا حتى اعتبار هذا حلاًّ للغز"، قالت فيتوريا مجادلةً: "إن درب التنوّر قد رُسِمَت والاختبار القدسيّ؟ ما الذي يعنيه هذا بحقّ الله؟".

"إنها محقّة"، فكّر لانغدون في قرارة نفسه. لم يكن في الواقع هذا السطر ليفيدهم بشيء. ولكن وفيما كان لا يزال يردّد هذه الجملة في ذهنه، خطر فجأةً على باله حادث غريب. "شيء غريب حقّاً"، فكّر بينه وبين نفسه. "ولكن إلامَ قد تشير هذه المصادفة الغريبة؟".

"يجب أن نخرج من هنا"، قالت فيتوريا بصوت أجشّ.

غير أن لانغدون لم يكن يصغي إليها. "إن درب التنوّر قد رُسِمَت والاختبار القدسيّ. إنه سطر عمبقيّ الوزن خماسي التفاعيل"، قال فجأة وهو يعدّ المقاطع اللفظية من جديد: "خمسة مقاطع قصيرة مؤلّفة من مقاطع لفظية متعاقبة مشدّدة وغير مشددة".

لم تكن فيتوريا تفهم شيئاً ممّا يقول "مَن هو عمبقي؟".

وهنا كان لانغدون قد عاد للحظة بذاكرته إلى الوراء، إلى أكاديميّة فيليبس إيكسيتير حين كان جالساً مرّةً في إحدى حصص اللغة الإنكليزيّة التي كان يأخذها صباح كل يوم سبت. فقد كانت لعنة الله قد نزلت يومها على الأرض، إذ كان نجم المدرسة في لعبة كرة الطاولة واسمه بيتر غرير يجد صعوبةً في تذكّر عدد المقاطع

القصيرة الضرورية لسطر من الأسطر الشكسبيرية العمبقية الوزن الخماسية التفاعيل. وكان أستاذهم حينذاك وهو أستاذ مفعم بالحيوية والنشاط ويُدعى بيسّيل قد وثب على الطاولة وراح يقول بصوت عال: "خماسيّ التفاعيل، يا غرير! فكّر بطبق المترل! فكّر بالمخمَّس! خمسة أضلاعٍ! خمّاسي! خماسي! خماسي!

"خمسة مقاطع"، فكّر لانغدون في نفسه. من حيث تحديده، يكون المقطع مؤلّفاً من مقطعيْن صوتييْن اثنيْن. فهو لم يكن قادراً على تصديق الأمر، إذ أنه طوال حياته المهنية لم يفكّر يوماً بهذا الترابط من قبل. لقد كان في الواقع وزن بحر العمبق الخماسي التفاعيل وزناً متماثلاً يرتكز على رقميْ الطبقة المستنيرة المقدّسيْن، ألا وهما 5 و2!

"أنت تقترب من الحلّ!" قال لانغدون لنفسه؛ محاولاً طرد هذه الفكرة من رأسه قال: "إنها مجرّد مصادفة خالية من أي معنى أو مغزى!" "غير أن هذه الفكرة كانت لا تزال تحيّره. الرقم خمسة... يشير إلى فيثاغورَس كما وإلى الوزن الخماسي التفاعيل. أما الرقم اثنان... فهو يشير إلى ازدواجية الأمور كافّة.

وبعد لحظة، اكتشف لانغدون أمراً آخر جعله يشعر بتخدّر تامّ في ساقيْه. فالوزن العمبقي، ونظراً لبساطته، غالباً ما كان يُعرف "بالوزن الصافي"، أو "البحر الصافي".

اللغة الصافية؟ أهذه هي إذن اللغة الصافية التي كانت الطبقة المستنيرة تشير إليها؟ "إنّ درب التنور قد رُسِمَت والاختبار القدسيّ...

نادت فيتوريا لانغدون فأسرع إليها ليراها تقلب الورقة رأساً على عقب. فشعر فجأةً بتشنّج في أمعائه. "لا، ليس مجدّداً. لا تقولي لي إنه من الممكن قراءة هذا السطر من الجهتيْن!".

"كلا، لا يمكن قراءته من الجهتيْن... ولكنه..."، وظلّت تدير المستند في كلّ مرة على 90 درجة.

"ولكنّه ماذا؟".

نظرت فيتوريا إليه قائلةً: "ولكنه ليس السطر الوحيد".

"هل من سطرٍ آخر؟".

"هناك في الواقع سطر مختلف عند كلّ حاشية. في الأعلى والأسفل وعن اليمين كما وعن اليسار. أظنّه شعراً".

"أربعة أسطر؟" قال لانغدون بحماسة: "غاليليو كان شاعراً؟ دعيني أرى!".

لم تترك فيتوريا الورقة، إنما ظلّت تديرها دورات ربعيّة. "أنا لم أرَ الأسطر من قبل لأنها عند الأطراف". ثم أحنت رأسها على السطرِ الأخير قائلةً: "آه، أتعلم ماذا؟ ليس غاليليو مَن كتب هذا".

"ماذا!".

"إن الموقّع على هذه القصيدة هو جون ميلتون".

"جون ميلتون؟" إن هذا الشاعر الإنكليزي المؤثّر الذي وضع قصيدة Paradise Lost ("أي الجنة الضائعة") كان من الشعراء المعاصرين لغاليليو، كما وأنه كان أيضاً عالماً قد جعلته المخطّطات التآمرية على رأس لائحة الذين كان يُشتبَه بهم أنهم ينتمون إلى الطبقة المستنيرة. وقد كانت عضويّة ميلتون المزعومة في جمعيّة غاليليو المستنيرة من الخرافات التي كان يظنّ لانغدون أنها صحيحة. ففي الواقع، لم يكتفِ ميلتون في عام 1638 بالقيام برحلة حجّ مدعّمة بالوثائق إلى روما بهدف الاتصال برجال الطبقة المستنيرة وتبادل الأفكار معهم فحسب، إنما كان قد اجتمع أيضاً مرّات عديدة بغاليليو خلال خضوع هذا الأخير للإقامة الجبرية، وكانت تلك الاجتماعات مصوّرة في العديد من لوحات عصر النهضة، لا سيّما منها لوحة الرّسام آنيبال غاتي الشهيرة، وعنوانها "غاليليو وميلتون" والتي لا تزال حتى أيامنا هذه معروضة في أهمّ متاحف فلورانسا.

"لقد كان ميلتون على معرفة جيّدة بغاليليو، أليس كذلك؟" سألت فيتوريا وهي تقدّم إليه: "أيمكن أن يكون قد وضع هذه القصيدة خدمةً له؟".

أطبق لانغدون أسنانه بإحكام وهو يأخذ الورقة، ثم وضعها على الطاولة، وراح يقرأ السطر الذي كان في أعلاها. أدار بعد ذلك الصفحة على 90 درجة، قارئاً السطر الذي كان في الهامش الأيمن. ثمّ عاد وأدارها دورةً أخرى، وراح يقرأ السطر الذي في أسفل الصفحة. وأدارها بعد ذلك دورةً أخيرة مكمِّلاً بذلك الدورة. فقد كان مجموع الأسطر أربعة. السطر الأوّل الذي اكتشفته فيتوريا السطر الثالث من القصيدة. فعاد وقرأ السطور الأربعة من جديد وهو في حالة من الدهشة والذهول التامّين، إنما قرأها هذه المرة على التوالي باتجاه حركة عقارب الساعة: فقرأ السطر الأعلى أولاً، ثمّ الذي على اليمين، فذاك الذي في الأسفل، وصولاً في النهاية إلى السطر الأخير الذي كان على اليسار. ولمّا انتهى من قراءتها كلّها، تنهّد تنهيدة كبيرة. لم يعد لديه الآن أيّ شكّ في ذلك. "لقد وجدتِه، يا سيّدة فيترا".

فابتسمت قائلةً: "جيّد، والآن أيمكننا أن نخرج من هنا؟".
"يجب أن أنسخ هذه الأسطر، ولكني بحاجة إلى ورقة وقلم".
فهزّت برأسها: "إنسَ الأمر، يا بروفسور. لا وقت لدينا للنسخ. فالوقت يمرّ بسرعة". وأخذت الورقة منه واتجهت نحو الباب.
وقف لانغدون صائحاً: "لا يمكنكِ إخراج هذه الورقة معكِ! فهذه -".
إلاّ أنّها كانت قد أصبحت في الخارج.

55

هرول كل من لانغدون وفيتوريا إلى الساحة الخارجية للأرشيف السري. فشعر لانغدون بالهواء النقي وكأنه دواء يتدفّق إلى داخل رئتيْه، وسرعان غابت البقع الأرجوانية اللون التي كانت تعشي بصره. غير أن شعوره بالذنب لم يكن ليزول بسهولة. فهو كان قد شارك للتوّ في سرقة ذخيرة بالغة النفاسة من أحد أكثر سراديب العالم سريّةً؛ سيّما وأن السكرتير البابوي الخاص كان قد قال لهما قبل أن يغادرا: "إنني أضع ثقتي بكما".
"أسرع"، قالت فيتوريا ولا تزال تمسك بالورقة في يدها، مجتازةً بخطى سريعة وواسعة شارع بورجيا باتجاه مكتب أوليفيتّي.
"إن وصلت قطرة من الماء على هذا الورق الرقّي -".
"اطمئنّ. سنعيد إليهم هذه الصفحة الخامسة المقدّسة بعد أن نحلّ هذا اللغز".
سرّع لانغدون مشيته لكي يتمكّن من مجاراة فيتوريا، فإلى جانب شعوره بالذنب، كان مبهوراً بمعنى تلك الكلمات الساحرة: "لقد كان إذن جون ميلتون من أعضاء الطبقة المستنيرة، وهو قد ألّف القصيدة لغاليليو لكي ينشرها في الصفحة 5... بعيداً عن أنظار الفاتيكان".
وفيما كانا يغادران الساحة، مدّت فيتوريا الورقة إلى لانغدون قائلةً: "أتظن أنك ستتمكّن من حلّ هذا الشيء؟ أم أن الجهود كلها التي بذلناها في الداخل قد ذهبت سدىً؟".
أخذ لانغدون الورقة بحذر ووضعها من دون أي تردّد في إحدى جيوب

سترته، بمنأى عن أشعة الشمس ومخاطر الرطوبة. "لقد تمكّنت من حلّه منذ كنّا لا نزال في الداخل".

فتوقّفت فيتوريا عن المشي سائلةً: "ماذا؟".

إلاّ أن لانغدون واصل سيره.

فعادت فيتوريا وسرّعت مشيتها لكي تلحق به: "ولكنك لم تقرأها سوى مرّة واحدة فقط! ظننتها قد تكون أصعب من ذلك بكثير!".

كان لانغدون يعلم أنها على حقّ، إلا أنه قد تمكّن في الواقع من حلّ لغز الإشارة من خلال قراءته الأولى لها. مقطع شعري ممتاز ذات وزن عمبقي خماسي التفاعيل بمهارة، وبالتالي فإنّ أوّل مذبح للعلم قد تجلّى عن نفسه بوضوح تامّ. والأمر الذي كان من المفترض بلانغدون الإقرار به هو أن السهولة التي تمكّن بها من إنجاز هذه المهمّة قد تركته في حالة مزعجة من القلق. فهو كان قد نشأ على مبادئ أخلاقيّة بيوريتانية، وكان صوت والده لا يزال يتردّد في أذنيْه مردّداً المَثل الإنكليزي القديم: "لو لم تكن المسألة بهذه الصعوبة الشاقّة لكنتَ عالجتها على نحوٍ خاطئ". لذا كان لانغدون يتمنّى لو يكون هذا المثل غير صحيح. "لقد تمكّنت من حلّ اللغز"، قال فيما كانت مشيته قد أصبحت أسرع الآن. "أصبحت أعلم الآن المكان الذي ستتمّ فيه الجريمة الأولى. يجب أن ننذر أوليفيتي بالأمر".

اقتربت فيتوريا منه سائلةً: "كيف تمكّنت من معرفة ذلك بهذه السرعة؟ دعني أرى تلك الورقة مرّة أخرى". فأدخل يده بخفّة ورشاقة إلى جيبه وسحب منه الورقة من جديد.

"انتبهي!" قال لانغدون: "لا يمكنك أن –".

غير أن فيتوريا لم تصغِ إليه، بل أمسكت الورقة، وراحت تهيم إلى جانبه شاردةً ومتفحّصة هوامشها من جديد. وما أن بدأت بقراءتها بصوت عالٍ حتى همّ لانغدون إلى سلبها إيّاها، ولكنه سرعان ما وجد نفسه مفتوناً بإلقاء فيتوريا الساحر وهي تلفظ المقاطع الصوتية بإيقاع وتناغم يتماشيان بامتياز مع مشيتها.

وفيما كان يستمع إليها وهي تلقي القصيدة بصوت عالٍ، شعر لانغدون للوهلة الأولى بنشوة قد نقلته عبر الزمان... ليصبح واحداً من معاصري غاليليو الذين يستمعون إلى القصيدة للمرّة الأولى... وهم يعلمون أنها كناية عن اختبار، أو خريطة، أو حلّ للغز يكشف عن مذابح العلم الأربعة... تلك العلامات الدليلية

234

الأربع التي كانت تشير إلى الدرب السرّية التي تخترق روما من طرفٍ إلى آخر. كانت هذه القصيدة تخرج من شفتيْ فيتوريا كالأغنية العذبة.

"من ضريح سانتي الترابي وثقبه الشيطانيّ
تتصالب عبر روما العناصر السريّة.
إن درب التنوّر قد رُسمَت وكذلك الاختبار القدسيّ،
فدعوا الملائكة تقودكم في ضالّتكم السامية".

قرأت فيتوريا القصيدة مرّتيْن، ثم غرقت في صمت عميق وكأنها كانت تفلت العنان لرنين تلك الكلمات القديمة لكي يتردّد صداه في الجوّ.

"من ضريح سانتي الترابي"، راح لانغدون يردّد في ذهنه. فقد كانت القصيدة واضحةً في هذا الشأن وضوح الشمس. إنّ درب التنوّر تبدأ إذن عند ضريح سانتي. ومن هناك، كان من المفترض بالعلامات الدليليّة أن تقودهم عبر روما.

"من ضريح سانتي الترابي وثقبه الشيطانيّ
تتصالب عبر روما العناصر السريّة".

"العناصر السريّة. هذه أيضاً واضحة. فالعناصر السرية الأربعة هي التراب والهواء والنار والمياه. لقد كانت في الواقع عناصر العلم هذه التي تشكّل العلامات الدليلية للطبقة المستنيرة متخفّيةً بشكل منحوتات دينية.

"العلامة الدليلية الأولى"، قالت فيتوريا: "موجودة على ما يبدو عند ضريح سانتي".

فابتسم لانغدون قائلاً: "ألم أقل لكِ إن الأمر ليس بهذه الصعوبة؟!".

"ومن تُراه يكون سانتي؟" سألت فيتوريا بحماسة: "وأين يقع ضريحه؟".

ضحك لانغدون، إذ كان يستغرب كيف أنّ قلّةً فقط من الناس كانت تعرف سانتي، وهي شهرة أحد أهمّ فنّاني عصر النهضة وأشهرهم. لقد كان اسم هذا الفنّان الأوّل معروفاً عالميّاً... ذاك الطفل العبقريّ المعجزة الذي ما لبث أن بلغ الخامس عشرة من عمره حتى أصبح البابا يوليوس الثاني يكلّفه بمهمّات خاصة، والذي بعد أن مات عن عمر يناهز الثماني والثلاثين، خلّف وراءه أعظم مجموعة من اللوحات الجصيّة الجدارية التي شهدها العالم حتى اليوم. لقد كان في الواقع سانتي بَهيموث عالم الفنّ، وبالتالي فكونه معروفاً باسمه الأوّل فقط كان الدلالة الأكبر على بلوغه مستوىً من الشهرة لم يبلغه سوى القليل فقط من نخبة الناس... كنابوليون وغاليليو ويسوع... هذا بالإضافة طبعاً إلى أنصاف الآلهة الذين غالباً ما

كان لانغدون يسمع أصواهم المتصاعدة من مباني هارفارد المهجعيّة - كستينغ ومادونا وديغول وذاك الفنّان الذي كان يلقّب سابقاً بـ "برينس" (أو الأمير) والذي استبدل حاليّاً لقبه هذا برمز الصليب التائي ♀ الذي يعترضه الأنك الخنثويّ.

"سانتي"، قال لانغدون: "هي شهرة أحد أعظم أساتذة عصر النهضة، ألا وهو رافاييل".

نظرت إليه فيتوريا بتعجّب: "رافاييل؟ الفنّان رافاييل الشهير؟".

"هو نفسه". وتابع لانغدون سيره السريع باتجاه مكتب الحرس السويسري.

"تبدأ الدرب إذن عند ضريح رافاييل؟".

"إن هذا في الواقع أمر منطقيّ جداً"، قال لانغدون فيما كانا لا يزالان يواصلان سيرهما بخطىً واسعة وسريعة. "سيّما وأن الطبقة المستنيرة غالباً ما كانت تعتبر الفنانين والنحّاتين العظماء أخوة شرف لها في التنوّر. كما وأنه من المحتمل جدّاً أن تكون الطبقة المستنيرة قد اختارت ضريح رافاييل بالذات كنوع من الإجلال والتقدير له ولفنّه". وقد كان لانغدون يعرف أيضاً أن رافاييل كان ملحداً شأنه شأن العديد سواه من الفنانين الدينيين.

عادت فيتوريا وأرجعت الورقة بحذر إلى جيب لانغدون سائلةً: "وأين هو مدفونٌ إذاً؟".

أخذ لانغدون نفساً عميقاً وقال: "قد لا تصدّقين ذلك، ولكن رافاييل مدفون في البانتيون".

بدت فيتوريا وكأنها تشكّ في صحّة ما يقول: "البانتيون؟".

"رافاييل في البانتيون". وقد كان يتعيّن على لانغدون أن يقرّ هنا بأنه لم يكن يتوقّع أبداً أن يكون البانتيون موضع العلامة الدليليّة الأولى. فهو كان يظنّ أن المذبح الأوّل للعلم سيكون في إحدى الكنائس المنعزلة والنائية، إذ حتى في القرن السادس عشر، كان البانتيون بقبّته الضخمة والمثقوبة واحداً من أبرز معالم روما.

"ولكن هل البانتيون كنيسة؟" سألت فيتوريا.

"إنه في الواقع الكنيسة الكاثوليكيّة الأقدم في روما".

هزّت فيتوريا رأسها قائلةً: "ولكن أوَتظنّ حقّاً أن الكاردينال الأوّل سوف يُقتل في البانتيون؟ فهذا المكان هو من أبرز المعالم السياحية في روما وأكثرها حركةً".

هزّ لانغدون كتفيْه استهجاناً: "لقد قال ذاك الرجل الغامض الذي ينتمي إلى الطبقة المستنيرة إنهم يريدون من العالم كلّه أن يكون شاهداً على هـذه العمليّـة؛ وبالتالي فإن مقتل أحد الكرادلة في البانتيون سوف يفتّح عيون الناس علـى هـذا الحدث الفظيع، لا محالة".

"ولكن كيف يتوقّع هذا الرجل أن يقتل شخصاً في البـانتيون وأن يـتمكّن بالتالي من الفرار من دون أن يراه أحد؟ فهذا أمر مستحيل".

أكثر من الإقدام على اختطاف أربعة كرادلة من قلـب مدينـة الفاتيكـان؟ القصيدة واضحة".

"وهل أنت واثق من أنّ رافاييل مدفون داخل البانتيون؟".

"لقد سبق لي أن زرت ضريحه مرّات عديدة في حياتي".

أومأت فيتوريا برأسها وكانت لا تزال مضطربةً: "كم الساعة معك؟".

تحقّق لانغدون من ساعته: "إنها الساعة السابعة والنصف".

"هل البانتيون بعيد من هنا".

"ربّما قد يكون على بعد ميل من هنا. لدينا ما يكفي من الوقت".

"ولكن تقول القصيدة ضريح سانتي الترابي. فهل يعني هذا شيئاً لك؟".

راح لانغدون يجتاز قطريّاً وبسرعة فائقة ساحة الحرس ثم أجابهـا: "تـرابي؟ في الواقع ليس في روما من مكان ترابي أكثر من البانتيون. فاسم هذا الأخـير مشـتقّ في الواقع من الديانة التي كانت في الأساس معتنقةً فيه، ألا وهي الديانة القائلـة بوحـدة الوجود وبعبادة جميع الآلهة لا سيّما منها الآلهة الوثنيّة التابعة إلى الأرض، كوكبنا الأم".

فعندما كان لانغدون لا يزال يتخصّص في مجال الهندسة، ذُهل لدى معرفته أنّ أبعاد قاعة البانتيون الرئيسة كانت تقدمةً لغايا، إلهة الأرض. وكانت مقاسات هذا المبنى متناسبة ودقيقة ومضبوطة بحيث كانت تتّسع بالضبط لكرة ضخمة وهائلـة الحجم مع أقلّ من ملّيمترٍ واحد من الفراغ. "حسناً"، قالت فيتوريا، وقـد بـدت أكثر اقتناعاً: "وماذا عن الثقب الشيطاني؟ فالقصيدة تقول: "من ضـريح سـانتي الترابي وثقبه الشيطاني"".

لم يكن لانغدون واثقاً من معلوماته حول هذا الموضوع ولكنه أجابها قـائلاً: "لا بدّ من أنهم يقصدون بالثقب الشيطاني تلك الفتحة الدائرية الشهيرة في سـقف البانتيون". وكان ظنّه هذا جدّ منطقيّ.

"ولكنّ البانتيون كناية عن كنيسة"، قالت فيتوريا وهي تمشي بسرعة ونشاط إلى جانبه: "فلمَ تُراهم قد يطلقون على هذه الفتحة الموجودة في قبّته تسمية الثقب الشيطاني؟".

كان لانغدون يتساءل هو أيضاً حول هذا الموضوع. فهو لم يسمع قطّ من قبل بتسمية "الثقب الشيطاني" هذه، إلا أنه عاد وتذكّر مقالةً نقدية شهيرة عن البانتيون كانت قد صدرت في القرن السادس عشر وكانت كلماتها تبدو له ملائمة الآن، إذ كان أحدهم قد كتب فيها أن الثقب الذي في سقف البانتيون هو من صنع الشياطين الذين حاولوا مرّةً الفرار من المبنى عندما كان هذا الأخير مكرَّساً من قبل بونيفاس الرابع.

"ولماذا"، أضافت فيتوريا سائلةً فيما كانا يدخلان ساحة أصغر بعض الشيء من الأولى: "لماذا قد تستخدم الطبقة المستنيرة الاسم سانتي إن كان الرجل معروفاً باسم رافاييل؟".

"إنك تطرحين الكثير من الأسئلة".

"هذا ما كان يقوله لي أيضاً والدي".

"لسببيْن وجيهيْن: أولاً لأن كلمة رافاييل تحتوي على مقاطع صوتية عديدة، مما كان قد أدّى إلى اختلال وزن القصيدة العمبقيّ".

"أظنّ أن هذا مبالغ فيه بعض الشيء".

فوافقها لانغدون الرأي: "حسناً، وثانياً ربّما لأن استخدام "سانتي" قد يجعل اللغز أكثر غموضاً فلا تتمكّن بالتالي سوى قلّة فقط من الرجال المنوَّرين من معرفة أن هذا الاسم يشير إلى رافاييل".

غير أنّ فيتوريا لم تبد مقتنعةً بهذا التحليل أيضاً، إذ قالت: "ولكني واثقة من أن شهرة رافاييل كانت هي أيضاً معروفةً جدّاً عندما كان لا يزال على قيد الحياة".

"الغريب في الأمر أنها لم تكن كذلك. في الواقع، عندما يكون الشخص معروفاً باسمه الأوّل فقط، يكون ذلك بمثابة رمز لوضع الشخص الشرعي ومترلته الرفيعة في المجتمع. وبالتالي فقد تجنّب رافاييل استخدام اسم شهرته تماماً كما يفعل المغنّون الشعبيون في أيامنا هذه. فلنأخذ مادونا مثلاً. فهي لا تستخدم أبداً كنيتها، Ciccone".

238

بدت فيتوريا مذهولةً لدى سماعها ذلك: "أنت تعلم شهرة مادونا أيضاً؟".

أسف لانغدون على إعطائها هذا المثل، إذ أنه في الواقع لأمر مخز نوع المعلومات التافهة التي يقوم ذهننا بحفظها وتخزينها عندما نعيش مع 10.000 مراهق. وفيما كانا يجتازان البوّابة الأخيرة المؤدية إلى مكتب الحرس السويسري، توقّفا فجأةً من دون أي سابق إنذار.

"توقّفا!" صاح بهما بالإيطالية صوت من الخلف.

فاستدارا ليجدا أنفسهما أمام جنديّ يصوّب بندقيّته نحوهما.

"مهلك!" صاحت فيتوريا قافزة إلى الوراء.

"لا تتحرّكا!" قال الحارس رادّاً أمان بندقيّته إلى الوراء استعداداً للرمي.

وإذا بصوت يصيح فجأة بالجندي من الجهة المقابلة للساحة: "يا أيها الجندي!" ثم ظهر أوليفيتي الذي كان يخرج من مركز الأمن. "دعهما وشأنهما!".

فبدا الحارس مرتبكاً وقال: "ولكن يا سيّدي، هذه السيّدة –".

"أدخل إلى المركز!" صاح بالحارس.

"ولكن يا سيّدي، هذا مستحـ".

"حالاً! لديك أوامر جديدة. دقيقتان ويقوم القائد روشيه بإعطاء الفيلق التعليمات النهائية والأساسية. سوف نقوم بعمليّة بحث".

أسرع الحارس مذهولاً إلى داخل المركز الأمني، وتقدّم أوليفيتي من لانغدون وقد كان شديد الغيظ والغضب: "أرشيفنا الأكثر سريّة؟ أريد تفسيراً لذلك".

"لدينا أخبار سارّة"، قال لانغدون.

فأجابه أوليفيتي عابساً: "من الأفضل لها أن تكون كذلك".

56

سُمع هدير سيّارات الألفا روميو الأربع من طراز ت 155 – سباركس تنزل شارع دال كوروناري بأقصى سرعتها تماماً كالطائرات المقاتلة النفّاثة، تقلّ اثني عشر حارساً من الحرس السويسري بثيابهم المدنيّة ورشّاشاتهم Cherchi-Pardini نصف الأوتوماتيكيّة وقنابل غازية عصبية شعاعيّة ومسدسات بعيدة المدى. أما الثلاثة الماهرون في الرماية فكانوا يحملون بنادق لازريّة.

وفيما كان أوليفيتي جالساً في المقعد الأمامي بالقرب من السائق، استدار نحو لانغدون وفيتوريا اللذيْن كانا جالسيْن في الخلف، وعيْناه تفيضان غضباً.

"أهذا هو التفسير المنطقي والموثوق الذي وعدتني به؟".

شعر لانغدون عندها بانزعاج شديد، وكأنه كان مقيّداً داخل هذه السيارة الصغيرة والضيقة التي كانت تقلّهم ثم قال: "أنا أفهم -".

"كلاّ، أنت لا تفهم شيئاً!" ولم يكن أوليفيتي ليرفع صوته عادةً على أحد، إلا أنّه كان قد أصبح الآن أكثر توتّراً من الأول بثلاث مرّات. "لقد نزعت للتوّ من مدينة الفاتيكان وعشيّة الخلوة الانتخابية اثنيْ عشر من أفضل رجالي، وذلك بهدف مراقبة البانتيون وهذا كلّه استناداً إلى شهادة رجل أميركي لا أعرفه ولم يسبق لي أن قابلته من قبل، وتفسيره لقصيدة عمرها أربعماية عام. كما وأني، وبالإضافة إلى هذا كلّه فقد تركت للتوّ مسألة البحث عن ذاك السلاحِ المضادّ للمادّة بين أيدي ضبّاط ثانويّين مساعدين".

حاول لانغدون أن يتمالك أعصابه قدر المستطاع لكي لا يسحب الصفحة رقم 5 من جيبه ويلوّح بها في وجه أوليفيتي: "كل ما أعرفه هو أن المعلومات التي عثرنا عليها تشير إلى ضريح رافاييل، وضريح رافاييل موجود داخل البانتيون".

فأومأ عندها الضابط الذي كان يقود السيارة برأسه قائلاً: "إنه على حقّ، سيّدي. فأنا وزوجتي كنّا -".

"قُد أنتَ"، قال أوليفيتي بنبرة حادّة ولاذعة ثمّ عاد واستدار نحو لانغدون.

"كيف يمكن لقاتل أن يقدم على جريمة قتل في مكان مزدحم كهذا ومن ثم يفرّ من دون أن يراه أحد؟".

"لا أعلم"، قال لانغدون: "ولكن رجال الطبقة المستنيرة هم على ما يبدو واسعي الحيلة. فقد تمكّنوا من اقتحام كلّ من CERN ومدينة الفاتيكان. لحسن الحظ أننا نعلم المكان الذي سوف تقع فيه الجريمة الأولى. البانتيون هو فرصتك الوحيدة لكي تقبض على هذا الرجل".

"ها أنتَ تناقض نفسك مرّة أخرى"، قال أوليفيتي: "كيف تقول لي إنها فرصتي الوحيدة؟ ظننتك قد تحدّثت من قبل عن وجود ثمّة درب سريّة وسلسلة من العلامات الدليليّة. إن كان البانتيون هو المكان الصحيح، فقد نتمكّن بذلك من اتّباع تلك الدرب وصولاً إلى العلامات الدليلية الأخرى، وتكون لدينا بالتالي أربع فرصٍ للقبض على ذاك الرجل".

"هذا ما كنت أتمنّاه"، قال لانغدون: "فلو أننا الآن في القرن الماضي لكنّا ربّما قد حظينا بتلك الفرص الأربع...، إنما اليوم فلا".

إدراك لانغدون أنّ البانتيون هو المذبح الأوّل للعلم كان بالنسبة إليه لحظة حلوةً ومرّة في آن معاً. فللتاريخ أسلوبه في الاحتيال على الذين كانوا يطاردونه. فهو كان يستبعد أن يكون درب التنوّر لا يزال هو هو، وأن تكون تماثيله لا تزال كلها في أماكنها بعد كلّ تلك السنوات، ولكن لطالما كان جزء منه يحلم بأن يتمكّن يوماً ما من سلوك هذه الدرب كلها ليجد نفسه في نهاية المطاف وجهاً لوجه مع مخبأ الطبقة المستنيرة المقدّس. ولكنه كان يعلم وللأسف الشديد أن هذا أمر مستحيل.

"لقد قام الفاتيكان في أواخر القرن الثامن عشر بترع التماثيل كلها التي كانت موجودة في البانتيون وتدميرها".

فسألت فيتوريا مصدومةً: "لماذا؟".

"لأن التماثيل كانت كلها لآلهة أولمبية وثنية؛ ممّا يعني وللأسف الشديد أن العلامة الدليلية الأولى لم تعد موجودةً اليوم، وكذلك أيضاً -".

"عادت فيتوريا وسألت: "ولكن هل من أمل في العثور على درب التنوّر وعلى علامات دليلية إضافية؟".

هزّ لانغدون رأسه وقال: "ليست أمامنا سوى فرصة واحدة يتيمة. البانتيون. بعد ذلك، لن نعثر على أي أثر للدرب".

ظلّ أوليفيتي يحدّق فيهما لفترة طويلة ثم عاد واستدار إلى الأمام صائحاً بالسائق: "توقّف جانباً".

قاد السائق السيارة جانباً نحو حافّة الطريق مفرملاً المكابح. وإذا بالسيّارات الثلاث الأخرى تتوقّف أيضاً. وهكذا توقّف موكب الحرس السويسري بكامله.

"ما الذي تفعله؟" سألت فيتوريا.

"أقوم بواجبي"، أجابها أوليفيتي بصوت قاسٍ وهو يستدير في مقعده. "سيّد لانغدون، عندما قلت لي بأنّك سوف تشرح لي الوضع في الطريق، ظننت أنني سوف أتّجه نحو البانتيون وعندي فكرة واضحة عن سبب وجود رجالي معي هنا. غير أن الحال ليس كذلك. لذا، وبما أن لديّ واجبات خطيرة وأهم بكثير من وجودي هنا، وبما أني لم أجد شيئاً منطقيّاً في نظريّتك تلك حول الذبائح الطاهرة

والعفيفة والشعر القديم هذا، فأنا مضطرّ أن أقول لك إن ضميري المهني لا يسمح لي بالمتابعة، وبالتالي فأنا أنسحب من هذه المهمّة في الحال". ثم أخرج جهازه اللاسلكيّ وأداره.

غير أن فيتوريا أمسكت بذراعه من مقعدها الخلفيّ قائلة: "لا يمكنك أن تفعل ذلك!".

فأغلق جهازه بعنف وراح يحدّق فيها بنظرة ملتهبة غيظاً: "هل سبق لكِ أن زرتِ البانتيون، سيّدة فيترا؟".

"كلاّ، ولكن أنا –".

"دعيني إذن أخبرك شيئاً. البانتيون مكوّن من غرفة واحدة فقط. إنه كناية عن حجرة دائرية مبنيّة من إسمنت وحجارة. لديه مدخل واحد فقط. لا نوافذ، إنما مجرّد مدخلٍ واحد وضيّق. وهذا المدخل يحرسه دائماً ما لا يقلّ عن أربعة شرطيين رومانيين مسلّحين يحمون هذا المكان المقدّس من الأشخاص الذين يحاولون تشويه صورة الفن ومن الإرهابيين المناهضين للمسيحية كما ومن ألاعيب السيّاح الغجر المخادعين.

"وما الذي تقصده بهذا كلّه؟" سألته فيتوريا بنبرة باردة وهادئة.

"ما الذي أقصده؟" قال أوليفيتي متشبّثاً بمقعده بعصبيّة: "ما أقصده هو أنّ ما قلتماه لي للتوّ عن احتمال حدوث جريمة قتل هناك أمر مستحيل حتماً! أيمكنكما أن تقولا لي كيف يمكن لأحدهم أن يقدم على قتل أحد الكرادلة داخل البانتيون؟ أو حتى كيف يمكنه أوّلاً وقبل كل شيء أن يمرّ بالحرّاس مدخلاً معه إحدى الرهائن من دون أن يراه أحد؟ أو أيضاً كيف يمكنه أن يقتل تلك الرهينة وينجو بفعلته هذه؟" ثم انحنى فوق المقعد وأصبحت أنفاسه المفعمة برائحة القهوة مباشرة في وجه لانغدون. "كيف، يا سيّد لانغدون؟ قل لي فقط كيف".

شعر عندها لانغدون بتقلّص السيّارة الصغيرة الحجم من حوله. "لا فكرة لديّ! فأنا لست بقاتلٍ! ولا أعلم كيف قد يتمكّن من القيام بكلّ هذا! ولكن كل ما أعرفه هو –".

"أتريدني أن أقول لك كيف؟" قالت فيتوريا بسخرية وبنبرة هادئة: "ما رأيك بهذا إذاً؟ يمكن للقاتل أن يحلّق فوق البانتيون بمروحيّة ما ومن ثم أن يرمي بالكاردينال الموسوم من الفتحة الموجودة في السقف، فيرتطم هذا الأخير بالأرضيّة الرخامية ويموت".

فاستدار كلّ من كان في السيّارة محدّقين بها، ولم يعرف حينها لانغدون ما يجب أن يكون رأيه في ما كانت فيتوريا قد اقترحته لتوّها. "لديك مخيّلة فظيعة، سيّدتي، ولكنك سريعة البديهة".

أما أوليفيتي فعبس قائلاً: "هذا ممكن، أنا أقرّ... ولكني أستبعد حصول هكذا -".

"كما ويمكن أيضاً للقاتل"، قالت فيتوريا: "أن يقوم بتخدير الكاردينال فيدخله بالتالي إلى البانتيون على كرسيّ مدولَب تماماً وكأنه سائح عجوز ويقوده نحو الداخل ويذبحه هناك بهدوء ومن ثمّ يخرج وكأنّ شيئاً لم يكن".

بدا هذا السيناريو وكأنه أيقظ أوليفيتي بعض الشيء.

"احتمال جيّد ومعقول!" فكر لانغدون في نفسه.

"أو أيضاً"، قالت: "يمكن للقاتل أن -".

"حسناً"، قال أوليفيتي. "كفى". أخذ نفساً عميقاً ثم قذفه خارجاً. وإذا بأحدهم يقرع بقوّة على زجاج السيّارة من الخارج. فجفلوا جميعهم؛ ولكنّه واحد من الجنود الذين كانوا يرافقونهم في السيارات الأخرى. فأنزل أوليفيتي الزجاج.

"هل كل شيء على ما يُرام، يا حضرة القائد؟" لقد كان الجندي يرتدي ثياباً رثّة بالية ملائمة للشارع. وإذا به يرفع كمّ قميصه الدَّنيمي كاشفاً بالتالي عن ساعة كرونوغرافية عسكرية سوداء اللون. "إنها الساعة السابعة والدقيقة الأربعون، يا حضرة القائد. يلزمنا بعض الوقت لنبلغ الموقع".

فأومأ أوليفيتي برأسه شارداً، وظلّ صامتاً لفترة طويلة. وراح يمرّر أحد أصابعه جيئةً وذهاباً على لوحة أجهزة القياس، راسماً خطّاً في الغبار، كما وأنه كان يحدّق في لانغدون عبر المرآة الجانبية، وقد شعر هذا الأخير وكأنه يقيس له طوله ووزنه. ثم استدار أخيراً أوليفيتي نحو الحارس قائلاً بصوت متردّد: "سوف نفترق الآن لتسلك كلّ سيّارة طريقاً مختلفاً؛ فالسيّارة الأولى تنتظر عند ساحة Piazza della Rotunda، والثانية عند جادّة Via degli Orfani، والثالثة عند ساحة Piazza Sant'Ignazio، والرابعة عند Sant'Eustachio. أركنوا سيّاراتكم على بعد مبنييْن على الأقلّ من البانتيون وانتظروا أوامري للانطلاق. ثلاث دقائق".

"حسناً، سيّدي". قال الجنديّ ثم عاد إلى سيّارته.

أومأ لانغدون إلى فيتوريا برأسه دلالةً على تأثّره وإعجابه بما فعلت. فابتسمت له بدورها وشعر لانغدون لوهلة بخيط من التواصل والانجذاب يربط في ما بينهما.

ثم استدار القائد في مقعده وراح يحدّق في لانغدون من جديد قائلاً: "سـيّد لانغدون، يُستحسن لهذا الشيء ألا ينفجر في وجهنا".

فابتسم لانغدون بقلق متسائلاً في نفسه: "كيف يمكـن لهكـذا شـيء أن يحدث؟".

57

فتّح ماكسيميليان كوهلِر، مدير CERN، عينيْه لدى تـدفّق مـادتيْ الـ cromolyn والـ Leukotriene إلى داخل جسمه، فاتحةً وممدِّدةً شُعيْبات قصـبته الهوائية وأوعية رئتيْه الشِّعريّة. فها هو يتنفّس بطريقة طبيعيّة. وإذا به يجد نفسه ممدّداً في إحدى غرف مشفى CERN الخاصّة، كرسيّه المدولب إلى جانب السرير.

راح يتفحّص الثوب الورقيّ الذي كانوا قد وضعوه له، ثم رأى ثيابه مطويّـة وملقاةً على الكرسيّ إلى جانب السرير أيضاً. أما في الخارج، فكان يسمع إحـدى الممرّضات وهي تقوم بجولتها التفحّصيّة المعتادة. ظلّ مستلقياً على سـريره لفتـرة طويلة وهو يصغي إلى ما يدور في الخارج، ثمّ جرّ نفسه بهدوء نحو حافّـة السـرير وتناول ثيابه عن الكرسيّ. وبعد صراع طويل وجهيد مع ساقيْه الميْتتيْن، تمكّن أخيراً من ارتداء ثيابه جارّاً بعد ذلك جسمه إلى كرسيّه المدولَب.

كاتماً صوت سُعاله، تقدّم بكرسيّه المدولَب نحو الباب، محركاً إياه يـدويّاً، إذ أنه تنبه لوجوب عدم تشغيله المحرّك. وعندما وصل إلى البـاب، راح يحـدّق إلى الخارج، فإذا بالردهة خالية.

وهكذا إنسلّ ماكسيميليان كوهلِر بصمت خارج المشفى.

58

"السابعة وست وأربعون دقيقة وثلاثون ثانية... حوّل". حتى وهو يتكلّم على جهازه اللاسلكي كان صوت أوليفيتي أشبه بالهمس.

بدأ لانغدون يتصبّب عرقاً في سترته التويديّة في المقعد الخلفي لسيّارة الألفـا روميو المتوقّفة على بعد ثلاثة مبانٍ من البانتيون. أما فيتوريا فجالسة بقربه، وتبـدو

كأنّها منشغلة بأوليفيتّي وهو يصدر أوامره الأخيرة.

"سوف يكون الانتشار على شكل طوق مكوّن من ثماني نقاط"، قال القائد: "أريد تطويقاً كاملاً للمبنى مع مراقبة شديدة للمدخل. لا تدعوا المستهدف يلاحظ وجودكم ولا تقتلوه. سوف نحتاج أيضاً إلى شخص لمراقبة سطح المبنى. المستهدَف هو الأهمّ بالنسبة إلينا، لا الأشياء الثمينة أو الرهائن التي قد تكون معه".

"يا إلهي"، فكّر لانغدون في نفسه متأثّراً بالفعالية التي قال فيها أوليفيتي لرجاله إن الكاردينال ذات أهمّية ثانوية وإنه من الممكن التضحية به في سبيل القبض على المستهدف.

"أكرّر. أريد المستهدف حيّاً. أجلبوه لي حيّاً. هيّا إذهبوا". ثم أغلق أوليفيتي جهازه اللاسلكي بعنف.

بدت فيتوريا مصعوقة لا بل غاضبة: "ألن يكون هناك أحد في الداخل، يا حضرة القائد؟".

فاستدار أوليفيتي: "في الداخل؟".

"أجل، داخل البانتيون حيث من المفترض أن تتمّ الجريمة؟".

"مهلاً"، قال أوليفيتي بالإيطاليّة، وقد كانت عيناه قد تحجّرتا: "في حال كانت صفوفي مخترَقة فإنه من غير المفيد أن أضع أحداً من رجالي في الداخل لأنهم بالطبع سوف يكشفونه.

وعلاوةً على ذلك، فقد حذّرني زميلك لتوّه أنّ هذه سوف تكون فرصتنا الوحيدة للقبض على القاتِل. وأنا للصراحة لا نيّة لديّ في أن أنشر الذعر داخل البانتيون من خلال نشر رِجالي في الداخل.

"ولكن ماذا في حال كان القاتل قد دخل إلى البانتيون قبل وصول رجالك إلى هناك؟".

فتحقّق عندئذ أوليفيتي من ساعته قائلاً: "لقد كان القاتل دقيقاً في كلامه. الساعة الثامنة. ولاً تزال بالتالي أمامنا خمس عشرة دقيقة".

"هو قال إنه سوف يقتل الكاردينال عند الساعة الثامنة ومن المحتمَل بالتالي أن يكون قد أدخل الضحية إلى البانتيون قبل ذلك الوقت. وماذا في حال رأى رجالك المستهدف و لم يتعرّفوا عليه؟ لذا يتعيّن على أحدنا التحقّق من نظافة المكان في الداخل".

"هذا أمر في غاية الخطورة، لا سيّما في الوضع الذي نحن فيه الآن".

"ليس إن كان الشخص الذي سيدخل إلى هناك من غير الممكـن تمييــزه أو التعرّف إليه".

"ليست أساليب التنكّر والتخفّي سوى هدراً للوقت و-".

"أنا كنتُ أقصد نفسي"، قالت فيتوريا.

استدار لانغدون وراح يحدّق فيها.

هزّ أوليفيتي رأسه قائلاً: "هذا مستحيل".

"لقد قتل والدي".

"بالضبط، لذا فهو قد يكون يعرفك".

"لكنّك سمعتَ ما قاله على الهاتف. فهو لم يكن حتى يعرف أنّ لليوناردو ابنة. وأنا بالتالي واثقة من أنه لا يعرف كيف هو شكلي. يمكنني أن أدخل إلى هناك على أنني سائحة. وفي حال اشتبهت بأي شيء يمكنني أن أقف عنـد المربّــع وأشيـر لرجالك بأن يتحرّكوا".

"أنا آسف، ولكن لا يمكنني السماح لك بأن تقومي بعمل كهذا".

وإذا بصوت يتصاعد فجأة من جهاز أوليفيتي قائلاً: "حضرة القائد؟ إننـا نواجه مشكلة من النقطة الشمالية. فالنافورة تحجب عنّا الرؤيــة ونحـن بالتالـي عاجزون عن رؤية المدخل ما لم ننتقل إلى مكان كاشف على الساحة. فما الـذي ينبغي علينا فعله بحسب رأيك؟ أتريدنا أن نظلّ متخفّين، أم أنك تريدنا أن نكـون ظاهرين؟".

هنا نفد صبر فيتوريا، فقالت: "انتهينا. أنا ذاهبة". ثم فتحت الباب وترجّلت من السيارة.

عندها رمى أوليفيتي جهازه وقفز خارج السيارة وراح يدور أمام فيتوريا.

أما لانغدون فترجّل بدوره من السيّارة متسائلاً: "ما الذي تفعله بحقّ الله!".

سدّ أوليفيتي الطريق أمام فيتوريا قائلاً: "سيّدة فيترا، إنّ أفكارك جيّدة، غـير أنه لا يمكنني أن أدع مدنيّاً يتدخّل في هذه المسألة".

"يتدخّل قلت؟ أنتم تعملون في الظلام. دعني أساعدكم".

"كنت أودّ لو يكون عندي شخص في الداخل، ولكن...".

"ولكن ماذا؟" سألت فيتوريا: "ولكني امرأة؟".

246

لم يجبها أوليفييِ.

"يُستحسن ألا يكون هذا ما أردت أن تقوله لي يا حضرة القائد، لأنك تعلم تماماً أن فكرتي هذه جيّدة. وإن تركت بالتالي أفكارك ومعتقداتك القديمة والسخيفة تلك -".

"دعينا نقوم بعملنا".

"دعني أساعدكم".

"إن الأمر في غاية الخطورة. فلن يكون هناك أي اتصال بينك وبيننا، سيّما وأني لا أستطيع السماح لك بحمل جهاز لاسلكي، لأنه قد يفضحك".

فمدّت فيتوريا يدها إلى جيب قميصها وأخرجت منه هاتفها الخلوي قائلةً: "هناك العديد من السيّاح الذين يحملون معهم أجهزتهم الخلوية".

عبس أوليفييِ، فتحت فيتوريا جهازها وراحت تتظاهر بأنها تتكلّم على الهاتف: "مرحباً حبيبي، أنا واقفة في البانتيون. كان يجدر بك أن ترى هذا المكان الرائع!" ثم أغلقت الهاتف وراحت تحملق في أوليفييِ قائلةً: "مَن بربّك قد يلاحظ شيئاً؟ أنا لا أجد أي خطورة في ذلك. دعني أكون أعينكم!" قالت ذلك مشيرةً إلى الهاتف الجوّال الذي كان أوليفييِ يعلّقه على حزامه ومن ثمّ سائلةً إيّاه: "ما هو رقم هاتفك؟".

غير أن أوليفييِ لم يجبها.

شاهد السائق كل ما كان يحصل، وسمع كل ما كان يدور بينهما من حديث، وبدا كمن لديه أفكار، إذ ترجّل من السيّارة وراح يتكلّم مع قائده على انفراد. ظلاّ يتكلّمان مع بعضهما البعض همساً لحوالى عشر ثوان، وأومأ أوليفييِ برأسه أخيراً وعاد إليها قائلاً: "سجّلي عندك هذا الرقم". وشرع يتلوه عليها.

سجّلت فيتوريا الرقم على هاتفها.

"والآن أطلبي الرقم"، قال لها أوليفييِ.

ضغطت فيتوريا على كبسة الاتصال، فإذا بالهاتف الذي كان على حزام أوليفييِ يرنّ. فالتقطه وشرع يتكلّم عبر السمّاعة قائلاً: "أدخلي إلى المبنى، سيّدة فيترا، وانظري من حولك، ثم اخرجي من جديد، واتصلي بي، وأخبريني ما رأيته في الداخل".

أقفلت فيتوريا هاتفها بعنف قائلةً: "شكراً لك، سيّدي".

وفجأة يشعر بلانغدون باندفاع غير متوقّع لغريزته الذكريّة الحمائية، فسأل أوليفيتي: "انتظر لحظة، هل سترسلها إلى هناك بمفردها؟".

عبست فيتوريا بوجهه: "سوف أكون بخير، يا روبرت".

وهنا عاد السائق وتكلّم مع أوليفيتي مرّةً أخرى.

"الأمر خطير"، قال لانغدون لفيتوريا.

"إنه على حقّ"، قال أوليفيتي: "حتى أفضل وأقوى الرجال عندي لا يعملون بمفردهم. وقد لفت لي ملازمي الأوّل نظري على أن العمليّة التنكرية تلك قد تبدو أكثر إقناعاً إن كنتما أنتما الاثنيْن معاً".

"كلانا معاً؟" فكّر لانغدون متردداً: "لقد كنت في الواقع أقصد -".

"إن دخلتما أنتما الاثنان معاً"، قال أوليفيتي: "فسوف تبدوان كزوجيْن في عطلة، وسوف يتمكّن بالتالي كلّ منكما من حماية الآخر. أشعر في الواقع بارتياح أكبر إزاء هذه الفكرة".

استهجنت فيتوريا استهجاناً هذا الموقف: "حسناً، إنما يتعيّن علينا أن نسرع".

أمّا لانغدون فراح يهمهم امتعاضاً.

أرشدهما أوليفيتي إلى الطريق الذي من المفترض بهما أن يسلكاه: "الشارع الأوّل الذي سوف تصادفانه هو شارع Via degli Orfani. انعطفا عنده يساراً وستصلان مباشرةً إلى مبنى البانتيون. لن يستغرقكما ذلك سوى دقيقتين فقط من المشي. أما أنا فسوف أكون هنا أعطي التوجيهات إلى رجالي، وأنتظر اتصالكما الهاتفيّ. أريد منكما أن تحملا سلاحاً تحميان نفسيْكما به". وإذا به يخرج مسدّسه قائلاً: "هل لدى أيّ منكما فكرة حول كيفيّة استخدام المسدّس؟".

هبط قلب لانغدون وصار بين رجليْه: "لسنا بحاجة إلى مسدّس!".

أخذته فيتوريا :"بإمكاني إصابة دلفيناً يثب من الماء وهو على بعد أربعين متراً من مقدّم سفينة تتأرجح في البحر".

"جيّد". قال أوليفيتي مسلّماً إياها المسدّس: "ولكن يتعيّن عليكِ أن تُخفيه".

فألقت نظرة سريعة إلى سروالها القصير، ثم نظرت إلى لانغدون.

"لا! لا تقولي لي إنك سوف تخفينه معي!" فكّر لانغدون في نفسه، غير أنها كانت غايةً في السرعة. فإذا بها تفتح سترته وتخفي السلاح في إحدى جيوبها الصدرية. فشعر لانغدون وكأنّ صخرةً قد سقطت داخل معطفه، ولكن الحمد لله

أن ورقة كتيّب Diagramma (البيانات) كانت في الجيب الآخر.

"لا تبدو علينا هيئة الشر أو الأذى"، قالت فيتوريا: "نحن ذاهبان". ثم راحت تترل الشارع متأبّطة بذراع لانغدون".

وإذا بالسائق يصيح عالياً: "من الجيّد أن تسيرا متشابكيْ الذراعيْن. تذكّرا أنكما سائحان، لا بل عروسان جديدان. ما رأيكما لو يمسك كل منكما بيد الآخر؟".

وفيما كانا ينعطفان يساراً، لمح لانغدون ابتسامةً خفيفةً على ثغر فيتوريا.

59

تقع "غرفة المراحل" التابعة للحرس السويسري إلى جوار ثكنة جهاز الأمن، وهي أصلاً الغرفة التي تتجمّع فيها قوات الحرس السويسرية، وتُعدّ للقتال قبل تكليفها بتأمين الحراسة اللازمة للبابا أثناء ظهوره في المناسبات الفاتيكانية العامة. ولكن، واليوم بالذات، كانت هذه الغرفة مستخدمة لأغراضٍ أخرى.

فالرجل الذي كان يخاطب القوّات العسكريّة المتجمّعة في هذه الغرفة والتي تمّ اختيارها بهدف القيام بهذه المهمّة الخطيرة والمميزة كان القائد إلياس روشيه، وهو القائد المعاوِن لقوّات الحرس السويسري. كان روشيه رجلاً ضخماً بديناً، ذا قَسمات وجهيّة ناعمة، يرتدي بزّته التقليدية الزرقاء ويضع على رأسه بيرِيه حمراء اللون ومائلةً على جنب. وكان صوته صافياً وشفّافاً لشخص بضخامته، وعندما كان يتكلّم، فقد كانت نبرته واضحةً وضوح صوت آلة موسيقيّة. ولكن، على الرغم من دقّة صوته وصفائه، كانت عيناه غامضتيْن قاتمتيْن تماماً كعيون بعض الثدييّات الليليّة، لذا كان رجاله يلقبّونه بالدب الرمادي، حتى أنهم كانوا يمزحون أحياناً قائلين إن روشيه هو "الدب الذي يمشي في ظلّ الأفعى"، قاصدين بالأفعى هنا أوليفيتي. صحيح أنّ روشيه كان مميتاً وخطيراً شأنه شأن الأفعى، إلا أنه كان على الأقلّ من الممكن رؤيته وهو قادم.

كان رجال روشيه واقفين بانتباه وتركيز حادّيْن، ولم يكن بالتالي أيّ منهم ليحرّك عضلةً من عضلات جسمه، على الرغم من أن المعلومات التي وصلتهم للتوّ كانت قد رفعت ضغط دمهم وزادت من حدّة توتّرهم.

أما المجنّد الجديد الملازم الأوّل تشارتراند فقد كان واقفاً في آخر الغرفة متمنّياً لو أنه كان من بين أولئك الـ 99% الذين قدّموا على هذا المنصب وتبيّن أنهم ليسوا مؤهلين لأن يكونوا هنا. فقد كان تشارتراند وهو الآن في العشرين من عمره الحرس الفاتيكاني الأصغر سنّاً. فهو هنا في مدينة الفاتيكان منذ ثلاثة أشهر فقط، وشأنه شأن أيّ رجل هنا، كان حارساً سويسريّاً مدرّباً، كما وأنه كان أيضاً قد خضع لعاميْن كامليْن من التدريب الإضافي في بِرن قبل أن يصبح مؤهّلاً للاختبار الفاتيكاني القاسي الذي يُقام إجمالاً في إحدى الثكنات السريّة خارج روما. ولكن لا شيء في التدريب الذي خضع له هذا كان قد هيّأه لأزمة كهذه.

ظنّ تشارتراند للوهلة الأولى أنّ هذا الاجتماع هو نوع من التدريب الغريب، إذ أنه كان يسمع القائد يتحدّث فيه عن أسلحة مستقبليّة ومعتقدات دينيّة قديمة وكرادلة مخطوفين. ثم عرض عليهم هذا الأخير فيلم الفيديو الذي يظهر فيه ذاك السلاح الذي كان يتكلّم عنه. فأدرك عندئذٍ أن المسألة لم تكن مسألة تدريب.

"سوف نقوم بقطع التيّار الكهربائي عن بعض المناطق"، كان روشيه يقول: "وذلك لكي نقضي على أيّ تشويش مغنطيسيّ خارجي غريب؛ وسوف ننقسم إلى مجموعات، على أن تكون كل مجموعة مؤلّفة من أربعة أعضاء. وعلاوةً على ذلك، سوف نضع على عيوننا نظّارات واقية من الأشعة دون الحمراء، وسوف نقوم بعمليّة الاستكشاف تلك بواسطة كانسات الأجسام الغريبة التقليدية التي تمّت معايرها من جديد لتعمل على مجال دفق كهربائي دون ثلاثة أوم. هل من أسئلة؟

لم تكن لدى أيّ منهم أسئلة.

عندها راحت الاحتمالات كافّة تتوالى على ذهن تشارتراند الذي سأل فجأةً متمنّياً لو لم يفعل: "وماذا في حال لم نعثر على هذا السلاح في الوقت المناسب؟".

حدّق به الدب الرماديّ من وراء بيريه الأحمر، ثمّ أذن لرجاله بالانصراف، ملقياً عليهم تحيّةً كئيبة.

"بالتوفيق، يا رجال".

60

على بعد مبنيين من البانتيون، اجتاز لانغدون وفيتوريا سيراً على الأقدام صفّاً من سيّارات الأجرة التي كان سائقوها نائمين على مقاعدها الأمامية. لقد كان موعد القيلولة مقدّساً في تلك المدينة المقدّسة حيث كان التكاسل العام والدائم امتداداً مثاليّاً لعادة القيْلولة المأخوذة عن عادات الشعب الإسباني القديم.

بذل لانغدون كل ما في وسعه لكي يعود ويستجمع أفكاره، غير أن الوضع كان غريباً بحيث كان عاجزاً عن التفكير على نحو منطقيّ. فهو، ومنذ حوالى ستّ ساعات فقط من الآن، كان ينام نوماً عميقاً في كامبريدج؛ وإذا به الآن في أوروبا عالقاً في معركة سُرّيالية من معارك التيتانيين القدماء، وداسّاً مسدّساً نصف أوتوماتيكيّ في جيب سترته الـ Harris التويدية، وماشياً يداً بيدٍ مع امرأة قد تعرّف إليها لتوّه.

نظر إلى فيتوريا، إلا أنها كانت تركّز على الطريق أمامها. هناك قوّة في قبضتها، قوّة امرأة مستقلّة وحازمة، وأصابعها ملتفّة حول أصابعه بارتياح وقبول فطريّيْن. لا تردّد. فشعر لانغدون حينها بانجذاب متزايدٍ نحوها، ولكنّه عاد وقال لنفسه "كنْ واقعياً، يا روبرت".

لاحظت فيتوريا انزعاجه، فقالت له من دون أن تنظر إليه: "استرخِ، يجب أن نظهر كعروسين جديدين".

"أنا مسترخٍ".

"ولكنك تشدّ على يدي بقوة".

خجل لانغدون وأرخى يده.

ثمّ قالت له: "تنفّس من عينيْك".

"عفواً؟".

"هذا ما يُعرف بالبرانایاما وهو يرخي العضلات".

"بيرانا؟".

"لا ليس سمك البيرانا الضاري إنما البرانایاما. لا بأس".

وفيما كانا ينعطفان إلى داخل ساحة Piazza della Rotunda، ظهر البانتيون

فجأةً أمامهما. فراح لانغدون كالعادة ينظر إليه بروْع ورهبة. ها هو البانتيون. هيكل الآلهة كافّة. الآلهة الوثنيّة. آلهة الطبيعة والأرض. بدا له المبنى من الخارج صندوقياً أكثر مما كان يذكر. فقد كانت الأعمدة والردهة المثلّثة الشكل تخفي تقريباً خلفها القبّة الدائريّة. إلاّ أنّ العبارة المنقوشة فوق المدخل بخطّ كبير عادت وأكّدت له أنهما في المكان الصحيح: M AGRIPPA L F COSTERTIUM FECIT. وكالعادة هنا، راح لانغدون يترجم تلك العبارة في نفسه بلهو قائلاً: "ماركوس أغريبّا، الذي انتخب قنصلاً للمرّة الثالثة شيّد هذا المبنى".

"يا له من تواضع"، فكّر في نفسه، مجيلاً ناظريْه في المنطقة المحيطة. فقد كان عدد قليل من السيّاح الذين يتجوّلون مع كاميراتهم الفيديوية، وبعضهم الآخر كان جالساً يتذوّق القهوة المثلّجة الأطيب والألذّ في روما في المقهى الخارجي La Tazza D'Oro (أي الفنجان الذهبي.) أما عند المدخل الخارجي للبانتيون، وأربعة من رجال الشرطة الرومانيين يقفون بحذر مع أسلحتهم، تماماً مثلما كان أوليفيتي قد وصفهم لهما.

"يبدو المكان هادئاً"، قالت فيتوريا.

وافقها لانغدون الرأي، إلا أنه كان مضطرباً بعض الشيء. فالآن وقد كان واقفاً هنا بشخصه، بدا له الوضع برمّته سورياليّاً. فعلى الرغم من ثقة فيتوريا التامّة والظاهرة به، أدرك لانغدون أنه كان قد وضع الجميع هنا في خطر. فالقصيدة المنوّرة كانت لا تزال موجودةً: "من ضريح سانتي الترابي وثقبه الشيطاني". أجل، راح يقول لنفسه، هذا هو المكان. ضريح سانتي. فهو كان قد أتى إلى هنا مرّات عديدة، ووقف تحت فتحة البانتيون، وأمام قبر الفنّان رافاييل العظيم.

"كم الساعة؟" سألت فيتوريا.

"إنها الساعة الثامنة إلا عشر دقائق. عشر دقائق فقط ويبدأ العرض".

"آمل ألا يكون القاتل واحداً من بين هؤلاء الناس"، قالت فيتوريا، ناظرةً إلى السيّاح الذين كانوا يدخلون البانتيون: "فإن حدث أي شيء داخل هذه القبّة، سوف نكون جميعاً في خطر".

وفيما كانا يتّجهان نحو المدخل، تنهّد لانغدون تنهيدة مثقلة بالهم والقلق. لقد كان يشعر بثقل المسدّس في جيبه. فراح يتساءل ما الذي قد يحدث في حال فتّشه رجال الشرطة وعثروا على المسدس. إلاّ أنّهم لم يشكّوا قطّ في أمره؛ فقد كان التنكّر على ما يبدو مقنعاً.

ثم همس لانغدون إلى فيتوريا قائلاً: "إيّاكِ أن تطلقي النار على شيء بالخطأ".
"ولكن ألا تثق بي؟".
"كيف لي أن أثق بكِ وأنا بالكاد أعرفك؟".
فعبست قائلةً: "وأنا الَتي كنت أظن أننا عروسان جديدان".

61

كان الجوّ داخل البانتيون بارداً ورطباً ومثقلاً بالتاريخ. يمتدّ السقف متأرجحاً فوق رؤوسهم وكأنّ لا وزن له، فالجزء غير المدعّم، البالغ طوله 114 قدماً، كان أكبر من قبّة كاتدرائية القديس بطرس. فشعر لانغدون، تماماً كما في كل مرة يزور فيها البانتيون، برعشة لدى دخوله تلك الغرفة الكهفية التي كانت في الواقع كناية عن انصهار رائع للفنّ والهندسة. أمّا في الأعلى، فالثقب الدائري الشهير في السقف يتوهّج تحت شعاع شمس المغيب الهزيلة: "الفتحة"، فكّر لانغدون في نفسه: "الثقب الشيطاني".

ها هما قد وصلا أخيراً.

راحت عينا لانغدون تتبعان قوس السقف المنحدر خارجاً نحو صفّ طويل من الجدران، وصولاً في النهاية إلى الأرضيّة الرخامية المصقولة تحت أقدامهم. كان صدى خطوات السيّاح وهمساتهم يتردّد بخفوت في القبّة من فوقهم. تفحّص لانغدون السيّاح الذين كانوا يجولون في الظلام هياماً والذين لم يتجاوز الاثني عشر تقريباً، متسائلاً: "هل أنت هنا؟".

"يبدو المكان هادئاً"، قالت فيتوريا وهي لا تزال تمسك بيده.

فأومأ لانغدون برأسه يوافقها الرأي.

"أين ضريح رافاييل؟".

فكر لانغدون، محاولاً أن يتذكّر المكان الذي كان قد وضع فيه ضريح هذا الأخير، وملقياً نظرة عامّة على الغرفة من حوله. أضرحة. مذابح. أعمدة. كوّات. ثم أشار إلى زينة دفنيّة مميزة كانت عند الجهة المقابلة للقبّة على اليسار: "ها هو هناك، على ما أظنّ".

تفحّصت فيتوريا نواحي الغرفة قائلةً: "لا أرى أحداً أشبه بأن يكون قاتلاً

على وشك أن يقتل كاردينالاً. أيمكننا أن نفتّش المكان؟".

ردّ لانغدون قائلاً: "لا يوجد في الواقع هنا سوى مكان واحد فقط يمكن لأحد أن يكون مختبئاً فيه. يجدر بنا أن نتحقّق من الأماكن الداخلية المنعزلة".

"الأماكن الداخلية المنعزلة؟".

"أجل"، قال لانغدون مشيراً إلى الفجوات التراجعية في الجدران.

لقد كانت في الواقع هناك مع الأضرحة سلسلة من المشائك أو الكوّات نصف الدائرية وغير النافذة التي كانت متناثرة هنا وهناك في الجدران من حول الغرفة. صحيح أن تلك الكوّات لم تكن ضخمة وهائلة، إلا أنها كانت كبيرة، بإمكان أحدهم أن يختبئ فيها في الظلام. وللأسف الشديد، كان لانغدون يعلم أن تلك الكوّات كانت تحتوي في الماضي على تماثيل آلهة الأولمب، غير أن كل تلك المنحوتات الوثنية قد دُمّرت في الواقع عندما أقدم الفاتيكان على تحويل البانتيون إلى كنيسة كاثوليكيّة. شعر لانغدون فجأةً بالألم والإحباط لدى إدراكه أنه كان يقف أخيراً أمام المذبح الأوّل للعلم ولكنّ العلامة الدليلية كانت ومع الأسف الشديد قد اختفت. فراح يتساءل ما هو التمثال الذي كان موضوعاً هنا وإلامَ كان يشير. ولم يكن لانغدون ليتصوّر إثارةً أعظم وأقوى من إثارة العثور على إحدى علامات الطبقة المستنيرة الدليلية – تمثالاً يشير سرّاً إلى درب التنوّر. ثم راح يتساءل أيضاً مَن كان ذاك النحّات المنوّر المجهول الذي قام بنحت تماثيل الطبقة المستنيرة كافّة.

"سأتولّى أنا أمر الناحية اليسرى من القوس"، قالت فيتوريا، مشيرةً إلى النصف الأيسر لمحيط الدائرة: "أما أنتَ فاذهب يميناً. أراك على مسافة مئة وثمانين درجة".

فابتسم لانغدون بتجهّم.

وفيما كانت فيتوريا تبتعد عنه، شعر لانغدون برهبة هذا الموقف تتسرّب فجأةً إلى ذهنه. وبينما كان يستدير يميناً، بدا صوت القاتل وكأنه يهمس في هذا المكان البارد من حوله: "الساعة الثامنة. ذبائح طاهرة وعفيفة على مذابح العلم. تطوّر حسابيّ للموت. الثامنة والتاسعة والعاشرة والحادية عشرة... فمنتصف الليل. فتحقّق لانغدون من ساعته، وإذا بها الساعة الثامنة إلاّ ثماني دقائق.

وخلال توجهه إلى الكوّة الأولى، مرّ بضريح أحد ملوك إيطاليا الكاثوليكيّين. فقد كان التابوت الحجري، شأنه شأن العديد من التوابيت في روما، موضوعاً

بطريقة غريبة على نحو منحرف مع الحائط، وقد بدت بالتالي جماعة من السيّاح محتارةً بشأن وضعيّته الغريبة تلك. غير أن لانغدون لم يتوقّف ليشرح لهم سبب وضعه على هذا النحو المنحرف. في الواقع، إن القبور المسيحية الرسميّة والمحترمة غالباً ما كانت توضع على نحو منحرف وغير متّسق مع هندسة المباني بحيث يكون وجهها مصوَّباً نحو الشرق؛ وهذا في الواقع معتقد خرافي قديم كان صفّ لانغدون الـ 212 لدراسة الرموز وتفسيرها قد ناقشه الشهر الفائت فقط.

"ولكنّ الوضعيّة هذه تتعارض تماماً مع التصميم الهندسي للمباني!" قالت إحدى الطالبات في الصفّ الأمامي من غير تفكير عندما كان لانغدون يشرح سبب تصويب القبور نحو الشرق: "لَمَ قد يرغب المسيحيون بأن تكن قبورهم مصوَّبةً نحو الشمس؟ فنحن نتكلّم هنا عن الدين المسيحي... لا عن عبادة الشمس!".

كان لانغدون قد ابتسم حينذاك ذارعاً المكان جيئة وذهاباً أمام اللوح وهو يأكل تفّاحته، ثم صاح فجأةً: "سيّد هيتزروت!".

جلس فجأةً أحد الشبان مجفلاً، إذ أنه كان يأخذ قسطاً من النوم في الخلف، ثم سأل قائلاً: "ماذا! أنا؟".

فأشار لانغدون إلى لوحة فنيّة تعود إلى عصر النهضة كانت معلّقة على الحائط سائلاً: "مَن هو ذاك الرجل الذي نراه في هذه اللوحة راكعاً أمام الله؟".

فكّر الشاب قليلاً ثم قال: "ربّما قد يكون قدّيساً ما؟".

"مذهل. وكيف عرفت أنه قديس؟".

"من الهالة التي فوق رأسه".

"ممتاز، وهل تذكّرك هذه الهالة النورانية الذهبية بشيء؟".

ابتسم هيتزروت قائلاً: "أجل! بتلك الأشياء المصرية التي درسناها في الفصل الدراسي الماضي. بتلك الـ ... الأقراص الشمسية!".

"شكراً لك، يا هيتزروت. يمكنك أن تعود إلى النوم الآن". ثم عاد لانغدون واستدار نحو الطلاّب قائلاً: "إن الهالات، شأنها شأن معظم الرموز المسيحية، مقتبسة من الدين المصري القديم الذي يقول بعبادة الشمس. وبالتالي فإن الدين المسيحي غنيّ بالأمثلة حول عبادة الشمس.

"عفواً؟" قالت الفتاة الجالسة في الأمام: "أنا أذهب دائماً إلى الكنيسة، ولا أرى بالتالي شيئاً هناك يمتّ بصلة إلى عبادة الشمس!".

"حقّاً؟ وما الذي تحتفلين به إذن في الخامس والعشرين من شهر كانون الأول (ديسمبر)؟".

"عيد الميلاد. مولد المسيح يسوع".

"أجل، ولكن وفقاً للإنجيل المقدّس، وُلد المسيح في شهر آذار (مارس)؛ فما الذي نحتفل به إذن في أواخر شهر كانون الأول (ديسمبر)؟".

فإذا بالصمت يعمّ عندئذ الصف بكامله.

وابتسم عندها لانغدون وقال: "إن الخامس والعشرين من شهر كانون الأول (ديسمبر) هو يا أصدقائي تاريخ أحد الأعياد الوثنية القديمة، عيد الشمس التي لا تُقهر والذي يصادف مع انقلاب الشمس الشتائي. إنه في الواقع ذاك الوقت الرائع من السنة عندما تنقلب الشمس، ويروح النهار يطول".

ثمّ قضم لانغدون قضمةً أخرى في تفاحته واستطرد شرحه قائلاً: "إن الأديان المنتصرة غالباً ما تعتمد الأعياد الدينية الموجودة أصلاً والتي كانت معتمَدة في الأديان السالفة، وذلك لكي تجعل التحوّل أقلّ صدمةً. وهذا في الواقع ما يُعرف بالتحوّل، وهو يساعد الناس على التأقلم مع الدين الجديد، إذ يحتفظ بالتالي العباد بالتواريخ المقدّسة نفسها، ويظلون يصلون في الأماكن المقدسة نفسها ويستخدمون رموز دينيّة شبيهة لتلك التي كانوا يستخدمونها... مستبدلين بالتالي فقط الإله الذي كانوا يعبدونه بإله آخر".

غضبت الفتاة في الصف الأمامي وقالت: "أتقصد بكلامك هذا أن المسيحية هي وبكل بساطة نوع من... العبادة الشمسية، إنما أعيد رزمها وتوضيبها بشكلٍ آخر!".

"إطلاقاً. في الواقع، إن المسيحية ليست مقتبسة من العبادات الشمسية فحسب؛ فشعيرة التطويب المسيحي مقتبسة مثلاً من شعيرة أوهيميروس القديمة ونظريّته حول صناعة الآلهة. أما عادة أكل الله - أي المناولة المقدسة - فهي مقتبسة من الأزتكيين. وحتى فكرة موت المسيح من أجلِ خطايانا ليست هي أيضاً بفكرة مسيحية فقط، إذ نرى في تعاليم الكَتزالكوتل أيضاً ومعتقداتهم القديمة كيف أن أحد الشبّان قد ضحّى بنفسه من أجل تحرير شعبه من الخطيئة".

فحملقت الفتاة فيه غاضبةً: "وهل من شيء إذن جديد ومبتكر تنفرد المسيحية وحدها به دون سواها؟".

"قليلة هي الأشياء التي تكون إجمالاً جديدة ومبتكرة في الأديان، والأديان لا تنشأ من لا شيء، إنما من بعضها البعض. في الواقع، إن الأديان الحديثة والمعاصرة هي كناية عن مُلَصَّقة... لا بل عن سجلّ تاريخي لسعي الإنسان الدؤوب وراء فهم ماهيّة الله عزّ وجلّ".

"ولكن... مهلاً"، جازف هيتزروت قائلاً، وقد بدا الآن وكأنه استيقظ من قيلولته: "أنا أعرف شيئاً جديداً ومبتكراً في الدين المسيحي. ماذا عن صورتنا لله؟ فالفنّ المسيحي لا يصوّر أبداً الله على أنه الصقر إله الشمس، أو على أنه أزتَكيّ، أو على أنه أي شيء آخر غريب عجيب أيضاً، إنما يصوّره دائماً بهيئة رجل عجوز ذات لحية بيضاء. وبالتالي فإن صورتنا لله أمر جديد ومبتكر، أليس كذلك؟".

ابتسم لانغدون: "بعد أن تخلّى المسيحيون الأوّلون عن آلهتهم السابقة - كالآلهة الوثنية والرومانية واليونانية والشمس وإله مِثرا وهلمّا جراً - راحوا يسألون الكنيسة عن هيئة إلههم المسيحي الجديد. وبالتالي فقد قامت الكنيسة باختيار حكيم، إذ أنها اختارت الوجه الأكثر رهبة وجبروتاً وألفة في التاريخ".

وبدا عندئذٍ هيتزروت شكوكياً، إذ قال: "رجل عجوز ذات لحية بيضاء متهدّلة؟".

فأشار عندها لانغدون على الحائط إلى التسلسل الهرمي للآلهة القديمة حيث كان جالساً في أعلى الهرم رجل عجوز ذات لحية طويلة بيضاء، ثم سأل تلاميذه: "هل يبدو زِيوس مألوفاً بالنسبة إليكم؟".

وبهذا السؤال أنهى لانغدون صفّه.

"مساء الخير"، قال له أحدهم.

وثب لانغدون مجفلاً، وإذا به يعود من جديد إلى البانتيون. ثم استدار ليرى رجلاً عجوزاً مرتدياً كاباً أزرق وواضعاً صليباً على صدره، فابتسم له ابتسامة تكشّفت عن أسنانه الرمادية.

"أنتَ إنكليزيّ الأصل، أليس كذلك؟" قال له الكهل بلهجة توسكانية وصوت أجشّ.

نظر إليه لانغدون بدهشة وحيرة: "كلاّ، في الواقع أنا أميركي الأصل".

أحرج الرجل: "آه، المعذرة ولكنّك أنيق الملبس، حسبتك... إقبل اعتذاري".

"هل يمكنني أن أساعدك؟" سأله لانغدون وكان قلبه يخفق بعنف.

"ظننت أنه ربما يكون بإمكاني أنا مساعدتك. فأنا الدليل السياحي هنا". قال الرجل مشيراً بفخر واعتزاز إلى شارته: "فمن واجبي أن أجعل زيارتك إلى روما أكثر تشويقاً وإثارة".

أكثر تشويقاً وإثارة؟ كان لانغدون واثقاً من أن زيارته هذه إلى روما هي بالأخصّ شديدة التشويق والإثارة.

"تبدو رجلاً مميزاً"، قال الدليل السياحي بتودّد وتملّق، فلا شك في أنك تهتمّ للفنّ أكثر من أي شيء آخر. يمكنني ربّما أن أقدم لك بعض المعلومات التاريخية حول هذا المبنى المذهل".

ابتسم لانغدون بتهذيب وقال: "هذا لطف منك، ولكني في الواقع أنا أيضاً مؤرِّخ فنّي وبالتالي -".

"رائع!" قال الرجل، وقد شعّت عيناه كأنه فاز بالجائزة الكبرى.

"لا شكّ في أنك سوف تجد ذلك مبهجاً وسارّاً!".

"أظنّ أني أفضّل أن -".

"إن البانتيون"، قال الرجل مستهلاً بالكلام الذي كان قد حفظه: "قد شيّده رجل يُدعى ماركوس أغريبّا وذلك عام 27 ق. م".

"أجل"، اعترضه لانغدون: "ثم أعاد ترميمه رجل يُدعى آدريان وذلك عام 119 للميلاد".

لقد ظلّ البانتيون المبنى المقبّب الأضخم في العالم حتى العام 1960، عندما تفوّق عليه المبنى المقبّب الأعظم في نيوأورليانز!".

همهم لانغدون مستنكراً، إذ لم يكن ذاك الرجل ليتوقّف عن الكلام.

"وقد أطلق أحد علماء اللاهوت في القرن الخامس على البانتيون تسمية منزل الشيطان، محذّراً بالتالي من كون الفتحة التي في سقفه مدخلاً للعفاريت!".

اعترض لانغدون سبيله رافعاً ناظريْه إلى فوق نحو الفتحة، متذكّراً المكيدة التي كانت فيتوريا قد اقترحتها حول إمكانية أن يقوم القاتل برمي الكاردينال الموسوم من الفتحة فيرتطم هذا الأخير بالأرضيّة الرخامية ويموت. هذا قد يكون حقّاً حدثاً إعلاميّاً عظيماً. ثم وجد لانغدون نفسه يتفحّص البانتيون ليرى إن كان هناك مراسلون صحفيّون، ولكن لم يكن هناك أحد. فراح يتنهّد بعمق. لقد كانت هذه فكرةً سخيفة حقاً. وبالتالي فقد يكون من السخيف حقّاً أن يثيروا اهتمام وسائل

الإعلام ويلفتوا انتباه العامّة إليهم من خلال عمل جنوني كهذا.

وفيما تحرّك لانغدون ليتابع مهمّته التفقدية، راح المحاضِر الثرثار يتبعه كجرو يتوق إلى الحب والرعاية: "تذكّر"، قال لانغدون لنفسه: "لا شيء أسوأ من مؤرّخ فني متحمّس".

أما عند الناحية الأخرى من الغرفة، فكانت فيتوريا غارقةً في عمليّات بحثها، وكانت هذه المرّة الأولى التي تقف فيها بمفردها منذ أن سمعت بخبر موت والدها. لقد كانت تشعر بواقع الساعات الثمانية الأخيرة القاسي والمرير يحيط بها من كل حدب وصوب. لقد قتل والدها بطريقة عنيفة ووحشيّة. والشيء المؤلم أيضاً هو أنّ اختراع والدها قد أصبح الآن فاسداً، إذ أنه أضحى أداةً بأيدي جماعة من الإرهابيين. ثم راح يساور فيتوريا شعور مزعج بالذنب كون اختراعها هو الذي جعل من الممكن نقل المادة المضادة من مكان إلى آخر.... بفضل علبتها الصغيرة الحابسة تلك التي كانت قد بدأت الآن بعدّها العكسي داخل الفاتيكان. فهي كانت تحاول أصلاً أن تخدم والدها وتساعده في ضالّته المنشودة وفي سعيه وراء الحقيقة... وإذا بها قد أصبحت الآن المشاركة الأولى في هذه المؤامرة المشوّشة.

والغريب في الأمر هو أن الشيء الوحيد الذي كانت تشعر حاليّاً بأنه صحيح هو وجود ذاك الرجل الغريب في حياتها. روبرت لانغدون. فهي تجد في عينيْه راحة وأماناً لا يمكنها تفسيرهما... تماماً كتآلف المحيطات التي كانت قد تركتها وراءها هذا الصباح. فهي سعيدة إنه هنا، إذ لم يكن بالنسبة إليها مصدر قوّة وأمل فحسب، ولكنّه استخدم دهاءه وسرعة بديهته لكي يجعل من هذه المناسبة الفرصة الوحيدة للقبض على قاتل والدها.

أخذت فيتوريا نفساً عميقاً وراحت تتابع بحثها من حول الغرفة. تسحقها صور الثأر والانتقام التي كانت تستحوذ على أفكارها منذ الصباح. فهي تريد الموت لذاك القاتل اللعين، ولا شيء في الدنيا، كان ليجعلها اليوم متسامحة معه فتدير له خدّها الأيسر. كانت شديدة التوتّر بحيث أنها شعرت بشيء يسري في دمها الإيطالي، شيء لم تشعر قطّ به من قبل... همسات أسلافها الصقلّيين وهم يحمون شرف عائلاتهم بعدالة وحشية وقاسية: "الثأر"، فكرت فيتوريا في نفسها، وإذا بها وللمرّة الأولى في حياتها تدرك تماماً معنى هذه الكلمة.

وإذا بصور الأخذ بالثأر تثير فجأةً حماستها، وتستحثّها للقبض على القاتل. فاقتربت من ضريح رافاييل سانتي. وحتى من بعيد، كان بإمكانها أن تدرك أن هذا

الرجل كان إنساناً مميزاً. فتابوته، وخلافاً لسائر التوابيت، كان محمياً بحجاب واق مصنوع من الزجاج الضفيري، كما أنه كان، علاوةً على ذلك، مرتدّاً نحو الخلفً ومُقحَماً داخل تجويف في الحائط. وقد كان بإمكانها أن ترى من وراء الحاجز الجزء الأماميّ من التابوت وقد كُتبت عليه العبارة التالية:

رافاييل سانتي – 1483 – 1520

راحت فيتوريا تتفحّص القبر، ثم قرأت العبارة الوحيدة المنقوشة على اللوحة الوصفية التي كانت إلى جانبه.

ثم عادت وقرأت العبارة من جديد.

ثم... قرأتها مرّة أخرى.

وإذا بها تقع مذعورةً على الأرض صارِخةً: "روبرت! روبرت!".

62

لا يعيق تقدّم لانغدون في ناحيته من البانتيون سوى ذاك الدليل السياحي الذي كان يتبعه خطوةً خطوةً، مستمراً ومن دون كلل في رواية القصص والحكايات فيما كان لانغدون يتهيّأ للكشف على التجويف الأخير من سلسلة الكوّات الموزّعة في أرجاء الغرفة كافّة.

"تبدو مستمتِعاً بهذه الكوّات!" قال المحاضِر، وقد كان مسروراً بذلك: "هل كنت تعلم أن التناقص التدريجي في سماكة الجدران هو الذي يجعل القبّة تبدو عديمة الوزن؟".

أومأ لانغدون برأسه من دون أن يستمع إلى كلمة واحدة ممّا كان يقولها ذاك الدليل. لقد كان يتحضّر لتفحّص كوّة أخرى. وإذا بأحدهم يمسك به فجأةً من الخلف. إنها فيتوريا. لقد كانت تلهث وتشدّ على ذراعه بقوّة. ومن هيئة الذعر التي كانت على وجهها، تصوّر لانغدون شيئاً واحداً فقط. لقد عثرت على جثّة. فشعر عندها برهبة كبيرة.

"آه، زوجتك!" هتف المحاضِر بحماسة لدى إدراكه أنه قد أصبح لديه الآن ضيف آخر. ثم قال مشيراً إلى سروالها القصير وحذائها العالي الخاص بالمشي: "يمكنني الآن أن أقول إنك أميركية!".

فأجابته فيتوريا: "كلاّ، أنا إيطالية".

فصغُرت عندئذ ابتسامته، قائلاً: "يا إلهي!".

"روبرت"، همست فيتوريا محاولةً أن تدير ظهرها للدليل السياحي: "البيان، كتيّب غاليليو. يجب أن أراه".

"كتيّب البيان؟" قال المحاضِر متملّقاً: "يا إلهي! أنتما الاثنان لا شكّ في أنكما تعرفان جيّداً تاريخكما! للأسف، لا يمكنكما الاطّلاع على هذا المستند. فهو محفوظ في أرشيف الفاتيكان السري -".

"المعذرة"، قال لانغدون بحيرة وارتباك لدى رؤيته فيتوريا في حالة الذعر تلك. فأخذها جانباً ثم مدّ يده إلى جيبه مخرِجاً منه بحذر شديد ورقة البيان وقائلاً: "ما الخطب؟".

"ما هو التاريخ المذكور هنا؟" سألته فيتوريا متفحّصة الورقة.

عاد المحاضر إليهما محدّقاً، فاغر الفم إلى الورقة، قائلاً: "لا، لا تقولا لي إنّ هذا... حقّاً...".

"إنها نسخة سياحية طبق الأصل عنه"، أجابه لانغدون بسخرية ثم قال له: "شكراً لمساعدتك، والآن من فضلك، أريد أنا وزوجتي أن نكون وحدنا للحظة".

ابتعد المحاضر عنهما إنما من دون أن تفارق عيناه الورقة ولو للحظة.

"التاريخ"، كرّرت فيتوريا للانغدون: "التاريخ الذي أصدر فيه غاليليو...".

فأشار لانغدون إلى الرقم الروماني في أسفل الصفحة قائلاً: "هذا هو تاريخ الإصدار. ولكن ما الخطب؟".

فحلّت فيتوريا معنى ذاك الرقم سائلةً: "1639؟".

"أجل. ولكن لِمَ تسألين عن هذا التاريخ؟".

أجابته بعينيْن تنذران بالشؤم قائلةً: "إننا في ورطة، يا روبرت. ورطة كبيرة. فالتواريخ لا تتطابق".

"ولكن عن أيّ تواريخ تتكلّمين؟".

"ضريح رافاييل. فهو لم يُدفن هنا إلا في العام 1759، أي بعد قرن من صدور كتيّب البيان".

فراح لانغدون يحدّق فيها محاولاً أن يفهم ما كانت تقصده بكلماتها تلك، ثم

أجابها قائلاً: "كلاّ. لقد مات رافاييل عام 1520، أي قبل صدور كتيّب البيان بفترة طويلة".

"أجل، ولكن لم يتمَّ دفنه هنا إلا بعد ذلك بفترة طويلة".

عندها، لم يعد لانغدون يفهم شيئاً ممّا تقول: "ولكن، عمّا تتكلّمين؟".

"لقد قرأت ذلك للتوّ. لم يتمّ نقل جثمان رافاييل إلى البانتيون إلاّ عام 1758؛ وقد تمّت في الواقع تقدمته حينذاك لبعض الإيطاليين العظماء تقديراً لهم وإجلالاً لأعمالهم العظيمة".

وما أن أدرك لانغدون مقصد فيتوريا حتى شعر فجأةً وكأن بساطاً قد انتُزع للتوّ من تحت قدميْه.

"عندما وُضعت هذه القصيدة"، قالت فيتوريا: "كان ضريح رافاييل في مكان آخر؛ وبالتالي لم يكن للبانتيون حينذاك أي علاقة برافاييل!".

أصيب لانغدون بالاختناق: "ولكن هذا... يعني...".

"أجل! هذا يعني أننا لسنا في المكان الصحيح حيث يجب فعلاً أن نكون!".

شعر لانغدون بدوار شديد وراح يفكّر بينه وبين نفسه قائلاً: "مستحيل... كنت واثقاً من...".

ركضت فيتوريا نحو المحاضِر وأمسكت به سائلةً إياه: "المعذرة، سيّدي. ولكن أيمكنك أن تقول لي أين كان جثمان رافاييل في القرن السادس عشر؟".

"في أورب... أوربينو"، قال متمتماً بذهول وارتباك: "مكان ولادته".

"مستحيل!" قال لانغدون: "أنا واثق من أن مذابح العلم التي تتحدّث عنها الطبقة المستنيرة موجودة هنا في روما!".

"الطبقة المستنيرة؟" سأل المحاضر لاهثاً وناظراً من جديد إلى الورقة التي كانت في يد لانغدون: "ولكن مَن أنتما بحَقّ الله؟".

تولّت فيتوريا أمره سائلة: "نحن نبحث عن شيء يُعرف بضريح سانتي الترابي هنا في روما. أيمكنك أن تقول لنا ماذا يمكن لهذا الشيء أن يكون؟".

بدا عندها المحاضر مضطرباً ومتردّداً ثمّ أجابها قائلاً: "هذا هو الضريح الوحيد لرافاييل في روما".

حاول لانغدون أن يستجمع أفكاره، إلاّ أن ذهنه كان في الواقع عاجزاً عن التركيز. في حال لم يكن ضريح رافاييل في روما في العام 1655، فإلامَ كانت

القصيدة تشير إذن؟ "ضريح سانتي الترابي بثقبه الشيطاني؟" ما هو المقصود من هذا بحقّ الله؟ فكّر جيّداً يا لانغدون! فكّر!

"هل من فنّان آخر كان يُعرف بسانتي؟" سألت فيتوريا.

هزّ المحاضِر كتفيْه استهجاناً، وقال: "ليس على حدّ علمي".

"وماذا عن أيّ من الأشخاص المشاهير والمعروفين؟ فربّما قد يكون هناك عالم أو شاعر أو عالم فلكيّ يُدعى سانتي؟".

بدا المحاضِر عندها وكأنه يرغب في الرحيل وقال: "كلاّ، سيّدتي. أنا لم أسمع سوى بسانتي واحد فقط وهو رافاييل المهندس".

"مهندس؟" قالت فيتوريا: "ولكنّي قد ظننته رسّاماً!".

"لقد كان بالطبع الاثنيْن معاً، وهكذا في الواقع كان الجميع كميكال آنجلو ودافينشي ورافاييل".

لم يعرف لانغدون إن كانت كلمات المحاضر، أو الأضرحة المزيّنة والمزخرفة من حولهم هي التي أنزلت الوحي عليه، ولكنّ هذا كلّه لم يكن مهمّاً بالنسبة إليه. فالمهمّ أنّ الفكرة قد خطرت على باله. كان سانتي مهندساً. ومن هنا بدأت الأفكار تتوالى على ذهنه كأحجار الدومينو. كان مهندسو عصر النهضة يعيشون لسببيْن اثنيْن فقط - أولاً لكي يمجّدوا الله من خلال بنائهم له كنائس عظيمة وكبيرة، وثانياً لكي يمجدوا أصحاب المقامات الرفيعة من خلال بنائهم لهم أضرحةً فخمة. ضريح سانتي. معقول؟ راحت الصور تتوالى على ذهنه على نحوٍ أسرع الآن.

دافينشي ولوحة الموناليزا خاصّته.

مونيه ولوحة زنبق الماء.

ميكال آنجلو ودافيد.

وبالتالي سانتي وضريحه الترابي...

"سانتي هو مصمِّم الضريح"، قال لانغدون.

فاستدارت فيتوريا قائلةً: "ماذا؟".

"إن القصيدة لا تشير إلى المكان الذي دُفن فيه رافاييل، إنما إلى ثمّة ضريح من تصميمه".

"ما الذي تتكلّم عنه؟"

"لقد أسأت فهم اللغز. فما ينبغي علينا البحث عنه ليس الموقع الذي دُفن فيه رافاييل إنما ضريحٍ صمّمه رافاييل لشخصٍ آخر. لا أصدّق أن هذا الأمر قد فاتني. نصف المنحوتات التي أنجزت في روما في عصر النهضة وعصر الأسلوب الباروكي كان من أجل المدافن. وابتسم لانغدون لهذه الحقيقة التي اكتشفها، ثم استطرد كلامه قائلاً: "ولا شكّ في أن رافاييل قد صمم مئات الأضرحة والقبور!".

لم تبدُ فيتوريا سعيدة لسماعها ذلك: "قلتَ مئات؟".

بُهتت ابتسامته "آه. يا إلهي!".

"وهل كان أي منها أرضياً أو ترابياً، يا بروفسور؟".

شعر لانغدون فجأةً بجهله المزعج في هذا المجال. فالمحرج في الأمر هو أنه لم يكن ليعرف سوى القليل فقط عن أعمال رافاييل. فلو كان الأمر يتعلّق بأعمال ميكال آنجلو مثلاً لكان تمكّن من إفادتها في هذا الموضوع، غير أن أعمال رافاييل لم تكن قطّ لتثير دهشته وإعجابه. في الواقع، لم يكن لانغدون يعرف سوى اثنيْن فقط من أضرحة رافاييل الشهيرة، ولكن لم تكن لديه أي فكرة عن شكلهما وهندستهما.

إلاّ أن فيتوريا قد شعرت على ما يبدو بإحراج لانغدون، فإذا بها تستدير نحو المحاضِر الذي يبتعد ببطء عنهما، ماسكة بذراعه، معيدة إيّاه إلى الوراء: "أنا بحاجة إلى ضَريح من تصميم رافاييل. ضريح من الممكن اعتباره ترابياً".

فبدا المحاضر وكأنه في محنة: "ضريح من تصميم رافاييل؟ لا أعرف. فهو قد صمّم في الواقع الكثير من الأضرحة. أنت ربما تقصدين كنيسة من تصميم رافاييل، لا ضريحاً. فالمهندسون غالباً ما كانوا يصمَّمون الكنائس بالاتحاد مع الأضرحة".

أدرك لانغدون أن الرجل على حقّ.

"وهل يعتبر أي من أضرحة رافاييل أو كنائسه ترابياً؟".

هزّ الرجل كتفيْه استهجاناً، وقال: "أنا آسف ولكني لا أعرف عمّا تتحدثان. فأنا ليست لديّ أي فكرة عن شيء يوصف بالترابي. والآن يجب أن أغادركما".

عادت فيتوريا وأمسكت بذراعه من جديد، وقرأت له السطر الذي كان في أعلى الورقة: "من ضريح سانتي الترابي بثقبه الشيطاني. أيعني هذا أي شيء بالنسبة إليك؟".

"إطلاقاً".

نظر لانغدون فجأة إلى السقف. فهو كان قد نسي للحظة الجزء الثاني من السطر، ذاك الجزء الذي يتحدّث عن ثمّة ثقب شيطاني؟ "أجل!" قال إلى المحاضِر: "وجدتها! هل لدى أيّ من كنائس رافاييل ثقب أو فتحة ما؟".

هزّ المحاضِر رأسه ثم أجابه قائلاً: "البانتيون هو على حد علمي الوحيد الذي لديه فتحة في سَقفه". ثم توقّف قليلاً وقال: "ولكن...".

"ولكن ماذا!" قالا، فيتوريا ولانغدون، معاً.

فأمال المحاضِر رأسه متقدّماً نحوهما من جديد: "ثقب شيطاني؟" غمغم بينه وبين نفسه: "ثقبَ شيطاني... هذا يعني في الإيطالية... buco diàvolo أليس كذلك؟".

فأومأت فيتوريا برأسها قائلةً: "أجل هذه هي الترجمة الحرفيّة".

ابتسم المحاضِر ابتسامة خفيفة وقال: "هذه كلمة لم أسمع بها منذ زمن بعيد. إن لم أكن مخطئاً، تشير عبارة buco diàvolo إلى حجرة تحت الأرض".

"حجرة تحت الأرض؟" سأل لانغدون: "كالسرداب مثلاً؟".

"أجل، ولكنّه سرداب من نوع خاص. في الواقع، أنا أظنّ أن عبارة الثقب الشيطاني هي عبارة قديمة تشير إلى تجويف أو سرداب ما تحت كنيسة يُتّخذ مقبرة جماعية... تحت مقبرة أخرى".

"أتقصد بذلك المَعظَمة أو البناء الإضافيّ الذي تُحفظ فيه عظام الموتى؟" سأل لانغدون مدركاً فجأة ما كان الرجل يقصد بوصفه هذا.

دُهش المحاضِر: "أجل! هذا هو بالضبط المصطلح الذي كنت أبحث عنه!".

فراح لانغدون يفكّر بالأمر مليّاً. لقد كانت المعظَمات شكلاً كنسيّاً رخيصاً خاضعاً لمعضلة حرجة. في الواقع، عندما كانت الكنائس تجلّ أعضاءها المميّزين والرفيعي المستوى بوضعها جثثهم في أضرحة مزخرفة وفخمة داخل حرم الكنيسة، غالباً ما كان أفراد الأسرة الأحياء يطلبون بأن يُدفن أفراد الأسرة كلّها مع بعضهم البعض في مكان واحد... ضامنين بالتالي أنهم سوف يُدفنون هم أيضاً في موقع يُحسَدون عليه داخل الكنيسة. وفي حال لم تكن الكنيسة تتّسع لأضرحة أفراد الأسرة كلّهم، أو في حال لم يكن لديها المال الكافي لتبني ضريحاً خاصّاً لكلٍّ من أفراد تلك الأسرة، فقد كانت عندها تقوم أحياناً بحفر معظَمة، وهي كناية عن حفرة في الأرض بالقرب من الضريح يدفنون فيها أفراد الأسرة الأقلّ أهميّة وشأناً

ومن ثمّ يغطّونها بغطاء أشبه بغطاء فتحة الدخول إلى المجرور أو البالوعة. صحيح أن تلك المعظمات كانت بمثابة حلّ عمليّ وفعّال لهذه المشكلة، إلا أنها سرعان ما لم تعد معتمدةً وسائدةً، وذلك بسبب الرائحة النتنة التي كانت تتصاعد منها إلى الكاتدرائية. الثقب الشيطاني، فكّر لانغدون بينه وبين نفسه. فهو لم يكن قد سمع بهذا المصطلح من قبل، وقد بدا له في الواقع هذا الأخير ملائماً ومخيفاً في الوقت نفسه.

كان قلب لانغدون قد بدأ يخفق بقوّة. من ضريح سانتي الترابي بثقبه الشيطاني. فهو لم يعد لديه الآن سوى سؤال واحد فقط يطرحه: "هل صمّم رافاييل ضريحاً له مثل تلك الحفر الشيطانيّة؟".

حكّ المحاضِر رأسه مفكّراً ثم قال: "في الواقع، أنا آسف... ولكن لا يخطر على بالي الآن سوى ضريح واحد فقط من هذا النوع".

"واحد فقط؟" هذه الإجابة التي كان لانغدون يتمنّى سماعها.

"أين!" سألت فيتوريا صائحةً.

نظر المحاضِر إليهما باستغراب وقال: "تُعرف بكابيلاّ تشيجي. مقبرة أغوستينو تشيجي وأخيه، وهما النصيران الثريّان للعلوم والفنون".

"العلوم؟" سأل لانغدون ناظراً إلى فيتوريا.

"أين؟" سألت فيتوريا مجدداً.

غير أنّ المحاضِر تجاهل سؤالها مرّة أخرى، إذ كان يبدو متحمّساً من جديد لتمكّنه من عرض خدماته عليهما وبالتالي إفادتهما بمعلوماته: "أما في ما يتعلّق بإذا كان الضريح ترابياً أم لا، فأنا لا أعلم، ولكن لا شكّ في أنه... مختلف عن سائر الأضرحة".

"مختلف؟" سأل لانغدون: "كيف؟".

"إنه في الواقع متنافر مع الهندسة. فرافاييل لم يكن سوى المهندس، وكان هناك نحّات آخر قام بالزخرفة الداخلية للضريح ولكني لا أذكر اسمه".

أصبح لانغدون آذاناً صاغية. ربّما قد يكون زعيم الطبقة المستنيرة المجهول الهويّة.

"أياً كان الشخص الذي قام بالنصب والمباني التذكارية الداخلية للضريح فلا شكّ في أنه عديم الذوق"، قال المحاضِر. ثم استطرد كلامه بالإيطالية قائلاً: "يا إلهي! شيء شنيع حقّاً! مَن منا قد يرغب في أن يُدفن تحت أهرام؟".

بالكاد كان لانغدون قادراً على تصديق أذنيْه: "أهرام؟ تحتوي الكابيلاّ على أهرام؟".

"أعلم"، قال المحاضِر بسخرية: "شيء مريع حقّاً، أليس كذلك؟".

أمسكت فيتوريا بذراع المحاضِر قائلةً: "سيّدي، أين تقع كابيلاّ تشيجي تلك؟".

"شمالاً، على مسافة ميل تقريباً من هنا. في كنيسة سانتا ماريا ديل بوبولو".

تنهّدت فيتوريا قائلةً: "شكراً لك. هيّا بنا –".

"انتظرا لحظةً"، قال المحاضِر: "لقد تذكّرت لتوّي شيئاً مهمّاً. كم أنا غبيّ حقّاً!".

فإذا بفيتوريا تتوقّف فجأةً سائلةً: "لا تقل لي أرجوك أنّ هناك خطأ في المعلومات التي أفدتنا بها".

فهزّ برأسه قائلاً: "كلاّ، ولكن كان يجدر بي أن أتنبّه لهذا الأمر من قبل، إذ أن كابيلاّ تشيجي لم تكن دائماً تعرف بكابيلاّ تشيجي، إنما كانوا يطلقون عليها تسمية الكابيلاّ الأرضيّة".

أخرجت فيتوريا فيترا جهازها الخلوي فيما كانت تنطلق بسرعة وعنف نحو ساحة Piazza della Rotunda: "حضرة القائد أوليفيتي"، قالت: "ليس هذا المكان الصحيح!".

وبصوت مرتبك قال أوليفيتي: "ليس المكان الصحيح؟ ما الذي تقصدينه بكلامك هذا؟".

"ليس المذبح الأول من مذابح العلم هنا، إنما في كابيلاّ تشيجي!".

"أين؟" قال غاضباً: "ولكنّ السيّد لانغدون قد قال –".

"كابيلاّ سانتا ماريا ديل بوبولو! شمالاً على مسافة ميل واحد تقريباً من هنا. أرسل رجالك إلى هناك في الحال! ليس أمامنا سوى أربع دقّائق فقط!".

"ولكنّ رجالي متمركزون هنا الآن! وبالتالي فلا يمكنني أن –".

"تحرّكوا بسرعة!" قالت فيتوريا مغلقةً جهازها الخلوي بعنف.

خرج لانغدون وراءها من البانتيون مبهوراً ومذهولاً.

أمسكت فيتوريا بيده وجرّته نحو صفّ من سيّارات الأجرة المنتظرة عند حافّة الطريق والتي تبدو خاليةً من سائقيها. دقّت على سقف السيّارة الأولى وإذا بالسائق

النائمٍ ينهض مجفلاً داخل السيارة. ففتحت فيتوريا الباب الخلفي بسرعة وعنف دافعةً بلانغدون إلى الداخل، ثم قفزت بعده إلى داخلِ السيارة.

"إلى كابيلاّ سانتا ماريا ديل بوبولو"، أمرته قائلةً: "وبسرعة!".

أدار السائق المذعور سيّارته وانطلق مسرعاً باتّجاه تلك الكابيلاّ.

63

أخذ غانثر غليك الكومبيوتر من شينيتا ماكري الواقفة منحنيةً إلى الأمام في مؤخّرة عربة الـ ب. ب. س، وتحدّق بتشوّش من فوق كتف غليك.

"قلتُ لك"، قال غليك ضاغطاً على المزيد من مفاتيح الطباعة: "إن صحيفة البريتيش تاتلر (أي الثرثار البريطاني) ليست الصحيفة الوحيدة التي تتناول قصص هؤلاء الشبّان".

اقتربت ماكري وراحت تتفحّص الشاشة. كان غليك على حقّ، إذ أن مركز المعلومات التابع للـ ب. ب. سي كان يظهر أن شبكتهم المميّزة قد عملت في السنوات العشر الماضية على ستّ مقالات تدور أحداثها حول أخويّة أو جمعيّة تعرف بالطبقة المستنيرة.

"ومَن هم الصحفيّون الذين عملوا على هذه المقالات يا ترى؟" سألت ماكري باستهزاء. لا شكّ في أنهم من حثالة الصحفيّين المنافقين".

"الـ ب. ب. س لا توظّف حثالة الصحفيّين".

"ولكنها قد وظّفتك أنت".

قطّب غليك حاجبيْه قائلاً: "أنا لا أعلم لِمَ أنتِ شكوكيّة إلى هذا الحد. فالأخبار والمعلومات حول الطبقة المستنيرة مدعومة بالكثير من الوثائق عبر التاريخ".

"وكذلك أيضاً هي الأخبار حول الساحرات الشريرات والأشباح والأجسام الطائرة الغريبة التي لم يتمّ قطّ التعرّف إليها".

راح غليك يقرأ لائحة المقالات، ثم قال لها: "هل سمعت يوماً برجل يُدعى ونستون تشرتشل؟".

"لقد أعدّت شبكة الـ ب. ب. س منذ فترة وثائقيّاً تاريخيّاً حول حياة

تشرتشل. وللمناسبة، إنه كاثوليلكيّ مؤمن. هل كنت تعلمين أنه عام 1920 أصدر بياناً يدين فيه الطبقة المستنيرة، ويحذّر البريطانيين من مؤامرة عالمية ضدّ المبادئ الأخلاقية والمثل السلوكية العليا؟".

كانت ماكري تشكّ بصحّة ما يقوله غليك: "وفي أي صحيفة نُشر هذا التصريح؟ أفي صحيفة البريتيش تاتلر؟".

ابتسم غليك قائلاً: "في صحيفة لندن هيرالد بتاريخ 8 شباط (فبراير) من العام 1920".

"هذا مستحيل".

"متّعي عينيْك".

اقتربت ماكري، وراحت تنظر إلى الشاشة، قارئة ما يلي: لندن هيرالد. 8 شباط (فبراير) 1920: "لم تكن لديّ أي فكرة حول هذا الموضوع"، قالت بينها وبين نفسها: "حسناً، لقد كان تشرتشل إنساناً مجنوناً يعاني من عقدة الاضطهاد".

"وهو لم يكن الوحيد الذي حذّر من الطبقة المستنيرة"، قال غليك قارئاً المزيد حول هذا الموضوع: "فيبدو في الواقع أنّ وودرو ولسون أيضاً قد قدّم عام 1921 ثلاثة برامج إذاعيّة حول موضوع الطبقة المستنيرة، محذّراً فيها من نفوذ هذه الأخيرة وسلطتها المتزايدة على النظام المصرفي في الولايات المتحدة الأميركية. أتريدينني أن أعطيك على سبيل المثال عبارة مقتبسة من بعض ما ورد في تلك البرامج الإذاعية؟".

"كلاّ، هذا ليس بضروريّ".

لكنه أصرّ على اطلاعها على بعض ما تضمّنته تلك البرامج قائلاً: "هناك سلطة منظّمة وحاذقة وكاملة ومنتشرة بحيث قد يكون من الحكمة ألا يتحدّث أي كان أمامها عن إدانته وشجبه لها".

"لم أسمع قطّ من قبل عن شيء حول هذا الموضوع".

"ربّما لأنك عام1921 كنتِ لا تزالين طفلة".

"هذا لطف منك". قالت ماكري باستهزاء. فهي كانت تعلم أنّ العمر قد بدأ يبدو عليها بوضوح، إذ أنها في الثالثة والأربعين من عمرها، وقد بدأت الخصل الرمادية تتخلّل شعرها الكثّ والمتجعّد، إلا أنّ غرورها وعزّة نفسها كانا يحولان دون لجوئها إلى الصبغة. في الواقع، إنّ والدة شينيتا، وقد كانت معمدانيّة من الجنوب، قد علّمتها

على القناعة واحترام الذات. وقد قالت لها ذات مرّة إنها حتى ولو وُلدت امرأة سوداء فيجدر بها ألاّ تخبّئ ما هي عليه في الواقع، لأن اليومَ الذي ستحاول فيه فعل ذلك سوف يكون اليوم الأخير من حياتها؛ وكانت تنصحها بأن تقف وقفةً مستقيمة وتبتسم ابتسامةً مشرقة جاعلةً بالتالي الجميع يتساءل عن سرّ ابتسامتها تلك.

"هل سمعتِ يوماً عن سيسيل رودز؟"سألها غليك.

فنظرت إليه سائلةً: "الرأسمالي البريطاني؟".

"أجل. ذاك الذي وضع منح رودز الدراسية".

"لا تقل لي -".

"إنه ينتمي إلى الطبقة المستنيرة".

"شبكة الـ ب. ب. إس".

"إنها في الواقع الـ ب. ب. س، بتاريخ 16 تشرين الثاني (نوفمبر) من العام 1984.

"نحن كتبنا أن سيسيل رودز كان من أعضاء الطبقة المستنيرة؟".

"بالتأكيد. ووفقاً لشبكتنا، كانت منح رودز الدراسية بمثابة أموال مخصّصة منذ قرون طويلة لضمّ أكثر العقول الشابّة والنيّرة إلى الطبقة المستنيرة".

"هذا سخيف حقّاً! فعمّي كان من طلاّب رودز!".

غمزها غليك قائلاً: "وبيل كلينتون أيضاً".

بدأت ماكري تغضب الآن. فهي لم تكن يوماً تتحلّى بالقدرة على احتمال هكذا تقارير صحفيّة رديئة من شأنها أن تثير البلبة والمخاوف بين الناس من دون أن يكون هناك أيّ داعٍ لذلك. ومع ذلك، فهي كانت تعلم جيّداً مصداقية الـ ب. ب. س، وتعلم بالتالي أن الأخبار والمعلومات كلها التي ترد فيها هي معلومات صحيحة ودقيقة وموثوق فيها.

"إليك خبر سوف تتذكّرينه لا محالة"، قال غليك. الـ ب. ب. س، بتاريخ 5 آذار (مارس) من العام 1998. لقد طالب العضو البرلماني كريس مولين جميع أعضاء البرلمان البريطاني الماسونيين بالإعلان عن انتسابهم إلى عضويّة هذه الجمعية".

تذكّرت ماكري الخبر. وقد امتدّ نطاق هذا المرسوم في آخر الأمر ليشمل أيضاً رجال الشرطة والقضاة: "ولكن ذكّرني من فضلك بسبب إصدار هذا المرسوم في ذلك الوقت".

قرأ غليك: "القلق بشأن احتمال أن تقوم بعض الأحـزاب السـرية ضـمن الماسونية بالتحكّم بالأنظمة والأجهزة السياسية والمالية وبسط سلطتها عليها".

"هذا صحيح".

"فقد أثار هذا المرسوم حينذاك ضجّة كـبيرة وغَضَـبَ أعضـاء البرلمـان الماسونيين، إذ تبيّن في النهاية أنهم كانوا في أغلبيتهم الساحقة رجالاً أبرياء انضموا إلى الماسونية من أجل المشاركة في الأعمال الخيرية. فهم لم تكن لديهم أي فكـرة عن مؤسسات هذه الجمعية السابقة وغير الشرعية".

"تقصد بذلك مؤسستها المزعومة".

"لا يهمّ". ثم تابع غليك تفحّصه للمقالات قائلاً: "أنظري إلى هذا. روايـات وتقارير ترجع الطبقـة المسـتنيرة إلى غـاليليو والـ Guerenets في فرنسـا، والألومبرادوس Alumbrados في إسبانيا، وحتى إلى كـارل مـاركس والثـورة الروسية".

"التاريخ يعيد نفسه".

"حسناً، أتريدين شيئاً حاليّاً؟ أنظري إذن إلى هذا. هذا مرجع عـن الطبقـة المستنيرة مأخوذ من أحد أعداد صحيفة وال ستريت الأخيرة".

استرعى هذا انتباهها، فسألت: "صحيفة وال ستريت إياها؟".

"احزري ما هي اللعبة الأكثر شعبيّة اليوم على الإنترنت في أميركا؟".

"أهي لعبة عن باميلا آندرسون؟"

"بدأت تقتربين. إنها تُدعى، الطبقة المستنيرة: نظام عالمي جديد".

راحت ماكري تنظر من فوق كتفه إلى تعريف اللعبة: "إنها لعبة من ألعـاب ستيف جاكسون، وهي كناية عن مغامرة شبه تاريخية تسعى فيها إحدى الجمعيات البافارية الشيطانية القديمة إلى السيطرة على العالم برمّته. يمكنكم أن تجـدوا هـذه اللعبة على الموقع الإلكتروني...".

نظرت ماكري إلى غليك وقد انتابها فجأة شعور بالمرض والعياء: "ولكن ماذا لديهم أعضاء الطبقة المستنيرة هؤلاء ضد المسيحية؟".

"ليس ضد المسيحيّة فقط"، قال غليك: "إنما ضدّ الدين بشكل عام". ثم حنى رأسه مبتسماً ابتسامةً عريضةً: "مع العلم أنه من الاتصال الهاتفي الذي تلقيناه للتوّ، يبدو أن لديهم نقمة خاصّة حيال الفاتيكان".

"بربّك. لا تقل لي إنك تظنّ أن الشاب الذي اتصل بنا هذا هو حقاً ما يدّعي أن يكون!".

"بأنه رسول الطبقة المستنيرة، ويتحضّر لقتل أربعة كرادلة؟" ابتسم غليك قائلاً: "آمل ألا يكون فعلاً كذلك".

64

اجتازت سيّارة الأجرة ذاك الميل بسرعة قصوى خلال دقيقة واحدة فقط، مروراً بشارع ديلاّ سكروفا العريض، وتوقّفت عند الناحية الجنوبية لساحة بوبولو قبل الساعة الثامنة بلحظات معدودة. حاسب لانغدون السائق بالدولار الأميركي، إذ أنه لم يكن يحمل ليرات إيطالية، ثم وثب هو وفيتوريا مترجِّلَيْن من السيارة. كانت الساحة هادئة باستثناء أصوات ضحكات بعض الإيطاليين الجالسين أمام مقهى روزاتي الشعبي - ملتقى رجال الأدب والطبقة الإيطالية المثقّفة. كان الجوّ يفوح برائحة قهوة الإكسبرسّو والفطائر الحلوة.

لا يزال لانغدون مصدوماً من جرّاء الغلطة التي ارتكبها بشأن البانتيون. ولكنه وبمجرّد إلقائه نظرة سريعة وخاطفة إلى الساحة من حوله، بدأت حاسّته السادسة توخزه. إذ بدت له غنيّة ومصقولةً بطابع مميّز وماهر، ألا وهو طابع الطبقة المستنيرة. فهي لم تكن ذات شكل هندسي إهليلجي بامتياز فحسب، إنما كانت منتصبةً في وسطها مَسَلّة حجريّة رباعية الأضلاع وهرميّة الرأس. كانت هذه المَسَلاّت في الواقع، وهي كناية عن غنائم أعمال السلب والنهب التي كانت تقوم بها الإمبراطورية الرومانية في الماضي، موزّعة في أرجاء روما كافة، وكان العلماء المختصّون بدراسة الرموز وتفسيرها يطلقون عليها تسمية "الأهرام الشامخة" - كونها امتدادات نحو السماء للشكل الهرمي المقدس.

وفيما كان يرفع ناظريْه لرؤية المَنليث، لفت انتباهه فجأة شيء خلف المسلّة، شيء استثنائي جدير بالملاحظة.

"نحن في المكان الصحيح"، قال بهدوء، وقد بدأ ينتابه فجأة شعور جليّ بالحذر: "أنظري إلى هذا الشيء هناك". قال لانغدون، مشيراً إلى باب البورتا ديل بوبولو الجليل - ذاك المدخل الحجري المقنطر والعالي الذي كان في آخر الساحة،

حيث تهيمن البنية المعقودة أو المقنطرة على الساحة منذ قرون عديدة. ففي وسط النقطة العليا من المدخل الحجري المقنطر كان هناك رمز محفور في الحجارة: "هل يبدو هذا مألوفاً بالنسبة إليك؟".

رفعت فيتوريا ناظريْها نحو ذاك النقش الضخم والهائل، وقالت: "أهذه نجمة ساطعة فوق كومة مثلّثة من الحجارة؟".

هزّ لانغدون برأسه: "مصدر تنوّر فوق هرم".

استدارت فيتوريا مصدومة: "كـ ... ختم الولايات المتحدة الأعظم؟".

"بالضبط. إنه الرمز الماسوني الموجود على ورقة الدولار الواحد".

أخذت فيتوريا نفساً عميقاً ثم راحت تتفحّص الساحة: "أين هي إذن تلك الكنيسة اللعينة؟".

كنيسة سانتا ماريا ديل بوبولو منتصبة كسفينة حربية متمركزة في غير موضعها، إذ أنها مشيّدة على نحو منحرف عند أسفل هضبة في الزاوية الجنوبية الشرقية للساحة. وبرج السقالات الذي يغطّي واجهتها تجعل من جزئها الحجري الأعلى، الذي يعود بناؤه إلى القرن الحادي عشر أكثر قباحة ورداءةً.

وفيما كانا يعدوان بسرعة نحو المبنى، كانت أفكار لانغدون مشوّشة وضبابيّة. فإذا به يحدّق في الكنيسة متسائلاً، هل من جريمة على وشك أن تحصل حقّاً هنا في الداخل؟ ثم تمنّى لو يسرع أوليفيتي في الوصول، إذ كان ذاك المسدّس الذي في جيبه يزعجه.

كانت مقاعد الكنيسة الأمامية مصفوفةً على نحو مروحيّ متقوّس ورحب، الأمر الذي جعلها مدعاةً للسخرية، وذلك لأن الجلوس عليها كان مستحيلاً بسبب السقالات ومعدّات البناء واللافتة التحذيريّة التي كانت تسدّ الطريق، وقد كتبت عليها العبارة التالية: "ممنوع الدخول. أعمال ترميمية".

أدرك لانغدون عندئذ أنّ كنيسة مقفلةً بسبب أعمال الصيانة والترميم قد تكون بمثابة مكان منعزل مُلائم وممتاز يرتكب فيه القاتل جريمته، على خلاف البانتيون. فهو ليس بحاجةً هنا إلى التفكير بحيل بارعة وخيالية؛ إنما كل ما هو بحاجة إليه هو إيجاد طريقة تمكّنه من الدخول إلى الكنيسة.

انسلّت فيتوريا من دون تردّد بين أحصنة النشر، وراحت تتسلّق السلالم.

"فيتوريا"، صاح لانغدون محذِراً إياها: "في حال كان لا يزال هناك...".

تجاهلته فيتوريا وتسلّقت الرواق الرئيس المعمّد والمؤدّي إلى الباب الخشبي الوحيد في الكنيسة. فتبعها لانغدون مسرعاً وراح يتسلّق السلالم، وقبل أن يتمكّن من التفوّه بكلمة واحدة كانت فيتوريا قد أمسكت مسكة الباب وشدّتها نحوها. فحبس لانغدون أنفاسه، غير أن الباب لم ينفتح.

"لا بدّ من أن يكون هناك مدخل آخر"، قالت فيتوريا.

"هذا ممكن"، أجابها لانغدون متنهّداً: "ولكن دقيقة واحدة ويصل أوليفيتي. إن الدخول إلى هناك أمر في غاية الخطورة. يتعيّن علينا أن نحرس الكنيسة من هنا إلى أن -".

استدارت فيتوريا وعيناها تفوران غضباً: "إن كان هناك مدخل آخر فلا بدّ من أن يكون هناك أيضاً مخرج آخر. وبالتالي وفي حال اختفى هذا الشاب فهذا يعني أنه قد قضي علينا".

أدرك عندئذ لانغدون أنها على حقّ.

كان الممشىً عند الناحية اليمنى من الكنيسة ضيقاً ومظلماً، وتحيط به من الجهتيْن جدرانٌ عالية، وتفوح منه رائحة البول - وهي رائحة عاديّة وطبيعيّة في مدينة الحانات فيها يفوق عدد الحمامات العامة بنسبة عشرين على واحد.

أسرع لانغدون وفيتوريا ودخلا الممشى المظلم والكريه الرائحة، وكانا قد نزلا فيه حوالى خمس عشرة ياردةً عندما شدّت فيتوريا بقوّة على ذراع لانغدون في محاولة منها للفت نظره إلى شيء ما.

وكان لانغدون قد رآه هو أيضاً، فهناك فوقهما باب خشبيّ متواضع ذو مفصلات ثقيلة وضخمة، أيقن لانغدون أنه المدخل الخاص برجال الإكليروس. في الَواقع، معظم هذه المداخل لم تعد مستعملة منذ سنوات عديدة، وذلك لأنّ التعديات والمخالفات في البناء من جهة، والعقارات المحدودة من جهة أخرى قد أدت إلى إلغاء المداخل الجانبية للمباني، وبالتالي إلى الاستعاضة عنها بمماشٍ رديئة وغير لائقة.

أسرعت فيتوريا نحو الباب، وعندما وصلته راحت تحدّق إلى الأسفل في مسكته بارتباك وحيرة. وصل لانغدون وراءها، وراح يحدّق في الطوق المميّز والغريب الذي كان يشبه من حيث شكله شكل الدونات الذي كان معلّقاً حيث يفترض بمسكة الباب أن تكون.

"إنها حلقة"، همس لانغدون، مادّاً يده نحوها، ورافعاً إياها بهدوء. وما أن شدّ الحلقة نحوه حتى راحت السقّاطة تقرقع. ابتعدت فيتوريا عن الباب بادياً الخوف على وجهها. ثم أدار لانغدون الحلقة على مهلٍ باتجاه حركة عقارب الساعة وإذا بها تدور على نحو مهلهلٍ ورخو 360 درجة من دون أن تفتح الباب. عبس لانغدون وحاول أن يديرها في الاتجاه المعاكس، ولكن من دون جدوى.

نظرت فيتوريا إلى الأسفل نحو ما تبقّى أمامهما من الممشى وسألت: "أتظن أنه قد يكون هناك ثمّة مدخل آخر؟".

لانغدون يشكّ في ذلك، إذ أن معظم كاتيدرائيات عصر النهضة كان مصمَّماً لكي يكون بمثابة حصنٍ بديل وموقت في حال تعرَّض المدينة لهجوم عاصف، لذا تحتوي على أقلّ قدر ممكن من المداخل: "إن كان هناك مدخل آخر"، قال: "فقد يكون على الأرجح في الناحية الخلفية من الحصن - إذ أنه يكون في هذه الحالة مصمماً لكي يُستخدَم كمفرٍّ أو مخرج أكثر منه كمدخلٍ".

تابعت فيتوريا نزولها في ذلك الممشى ولانغدون يتبعها. وإذا بجرس يقرع في مكان ما معلناً حلول الساعة الثامنة...

لم يسمع روبرت لانغدون نداء فيتوريا في المرة الأولى. فهو كان قد توقّف قليلاً أمام نافذة ملوّنة الزجاج ومغطّاة بالقضبان، محاولاً النظر إلى داخل الكنيسة.

"روبرت!" نادته مرّة أخرى بصوت أشبه بهمسٍ عالٍ.

رفع لانغدون ناظريْه وإذا بفيتوريا كانت قد بلغت آخر الممشى. كانت تشير له إلى الناحية الخلفية للكنيسة، ملوِّحةً له بيدها بأن يأتي. فراح لانغدون يعدو باتجاهها متردداً. وإذا بمتراس حجري ناتئ إلى الخارج عند أسفل الجدار الخلفي، وخافياً وراءه مغارةً ضيّقةً وهي كناية عن ممرّ ضيّق يؤدّي مباشرةً إلى داخل الكنيسة.

"أهذا مدخل؟" سألت فيتوريا.

"إنه في الواقع مخرج، ولكننا لن نركّز الآن على التفاصيل الفنيّة".

ركعت فيتوريا وراحت تنظر إلى داخل النفق: "هيّا بنا نتحقّق من الباب لنرَ إن كان مفتوحاً أم لا".

وقبل أن يفتح لانغدون فمه لمعارضتها، كانت فيتوريا قد أخذت بيده وشدّته إلى داخل الفتحة.

"انتظري"، قال لانغدون.

فاستدارت نحوه نافدة الصبر.

وإذا به يتنهّد قائلاً: "سوف أدخل أنا أولاً".

فاستغربت كلامه هذا، وسألته: "المزيد من الشهامة؟".

"الشيخوخة قبل الجمال".

"أهذا نوع من الإطراء؟".

ابتسم لانغدون وتجاوزها إلى داخل الظلمة.

"انتبهي إلى السلالم".

راح يسير ببطء في الظلمة، تاركاً إحدى يديْه على الحائط. كان يشعر بحدّة الحجارة على رؤوس أصابعه، الأمر الذي ذكّره للوهلة الأولى بأسطورة دايدالوس القديمة، وكيف أن الصبيّ كان قد ترك إحدى يديْه على الحائط وهو يجتاز متاهة المينوطور واثقاً من أنه سوف يتمكّن لامحالة من بلوغ نهاية هذه المتاهة في حال لم تفارق يده الحائط. وتابع لانغدون سيره قدماً من دون أن تكون لديه رغبة أكيدة في بلوغ آخر الممر.

راح النفق يضيق عليهما، ما اضطره إلى تبطيء سرعته في التقدّم. كان يشعر بفيتوريا وهي تسير خلفه. وما أن انعطف الحائط يساراً حتى انفتح النفق على فجوة نصف دائرية. والغريب في الأمر كان ذاك النور الخافت هنا. فإذا بلانغدون يرى في الظلام شكل باب خشبي ضخم.

"يا إلهي"، قال.

"ماذا، أهو مقفل؟".

"كان كذلك".

"كان كذلك؟" سألت فيتوريا وكانت تقف إلى جانبه.

أشار لانغدون بيده إلى الباب المفتوح جزئيّاً، والمنار بشعاع آتٍ من ورائه... وكانت مفصلاته قد خلعت بواسطة عَتلَة حديدية كان لا تزال عالقةً في الخشب.

تسمّرا في مكانهما صامتين، ثم أحسّ لانغدون وسط الظلام بيديْ فيتوريا تنسلاّن إلى صدره من تحت سترته.

"استرخِ، يا بروفسور"، قالت: "إنني آخذ المسدّس ليس إلاّ".

في تلك اللحظة كانت مجموعة من قوّات الحرس السويسري قد انتشرت في

الاتجاهات كافّة داخل متاحف الفاتيكان. كان المتحف مظلماً ويضع الحرّاس على عيونهم منظارات واقية من الأشعة دون الحمراء خاصّة بالبحريّة الأميركية، وكانت هذه المنظارات تجعل كل شيء يبدو أخضر من حولهم. وعلاوةً على ذلك، فقد كان كل حارس يضع على رأسه سمّاعة موصولة بمكشاف أشبه بالهوائي كان يلوّح به أمامه على نحو نظاميّ. وكانت هذه الأجهزة نفسها التي كانوا يستخدمونها مرّتيْن في الأسبوع للكشف عن أيّ جسم إلكتروني غريب موجود داخل الفاتيكان. كانوا يتحركون على نحو نظاميّ، باحثين خلف التماثيل، وداخل التجاويف والخزانات وتحت الأثاث. وكانت أجهزة الكشف الهوائية هذه، ستطنّ في حال كشفها وجود أي حقل مغنطيسي غريب مهما كان صغيراً.

إلا أنهم الليلة لم يكونوا يتلقّون أي إشارات خطيرة على الإطلاق.

65

كانت الناحية الداخلية من كنيسة سانتا ماريا ديل بوبولو كناية عن كهف مظلم، أشبه بمحطّة للقطار الكهربائي النفقي أكثر منها بكاتدرائية. فالحرم الرئيس ورشةٌ مليئةٌ بالأرضيات المقتلعة والمنصّات القرميديّة النقّالة وكومات الركام والغبار وعجلات اليد، في حين كانت أعمدة ضخمة وشاهقة تتصاعد شامخة من الأرض داعمةً سقف الكنيسة المعقود. أما في الهواء فقد كان الغَرين يتطاير بتكاسل وسط توهّج الزجاج الملوّن الذي كان قد أضحى خافتاً بسبب الغبار. وقف لانغدون وفيتوريا تحت لوحة جصيّة جدارية كبيرة وراحا يتفحّصان حرم ذاك المكان المقدس.

لقد كان الصمت والسكون يلفّان المكان بأسره.

أخرجت فيتوريا المسدّس وأمسكت به أمامها بيديْها الاثنتيْن، في حين تحقّق لانغدون من ساعته. لقد كانت الساعة الثامنة مساءً وأربع دقائق. إنه من الجنون من طرفنا أن نكون الآن هنا، فكّر لانغدون بينه وبين نفسه. فالوضع في غاية الخطورة. وعلى الرغم من ذلك كله، فهو كان يعلم أنه في حال كان القاتل لا يزال هنا في الداخل، فبإمكان هذا الأخير أن يغادر من أي باب يريد، جاعلاً بالتالي من المراقبة الخارجية للمكان بواسطة مسدّس واحد فقط أمراً غير مثمر على

الإطلاق. وبالتالي فقد كان القبض عليه هنا في الداخل هو الحل الوحيد والفعّـــال، هذا إن كان حتى لا يزال هنا. لقد كان لانغدون لا يزال يشعر بالـــذنب حيـــال الخطأ الفادح الذي ارتكبه في ما يختص بالبانتيون والذي فوّت على الجميع فرصـــة القبض على القاتل. لذا فهو لم يكن الآن في وضع يسمح له بالإصرار على ضرورة الاحتراس واتخاذ تدابير وقائية؛ فهو في النهاية مَن حشرهم في هذه الزاوية.

بدت فيتوريا مغتاظة وهي تتفحّص الكنيسة، ثم همست قائلةً: "أين هـــي إذن تلك الكابيلاّ تشيجي؟".

راح لانغدون يحدّق عبر الظلمة الشبحيّة باتجاه الناحية الخلفية من الكاتدرائية، وراح يتفحّص جدرانها الخارجية. فخلافاً للمعتقدات الشائعة، كانت كاتيدرائيات عصر النهضة تحتوي كلّها من دون استثناء على كابيلاّت عدّة، في حين كان بعض الكاتيدرائيّات الكبيرة والمهمّة ككاتدرائية نوتردام مثلاً تحوي عشرات الكابيلاّت. أما الكابيلاّت فقد كانت من حيث تصميمها الهندسي أقرب إلى التجويفات منـــها إلى الغرف، تجويفات نصف دائرية تحتوي على أضرحة موضوعة حول الحيطـــان المحيطيّة للكنيسة.

"أخبار سيّئة"، فكر لانغدون في نفسه لدى رؤيته التراجعات الأربـــع الـــتي كانت عند كلٍّ من الحيطان الجانبية. لقد كان العدد الإجمالي للكـــابيلاّت ثمانيـــة. وصحيح أن الرقم ثمانية لم يكن رقماً ساحقاً، إلاّ أن كلاًّ من الفتحـــات الثمـــاني كانت وبسبب أعمال الصيانة والترميم مغطّاة بألواح ضخمة من البوليوريثان، وقد كان بالظاهر الهدف من تلك الستائر الشفّانيّة حماية الأضرحة الموجودة داخل تلك التجويفات من الغبار.

"قد يكون في أيّ من تلك التجويفات المغطّاة"، قال لانغدون: "ولكنه مـــن المستحيل علينا أن نعرف أيّاً من تلك الكابلات هي الكابيلاّ تشيجي، إن لم ننظـــر إلى داخل كل من هذه التجويفات على حدة. فقد يكون هذا بالتالي سبباً وجيهـــاً لنا لانتظار أوليفـــ".

"أيّهما هو الجزء الثانوي الناتئ النصف دائري والأيسر من الكنيسة؟" سألت فيتوريا. فراح لانغدون يحدّق فيها مستغرباً تفوقهـــا في اســـتخدام المصـــطلحات الهندسية: "الجزء الثانوي الناتئ النصف دائري والأيسر؟".

أشارت فيتوريا إلى الحائط خلفه، حيث كانت، قرميداً مزخرفة قد طُمـــرت

داخل الحائط الحجري وقد نُقش عليها الرمز نفسه الذي كانوا قد رأوه خارجاً – أي الهرم تحت النجمة الساطعة. أما اللوحة المكسوّة بالسخام والتي كانت بجانب ذاك الرمز فكان قد كتب عليها ما يلي:

شعار نبالة ألكسندر تشيجي الذي يقع ضريحه
في الجزء الثانوي الناتئ النصف دائري والأيسر
من هذه الكاتدرائية

تساءل لانغدون، أكان شعار نبالة تشيجي هرماً ونجمة؟ ثم وجد نفسه يتساءل فجأة إن كان تشيجي، ذاك الزعيم الثري، من أعضاء الطبقة المستنيرة. ثم أومأ برأسه لفيتوريا قائلاً: "عمل جيّد، يا نانسي درو".

"ماذا؟".

"لا بأس. أنا قد –".

وإذا بقطعة معدنية تسقط فجأة على الأرض على مسافة بضع ياردات منهما محدثةً قعقعةً قويّة ما لبث أن تردد صداها في أرجاء الكنيسة كافة. أمسك لانغدون بفيتوريا شادّاً إياها خلف إحدى الأعمدة، فيما كانت هي قد صوّبت المسدس باتجاه مصدر الصوت. غير أن الصمت كان بعدها قد عاد وخيّم على المكان. انتظرا لبرهة وإذا بهما يسمعان ضجّة أخرى أشبه هذه المرة بالخشخشة. حبس لانغدون أنفاسه مفكراً بينه وبين نفسه: "ما كان يجدر بي أن أوافق على مجيئنا إلى هنا!" ثم راح الصوت يقترب منهما أكثر فأكثر، صوت أشبه بجرجرة قدمَيْن متقطّعة كأنه رجل أعرج. ثم فجأة ظهر شيء ما عند القاعدة السفلية للعمود.

"تبّاً لك!" شتمت فيتوريا بصوت خافت قافزة إلى الوراء، وموقعةً لانغدون معها.

كان خلف العمود جرذ ضخم يجرّ شطيرة ملفوفة بورقة وقد أكل نصفها. فتوقّف ذاك المخلوق المسكين لدى رؤيتهما محدّقاً لوقت طويل في سلاح فيتوريا ثم راح يجرّ من جديد غنيمته متجهاً نحو أعماق الكنيسة.

"ابن الـ ..." قال لانغدون لاهثاً وقد كان قلبه يخفق سريعاً.

أنزلت فيتوريا المسدس مستعيدة بسرعة هدوءها ورباطة جأشها، في حين أن لانغدون راح يحدّق من حول العمود ليعثر على علبة طعام أحد العمّال وقد كانت مفَلطحةً على الأرض وكأن القارض الداهية قد أوقعها من إحدى عجلات اليد.

راح لانغدون يتفحّص البازليكا ليرى إن كانت ثمّة حركة فيها، وهمس قائلاً: "إن كان ذاك الرجل هنا، فلا شكّ في أنه قد سمع هذه الضجة لامحالة. هل أنت واثقة من أنك لا تريدين أن تنتظري أوليفيتي؟".

"الجزء الثانوي الناتئ النصف دائري والأيسر"، كررت فيتوريا قائلةً: "أين هو يا ترى؟".

استدار لانغدون على مضض وراح يفكّر في معنى هذه العبارة، محاولاً بالتالي تحديد موقع هذا الجزء الثانوي الناتئ النصف دائري والأيسر. فقد كانت في الواقع المصطلحات الفنية الكاتدرائية أشبه بالإرشادات المسرحية، بمعنى أنها كانت معاكسة أو مضادّة للحدس والبديهة. وقف لانغدون وجهاً لوجه مع المذبح الرئيس قائلاً، هذا وسَط المسرح. ثم أشار بإبهامه إلى الخلف من فوق كتفه.

فاستدار كلاهما وراحا ينظران إلى حيث كان يشير.

كانت الكابيلاّ تشيجي تقع على ما يبدو في التجويف الثالث من التجويفات الأربع التي كانت عن يمينهما. والجيّد في الأمر هنا هو أن لانغدون وفيتوريا كانا عند الناحية الصحيحة من الكنيسة؛ ولكن السيئ هو أنهما كانا عند طرفها الآخر. فقد كان يتعيّن عليهما اجتياز الكاتدرائية بالطول، مارّيْن بالتالي بكابيلاّت ثلاثة أخريات، هذا وعلماً أن كلاًّ من هذه الكابيلاّت الثلاثة كان شأنه شأن الكابيلاّ تشيجي مغطّى بألواح بلاستيكية شفّافة.

"انتظري"، قال لانغدون: "سوف أذهب أنا أولاً".

"إنسَ الأمر".

"أنا المسؤول عن إفساد الأمر في البانتيون".

فاستدارت وأجابته: "ولكنّ المسدّس في حوزتي أنا".

بإمكان لانغدون أن يرى في عينيها ما كانت فعلاً تفكّر به..." أنا هي التي خسرت والدها... وأنا التي ساعدت على بناء سلاح الدمار الشامل هذا، وبالتالي فإن هذا الرجل من حقيّ...".

شعر لانغدون بأن لا جدوى من محاولة إقناعها، فتركها تسير أمامه. وراح يترل إلى جانبها وبحذر شديد الناحية الشرقية من البازليكا، وفيما كانا يمرّان بالتجويف الأول المغطّى شعر لانغدون بالتوتر وكأنه من المتبارين في إحدى الألعاب السُّريالية: "سوف أختار الستارة رقم ثلاثة"، فكّر بينه وبين نفسه.

الهدوء يخيّم على الكنيسة التي كانت جدرانها الحجرية والسميكة تعزلها كليّاً عن العالم الخارجي. وفيما كانا يمرّان بسرعة بالكابيلاّت، الواحدة تلوَ الأخرى، كانت أطياف بشريّة شاحبة تترنّح كالأشباح خلف الألواح البلاستيكية التي كانت تحدث خشخشةً: "رخام منقوش"، قال لانغدون مخاطباً نفسه، وآملاً أن يكون على حق. لقد كانت الساعة قد أصبحت الآن الثامنة مساءً وستّ دقائق. هل كان القاتل دقيقاً في موعده، وتمكّن بالتالي من الفرار خارج الكنيسة قبل وصول لانغدون وفيتوريا؟ أم أنه كان لا يزال موجوداً هنا؟ لم يكن لانغدون واثقاً من السيناريو الذي كان يريده أن يكون صحيحاً.

ثمّ مرّا بعد ذلك بالجزء الثاني الناتئ والنصف دائري الذي كان وكأنه ينذرهما بالسوء، سيّما وأنّ الكاتدرائية كانت قد بدأت تزداد ظلمةً شيئاً فشيئاً مع حلول الليل. وفيما كانا يسرّعان مشيتهما، تدحرج فجأة اللوح البلاستيكي الذي كان إلى جانبهما وكأنّه قد تعرّض إلى تيّار هوائي ما. فتساءل لانغدون إن كان أحدهم قد فتح أحد الأبواب في مكان ما.

وما أن ظهر التجويف الثالث أمامهما حتى أبطأت فيتوريا مشيتها، وأمسكت بالمسدس، شاهرة إياه أمامها، ومشيرة برأسها إلى البلاطة الحجرية التي كانت إلى جانب الجزء الناتئ النصف دائري. نُقشت على البلاطة الغرانيتية كلمتان:

الكابيلاّ تشيجي

تابعا سيرهما بهدوء نحو زاوية الفجوة، متمركزيْن بالتالي خلف عمود ضخم. صوّبت فيتوريا المسدّس على اللوح البلاستيكي مشيرة للانغدون بأن يزيحه.

"إنه الوقت المناسب لكي نبدأ بالصلاة"، فكّر بينه وبين نفسه، ثم راح يسحب بحذر ذاك اللوح البلاستيكي جانباً. ولكن وما أن أزاحه إنشاً واحداً حتى راح هذا الأخير يخشخش خشخشة قوية. فجمد كل منهما في مكانه إلى أن عاد الصمت وخيّم من جديد على المكان. فتقدّمت فيتوريا على مهل، وانحنت إلى الأمام ناظرةً عبر الشقّ الطولي الضيق، وراح لانغدون ينظر إلى الداخل من فوق كتفها.

ظلّ كل منهما حابساً أنفاسه للحظة.

"إنه خال"، قالت فيتوريا مخفضةً المسدس: "لقد تأخرنا كثيراً".

غير أن لانغدون لم يسمع شيئاً مما قالته، وكأنه قد انتقل إلى عالم آخر. فهو لم

يتصوّر مرّة في حياته أنه قد يرى كابيلاّ من هذا النوع. لقد كانت في الواقع الكابيلاّ تشيجي روعة من روائع الدنيا. فهي ملبّسة بالكامل بالرخام الكستنائي اللون. فراح يلتهمها بعينيْه جرعةً جرعةً. فقد كانت تلك الكابيلاّ ترابية بقدر مفهوم لانغدون للأمور الترابية وكأن غاليليو والطبقة المستنيرة هم الذين صمموها بأنفسهم.

فوق رأسيْهما، كانت القبّة تتألّق وسط حقل من النجوم المضيئة والمنيرة والكواكب الفلكية السبعة. وتحتها، كانت دائرة البروج الاثني عشرة - تلك الرموز الوثنية الترابية المترسّخة في علم الفلك. وعلاوة على ذلك، كانت دائرة البروج تلك مرتبطة ارتباطاً وثيقاً ومباشراً بالتراب والهواء والنار والمياه... وهي في الواقع الربعيّات التي ترمز إلى السلطة والذكاء والحماسة والإحساس. وقد كان بالتالي التراب، ووفقاً لمعلومات لانغدون، يرمز إلى السلطة.

تحت دائرة البروج تلك، وعلى الحائط أيضاً، رأى لانغدون صوراً كانت قد رسمت هنا إجلالاً لفصول الأرض الزمنية الأربعة - ألا وهي الربيع والصيف والخريف والشتاء. غير أن الأمريْن الأكثر إذهالاً وغرابةً كانا هذين البناءيْن الهائلي الحجم اللذين كانا يهيمنان على الغرفة. فراح لانغدون يحدّق فيهما متسائلاً. هذا غير معقول، فكّر بينه وبين نفسه. لا، هذا غير ممكن! إلا أنه كان في الواقع كذلك. فقد كان هناك بالواقع وعند كل جهة من الكابيلاّ هرمان رخاميّان متناسقان، يبلغ طول كل منهما عشر أقدام.

"أنا لا أرى كاردينالاً هنا"، همست فيتوريا: "ولا سفّاحاً". ثم أزاحت اللوح البلاستيكي ودخلت.

أما لانغدون فقد كانت لا تزال عيناه مسمّرتيْن على الأهرام. ما الذي تفعله هذه الأهرام داخل كابيلاّ مسيحية؟ والشيء الذي لا يُصدَّق فعلاً، هو أنه كان لا يزال هناك المزيد. ففي وسط كل من هذين الهرميْن، كانت ثمة رصائع أو رسوم ذهبية نافرة ومنقوشة في واجهاتهما الداخلية... رصائع لم يرَ لانغدون الكثير منها من قبل... رصائع إهليلجية الشكل. وقد كانت بالتالي هذه الأقراص البراقة تسطع تحت أشعة شمس المغيب وكأنها قد تسلّلت عبر القبّة. أشكال غاليليو الإهليلجية؟ أهرام؟ قبّة من نجوم؟ لقد كانت في الواقع الغرفة غنية بمعالم الطبقة المستنيرة أكثر من أي غرفة بإمكان لانغدون تصوّرها.

"روبرت"، صاحت فيتوريا بصوت أجشّ: "أنظر!".

فأسرع لانغدون إليها عائداً إلى الواقع. وما أن وقع نظره على المكان الذي كانت فيتوريا تشير إليه حتى قفز مجفلاً إلى الوراء ويصرخ: "يا إلهي!".

ما كان على الأرض هو لهيكل عظميّ، فسيفساء رخامية تصوّر "الموت المترحّل" بدقّة. وكان الهيكل العظمي يحمل لوحة رُسم عليها الهرم نفسه والنجوم التي كانوا قد شاهدوها في الخارج. ولم تكن في الواقع هذه الصورة هي التي أجفلت لانغدون، إنما كون تلك الفسيفساء موضوعة على حجر دائري كان قد رُفع عن الأرض تماماً كفتحة الدخول إلى المجرور أو البالوعة وملقًى إلى جانب فجوة مظلمة في الأرض.

"الثقب الشيطاني"، قال لانغدون لاهثاً. فهو كان قد أُخذ بالسقف بحيث أنه لم يره حتى. فاتّجه متردداً نحو الفتحة، غير أن الرائحة النتنة التي كانت تتصاعد منها كانت قاتلةً فعلاً.

وضعت فيتوريا يدها على فمها: "يا لها من رائحة كريهة حقاً".

"إنها رائحة الأبخرة الناجمة عن العظم المنحلّ"، قال لانغدون. ثم غطّى أنفه بكمّه وانحنى فوق الفجوة محاولاً أن يرى ماذا هناك في الأسفل. ولكن الظلمة كانت دامسة: "لا أستطيع رؤية شيء إطلاقاً".

"أتظنّ أنّ أحداً في الأسفل؟".

"من المستحيل معرفة ذلك".

فأشارت فيتوريا إلى الناحية المقابلة للفجوة حيث هناك سلم خشبي رديء ومهترئ متدلٍ نحو الأعماق.

هزّ لانغدون رأسه: "إنه أشبه بجهنّم".

"ربّما يكون هناك مشعل كهربائي بين هذه العدّة". قالت فيتوريا، وقد بدت وكأنها تبحث عن حجّة تتذرّع بها لتهرب من الرائحة: "سوف أذهب وأرى إن كان بإمكاني العثور على شيء ما".

"انتبهي!" صاح لانغدون محذّراً إياها: "فنحن لا نزال غير واثقين من عدم وجود السفّاح -".

إلا أنها ذهبت من دون أن تستمع إليه.

"يا لها من امرأة قوية العزم والإرادة"، فكّر لانغدون في نفسه.

وفيما عاد واستدار نحو الفجوة، شعر بدوار خفيف في رأسه من جراء الأبخرة. فقطع نفسه مُدخلاً رأسه في الفتحة، محاولاً النظر إلى تلك الأغوار المظلمة. وما أن تكيّف نظره مع تلك الظلمة حتى بدأت تتراءى له شيئاً فشيئاً في الأسفل أشكالاً طفيفةً، وبدت الفجوة وكأنها تنفتح على حجرة صغيرة. الثقب الشيطاني. فراح يتساءل كم من جيلٍ يمكن أن يكون قد طمر هنا في تشيجي بهذه الطريقة الشنيعة وغير المشرّفة. ثم أغمض لانغدون عينيْه وانتظر لبعض الوقت، مجبراً بالتالي بؤبؤيْه على الاتّساع والتمدّد، الأمر الذي قد يسمح له بالرؤية في الظلام على نحوٍ أفضل. وعندما عاد وفتح عينيْه من جديد، لاح له تحت في الظلمة طيف شاحب. ارتعش لانغدون ولكنه أبى أن يخضع لغريزته ويسحب رأسه. هل تتراءى لي أشياء؟ أهذه جثّة أم ماذا؟ غير أن الصورة كانت قد بهتت وخبت من جديد. فعاد لانغدون وأغمض عينيْه مرّةً أخرى وانتظر لمدّة أطول هذه المرّة لتتمكّن بالتالي عيناه من رؤية أقل قدر من النور الموجود في الداخل.

ولكنه كان قد بدأ يشعر بالدوار وراحت بالتالي أفكاره تهيم في الظلمة الدامسة: "ثوانٍ أخرى قليلة بعد" راح يقول لنفسه. فهو لم يكن واثقاً من إذا ما كان شعوره بالدّوار هذا ناجماً عن تنشّقه تلك الأبخرة أم عن إبقائه رأسه على درجة انحناء منخفضة؛ ولكن ما كان فعلاً واثقاً منه هو أنه كان قد بدأ يشعر بالغثيان. فعندما فتح أخيراً عينيْه، بدت الصورة أمامه متعذّراً وصفها أو تفسيرها.

فهو كان الآن يحدّق إلى سرداب غارق وسط نور غريب ضارب إلى الزرقة، ثم تناهت إلى مسمعه هسهسة خافتة. راح بعدها الضوء يخبو مترجرجاً على جدران الفجوة الشاهقة. ثم فجأةً، ظهر طيف طويل من فوقه. فرفع لانغدون رأسه مجفلاً.

"انتبه!" صاح أحدهم من خلفه.

وقبل أن يتمكّن لانغدون من الاستدارة، شعر بألم حادّ عند الناحية الخلفية من عنقه. وعندما استدار رأى فيتوريا تفتل موقداً مشتعلاً للّحام بعيداً عنه، وكانت شعلته المهسهِسة تقذف بنورها الأزرق من حول الكابيلاّ.

وضع لانغدون يده على عنقه، مكان الألم، صارخاً: "ما الذي تفعلينه بحقّ الله؟".

"كنت أحاول مدّك ببعض النور"، قالت فيتوريا: "ولكنّك كدت ترتطم بي وأنت تسحب رأسك من الفجوة".

فراح لانغدون يحدّق بموقد اللّحام الذي كانت تحمله في يدها.

"هذا أفضل شيء استطعت العثور عليه"، قالت: "فلا يوجد هنا ولا أيّ مصباح كهربائي".

فرك لانغدون عنقه قائلاً: "لم أسمعك تقتربين".

مدّت له فيتوريا موقد اللحام، مجفلةً من جديد من الرائحة الكريهة التي كانت تتصاعد من السرداب، وسألته: "أتظن أن هذه الأدخنة المتبخّرة قابلة للاحتراق؟".

"فلنأمل ألا تكون كذلك".

أخذ الموقد واتّجه ببطء نحو الحفرة. وبعدها، اقترب من الحافّة بحذر ملقياً بالضوء على جدارها الجانبي. وفيما كان يوجّه الضوء نحو تلك الجهة من الحفرة، راحت عيناه تتبعان حدود الحائط نزولاً حتى الأسفل. كان السرداب دائريّ الشكل، ويبلغ عرضه حوالى عشرين قدماً. وبعد أن نزل الوهج ثلاثين قدماً، ارتطم أخيراً بالأرض التي كانت قاتمة ومرقّشة وترابيّة. ثم رأى بعد ذلك لانغدون الجثّة.

كانت غريزته تحثّه على الارتداد إلى الوراء: "إنه هنا"، قال لانغدون مجبراً نفسه على عدم الاستدارة أو التراجع. فقد كان الشكل البشري كناية عن جثّة هامدة شاحبة ملقاة على الأرض الترابية: "أظنّ أنه قد جرّد من ثيابه". قال لانغدون متذكّراً ورابطاً بين هذه الجثة وجثة ليوناردو فيترا.

"أهي جثّة أحد الكرادلة؟".

لم تكن لدى لانغدون أي فكرة بهذا الشأن، ولكن جثّة مَن غيره تكون؟. ثم راح ينظر إلى الأسفل في تلك الجثة الشاحبة. كانت هامدة ميتة. ولكن وعلى الرغم من ذلك... كان لانغدون متردداً. فقد كان هناك شيء غريب في ما يتعلّق بوضعيّة الجثة، إذ بدت له هذه الأخيرة وكأنها...

فإذا بلانغدون يصيح قائلاً: "مرحباً؟".

"أتظنّ أنه على قيد الحياة؟".

ولكن لم تأته أي إجابة من تحت.

"إنه لا يتحرّك"، قال لانغدون: "ولكنه يبدو..." لا، مستحيل.

"إنه يبدو ماذا؟" وقد كانت فيتوريا هي أيضاً تنظر الآن إلى داخل الحفرة.

راح لانغدون يحدّق بعينيْن نصف مغمضتيْن في الظلمة قائلاً: "إنه يبدو وكأنه واقف".

حبست فيتوريا نفسها وأحنت رأسها فوق الحفرة لكي تتمكّن مـن النظـر جيّداً. وبعد فترة، عادت ورفعت رأسها قائلةً: "أنت محقّ. إنه واقف. ربّما يكون على قيد الحياة وبحاجة إلى المساعدة!" وإذا بها تصيح في الحفرة: "مرحباً؟!" هـل أنت بحاجة إلى المساعدة؟".

غير أن الصمت ظلّ يخيّم تحت في الداخل.

اتجهت فيتوريا إلى السلّم المخلّع قائلةً: "أنا ذاهبة إلى تحت".

إلا أن لانغدون أمسك بذراعها قائلاً: "لا. إن الأمر في غاية الخطورة. سأنزل أنا".

غير أنّها لم تكن لتعارض الفكرة هذه المرّة.

66

لقد كانت شينيتا ماكري غاضبةً، تجلس في المقعد الأمامي إلى جانب مقعـد السائق في عربة الـ ب. ب. س التي كانت لا تزال متوقّفة عند إحدى زوايا جادّة توماتشيلّي. في حين كان غانثر غليك يتحقّق من خريطة روما وكأنه تائه. فتمامـاً كما كانت تخشى أن يحدث، كان ذاك المتّصل المجهول قد عاود الاتصال به، إنمـا هذه المرّة لتزويده ببعض المعلومات.

"ساحة ديل بوبولو"، قال غليك بإلحاح: "هذا هو المكان الذي نبحث عنـه. ثمّة كنيسة هناك. وفي داخلها سوف نعثر على البرهان".

"البرهان؟" قالت شينيتا متوقّفةً عن تنظيف العدسة الـتي كانـت في يـدها ومستديرةً نحوه: "البرهان على مقتل أحد الكرادلة؟".

"هذا ما قاله لي".

"وهل أنت تصدّق كل شيء تسمعه؟" قالت شينيتا متمنّيةً كالعادة لـو أنهـا كانت هي المسؤولة هنا. إلاّ أن المصوّرين غالباً ما يكونون إجمالاً ضـحيّة أهـواء المراسلين المجانين ونزواتهم. وبالتالي فإن كان غانثر غليك يريد أن يصدّق مكالمـةً هاتفيّة سخيفة وحمقاء كهذه، فقد كان يتعيّن على ماكري أن تتبعه ككلبه.

راحت تنظر إليه من مقعدها وهي تفكّر بينها وبين نفسها. لا شـكّ في أن والديْ هذا الرجل كانا ممثّليْن هزليّيْن محبطيْن لكي يعطوه اسماً مثل غـانثر غليـك

هذا. ولا شكّ في أنّ هذا الرجل يشعر وكأنّ لديه شيئاً يريد إثباته. ومع ذلك وعلى الرغم من لقبه التعيس وغير الملائم وحماسته المزعجة، فقد كان يتميّز غليك بلطافة وسحرٍ غريبيْن... تماماً كهيو غرانت على الليثيوم.

"ألا يجدر بنا أن نعود إلى ساحة القديس بطرس؟" سألت ماكري بهدوء. فبإمكاننا أن نتحقّق من لغز الكنيسة تلك في وقت لاحق. لقد بدأت الخلوة الانتخابية منذ ساعة. فماذا لو توصّل الكرادلة إلى قرار ما أثناء غيابنا؟".

غير أن غليك بدا وكأنه لا يصغي إليها إطلاقاً: "أظنّ أنه يجدر بنا أن ننعطف يميناً، من هنا". ثم أمال الخريطة وراح يتفحّصها من جديد قائلاً: "أجل، إذا انعطفت يميناً... ومن ثم مباشرة يساراً". ثم انطلق في الشارع الضيّق أمامهما بسرعة قصوى.

"انتبه!" صاحت ماكري. فهي مصوِّرة فيديو، لذا كان نظرها حادّاً وثاقباً. ولحسن الحظّ أن غليك كان سريع البديهة أيضاً، إذ سرعان ما داس على الفرامل بقوّة وعنف موفّراً بالتالي عليهما الاصطدام بأربع سيارات من طراز ألفا روميو كانت قد ظهرت على تقاطع الطرق أمامهما من حيث لا يدري، ومن ثم اختفت بلمح البصر وسط ضباب من الغبار.

"مجانين!" صرخت ماكري.

أما غليك فقد بدا مصدوماً إذ قال: "هل رأيت هذا؟".

"أجل! لقد كادوا يقتلوننا!".

"كلاّ، أنا أقصد السيارات"، قال غليك بنبرة بدت فجأة حماسيّة: "لقد كانت كلها من الطراز نفسه".

"لقد كانوا إذن مجانين من دون مخيّلة خصبة".

"وكانت أيضاً السيّارات مليئة بالركّاب".

"وما الذي تقصده بملاحظتك تلك؟".

"أربع سيارات متشابهة، وفي كل منها أربعة ركّاب؟".

"ألم تسمع من قبل بمبدأ مشاركة السيّارات؟".

"أين؟ هنا في إيطاليا؟" قال غليك متحققاً من تقاطع الطرق: "فهم لم يسمعوا حتى بالوقود الخالي من الرصاص". ثم داس بعنف على دوّاسة البنزين لاحقاً بتلك السيارات الأربعة.

فإذا بماكري تقع في مقعدها نحو الخلف صائحةً: "ما الذي تفعله بحق الله؟".

غير أن غليك تابع سيره نازلاً بسرعة قصوى الشارع أمامه ومن ثم منعطفاً يساراً وراء سيّارات الألفا روميو، قائلاً: "أشعر أننا أنا وأنت لسنا الوحيديْن الذاهبيْن الآن إلى تلك الكنيسة".

67

كان النزول بطيئاً.

راح لانغدون ينزل السلّم المخلّع والقديم درجةً درجةً... نحو أغوار أرض الكابيلاّ تشيجي. "أنا نازل إلى داخل الثقب الشيطاني"، فكّر بينه وبين نفسه. كان ينزل وجهاً لوجه مع الحائط الجانبي، مديراً ظهره للفجوة، ومتسائلاً كم سيواجه بعد اليوم من أماكن ضيّقة ومعتمة كهذه. وكان السلّم يصرّ مع كل خطوة يقوم بها، في حين كانت الرائحة الحادة والكريهة المنبعثة من اللحم البشري المتعفّن من جهة والرطوبة من جهة أخرى خانقةً. فراح لانغدون يتساءل أين كان أوليفيتي بحق الله.

كان لا يزال قادراً على رؤية طيف فيتوريا في الأعلى وهي تصوّب موقد اللحام إلى داخل الحفرة، في محاولة منها لإنارة درب لانغدون. ولكن كلّما كان لانغدون ينزل أكثر فأكثر في أعماق الحفرة، كلّما خفت الوهج الضارب إلى الزرقة. وبالتالي فإن الرائحة النتنة هي الشيء الوحيد الذي كان في تزايد مستمرّ.

وبعد أن كان قد نزل اثنتي عشرة درجة، زلّت قدمه لدى ارتطامها ببقعة متعفّنة زلقة فانحنى جسمه إلى الأمام. فتمسّك عندئذ بالسلّم بساعديْه، متفادياً بذلك السقوط على الأرض. وفيما كان قد بدأ يلعن الرضوض والكدمات التي كانت قد أصبحت تملأ ذراعيْه، راح يجرّ جسمه على السلّم من جديد، معاودا النزول في ذاك الثقب الشيطاني.

وبعد أن نزل ثلاث درجات أخريات، كاد يقع مرّة أخرى، ولكن لم تكن إحدى الدرجات هي سبب تعثّره هذه المرّة، إنما الخوف الذي أجفله. فهو كان قد نزل مارّاً بفجوة في الحائط أمامه، ووجد بالتالي نفسه وجهاً لوجه مع مجموعة من الجماجم. وفيما كان يلتقط أنفاسه من جديد ناظراً في المكان من حوله، أدرك أن

الحائط عند هذا المستوى كان كلّه فجوات أشبه بالرفوف، لا بل بمقابر مجوّفة مليئة بالهياكل العظمية، وقد بدت له هذه الأخيرة وسط الوهج المتألّق والومِض كملصّقة مخيفة مصنوعة من محاجر خالية وأقفاص صدرية متعفّنة ومنحلّة تترجرَج من حوله وسط الوميض الخافق.

"هياكل عظمية على وهج النار"، فكّر في نفسه باشمئزاز، ومدركاً أنه وفي الشهر الماضي فقط عاش أمسية مشابهة لتلك التي يعيشها الآن، أمسيةً من العظام واللهب المتوهّج وذلك لمناسبة حفل العشاء الخيري الذي أقامه متحف نيويورك للآثار على ضوء الشموع والذي قُدّم فيه سمك السّلمون المدخَّن في ظلّ هيكل عظمي لديْنوصور البرونتُصور الأميركي الضخم. وهو كان قد لبّى حينذاك دعوة ريبيكّا شتراوس - التي كانت سابقاً عارضة أزياء إنما التي أصبحت الآن ناقدةً فنيّة في مجلّة التايمز - نعومة مخملية سوداء وسجائر وثديان جميلان. وهي كانت قد اتصلت به بعد تلك الحفلة مرّتيْن، إلا أن لانغدون لم يعاود الاتصال بها. ثم راح يتساءل بفظاظة كم قد تحتمل ريبيكا شتراوس البقاء في حفرة نتنة الرائحة كهذه.

شعر لانغدون بارتياح كبير عندما أدرك أنه بلغ أخيراً الدرجة الأخيرة من السلّم المؤدّية إلى الأرض الموحلة في الأسفل. فهو كان يشعر برطوبة الأرض تحت قدميْه. وبعد أن طمأن نفسه بأن جدران ذلك الكهف لن تطبق عليه، استدار إلى داخل السرداب الدائري بعرض عشرين قدماً تقريباً. وفيما كان لانغدون قد غطّى من جديد أنفه بكمّ سترته التويدية، أدار ناظريْه نحو الجثة، وقد بدت له الصورة ضبابيّة وسط الظلام. طيف من اللحم الأبيض، ساكن وصامت، ووجهه مستدير نحو الجهة الأخرى.

وفيما كان لانغدون يتقدم وسط ظلمة السرداب الضبابي، حاول أن يفكّر ويدرك ماهيّة ذاك الشيء الذي كان أمامه، إذ كان الرجل يدير له ظهره، الأمر الذي كان يحول دون تمكّنه من رؤية وجهه؛ ولكنه كان يبدو فعلاً واقفاً مثلما رآه من فوق.

"مرحباً؟" قال لانغدون وهو على وشك الاختناق، إذ كان لا يزال يتنفس في كمّه. ولكنّه لم يلقَ أي إجابة. وفيما كان يقترب من ذاك الرجل أكثر فأكثر، أدرك أن هذا الأخير كان قصير القامة جداً، لا بل غايةً في القصر...

"ما الذي يجري؟" صاحت فيتوريا من فوق مغيّرةً اتجاه الضوء.

غير أن لانغدون لم يجبها. فهو كان قد أصبح الآن قريباً منه بمكان أنه كان قادراً على رؤيته بالكامل. لقد أثار ذاك المشهد الذي أمام عينيْه رعشته واشمئزازه، وبدت له الحجرة فجأة وكأنها تضيق من حوله. لقد كان جسم الرجل العجوز... أو على الأقلّ نصف ذلك الجسم يظهر متصاعداً كالشيطان من الأرض الترابية الموحلة. فهو كان مطموراً في الأرض حتى خصره وقد كان بالتالي واقفاً ونصفه الآخرَ تحت الأرض. وعلاوةً على ذلك، فهو كان قد عُرّي بالكامل من ثيابه، وكانت يداه مربوطتيْن خلف ظهره بواسطة حزام الكاردينال الأحمر. أما الجزء العلوي من جسمه فقد كان مشدوداً نحو الأعلى على نحوٍ مترهّل ومُضنٍ، فيما كان ظهره مقوَّساً نحو الخلف على نحو جراب شنيع للملاكمة. وكان رأسُ الرجل مفتولاً إلى الوراء، وعيناه مصوّبتان نحو السَماوات، وكأنه يلتمس الرحمة والمعونة من الله نفسه تعالى.

"أهو ميت؟" سألت فيتوريا.

اقترب لانغدون من الجثّة آملاً أن يكون كذلك، إكراماً له ورأفة به. وما أن اقترب منه بضع خطوات، حتى نظر نحو الأسفل إلى عينيْه المقلوبتيْن إلى الأعلى ليرى أنهما ناتئتان نحو الخارج زرقاوان ومحتقنتان بالدم. فانحنى لانغدون إلى الأمام ليستمع إليه إن كان لا يزال يتنفّس ولكنّه سرعان ما ارتدّ إلى الوراء صائحاً: "يا إلهي!".

"ماذا هناك!".

أجابها لانغدون وهو على وشك أن يتقيّأ: "إنه ميت. لقد شاهدت للتوّ سبب الوفاة". فقد كان المشهد رهيباً، إذ كان فم الرجل مفتوحاً إلى أقصى حدٍّ ممكن ومحشوّاً بالوحل حتى الإسراف. "لقد حشا له أحدهم حلقه بحفنة من الوحل وقد مات بالتالي اختناقاً".

"وحل؟" قالت فيتوريا: "كما في... التراب؟".

أدرك عندئذ لانغدون متأخّراً شيئاً في غاية الأهمية والخطورة. تراب. فهو كاد ينسى. الوسومات. التراب والهواء والنار والمياه. كان في الواقع القاتل قد هدّد بوسم كل ضحيّة بعنصر من عناصر العلم القديمة. وقد كان بالتالي العنصر الأول التراب. من ضريح سانتي الدنيوي. وفيما كان لانغدون قد بدأ يشعر بالدوار من جرّاء الأبخرة النتنة والكريهة، دار هذا الأخير متّجهاً نحو الناحية الأمامية من الجثة. وفيما كان يقوم بدورته تلك، عاد عالم الرموز الذي في داخله وأكّد له بملء صوته

الصعوبة الفنية الكبيرة الكامنة في الكتابة الأسطوريّة لهذه الكلمة على نحـو يمكـن قراءته من الجهتيْن معاً على حدٍّ سواء. تراب؟ ولكن كيف؟ ولكن وما أنْ مـرّت لحظة على تساؤلاته تلك حتى تبدّدت كل شكوكه وظهر بالتالي الوسـم أمامـه. فراحت قرون طويلة وعديدة من أسطورة الطبقة المستنيرة تدور كالدوّامة في ذهنه. فقد كان الوسم على صدر الكاردينال يترّ متفحِّماً، في حين كان جلده أسود مـن جرّاء الصفع الذي كان قد تعرّض له. اللغة الصافية...

راح لانغدون يحدّق في الوسم فيما بدأت الحجرة تدور من حوله: **(تراب)**

"تراب"، همس فاتلاً رأسه ليقرأ الكلمة رأساً على عقب. "تراب".

عندها شعر بموجة من الرعب والهول تنتابه، إذ أنه توصّل إلى قناعة واحـدة أخيرة وأكيدة ألا وهي أنه لا تزال هناك ثلاث وسومات أخرى.

68

على الرغم من وهج الشموع الخافت داخل الكـابيلاّ السِّسـتينية، كـان الكاردينال مورتاتي شديد التوتّر والانفعال، وكانت الخلوة الانتخابية قـد بـدأت رسمياً، ولكنها كانت في الواقع قد بدأت بشكل مشؤوم.

فمنذ نصف ساعة، وفي الوقت المحدّد لبدء تلك الخلوة، دخل المساعد البابوي الأول كارلو فنتريسّا الكابيلاّ وتقدّم نحو مذبحها الأمامي وقام بالصلاة الافتتاحيـة. ثم فتح بعد ذلك يديْه وراح يخاطبهم بأسلوب صريح ومباشر لم يسـمع مورتـاتي مثله من قبل من على مذبح الكابيلاّ السستينية.

"جميعكم يعلم"، قال المساعد البابوي الأول: "أن كرادلتنا الأربعـة النخبـة ليسوا موجودين معنا الآن في هذه الخلوة الانتخابية. لذا فأنا أطلب منكم وباسـم قداسته رحمه الله بأن تباشروا بالخلوة مثلما يفترض بكم أن تفعلوا... بـإخلاص وعزم. فليكَن الله وحده تعالى نصب أعينكم". ثم استدار ليخرج من الكابيلاّ.

"ولكن"، صاح أحد الكرادلة عفويّاً: "أين تراهم يكونون؟".

توقّف المساعد البابوي للحظة ثم قال: "هذا ما لا يمكنني أن أجيبكم عليه بصدق وأمانة".

"ومتى سوف يعودون؟".

"هذا أيضاً لا يمكنني أن أجيبكم عليه بصدق وأمانة".

"هل هم بخير؟".

"هذا أيضاً لا يمكنني أن أجيبكم عليه بصدق وأمانة".

"هل سوف يعودون؟".

ظلّ المساعد البابوي صامتاً لفترة ثم قال: "ليكن إيمانكم بالله كبيراً". وخرج من الغرفة.

كانت بعد ذلك أبواب الكابيلاّ السِّستينية قد أقفلت كالعادة من الخارج بواسطة سلسلتيْن حديديتيْن ضخمتيْن، وكان أربعة من الحرّاس السويسريين واقفين يحرسون المكان في المدخل الخلفي للكابيلاّ. فقد كان مورتاتي يعلم أن لا مجال لإعادة فتح أبواب الكابيلاّ الآن قبل أن يتم انتخاب البابا الجديد إلا في حال أصيب أحدهم في الداخل بمرض مميت، أو في حال وصول الكرادلة الأربعة النخبة، آملاً بالتالي أن يصل هؤلاء وبأسرع وقت ممكن؛ غير أنّ التشنّج في معدته لم يكن ليطمئنه كثيراً في هذا الصدد.

فلنقم بما ينبغي علينا القيام به، قرر مورتاتي، مستمدّاً عزمه هذا من الحزم والتصميم اللذيْن كانا ظاهريْن في صوت المساعد البابوي. وطالب ببدء العمليّة الاقتراعية، إذ لم يكن أمامه على أي حال أي خيار آخر.

يلزمهم ثلاثين دقيقة لكي يقوموا بالطقوس والشعائر التحضيرية المؤدّية إلى عملية التصويت الأولى. ظل مورتاتي منتظراً بصبر عند المذبح الرئيس للكابيلاّ، فيما راح كل كاردينال بدوره يتقدّم من المذبح بحسب أهمّيته واضعاً ورقة اقتراعه السرية.

وإذا بالكاردينال الأخير يصل الآن إلى المذبح ويركع أخيراً أمامه مردداً تماماً ككل الذين سبقوه العبارة التالية: "أنا أشهد أمام الله تعالى أنني صوّت للشخص الذي أقسم بالله أني أظنه الأولى بهذا المنصب". ثم وقف وأمسك بورقة اقتراعه عالياً فوق رأسه لكي يراها الجميع وأخفضها نحو المذبح حيث كان أحد الأطباق قد وضع فوق كأس كبير للقربان. فوضع ورقة اقتراعه في الطبق ثم أمسك بهذا الأخير

واستخدمه ليُسقط ورقته داخل كأس القربان. وقد كان في الواقع استخدام ذلك الطبق ضروريّاً للحؤول دون تمكّن أحدهم من أن يدسّ سرّاً عدّة أوراق اقتراعية في آن معاً داخل الكأس. وبالتالي وبعد أن ألقى بورقته الاقتراعية داخل الكأس عاد وغطّاها بالطبق، ثم انحنى أمام الصليب وعاد إلى مكانه.

الآن وقد وُضعت الورقة الاقتراعية الأخيرة، كان قد آن الأوان لمورتاتي لكي يباشر بعمله.

فترك هذا الأخير الطبق فوق كأس القربان، وراح بالتالي يهزّ الأوراق الاقتراعية مازجاً إياها مزجاً جيداً، ثم رفع الطبق عن الكأس وسحب عشوائيّاً من هذا الأخير إحدى الأوراق وفتحها. كان عرض ورقة الاقتراع إنشين اثنين فقط. ثم راح يقرأ بصوت عالٍ وواضح العبارة المكتوبة بخطّ مزخرف في أعلى كلّ ورقة من أوراق الاقتراع والتي تقول: "أنا أرشّح لرئاسة الحبر الأعظم.. ثم كان يعلن اسم المرشّح المكتوب تحت هذه العبارة. وبعد أن قرأ الاسم، رفع إبرةً كان قد أُسلك في سمّها خيط وثقب بها ورقة الاقتراع عند كلمة "أرشّح"، جاعلاً الورقة تنزلَق بحذر على الخيط، ومدوِّناً بعدها الاسم المرشَّح في دفتر السجلّ.

ثم عاد بعد ذلك وكرّر العمليّة نفسها كاملةً، ساحباً ورقةً اقتراعية من كأس القربان وقارئاً ما فيها عالياً، ثم ثقبها بالإبرة، وأدخلها في الخيط قبل أن يدوّنها في دفتر السجلّ. ولكن سرعان ما شعر مورتاتي بأن العملية الانتخابية الأولى هذه سوف يكون مصيرها الفشل، إذ لم يكن هناك من إجماع على الشخص المرشّح لذاك المنصب. فهو لم يطّلع بعد سوى على سبع ورقات اقتراعية فقط، وقد أصبح لديه حتى الآن سبعة أسماء مرشّحة لهذا النصب. وقد جرت العادة أن تكون الكتابة على كلّ ورقة اقتراعية مخفيّة تحت كليشيه، أو أحرف مطبعية ذات خطوط متموّجة أو متلوّية. إلا أنّ أساليب الإخفاء تلك كانت سخيفة في هذه الحالة، سيّما وأن كلاًّ من الكرادلة كان على ما يبدو يرشّح نفسه لهذا المنصب. وقد كان في الواقع مورتاتي يعلم أن هذا الغرور الظاهر لا علاقة له على الإطلاق بالمطامح الأنانية، إنما كان مجرّد مماطلة ومناورة دفاعية، لا بل تكتيك احتيالي للحؤول دون حصول أيٍّ من الكرادلة على عدد من الأصوات قد يخوّله الفوز بهذا المنصب... الأمر الذي قد يضطرّهم إلى القيام بعملية اقتراعية أخرى.

فقد كان الكرادلة بانتظار نخبتهم الأربعة...

وهكذا، بعد أن تمّ تسجيل الورقة الاقتراعية الأخيرة على دفتر السجلّات،

أعلن مورتاتي "سقوط" أو "فشل" العملية الانتخابية، آخذاً الخيط الذي كان يحمل الأوراق الاقتراعية كلها، ورابطاً طرفيْه ببعضهما البعض مشكّلاً بذلك خاتماً. ثم وضع بعد ذلك خاتم الأوراق الاقتراعية على طبق من فضّة وأضاف إليها المواد الكيميائية الملائمة وأخذها إلى موقد صغير كان خلفه حيث أشعلها. وفيما كانت الأوراق الاقتراعية تشتعل، راح دخان أسود يتصاعد منها من جرّاء المواد الكيميائية التي كان قد أضافها إليها. ثم راح هذا الدخان يتدفّق صاعداً في أحد الأنابيب المؤدّية إلى حفرة في السقف حيث راح يتصاعد منها فوق الكابيلاّ على مرأى من الجميع. فإذا بالكاردينال مورتاتي قد بعث لتوّه برسالته الأولى إلى العالم الخارجي.

عمليّة اقتراعية أولى. لا بابا جديد.

69

كاد لانغدون يختنق من رائحة الأدخنة النتنة، لذا قرر العودة، وصعود السلّم إلى فوق، حيث النور والهواء، وخصوصاً أنه كان يسمع في الأعلى أصواتاً، إلا أنه لم يكن ليفهم منها شيئاً. فصورة الكاردينال الموسوم لا تزال تدور في رأسه.

تراب... تراب...

وفيما كان يشدّ صعوداً، بدأ بصره يضعف، وخشي أن يفقد وعيه. وقبل أن يصل إلى أعلى الفتحة بدرجتيْن، شعر بأنه بدأ يفقد توازنه. فدفع بجسمه إلى الأعلى، محاولاً الإمساك بالحافّة، إلا أنها كانت بعيدة جدّاً. فانزلقت إحدى يديْه فجأةً عن السلّم ما جعله إيّاه يتداعى إلى الخلف وسط الظلام. شعر بألم حاد تحت ذراعيْه، وفجأة وجد نفسه طائراً في الجوّ، وساقاه تتأرجحان خارجاً فوق الهوّة.

أمسك به حارسان سويسريان من تحت إبطيْه، وانتشلاه بقوّة من الحفرة. وما هي إلاّ لحظات حتى أصبح رأس لانغدون خارج الثقب الشيطاني، وكان يشعر بالاختناق، ويلهث توقاً إلى الهواء. فتابع الحارسان سحبه إلى خارج الحفرة، ثم مدداه على الأرضيّة الرخامية الباردة.

غاب لانغدون للحظات عن الوعي. فهو كان يرى فوق رأسه النجوم... والكواكب السيّارة، في حين كانت تمرّ به مسرعةً أطياف ضبابية. كان الناس من حوله يصيحون. حاول الجلوس، إذ أنه كان ممدّداً عند أسفل إحدى الأهرام

الحجرية، غير أن صوتاً مألوفاً سرعان ما راح يتردّد صداه داخل الكابيلاّ وهو يصيح بنبرة غاضبة ومألوفة. فتعرّف عندئذ لانغدون على ذاك الصوت.

كان أوليفيتي يصيح بوجه فيتوريا موبّخاً إياها: "لمَ لم تكتشفا ذلك بحق الله منذ البداية!".

وفيما كانت فيتوريا تحاول أن تشرح له الوضع، قاطعها أوليفيتي واستدار ليعطي الأوامر لرجاله بصوت عالٍ أشبه بالنباح: "أخرجوا تلك الجثة من هناك! فتّشوا المبنى بكامله!".

حاول لانغدون الجلوس مرة أخرى. غصّت الكابيلاّ تشيجي بالحراس السويسريين، وأُزيح اللوح البلاستيكي الذي كان يغطي مدخل الكابيلاّ فراح الهواء النقيّ والمنعش يتدفّق إلى داخل رئتيه. وفيما كان يستعيد وعيه ببطء، رأى فيتوريا تتّجه صوبه ثم تركع كالملاك بالقرب منه.

"هل أنت بخير؟" قالت فيتوريا، آخذة بذراعه لتجسّ نبضه. لقد كان يشعر بنعومة يديْها على بشرته.

"أجل، شكراً". ثم عدّل جلسته، وقال: "يبدو أوليفيتي غاضباً".

أومأت فيتوريا برأسها قائلةً: "محق في ما هو عليه. فقد أفسدنا الأمر".

"تقصدين أني أنا قد أفسدت الأمر".

"يتعيّن عليك أن تعوّض علينا تلك الخسارة، وإصلاح ما أفسدته في المرّة الأولى بأن تنال منه في المرّة التالية".

في المرّة التالية؟ يا له من تعليق قاسٍ! فكّر لانغدون في نفسه. لن تكون هناك مرّة تالية! لقد فوّتنا علينا فرصتنا الواحدة والأخيرة!".

ثم تحقّقت من ساعته قائلةً: "يقول ميكي ماوس إنه لا تزال أمامنا أربعون دقيقة. هيا استجمع أفكارك من جديد، وساعدني على العثور على العلامة الدليلية التالية".

"ولكن سبق أن قلت لك يا فيتوريا إنّ المنحوتات قد أزيلت كلّها، وبالتالي فإن درب التنوّر -" ثم توقّف فجأةً لانغدون عن الكلام متلعثماً.

ابتسمت فيتوريا ابتسامة خفيفة.

وإذا به يقف فجأةً مترنّحاً على قدميْه، ثم يدور بضع دورات، مشوّش الذهن، يحدّق في التحف الفنية المحيطة به. أهرام ونجوم وكواكب وأشكال إهليلجيّة. فإذا به يستعيد فجأة وعيه وتركيزه الكامليْن. هذا هو المذبح الأول للعلم! لا البانتيون!

فقد أصبح من الواضح له الآن كم أن هذه الكابيلاّ غنيّة بمعالم الطبقة المستنيرة، أكثر بمئات المرات من البانتيون العالمي والشهير. فقد كانت في الواقع الكابيلاّ تشيجي كناية عن تجويف ناء ومعزول، لا بل كناية عن فجوة في الحائط بمعناها الحرفي، كما وأنها كانت، وعلاوةً على ذلك كله، بمثابة تكريم لأحد أعظم زعماء العلم وحماته، هذا إضافةً إلى زخرفتها ورموزها الترابية بامتياز.

اتكأ لانغدون على الحائط، وراح يحدّق في المنحوتات الهرميّة الهائلة والضخمة. لقد كانت فيتوريا محقّة فعلاً. إن كانت هذه الكابيلاّ المذبح الأول للعلم، فهي ربّما لا تزال تحتوي على منحوتة الطبقة المستنيرة التي كانت قد استخدمت علامةً دليليةً أولى. فشعر عندئذ لانغدون بفورة مثيرة من الأمل لدى إدراكه أنه لا تزال أمامه فرصة أخرى للنيْل من ذلك السفّاك. ففي حال كانت العلامة الدليلية فعلاً هنا، وتمكّنوا حقاً من تعقّبها، وصولاً إلى المذبح الثاني للعلم، فقد تتوافر لديهم بالتالي فرصة أخرى للقبض على القاتل. ثم اقتربت منه فيتوريا قائلة: "لقد اكتشفت من كان ذاك النحّات المجهول".

فالتفت لانغدون مصدوماً: "ماذا؟".

"أجل وبالتالي لم يبقَ أمامنا الآن سوى اكتشاف أيّ من تلك المنحوتات الموجودة هنا هي الـ".

"مهلاً! أنت تعلمين مَن كان ذاك النحّات المجهول الذي ينتمي إلى الطبقة المستنيرة؟" فهو كان في الواقع قد أمضى سنواتٍ عديدة وهو يحاول حلّ هذا اللغز.

قالت مبتسمة: "لقد كان برنيني. برنيني الشهير".

عندها أدرك لانغدون على الفور أنها مخطئة. يستحيل أن يكون برنيني هو ذاك النّحات المجهول، إذ أن جيانلوريتزو برنيني كان ثاني أعظم نحّات في العالم، ولم تخبُ بالتالي شهرته إلا مع ظهور ميكال آنجلو نفسه. في الواقع، إن المنحوتات التي قام بها برنيني في القرن السادس عشر تفوق من حيث عددها منحوتات أي فنّان آخر. أمّا الرجل الذي كانوا في صدد البحث عنه الآن، فمن المفترض به أنه كان مجهولاً، وبالتالي عديم الشأن والأهميّة.

عبست قائلةً: "أنت لا تبدو متحمّساً لهذه المعلومة".

"يستحيل أن يكون برنيني".

"ولَم لا؟ فبرنيني كان من النحّاتين المعاصرين لغاليليو وقد كان نحّاتاً ماهراً".

"لقد كان رجلاً شهيراً، كما وأنه كان أيضاً كاثوليكيّاً".

"أجل"، قالت فيتوريا: "شأنه شأن غاليليو بالضبط".

"كلاّ"، أجابها لانغدون معترضاً: "هو لم يكن يشبه غاليليو بشيء على الإطلاق. فغاليليو كان بمثابة شجرة الزعرور بالنسبة إلى الفاتيكان، في حين أن برنيني كان بمثابة ولد الفاتيكان المعجزة. فقد كانت الكنيسة تحب برنيني، انتخبته لكي يكون على رأس السلطة الفنيّة العليا للفاتيكان. وقد أمضى بالتالي عمليّاً حياته كلها داخل الفاتيكان!".

"تضليل ممتاز. فهذا يظهر تماماً تسلّل الطبقة المستنيرة إلى داخل الفاتيكان".

شعر لانغدون بارتباك وحيرة: "ولكن يا فيتوريا، لقد كان أعضاء الطبقة المستنيرة يطلقون على فنّانهم السري اسم il maestro ignoto أي المعلّم المجهول".

"أجل، إنه مجهول بالنسبة إليهم. فانظر مثلاً إلى السريّة الماسونية حيث وحدهم أصحاب المناصب العليا والمهمّة كانوا يعرفون الحقيقة كاملةً. وهكذا يمكن أن يكون غاليليو قد ترك هويّة برنيني الحقيقيّة سريّة بالنسبة إلى معظم أعضاء جمعيّته... وذلك ربّما حفاظاً منه على سلامة برنيني الخاصّة. وبهذه الطريقة، فإن الفاتيكان لن يكتشف أبداً أمرهم".

لم يكن لانغدون مقتنعاً بكلام فيتوريا هذا، ولكنه كان من المفترض به أن يقرّ بمنطقها الغريب العجيب. فقد كانت الطبقة المستنيرة معروفة بقدرتها على كتمان الأمور السرية والحفاظ عليها ضمن مجموعات معيّنة ومحدودة، غير كاشفة بالتالي النقاب عن الحقيقة سوى لأعضائها ذوي المناصب العالية. وكان هذا الأمر بمثابة حجر الزاوية بالنسبة إلى سريّتها... إذ قليلون هم الذين يعرفون القصّة بكاملها.

"وبالتالي فإن انتساب برنيني إلى عضوية الطبقة المستنيرة يفسّر"، قالت فيتوريا مبتسمةً: "سبب تصميمه هذيْن الهرميْن".

التفت لانغدون نحو الهرميْن الضخميْن المنحوتيْن، هازّاً برأسه: "لقد كان برنيني نحّاتاً دينيّاً. لذا فإنه من المستحيل أن يكون هو مَن نحت هذه الأهرام".

هزّت فيتوريا كتفيْها استهجاناً وقالت: "قل هذا للافتة التي وراءك".

نظر لانغدون نحو اللوحة التي كانت خلفه والتي قد نُقشت عليها العبارة التالية:

الإدارة الفنيّة للكابيلاّ تشيجي
إن هندسة هذه الكابيلاّ هي من تصميم رافاييل
ولكن زينتها وزخرفتها الداخلية كلها من تصميم جيانلورنزو برنيني.

قرأ لانغدون تلك اللوحة مرّتيْن، وعلى الرغم من ذلك باتَ غير مقتنعٍ. فقد كان جيانلورنزو مشهوراً بمنحوتاته المقدّسة والمعقّدة لمريم العذراء والملائكة والأنبياء والباباوات. فما الذي كان يقصده يا تُرى بنحته هذه الأهرام؟

ثم نظر لانغدون عالياً إلى تلك النصب التذكارية الشاهقة فشعر وكأنه تائه بالكامل. هرمان يحمل كل منهما رصيعة متألّقة إهليلجية الشكل. لقد كانت هاتان المنحوتتان بعيدتيْن كل البعد عن معالم المسيحية. الأهرام والنجوم من فوقها والبروج الفلكية. ثم عاد وتذكّر العبارة المنقوشة على اللوحة خلفه: "كل زينتها وزخرفتها الداخلية كلها من تصميم جيانلورنزو برنيني". فأدرك عندئذ لانغدون أنه في حال كان هذا كلّه صحيحاً، فهذا يعني أن فيتوريا على حقّ، وفي هذه الحال يكون برنيني هو ذاك المعلّم المجهول الذي كان ينتمي إلى الطبقة المستنيرة؛ فلا أحد سواه قد ساهم في التزيين الفني لهذه الكابيلاّ! إلاّ أنّ هذه الاستنتاجات كلها كانت قد توالت على ذهن لانغدون بسرعة فائقة بحيث كان عاجزاً عن فهمها وتحليلها تحليلاً جيداً وعميقاً.

برنيني من أعضاء الطبقة المستنيرة إذاً. وهو مَن صمّم وسومات الطبقة المستنيرة وكتاباتها التي يمكن قراءتها من الجهتيْن، وهو أيضاً مَن رسم ووضع درب التنوّر.

بالكاد كان لانغدون قادراً على الكلام. أيمكن أن يكون برنيني، ذاك النحّات العالمي المعروف، قد وضع هنا في هذه الكابيلاّ تشيجي الصغيرة منحوتةً تشير عبر روما إلى المذبح الثاني للعلم؟

"برنيني"، قال: "لم أكن لأشكّ به يوماً".

"ومَن برأيك قد يكون قادراً على وضع أعماله الفنيّة داخل كابيلاّت كاثوليكيّة محدّدة ومن ثم وضع درب التنوّر فيها غير فنّان فاتيكانيّ شهير؟ فلن يقوم بذلك طبعاً أيّ شخص مجهول".

راح لانغدون يفكّر مليّاً بكل ما قالته فيتوريا للتو، ثم نظر إلى الهرميْن متسائلاً إن كان من الممكن بطريقة أو بأخرى أن يكون أحدهما هو العلامة الدليلية التي يبحثون عنها، أو ربّما كلاهما معاً. "الهرمان مصوّبان نحو جهتيْن مختلفتيْن"، قال لانغدون غير واثق ممّا كان يجدر به أن يفعل بهما. "وهما علاوةً على ذلك متطابقان، وبالتالي فأنا لا أعرف أيّهما...".

"ولكن أنا لا أظنّ أن الأهرام هي التي تشكّل العلامة الدليليّة التي نحن بصدد البحث عنها".

"ولكنهما المنحوتتان الوحيدتان الموجودتان هنا".

سرعان ما قاطعته فيتوريا، مشيرة باتجاه أوليفيتي وبعض المجتمعين بالقرب من الثقب الشيطاني. فتبع لانغدون بنظره يدها، ناظراً إلى أبعد حائط في الكابيلاّ، ولكنه في البداية لم يرَ شيئاً. ثم تحرّك أحدهم، وإذا به يلمح فجأةً شيئاً غريباً. رخام أبيض، ثم ذراع، فجذع وصولاً في النهاية إلى وجه منحوت ومخبّأ جزئيّاً في مشكاته. فهناك تمثالان بشريّان منضفران بحجمهما الطبيعي. خفق قلب لانغدون سَريعاً. فهو أُخذ بالهرميْن والثقب الشيطاني بحيث لم يلحظ حتى وجود هذه المنحوتة. عبر الغرفة وسط الحشد. وفيما كان يقترب من التمثاليْن، أدرك لانغدون أنهما فعلاً من أعمال برنيني المحضة، وذلك من خلال بعض خصائصهما الفنية المميِّزة، كتكوينتهما الفنيّة الغنيّة ووجهيْهما المعقّديْن وملابسهما المتهدّلة، كما ومن خلال الرخام الأبيض الصافي الذي كانا قد صُنعا منه، ذاك الرخام الثمين الذي لم يكن سوى الفاتيكان وحده قادراً على شرائه. غير أن لانغدون لم يتعرّف إلى المنحوتة إلاّ عندما أصبح مباشرةً أمامها. فراح يحدّق في الوجهيْن لاهثاً.

"مَن هما؟" سألت فيتوريا بحماسة وإلحاح من ورائه.

وقف لانغدون مدهوشاً، وقال بصوت يكاد يكون غير مسموع: "حَبَقّوق والملاك".

لقد كانت في الواقع هذه التحفة الفنية من أعمال برنيني الشهيرة، إذ أنها كانت قد أُدخلت في بعض نصوص تاريخ الفن، وكان لانغدون قد نسي أنها موجودة هنا.

"حبقوق؟".

"أجل. ذاك النبي الذي تنبّأ مسألة إبادة الأرض".

بدت عندئذ فيتوريا قلقة ومضطربةً: "أتظنّه العلامة الدليليّة؟".

أومأ لانغدون برأسه بانشداه، إذ أنه لم يكن يوماً واثقاً من شيء في حياته بقدر ما كان واثقاً من ذلك. لقد كانت هذه من دون شكّ علامة الطبقة المستنيرة الدليلية الأولى. صحيح أنه كان يتوقّع أن تشير تلك المنحوتة بطريقة، أو بأخرى إلى مذبح العلم التالي، إلا أنه لم يكن يتوقّع أن تكون إشارتها إليه حرفيّة وبسيطة

إلى هذا الحدّ. فالملاك وحبقّوق كانا كليهما مادّين ذراعيْهما يشيران إلى البعيد. ثم وجد لانغدون فجأة نفسه يبتسم ويقول: "ليس الأمر صعباً وغامضاً مثلما كنّا قد تصوّرناه، أليس كذلك؟".

بدت فيتوريا متحمّسة وإنما مشوّشة الأفكار بعض الشيء، إذ قالت: "أنا أراهما يشيران إلى مكان ما ولكن كلاًّ منهما يشير إلى جهة معاكسة تماماً للتي يشير إليها الآخر. فالملاك يشير إلى جهة في حين أنّ النبي يشير إلى الجهة المعاكسة".

فضحك لانغدون، فملاحظة فيتوريا صحيحة. صحيح أن كلا التمثاليْن يشيران إلى البعيد، ولكن كلاًّ منهما كان في الواقع يشير إلى جهة مختلفة. على أيّ حال، كان لانغدون قد تمكّن من حلّ هذا اللغز، وإذا به يتّجه بحماسة ونشاط نحو الباب.

"إلى أين أنت ذاهب؟" صاحت فيتوريا.

"إلى خارج المبنى!"، أجابها لانغدون، فيما كان يعدو برشاقة نحو الباب. "يجب أن أرى الجهة التي تشير إليها تلك المنحوتة!".

"انتظر لحظة! فكيف تعرف أي الجهتيْن هي الجهة الواجب اتّباعها؟".

"من القصيدة"، قال وهو يتابع عدوه: "السطر الأخير منها!".

"فدعوا الملائكة تقودكم في ضالّتكم السامية؟" ثم راحت تحدّق إلى الأعلى في إصبع الملاك الممدود قائلة: "تبّاً لي من حمقاء!".

70

ظلّ غانثر غليك وشينيتا ماكري جالسيْن في عربة الـ ب. ب. س التي كانا قد أوقفاها في الظل في آخر ساحة ديل بوبولو. فهما كانا قد وصلا إلى هناك بعد سيارات الألفا روميو الأربعة بفترة وجيزة، وفي الوقت المناسب لهما ليشهدا على سلسلة غير معقولة من الأحداث التي لا تخطر على بال أحد. لم تكن لدى شينيتا أي فكرة عمّا يدور هنا، ولكنها تحقّقت إذا ما كانت الكاميرا تعمل بشكل جيّد.

شاهدا لحظة وصولهما إلى هناك جيشاً حقيقياً من الشباب يترجّل بسرعة وتدافع خارج سيّارات الألفا روميو ويطوّق الكنيسة. وكان بعضهم ساحباً سلاحه، في حين أنّ أحدهم وقد بدا لهما رجلاً عنيفاً وقاسياً وأكبر منهم سناً فكان

يقود إحدى الفرق نحو الدرج الأمامي للكنيسة. فسحب الجنود بندقيّاتهم ونسفوا أقفال الأبواب الأمامية. غير أنّ ماكري لم تسمع أيّ إطلاق للنار أو شيئاً من هذا القبيل، وأدركت بالتالي أن أسلحتهم كاتمة الصوت.

كانت شينيتا قد نصحت غليك بأن يظلا جالسيْن في العربة، وأن يصوّرا من مكانهما هنا في الظلال، إذ أن المسدّسات هي في جميع الأحوال مسدّسات، وقد كانت في الواقع الحركة كلها واضحة بالنسبة إليهما من العربة. فوافقها غليك الرأي. غير أن الرجال كانوا قد أصبحوا الآن في حركة ذهاب وإيّاب دائمة عبر الساحة، تارةً دخولاً إلى الكنيسة وطوراً خروجاً منها هاتفين لبعضهم بعضاً. فعدّلت شينيتا الكاميرا خاصّتها لكي تتمكّن من تعقّب فريق تفتيش المنطقة المحيطة بالكنيسة. صحيح أنهم جميعاً كانوا يرتدون ثياباً مدنية إلا أنهم بدوا يتحرّكون بدقّة عسكريّة وانضباطيّة فائقة. "مَن تراهم يكونون؟" سألت.

"لا فكرة لديّ". أجابها غليك ونظره مسمّر نحو الكنيسة: "هل تستطيعين تصوير كل هذا من هنا؟".

"أجل. لا تقلق".

ثم سألها غليك وقد بدا معتدّاً بنفسه: "أما زلتِ تظنين أنه يجدر بنا العودة لمراقبة أحداث الخلوة الانتخابية؟".

لم تكن شينيتا واثقة ممّا كان يفترض بها أن تجيبه، إذ لا شكّ في أن شيئاً ما يحدث هنا، إلا أن خبرتها الصحفية علمتها أنه غالباً ما كان للأحداث المثيرة للاهتمام تفسيرات غامضة ومملّة، فقالت: "يمكن لهذا كلّه ألا يكون شيئاً على الإطلاق. فمن المحتمل أن يكون هؤلاء الشبّان أيضاً قد تلقّوا المعلومة نفسها التي تلقّيتها أنت وهم بالتالي يتحقّقون من صحّتها ليس إلاّ. من الممكن جداً أن يكون الأمر برمّته مجرّد إنذار زائف".

غير أن غليك أمسك بذراعها مشيراً من جديد إلى الكنيسة وقائلاً: "هناك! ركّزي التصوير هناك".

عادت شينيتا وصوّبت الكاميرا نحو أعلى السلالم.

"مرحباً، يا أنتَ"، قالت مصوِّرةً الرجل الخارج من الكنيسة.

"مَن هو ذاك الأنيق، يا ترى؟".

ركّزت كاميرتها عليه، وقالت: "لم يسبق لي أن رأيته من قبل". مركّزة على

وجهه وابتسمت قائلةً: "ولكني لا أمانع إن عدت ورأيته من جديد".

نزل روبرت لانغدون السلالم مسرعاً خارج الكنيسة ومتجهاً نحو وسط الساحة. لقد كان الظلام حينها قد بدأ يسدل ستاره، وذلك لأن الشمس الربيعيّة تتأخّر في مغيبها في جنوب روما. وقد بدأت تختفي وراء الأبنية المحيطة التي راحت ظلالها تنعكس على الساحة مخطِّطة إياها.

"حسناً، يا برنيني"، قال مخاطباً نفسه بصوتٍ عالٍ: "إلامَ يشير ملاكك، بحقّ الله؟".

ثم استدار متفحِّصاً باتجاه الكنيسة من حيث خرج، وراح يتخيّل الكابيلاّ تشيجي من الداخل وتمثال الملاك فيها، ثم التفت مباشرةً، ومن دون أي تردّد نحو الغرب، نحو وهج الشمس الغائبة. لقد كان الوقت يتبخّر بسرعة.

"الجنوب الغربي"، قال، وهو ينظر مقطّب الحاجبيْن إلى المحالّ والمنازل التي كانت تحجب عليه الرؤية. "العلامة الدليلية التالية هي في مكان ما هناك".

اعتصر ذهنه مستعيداً في ذاكرته تاريخ الفن الإيطالي صفحةً تلو الأخرى. وعلى الرغم من سعة اطّلاعه على أعمال برنيني الفنية، إلاّ أنه كان يعلم أن هذا النحّات كان خصيب الإنتاج بحيث يستحيل على أي شخص غير متخصّص في هذا المجال أن يعرف كل شيء عن أعماله. ومع ذلك، ونظراً إلى شهرة العلامة الدليلية الأولى النسبية - حبقّوق والملاك - أمل لانغدون أن تكون العلامة الدليلية الثانية أيضاً عملاً من أعمال برنيني التي لا يزال يذكرها.

تراب وهواء ونار ومياه، راح يفكّر بينه وبين نفسه. فالعنصر الترابي لقد اكتشفوه - داخل الكابيلاّ الدنيويّة الترابية - حبقّوق ذاك النبي الذي تنبّأ بإبادة الأرض.

والآن فإن العنصر الهوائي هو العنصر التالي. راح لانغدون يفكّر بجدّية. منحوتة لبرنيني لها علاقة بالهواء! ولكن لم تخطر على باله ولا أي منحوتة من هذا النوع. ولكنه وعلى الرغم من ذلك فقد كان لا يزال يشعر بالطاقة والحماسة. أنا الآن على درب التنوّر! ألا تزال هذه الدرب سليمةً يا ترى؟

وفيما كان ينظر باتجاه الناحية الجنوبية الغربية، تمطّط بجسده إلى أقصى مدى ليتمكّن من رؤية برجٍ أو كاتدرائية أعلى من سائر المباني التي كانت تحجب عليه الرؤية، لكنه لم يرَ شيئاً. لقد كان بحاجة إلى خريطة. فهم لو كانوا يعرفون

الكنائس التي تقع جنوب غرب هذه الساحة لكانت إحداها ربما استرعت انتباه لانغدون وأنعشت ذاكرته. الهواء، راح يفكّر بينه وبين نفسه. الهواء. برنيني. منحوتة عن الهواء. تذكّر يا لانغدون، تذكّر!

استدار مجدداً، وراح يصعد من جديد درج الكاتدرائية ليلتقي تحت السقالة بفيتوريا وأوليفيتي.

"الناحية الجنوبية الغربية"، قال لاهثاً: "إن الكنيسة التالية هي في الناحية الجنوبية الغربية من هنا".

فأجابه أوليفيتي هامساً ببرودة: "هل أنتَ واثق من ذلك، هذه المرّة؟".

"نحن بحاجة إلى خريطة. خريطة تظهر فيها كنائس روما كلها".

ركّز القائد نظره فيه من دون أن تتغيّر تعابير وجهه.

ثم تحقّق لانغدون من ساعته قائلاً: "ليس أمامنا سوى نصف ساعة فقط".

فترل أوليفيتي الدرج متجهاً نحو سيارته التي كانت متوقّفة مباشرة أمام الكاتدرائية، وأمل لانغدون أن يكون ذاهباً ليجلب له خريطة.

فسألته فيتوريا بنبرة ملؤها الحماسة: "إنّ الملاك يشير إذن إلى الناحية الجنوبية الغربية؟ ألا فكرة لديك عن الكنائس الموجودة في الناحية الجنوبية الغربية من المدينة؟".

"إن هذه المباني اللعينة تحجب نظري"، أجابها لانغدون، مستديراً نحو الساحة من جديد: "ثم أنا لا أعرف الكنائس الموجودة في روما معرفة جيّدة بمكان لكي -" ثم توقّف فجأة عن الكلام.

فسألته عندئذ فيتوريا مجفلةً: "ماذا؟".

عاد ونظر منً جديد إلى الساحة. فهو بعد أن صعد درج الكنيسة، كان قد أصبح أعلى، وتحسّنت بالتالي الرؤية أمامه. لا يزال عاجزاً عن رؤية أي شيء، ولكنه أدرك أنه كان يتحرّك بالاتجاه الصحيح. ثم راحت عيناه تتسلّق برج السقالات غير الثابت فوق رأسه. وكان بارتفاع ستة أدوار، ويصل تقريباً حتى النافذة الوردية للكنيسة؛ ما يعني أنه كان أعلى بكثير من سائر المباني الواقعة على الساحة. فأدرك في اللحظة نفسها إلى أين كان ينبغي عليه أن يصعد.

أما في الناحية المقابلة للساحة، فكان غانثر غليك وشينيتا ماكري لا يزالان جالسيْن، ونظرهما مسمّر على حاجب الريح الزجاجي لعربة الـ ب. ب. س.

"هل تصوّرين هذا؟" سألها غانثر.

فراحت ماكري تركّز الكاميرا على الرجل الذي أخذ يتسلّق السقالات: "برأيي، إن ثيابه أنيقة بعض الشيء لكي يؤدّي بها دور الرجل العنكبوت".

"ومن هي هذه المرأة هناك؟" فألقت شينيتا نظرة خاطفة وسريعة إلى المرأة الجذّابة التي كانت واقفة تحت السقالات: "أراهن بأنك قد تودّ لو تكتشف هويّتها".

"أتظنين أنه من المفترض بي الاتصال برئيس التحرير؟".

"ليس بعد. فلنرَ ماذا يحدث هنا. من الأفضل لنا أن يكون هناك شيء في جعبتنا قبل أن نقرّ بمغادرتنا الخلوة الانتخابية".

"أتظنين أن أحدهم قد أقدم فعلاً على قتل أحد هؤلاء العجزة هنا؟".

"أنتَ ذاهب إلى جهنّم لا محالة"، أجابت شينيتا.

"أجل ولكن سوف آخذ معي جائزة الصحافة".

71

كلّما تسلق لانغدون تلك السقالات بدت له أكثر اهتزازاً وتزعزعاً، وازدادت رؤيته لروما وضوحاً؛ الأمر الذي كان يحثّه على مواصلة صعوده.

وعند بلوغه الطبقة العلوية الأخيرة، أصبح يتنفّس بصعوبة أكثر مما كان يتوقّع. فتسلّق السقالة الأخيرة ونفض عنه الجصّ والغبار ثم وقف. لم يكن الارتفاع ليزعجه إطلاقاً، إنما على العكس كان في الواقع هذا الأخير منعشاً ومنشّطاً بالنسبة إليه.

أما المشهد من فوق فمذهل. تنتشر سطوح المنازل القرميدية الحمراء أمامه وكأنها بمحيط من اللهب الساطع تحت شمس المغيب القرمزيّة. ومن موقعه هذا، كان نظره وللمرّة الأولى في حياته قد تخطّى زحمة روما وتلوّثها ليسبر أغوار تلك المدينة القديمة الجذور، مدينة الله.

وفيما كان يحدّق بعينيْن نصف مغمضتيْن عبر المغيب، راح لانغدون يتفحّص سطوح المباني بحثاً عن برج أو جرس كنيسة. ولكن كلّما نظر أبعد وأبعد في

الأفق، لم يكن يرى شيئاً. تحتوي روما على مئات الكنائس، فكّر بينه وبين نفسه. ولكن لا بدّ من وجود واحدة جنوب غرب هذه الساحة! هذا إن كانت الكنيسة مرئيّة من هنا، لا بل إن كانت لا تزال موجودةً! ثم عاد وحاول البحث مرّةً أخرى مجبراً بالتالي عينيْه على اتّباع ذاك الخطّ ببطء. فهو كان يعلم بالطبع أنّ الكنائس ليس لديها كلها قمم عالية مستدقّة وظاهرة. والجدير بالذكر هنا هو أنّ روما قد تغيّرت تغييراً مثيراً عمّا كانت عليه في القرن السادس عشر، حين كانت الكنائس بحكم القانون المباني الوحيدة المرخّص لها بأن تكون عالية. أما الآن، فهناك المباني السكنية والمباني الشاهقة والأبراج التلفزيونية.

هذه هي المرّة الثانية على التوالي التي يبلغ فيها لانغدون بنظره الأفق من دون أن يرى شيئاً، ولا حتى قمّة مستدقّة واحدة. ففي الأفق، وتحديداً في آخر روما، كانت قبّة ميكال آنجلو الضخمة والكبيرة تغطي الشمس الغائبة. بازليكا القديس بطرس. مدينة الفاتيكان. وإذا بلانغدون قد وجد فجأة نفسه يتساءل إذا ما كانت أحوال الكرادلة على ما يُرام، وإذا كان الحرّاس السويسريون قد عثروا على المادّة المضادة. ولكنّ شيئاً ما في داخله كان يقول له إنهم لم يعثروا... ولن يعثروا عليها.

وقد كانت كلمات القصيدة تتردّد في ذهنه على نحو سريع ومتكرّر، وراح بالتالي يفكّر فيها مليّاً سطراً تلو الآخر. "من ضريح سانتي الدنيوي وثقبه الشيطاني". فإذا بهم قد وجدوا ضريح سانتي. "تتجلّى عبر روما العناصر السرّيّة". والعناصر السرية هي التراب والهواء والنار والمياه. "إن درب التنوّر قد رُسِمَت وكذلك الاختبار القدسيّ". والمقصود هنا بهذه الدرب تلك المكوّنة من منحوتات برنيني. "فدعوا الملائكة تقودكم في ضالّتكم السامية".

لقد كان الملاك يشير إلى الناحية الجنوبية الغربية...

"السلالم الأماميّة!" صاح غليك مشيراً بحماسة عبر حاجب الريح في عربة الـ ب. ب. س. "ثمّة شيء يحدث هناك!" عادت ماكري وأنزلت عدسة الكاميرا مصوبةً إياها من جديد على المدخل الرئيس للكنيسة. من الواضح أنّ شيئاً ما كان يحدث هناك. فعند أسفل الدرج، كان ذاك الرجل الأشبه بالجندي قد قرّب إحدى سيّارات الألفا روميو من السلالم وفتح صندوقها. وإذا به الآن يتفحّص الساحة وكأنه يتحقّق إذا ما كان أحدهم يشاهده. وظنّت ماكري للوهلة الأولى أن الرجل

قد شاهدهما، إلا أنه عاد بعد ذلك وتابع تفحّصه للساحة على نحوٍ طبيعي. ولمّا انتهى من تفحّصه هذا، بدا مسروراً، إذ سحب جهازه اللاسلكيَ وراح يتحدّث عليه.

عندها، بدا في الحال وكأن جيشاً بكامله قد خرج من الكنيسة. شأنهم شأن فريق من فرق كرة القد م الأميركية، اصطفّ الجنود في أعلى السلالم في صفّ واحد ومستقيم على عرض الدرج، ثم راحوا يترلون السلالم أشبه بجدار بشريّ متحرّك خافين بالتالي خلفهم أربعة جنود آخرين كانوا يترلون الدرج وراءهم خلسةً وقد بدوا كأنهم يحملون شيئاً ما، شيئاً ثقيلاً.

انحنى غليك إلى الأمام على لوحة أجهزة القياس سائلاً: "هل يسرقون شيئاً من الكنيسة؟".

ركّزت شينيتا الكاميرا أكثر فأكثر مستخدمةً عدسة التصوير المقرِّبة، وذلك لكي تسبر الجدار البشري، بحثاً عن فرجة أو فسحة ما. "تفرّقوا عن بعضكم بعضاً ولو للحظة واحدة وصغيرة"، راحت تتمنى راجيةً بينها وبين نفسها. صورة واحدة فقط. هذا كل ما أحتاجه. إلا أن الرجال كانوا يتحرّكون بخطى واحدة. هيّا! ظلّت ماكري ترافقهم بالكاميرا في مشيتهم تلك، إلى أن تحقّقت في النهاية أمنيتها، إذ أنها وجدت أخيراً فسحتها عندما كان الجنود يحاولون رفع ذاك الشيء لوضعه داخل الصندوق. والمضحك في الأمر هو أنّ الرجل الأكبر سنّاً هو الذي تداعى وترنّح للحظة واحدة فقط، ولكن هذه اللحظة كانت كافية لماكري لكي تحظى بفرصتها اليتيمة وتلتقط صورتها الكبرى. لقد كانت في الواقع صورتها تلك تضاهي من حيث أهميتها عشر صور.

"لقد أصبح بإمكانك الآن الاتصال برئيس التحرير"، قالت شينيتا. "فلدينا هنا جثّة".

وبعيداً من هنا، في CERN، كان ماكسيميليان كوهلر قد قصد بكرسيّه المدولب مختبر ليوناردو فيترا، وراح بالتالي يمحّص في ملفّاته. ولما كان لم يعثر هناك عمّا كان قد أتى من أجله، انتقل بعد ذلك إلى غرفة نوم فيترا. لقد كان الدرج العلوي من الطاولة التي كانت إلى جانب سريره مقفلاً بالمفتاح، إلا أنه تمكّن من خلعه وفتحه بواسطة سكّين مطبخ، فوجد في داخله ما كان بالضبط يبحث عنه.

306

72

نزل لانغدون عن السقالة. وفيما كان يزيل غبار الجصّ عن ثيابه جاءته فيتوريا: "ماذا؟ ألم تجد شيئاً؟".

هزّ برأسه مجيباً إياها بالنفي.

"لقد وضعوا الكاردينال في صندوق السيارة".

نظر لانغدون إلى السيارة المتوقّفة عند أسفل الدرج، حيث كان أوليفيتي واقفاً مع زمرة من جنوده ينظرون إلى خريطة كانوا قد بسطوها على غطاء محرّك السيّارة. "هل يبحثون في الجهة الجنوبية الغربية؟".

أومأت برأسها قائلةً: "لا كنائس. أوّل كنيسة يمكننا رؤيتها من هنا هي كاتدرائية القديس بطرس".

فهمهم لانغدون، إذ أنهم كانوا على الأقلّ يوافقونه الرأي، ثم اتّجه نحو أوليفيتي. فتفرّق الجنود، فاتحين له الطريق.

نظر أوليفيتي إليه قائلاً: "لا شيء. ولكن هذه الخريطة لا تظهر الكنائس كلها الموجودة في روما، إنما تظهر الكبيرة منها فقط والتي يناهز عددها الخمسين تقريباً".

"أين نحن الآن؟" سأل لانغدون.

أشار أولفيتي على الخريطة إلى ساحة ديل بوبولو، راسماً له خطّاً مستقيماً على الجهة الجنوبية الغربية للساحة. لقد كان في الواقع ذاك الخطّ يغفل وبهامش كبير وشاسع مجموعة الدوائر السوداء التي تشير إلى أهم كنائس روما وأعظمها. ولسوء الحظ أنّ أبرز كنائس روما كانت أكثرها قدماً... أي تلك التي تعود إلى القرن السادس عشر.

"يتعيّن عليّ اتّخاذ بعض القرارات"، قال أوليفيتي: "هل أنت واثق من الجهة التي ينبغي علينا البحث فيها؟".

راح لانغدون يتصوّر من جديد إصبع الملاك الممدود الذي عاد وأيقظ فيه الحاجة إلى العجلة والإلحاح، إذ قال: "أجل سيّدي".

فإذا بأوليفيتي يهزّ كتفيْه استهجاناً راسماً ذاك الخط المستقيم مرّةً أخرى. لقد كان في الواقع هذا الأخير يتقاطع مع جسر مارغاريتا وجادّة كولا دي رييزو، ويمرّ

بساحة ديل ريزورجيمنتو من دون أن يصطدم بأي كنيسة على الإطلاق، إلى أن يصل في نهاية المطاف إلى مكان مسدود وغير نافذ في وسط ساحة القديس بطرس.

"ولِمَ لا تكون الكنيسة التي نبحث عنها هي كاتدرائية القديس بطرس؟" قال أحد الجنود وقد كان لديه ندب عميق تحت عينه اليسرى. "فهي أيضاً في النهاية كنيسة".

هزّ لانغدون رأسه قائلاً: "ينبغي على الكنيسة أن تكون مكاناً عامّاً".

"ولكن الخط يمرّ بساحة القديس بطرس"، أضافت فيتوريا ناظرةً من فوق كتف لانغدون: "والساحة كناية عن مكان عام".

ولكن لانغدون كان على ما يبدو قد فكّر بهذا الاحتمال من قبل فأجابها قائلاً: "ولكن لا تماثيل في تلك الساحة".

"كيف؟ أفلا يوجد مَنليث في وسطها؟".

كانت فيتوريا على حقّ. فساحة القديس بطرس تحتوي على منليث مصري. فنظر عندئذ لانغدون إلى المنليث الذي كان في الساحة أمامهم، ذاك الهرم الشامخ. يا لها من صُدفة غريبة، فكّر بينه وبين نفسه. ثم عاد ونفض الفكرة من رأسه: "ولكنّ المنليث الفاتيكاني ليس من تصميم برنيني؛ فكاليغولا هو مَن أحضره إلى هذه الساحة. وأيضاً، فإن هذا المَنليث لا علاقة له بالهواء إطلاقاً". كما هناك مشكلة أخرى. "وعلاوةً على ذلك كله، تقول القصيدة إن العناصر منتشرة في روما، وبالتالي فإنّ ساحة القديس بطرس موجودة في مدينة الفاتيكان، لا روما".

"هذا وقف على الشخص الذي تسأله عن مكان وجودها"، قاطعه أحد الحرّاس قائلاً.

فنظر لانغدون إليه سائلاً: "ماذا؟".

"لطالما كانت هذه المسألة تشكل نقطة خلاف. فمعظم الخرائط تظهر ساحة القديس بطرس على أنها جزء من مدينة الفاتيكان، ولكن وبما أنها خارج المدينة المسوّرة فقد ظلّ المسؤولون الرومان وعلى مدى قرون طويلة يدّعون بأنها جزء من مدينة روما".

"أنتَ تمزح"، قال لانغدون. فهو لم يسمع بهذا من قبل.

"مجرّد تنويه صغير"، استطرد الحارس قائلاً: "وذلك لأن القائد أوليفيتي والسيّدة فيترا كانا يسألان عن منحوتة لها علاقة بالهواء".

فسأله لانغدون فاغر العينيْن: "وهل تعرف واحدة كذلك في ساحة القديس بطرس؟".

"ليس بالضبط. فهي لا تعتبر في الواقع منحوتةً. أو أنها ربما قد لا تكون وثيقة الصلة بالهواء".

"وما هي تلك المنحوتة؟" سأل أوليفيتي بإلحاح.

هزّ الحارس كتفيْه استهجاناً وقال: "أنا أعرفها فقط لأني غالباً ما أكون في الخدمة على هذه الساحة؛ وأنا بالتالي أعرف كل زاوية فيها".

"وهذه المنحوتة"، قال لانغدون بإلحاح: "كيف هي؟" وقد بدأ يتساءل إن كانت الطبقة المستنيرة شجاعة بحيث تضع علامتها الدليلية الثانية خارج كنيسة القديس بطرس مباشرةً.

"أنا أمرّ بها كل يوم أثناء دوريّتي"، قال الحارس: "إنها في الوسط، في المكان الذي يشير إليه هذا الخط مباشرةً. وهذا في الواقع ما جعلني أفكّر بها. وهي كما سبق وذكرت ليست منحوتة بالمعنى الحرفي للكلمة إذ أنها أشبه بـ... كتلة حجرية".

بدا عندئذ أوليفيتي غاضباً إذ قال: "كتلة حجرية؟".

"أجل سيدّي. كتلة رخاميّة مقحَمة داخل الدائرة عند أسفل المَنليث. ولكن الكتلة الرخامية هذه ليست مستطيلة إنما إهليلجيّة الشكل، وقد نقشت عليها صورة كتلة هوائية عاصفة".

راح لانغدون يحدّق في الجندي بانشداه، ثم صاح فجأةً: "نقش نافر!".

فنظر إليه الجميع باستغراب.

"النقش النافر"، قال لانغدون: "هو الوجه الآخر للنحت!".

"النحت هو فنّ حفر أشكال محددة إما على نحو كروي ومستدير يظهر ملامح الوجه كاملة، وإما أيضاً على نحو نافر". فهو لطالما ظلّ وعلى مدى سنوات طويلة يكتب هذا التحديد على اللوح. وبالتالي فإن المنحوتات النافرة هي أساساً منحوتات ثنائية البعد كالصورة الجانبية مثلاً لوجه أبراهام لنكولن على السَّنت، ورصيعات برنيني الموجودة داخل الكابيلاّ تشيجي والتي تشكّل مثالاً آخر على المنحوتات النافرة.

"Bassorelievo؟ سأل الحارس مستخدماً المصطلح الفني الإيطالي.

"أجل! نقش ضئيل البروز!" قال لانغدون ضارباً على غطاء محرّك السيارة: "ولكني لم أكن أفكّر بهذه المصطلحات! إنّ تلك الكتلة الرخامية التي تتحدّث عنها والموجودة في ساحة القديس بطرس اسمها الريح الغربية. كما وأنها تعرف أيضاً باسم نفَس الله".

"نفس الله؟".

"أجل! هواء! وقد نُقشت ووُضعت هناك من قبل المهندس الأصلي".

بدت فيتوريا مشوّشة الأفكار: "ولكني كنت أظن أنّ ميكال آنجلو هو مَن صمّم كاتدرائية القديس بطرس".

"أجل البازليكا!" قال لانغدون والنصر بادٍ في صوته: "ولكن الساحة صمّمها برنيني!".

وانطلق بعد ذلك موكب سيّارات الألفا روميو خارج ساحة ديل بوبولو بسرعة كبيرة بحيث أن أحداً لم يلحظ انطلاق عربة الـ ب. ب. س وراءهم.

73

داس غانثر غليك بقوّة وعنف على دوّاسة البنزين، وانحرف عبر الزحمة متعقّباً سيارات الألفا روميو الأربع التي راحت تجتاز بسرعة قصوى جسر مارغاريتا، عابرةً بالتالي فوق نهر التيبر. وكان غليك مضطرّاً عادةً إلى بذل بعض الجهود لكي يبقى على مسافة غير ملحوظة من الأشخاص الذين يتعقّبهم، فلا يثير بالتالي شكوكهم، بأن هناك مَن يتبعهم. ولكنّه اليوم كان بالكاد قادراً على مجاراة أولئك الشبان، إذ أنهم كانوا حقاً يطيرون في سيّاراتهم.

جلست ماكري في مكان عملها على المقعد الخلفي من العربة منهيةً اتصالاً هاتفيّاً كانت قد أجرته مع لندن. ثم أقفلت السماعة وصاحت إلى غليك بصوت أعلى من صوت الزحمة قائلةً: "أتريد الأخبار السارّة أم السيّئة؟".

فقطّب غليك حاجبيه، إذ لم يكن يوماً التعامل مع المكتب الرئيس بالأمر السهل والبسيط وقال: "السيئة".

"لقد غضب كثيراً مكتب التحرير عندما عرف بأننا قد غادرنا موقعنا في الفاتيكان".

"يا لها من مفاجأة حقّاً!".

"وهو يظن أيضاً أن بائع المعلومات السرية تلك ليس سوى رجل مخادع ومحتال".

"بالطبع".

"وقد حذرني المدير للتوّ قائلاً عنك إنك كالكعك الصغير غير المحلّى والذي ينقصه الشاي الملائم".

عبس غليك قائلاً: "عظيم. وما هي الأخبار السارّة؟".

"لقد وافقوا على رؤية الصورة التي التقطناها للتو".

استعاض غليك عن تكشيرته بابتسامة عريضة قائلاً بينه وبين نفسه، سوف نرى مَن هو الكعك الصغير. ثم قال لماكري: "أرسليها إليهم إذن".

"لا يمكنني إرسالها والعربة سائرة. يجب أن نتوقّف في مكان ما لكي أحصل على قراءة ثابتة للشريط".

انطلق غليك مسرعاً في جادة كولا دي ريينزو، قائلاً: "لا يمكنني أن أتوقّف الآن، يا حبّي". وظلّ يطارد سيارات الألفا روميو، ومنعطفاً انعطافاً شديداً إلى اليسار من حول ساحة ريزورجيمنتو. تمسكت ماكري جيّداً بجهاز الكومبيوتر في الخلف، إذ أن كل شيء كان يتزلق من مكانه من جراء السرعة التي كان غليك يقود بها العربة: "كدت تكسر جهاز الإرسال"، صرخت محذِّرةً: "وسوف نضطرّ بالتالي الآن إلى إرسال هذه الصورة إلى لندن سيراً على الأقدام".

"اجلسي جيّداً واثبتي في مكانك يا حبي. فهناك شعور يقول لي إننا أوشكنا الوصول إلى المكان المقصود".

فنظرت ماكري من نافذة العربة إلى الخارج سائلةً: "أين؟".

وكان غليك ينظر إلى القبّة المألوفة والشهيرة التي كانت تلوح أمامهم مباشرةً. فقال مبتسماً: "ها نحن قد عدنا من جديد إلى نقطة الصفر، إلى النقطة التي كنا أصلاً قد انطلقنا منها".

انسلّت سيارات الألفا روميو الأربع برشاقة في الزحمة المحيطة بساحة القديس بطرس، ثم تفرّقت عن بعضها بعضاً، منتشرةً من حول الساحة، ومفرِّغةً رجالها بهدوء في نقاط وأماكن محدّدة. بعدها، راح الحرّاس المترجّلون من السيارات يتقدّمون وسط زحمة السيّاح وعربات وسائل الإعلام في طرف الساحة إلى أن

غابوا في النهاية عن الأنظار. فولج بعضهم غابة الأعمدة مطوّقاً بالتـالي إياهـا، ثم متبخّراً بدوره وسط الحشود. وفيما كان لانغدون يراقب سير العمليّة عبر حاجب ريح سيارته، شعر فجأةً وكأنّ شركاً ما كان يُنصب حول ساحة القديس بطرس.

فإضافة إلى الرجال الذين كان أوليفيتي قد وزّعهم في المكان، كان القائد قـد تحدّث بواسطة جهازه اللاسلكي مع الفاتيكان طالباً منهم أن يرسلوا إليه المزيد من الحرّاس السريين إلى وسط الساحة حيث كانت منحوتة برنيني "الـريح الغربيـة" موجودة. وفيما كان لانغدون يجيل النظر في مساحات ساحة القـديس بطـرس الشاسعة والواسعة، خطر على باله فجأة سؤال بديهي ألا وهو، كيف ينوي قاتـل الطبقة المستنيرة هذا أن ينجو بفعلته تلك؟ وكيف سيتمكن مـن خطـف أحـد الكرادلة، ويجعله يعبر وسط هذه الحشود كلها ومن ثم يقتله على مرأى من الجميع؟ ثم تحقّق لانغدون من ساعته الميكي ماوس وإذا بها الساعة التاسعة مساءً إلاّ سـت دقائق. ستّ دقائق فقط قبل وقوع الجريمة.

أما أوليفيتي فقد استدار في المقعد الأمامي، ليواجه كلاًّ من لانغدون وفيتوريا قائلاً لهما: "أريدكما أنتما الاثنيْن أن تقفا على كتلة بـرنيني تلـك الحجريـة أو الرخامية وتؤدّيا دور السائحيْن إيّاه. استخدما الهاتف في حال شاهدتما أي شيء".

وقبل أن يتمكن لانغدون حتى من الإجابة، كانت فيتوريا قد أمسكت بيـده وشدّته خارج السيارة.

كانت الشمس الربيعيّة تغيب تدريجيّاً خلف بازليكا القديس بطرس، ولـف الظلام الدامس. شعر لانغدون برعشة مشؤومة فيما كان وفيتوريا يتقدّمان وسـط الظلال السوداء والباردة. وبينما كانا ينسلاّن بين الحشـود، لاشـعورياً وجـد لانغدون نفسه يحدّق في كل وجه يمرّ به، متسائلاً إن كان القاتل بينهم. وكـان في الوقت نفسه يشعر بحرارة يد فيتوريا في يده.

وفيما كانا يجتازان ساحة القديس بطرس، شعر لانغدون بأن ساحة بـرنيني الممتدّة أمامه تتصف تماماً بالطابع الذي طُلب من هذا الفنان أن يطبعها به، طـابع "إذلال كل من يدخلها". ولا شكّ في أن لانغدون شعر هو أيضاً بالإذلال للوهلـة الأولى، لا بل بالإذلال والجوع، مستغرباً كيف أنّ فكرةً دنيويّةً كهذه قد خطرت على باله في لحظة كهذه.

"إلى المسلّة؟" سألت فيتوريا.

امتثل لانغدون وانعطف شمالاً عبر الساحة.

"كم الساعة؟" سألت فيتوريا، وهي تمشي برشاقة ولكن على نحوٍ غير منتظم.

"بقيت أمامنا خمس دقائق".

لم تنبس فيتوريا ببنت شفة إلاّ أن لانغدون كان يشعر بمدى توتّرها من خلال اشتداد قبضتها على يده. وفيما كان هو لا يزال يحمل المسدّس في جيب سترته، أمل ألا تضطرّ فيتوريا إلى استخدامه. فهو لم يكن قادراً على تصوّرها وهي تشهر سلاحاً في ساحة القديس بطرس وتفجّر رضفتيْ أحد السفّاكين على مرأى من وسائل الإعلام العالمية. ولكن حادثةً كهذه ليست بذاك الشيء المهم مقابل وسم أحد الكرادلة وقتله.

هواء، فكّر لانغدون بينه وبين نفسه. العنصر الثاني من عناصر العلم. فحاول عندئذ أن يتصوّر الوسم وطريقة تنفيذ الجريمة، ثم راح يتفحّص من جديد الفسحة الغرانيتية الشاسعة الممتدّة تحت قدميْه - ساحة القديس بطرس - تلك الأرض الصحراوية الشاسعة المطوّقة بالحرّاس السويسريين. وفي حال تجرّأ فعلاً ذلك السفاك على الإقدام على هكذا عمل، فلم يكن لانغدون قادراً على تصوّر كيف أنه سوف يفرّ بعد ذلك من هنا.

أما في وسط الساحة، فقد كانت مسلّة كاليغولا المصرية، البالغ وزنها 350 طنّاً ترتفع نحو السماء بطول واحد وثمانين قدماً، وصولاً إلى قمّتها الهرمية حيث كان معلّقاً صليب حديديّ مجوَّف عالٍ ليلتقط شعاعات شمس المغيب الأخيرة. لقد كان هذا الأخير يسطع وكأنه صليب سحريّ... إذ يُقال إنه يحتوي على ذخائر وبقايا من الصليب الأصلي الذي كان المسيح قد صلب عليه.

وكانت نافورتان تحيطان بالمسلّة من كل جنب بتناسق وتساوق مثاليّين، وكان المؤرخون المختصون بمجال الفن يعلمون أن هاتيْن النافورتيْن تشيران بدقّة إلى النقطتيْن البؤريّتيْن الهندسيتيْن المضبوطتيْن لساحة برنيني الإهليلجية الشكل، إلا أن هذا الأمر كان في الواقع شيئاً هندسياً غريباً لم يكن لانغدون ليوليه أي أهمية من قبل. فهو كان يشعر وكأن روما قد أصبحت فجأة الآن مليئة بالأشكال الإهليلجية والأهرام والأشكال الهندسية المذهلة.

وفيما كانا يقتربان من المسلّة، أبطأت فيتوريا مشيتها وتنهّدت تنهيدة قوية، وكأنها كانت تدعو لانغدون إلى الاسترخاء معها. فحاول لانغدون جاهداً أن يخفض كتفيْه ويرخي حنكه.

لقد كان في الواقع المذبح الثاني للعلم - ريح برنيني الغربية، تلك الكتلة الإهليلجية الشكل - موجوداً في مكان ما هنا حول هذه المسلّة في ساحة القديس بطرس وأمام أعظم وأضخم كنيسة في العالم.

كان غانثر غليك يراقب سير الأحداث من مخبئه في ظل الأعمدة المحيطة بساحة القديس بطرس. ولو كان اليوم يوماً عادياً كسائر الأيام، لما كان الرجل ذات السترة التودية، ولا المرأة ذات السروال القصير الكاكي قد لفتا انتباهه على الإطلاق. فهما كانا يبدوان مجرّد سائحيْن عاديين يستمتعان بزيارتهما للساحة. إلا أن اليوم لم يكن يوماً عادياً، إنما كان يوماً حافلاً بالمعلومات الهاتفية الغريبة والجثث والسيّارات غير المنمّرة التي تتجوّل بسرعة قصوى في روما، والرجال الذين يتسلّقون السقالات بستراتهم التويدية، والله وحده يعلم عمّا يبحثون. فقرر غليك أن يواصل مراقبته لهما.

فنظر إلى الجهة المقابلة من الساحة ورأى ماكري التي كانت في المكان الذي كان قد طلب منها أن تذهب إليه، من جهة هؤلاء الشخصيْن، تحوم إلى جانبهما إنما بعيداً بعض الشيء عنهما. وكانت ماكري تحمل كاميرا الفيديو خاصّتها بطريقة لامبالية وغير نظامية، ولكن وعلى الرغم من تظاهرها بأنها عضو ضجر من أعضاء الصحافة، فقد كانت بارزةً أكثر ممّا كان غليك يريدها أن تكون. ولم يَكن هناك في تلك الزاوية البعيدة من الساحة ولا أي مراسل صحفي سواها. وقد كانت بالتالي لفظة الـ ب. ب. س الأوائلية المرَوسمة على الكاميرا خاصتها تلفت انتباه بعض السياح.

أما شريط الفيديو الذي كانت ماكري قد سجّلت عليه صورة الجثة العارية التي ألقيت في صندوق السيارة فقد كان في تلك اللحظة بالذات مشبوكاً على جهاز الإرسال في الناحية الخلفية من العربة. وكان غليك يعلم أن الصور كانت تسافر الآن من فوق رأسه متجهة نحو لندن، وكان بالتالي يتساءل ماذا سوف يكون رأي قسم التحرير بها.

كان يتمنّى لو أنه وماكري كانا قد وصلا إلى الجثة في وقت سابق قبل تدخّل هؤلاء الجنود السريين. وهو كان يعلم أيضاً أن هؤلاء الجنود أنفسهم كانوا قد انتشروا الآن وطوّقوا الساحة بكاملها. ثمّة شيء خطير كان على وشك الحدوث.

كان القاتل قد قال له: "الإعلام هو ساعد الفوضى الأيمن". فراح غليك يتساءل إن كان قد فوّت عليه فرصته الكبرى، ثم نظر إلى العربات الإعلامية الأخرى والبعيدة، وإلى ماكري التي كانت تتعقّب ذاك الزوج الغريب في تنقّلاته عبر الساحة. هناك شيء ما كان يقول لغليك إنه لا يزال داخل اللعبة...

74

شاهد لانغدون الشيء الذي كان يبحث عنه قبْل وصوله إليه بعشر ياردات. فقد كانت بلاطة برنيني الإهليلجية الشكل والرخامية البيضاء بارزةً بين السيّاح المتفرقين هنا وهناك على المكعبات الغرانيتية الرمادية التي كانت تتألّف منها بقيّة الساحة. ويبدو أن فيتوريا أيضاً قد شاهدتها، إذ سرعان ما ازداد التوتر في قبضتها.

"استرخي"، قال لانغدون هامساً: "قومي بحركة البيرانا تلك خاصّتك".

فأرخت فيتوريا عندئذ قبضتها. وفيما كانا لا يزالان يقتربان من البلاطة، بدا لهما كل شيء طبيعيّاً. فالسيّاح يطوفون في الساحة، والراهبات يتجاذبن أطراف الحديث على طول محيطها، في حين كانت فتاة صغيرة تطعم الحمامات عند أسفل المسلّة.

أحجم لانغدون عن تفقّد ساعته، إذ أنه كان يعلم أن الوقت قد حان.

فإذا بهما يصلان الآن أمام المسلة مباشرةً، وقد أصبحت بالتالي البلاطة الإهليلجية تحت قدميْهما تماماً. فتباطأا بعض الشيء، ثم توقّفا عندها على نحو طبيعي ومن دون أن يثيرا أي شبهات شأنهما شأن أي سائحيْن عاديين قد يشعرانِ بواجب توقفهما هنا عند تلك النقطة الفنية المثيرة للاهتمام.

"الريح الغربية"، قالت فيتوريا قارئةً العبارة المنقوشة على البلاطة.

راح لانغدون يحدّق إلى الأسفل في تلك المنحوتة الرخامية النافرة، شاعراً فجأة بمدى سذاجته. فهو وعلى الرغم من سعة اطلاعه في المجال الفني وعلى الرغم من سفراته العديدة إلى روما، إلا أنه لم ينتبه يوماً من قبل إلى المعنى الحقيقي والعميق لمنحوتة الريح الغربية تلك.

فقد كان النحت النافر إهليلجي الشكل بطول حوالى ثلاث أقدام، وكان منقوشاً على شكل وجه بدائي - إذ أنه كان يصوّر الريح الغربية على شكل وجه ملائكي هادئ ورزين. وكان برنيني قد رسم نفساً من الهواء يخرج على نحو عاصف من فم الملاك، وكأنه يعصف نحو الخارج بعيداً عن الفاتيكان... نفس الله. فكانت هذه بالتالي تقدمة برنيني إلى العنصر الثاني من عناصر العلم... الهواء... ريح غربية سماوية أثيرية تعصف من شفاه ملاك. وفيما كان لانغدون لا يزال يحدّق في المنحوتة، أدرك فجأة أنّ لتلك الأخيرة معانٍ أخرى أعمق من ذلك. فقد كان

315

برنيني قد نحت مثلاً الهواء في خمس عصفات مميّزة ومختلفة... خمسة! وعلاوةً على ذلك، فقد كانت تحيط بالرصيعة من جانبيْها نجمتان ساطعتان ذكّرتا لانغدون بغاليليو. إذاً نجمتان وخمس عصفات ريحية وأشكال إهليلجية وتساوق تام... فإذا به يشعر فجأة بالجوع. لقد كان رأسه يؤلمه.

ولكن سرعان ما راحت فيتوريا تمشي من جديد تشدّه بعيداً عن المنحوتة النافرة وقائلةً: "أظنّ أن هناك مَن يتبعنا".

فرفع لانغدون نظره سائلاً: "أين؟".

عبرت فيتوريا حوالى ثلاثين ياردة قبل أن تتكلّم. ثم راحت تشير عالياً إلى الفاتيكان وكأنها كانت تشير للانغدون إلى شيء فوق على القبّة. "لا يزال هذا الشخص نفسه وراءنا طوال طريقنا عبر الساحة". ثم ألقت فيتوريا نظرة سريعة وخاطفة من فوق كتفها قائلةً: "إنه لا يزال يتعقّبنا. فها هو الآن يتجه صوبنا".

"أتظنينه السفّاك؟".

فهزّت فيتوريا رأسها قائلةً: "كلاّ، إلا في حال كانت الطبقة المستنيرة تستخدم نساءً يحملن كاميرات خاصة بشبكة الـ ب. ب. س التلفزيونية".

وما أن شرعت أجراس كاتدرائية القديس بطرس تقرع على نحو صاخب ومصمّ حتى قفز كل من لانغدون وفيتوريا مجفليْن. إن الوقت قد حان. فهما كانا قد ابتعدا عن الريح الغربية في محاولة منهما لتضليل المراسلة الصحفية، وإذا بهما الآن يتجهان من جديد نحو المنحوتة إيّاها.

وعلى الرغم من قرع الأجراس الصاخب والمصمّ هذا، بدا لهما المكان هادئاً تماماً. فقد كان السيّاح يتجولون في الساحة، وكان أحد المتشردين الثملين يأخذ قسطاً من النوم أمام المسلّة تماماً، في حين كانت فتاة صغيرة تطعم الحمامات. فراح لانغدون يتساءل إن كان من المحتمل أن تكون هذه المراسلة الصحفية قد أخافت القاتل وجعلته بالتالي يبتعد عن هذا المكان. ولكنه سرعان ما عدل عن فكرته المشكوك فيها تلك، سيّما وأن القاتل كان قد وعد بأن يجعل من الكرادلة نجوم وسائل الإعلام.

وفيما كان صدى الجرس التاسع يخبو تدريجياً، عاد السكون يلف الساحة من جديد.

ثم بعدها... سمع صوت الفتاة الصغيرة وهي تصيح.

75

كان لانغدون أوّل الواصلين إلى الفتاة التي كانت تصيح وهي واقفة مذعورة وثابتة في مكانها، تشير إلى أسفل المسلة حيث كان رجل عجوز ثمل ورثّ الملابس جالساً مترهِّلاً على الدرج. كان منظره مثيراً للشفقة... إذ أنه كان على ما يبدو واحداً من متشرِّدي روما. فشعره الرمادي والزيتي المظهر يتدلّى على وجهه، في حين كان جسمه ملفوفاً بخرقة متسخة. وظلّت بالتالي الفتاة تصيح وهي تعدو فارّة وسط الزحمة.

وفيما كان لانغدون يقترب بسرعة من ذاك الرجل المسكين والعاجز، شعر فجأة برهبة وروع متزايديْن. لقد كانت هناك لطخة قاتمة وكبيرة تتسع منتشرةً على أسماله البالية. دم جديد وحيّ يتدفّق بغزارة.

ثم بدا الأمر وكأن كل شيء قد حدث فجأة.

وبدا ذاك الرجل العجوز منهاراً تماماً، إذ أنه كان يتمايل ويتداعى إلى الأمام. فاندفع لانغدون نحوه لكي يساعده، ولكنه كان قد تأخّر في المجيء. فإذا بالرجل يتداعى ساقطاً من أعلى الدرج مرتطماً بالأرض وجهه نحو الأسفل وغير متحرّك. فسقط لانغدون على ركبتيْه راكعاً أمامه، ووصلت بعد ذلك فيتوريا إلى جانبه قبل أن يحتشد الناس حول الجثة.

وضعت فيتوريا أصابعها على حلقوم الرجل من الخلف، ثم صاحت: "هناك نبض. أديروه على ظهره".

فأمسك لانغدون على الفور بالرجل من كتفيْه وأداره؛ وبالتالي، وما أن فعل حتى بدأت خُرَقه الفضفاضة والمهلهلة تنسلخ عنه تماماً كالجلد الميت، ثم ارتمى الرجل بتثاقل واسترخاء على ظهره. عندها وفي وسط صدره العاري ظهرت مساحة واسعة من الجلد المحروق والمتفحّم.

لهثت فيتوريا ورجعت إلى الوراء. أما لانغدون فقد بدا مشلولاً وشعر فجأة بمزيج من الغثيان والروع، إذ كان الرمز بسيطاً ومروِّعاً في آنٍ معاً: **(هواء)**

"هواء"، قالت فيتوريا مختنقةً. "إنه... هو".

ظهر الحراس السويسريون من حيث لا أحد يدري، هاتفين الأوامر لبعضهم بعضاً، وراكضين بسرعة وراء قاتل غير مرئي.

شرح أحد السيّاح الواقفين في الجوار أنه ومنذ بضع دقائق شاهد رجلاً داكن البشرة ولطيفاً يساعد هذا الرجل المسكين المتشرّد على اجتياز الساحة... حتى أنه جلس معه لبعض الوقت على الدرج هنا قبل أن يعود ويختفي من جديد وسط الزحمة.

شرعت فيتوريا تمزّق بقايا الخرق وتزيحها عن بطن الرجل. فقد كان لديه جرحان أو بالأحرى ثقبان عميقان، واحد من كل جهة من الوسم، مباشرة تحت قفصه الصدري. ثم أمالت رأس الرجل إلى الوراء، وراحت تعطيه نفساً اصطناعياً. غير أن لانغدون لم يكن قطّ مستعداً لمشاهدة ما حدث عندها. إذ وفيما كانت فيتوريا تنفخ في فمه، كان الجرحان أو الثقبان الموجودان عند جهتيْ الجزء الأوسط من جذعه يهسّان ويرشّان الدم في الهواء تماماً كمنخري الحوت، ويتطاير بالتالي بعض ذاك السائل الملحي على وجه لانغدون.

توقّفت فيتوريا في الحال مذعورة وقالت متمتمةً: "رئتاه... إنهما مثقوبتان".

مسح لانغدون عينيْه، وراح ينظر إلى الأسفل إلى الثقبيْن اللذين كانا يقرقران. لقد كانت رئتا الكاردينال متلفة بالكامل وهو بالتالي كان قد مات.

غطّت فيتوريا الجثة في الوقت الذي حضر فيه الحراس السويسريون.

وقف لانغدون تائهاً. وفيما كان واقفاً كذلك رآها. فالمرأة التي كانت منذ قليل تتعقّبهما كانت الآن جاثمة بخوف بالقرب من الجثة، واضعة الكاميرا على كتفها. لقد كانت تصوّر الجثة. ثم وقع نظرها في نظر لانغدون الذي أدرك عندئذٍ أنها قد صوّرت المشهد بكامله. ففرّت مسرعةً كالهرّة.

76

راحت شينيتا ماكري تعدو كالهرّة. فهي كانت قد صوّرت للتوّ القصة التي سوف تغيّر مجرى حياتها بالكامل.

وفيما كانت تجتاز بتثاقل ساحة القديس بطرس منسلّة بين الحشود، كانت الكاميرا تعيق حركتها تماماً كالمرساة. وقد هُيّئ إليها فجأة وكأن الجميع يمشي

بالاتجاه المعاكس لمشيتها... نحو الثورة والاهتياج والفوضى. وهي تحاول قدر المستطاع الابتعاد عن هذا المكان، سيّما وأن الرجل ذات السترة التويدية قد رآها وهي تصوّر الجثّة، إلا أنها كانت تشعر الآن وكأن الجميع يطاردها من كل حدب وصوب.

كانت ماكري لا تزال مشدوهة ومذعورة في آن معاً من الصور التي كانت قد سجّلتها للتو. ثم راحت تتساءل إن كان حقّاً ذاكَ الرجل الميت مَن كانت فعلاً تخشاه أن يكون. وبدا لها عندئذٍ الاتصال الهاتفي الغريب والغامض الذي كان غليك قد تلقّاه أقلّ جنوناً.

وفيما كانت تعدو مسرعةً باتجاه العربة، ظهر فجأة أمامها رجل شاب عسكريّ الهيئة. فوقع نظرها بنظره وتوقّف كلاهما. ثم رفع هذا الأخير بسرعة أشبه بسرعة البرق جهازه اللاسلكي وراح يتكلّم فيه مقترباً منها. عندها استدارت ماكري على الفور وقلبها يخفق خفقاناً شديداً وراحت فجأةً تعود أدراجها منسلّة في الزحمة من جديد. وفيما كانت تمشي بتعثّر وسط الحشود، نزعت شريط الفيديو المسجّل من الكاميرا ودسّته تحت حزامها من الخلف، داعية بالتالي أذيال معطفها الخطّافي تغطّيه. لقد كانت في الواقع هذه المرة الأولى التي تشعر فيها بالسعادة لكونها تحمل حملاً إضافياً. "ولكن أين أنت يا غليك، بحق الله!".

ثم ظهر فجأة جندي آخر يقترب منها عن يسارها. وبما أن ماكري كانت تعلم أنه ليس لديها متسع كافٍ من الوقت، عادت بالتالي وراحت تعدو من جديد وسط الزحمة. ثم انتزعت لفيفةً فِيلم فارغ من علبتها وأقحمتها بسرعة داخل الكاميرا وراحت بعد ذلك تصلّي.

أصبحت الآن على مسافة ثلاثين ياردة من عربة الـ ب. ب. س عندما عاد وظهر الرجلان مباشرة أمامها مكتوفي الذراعيْن.

"الفيلم"، قال لها أحدهما بعنف: "وحالاً".

فتراجعت عندئذٍ ماكري ضامّةً الكاميرا إلى صدرها على نحو حمائي وقائلةً: "مستحيل".

عندها أزاح أحدهما سترته جانباً كاشفاً لها عن سلاحٍ جنبي.

"أقتلني إن أردت"، قالت ماكري مذهولة بالشجاعة التي كانت بادية في صوتها.

"الفيلم"، عاد وكرّر الأول.

ولكن أين غليك بحق الله؟ راحت ماكري تتساءل بينها وبــين نفســها. ثم
ضربت الأرض بأخمص قدمها، وراحت تصيح بأعلى صوتها قائلةً: "أنـا مصـوّرة
فيديو محترفة وأعمل مع شبكة الـ ب. ب. س التلفزيونية. ووفقاً للبند 12 مـن
قانون حرية الصحافة فأنا أعلن أن هــذا الفـيلم خـاص بالمؤسسـة البريطانيــة
للإرسال!".

غير أن الرجلين لم يجفلا، إنما على العكس فقد تقدّم منها خطوة ذاك الـذي
يحمل المسدس على جانبه وقال: "وأنا ملازم أول في الحرس السويسري، وبالتــالي
وباسم الشريعة المقدسة التي تخضع لها الأملاك التي أنتِ واقفة عليها الآن فأنا آمـر
بالقبض عليك وتفتيشك".

وكان الناس قد بدأوا يحتشدون الآن من حولهم عندما صاحت ماكري فجأة
قائلة: "اعلما أني، ومهما كانت الظروف والعواقب، لن أعطيكما الفيلم الموجـود
في هذه الكاميرا من دون أن أستشير رئيس تحريري في لندن. لذا أنا أقترح عليكما
بأن -".

عندها اضطر الحارسان إلى وضع حدٍّ لهذه المهزلة، إذ انتزع أحدهما الكـاميرا
من يديها في حين راح الثاني يجرّها بقوّة عبر الحشود المتدافعة نحو الفاتيكان.

راحت فيتوريا تصلي طالبةً من الله تعالى ألاّ يفتّشوها ويعثروا على الشــريط.
وهي بالتالي كانت تتمنى لو أنها تكون فقط قادرة على حماية ذاك الفيلم إلى أن -.

ثم حدث فجأة ما لم يكن في الحسبان، إذ شعرت ماكري بيد تتسلّل وسـط
الزحمة تحت معطفها. ثم شعرت أن الشريط قد انتزع من تحت حزامها. فاستدارت
لترى من كان ذاك الشخص الذي سرق شريطها الذهبي، ولكنها سرعان ما عادت
وكتمت أنفاسها، إذ خلفها تماماً كان غانثر غليك الذي غمزها واختفى من جديد
وسط الزحمة.

77

دخل روبرت لانغدون مترنّحاً إلى الحمام الخاص المجاور لمكتب البابـا، وراح
يزيل بقايا دم الكاردينال لاماسّي الذي مات لتوّه ميتة فظيعة في الساحة الخارجيــة

320

المزدحمة للفاتيكان: "ضحايا طاهرة وعفيفة على مذابح العلم". لقد كان تنفيذ السفّاك لتهديده تنفيذاً جيّداً حتى الآن.

وفيما كان لانغدون يحدّق إلى نفسه في المرآة، شعر فجأةً بأنه قد أصبح خائر القوى. فقد كانت عيناه متغضّنتيْن، في حين كانت لحيته قد بدأت تنمو جاعلةً بالتالي وجنتيْه تبدوان قاتمتيْ اللون. أما الغرفة من حوله فقد كانت نظيفة وفخمة - رخام أسود مع تثبيتات ذهبية ومناشف قطنية وصابونات معطّرة.

حاول لانغدون أن يطرد من ذهنه ذاك الوسم الدامي الذي شاهده للتوّ. هواء. إلا أن الصورة كانت لا تزال عالقة في رأسه. فهو كان قد شهد منذ لحظة استيقاظه هذا الصباح ثلاث وسومات... وهو بالتالي كان يعلم أنه لا يزال هناك وسمان آخران قادمان على الطريق.

أما في الخارج، فقد هيّئ إليه وكأنه يسمع أصوات كل من أوليفيتي والسكرتير البابوي الخاص والقائد روشيه يتجادلون حول ما ينبغي عليهم القيام به الآن. فيبدو أنهم لم يتمكنوا من العثور على المادة المضادة. وبالتالي فإما أن الحرّاس لم يعثروا على العلبة الصغيرة الحابسة، وإما أنّ المقتحم قد دسّها في مكان جدّ خفيّ داخل الفاتيكان.

جفف لانغدون يديْه ووجهه والتفت باحثاً عن مبولة، ولكن لا مبولة، إنما مجرّد تجويف صغير. فرفع الغطاء.

وفيما كان واقفاً هناك يزيل التوتر والإجهاد من جسمه، هزّت موجة من الإرهاق أحشاءه مسببة له بدوار حاد. لقد كانت مجموعة كبيرة من العواطف المختلفة والمتضاربة تتوالى عليه جاعلةً إياه يشعر وكأن هناك بلاطة على صدره. لقد كان متعباً ومجهداً، يركض منذ ساعات الصباح الأولى من دون أكل أو نوم، ويسير درب التنور مصدوماً بجريمتين وحشيّتيْن.

ثم خالجه شعور متزايد بالرعب بشأن ما قد يترتّب عن هذه المأساة العنيفة.

"فكّر، يا روبرت"، راح يخاطب نفسه قائلاً، ولكن عقله كان مشلولاً عقيماً.

ولكن وفيما كاد ينتهي من الحمام، خطرت فجأة على باله فكرة غير متوقّعة. هذا حمّام البابا، فكّر بينه وبين نفسه، لقد استخدمت لتوي حمّام البابا، فراح يضحك مع نفسه. العرش المقدّس.

78

وفي لندن، أخرجت إحدى فنّيي شبكة الـــ ب. ب. س شريط فيديو مـــن إحدى وحدات الاستقبال العاملة على الأقمار الصناعية، ثم اجتازت مسرعةً طابق غرفة المراقبة، داخلة بعنف إلى مكتب رئيس التحرير، وواضعة الشريط في جهـــازه الفيديو وضغطت على زرّ التشغيل. وفيما كان هذا الأخير يشاهد الشريط، راحت هي تطلعه على الحديث الذي كانت قد أجرته للتو مع غـــانتر غليـــك في مدينـــة الفاتيكان. وعلاوةً على ذلك، فقد كان أرشيف الصور التابع للـــ ب. ب. س قد مدّها بهويّة ضحية تلك الجريمة الشنعاء التي وقعت في ساحة القديس بطرس.

وعندما خرج رئيس التحرير من مكتبه أعلن على الفور حالة الاستنفار العامة والشاملة وتوقّف بالتالي كل شيء في قسم التحرير". إرسال حيّ ومباشر في خمس وحدات!" قال الرجل بحماسة: "استعدّوا لنقل مباشر على الهـــواء! وأنـــتم أيهـــا المنسقون الإعلاميون، أريدكم أن تستعدوا أيضاً لإجراء كافة اتصـــالاتكم. لـــدينا قصّة للبيع! ولدينا أيضاً شريط!".

"مواصفات الفيلم!" صاح أحدهم.

"مدته ثلاثون ثانية"، أجابه رئيس التحرير.

"ومحتواه؟".

"جريمة قتل حيّة".

بدا عندها المنسّقون شديدي الحماسة: "وماذا عن ثمن بيع الشريط والترخيص باستخدامه؟".

"مليون دولار أميركي لكل شبكة".

فرفع الجميع رأسهم مصدومين وصاحوا: "ماذا!".

"سمعتموني جيّداً! أريد أهم الشبكات العالمية. سي. إن. إن، إم. إس. إن. بي. سي، ومن ثم الثلاثة الأخرى الكبرى! قدّموا إليهم عرضاً مسبقاً للفيلم وامنحـــوهم بعد ذلك خمس دقائق ليحصلوا على الشريط قبل أن تعرضه شبكتنا".

"ولكن ما الذي جرى بحق الله؟" سأل أحدهم. "هل سُلخ جلد رئيس الوزراء وهو على قيد الحياة؟".

فهزّ رئيس التحرير رأسه قائلاً: "أفضل من ذلك".

وفي تلك اللحظة بالذات، وفي مكان ما في روما، كـان السـفاك يسـتمتع بلحظة راحة واسترخاء على كرسي مريح وثير. فهو كان يتأمّل الغرفة الأسطورية من حوله، قائلاً في نفسه: "أنا جالس الآن في كنيسة التنوّر. مخبأ الطبقة المستنيرة". فهو كان في الواقع عاجزاً عن تصديق أن هذا المخبأ كان لا يزال موجـوداً بعـد مرور هذه القرون كلها.

ثم شعر عندها أنه من المفترض به أن يعاود الاتصال بمراسل الـ ب. ب. س الذي كان قد تحدّث إليه من قبل. ففعل. إن الوقت قد حان. يتعيّن علـى العـالم بأسره الآن أن يستمع إلى أكثر الأخبار صدمةً.

79

شربت فيتوريا فيترا كوباً من الماء، وتأكل، بذهن شارد، بعض الكعك الذي أحضره أحد الحرّاس السويسريين. تعلم أنه من المفترض أن تأكل، ولكن شـهيتها للطعام كانت مفقودة. كان مكتب البابا يعجّ بالأحاديث والمـداولات الصـاخبة المتوترة والقلقة. فالقائد أوليفيتي يجتمع مع النقيب روشيه وسـتّة مـن الحـراس السويسريين، يقدّرون نسبة الأضرار، ويتشاورون حول الخطوة التالية التي يجدر بهم القيام بها.

وقف روبرت لانغدون في الجوار ينظر خارجاً إلى ساحة القـديس بطـرس، كئيباً ومحبط العزيمة. فتقدّمت فيتوريا منه سائلةً: "هل من أفكار؟".

هزّ رأسه.

"أتريد كعكةً؟".

فانفرجت أساريره لدى رؤيته الطعام، فقال: "أجل، بالله عليك. شـكراً". ثم راح يلتهم الكعك بشراهة.

هدأ الجدل الدائر خلفهما فجأة، عندما رافق حارسان سويسريّان السـكرتير البابوي فنتريسا عبر الباب. وقد بدا هذا الأخير لفيتوريا مرهقاً ومنهكاً ومسـتنفد القوى.

"ما الذي حصل؟" سأل أوليفيتي، وقد بدا في عينيْه أنه تلقّى الأخبار السيئة.

قدم أوليفيتي إليه تقريره الرسمي، وأطلعه فيه على آخر المستجدات، فكأنه تقرير ميداني لمصيبة حلّت بساحة القتال حيث قتل أحل الجنود، إذ راح يطلعه على الوقائع على نحو مقتضب وفعّال: "عُثر على الكاردينال إيبنير مقتولاً في كنيسة سانتا ماريا ديل بوبولو بعيد الساعة الثامنة. لقد تمّ خنقه ووسمه بكلمة "تراب" على نحو يمكن قراءته من الجهتيْن. أما الكاردينال لاماسيه فقُتل منذ عشر دقائق فقط في ساحة القديس بطرس من جرّاء ثقوب في صدره، وقد وُسم هو أيضاً بكلمة يمكن قراءتها من الجهتيْن، ولكن الكلمة التي وُسم بها هي هذه المرّة "هواء". وقد فرّ القاتل في كلا الحالتيْن من دون أن يخلّف وراءه أي أثر".

اجتاز السكرتير البابوي الخاص الغرفة، ثم جلس حانياً رأسه وملقياً كامل ثقله على الكرسي خلف مكتب البابا.

"غير أن الكاردينالَيْن غيديرا وبادجيا لا يزالان على قيد الحياة".

رفع رأسه، وإذا بالألم يبدو جليّاً على وجهه.

"وهل هذا عزاؤنا؟ لقد قُتل اثنان من كرادلتنا، يا حضرة القائد، وأظنّ أن الاثنيْن الآخريْن لن يبقيا طويلاً على قيد الحياة إلا في حال تمكّنتم من العثور عليهما".

"سوف نعثر عليهما"، أجابه أوليفيتي بنبرةٍ مطمئنة. "فأنا الآن متشجّع".

"متشجّع؟ ولكننا لم نواجه إلى الآن سوى الفشل".

"هذا الكلام غير دقيق، صحيح أننا خسرنا معركتيْن يا سيّدي، ولكننا سوف نفوز في الحرب. في الواقع، كانت الطبقة المستنيرة تنوي أن تحوّل هذه الليلة إلى مهزلة إعلامية، ولكننا قد تمكّنا حتى الآن من إفشال خطّتها. فقد تمّ العثور على جثّتيْ الكاردينالَيْن من دون وقوع أي حادثة. وعلاوةً على ذلك"، تابع أوليفيتي كلامه قائلاً: "يقول لي النقيب روشيه إنه يحرز تقدّماً ممتازاً في بحثه عن المادة المضادّة".

خطا عندئذ النقيب روشيه خطوةً إلى الأمام، واضعاً قبعته العسكرية الحمراء على رأسه. كانت فيتوريا تجده أكثر إنسانيّةً نوعاً ما من سائر الحرّاس، صحيح أنه كان صارماً، ولكنه لم يكن قاسياً. في صوته عاطفة وصفاء وشفافية، كصوت آلة الكمان: "آمل أن نعثر لك على العلبة الحابسة في غضون ساعة واحدة، سيّدي".

"يا حضرة القائد"، قال السكرتير البابوي الخاص: "أعذرني إن كنت أبدو

متشائماً بعض الشيء، ولكني كنت في الواقع أظنّ أنّ تنقيب مدينة الفاتيكان قد يستغرق وقتاً أكبر من الذي لدينا بكثير".

"هذا إن كان البحث سوف يشمل مدينة الفاتيكان بالكامل. ولكن وبعد تقييمي الخاص للوضع فقد بتّ الآن واثقاً من أنّ العلبة الحابسة للمادة المضادة موجودة في إحدى مناطقنا البيضاء الأربع – تلك القطاعات الفاتيكانية المفتوحة أمام السيّاح – كالمتاحف وبازليكا القديس بطرس مثلاً. وبالتالي فقد قطعنا التيّار عن تلك المناطق وباشرنا بتفتيشها".

"هل تعني بكلامك هذا أنك لا تنوي أن تفتّش سوى نسبة مئوية ضئيلة فقط من مدينة الفاتيكان؟".

"أجل سيّدي، إذ أنه من المستبعد أن يكون أحدهم قد تمكّن من التسلل بالعلبة الحابسة إلى المناطق الداخليّة للمدينة. في الواقع، إن كون الكاميرا الأمنية المفقودة قد سُرقت من إحدى المناطق المفتوحة أمام العامة – كبيت درج أحد المتاحف – يشير بوضوح إلى أنّ المتسلّل لم يتمكّن من الدخول سوى إلى منطقة محدودة فقط، ولم يتمكّن بالتالي من وضع الكاميرا والمادة المضادة إلا في قطاع آخر مفتوح أمام العامّة. وهذه في الواقع هي المناطق التي نقوم الآن بتفتيشها".

"ولكن المتسلل قد خطف أربعة كرادلة، وهذا بالتالي يشير حتماً إلى تسلل أعمق ممّا تظنّ".

"ليس بالضرورة، إذ يجب أن نتذكّر أن الكرادلة قد أمضوا معظم وقتهم اليوم في متاحف الفاتيكان وفي بازليكا القديس بطرس، يستمتعون بروعة تلك الأماكن، بعيداً عن الزحمة والصخب والضوضاء. وبالتالي فإنه من المحتمل جداً أن يكون الكرادلة المفقودون قد خطفوا في إحدى هذه المناطق".

"ولكن كيف تمّ إخراجهم خارج أسوارنا؟".

"هذا ما لا نزال ندرسه".

"فهمت". قال السكرتير البابوي متنهداً، ثم وقف وتقدّم من أوليفيتي قائلاً: "أودّ يا حضرة القائد أن أستمع إلى خطّتك لإخلاء المكان".

"نحن لا نزال بصدد وضع هذه الخطة ورسمها، يا سيّدي. ولكني في الوقت نفسه واثق من قدرة النقيب روشيه في العثور على العلبة الحابسة".

طقطق روشيه جزمته وكأنه يعبّر بذلك عن تقديره لثقة أوليفيتي به: "لقد قام

رجالي إلى الآن بتمشيط ثلثيْ المناطق البيضاء. إن ثقتي بهم كبيرة".

غير أن السكرتير البابوي الخاص لم يبد مشاطرته تلك الثقة العمياء.

وفي تلك اللحظة بالذات، دخل الحارس الذي لديه ندب تحت إحدى عينيْه من الباب حاملاً لوحاً مشبكيّاً وخريطة، متجهاً بخطى كبيرة وواسعة نحو لانغدون: "سيد لانغدون؟ لديّ المعلومات التي طلبتها منّي حول الرياح الغربية".

فازدرد لانغدون كعكته قائلاً: "جيّد. دعنا نلقي نظرة".

تابع الآخرون حديثهم، في حين أن فيتوريا كانت قد انضمّت إلى روبرت والحارس اللذيْن كانا قد بسطا الخريطة على مكتب البابا.

مشيراً إلى ساحة القديس بطرس، قال الجندي: "نحن موجودون الآن هنا في هذه النقطة بالذات، في حين أن الخطّ المركزي لنَفس الرياح الغربية يشير إلى الشرق تماماً، بعيداً عن مدينة الفاتيكان". ثم راح يرسم بإصبعه خطّاً ينطلق من باحة القديس بطرس، مروراً بنهر التيبر، وصولاً في النهاية إلى قلب مدينة روما القديمة. "كما ترى، يمرّ هذا الخط إذن بكل مدينة روما تقريباً، ولدينا بالتالي بمحاذاته حوالى عشرين كنيسة كاثوليكية".

فسقط فجأة لانغدون في كرسيّه قائلاً: "عشرون؟".

"وربّما أكثر".

"وهل يقع أيّ من هذه الكنائس على الخط مباشرةً؟".

"يبدو بعضها أقرب إلى الخط من سواه"، أجابه الحارس: "ولكنّ ترجمة المعنى الحرفي للرياح الغربية على الخريطة تترك مجالاً كبيراً للخطأ".

نظر لانغدون إلى الخارج، إلى باحة القديس بطرس، ممسِّداً ذقنه ومقطِّباً حاجبيْه. "وماذا عن النار؟" هل يحتوي أي منها على عمل فنيّ لبرنيني له علاقة بالنار؟".

لا جواب.

"وماذا عن المسلاّت؟... هل تقع أي من هذه الكنائس بالقرب من مسلاّت؟".

راح الحارس يتحقّق من الخريطة.

شاهدت فيتوريا بصيص أمل في عينيْ لانغدون، وأدركت بالتالي بما كان

يفكّر. إنه على حق! فالعلامتان الدليليّتان الأولى والثانية كانتا كلتاهما موجودتيْن في أو بالقرب من ساحات فيها مسلاّت! فربّما قد تكون المسلاّت هي الفكرة الرئيسة. أهرام شاهقة تحلّق في الجوّ مشيرة إلى درب التنوّر؟ وكلما كانت فيتوريا تفكّر بالأمر كلما كان هذا الأخير يبدو لها منطقيّاً ومثاليّاً... أربع منارات شاهقات ترتفع فوق روما لتشير إلى مذابح العلم.

"صَحيح أنّ تفكيري قد ذهب بعيداً"، قال لانغدون: "ولكني أعلم أن معظم مسلاّت روما قد شيِّدت، أو نقلت إلى المدينة في عهد برنيني. ولا شكّ في أنه وراء تعيين الأماكن الملائمة لوضعها فيها".

"وإلاّ"، أضافت فيتوريا: "لكان بإمكان برنيني أن يضع علاماته الدليلية بالقرب من المسلاّت الموجودة في المدينة، ومن دون الاضطرار إلى تشييد مسلاّت جديدة، أو نقل مسلاّت أخرى إليها".

فأومأ لانغدون برأسه قائلاً: "هذا صحيح".

"ولكن لديّ أخباراً سيّئة"، قال الحارس: "إذ لا مسلاّت إطلاقاً على الخطّ". ثم عاد ومرّر إصبعه على الخريطة قائلاً: "ولا توجد حتى أي واحدة قريبة منه نسبياً، ولا واحدة إطلاقاً".

فتنهّد لانغدون، في حين أرخت فيتوريا كتفيْها. فهي كانت في الواقع تظنّ هذه الفكرة واعدةً. ولكن الأمر لن يكون على ما يبدو بهذا القدر من السهولة مثلما كانا يأملان. ولكن، على الرغم من ذلك، حاولت أن تحافظ على موقفها الإيجابي. "فكّر، يا روبرت. فلا بد أنك تعرف منحوتة، أو أي شيء لبرنيني له علاقة بالنار".

"أنا أفكّر، صدّقيني. ولكن برنيني كان فناناً كثير الإنتاج ولديه بالتالي مئات الأعمال الفنية. كنت آمل أن تشير الرياح الغربية إلى كنيسة واحدة، أو إلى أي شيء لديه ناقوس أو جرس".

راحت فيتوريا تشدّد على كلمة "نار": "ألا توجد عناوين بارزة لأعمال فنية لبرنيني تحتوي على كلمة نار؟".

هزّ لانغدون كتفيْه استهجاناً وقال: "هناك رسوماته الشهيرة حول الألعاب النارية، ولكنها ليست منحوتات وهي علاوة على ذلك موجودة في لايبتزيغ في ألمانيا".

عندها عبست فيتوريا قائلة: "وهل تظنّ أنّ النفَس هو الذي يشير إلى الوجهة الواجب اتّباعها؟".

"لقد شاهدتِ الرسم النافر، يا فيتوريا. فقد كان تصميمه متناسقاً تماماً، وقد كان النفس هو الإشارة الوحيدة التي لها صلة بالموضوع".

أدركت فيتوريا أنه على حقّ.

"وأيضاً"، أضاف لانغدون: "وبما أنّ الرياح الغربية تعني الهواء، فإن اتّباع النفَس يبدو لي من حيث دلالته الرمزية ملائماً تماماً".

فأومأت فيتوريا برأسها مفكّرةً: "يتعيّن علينا إذن اتّباع النفَس. ولكن إلى أين؟".

اقترب أوليفيتي منهم: "ماذا لديكم من جديد؟".

"الكثير من الكنائس"، قال الجندي، يناهز عددها الأربع والعشرين تقريباً. أظن أنه بإمكاننا أن نضع أربعة رجال عند كل كنيسة -".

"إنسَ الأمر"، قال أوليفيتي: "فنحن لم نتمكّن مرّتيْن قبل ذلك من القبض على الرجل في الوقت الذي كنا ندرك فيه تماماً مكان تواجده. فتسخير أغلبية الحرّاس من أجل القبض على ذاك السفّاك يعني ترك مدينة الفاتيكان من دون حماية وإلغاء البحث عن العلبة الحابسة".

"نحن بحاجة إلى كتاب مرجعيّ"، قالت فيترويا: "بحاجة إلى دليل يشرح أعمال برنيني الفنية. فإن تمكّنا من تمحيص العناوين، ربما قد نكتشف شيئاً ما".

"لا أعلم"، قال لانغدون: "فإن كان ذاك الشيء عملاً وضعه برنيني خصيصاً للطبقة المستنيرة فمن شأنه عندئذ أن يكون في غاية الغموض والسرية، ومن المحتمل أيضاً ألاّ يكون حتى مذكوراً في أيّ كتاب أو دليل".

رفضت فيتوريا تصديق كلام لانغدون هذا، فقالت: "غير أن المنحوتتيْن السابقتيْن كانتا شهيرتيْن وأنت كنت تعرفهما".

هزّ لانغدون كتفيْه استهجاناً: "أجل، هذا صحيح".

"إن بحثنا عن العناوين التي تحتوي على كلمة "نار"، فربما نعثر على منحوتة مشار إليها على الخريطة أنها في الاتجاه الصحيح".

بدا لانغدون مقتنعاً بهذه الفكرة، فالتفت إلى أوليفيتي قائلاً: "أنا بحاجة إلى

لائحة بأعمال برنيني الفنية كافة. ولكني أرجّح أن ليس لديكم هنا أي كتيّب أو دليل من هذا النوع. لا بأس. أي لائحة. ماذا عن متحف الفاتيكان؟ فلا بد من أن يكون لديهم هناك مراجع حول هذا الموضوع".

عبس الحارس ولكن: "لقد قطع التيّار الكهربائي عن المتحف وغرفة السجلات كبيرة جداً، وبالتالي فقد يكون من الصعب علينا من دون مساعدة موظّفي المتحف أن -".

"وعمل برنيني هذا"، قاطعه أوليفيتي قائلاً: "أتمّ إنشاؤه في الفترة التي كان فيها برنيني موظّفاً هنا في الفاتيكان؟".

"من دون شكّ"، قال لانغدون: "فهو كان قد أمضى تقريباً حياته الفنية والمهنية كلها هنا في الفاتيكان. ولا شكّ أيضاً في أن ذلك كان خلال فترة النزاع الذي طرحه غاليليو".

فأومأ عندئذ أوليفيتي برأسه قائلاً: "هناك إذن مرجع آخر".

شعرت عندها فيتوريا ببصيص أمل: "أين؟".

ولكنّ القائد لم يجبها؛ إنما أخذ حارسه جانباً وراح يتكلّم معه بالهمس. بدا الحارس غير واثق من كلام أوليفيتي إلا أنه أومأ له برأسه بداعي الإطاعة والاحترام. وعندما أنهى أوليفيتي كلامه، التفت الحارس نحو لانغدون قائلاً: "تفضّل معي من هنا، سيّد لانغدون. إنها الساعة التاسعة والربع. يجب أن نسرع".

اتجه لانغدون والحارس نحو الباب، وإذا بفيتوريا تتبعهما قائلةً: "سآتي معكما لأساعدكما".

ولكن أوليفيتي أمسك بذراعها: "لا، يا سيدة فيترا. لدي حديث صغير معك على انفراد". وقد كانت قبضته جازمة متسلّطة.

فغادر لانغدون والحارس الغرفة، في حين كان وجه أوليفيتي جافّاً وهو يأخذ فيتوريا جانباً. ولكنه لم يحظَ بفرصة ليقول ما يريد، إذ سرعان ما راح جهازه اللاسلكي يقرقع عالياً: "حضرة القائد؟".

فاستدار مَن كان في الغرفة جميعهم.

كان الصوت الآتي من الجهاز متجهّماً: "أظن أنه يجدر بك أن تشغّل جهاز التلفزيون".

80

عندما غادر لانغدون الأرشيف الفاتيكاني السري منذ حوالى ساعتيْن فقــط، لم يكن يتصوّر أنه سيعود إليه مجدّداً. ولكن الآن، وبعد أن استراح قليلاً، واستردّ أنفاســه نتيجة جريه الطريق بكامله، جرياً متواصلاً مع مرافقه الحــرس السويســري. وجــد لانغدون نفسه من جديد في ذلك الأرشيف، يقوده مرافقه ذو الندب، عبر صــفوف الحجر الشفانية، وقد بدا له الصمت الذي يخيّم على الأرشيف أكثر بغضاً وهولاً الآن.

"من هنا، على ما أظنّ"، قال الحارس، مرافقاً لانغدون إلى الناحيــة الخلفيــة للغرفة حيث تصطفّ على طول الحائط سلسلة من القناطر والســراديب الأصــغر حجماً. فراح الحارس يتفحّص العناوين الموجودة علــى الســراديب، مشــيراً إلى إحداها: "أجل، ها هو. تماماً حيثما أشار لي القائد".

قرأ لانغدون العنوان: موجودات الفاتيكان؟ فأخذ يــتفحّص بدقّــة لائحــة المحتويات. عقارات... العملة المتداولة... بنك الفاتيكان... تحف فنية قديمة... إلخ.

"تحوي هذه الأوراق والملفات ثروات الفاتيكان ومحتوياتــه كافــة"، قــال الحارس. فنظر لانغدون إلى الحجرة: يا إلهي. فهو وعلى الرغم من الظلمة الكالحــة التي تلفّ المكان، يشعر بأن الحجرة مكدّسة بالأوراق والملفات.

"لقد قال لي قائدي إن أيّ عمل أنشأه برنيني في الفترة التي كان فيها محسوباً على الفاتيكان من المفترض به أن يكون مدوّناً هنا بين موجودات الفاتيكان".

أومأ لانغدون برأسه، مدركاً أنّ القائد قد يكون على حقّ، إذ في أيام برنيني، كل شيء كان الفنان ينشئه برعاية البابا يصبح حكماً من ممتلكات الفاتيكان. فقد كان الأمر أشبه بالإقطاعية أكثر منه بالرعاية، غير أنّ الفنانين المرمــوقين كــانوا يعيشون برخاء يحسدون عليه، ونادراً بالتالي ما كانوا يتــذمّرون مــن احتكــار الفاتيكان لأعمالهم ووضع اليد عليها.

"ولا سيما منها الأعمال الموضوعة في الكنائس الموجــودة خــارج مدينــة الفاتيكان؟".

نظر إليه الحارس بنظرة غريبة ثم أجابه قائلاً: "بالتأكيــد. فكــل الكنــائس الكاثوليكية الموجودة في روما هي ملك للفاتيكان".

نظر لانغدون إلى اللائحة بين يديْه، فوجدها تتضمّن أسماء الكنائس الأربع والعشرين الموجودة على خطّ مستقيم مباشر مع نفَس الرياح الغربية. وكان المذبح الثالث للعلم واحداً منها. فأمل لانغدون أن يكون لديه متّسع كاف من الوقت لكي يتبيّن أيّ واحدة منها هي ذاك المذبح الثالث للعلم. فهو لو كان في ظروف أخرى لكان عندئذ من دواعي سروره أن يذهب شخصيّاً لاكتشاف كلّ من هذه الكنائس على حدةً. ولكن اليوم لم تكن لديه سوى عشرين دقيقة فقط للعثور على ما هو في صدد البحث عنه - تلك الكنيسة الوحيدة التي تحتوي على منحوتة لبرنيني كان قد صنعها إجلالاً للنار.

اتجه لانغدون نحو الباب الإلكتروني الدوّار للسرداب، ولكن الحارس لم يتبعه، فشعر بتردد مريب، ثم ابتسم قائلاً: "إن الهواء جيّد هنا. صحيح أنه ضئيل، ولكن من الممكن تنشّقه".

"أُمرت بمرافقتك إلى هنا، ومن ثم العودة فوراً إلى مركز الأمن".

"سوف تذهب؟".

"أجل. ليس من المسموح للحراس السويسريين الدخول إلى الأرشيف. وأنا بالتالي أخرق القانون والبروتوكول بمرافقتي لك ودخولي إلى هنا. فقد ذكّرني القائد بذلك".

"تخرق البروتوكول؟" ولكن هل لديك فكرة عمّا يجري هنا الليلة؟ "ما هي الجهة التي يناصرها قائدك بحقّ الله!".

اختفت ملامح الرفق والودّ كلها عن وجه الحارس، وانتفض الندب الذي تحت عينه، وراح يحدّق إليه، وأصبح فجأةً يشبه كثيراً أوليفيتي نفسه.

"أنا آسف"، قال لانغدون نادماً على تعليقه. ولكني فقط... قد أحتاج إلى مساعدتك".

لم يتردّد الحارس قطّ فأجابه قائلاً: "أنا معتاد على اتّباع الأوامر لا مجادلتها. عندما تعثر على ما أنت بصدد البحث عنه، اتصل بالقائد على الفور".

فبدا عندئذ لانغدون مرتبكاً: "ولكن إلى أين أتصل به؟".

سحب الحارس جهازه اللاسلكي ووضعه على طاولة كانت على مقربةٍ منه: "المحطّة الأولى". ثم اختفى وسط الظلام.

81

كان التلفزيون في مكتب البابا كناية عن جهاز كبير الحجم من طراز هيتاشي، مخبّأً داخل خزانة مخفيّة ومنعزلة مقابل مكتبه. كانت درفتا الخزانة مشرّعتيْن على مصراعيْهما، وتجمهر الجميع حول التلفزيون. فاقتربت فيتوريا من الشاشة التي ما أن أضاءت حتى ظهرت عبرها مراسلة صحفية سمراء.

"من أخبار الـ أم. أس. أن. بي. سي"، قالت: "أنا كيلّي هوران دجونز مباشرة من مدينة الفاتيكان". وقد كانت الصورة خلفها صورة ليليّة لبازليكا القديس بطرس بأنوارها المتوهّجة.

"هذا ليس نقلاً مباشراً"، قال روشيه بنبرة لاذعة. "هذا فيلم مصوَّر من قبل! فالأضواء مطفأة الآن في البازليكا".

ولكن سرعان ما أسكته أوليفيتي مهسهساً.

وإذا بالمراسلة الصحفية تتابع تقريرها بنبرة متوتّرة. "ثمّة تطوّرات فظيعة ومروّعة قد طرأت الليلة على الانتخابات الفاتيكانية. لدينا تقارير تقول إن عضويْن من مجمع الكرادلة قد قُتلا بطريقة شرسة ووحشية في روما".

فراح أوليفيتي يشتم بصوت مهموس.

وفيما كانت المراسلة الصحفية تواصل إلقاء تقريرها، ظهر أحد الحرّاس عند الباب لاهثاً.

"يا حضرة القائد، إنّ السنترال المركزي الخاص بالتقارير المباشرة لا يتوقف عن الاستفسار حول موقفنا الرسمي حيال -".

"اقطع الاتصال"، قال أوليفيتي، من دون أن يزيح ناظريْه عن التلفزيون.

لم يقتنع الحارس بإجابة أوليفيتي: "ولكن يا سيّدي -".

"انصرف!".

فانصرف الحارس مسرعاً.

أحسّت فيتوريا وكأن السكرتير البابوي الخاص يريد أن يقول شيئاً، ولكنّه عاد وغيّر رأيه، إذ راح عوضاً عن ذلك يحدّق بأوليفيتي قبل أن يلتفت نحو التلفزيون.

كانت شبكة الـ إم إس إن بي سي تعرض شريطاً يظهر فيه الحراس السويسريون وهم يترلون السلالم خارج كنيسة سانتا ماريا ديل بوبولو حاملين جثّة الكاردينال إيبنير، قبل أن يضعوه داخل صندوق سيّارة من نوع ألفا روميو. ثم توقف الشريط، مركّزة الصورة بوضوح على جسم الكاردينال الذي بدا عارياً.

"مَن بحق الله قد أخذ هذه الصور؟" سأل أوليفيتي غاضباً.

واصلت مراسلة الـ إم إس إن بي سي كلامها: "يُفترض بهذه الجثة أن تكون جثة الكاردينال إيبنير من فرانكفورت - ألمانيا، أما الرجال الذي ينقلون جثته من الكنيسة فمن المفترض بهم أن يكونوا من حرّاس الفاتيكان السويسريين". وهنا بدت المراسلة وكأنها تبذل كل ما بوسعها لكي تبدو متأثّرة بفظاعة تلك الأخبار والصور، ثم رُكزت الكاميرا على وجهها فبدت أكثر كآبةً. "والآن، تودّ شبكة الـ إم إس إن بي سي أن توجّه إلى مشاهديها تحذيراً استنسابياً. فالصور التي نحن الآن على وشك عرضها عليكم هي صور استثنائية وحيّة وقد لا تكون ملائمة لكافة المشاهدين".

همهمت فيتوريا إزاء قلق المحطة الزائف هذا على أحاسيس مشاهديها ومشاعرهم، مدركةً حقيقة هذا التنبيه الذي غالباً ما تعتمده وسائل الإعلام لتشدّ المشاهد إليها وتثير فضوله. فلا أحد يقدم إجمالاً على تغيير المحطة بعد تحذير واعد كهذا.

ثم قالت المراسلة الصحفية: "وأيضاً، فإن هذه الصورة قد تكون عنيفة بالنسبة إلى بعض المشاهدين".

"أي صورة بعد؟" سأل أوليفيتي. "فقد عرضتِ لتوّك -".

وإذا بصورة تظهر على الشاشة لشخصيْن يمشيان وسط الزحمة في ساحة القديس بطرس. فوراً أدركت فيتوريا أن هذه صورهما مع روبرت. ثم وفي إحدى زوايا الشاشة كانت قد كتبت العبارة التالية: بتصريحٍ من شبكة الـ ب. ب. س. ثم سُمع قرع ناقوس.

"لا، يا إلهي"، قالت فيتوريا عالياً. "آه... لا".

فبدا السكرتير البابوي مشوّش الذهن، ملتفتاً نحو أوليفيتي: "ظننتك قلت لي إنك قد صادرت هذا الشريط!".

ثم سُمع فجأة على التلفزيون صوت ولد يصيح وإذا بالمصوِّرة التلفزيونية تحرّك

الكاميرا عمودياً وأفقياً وتدوّرها تدويراً فوتوغرافياً لتعثر في نهاية المطاف على فتاة صغيرة تصيح مشيرة إلى ما بدا وكأنه رجل متشرِّد ودام. ثم دخل روبرت لانغدون على نحو مفاجئ إلى الصورة محاولاً مساعدة الفتاة الصغيرة. ثم ضاقت الصورة.

الجميع في مكتب البابا يحدّق بصمت مروّع، فيما كانت تلك الدراما الفظيعة تدور أمام أعينهم. وإذا بجثّة الكاردينال تسقط فجأةً على الأرض على وجهها، ثم ظهرت فيتوريا ملقيةً الأوامر. لقد كان هناك دم ووسم.

"إن هذه الصورة الغريبة"، تابعت المراسلة الصحفية القول: "قد التُقطت منذ بضع دقائق فقط خارج الفاتيكان. وقد أكدّت لنا مصادرنا أن هذه الجثة هي جثّة الكاردينال لاماسّيه الفرنسي. أما سبب ارتدائه هذه الثياب وسبب عدم تواجده في المجمع الانتخابي فهذا ما لا يزال مجهولاً. غير أن الفاتيكان قد رفض إلى الآن التعليق على هذه الأحداث الفظيعة والمروِّعة". ثم بدأ الشريط يدور من جديد.

"رفضنا التعليق؟" قال روشيه. "ولكن امنحونا دقيقة!".

غير أن المراسلة الصحفية كانت لا تزال تتابع كلامها عابسةً ومكفهرّة الوجه: "صحيح أنه لا يزال على الـ إم إس إن بي سي أن تتحرّى عن السبب من وراء هذه الأعمال الإجرامية كلها، غير أن مصادرنا قد أكّدت لنا أنّ جماعة تطلق على نفسها تسمية الطبقة المستنيرة هي المسؤولة عن هاتيْن الجريمتيْن".

فانفجر أوليفيتي غضباً: "ماذا!".

"... اكتشفوا المزيد عن الطبقة المستنيرة من خلال زيارتكم لنا على عنواننا الإلكتروني -".

"غير معقول!" قال أوليفيتي في الإيطالية. ثم قلب المحطّة.

فإذا بمراسل صحفي إسباني على محطة ثانية:. "- جماعة دينية شيطانية تعرف بالطبقة المستنيرة، يعتقد المؤرخون أنها -".

فشرع أوليفيتي يضغط بوحشية على آلة التحكّم بالتلفزيون عن بعد، ولكن كانت المحطات كافة تنقل هذا الحدث نقلاً مباشراً باللغة الإنكليزية.

"- حرّاس سويسريون يُخرجون جثّة ما من إحدى الكنائس في وقت سابق هذا المساء. ويعتقد أن هذه الجثة هي جثّة الكاردينال -".

"- الأضواء في البازليكا والمتاحف مطفأة بالكامل، تاركةً بالتالي مجالاً للشك والتفكير -".

"– سوف نجري مقابلة مع الباحث في الجانب النظري من موضوع التآمر السيّد تايلر تينغلي، لنناقش معه هذا الانبعاث، أو هذه الولادة الجديدة الفظيعة والمروّعة –".

"– وهناك شائعات تتحدّث عن جريمتيْن أخريين من المتوقّع وقوعهما الليلة –".

"– وهناك تساؤلات الآن حول ما إذا كان الكاردينال بادجيا الذي كان من المتوقّع أن ينتخب خلفاً للبابا بين المفقودين أيضاً –".

أدارت فيتوريا وجهها وخرجت. لقد كانت الأحداث تدور بسرعة خيالية. أما في الخارج، فقد بدا سحر المأساة البشرية وكأنه يشد الناس نحو مدينة الفاتيكان بطريقة غير اعتيادية، إذ سرعان ما أصبحت الساحة تغص بحشود الوافدين إليها من كل حدب وصوب. زحف المشاة نحوهم، في حين ترجّلت دفعة جديدة من الإعلاميين من عرباتها، مراهنةً بالتالي على ضالتها المنشودة في ساحة القديس بطرس.

أوقف أوليفيتي جهاز التلفزيون، والتفت نحو السكرتير البابوي الخاص: "يا سيّدي، لا يمكنني أن أتصوّر كيف حصل هذا كله. فلقد أخذنا الشريط الذي كان في تلك الكاميرا!".

غير أن السكرتير البابوي بدا للوهلة الأولى مصدوماً وعاجزاً كليّاً عن الكلام.

ساد الصمت على الحضور، في حين ظلّ الحراس السويسريون واقفين بحذر وتيقّظ تامّيْن.

"يبدو"، قال أخيراً السكرتير البابوي بصوت مسحوق ومؤثر: "أننا لم نحصر سريّة هذه الأزمة ونحفظها مثلما أوهمتموني". ثم نظر من النافذة إلى الخارج حيث الحشود الغفيرة المتجمّعة في الساحة وقال: "يجب أن ألقي خطاباً".

هزّ عندئذ أوليفيتي رأسه قائلاً: "كلاّ، سيّدي. فهذا بالضبط ما تريدك الطبقة المستنيرةً أن تفعله؛ أن تؤكّد سلطتها ونفوذها. لذا يجب أن نحافظ على الصمت".

"وهؤلاء الناس؟" قال السكرتير البابوي، مشيراً عبر النافذة: "سوف يصل عددهم إلى عشرات الآلاف بين لحظة وأخرى. ثم إلى مئات الآلاف. إن استمرارهم في هذه التمثيلية التحذيرية سوف يعرّضهم للخطر. يجب أن أحذّرهم من ذلك. ثم يجب أن نخلي الكابيلاّ السستينية ونخرج منها مجمع الكرادلة".

"ولكن لا يزال لدينا بعض الوقت. دع القائد روشيه يعثر على المادة المضادة أولاً".

التفت إليه قائلاً: "أهذا أمر تحاول أن تمليه عليّ؟".

"كلاّ، أنا أسدي إليك نصيحةً. إن كنت فعلاً قلقاً بشأن هؤلاء الناس في الخارج، يمكننا أن نعلن عن تسرّب ضخم في الغاز، ونخلي المنطقة. ولكنّ الإقرار بأننا رهائن قد يكون أمراً في غاية الخطورة".

"يا حضرة القائد، سوف أقول هذا الكلام مرّة واحدة فقط. لن استخدم هذا المكتب كمنبر للكذب على العالم. وبالتالي فإن كنت سأقول شيئاً، فلن يكون هذا الشيء سوى الحقيقة".

"الحقيقة؟ ستقول لهم إن مدينة الفاتيكان مهدّدة بالدمار من قبل جماعة من الإرهابيين الشيطانيين؟ فهذا لن يؤدي إلا إلى إضعاف موقفنا".

"وهل من موقف أضعف بعد من الذي نحن فيه الآن؟"، قالها محملقاً وغاضباً.

وإذا بروشيه يصيح فجأةً، ممسكاً بجهاز التحكّم عن بعد، ورافعاً صوت التلفزيون. فاستدار الجميع.

مباشرةً على الهواء، كانت المرأة من شبكة الـ إم إس إن بي سي تبدو الآن فعلاً في غاية التوتر والغضب وإلى جانبها صورةٌ للبابا الراحل. "... نبأ عاجل. إليكم ما وردنا للتوّ مباشرة من شبكة الـ ب. ب. س..." وإذا بها تلقي عندئذ نظرة سريعة وخاطفة بعيداً عن الكاميرا وكأنها تتأكّد إن كان فعلاً من المفترض بها أن تعلن هذا النبأ. ولّما كانت قد تلقّت على ما يبدو تأكيداً على ضرورة قيامها بهذا الإعلان، استدارت من جديد وواجهت المشاهدين متجهّمة الوجه. "لقد ادّعت الطبقة المستنيرة للتوّ مسؤوليتها عن..." ثم تردّدت بعض الشيء. "لقد ادعوا للتوّ مسؤوليتهم عن موت البابا منذ خمسة عشر يوماً".

فوقف السكرتير البابوي فاغراً فاه، ووقعت آلة التحكّم عن بعد من يد روشيه، في حين كانت فيتوريا بالكاد قادرةً على استيعاب الخبر.

ثم تابعت المرأة كلامها قائلةً: "وفقاً لقوانين الفاتيكان وأنظمته، لا يجوز إطلاقاً إخضاع جثة البابا لتشريح رسمي، وبالتالي فقد يكون من المستحيل التأكّد من صحّة ادعاء الطبقة المستنيرة بأنها وراء وفاة البابا. ومع ذلك فقد أكّدت الطبقة

المستنيرة أن البابا الراحل لم يمت من جرّاء سكتة دماغية مثلما كان الفاتيكان قد أشاع، إنما من جرّاء تسمّم".

فعاد عندئذ الصمت يخيّم من جديد على الغرفة.

فاستشاط أوليفيتي غيظاً: "ترّهات! هذا كلّه كذب ورياء!".

يقلب روشيه المحطّات من جديد، وبدا النبأ وكأنه ينتشر كالوباء من محطّة إلى أخرى. لقد كان لدى الجميع القصّة نفسها، وكانت المحطّات تتنافس على العناوين الأكثر تأثيراً وإثارةً.

جريمة في الفاتيكان
البابا يُسمَّم
مسّ شيطاني لبيت الله

أزاح السكرتير البابوي نظره عن التلفزيون: "ليكن الله في عوننا".

وفيما كان روشيه لا يزال يقلّب محطّات التلفزيون، مرّ بمحطّة الـ ب. ب. س "زوّدني بمعلومات سريّة حول جريمة سانتا ماريا ديل بوبولو -".

"انتظر!" قال السكرتير البابوي الخاص. "عد إلى الوراء".

عاد روشيه بالمحطات إلى الوراء. وعلى الشاشة، كان رجل أنيق جالساً على أحد مكاتب قسم الأخبار في الـ B.B.C، فوق كتفه صورة ثابتة لرجل غريب المظهر بلحية حمراء، وقد كتبت تحت الصورة تماماً العبارة التالية: غانثر غليك - مباشرة من مدينة الفاتيكان. وكان المراسل الصحفي غليك يدلي على ما يبدو بتقريره على الهاتف، إذ أن الصوت لم يكن واضحاً، ولكنه يقول: "... إن المصوِّرة التي ترافقني هي التي التقطت تلك الصورة للكاردينال وهم يخرجونه من الكابيلاّ تشيجي".

"دعني أكرّر لمشاهدينا"، كان منسِّق الأخبار في لندن يقول: "إن مراسل الـ B.B.C الصحفي غانثر غليك كان أوّل مَن أبلغ عن هذه القصّة. فهو قد تحدّث هاتفيّاً إلى الآن مرّتيْن مع ذاك السفّاك الذي يدّعي بأنه ينتمي إلى الطبقة المستنيرة. كنتَ تقول يا غانثر إن القاتل قد اتّصل بك منذ بضع لحظات فقط لينقل لك رسالة من الطبقة المستنيرة؟".

"أجل".

"وكانت هذه الرسالة أن الطبقة المستنيرة هي المسؤولة عن موت البابا؟" قال منسِّق الأخبار بصوت شكوكيّ.

"هذا صحيح. لقد قال لي المتصل إن البابا لم يمت من سكتة دماغية مثلما كان الفاتيكان يظنّ، ولكنّ الطبقة المستنيرة قد دست له السم".

عندها، جمد الجميع في مكتب البابا.

"دست له السم؟"، سأل منسّق الأخبار: "ولكن... ولكن كيف!".

"لم تعطَ أي تفاصيل حول هذا الموضوع"، أجاب غليك، ولكن كل ما قيل لي إنهم قد قتلوه بواسطة مخدّر يعرف بالـ ..." - وهنا راحت تسمع على الخط خشخشة بعض الأوراق - "شيء يعرف بالهيبارين". عندها راح السكرتير البابوي وأوليفيتي وروشيه ينظرون إلى بعضهم بعضاً بارتباك.

"هيبارين؟" سأل روشيه الذي كان يبدو شديد التوتّر: "ولكن أليس هذا...؟

عندها، وكأن لون بشرة السكرتير البابوي قد سحب وزال: "دواء البابا؟".

صدمت فيتوريا: "كان البابا يتناول الهيبارين؟".

"كان يعاني من التهاب في الوريد الخثري"، قال السكرتير البابوي: "وكان يأخذ حقنة واحدة يومياً".

فقال روشيه مذهولاً: "ولكن الهيبارين ليس سمّاً. فلمَ قد تزعم الطبقة المستنيرة أنه -".

"يمكن للهيبارين أن يصبح مميتاً في حال كان عدد الجرعات مفرطاً"، قالت فيتوريا. فهو كناية عن مادّة قويّة وفعّالة من شأنها أن تعيق عمليّة تخثّر الدم. وبالتالي فإن أي جرعة مفرطة منه قد تؤدي إلى نزيف داخلي قويّ، كما وإلى نزيف دماغي".

فراح أوليفيتي عندئذ يرمقها بنظرة مفعمة بالشك.

"وأنتِ من أين لكِ هذه المعلومات كلها؟".

"في الواقع إن البيولوجيين البحريين يستخدمونه على الثدييّات البحرية التي يلتقطونها للحؤول دون تخثّر دم هذه الأخيرة من جرّاء قلّة حركتها. وبالتالي فقد مات بعض هذه الحيوانات من جرّاء إعطائه هذا الدواء على نحو غير صحيح وملائم". ثم توقّفت بعض الشيء قبل أن تعود وتتابع كلامها قائلةً: "أما عند البشر فقد تؤدي جرعة مفرطة من الهيبارين إلى أعراض قد يظنّ البعض خطأً أنها أعراض سكتة دماغية... لا سيّما في غياب تشريح ملائم للجثة".

بدا السكرتير البابوي شديد الاضطراب.

338

"سيّدي"، قال أوليفيتي: "لا شك في أنّ هذه خدعة من خدع الطبقة المستنيرة التي تسعى من ورائها إلى الدعاية. يستحيل أن يكون هناك من يعطي البابا جرعات مفرطة من هذا الدواء. ولا يمكن لأحد أصلاً أن يصل إلى البابا. وحتى في حال توقّفنا عند هذه النقطة وحاولنا دحض زعمها هذا، فكيف قد نتمكّن من القيام بذلك؟ فالقانون البابوي يحظّر اللجوء إلى التشريح. حتى ولو لجأنا إلى التشريح، فلن يساعدنا هذا على اكتشاف أيّ شيء، إذ أننا سوف نعثر في جسمه على آثار لدواء الهيبارين من جرّاء الحقنات اليومية التي كان يأخذها".

"صحيح". قال السكرتير البابوي بنبرة حادة: "ولكن لا يزال هناك شيء آخر يقلقني. فلا أحد من الخارج كان يعلم أن قداسته يتناول هذا الدواء".

فخيّم الصمت على الغرفة.

"إن كان يتناول جرعات مفرطة من الهيبارين"، قالت فيتوريا: "فقد يظهر بعض العلامات على جسمه".

فالتفت إليها أوليفيتي: "أعود وأكرّر لك يا سيّدة فيترا في حال لم تسمعيني جيّداً من قبل أن القانون الفاتيكاني يحظّر التشريح البابوي. وبالتالي فنحن لن ندنّس أو نشوّه جسم قداسته ونشقّه فقط لأن أحد أعدائنا يقوم بادّعاء مهينٍ كهذا!".

فشعرت فيتوريا بالخجل من نفسها: "أنا لم أكن أقصد..."، فهي لم تكن تقصد أن تبدو قليلة الاحترام. "أنا بكل تأكيد لم أكن أقترح أن تنبشوا جثة البابا وتعودوا وتخرجوه من قبره...". ومع ذلك، فقد بدت متردّدة بعض الشيء. فإذا بها قد تذكّرت فجأةً شيئاً كان روبرت قد قاله لها في الكابيلاّ تشيجي. فهو كان قد قال لها إن التوابيت البابوية كانت فوق الأرض ولم تكن أبداً لتطمر بالإسمنت، وهذا تقليداً بأيام الفراعنة حين كان من المعتقد أن دفن الموتى وطمر التوابيت تحت التراب يؤدي إلى احتجاز روح الميت في الداخل. غير أن الجاذبية قد أصبحت في ما بعد لبنة القرار، مع أغطية توابيت يفوق وزنها مئات الكيلوغرامات. ثم أدركت فجأةً أنه يمكن من الناحية التقنية أن -.

"وما هي تلك العلامات؟" سأل السكرتير البابوي فجأةً.

فشعرت بقلبها يرتعد خوفاً، ثم أجابته: "يمكن للجرعات المفرطة من هذا الدواء أن تؤدي إلى نزيف في الغشاء المخاطي الفمّي"".

"الغشاء المخاطي ماذا؟".

"قد تتزف لثّتا الضحية. وبالتالي وبعد الوفاة فقد يتجمّد الدم محوِّلاً داخل الفم إلى أسود".

وكانت في الواقع فيتوريا قد شاهدت مرّةً صورةً قد التقطت في مربىً مائيّ في لندن لحوتيْن قد أخطأ مدرِّبهما في إعطائهما جرعات مفرطة من هذا الدواء، إذ عثر في ما بعد على الحوتيْن يعومان ميتيْن في البركة فاغري الفم ولسانيْهما أسوديْن كالسخام.

سكت عندئذ السكرتير البابوي، واستدار محدِّقاً خارج النافذة.

وكان التفاؤل قد غاب الآن عن صوت روشيه الذي قال: "سيّدي، في حال كان هذا الادعاء بشأن التسمّم صحيحاً...".

"ليس صحيحاً"، قال أوليفيتي: "يستحيل على أي شخص غريب أن يصل إلى البابا".

"ولكن في حال كان هذا الادّعاء صحيحاً"، كرّر روشيه قائلاً: "وفي حال كان قداسة البابا قد مات مسموماً فعلاً، فقد يكون لهذا انعكاسات جذرية على عملية تنقيبنا عن المادة المضادة، إذ أنّ عملية الاغتيال المزعومة تلك تشير إلى تسلّل أعمق ممّا كنا نتصوّر إلى داخل مدينة الفاتيكان، وقد يكون بالتالي تفتيشنا للمناطق البيضاء فقط غير ملائم. وفي حال كنّا معرّضين للخطر إلى هذا الحد فقد يكون من المحتمل جدّاً ألا نعثر على العلبة الصغريّة الحابسة في الوقت المناسب".

رمق عندئذ أوليفيتي نقيبه نظرة باردة، قائلاً: "يا حضرة النقيب، سوف أقول لك ما الذي سيحدث".

"كلاّ"، قال السكرتير البابوي وكان قد استدار فجأة: "أنا هو مَن سيقول لك ما الذي سوف يحدث". موجهاً كلامه إلى أوليفيتي: "إلى هنا وكفى. سوف أقرّر في خلال عشرين دقيقة فقط إن كنت سألغي الخلوة الانتخابية وأخلي مدينة الفاتيكان أم لا. وسوف يكون قراري عندئذ نهائياً. أهذا واضح؟".

عندها لم تطرف عيْنا أوليفيتي، ولم ينبس ببنت شفة.

تكلم السكرتير البابوي بنبرة قويّة وكأنه ينقر على مخزونه الاحتياطي السري من السلطة والنفوذ: "أيها النقيب روشيه، سوف تكمل تفتيشك للمناطق البيضاء، ومن ثم تطلعني مباشرة على نتائج هذا التفتيش عندما تنتهي".

فأومأ روشيه برأسه، ملقياً نظرة ارتباك سريعة على أوليفيتي.

ثم نادى السكرتير البابوي حارسيْن وتحدّث إليهما على انفراد: "أريد مراسل الـ ب. ب. س الصحفي، السيّد غليك، في هذا المكتب فوراً. فهو من شأنه أن يساعدنا كثيراً، سيّما وأن الطبقة المستنيرة على اتصال دائم ومباشر معه. اذهبا".

اختفى الجنديّان. والتفت السكرتير البابوي فوراً متوجهاً بحديثه إلى سائر الحرّاس: "يا حضرات السادة، أنا لن أسمح الليلة بالمزيد من الخسائر في الأرواح. معكم حتى الساعة العاشرة لكي تعثروا على الكاردينالَيْن الآخريْن وتقبضوا على الشبح المسؤول عن هذه الجرائم كلها، مفهوم؟".

"ولكن، سيّدي"، قال أوليفيتي: "ليست لدينا أدنى فكرة عن مكان -".

"إن السيد لانغدون يعمل على هذه المسألة، وهو يبدو لي كفوءاً. وأنا رجل مؤمن".

وبهذا ختم السكرتير البابوي كلامه واتجه بخطى كبيرة وحازمة نحو الباب. وفيما كان خارجاً، أشار إلى ثلاثة حرّاس: "أنتم الثلاثة، تعالوا معي".

فتبعوه.

وفيما كان لا يزال عند المدخل، توقّف فجأة ملتفتاً نحو فيتوريا: "سيّدة فيترا، أنتِ أيضاً تفضّلي معي من فضلك".

تردّدت فيتوريا بعض الشيء: "إلى أين نحن ذاهبون؟".

فخرج من الباب قائلاً: "نحن ذاهبون لرؤية صديق قديم".

82

في CERN كانت السكرتيرة سيلفي بودلوك جائعةً، متمنية لو أنه كان بإمكانها الذهاب إلى المترل. فهي كانت خائفة على كوهلر، ولكنه على ما يبدو قد وصل إلى المشفى بخير وسلامة، فهو اتّصل بها من هناك، وطلب منها أن تعمل اليوم حتى ساعة متأخّرة من الليل، ولكن من دون أن يعطيها أي تفسيرات.

وعلى مرّ السنين، كانت سيلفي قد برمجت نفسها على نحوٍ يخوّلها تجاهل مِزاجية كوهلر وتصرفاته الغريبة الأطوار كعلاجاته الصامتة، ونزعته الطبيعية إلى تصوير الاجتماعات بواسطة الكاميرا السريّة المثبّتة بكرسيّه المدولَب. وهي كانت

بالتالي تتمنّى سرّاً لو أنه يطلق يوماً النار على نفسه سهواً في إحدى زياراته الأسبوعية الترفيهية لميدان الرمي، ولكنه على ما يبدو رامٍ ماهر.

وفيما كانت جالسة وحدها أمام مكتبها، سمعت معدتها تخرخر. وكان كوهلر لم يعد بعد، ولم يكن حتى قد أعطاها أيّ عمل إضافيّ لليلة. تبّاً لجلوسي هنا وأنا أموت ضجراً وأتضوّر جوعاً. فتركت رسالةً صغيرة لكوهلر على مكتبها، وقرّرت أن تتّجه نحو حجرة طعام الموظّفين لتأكل شيئاً على السريع.

ولكنها لم تتمكّن من ذلك.

ففيما كانت تمرّ بجناحات المركز الترفيهية، وهي كناية عن رواق طويل من الردهات المجهّزة بالتلفزيونات، لاحظت فجأةً أن الغرف كانت تغصّ بالموظفين الذين كانوا على ما يبدو قد تركوا عشاءهم ليشاهدوا الأخبار. لا بدّ من أنّ شيئاً خطيراً يحدث اليوم. فدخلت سيلفي الجناح الأول الذي كان مكتظّاً بمبرمجي كومبيوتر شبّان، وعند مشاهدتها العناوين على شاشة التلفزيون، قالت لاهثةً.

إرهاب في الفاتيكان

راحت سيلفي تصغي إلى التقرير، عاجزة عن تصديق أذنيْها. ثمّة أخويّة قديمة تقتل الكرادلة؟ ولكن ما الذي قد يدفعها إلى القيام بشيء كهذا؟ حقدها؟ سيطرتها؟ جهلها؟

ولكن وعلى الرغم من هذا كله، لم يكن الجو في هذا الجناح كئيباً على الإطلاق.

فقد كان شابان يركضان ملوّحان بقمصان تحمل صورة بيل غيتس، كتبت تحتها: سوف يرث الـ GEEK الأرض!

"الطبقة المستنيرة!" صاح أحدهما: "ألم أقل لك إن هذه الجماعة حقيقية!".

"غير معقول! ظننتها مجرّد لعبة!".

"لقد قتلوا البابا، يا رجل! البابا!".

"يا إلهي! أتساءل كم نقطةً قد نربح لعملٍ كهذا؟".

ثم خرجا راكضيْن وهما يضحكان.

وقفت سيلفي مصدومة أمام هذا المشهد. وكونها كاثوليكيّةً تعمل وسط جماعة من العلماء، كانت تعاني أحياناً بعض الهمسات المناهضة للدين، غير أنّ الجماعة التي يبدو أن هذين الشابين ينتميان إليها كانت شديدة الفرح والحبور حيال خسارة الكنيسة.

كيف يمكنهما أن يكونا بهذه القساوة؟ لماذا هذا الحقد كله؟

فبالنسبة إلى سيلفي، لطالما كانت الكنيسة بمثابة شيء حميد... مكان ألفة ومودّة وصداقة واستبطان... أو حتى أحياناً مجرّد مكان تغنّي فيه بصوت عال من دون أن يحدّق الناس إليها. لقد كانت الكنيسة تسجّل علامات حياتها كالجنازات والأعراس والعمادات والعطل، وهذا كله من دون أن تطلب شيئاً في المقابل. فحتى التبرّعات المادية كانت طوعية. وكان أولادها يخرجون كل أسبوع من درس الأحد الديني مفعمين بأفكار حول مساعدة الغير والتصرف بطيبة ولطف مع الآخرين. فما الخطأ يا ترى في هذا كله؟

فهي لطالما كانت قد تُذهل بفكرة أن العديد من "عقول CERN النيّرة" عاجز عن فهم وإدراك أهميّة الكنيسة. هل هم يظنون حقاً أن الكواركات والميزونات هي أساس تكوين البشرية؟ أو أن المعادلات الرياضية من شأنها أن تحلّ محلّ حاجة الناس إلى الصلاة والإيمان بالله تعالى؟

وفيما كانت سيلفي لا تزال مصدومةً بالمشهد التي رأته للتو، تابعت نزولها في الرواق، مارّةً بالغرف الأخرى. كانت غرف التلفزيون تغصّ كلها بالمتفرِّجين. فراحت عندها تتساءل عن الاتصال الذي كان كوهلر قد تلقّاه اليوم من الفاتيكان. أهي مصادفة؟ ربّما. فقد كان في الواقع الفاتيكان يتصل من وقت لآخر بمركز CERN كنوع من المجاملة أو الكياسة قبل أن يقدم على إصدار تصاريحه القاسية التي يدين فيها أبحاث هذا الأخير - كاكتشافاته الأخيرة في مجال التقانة الدقّيّة، هذا المجال الذي شجبته الكنيسة لكل تضميناته المرتبطة بالهندسة الجينية الوراثية. غير أن CERN لم يكن يوماً ليأبه لكل هذه التصاريح. وفي الواقع، لم تكن تمرّ دقائق على تصارع الفاتيكان حتى تبدأ الاتصالات الهاتفية تتوالى على هاتف كوهلر من شركات استثمار تقنية تسعى إلى ترخيص الاكتشاف الجديد.

ثم راحت سيلفي تتساءل إن كان من المفترض بها أن تتصل بكوهلر حيثما كان لتقول له أن يدير التلفزيون ويشاهد الأخبار. ولكن هل يهتمّ لأمرٍ كهذا؟ أم أنه ربّما قد سمع بالخبر؟ لا شكّ في أنه قد سمع به. فهو ربّما الآن يقوم بتسجيل التقرير كاملاً على الفيديو بواسطة كاميراته الصغيرة الغريبة العجيبة، مبتسماً للمرّة الأول منذ عام.

وفيما كانت سيلفي تواصل نزولها في الرواق، وجدت أخيراً غرفة كان الجوّ

فيها هادئاً، لا بل حتى كئيباً. فالعلماء الذين يشاهدون التقرير هم من أقدم علماء CERN، وأكثرهم احتراماً. فهم لم ينظروا حتى إلى سيلفي عندما انسلّت إلى داخل الغرفة وجلست.

أما في الناحية الأخرى من مركز CERN وتحديداً في شقّة ليوناردو فيترا الباردة، فقد كان ماكسيميليان كوهلر قد انتهى من قراءة دفتر اليوميّات الذي كان قد أخذه من الطاولة التي إلى جانب سرير فيترا، وكان الآن يشاهد التقارير التلفزيونية. وبعد مرور بضع دقائق، أعاد دفتر يوميات فيترا إلى مكانه وأغلق التلفزيون وغادر الشقة.

وبعيداً من هنا، وفي مدينة الفاتيكان، حمل الكاردينال مورتاتي صينيّةً أخرى من أوراق الاقتراع إلى مدخنة الكابيلاّ السِّستينية وأحرقها، فكان الدخان أسود أيضاً.

عمليّتان اقتراعيّتان سرّيتان إلى الآن. ولا بابا.

83

لم تكن المشاعل الكهربائية الصغيرة كافيةً لتسبر أغوار تلك الظلمة الدامسة التي تلف بازليكا القديس بطرس، وكان الفراغ فوق رؤوسهم يلقي بثقله عليهم تماماً كليلة غاب عنها ضوء القمر. فشعرت فيتوريا بالفراغ ينتشر من حولها كمحيط من الحزن والكآبة، فظلّت تمشي على مقربة من الحراس السويسريين والسكرتير البابوي. أما فوق في الأعلى، فقد سجعت حمامة ورفرفت بجناحيْها طائرةً إلى البعيد.

رجع السكرتير البابوي نحوها إلى الوراء، واضعاً يده على كتفها وكأنه شعر بقلقها وانزعاجها، وإذا بقوّة حقيقيّة تنتقل إليها من خلال لمسته لها، وكأنّه بسحر ساحرٍ يمدّها بالهدوء التي هي بحاجة إليه لكي تتمكّن من القيام بما كانوا على وشك القيام به.

ما الذي نحن على وشك القيام به؟ فكّرت بينها وبين نفسها. هذا جنون!

ولكن، على الرغم من اللاتقوى وكل الهول الذي يتّسم به ذاك العمل الذي سيقومون به، إلا أنها تعلم أن لا مفرّ لها من تلك المهمّة الملقاة على عاتقها. فقد

كانت القرارات الخطيرة التي يواجهها السكرتير البابوي تتطلّب منه معلومات... معلومات مدفونة في تابوت حجري موجود في أغوار الفاتيكان. فراحت تتساءل حول ما قد يعثرون عليه. هل الطبقة المستنيرة هي التي قتلت البابا؟ وهل تتمتّع هذه الأخيرة بسلطة ونفوذ كبيرَيْن إلى هذا الحدّ؟ هل أنا حقّاً على وشك القيام بأوّل عمليّة تشريح بابويّة؟

رأت فيتوريا أنه من المضحك حقّاً أن تكون خائفةً هنا في هذه الكنيسة المعتمة أكثر من خوفها عندما تسبح ليلاً مع أسماك البرّكودة. فقد كانت الطبيعة بمثابة ملاذ وملجأ لها وهي كانت تفهمها جيّداً، ولكن المسائل المتعلّقة بالإنسان والروحانيّات تتركها مرتبكةً ومحتارةً. فالأسماك الضارية المتجمّعة في الظلام كانت تذكّرها بالصحافة المتجمّعة في الخارج. ولكنّ الصور التلفزيونيّة للجثث الموسومة كانت تذكّرها بجثّة والدها... وبضحكة السفّاك المزعجة، فالقاتل لا يزال يسرح حرّاً طليقاً في مكانٍ ما هنا. وفجأة شعرت فيتوريا بالغضب يسيطر ويتغلّب على خوفها.

وفيما كانوا يدورون حول عمود سميك، أكثر من محيط جذع الشجر الأحمر، لمحت فيتوريا فوق رأسها وهجاً برتقالياً. فبدا لها الضوء وكأنه ينبعث من تحت الأرض في وسط البازليكا. وفيما كانوا يقتربون منه أكثر فأكثر، أدركت فيتوريا ماهيّة ذاك الشيء الذي تراه. لقد كان هذا الحرم الشهير الغائر تحت المذبح الرئيس - تلك الحجرة السرية الفخمة الواقعة تحت الأرض والتي تحتوي على أكثر ذخائر الفاتيكان قداسةً. وعندما أصبحوا على مستوى المدخل المحيط بالفجوة، راحت فيتوريا تحدّق إلى الأسفل في الصندوق الذهبي المُحاط بعدد لا يُعدّ ولا يُحصى من القناديل الزيتيّة المتوهّجة.

"ذخائر القديس بطرس، أليس كذلك؟" سألت وهي تعلم تماماً أنها هي. فجميع مَن كان يأتي إلى بازليكا القديس بطرس كان يعلم ماذا هناك في هذا التابوت الذهبي.

"في الواقع، كلاّ"، قال السكرتير البابوي: "هذا اعتقاد شائع وخاطئ. فهذا ليس مَذخراً. يحتوي في الواقع هذا الصندوق على طيْلسانات إكليركيّة - وهي كناية عن أوشحة مُحاكة يقدّمها البابا للكرادلة الجدد".

"ولكني كنت أظنّ -".

"الجميع يظنّ ذلك، لأنّ الكتب الدليلية تشير إليه على أنه قبر القديس بطرس؛ ولكن قبره الحقيقي مدفون في الأرض تحتنا بطبقتيْن. اكتشفه الفاتيكان في الأربعينات، ولا يحقّ بالتالي لأحد النزول إليه".

صُدمت فيتوريا بهذا الكلام. وفيما كانوا يبتعدون عن الوهج ليغوصوا من جديد في الظلام، راحت تفكّر بالقصص التي كانت قد سمعتها عن الحجّاج الذين كانوا يسافرون ويقطعون آلاف الأميال لرؤية الصندوق الذهبي، ظنّاً منهم أنه يحتوي على ذخائر القديس بطرس. "ولكن، ألا يجدر بالفاتيكان أن يطلعهم على الحقيقة؟".

"جميعنا يستفيد من حسّ الاتصال بالألوهية... حتى ولو كان ذلك مجرّد وهمٍ أو خيال".

فلم تتمكّن فيتوريا، كونها عالمة، من الاعتراض على هذا المنطق. فهي في الواقع كانت قد قرأت عدداً كبيراً مَن الدراسات حول مفعول التهدئة، أو الإرضاء كدواء الأسبيرين مثلاً القادر على شفاء بعض المصابين بمرض السرطان لمجرّد إيمانهم بأنهم يتناولون دواءً عجائبياً. ولكن ما هو الإيمان، في النهاية؟

"التغيير"، قال السكرتير البابوي: "ليس شيئاً نجيد فعله في مدينة الفاتيكان. فإقرارنا بأخطائنا السابقة، والتعصّر هما أمران نتجنّبهما تاريخياً. وكان قداسته يحاول تغيير هذا". ثم توقّف قليلاً قبل أن يعود ويستطرد كلامه قائلاً: "محاولاً بذلك بلوغ العالم العصري والسعي وراء طرق جديدة تؤدّي إلى الله تعالى".

هزّت فيتوريا رأسها قائلة: "كالعلم مثلاً؟".

"لكي أكون صريحاً معك، يبدو لي العلم وكأنه لا علاقة له بهذا الموضوع إطلاقاً".

"لا علاقة له بهذا الموضوع؟" فقد كان بإمكان فيتوريا أن تفكّر بكلمات كثيرة تصف بواسطتها العلم، ولكن في العالم العصري، لم يبدُ لها هذا التعبير الذي استخدمه السكرتير البابوي ليصف به العلم واحداً من تلك الكلمات.

"يمكن للعلم أن يشفي، كما ويمكنه أيضاً أن يقتل. هذا كلّه وقف على روح الشخص الذي يستخدم العلم. فالروح هي التي تهمّني".

"متى تلقّيْت دعوتك؟".

"قبل ولادتي".

فنظرت إليه فيتوريا بتعجّب واستغراب.

"أنا آسف، إذ غالباً ما يستغرب الناس هذا السؤال. ولكن ما أقصده هو أني لطالما عرفت أني سأكون يوماً ما في خدمة الله تعالى. منذ اللحظة الأولى التي أصبح بإمكاني فيها أن أفكّر. ولم يكن هذا في الواقع إلا عندما أصبحت شابّاً في الجيش، إذ عندها فقط أدركت حقّاً هدفي في الحياة".

فسألته مستغربة: "هل كنت في الجيش؟".

"لعامين. كنت أرفض إطلاق النار على أحد، لذا جعلوني عوضاً عن ذلك أطير وأقود المروحيّات الحربية Medevac. وأنا في الواقع لا أزال حتى الآن أطير من وقت إلى آخر".

حاولت فيتوريا تخيّل هذا الكاهن الشاب وهو يقود مروحيّةً، والغريـب في الأمر أنها كانت قادرةً على رؤيته يتحكّم بالطائرة على نحو ممتـاز. لقـد كـان السكرتير البابوي فينتريسّا يتحلّى بحزم وشجاعة يبدو وكأنهمـا كانــا يؤكّــدان ويُبرزان قناعته عوض أن يغشّياها: "وهل طرت مرّةً بالبابا؟".

"يا إلهي، لا. كنا نترك أمر قيادة هذه الحمولة الثمينة والعزيزة للمحتـرفين. ولكنّ قداسته كان يسمح لي أحياناً بأن آخذ الهليكوبتر وأطير بها إلى معتزلنـا في غاندولفو". ثم توقّف قليلاً عن الكلام ناظراً إليها. "سيّدة فيترا، شكراً لمسـاعدتك ووقوفك اليوم إلى جانبنا، وأنا آسف جدّاً بالنسبة إلى ما حلّ بوالدك. حقّاً".

"شكراً".

"أنا لم أعرف قطّ والدي. فقد مات قبل ولادتي، كما وأني قد فقدت أمـي أيضاً عندما كنت في العاشرة من عمري".

فنظرت إليه فيتوريا سائلةً: "كنتَ يتيماً؟"، وقد شعرت فجأةً بشيء مشـترك يربطها به.

"لقد نجوت من حادثة. حادثة أودت بحياة أمّي".

"ومَن الذي اعتنى بك وتولّى أمر تربيتك؟".

"الله"، قال السكرتير البابوي: "فهو سبحانه وتعالى مَن أرسل لي والداً آخـر يرعاني ويعتني بي. لقد ظهر فجأةً أحد أساقفة باليرمو أمام سريري في المستشفى وحضنني وأخذني في رعايته. وأنا في ذلك الوقت، لم أستغرب قطّ، إذ أنني كنـت أشعر ومنذ طفولتي بحبّ الله لي وخوفه عليّ. وبالتالي فإن ظهور الأسقف الفجائي

أمامي قد أكّد لي وبكل بساطة ما كنت دائماً أشكّ به، أنّ الله قد اختارني لكي أخدمه".

"وهل كنت حقّاً تظنّ أن الله قد اختارك؟".

"كنت ولا أزال". ولم يكن هنا أي أثر للغرور في صوت السكرتير البابوي، إنما كان على العكس شديد الامتنان والتقدير: "لقد عملت تحت وصاية الأسقف لسنوات عديدة. ولكنّه أصبح في النهاية كاردينالاً. وعلى الرغم من ذلك، فهو لم ينسَني قطّ، وهو بالتالي الوالد الوحيد الذي أتذكّره". وإذا بشعاع أحد المشاعل الكهربائية يُصوَّب فجأة على وجه السكرتير البابوي الذي شعرت فيتوريا بالوحدة تملأ عينيْه.

ثم وصل الفريق أخيراً إلى أسفل عمود ضخم وشاهق، فالتقت أضواء مشاعلهم على فتحة في الأرض. نظرت فيتوريا إلى الأسفل، إلى الدرج الذي يترل نحو الفراغ، وشعرت فجأة برغبة في أن تعود أدراجها، غير أن الحرّاس كانوا قد بدأوا يساعدون السكرتير البابوي على نزول السلالم، ومن ثمّ راحوا يساعدونها بدورها على نزولها.

"وماذا حلّ به؟" سألت وهي تترل الدرج محاولةً أن تحافظ على ثبات صوتها ورساخته؟ "ذاك الكاردينال الذي حضنك واعتنى بك؟".

"لقد غادر مجمع الكرادلة لكي يستلم منصباً آخر".

فاستغربت فيتوريا لدى سماعها ذلك.

"ومن ثمّ، أنا آسف لأن أقول لك إنه قد توفّي".

"أتقدّم منك إذن بأحرّ التعازي"، قالت فيتوريا. "وهل مات مؤخّراً؟".

فاستدار عندها السكرتير البابوي، وكانت الظلال تبرز الألم على وجهه: "منذ خمسة عشر يوماً بالضبط. ونحن الآن ذاهبون لرؤيته".

84

كانت الأنوار القاتمة تزيد الجوّ حرارةً داخل السرداب الأرشيفي الصغير، نسبة إلى ذلك الذي دخله لانغدون من قبل. هواء أقلّ ووقت أقلّ. فتمنّى لو أنه كان قد سأل أوليفيتي إن كان بإمكانه أن يدير مراوح التهوئة.

حدّد لانغدون بسرعة قسم الموجودات الذي يشتمل على دفاتر الأستاذ التي تحتوي على بيانات مصوّرة بالفنون الجميلة. وقد كان في الواقع من المستحيل إغفال هذا القسم، إذ أنه كان يحتلّ حوالى ثماني كومات ملأى. فقد كانت لدى الكنيسة الكاثوليكية ملايين القطع الفنية الإفرادية الموزّعة في أنحاء العالم كافة.

شرع لانغدون يتفحّص الرفوف بحثاً عن جيانلورنزو برنيني، وكان قد بدأ بحثه نزولاً من منتصف الكومة الأولى تقريباً، من حيث ظنّ أن حرف الباء قد يبدأ. وبعد فترة من الارتباك والخوف من أن يكون دفتر الأستاذ ناقصاً، أدرك وللأسف الشديد أنّ دفاتر الأستاذ لا تتّبع ترتيباً أبجدياً. ولكنّه لم يستغرب كثيراً هذا الأمر.

لم يتمكّن لانغدون من اكتشاف الترتيب الذي يتّبعه هذا السرداب إلاّ بعد أن دار وعاد نحو أوّل المجموعة وتسلّق سلّماً دوّاراً يؤدّي إلى الرّف الأعلى. وفيما كان جاثماً بخطورة على الكومات العليا، عثر أخيراً على أضخم دفاتر أستاذ قد رآها إلى الآن في حياته، ألا وهي تلك التي تنتمي إلى أسياد عصر النهضة كميكال آنجلو ورافاييل ودافينشي وبوتيشيلّي. فأدرك عندها أن دفاتر الأستاذ كانت مرتّبة وفقاً للقيمة المالية الإجمالية لمجموعة كلّ فنان. وإذا بلانغدون يعثر أخيراً على دفتر الأستاذ المعنوَن برنيني مقحَماً بين رافاييل وميكال آنجلو، وقد كانت سماكته تفوق الخمسة إنشات.

نزل لانغدون السلّم بصعوبة حاملاً ذاك المجلّد الثقيل والمُرهق، ثم انبطح على الأرض كالولد الصغير الذي معه كتاب هزليّ وفتح الغلاف.

كان الكتاب متيناً ومجلّداً بالقماش، ودفتر الأستاذ مكتوب بالإيطالية بخطّ اليد، في حين كانت كل صفحة من صفحاته تعرض صورة لعمل فنيّ واحد فقط مع شرح صغير عن هذا العمل وتاريخه وموقعه وكلفة موادّه وأحياناً أيضاً رسماً تخطيطيّاً تقريبيّاً للقطعة. فراح لانغدون يقلّب الصفحات... وقد كان عددها يفوق الثمانماية. فقد كان برنيني وفير الإنتاج حقّاً. وعندما كان لانغدون لا يزال طالباً شابّاً في كلية الفنون، لطالما كان يتساءل كيف يمكن للفنانين الإفراديين أن ينتجوا هذا القدر من الأعمال الفنية في حياتهم. ولكنه تعلّم في ما بعد وللأسف الشديد أنّ الفنانين المشاهير لم ينتجوا في الواقع سوى القليل القليل فقط من أعمالهم الشخصية. فهم كانوا يديرون محترَفات أو أستوديوهات يدرّبون فيها الفنانين الصغار والجدد على تنفيذ تصاميمهم. وبالتالي فقد كان النحّاتون كبرنيني مثلاً ينشئون عيّنات طينيّة مصغّرة ويستخدمون من ثمّ أشخاصاً آخرين لتحويلها إلى

تماثيل ومنحوتات رخامية كبيرة وضخمة. وكان لانغدون يعلم أنه لو كـــان قــد طُلب من برنيني أن يقوم شخصيّاً بإنجاز أعماله الفنية كافة، لكان لا يزال يعمــل حتى اليوم.

"الفهرس"، قال عالياً محاولاً تفادي المتاهات الفكرية. فرجــع إلى الصــفحة الأخيرة من الكتاب ناوياً البحث في حرف النون عن العناوين التي تشــتمل علــى كلمة "نار"، غير أنّه سرعان ما أدرك أن العناوين التي تبدأ بحرف النــون ليســت كلّها مع بعضها البعض. فراح لانغدون يشتم همساً: "لماذا لا يحبّ هؤلاء النــاس بحقّ الله الترتيب الأبجدي؟".

سُجلت المواد على ما يبدو وفقاً لتسلسلها الزمني، الواحدة تلــوَ الأخــرى، كلّما كان برنيني ينشئ عملاً جديداً. فقد كان كل شيء مسجّلاً وفقاً لتاريخه.

وفيما كان لانغدون يحدّق في تلك اللائحة، خطرت على باله فجــأةً فكــرة أخرى مثبّطة للهمة والعزيمة. قد لا يحتوي عنوان المنحوتة التي هو في صدد البحث عنها على كلمة "نار"، إذ أن العملين السابقيْن - "حَبَقّوق والمــلاك" و"الريــاح الغربية" لم يكونا يحتويان على إشارات أو تلميحات محدّدة لا إلى التــراب ولا إلى الهواء.

بقي دقيقة أو دقيقتيْن، يقلّب صفحات دفتر الأستاذ تقليباً عشوائياً على أمــل أن يقع على صورة أو رسم ما، ولكن من دون جــدوى. فقــد رأى عشــرات الأعمال غير المعروفة التي لم يكن قد سمع بها من قبل، ولكنه قد رأى أيضاً الكـثير من الأعمال المعروفة... دانيال والأسد، أبولو ودافنيه كما وحوالى ســتّة ينــابيع. ولدى مشاهدته الينابيع، ذهبت أفكاره بعيداً بعض الشيء، إذ راح يتساءل إن كان المذبح الرابع للعلم كناية عن ينبوع أو سبيل ماء. فقد بدا له الينبوع رمــزاً ممتــازاً للماء. وأمل لانغدون لو أنهم قد يتمكّنون من القبض على القاتل قبل أن يضطّر إلى التفكير بالمذبح الرابع المرتبط بالماء، إذ أن برنيني كان قد نحت عشــرات الينــابيع المنتشرة في روما، ومعظمها موجود أمام كنائس.

ثمّ عاد لانغدون وراح يركّز من جديد على المادة التي كانت الآن بين يديــه. نار. وفيما كان يبحث في ذلك الكتاب الضخم، تذكّر كلمات فيتوريا المشــجِّعة. "لقد كنت تعرف كلا المنحوتتيْن الأولى والثانية... وبالتالي فأنت ربّما تعرف هذه المنحوتة أيضاً". وفيما عاد يتابع بحثه في الفهرس من جديــد، راح يبحــث عــن العناوين التي كان يعرفها. إذ كان بعضها مألوفاً بالنسبة إليه، ولكن لم يبدُ لــه أيّ

منها مميّزاً. فأدرك عندئذ أنه لن يتمكّن أبداً من إنجاز بحثه هذا قبل أن يموت أو يُغمى عليه، لذا قرّر أن يُخرج الكتاب من السرداب، على الرغم من علمه أن قراره هذا ليس بالقرار الصائب. "ليس هذا سوى دفتر أستاذ"، راح يقول لنفسه. فأنا لا أخرج من هنا ورقةً أو صفحة من ملفّ غاليليو الأصلي. ثم عاد لانغدون وتذكّر الورقة التي كانت لا تزال في جيب سترته مذكّراً نفسه بأنه من المفترض به أن يعيدها إلى مكانها قبل مغادرته الأرشيف.

وفيما كان قد بدأ يسرع، مادّاً يديْه ليرفع المجلّد عن الأرض، رأى شيئاً استرعى انتباهه. صحيح أن الفهرس كان يحتوي على ملاحظات عديدة، إلاّ أنّ هذه الملاحظة التي لفتت نظره وبدت غريبةً بعض الشيء.

تقول هذه الملاحظة إن منحوتة برنيني الشهيرة "نشوة القديسة تيريزا" قد تمّ نقلها من موقعها الأصلي داخل الفاتيكان بعد أن تمّ كشف النقاب عنها بفترة وجيزة. ولكن لم يكن هذا بالتحديد ما لفت نظر لانغدون، إذ أنه كان على اطّلاع على ماضي هذه المنحوتة وتنقّلاتها الكثيرة.

فعلى الرغم من ظنّ البعض أنها تحفة فنيّة رائعة، كان البابا أوربان الثامن قد رفض ونبذ منحوتة "نشوة القديسة تيريزا"، كونها بحسب رأيه منحوتة إباحية بالنسبة إلى الفاتيكان، فتخلّص منها وأرسلها إلى إحدى الكابيلاّت النائية وغير المعروفة في الجهة الثانية من المدينة. إلاّ أنّ الشيء الذي لفت نظر لانغدون أكثر هو كون هذه المنحوتة قد وضعت على ما يبدو في إحدى الكنائس الخمس الموجودة على لائحته. وعلاوةً على ذلك، فقد كانت الملاحظة تقول إن المنحوتة قد نُقلت إلى هناك بناء على طلب من الفنان نفسه.

بناءً على طلب من الفنّان نفسه؟ شعر لانغدون بحيرة كبيرة. إنه في الواقع من غير المنطقي أن يقترح برنيني بأن يتمّ نقل تحفته الفنية وإخفاؤها في أحد الأماكن النائية والمعزولة. فلطالما كان الفنّانون كافة يرغبون في أن تعرض أعمالهم في مكان ظاهر وبارز، لا في مكان ناءٍ -.

ثمّ تردّد لانغدون بعضَ الشيء. إلاّ في حال...

لقد كان حتى خائفاً من التفكير بالأمر. أهذا ممكن؟ هل من المحتمل أن يكون برنيني قد سعى عمداً إلى إنشاء عمل إباحيّ قد يجبر بالتالي الفاتيكان على إخفائه في مكان ناءٍ ومعزول؟ مكان من المحتمل جدّاً أن يكون برنيني نفسه قد اختاره؟ ربّما في كنيسة نائية تقع على خطّ مباشر ومستقيم مع نفَس الرياح الغربية؟

وفيما كان لانغدون يزداد حماسةً، كانت معرفته الغامضة والمبهمَة للمنحوتة تقول له إن العمل الفنيّ هذا لا علاقة له بالنار إطلاقاً. ففي الواقع، كلّ مَن سبق له أن شاهد هذه المنحوتة يمكنه أن يقول إنها ليست منحوتة علمية؛ فهي ربّما إباحية، إنما ليست بكل تأكيد منحوتة علمية. حتى أن أحد النقّاد الإنكليز كان مرّة قد أدان منحوتة "نشوة القديسة تيريزا"، واصفاً إياها بأنها: "غير صالحة لأن تزيَّن بها إحدى الكنائس المسيحية". فلا شك في أن لانغدون قد فهم نقطة الجدل أو الخلاف. فعلى الرغم من روعته، كان التمثال يصوّر القديسة تيريزا ممدّدةً على ظهرها وسط نشوة ما بعدها نشوة. وضع لا يناسب الفاتيكان إطلاقاً.

فراح لانغدون يقلّب صفحات دفتر الأستاذ باحثاً عن مواصفات هذا العمل الفني، وعندما رأى رسمه التخطيطي، شعر ببصيص فوريّ وغير متوقّع من الأمل. ففي هذا الرسم، كانت القديسة تيريزا تبدو فعلاً في حالة من النشوة والمتعة. غير أن التمثال كان يحتوي على شخصٍ آخر، وهذا في الواقع ما كان لانغدون قد نسيه.

الملاك.

تذكّر لانغدون على الفور تلك الأسطورة القذرة والدنيئة...

فقد كانت القديسة تيريزا راهبة عادية، وهي بالتالي لم تعدّ قديسة إلا بعد أنها ادّعت بأن ملاكاً قد قام بزيارتها زيارةً سارّةً وسعيدة أثناء نومها.

فذهب في ما بعد النقّاد إلى القول إن لقاءها هذا مع الملاك كان لقاء جنسياً أكثر منه لقاءً روحانياً. ثم شاهد لانغدون مقتطفاً مألوفاً مخربشاً في أسفل دفتر الأستاذ. و لم تكن في الواقع كلمات القديسة تيريزا للترك مجالاً كبيراً وواسعاً للشكّ أو الخيال:

... رمحه الذهبي الرائع... والممتلئ ناراً...
دخل فيّ عدةّ مرات... متغلغلاً في أحشائي...
غايةً في العذوبة والرخامة لا يمكن لأحد
أن يتمنّى لو انّه يتوقّف.

فابتسم لانغدون مفكّراً في نفسه. إن لم يكن هذا تعبيراً مجازياً عن اتصال جنسيّ جدّيّ فلا أدري ماذا تراه سيكون غير ذلك. وقد ابتسم أيضاً لوصف دفتر

الأستاذ لهذا العمل. فصحيح أن المقطع كان في الإيطالية، غير أن كلمة "نار" كانت تظهر فيه حوالى ستّ مرات:

... رمح الملاك مزيّنٌ عند طرفه بأسَلة من نار...

... تنبعث من رأس الملاك شعاعات من نار...

... امرأة تشتعل بنار الشغف والرغبة...

غير أن لانغدون لم يقتنع تماماً إلا بعد أن عاد وألقى نظرة أخرى على الرسم التخطيطي. لقد كان الملاك رافعاً رمحه الناري كالمنارة المضيئة التي تشير أو ترشد إلى الطريق. دعوا الملائكة تقودكم في ضالّتكم المنشودة. حتى أن نوع الملاك الذي كان برنيني قد اختاره بدا له جدّ معبِّر. إنه من الساروفيم، لاحظ لانغدون. وكلمة ساروفيم تشير بمعناها الحرفي إلى صفة "الناريّ".

لم يكن روبرت لانغدون رجلاً بحث يوماً عن إثبات أو برهان من فوق من السماء، ولكنه عندما قرأ اسم الكنيسة التي كان هذا التمثّال موجوداً فيها الآن، قرّر أنه لا بدّ له أن يصبح مؤمناً في النهاية.

كنيسة السيّدة فيكتوريا.

فيكتوريا، فكّر في نفسه مبتسماً ابتسامةً عريضةً. ممتاز.

وفيما كان واقفاً مترنّح القدميْن، شعر فجأة بدوار شديد.

ألقى نظرةً سريعة إلى فوق السلّم، متسائلاً إن كان من المفترض به إعادة الكتاب إلى مكانه. تبّاً له، فكّر. يمكن للأب جاكي أن يقوم بهذا العمل عنّي. ثم أغلق الكتاب وتركه عند أسفل الرّف.

وفيما كان متّجهاً نحو الزرّ المومض الموجود عند المخرج الإلكتروني للسرداب، كان قد أصبح يلهث ويتنفّس بصعوبة كبرى. غير أن اكتشافه العظيم هذا كان قد أعاد إليه شبابه.

ولكن سرعان ما ولّت سعادته باكتشافه العظيم ذاك، حتى قبل بلوغه المخرج.

فمن دون أي سابق تحذير أو إنذار، تنهّد السرداب تنهيدة ألم وعذاب، وخفتت الأنوار وانطفأ الزرّ الذي كان عند المخرج. عندها، خيّم ظلام دامس على الأرشيف بكامله. فقد كان أحدهم قد قطع لتوّه التيّار الكهربائي عن المكان برمّته.

85

تقع كهوف الفاتيكان المقدسة، حيث يدفن فيها الباباوات، تحت الطبقة الرئيسة لبازليكا القديس بطرس.

وصلت فيتوريا إلى أسفل الدرج اللولبيّ، ودخلت الكهف، فذكّرها سواده الكالح وبرودته بسواد مسرِّع ومصادم الجسيْمات الضخم في CERN وبرودته. تسوده رهبة مريعة، سيّما وأنه لم تعد هناك سوى مشاعل الحرّاس السويسريين تنيره. أمّا جدرانه فيملأها من الجهتيْن صفّ طويل من التجويفات العميقة والفارغة، وفي أعماقها التوابيت الحجرية الضخمة التي كانت تلوح لهم مع إنارة مشاعلهم.

شعرت فيتوريا ببرودة جليدية مؤلمة تضرب بشرتها. إنه البرد، قالت لنفسها، على الرغم من إدراكها أن البرد ليس هو السبب الوحيد وراء إحساسها وكأن أشباحاً تراقبهم في الظلام. وفوق كل ناووس حجريّ، كان ممدَّداً وبكامل ثيابه البابويّة شخص أو تمثال حجري شبيه بالشكل والحجم الأصلي والطبيعي للبابا صاحب هذا الناووس يصوّره ميتاً وذراعاه مطويّتان على صدره. بدت لها هذه الأجسام الممدّدة وكأنها تخرج من التوابيت، دافعةً بالأغطية الرخامية إلى الأعلى، وكأنها تحاول الهرب من معتقلاتها الموتيّة. واصل موكب المشاعل الكهربائية تقدّمه وسط الظلام، وظلّت الظلال البابويّة تنبعث وتسقط على الجدران متمدِّدةً، ومن ثمّ متلاشيةً وسط رقص وهمي مريع.

خيّم الصمت عليهم، والتبس الأمر على فيتوريا التي لم تعد تعرف إن كان سبب هذا الصمت الاحترام أو الخوف من شرٍّ مرتقب. فهي في الواقع كانت تشعر بالاثنيْن معاً. فيما السكرتير البابوي يسير مطبق العينيْن وكأنه كان يحفظ الطريق غيباً. فشكّت فيتوريا بأنه من المحتمل جداً أن يكون قد قام بهذه النزهة المخيفة مرّات عديدة منذ وفاة البابا... ربّما لكي يصلّي على قبره من أجل أن يمدّه بالهداية التي يحتاجها.

"عملت تحت وصاية الكاردينال لسنوات عديدة"، قالها السكرتير البابوي: "لقد كان بمثابة والد بالنسبة إليّ". راحت فيتوريا تتذكّر كلامه، هذا الذي يقصد به الكاردينال الذي "أنقذه" من الجندية، وهي فهمت الآن بقيّة القصّة. في الواقع،

إن هذا الكاردينال نفسه الذي كان قد أخذ السكرتير البابوي في كنفه واحتضنه واعتنى بتربيته وتنشئته كان على ما يبدو قد انتُخب في ما بعد ليعتليَ عرش البابوية، فأخذ بالتالي معه ذاك الشاب الذي كان يعيش في كنفه وتحت رعايته وعيّنه معاوناً وسكرتيراً خاصّاً له.

إنّ هذا من شأنه أن يفسّر أموراً كثيرةً، فكّرت فيتوريا. فهي لطالما كانت تتحلّى بقدرة كبيرة على الإحساس بمشاعر الآخرين، وبالتالي ثمة شيء ما كان يقلقها ويزعجها في السكرتير البابوي طيلة النهار. فهي ومنذ أن التقته هذا الصباح كانت قد شعرت أنه يعاني من ألم وكرب عاطفي وخاص أكبر من الألم الذي كانت تسبّبه له تلك الأزمة الساحقة التي كان يواجهها. وبالتالي وخلف هدوئه الورع والزائف هذا، كانت ترى رجلاً قلقاً تعذّبه شياطين ذاتيّة خاصّة. فأدركت الآن أنّ إحساسها هذا كان صائباً. فهو لم يكن يواجه التهديد والتحدّي الأعظم والأخطر في تاريخ الفاتيكان فحسب، ولكنه كان علاوةً على ذلك، يقوم بهذا كلّه وحده... من دون معلّمه وصديقه المخلص.

أبطأ الحرّاس الآن وكأنهم كانوا غير واثقين من المكان الذي تمّ فيه دفن البابا الراحل. إلا أن السكرتير البابوي واصل سيْره بخطى واثقة وأكيدة ليتوقف بعد ذلك أمام تابوت رخامي بدا ساطعاً أكثر من سواه، وضعت فوقه منحوتة تمثل البابا الراحل، عرفت فيتوريا وجهه من التلفزيون، فانتابها فجأةً خوف شديد. ما الذي نفعله هنا؟

"أنا أعلم أنه ليس لدينا متّسع كاف من الوقت"، قال السكرتير البابوي: "ولكني أطلب منكم أن نخصّص لحظة صغيرة للصلاة على روح المرحوم".

حنى الحراس السويسريون رؤوسهم حيث كانوا واقفين، وحذت بالتالي فيتوريا حذوهم، وقلبها يخفق بصمت خفقاناً شديداً. أما السكرتير البابوي فركع أمام التابوت وراح يصلّي بالإيطالية. وفيما كانت تصغي إلى كلماته، تجلّى حزنها دمعاً... راحت تذرفه على مربيها ومعلّمها الخاص... على والدها المفعم تقاوةً وقداسةً. فقد بدت لها كلمات السكرتير البابوي تنطبق على والدها بقدر ما تنطبق على البابا.

"يا أيها الأب الأسمى والمعلّم والصديق". تردد صدى صوت السكرتير البابوي بحنية وخشوع: "لقد قلت لي مرّة عندما كنت لا أزال شاباً إن الصوت الذي في قلبي هو صوت الله، وقلت لي إنه يتعيّن عليّ أن أتبعه مهما كانت الأماكن التي

يؤدي إليها مؤلمة. وها أنذا الآن أسمع ذاك الصوت وهو يطلب منّي مهمّات مستحيلة. مدّني بالقوّة. وامنحني القدرة على المغفرة إذ أن ما أفعله... أفعله باسم كل شيء تؤمن به. آمين".

"آمين"، ردّدها وراءه الحراس هامساً.

"آمين، يا أبت". قالت فيتوريا ماسحة عينيْها.

ثم وقف السكَرتير البابوي على مهلٍ وخطا خطوةً بعيداً عن التابوت قائلاً: "أزيحوا الغطاء جانباً".

فتردّد الحراس السويسريون:"سيّدي"، قال أحدهم: "يتعيّن علينا وفقاً للقانون أن نمتثل لأوامرك". ثم توقّف قليلاً قبل أن يستطرد كلامه: "سوف نفعل كل ما تأمرنا به...".

عندها، بدا السكرتير البابوي وكأنه يقرأ ما كان يجول في فكر ذاك الرجل الشاب.

"سوف أطلب منك يوماً ما العفو لوضعي إياك في هذا الموقف؛ ولكني اليوم أطلب منك الطاعة والإذعان. لقد وُضعت في الواقع قوانين الفاتيكان لحماية الكنيسة، وبالتالي فإني ومن هذا المنطلق بالذات آمركم الآن بأن تخرقوها".

سادت لحظة صمت، ثم أمر القائد الحراس بأن يمتثلوا لأوامر السكرتير البابوي. فوضع الرجال الثلاثة مشاعلهم الكهربائية على الأرض، فثبتت ظلالهم على السقف فوق رؤوسهم، المشاعل تنيرهم من الأسفل، تقدّم الرجال من التابوت وثبّتوا أيديهم على غطائه الرخامي من جهة رأسه، ثم ثبّتوا أقدامهم في الأرض وتحضّروا للدفع. وبالتالي وما أن أعطيت إليهم الإشارة بأن يبدأوا بالدفع حتى راحوا يشدّون على البلاطة الضخمة والكبيرة الحجم. ولمّا رأت فيتوريا أن الغطاء لم يتحرّك إطلاقاً، تمنّت لو انه يكون ثقيلاً لا يزاح. إذ كانت خائفة ممّا قد يعثرون عليه في الداخل.

ثم راح الرجال يدفعونه بقوّة أكبر، ولكن البلاطة لم تتحرك من مكانها.

"ادفعوا بعد"، قال السكرتير البابوي لافّاً أكمام غفّارته ورافعاً إياها مستعدّاً لمساعدتهم: "هيّا!" تنهّد الجميع وهم يدفعون.

وكانت فيتوريا على وشك تقديم مساعدتها، ولكن في تلك اللحظة بالذات بدأ الغطاء يتزلق من مكانه. ثم دفع الرجال مرّة أخرى، وإذا بالغطاء يدور متزلقاً

عن التابوت، ليبقى في النهاية مرتكزاً عند إحدى زواياه. وكان رأس البابا المنحوت قد ارتدّ إلى داخل المِشكاة، في حين كان قدماه ممدّدَيْن خارجاً في الرواق.

رجع الجميع إلى الوراء.

انحنى أحد الحرّاس بتردد والتقط مشعله الكهربائي عن الأرض وصوّبه إلى داخل التابوت. فبدا شعاعه مرتجفاً في البداية، ولكن الحارس عاد وثبّت يده في ما بعد. وراح الحارسان الآخران يقتربان منه الواحد تلوَ الآخر. وهنا وحتى في تلك الظلمة الدامسة شعرت فيتوريا بارتدادهم إلى الوراء. ثم راحوا يصلّبون يدهم على وجههم الواحد تلوَ الآخر.

وارتعد السكرتير البابوي عندما نظر إلى داخل التابوت وتساقط كتفاه كالأثقال، إلا أنه ظلّ واقفاً لفترة طويلة قبل أن يستدير مبعداً نظره عن التابوت.

وكانت فيتوريا تخشى أن يكون فم الجثّة مطبّقاً بإحكام من جرّاء التخشّب الموتي، فتضطر بالتالي إلى فكّ الحنك لكي تتمكّن من رؤية اللسان. ولكنها كانت قد رأت الآن أن هذا كله قد لا يكون ضرورياً، إذ أن وجنتي البابا كانتا منهارتيْن، وفمه مفتوح.

كان لسانه شديد السواد.

86

لا ضوء ولا صوت.

لقد كانت الظلمة الكالحة تلف الأرشيف السريّ بالكامل.

أدرك عندها لانغدون أنه يمكن للخوف أن يكون محرّضاً قوياً.

وفيما كان يلهث نتيجة قلّة الهواء في الداخل، راح يتلمّس في الظلمة طريقه إلى الباب الدوّار، فوجد المفتاح بالحائط، ضغطه براحة يده، ولكنّ شيئاً لم يحدث، فعاد وحاول مرّة أخرى ولكن من دون جدوى، ظلّ الباب جامداً.

راح يدور كالعميان وسط الظلام، ويصرخ مستنجداً، ولكن بالكاد كان صوته يخرج من حلقه، ازدادت حالته سوءاً، إذ بدأ الأكسيجين ينفد من رئتيْه، ويزيد هرمون الألكُظرين سرعة نبضات قلبه، يشعر وكأن أحداً قد لكمه على بطنه.

عندما ارتمى بكامل ثقله داخل الباب، شعر للوهلة الأولى أن الباب بدأ يدور، فدفع من جديد، إلا أنه سرعان ما عاد وأدرك أن الغرفة بكاملها كانت تدور بـه، لا الباب. وفيما كان يبتعد عن الباب متمايلاً مترنّحاً، زلّت به قدمه ووقـع عنـد أسفل سلّم سيّار فشعر بألم حاد، فهو كان قد جرح ركبته بحافّة أحـد رفـوف الكتب، نهض شاتماً وراح يتلمّس طريقه إلى السلم.

وجده وأمل بالتالي أن يكون مصنوعاً من الخشب أو الحديد، ولكنه ولسـوء حظّه كان من الألمنيوم. فأمسك به وقذفه كالكَبش راكضاً نحو الحائط الزجـاجي الذي كان أقرب ممّا كان يظنّ، فإذا بالسلم يرتطم بالزجاج ليعود ويرتدّ إلى الوراء. فأدرك لانغدون من الصوت الخفيف الذي أحدثه هذا الارتطام أنه بحاجة إلى شيء أضخم من سلّم الألومنيوم هذا لكي يتمكّن من تحطيم الزجاج.

تفاءل بالخير عندما تذكّر السلاح نصف الأوتوماتيكي الذي كان معه، إلا أنه سرعان ما عاد وتذكّر أن هذا الأخير لم يعد في الواقع معه، فأوليفيتي أخذه منه في مكتب البابا بحجّة أنه لا يريد سلاحاً بحضور السكرتير البابوي. وهو كان قد اقتنع برأيه هذا في ذلك الحين.

فصرخ من جديد مستنجداً، لكن صوته كان هذه المرة أضعف مـن المـرّة السابقة.

ثم تذكّر فجأة الجهاز اللاسلكي الذي كان الحارس قد تركه له على الطاولـة خارج السرداب. "لمَ لم أدخله معي إلى هنا بحقّ الله؟!" ولمـا راحـت النجـوم الأرجوانية اللون ترقص أمام عينيْه، أجبر عندئذ نفسه على الـتفكير، سـبق لي أن علقت من قبل في أماكن عدّة، راح يخاطب نفسه قائلاً. وقد نجوت من أوضـاعٍ أسوأ بكثير من الورطة التي أنا عالق فيها الآن. كنت مجرّد طفل صغير وكنت دائماً أتمكّن من إيجاد منافذ للورطات التي كنت أواجهها. لقد كانت الظلمـة الكالحـة تلفّ المكان بأسره. فكّر يا روبرت!

انبطح أرضاً ثم استدار على ظهره ومدّد يديْه على طول جانبيْه. لقد كانـت الخطوة الأولى تقتضي بأن يستعيد هدوءه وتركيزه.

"استرخِ"، راح يقول لنفسه.

أخذت نبضات قلبه تتباطأ، إذ لم يعد هناك صراع الجاذبية ليضخّ الدم إليـه، كانت هذه حيلة غالباً ما يلجأ إليها السـبّاحون ليعـودوا ويـزوّدوا جسـمهم

بالأكسيجين بين السباقات المتتالية، سيّما وإن لم تكن هناك فترة طويلة لتفصل بين السباق والآخر.

هناك الكثير من الهواء هنا، راح يخاطب نفسه قائلاً: الكثير، والآن يجب أن أفكّر. فانتظر هناك في الظلام نصف متأمّل أن تعود الأنوار وتُضاء في أي لحظة، ولكنها لم تفعل. وفيما كان ممدّداً هناك، وأصبح قادراً على التنفّس على نحو أفضل الآن، خالجه فجأة شعور غريب بالاستسلام. لقد كان يشعر بهدوء وسكينة تامّيْن.

"تبّاً! يجب أن أتحرّك. ولكن إلى أين...

أما على معصمه، فقد كان ميكي ماوس يتوهّج بسرور وكأنه يستمتع بالظلمة التي تكتنف المكان: الساعة التاسعة والنصف مساءً، نصف ساعة بعد ويحين موعد "النار". كان لانغدون يشعر وكأنه محتجز هنا منذ دهر. أما عقله، وعوض أن يفكّر بخطة تخوّله الهروب من هنا، فإذا به يبحث عن تفسير. مَن الذي قطع التيّار يا تُرى؟ أيمكن أن يكون روشيه قد وسّع نطاق بحثه؟ ولكن أما كان يجدر بأوليفيتي أن يخبره بوجودي هنا! غير أن لانغدون عاد وأدرك أن هذا كلّه لم يعد مهمّاً الآن.

راح يفتح فمه واسعاً ويرجع رأسه إلى الوراء، آخذاً بالتالي أعمق أنفاس يمكنه أخذها إلى أن استعاد صفو أفكاره، ثم يحث ذهنه من جديد على التفكير.

جدران زجاجية، قال بينه وبين نفسه، تبّاً له من زجاج سميك.

أخذ يتساءل إن كان من المحتمل أن يكون أي من الكتب هنا محفوظاً داخل خزائن فولاذية صلبة وثقيلة وصامدة للنار، إذ كان لانغدون قد رأى مثل هذه الخزائن في أرشيفات أخرى ولكنه لم يرَ ولا أي واحدة مثلها هنا. على أي حال، قد يكون البحث عن خزانة من هذا النوع هنا في هذه الظلمة مضيعة للوقت، سيّما وأنه لن يتمكّن في جميع الأحوال من رفعها، خصوصاً في حالته المذرية تلك.

وماذا عن طاولة القراءة؟ فقد كان لانغدون يعلم أن هذا السرداب، شأنه شأن السرداب الذي زاره من قبل، يحوي طاولة للقراءة وسط كومات الكتب. ولكن وإن يكن! فهو كان على يقين من أنه لن يتمكّن من رفعها أيضاً. هذا فضلاً عن أنه، حتى ولو تمكّن من جرّها، فهو لن يتمكّن من جرّها بعيداً. فكومات الكتب متراصّة، في حين كانت الممرات في ما بينها ضيّقة جداً.

"المماشي ضيقة جداً..."

خطرت فجأة على باله فكرة مفيدة.

وإذا به يندفع بثقة وعزم واثباً على قدميْه. وفيما كان يمشي مترنحاً وسط ضباب فورة أفكاره المشوّشة، راح يبحث في الظلام عن دعامة يستند إليها. فإذا بيده تعثر أخيراً على كومة من الكتب. انتظر للحظة مجبراً نفسه على استجماع قواه. فهو قد يضطر إلى بذل قصارى جهوده لكي يتمكّن فعلاً من القيام بهذا.

تمركز مستنداً إلى كومة الكتب، تماماً كما يستند لاعب كرة القدم إلى مزلجة التدريب وثبّت قدميْه في الأرض وراح يدفع.

"لو انه كان فقط بإمكاني إمالة الرف بطريقة أو بأخرى"، كان يقول بينه وبين نفسه، غير أن الكومة بالكاد تحرّكت. فعاد وتمركز في موقعه ودفع مرّة أخرى، غير أن قدميْه انزلقتا خلفاً على الأرض، وأصدرت بالتالي الكومة صريراً من دون أن تتحرّك من مكانها.

لقد كان بحاجة إلى رافعة أو ما شابه.

وفيما كان قد عثر على الجدار الزجاجي من جديد، وضع إحدى يديْه عليه وراح بالتالي يتلمّسه على أمل أن يقوده هذا الأخير وسط الظلام نحو آخر السرداب. ثم لاح له فجأة طيف الجدار الخلفي فاصطدم به ساحقاً كتفه. دار لانغدون حول الرف شاتماً، وتمسّك بكومة الكتب عند مستوى نظره، ثم راح يتسلّقها سانداً إحدى ساقيْه على الزجاج خلفه والأخرى على الرفوف السفلية تحته. فتساقطت الكتب من حوله متطايرة في الظلام ولكنه لم يأبه قطّ لذلك. فلطالما كانت غريزة البقاء تطغى على اللياقة الأرشيفية. ثم شعر باختلال توازنه من جرّاء الظلمة الدامسة التي كانت تحيط به. فأغمض عينيْه مجبراً بالتالي ذهنه على تجاهل قدرته البصرية. أصبح الآن يتحرّك على نحو أسرع، وبالتالي وكلّما كان يتسلّق الكومة كلما كان يشعر بتضاؤل الهواء في الأعلى. فواصل تسلّقه السريع نحو الرفوف العلوية، وهو يدوس بقدميْه على الكتب، رافعاً جسمه نحو الأعلى، وكمتسلّق الجبال الذي بلغ قمّة الجبل، بلغ أخيراً الرف الأعلى.عندها، مدّد ساقيْه خلفه وراح يرفع قدميْه على الجدار الزجاجي إلى أن أصبح تقريباً في وضعية أفقية مع هذا الأخير.

"إنها فرصتك الوحيدة، يا روبرت"، كان صوت في داخله يقول له بإلحاح: "تماماً كتمرين الضغط على الساقيْن الذي تقوم به في نادي هارفارد الرياضي".

ثبّت قدميْه على الجدار خلفه بإجهاد مشوّش وضم كومة الكتب بذراعيْه إلى صدره ودفع بقوّة، غير أن شيئاً لم يحدث.

وفيما كان يناضل من أجل الهواء، عاد واتّخذ وضعيّته السابقة وحاول من جديد، مادّاً ساقيْه نحو الوراء فتحرّكت الكومة. دفع مرّة أخرى وإذا بالكومة تتأرجح إلى الأمام حوالى إنش واحد تقريباً ثم إلى الوراء. فاستغلّ لانغدون هذه الحركة متنشّقاً ما شعر وكأنه نفس خالٍ من الأكسيجين، ودفع مرّة أخرى، فإذا بالكومة تتأرجح إلى نقطة أبعد.

"الأمر أشبه بالأرجوحة"، راح يخاطب نفسه قائلاً: "يجب أن أحافظ على هذا التواتر نفسه، لم يبقَ أمامي سوى القليل".

فراح يؤرجح الرفّ، مادّاً ساقيْه في كل مرّة إلى نقطة أبعد، وبدأت عضلات فخذيْه تؤلمه، ولكنّه تغلّب على ألمه، رقّاص الساعة يتحرّك: "ثلاث دفعات بعد"، راح يقول لنفسه بحماسة.

غير أن الأمر لم يتطلّب في الواقع سوى دفعتيْن إضافيّتيْن فقط.

لحظة قصيرة من الشك قبل أن يقع لانغدون والرّف إلى الأمام وسط هدير تساقط الكتب عن الرفوف.

وفيما كان الرفّ قد اجتاز نصف المسافة قبل أن يسقط على الأرض، ارتطم بالرف الذي بجانبه، فتمسّك لانغدون بقوة، رامياً بثقله إلى الأمام، وحاثّاً بالتالي الرف الثاني على التداعي والسقوط. فسادت لحظة قصيرة من الجمود والهلع قبل أن تبدأ الكومة الثانية بالميلان صارّةً تحت الثقل، فهوى لانغدون مرّة أخرى.

وكحجارة الدومينو الضخمة، تداعت كومات الكتب الواحدة تلوَ الأخرى. معدن على معدن، وكتب تتساقط من كل حدب وصوب. وظلّ لانغدون متمسّكاً فيما كانت كومته المائلة مرتدّة نحو الأسفل. ثم راح يتساءل كم كان عدد كومات الكتب، وكم يبلغ وزنها الإجمالي، فالزجاج في آخر الغرفة سميك جداً...

وكانت كومة لانغدون قد هبطت تقريباً نحو وضعيتها الأفقية عندما سمع أخيراً ما كان ينتظر سماعه - تصادماً من نوع آخر. صوت تصادم بعيد آت من آخر السرداب. دويّ حادّ ناجم عن ارتطام المعدن بالزجاج. فاهتزّ السرداب من حوله، وأدرك بالتالي أن كومة الكتب الأخيرة قد سقطت أخيراً مرتطمة بالزجاج بقوّة. أما الصوت الذي تلا ذلك فقد كان أكثر ازعاجاً سمعه في حياته.

صمت.

لم يسمع أي تحطّمٍ للزجاج، إنما مجرد دويّ مكتومٍ لصوت كومات الكتب تلقي بثقلها الآن مستندةً إلى الجدار. فظلّ لانغدون ممدّداً على كومة الكتب مشدوهاً وفاتح العينيْن إلى أن سمع في البعيد صريراً، وحبس أنفاسه لكي يتمكّن من تمييز ماهيّة الصوت، ولكنه في الواقع لم تعد لديه أيّ أنفاس يحبسها.

ثانية واحدة، اثنتان...

ومن ثمّ، وفيما كان يترنّح على شفير اللاوعي، سمع صوتاً بعيداً... صوتاً أشبه بخرير أو قرقعة تتسلّل إلى الخارج عبر الزجاج. فإذا بالزجاج ينفجر فجأة محدثاً دوياً قوياً كدوي المدفع، وسقطت بالتالي الكومة التي كان لانغدون واقفاً عليها.

وعندها، وتماماً كالمطر المحتفى به في الصحراء، راح رنين الزجاج يُسمع متساقطاً وسط الظلام حطاماً. وما هي إلا ثوانٍ حتى سمع هسيس امتصاص عظيم، هسيس الهواء وهو يتدفّق إلى الداخل.

وبعد ثلاثين ثانية، وتحديداً في كهوف الفاتيكان، كانت فيتوريا واقفةً أمام إحدى الجثث عندما خرق فجأةً الصمتَ، صوت أحد الأجهزة اللاسلكية العالي والحاد. لقد بدا الصوت المدوّي والمنبعث من ذاك الجهاز لاهثاً ومقطوع الأنفاس. "أنا روبرت لانغدون! هل من أحد يسمعني؟".

رفعت فيتوريا ناظريْها، روبرت! فهي كانت عاجزةً عن تصديق كم تمنّت فجأةً لو انه يكون بجانبها.

راح الحراس يتبادلون نظرات حائرة، ثم سحب أحدهم جهازه من حزامه: "سيد لانغدون؟ أنت على الخطّ رقم ثلاثة. ينتظر القائد أخباراً منك على الخط رقم واحد".

أنا أعلم أنه على الخطّ رقم واحد، تبّاً! ولكني لا أريد أن أتحدّث إليه. أريد السكرتير البابوي، حالاً، فليبحث أحدكم عنه".

ظلّ لانغدون واقفاً في ظلمة الأرشيف السري وسط حطام الزجاج، محاولاً التقاط أنفاسه، ثم شعر فجأة بشيء ساخن يسيل على يده اليسرى، فأدرك أنه ينزف.

وإذا بصوت السكرتير البابوي ينبعث فجأة من الجهاز، مجفلاً لانغدون.

"أنا السكرتير البابوي فينتريسا ماذا يجري؟".

ضغط لانغدون على المفتاح وقلبه يخفق خفقاناً سريعاً: "أظنّ أن أحدهم قد حاول للتوّ قتلي!".

فكان عندها صمت طويل على الخطّ.

ثم حاول لانغدون استعادة هدوئه: "كما وأني أعلم أيضاً المكان الذي ستتمّ فيه الجريمة التالية".

ولكن الصوت الذي أجابه عندئذ لم يكن صوت السكرتير البابوي، إنما صوت القائد أوليفيتي: "سيّد لانغدون، لا تتفوّه بأي كلمة أخرى".

87

كانت ساعة لانغدون الملطخة بالدماء تشير إلى العاشرة إلاّ ثلث مساءً، فراح يعدو مجتازاً ساحة البلفدير، واقترب من نافورة المياه التي كانت في الخارج أمام مركز الأمن التابع للحرس السويسري. النزيف في يده توقّف. ولدى وصوله، هيّئ إليه وكأن الجميع قد دعي فجأة إلى الاجتماع - أوليفيتي وروشيه والسكرتير البابوي وفيتوريا وحفنة من الحرّاس.

هرعت إليه فيتوريا: "روبرت، أنت مجروح".

وقبل أن يتمكّن لانغدون من الإجابة، وقف أوليفيتي أمامه.

"سيّد لانغدون، لقد ارتحت الآن لدى رؤيتي إياك بحالة جيّدة، أنا آسف بشأن تشابك الإشارات في الأرشيف".

"تشابك الإشارات؟" سأل لانغدون: "لقد كنت إذن تعلم بشأن -".

"هذا خطأ مني"، قال روشيه خاطياً خطوةً إلى الأمام، وقد كان الندم بادياً في صوته. "فأنا لم أكن أعلم أنك في الأرشيف، فأسلاك جزء من مناطقنا البيضاء الكهربائية موصولة على خطّ واحد مع الأرشيف. فنحن في الواقع كنا نوسّع منطقة بحثنا، وأنا بالتالي مَن أقدم على قطع التيّار. فلو كنت أعلم..."

"روبرت"، قالت فيتوريا آخذةً بيده المجروحة في يدها وفاحصةً إياها: "لقد سُمِّم البابا، لقد قتلته الطبقة المستنيرة".

فسمع لانغدون كلماتها تلك ولكنّه بالكاد تمكّن من استيعاب مضمونها، فهو متعب وكل ما يشعر به هو دفء يديها.

فسحب السكرتير البابوي منديلاً حريرياً من غفّارته وأعطاه إلى لانغدون لكي ينظّف به نفسه. لم يقل الرجل شيئاً، ولكن بدت عيناه الخضراوان تشعّان بنار جديدة.

"روبرت"، قالت فيتوريا بإلحاح: "قلت إنك عثرت على المكان الذي سيُقتل فيه الكاردينال التالي؟".

فشعر لانغدون عندئذ بشيء من الحماسة. "أجل، إنه في -".

"لا"، قال أوليفيتي مقاطعاً إياه. "عندما طلبت منك يا سيّد لانغدون ألا تتفوّه بأي كلمة أخرى على الجهاز اللاسلكي، فقد كانت لديّ أسباب دفعتني لأن أقول لك ذلك"، ثم استدار نحو حفنة الحراس السويسريين المتجمّعين بالقرب منهم وقال: "إعذرونا قليلاً يا رجال".

فاختفى الجنود داخل مركز الأمن من دون أن يشعروا قطّ بالإهانة. فقد كان الأمر مجرّد إطاعة ليس إلاّ.

عاد أوليفيتي واستدار من جديد نحوهم قائلاً: "يؤسفني ويؤلمني كثيراً قول ذلك، غير أن الجريمة التي كان البابا ضحيّتها لم يكن في الواقع بإمكانها أن تتمّ من دون مساعدة من داخل هذه الأسوار. لذا فقد يكون من صالحنا جميعاً ألا نثق بأحد ولا حتى بحرّاسنا". قال هذه الكلمات والعذاب باد عليه.

فبدا روشيه قلقاً إذ قال: "إنّ أي تواطؤ داخلي يشير إلى -".

"أجل"، قال أوليفيتي. "إن أمانة بحثك معرّضة للشبهة. ومع ذلك فنحن مضطرون إلى المغامرة وخوض هذا الرّهان. تابع بحثك".

بدا روشيه وكأنه كان على وشك أن يقول شيئاً ولكنه عاد وفكّر جيّدا بما كان يريد قوله، وغادر الغرفة.

أخذ السكرتير البابوي نفساً عميقاً، ولم ينبس إلى الآن ببنت شفة، شعر لانغدون بصرامة جديدة لدى الرجل وكأنهم كانوا قد بلغوا الآن نقطة تحوّل خطيرة.

"حضرة القائد؟" قال السكرتير البابوي بنبرة كتيمة: "سوف أحلّ الخلوة الانتخابية".

فزمّ أوليفيتي شفتيْه، وبدا صارماً وكالح الوجه: "أنا أنصحك بألاّ تقوم بذلك. فأمامنا ساعتين وعشرين دقيقة".

"نبضة قلب".

فأجابه أوليفيتي بنبرة ملؤها التحدي والاعتراض: "ما الذي تنوي فعله؟ إخلاء سبيل الكرادلة على نحو فرديّ ومن دون أن تؤمّن لهم أي حراسة؟".

"أنا أنوي إنقاذ الكنيسة بأيّ قوّة قد يمدّني بها الله. أما الطريقة التي سأعتمدها في تنفيذ مهمّتي تلك فهذه لم تعد الآن من شأنك". فوقف أوليفيتي وقفة مستقيمة وقال: "أيّاً كان الشيء الذي تنوي القيام به..."

توقّف قليلاً قبل أن يعود ويستطرد كلامه: "فأنا لا يحق لي أن أمنعك عن القيام به. لا سيّما على ضوء فشلي الفادح كقائد للقوى الأمنية. وبالتالي فإن كل ما أطلبه منك هو أن تنتظر. انتظر فقط عشرين دقيقة... إلى أن تمرّ الساعة العاشرة. فإن كانت معلومات السيد لانغدون صحيحة فربما قد أحظى بعد بفرصة للقبض على ذاك السفّاك. فلا تزال أمامنا فرصة للمحافظة على البروتوكول واللياقة".

"لياقة؟" قال السكرتير البابوي ضاحكاً: "لقد تجاوزنا اللياقة منذ زمن طويل، يا حضرة القائد، فنحن الآن في حالة حرب، إنْ لم تلاحظ بعد ذلك".

ثم خرج أحد الحراس من مركز الأمن منادياً السكرتير البابوي: "سيّدي لقد قبضنا على السيّد غليك، مراسل البي بي سي الصحفي".

فأومأ السكرتير البابوي برأسه وقال: "فليوافِني هو وتلك السيّدة المصوِّرة التي ترافقه أمام الكابيلاّ سستينة".

فوقف أوليفيتي فَاتحاً عينيه: "ما الذي تفعله؟".

"أمامك عشرون دقيقة، يا حضرة القائد. هذه آخر فرصة أمنحك إياها". ثم خرج.

88

على الرغم من دويّ صفّارة الإنذار المثبّتة على سيّارة أوليفيتي الألفا روميو، لم يلحظ أحد مرور تلك السيّارة التي كانت قد انطلقت بسرعة قصوى مجتازة الجسر المؤدي إلى وسط روما القديمة، فالزحمة متجهة الآن في الاتجاه المعاكس، نحو الفاتيكان، وكأن هذا المكان المقدّس قد أضحى فجأة المكان الأكثر تسلية وإثارة في روما.

جلس لانغدون في المقعد الخلفي والأسئلة تتوافد على ذهنه. فهو كان يتساءل إن كان القاتل في حال قبضوا عليه هذه المرة سوف يخبرهم ما هم بحاجة إلى معرفته في حال كان قد فات الأوان. وبكم من الوقت سوف يسبق هذا قول السكرتير البابوي للحشود المتجمّعة في ساحة القديس بطرس إنها في خطر؟ أما الحادثة التي تعرّض لها في السرداب فقد كانت لا تزال تزعجه وتقلقه. أكانت فعلاً هذه الأخيرة ناجمة عن خطأ.

لم يدس أوليفيتي قطّ على الفرامل وهو يقود سيارة الألفا روميو، شاقّاً طريقه على نحو ملتوٍ كالأفعى نحو كنيسة السيدة فيكتوريا. فأدرك لانغدون أنّه لو كان في أي يوم آخرٍ لكانت براجمه بيضاء اللون. إلا أنه كان يشعر في تلك اللحظة وكأنه مخدّر ولم يكن بالتالي سوى ذاك الخفقان في يده ليذكّره بمكان وجوده.

لقد كانت صفّارة الإنذار تدوّي فوق رؤوسهم وكأنها تنذر القاتل بوصولهم، فكّر لانغدون بينه وبين نفسه. ثم ظنّ أن أوليفيتي قد يطفئها عندما يصبحون على مقربة من الكنيسة.

والآن وقد حظي أخيراً بلحظة جلوس وتأمّل، شعر لانغدون بشيء من الذهول والإنشداه عندما بدأ يستوعب أخيراً أخبار مقتل البابا، الفكرة لا تُصدَّق، ومع ذلك فقد بدت له حدثاً جدّ منطقيّ. فلطالما كان التسلّل أساس قوّة الطبقة المستنيرة - ترتيبات وتنظيمات جديدة للسلطة من الداخل. ولم يكن الأمر وكأنّ الباباوات لم يتعرّضوا قطّ من قبل إلى القتل، إذ لطالما كانت تُشاع أخبار كثيرة لا تعدّ ولا تحصى حول تعرّض الكنيسة للخيانة، ولكن هذه الأخيرة لم تتمكّن يوماً من تثبيت أيّ منها، سيّما وأن القانون الفاتيكاني يحظّر التشريح؛ إلاّ مؤخّراً عندما سُمح للأكاديميين بأن يفحصوا ويصوّروا بواسطة الأشعة السينيّة تابوت البابا سلستين الخامس الذي زُعم بأنه مات على أيدي خلفه بونيفاس الثامن الذي كان شديد التوق إلى السلطة واعتلاء الكرسي الرسولي. فأمل حينذاك الباحثون أن تكشف الصورة بالأشعة السينية ولو عن أثر صغير لتعرّض البابا المغدور لسلوك عنيف من أيّ نوع كان - عظم مكسور مثلاً. إلا أن الصورة قد كشفت في الواقع عن مسمار طوله عشرة إنشات كان قد أقحم في جمجمة البابا.

راح لانغدون يتذكّر سلسلة من القصاصات الإخبارية التي كان زملاؤه المناصرون للطبقة المستنيرة قد أرسلوها إليه منذ سنوات عديدة. فهو ظنّ في البداية أن هذه القصاصات كانت مجرّد مزحة، ولكنه عاد بعد ذلك وقصد مجموعة

بطاقات هارفارد الصغريّة ليتثبّت من صحّة هذه المقالات، وقد كانت بالفعل كذلك، وهو لا يزال يحتفظ بها إلى الآن على لوحته الخاصة بالبيانات والنشرات الإخبارية كأمثلة حول كيفية انحراف حتى أهمّ المنظمات الإخبارية وأكثرها احتراماً وراء جنون الإرتياب في عظمة الطبقة المستنيرة. ولكن فجأةً بدت له شكوك وسائل الإعلام أقلّ شكوكيّةً. فقد كان لانغدون قادراً على تذكّر هذه المقالات بوضوح...

المؤسسة البريطانية للإرسال
14 حزيران (يونيو) 1998

إن البابا يوحنا بولس الأول الذي مات في العام 1978 قد وقع ضحيّة مكيدة كان قد دبّرها له المحفل الماسوني P2... في الواقع إن هذه الجمعية السرية قررت أن تقتل البابا يوحنا بولس الأول عندما رأت أنه كان مصرّاً على طرد رئيس الأساقفة الأميركي بول مارسينكوس من منصب رئاسة بنك الفاتيكان، هذا البنك الذي كان قد شارك مع المحفل الماسوني في العديد من الصفقات المالية الغامضة والمشبوهة...

صحيفة النيو يورك تايمز
24 آب (أغسطس) 1998

لَمَ كان يا ترى البابا الراحل يوحنا بولس الأول نائماً في سريره وهو يرتدي ثياب النهار؟ ولَمَ كان قميصه ممزّقاً؟ ولم تكن الأسئلة لتنتهي هنا، إذ لم تجرَ بعد ذلك أي تحقيقات طبية. وعلاوةً على ذلك، فإن الكاردينال فيّو حظّر إجراء أي تشريح، الشيء الذي لم يجرَ لأي بابا بعد مماته. وأيضاً فقد اختفت أدوية يوحنا بولس اختفاءً غريباً من جانب سريره، وكذلك الأمر أيضاً بالنسبة إلى نظاراته وخفّيه ووصيّته الأخيرة.

صحيفة لندن دايلي مايل
27 آب (أغسطس) 1998

... مكيدة شارك فيها أحد المحافل الماسونية القوية والمتحجّرة القلب وغير القانونية تمتدّ مجسّاتها إلى داخل الفاتيكان.

رنّ الهاتف الخلويّ في جيب فيتوريا ماحياً، والحمد لله، الذكريات من ذهن لانغدون.

أجابت فيتوريا، بدت مشوّشة الذهن بعض الشيء، وكأنها تتساءل مَن من المحتمل أن يتصل بها. ولكن وحتى عن بعد بضع بضعة أقدام، عرف لانغدون ذاك الصوت الذي كان على الهاتف والذي كان أشبه بصوت اللايزر.

"فيتوريا؟ أنا ماكسيميليان كوهلر. ألم تعثروا بعد على المادة المضادة؟".

"ماكس؟ هل أنت بخير؟".

"لقد شاهدت الأخبار ولم يذكروا فيها أي شيء عن مركز CERN أو المادة المضادة. هذا جيّد. ولكن ما الذي يجري عندكم؟".

"لم نتمكّن بعد من تحديد موقع العلبة الحابسة، فالوضع معقّد، غير أنّ وجود روبرت لانغدون هنا معنا كان أمراً مفيداً جداً. على أي حال، لدينا الآن دليل قد يساعدنا في القبض على الرجل الذي يقوم بقتل الكرادلة، فنحن الآن في طريقنا إلى -".

"سيّدة فيترا"، قاطعها أوليفيتي قائلاً: "لقد شرحت له بما فيه الكفاية".

فغطّت عندئذ فيتوريا السمّاعة، الإنزعاج باد عليها بجلاء: "يا حضرة القائد، هذا رئيس مركز CERN ولا شكّ في أن لديه كامل الحق بأن -".

"لديه كامل الحق"، قال أوليفيتي بنبرة حادّة ولاذعة "بأن يكون هنا إلى جانبنا ليساعدنا في حلّ هذه المسألة، أنت تتكلمين على خطّ خلويّ عام، وأظنّ بالتالي أن كل ما قلته إلى الآن كاف".

أخذت فيتوريا نفساً عميقاً: "ماكس؟".

"قد تكون لديّ بعض المعلومات المفيدة بالنسبة إليك"، قال ماكس: "بشأن والدك... فأنا ربما أعرف الشخص الذي يحتمل أن يكون والدك قد أخبره عن المادة المضادة".

تغيّرت تعابير وجه فيتوريا واكفهرّت: "ولكن يا ماكس، قال لي والدي إنه لم يخبر أحداً عن هذا الموضوع".

"أنا متأسّف يا فيتوريا، ولكن يبدو لي أن والدك قد أخبر أحدهم بالأمر، ولكن يجب أن أتحقّق أولاً من بعض الملفات الأمنية، سوف أعاود الاتصال بك قريباً". ثم انقطع الخط.

بدت فيتوريا شاحبة اللون وهي تعيد الهاتف إلى جيبها.

"هل أنتِ بخير؟" سأل لانغدون.

فأومأت برأسها، ولكن أصابعها المرتجفة كانت في الواقع تشـير إلى عكـس ذلك تماماً.

"تقع الكنيسة عند ساحة باربريني"، قال أوليفيتي، مطفئاً صفّارة الإنـذار، ومتحققاً من ساعته: "أمامنا تسع دقائق".

أوّل ما أدرك لانغدون مكان العلامة الدليلية الثالثة، بدا له موقع الكنيسة بعيداً وغريباً، ساحة باربريني، ثمة شيء مألوف في هذا الاسم... ولكنه لم يكن يعلم مـا هو بالضبط. إلا أنه بات الآن يعرف ما هو. فقد كانت في الواقع هـذه السـاحة موضع جدل وخلاف، إذ منذ عشرين عام أثار موضوع إنشاء محطة للقطار النفقي الكهربائي في هذه الساحة ضجّة كبيرة لدى المؤرخين الفنيين الذين كانوا يخشـون أن تؤدي الحفريات تحت ساحة باربريني إلى تداعي المسلّة الضخمة والهائلة الحجـم المنتصبة في وسطها. لذا عمد الاختصاصيون في التخطيط المدني حينذاك إلى نـزع المسلّة واستبدالها بنافورة مياه صغيرة تعرف بالتريتون.

إلا أن لانغدون كان قد أدرك الآن أنه في أيام برنيني، كانت ساحة بـاربيريني مسلّة! وتبددت بالتالي كل شكوكه، وأصبح واثقاً من أن هذه الساحة هي المكان الذي تقع فيه العلامة الدليلية الثالثة.

وعلى بعد مبنى واحد من الساحة، انعطف أوليفيتي في إحدى الأزقّة ثم سـار بسرعة قصوى نحو منتصفه وتوقّف عند جانب الطريق. ثم خلع عنه سترته ولـف كمّيْه عالياً، وشحن سلاحه الناري.

"لا يمكننا أن نخاطر باحتمال تعرّفه إليكما، فأنتما الاثنان قد ظهرتمـا علـى التلفزيون، أريدكما أن تقفا من الجهة الثانية للساحة بعيداً عن الأنظار، وتراقبـا لي المدخل الأمامي. أما أنا فسوف أذهب من الخلف". ثم أخرج بعد ذلك المسـدّس الشهير وأعطاه للانغدون.

"احتفظ بهذا فقد تحتاج إليه".

عبس لانغدون، هذه المرة الثانية اليوم التي يُعطى فيها هذا المسدس، دسّـه في جيب صدره. ولكن وفيما كان يفعل ذلك، أدرك أنه لا يزال يحمل عليه الورقـة التي كان قد أخذها من كتيّب "البيان". فلم يصـدّق كيـف نسـي ردّهـا إلى الأرشيف. ثم راح يتصوّر القيّم على أرشيف الفاتيكان كيف أنه قد ينهار ويُصاب بنوبة قلبية عندما يعرف أنه كان يحمل هذا النتاج الصنعي الثمين والنفيس في جيبه

ويتجوّل به في كافة أنحاء روما وكأنه خريطة سياحية. ثم راح يفكّر أيضاً بكل تلك الفوضى التي كان قد خلّفها وراءه في الأرشيف من جراء الزجاج المحطّم والوثائق والمستندات المبعثرة والمتناثرة في كل مكان. فقد كانت في الواقع لدى القيّم والمسؤول عن الأرشيف مشاكل جمّة أخرى. هذا إن نجا حتى الأرشيف الليلة من هذه الكارثة...

ترجّل أوليفيتي من السيارة وأشار إلى الناحية العلوية من الشارع. "إن الساحة من هنا. احترسا جيداً ولا تدعا أحداً يراكما". ثم نقر بإصبعه على الهاتف الذي كان يعلّقه على حزامه قائلاً: "دعينا سيّدة فيترا نعيد اختبار اتصالنا الأوتوماتيكي".

سحبت فيتوريا هاتفها وضغطت على رقم الاتصال الأوتوماتيكي التي كانت قد اتّفقت عليه مع أوليفيتي في البانتيون، فراح هاتف أوليفيتي يرجّ بصمت على حزامه.

فأومأ برأسه قائلاً: "جيّد، أعلماني في حال رأيتما شيئاً معيناً". ثم ردّ ديك بندقيّته إلى الوراء استعداداً للرمي وقال: "سوف أكون منتظراً في الداخل. أعدكما بأن أقبض على هذا الوثني اللعين".

وفي تلك اللحظة، وعلى مقربة منهم، كان هاتف خلوي آخر يرنّ.

فأجاب الحشّاش قائلاً: "نعم".

"هذا أنا"، قال الصوت على الطرف الثاني من الخط: "يانوس".

ابتسم الحشّاش وقال: "مرحباً سيّدي".

"قد يكون موقعك معروفاً. أحدهم آت لتوقيفك".

"لقد تأخّروا كثيراً. فقد قمت بكل الترتيبات هنا".

"جيّد، أريدك أن تهرب من هناك حياً، فلا يزال لدينا عمل كثير ننجزه".

"سوف يموت كلّ أولئك الذين يعترضون طريقي".

"أولئك الذين يعترضون طريقك أذكياء جداً".

"هل تقصد بكلامك هذا ذاك العالِم الأميركي؟".

"هل أنت على علم به؟".

ضحك الحشّاش ضحكة خافتة وقال: "رجل هادئ إنما ساذج. لقد تحدثت إليه على الهاتف منذ بعض الوقت. معه امرأة تبدو عكسه تماماً". وقد شعر القاتل بشيء من الحماسة والإثارة عندما أتى على ذكر ابنة ليوناردو فيترا وطبعها المتمرّد والعنيف.

صمت موقّت على الخط، فهذا التردد الأول الذي يشعر به الحشاش من قبل سيّده. ثم تكلّم أخيراً يانوس وقال: "تخلّص منهما إن اضطر الأمر".

ابتسم السفاك: "اعتبر الأمر منتهياً". وشعر عندها بحماسة متّقدة تنتشر في جسمه، على الرغم من أنني أودّ الاحتفاظ بتلك المرأة كجائزة لي على إنجازاتي.

89

كانت الحرب قد اندلعت في باحة القديس بطرس.

فالساحة تحوّلت إلى قنبلة متفجّرة من العنف والاهتياج، والعربات الإعلامية تتدفّق نحوها كالعربات الهجومية التي تطالب بالاستيلاء على رؤوس جسور ساحلية معادية، في حين كان المراسلون الصحفيون ينشرون أجهزتهم الإلكترونية العالية التقنية كالجنود الذي يستعدّون للقتال. أما على طول محيط الساحة، فقد كانت الشبكات التلفزيونية تتهافت متسابقةً على المواقع الجيّدة لتنصب فيها السلاح الأحدث في الحروب الإعلامية - ألا وهو الشاشات التلفزيونية الكبيرة والمسطّحة، التي هي كناية عن شاشات تلفزيونية ضخمة يمكن تركيبها على سطح العربات أو الشاحنات أو السقالات النقّالة، تستخدم كنوع من لوحة إعلانية للشبكة التي تبثّ هذه التغطية التلفزيونية المباشرة، وكنوع من اللوغوغراف المشترك شأنها شأن دور السينما التي يستطيع الناس مشاهدة الأفلام التي تعرض فيها وهم في سياراتهم. وبالتالي، وإن كان موقع الشاشة جيّداً - كأن يكون مثلاً أمام الحدث مباشرة - فلن تتمكّن عندئذ الشبكة المنافسة من تصوير الحدث من دون أن يشمل تصويرها إعلاناً أو دعاية للشبكة المنافسة.

وبالتالي فسرعان ما تحوّلت الساحة ليس إلى فورة إعلامية فقط إنما أيضاً إلى سهرة عامة شديدة الاهتياج. فالمتفرّجون يتوافدون إلى المكان من كل حدب وصوب. وهكذا سرعان ما تحوّلت هذه الساحة المفتوحة أمام الجميع، والتي لا تعرف حدوداً، إلى سلعة قيّمة ونفيسة، وسرعان ما راح الناس يتجمّعون حول تلك الشاشات المسطحة والضخمة ليستمعوا بانشداه وإثارة إلى آخر الأخبار الحية والمنقولة نقلاً مباشراً.

أما على بعد مئة ياردة فقط من هنا، وتحديداً داخل جدران بازليكا القديس بطرس السميكة، فقد كان العالم هادئاً وساكناً. الملازم الأوّل تشارتراند وثلاثة آخرون من الحرس السويسري يمشون وسط الظلمة الدامسة واضعين نظّاراتهم الواقية من الأشعة دون الحمراء ومنتشرين كالمروحة في كافّة أرجاء صحن الكنيسة وهم يؤرجحون أمامهم أجهزتهم المِكشافة. لم يأتِ في الواقع تفتيش المناطق العامة لمدينة الفاتيكان بأي نتيجة.

"يُستحسن أن تنزعوا هنا نظاراتكم"، قال الحارس الأعلى رتبةً.

وكان تشارتراند قد بدأ يفعل ذلك، إذ أنهم كانوا في الواقع يقتربون من مشكاة البليوم أو طيلسان البابا - تلك الناحية الغائرة في وسط البازليكا التي ينيرها تسعة وتسعون قنديلاً زيتياً. وإلاّ سفعت النظارات عيونهم.

سرّ تشارتراند لنزعه تلك النظارات الواقية الثقيلة، وراح يمطّط عنقه فيما كانوا ينزلون إلى المشكاة الغائرة ليفتّشوها، الغرفة جميلةً... ذهبية ومتوهّجة، وهو لم يكن قد نزل إلى هنا من قبل.

يكتشف تشارتراند، منذ وصوله إلى الفاتيكان، كل يوم شيئاً جديداً في هذه المدينة الغامضة والمكتنفة بالأسرار، كتلك القناديل الزيتيّة مثلاً، تسعة وتسعون قنديلاً بحالة اشتعال دائم، هكذا التقليد، ورجال الإكليروس ينتبهون دائماً إلى تلك القناديل ويغذونها باستمرار بزيوت مقدّسة للحؤول دون انطفاء أحدها، وكان يُقال إنه من المفترض بهذه القناديل أن تظل مشتعلة إلى دهر الداهرين.

أو أقلّه إلى منتصف الليل، فكّر تشارتراند بينه وبين نفسه، شاعراً من جديد بجفاف في فمه.

راح تشارتراند يؤرجح جهازه المكشاف فوق القناديل الزيتية، فلم يجد شيئاً، وهو لم يتفاجأ قطّ من ذلك، إذ أن العلَبة الحابسة كانت وفقاً لما كان ظاهراً في شريط الفيديو مخبّأةً في مكان مظلم.

وفيما كان ينتقل إلى الجهة المقابلة من المشكاة، رأى نافذة مقضّبة تغطي حفرة في الأرض، تؤدي إلى سلّم ضيّق وشديد الانحدار. وهو كان قد سمع قصصاً كثيرة عما كان هناك في الأسفل؛ والحمد لله أنهم لم يكونوا مضطرين إلى النزول إلى هناك. لقد كانت أوامر روشيه واضحة وصريحة. فتّشوا المناطق العامة فقط؛ تجاهلوا المناطق البيضاء.

"ما هذه الرائحة؟" سأل فيما كان يشيح بوجهه بعيداً عن النافذة المقضَّبة، فقد كانت تفوح من المشكاة رائحة حلوة.

"إنها رائحة الأدخنة المتصاعدة من القناديل"، أجابه أحدهم.

فقال تشارتراند باستغراب: "رائحتها أقرب إلى الكولونيا منها إلى الكيروسين.

"هذا ليس كيروسين. في الواقع إن هذه القناديل قريبة من المذبح البابوي؛ لذا هم يشعلونها بمزيج مميّز من الإيثانول والسكّر والبيوتان والعطر.

"بيوتان؟" سأل تشارتراند ناظراً إلى القناديل بقلق وخوف.

فأومأ الحارس برأسه قائلاً: "إياك أن تسقط أحدها. صحيح أن رائحتها أشبه برائحة الجنة ولكن نيرانها أشبه بنيران جهنّم".

انتهى الحراس من تفتيش مشكاة البليوم، وكانوا يعبرون من جديد إلى الجهة الأخرى للبازليكا عندما انطفأت فجأة أجهزتهم اللاسلكية.

لقد كان هذا شيئاً جديداً، فظلّ الحراس واقفين بصمت مصدومين، يبدو أن هناك تطورات جديدة مقلقة لا يمكن مناقشتها على الهواء، إلا أن السكرتير البابوي قرّر أن يخرق التقاليد ويدخل الخلوة الانتخابية ليخاطب الكرادلة. وهذا شيء لم يسبق له أن حدث في تاريخ الفاتيكان. كما وأدرك تشارتراند أيضاً أنه لم يسبق للفاتيكان أن كان جالساً على شيء يضاهي بقوته قوة شيء أشبه بقنبلة نووية عصرية.

شعر تشارتراند بشيء من الطمأنينة عندما عرف أن السكرتير البابوي هو الذي يمسك الآن بزمام الأمور، فالسكرتير البابوي أكثر شخص يحترمه تشارتراند في مدينة الفاتيكان، في حين كان بعض الحرّاس يظنّونه رجلاً متديّناً ومتعصّباً بلغ حبّه لله حدّ الهوس. ولكن عندما كان الأمر يتعلّق بمحاربة أعداء الله، هناك إجماع في الرأي على أن السكرتير البابوي هو الرجل الوحيد الذي من شأنه أن يقف ويتّخذ المواقف والقرارات الحاسمة.

وكان الحراس السويسريون قد رأوا هذا الأسبوع الكثير من طباع السكرتير البابوي وقدراته أثناء تحضيراته للخلوة الانتخابية، ولاحظ جميعهم كيف أن الرجل بدا في الآونة الأخيرة قاسياً وفظاً ومتوتّر الأعصاب بعض الشيء، وكيف أن عينيْه الخضراويْن بدتا أكثر حدّة وانفعالاً من العادة. ولكنّ جميعهم لم يستغربوا ذلك، إذ

أن السكرتير البابوي لم يكن مسؤولاً عن تنظيم الخلوة الانتخابية المقدسة فحسب، ولكنه كان في الواقع مضطراً أيضاً إلى القيام بالعملية الانتخابية تلك، رأساً عقب وفاة البابا معلّمه الخاص.

لم يمضِ على وصول تشارتراند إلى الفاتيكان سوى أشهر قليلة فقط عندما سمع بقصّة القنبلة التي أودت بحياة والدة السكرتير البابوي أمام عينيْه عندما كان لا يزال صغيراً. وكانت آنذاك القنبلة قد وضعت في إحدى الكنائس... وها هو التاريخ يعيد الآن نفسه. والمؤسف في الأمر هو أن السلطات لم تتمكّن يوماً من القبض على أولئك السفلة الذين كانوا قد زرعوا تلك القنبلة في الكنيسة آنذاك... فلا بدّ من أنهم كانوا ينتمون إلى جماعة مناهضة للمسيحية، وهكذا أقفلت تلك القضية. فلا عجب إذن إن كان السكرتير البابوي يحتقر اللامبالاة، لا بل يكرهها.

ومنذ حوالى الشهريْن تقريباً، إلتقى تشارتراند بالسكرتير البابوي داخل مدينة الفاتيكان، وكان هذا الأخير يعرف على ما يبدو أن تشارتراند حارس جديد ودعاه بالتالي لمرافقته في نزهة صغيرة. وهما لم يتحدّثا حينها عن شيء معيّن تحديداً، إلا أن السكرتير البابوي جعل تشارتراند يشعر وكأنه هنا في بيته.

"أبتِ"، قال تشارتراند: "أيمكنني أن أطرح عليك سؤالاً غريباً؟".

ابتسم السكرتير البابوي: "هذا فقط إن كان بإمكاني أيضاً أن أقدّم إليك إجابةً غريبة".

ضحك تشارتراند: "لقد سألت كل الكهنة الذين أعرفهم، ولكني ما زلت حتى الآن لا أفهم".

"ما الذي يقلقك؟" سأله السكرتير البابوي، وقد كان يمشي أمامه بخطى صغيرة وسريعة ورداءه يدوس الأرض أمامه. وقد بدا حذاؤه الأسود ذو النعل المصنوع من قماش الكريب ملائماً ولائقاً به، فكان عصرياً إنما في الوقت نفسه متواضعاً وبالياً بعض الشيء.

ثم أخذ تشارتراند نفساً عميقاً وقال: "ما لا أفهمه هو هذا الشيء الكلي القدرة والخيّر والكريم".

فابتسم السكرتير البابوي وقال: "تقرأ الكتاب المقدّس".

"أحاول".

"أنت مشوّش الذهن لأن الإنجيل يصف الله بالإله الخيّر والكريم والكلي القدرة".

"بالضبط".

"في الواقع، إن عبارة الخيّر والكريم والكلّي القدرة تعني وبكل بساطة أن الله قويّ وحسن النيّة".

"أنا أفهم هذا. ولكن يبدو لي... أن في ذلك تناقضاً ما".

"أجل. التناقض هو الألم وجوع الناس والحروب والأمراض..."

"بالضبط!" فقد كان تشارترائد واثقاً من أن السكرتير البابوي سوف يفهم قصده. "تحدث في هذا العالم أمور فظيعة والمآسي البشرية تبدو وكأنها دليل على أن الله تعالى لا يمكنه أن يكون كليّ القدرة وحسن النية في آن معاً. إذ أنه تعالى لو كان يحبّنا وكان قادراً على تغيير أوضاعنا لكن حال دون كلّ آلامنا ومآسينا تلك، أليس كذلك؟".

عبس السكرتير البابوي: "حال دونها؟".

شعر تشارترائد بشيء من الإنزعاج، أيمكن أن يكون قد تخطّى حدوده؟ أكان سؤاله هذا واحداً من تلك الأسئلة الدينية التي ينبغي طرحها؟ "حسناً... إن كان الله يحبنا وكان قادراً على حمايتنا لكان من واجبه إذن القيام بذلك. وإلاّ فأنا أظن أن الله إما أنه كلي القدرة إنما لامبال، وإما أنه حسن النية عاجز عن مساعدتنا".

"هل لديك أولاد، يا حضرة الملازم الأول؟".

فتورّد وجه تشارترائد خجلاً وقال: "كلا، سيّدي".

"تصوّر أن لديك ولداً في الثامنة من عمره... هل كنت لتحبّه؟".

"بالتأكيد".

"أكنت لتفعل أي شيء يمكنك فعله للحؤول دون تعرّضه لأي ألم في حياته؟".

"بالتأكيد".

"أكنت قد سمحت له بالتزلج؟".

فأجابه تشارترائد ضارباً عصفورين بحجر واحد وقال: "أجل، أظن ذلك. أنا أكيد أني كنت سمحت له بالتزلج ولكني في الوقت نفسه كنت لأقول له بأن يتوخّى الحذر".

"لو أنك كنت إذاً والد ذلك الطفل، لكنت أسديت إليه بعض النصائح الأساسية والجيّدة وتركته بعد ذلك يخوض معترك الحياة ويرتكب أخطاءه الخاصة؟".

"أجل فأنا لن أركض وراءه وأدلّله وأدلّعه إن كان هذا ما ترمي إليه".

"ولكن ماذا لو وقع وجرح ركبته؟".

"سوف يتعلّم بذلك أن يكون في المرّة التالية أكثر حذراً".

ابتسم السكرتير البابوي وقال: "إذاً وعلى الرغم من تحلّيك بالقدرة الكاملة على التدخّل في شؤون ولدك وحياته والحؤول دون تألّمه، سوف تختار أن تظهر له حبّك من خلال سماحك له بأن يتعلّم من أخطائه الخاصة؟

بكل تأكيد. فالألم جزء من النموّ؛ ونحن لا يمكننا أن نتعلّم إلاّ بهذه الطريقة فقط.

فأومأ السكرتير البابوي برأسه وقال: "بالضبط".

90

راح لانغدون وفيتوريا يراقبان ساحة باربريني من وراء ظلال زقاق ضيّق يقع عند زاوية الساحة الغربية. الكنيسة قبالتهما، تلوح قبّتها الضبابية والغائمة لهما منبثقةً من بين مجموعة صغيرة من المباني التي كانت عند الجهة الأخرى للساحة. حلّ الليل ومعه برودة معتدلة، وتفاجأ لانغدون برؤية الساحة مقفرة. ولكن فوقهما ومن خلال النوافذ المفتوحة ذكّرته التلفزيونات المتوهّجة بسبب اختفاء الناس من الطرقات والساحات وتجمّعهم في منازلهم أمام شاشات التلفزيون.

"... لم يردنا بعد أي تعليق من الفاتيكان... إقدام الطبقة المستنيرة على قتل كاردينالَيْن اثنيْن... وجود شيطاني في روما... توقعات حول المزيد من التسلل..."

انتشرت الأخبار في أرجاء المدينة كافّة مثل نيران نيرون، فجلست بالتالي روما شأنها شأن سائر أنحاء العالم مسمّرة أمام شاشات التلفزيون. راح لانغدون يتساءل إن كانوا سيتمكّنون حقاً من توقيف هذا القطار الفارّ. ولكنه وفيما كان وقفاً منتظراً يراقب الساحة، لاحظ أنّ الساحة وعلى الرغم من انتهاك المباني العصرية لحرمتها لا يزال شكلها الإهليلجي ظاهراً بجلاء. أما فوق في الأعلى فقد كانت لافتة نيونية ضخمة تضيء مومضة على سطح أحد الفنادق الفخمة أشبه بمزار عصري لبطل تاريخي عظيم. وكانت فيتوريا قد لفتت انتباه لانغدون إليها من قبل، إذ بدت ملائمةً على نحو مخيف.

"خمسة من أصل عشرة"، قالت فيتوريا وهي تراقب الساحة بنظرات متيقظة وحذرة كنظرات الهرّة. وما أن تفوّهت بهذه الكلمات حتى أمسكت بلانغدون من ذراعه وشدّته خلفاً إلى داخل الظلال مشيرةً إلى وسط الساحة.

لحق لانغدون مجال نظرها، وعندما رأى ذاك المنظر أمامه تيبّس وجمد في مكانه، شخصان غامضان يعبران الساحة تحت أحد مصابيح الشارع الكهربائية. كلاهما متخفيان بثياب طويلة وفضفاضة يغطّيان رأسيْهما بحجابيْن أسوديْن أشبهيْن بالحجاب التقليدي الأسود الخاص بالراهبات الكاثوليكيات. ظنهما لانغدون امرأتين، إلا أن الظلام كان يحول دون تأكّده من ذلك. بدت إحداهما أكبر سنّاً من الأخرى، إذ أنها كانت تمشي بألم منحنية إلى الأمام، في حين كانت الثانية التي تساعدها أضخم وأقوى.

"أعطني المسدس"، قالت فيتوريا.

"ولكن لا يمكنك أن -".

إلا أن فيتوريا أدخلت يدها في جيبه بخفّة ورشاقة وأخرجت منه المسدس. الذي توهّج في يدها. بعدها راحت تدور يساراً من حول الساحة الغارقة في الظلام بصمت وهدوء تامّين وكأن قدميْها لا تدوسان حصى الشارع، محاولة الاقتراب من هذين الشخصيْن من الخلف. وفيما كانت تحاول الاختفاء، ظلّ لانغدون واقفاً جامداً في مكانه، ثم أسرع وراءها شاتماً.

يتحرك هذان الشخصان ببطء شديد بحيث تمكن لانغدون وفيتوريا التمركز خلفهما تماماً خلال نصف دقيقة، من الخلف. عندها أخفت فيتوريا المسدس تحت ذراعيْها اللتين شبكتهما أمامها على نحو عرضيّ؛ بعيداً عن الأنظار إنما يمكن الوصول إليه بلمح البصر. وكلما تقلّصت المسافة عنهما كلما اقتربا منهما وكأنها تطفو على نحو أسرع وأسرع، في الوقت الذي كان فيه لانغدون يبذل قصارى جهوده لكي يتمكن من مجاراتها من دون أن يتخلّف عنها. وعندما زلّت قدمه بإحدى الحجارة التي راحت تنزلق على الشارع انزلاقاً سريعاً، رمقته فيتوريا شزراً نظرةً غاضبةً، ولكن لم يبدُ لها وكأن هذيْن الشخصيْن سمعا شيئاً. لقد كانا يتحدثان إلى بعضهما بعضاً.

وعلى مسافة ثلاثين قدماً منهما، بدأت أصواتهما تتناهى إلى مسمع لانغدون.

أما فيتوريا فكانت تسير بجانبه أسرع فأسرع، ثم ارتخت يداها أمامها فخرج المسدسٍ من مخبئه. لم يعد يفصلهما عنها سوى عشرين قدماً، وأصبح صوهما أكثر وضوحاً الآن - أحدهما أعلى من الآخر. كانا يبدوان غاضبيْن، إذ إنهما كانا يتحدثان بقسوة ونقمة. فشعر لانغدون أن هذا الصوت هو صوت امرأة عجوز، صوت أجشّ خنثويّ، فمدّ أذنه بتوتّر وإجهاد لكي يسمع ما كانت تقوله، وإذا بصوت آخر يخترق الظلام.

"المعذرة!" قالت فيتوريا بالإيطالية بنبرة لطيفة أنارت الساحة كشعاع أحد المصابيح الكهربائية.

توتّر لانغدون لدى رؤيته أن الشخصيْن المحجبيْن كانا قد توقفا فجأة مكانهما وبدأ يستديران. غير أن فيتوريا واصلت تقدمها السريع نحوهما، بحيث كانت على وشك الاصطدام بهما قاطعة عليهما أي رد فعل معيّن. ثم أدرك لانغدون فجأة أن قدميْه قد توقفا عن السير، وراح يشاهد فيتوريا من الخلف مرخيةً ذراعيها ومحرّرة يدها التي كانت تحمل فيها المسدّس. ثم رأى من فوق كتفها وجهاً كان قد أناره الآن مصباح الشارع. فانتابه الذعر وإذا به يندفع بقوّة إلى الأمام صائحاً: "لا، يا فيتوريا!".

عندها رفعت فيتوريا ذراعيْها على نحو فجائي وسريع خافية المسدس، إذ لفّت ذراعيها من حولها كالمرأة التي تشعر بالبرد ليلاً. أما لانغدون فزلّت به قدمه بجانبها وكاد يصطدم بهما.

"مساء الخير"، قالت فيتوريا من غير تفكير وبصوت مجفل.

فتنفّس لانغدون الصعداء، امرأتان عجوزان تقفان أمامهما عابستيْن، إحداهما عجوزاً بحيث أنها بالكاد كانت قادرة على الوقوف؛ أما الثانية فتساعدها وكانت كل واحدة منهما تحمل مسبحة. بدتا بالفعل مرتبكتيْن إثر هذا التدخّل المفاجئ.

ابتسمت فيتوريا على الرغم من أنها كانت تبدو مصدومةً: "أين تقع كنيسة سيّدة الانتصار؟" سألتهما بالإيطالية، فأشارتا معاً إلى أحد المباني الضخمة، الواقفة على شارع منحدر في الاتجاه الذي كانتا آتيتيْن منه: "ها هي". أجابتاها بالإيطالية.

"شكراً"، قال لانغدون لهما واضعاً يديْه على كتفيْ فيتوريا وشاداً إياها

بلطف إلى الوراء، فهو غير مصدق أنهما كانا على وشـــك مهاجمـــة امـــرأتيْن عجوزيْن.

"لا يمكن لأحد الدخول إليها"، حذّرت إحداهما قائلةً: "لقـــد أغلقوهـــا باكراً".

"أغلقوها باكراً؟" سألت فيتوريا بتعجّب واستغراب: "ولكن لماذا؟".

فراحتا تشرحان، وبدا الضغب عليهما.

ولم يتمكن لانغدون سوى من فهم جزء صغير فقط مما راحت المرأتان ترطنانه بالإيطالية. فهما على ما يبدو كانتا داخل الكنيسة منذ خمس عشر دقيقة تصـــليان على نيّة الفاتيكان عندما ظهر فجأة رجل وقال لهما إن الكنيسة سوف تغلق اليوم أبوابها باكراً.

"وهل تعرّفتما إلى الرجل؟" سألتهما فيتوريا بالإيطالية بنبرة متوترة.

أومأتا برأسيْهما، وراحتا تشرحان أن الرجل كان فظّـــاً، أجـــبر جميـــع من كان داخل الكنيسة على المغادرة فوراً، لاسيّما الكاهن الشاب والبـــوّاب اللذين هدّداه بالاتصال بالشرطة. ولكن كل ما فعله مقتحم الكنيسة لدى سماعه ذلك هو الضحك قائلاً لهما إنه واثق من أن الشرطة ســـوف تجلـــب معهـــا الكاميرات.

"كاميرات؟" سأل لانغدون بغرابة.

عندها أطلقتا صوتاً كالقرق، ونعتتا الرجل بالبربري، ثم تابعتا سيرهما مدمـــدمتيْن متذمّرتيْن.

"بربري؟" سأل لانغدون فيتوريا. ثم شعر بارتعاش في جسمه كله واســـتدار نحو الكنيسة. وفيما كان يفعل ذلك، شاهد شيئاً في نوافذ الكنيســـة الملوّنـــة. وإذا بالصورة توقع الرهبة في نفسه. وفيما كانت فيتوريا لا تزال تجهل ما يحدث هنـــاك في الكنيسة، أخرجت هاتفها الخلوي وضغطت على زرّ الاتصال الأوتومـــاتيكي. "سوف أنذر أوليفيتي".

ولكن وبما أنّ لانغدون كان لا يزال عاجزاً عن الكلام، لمس ذراعها مشـــيراً إلى الكنيسة بيد مرتجفة مرتعدة. فلهثت فيتوريا لشدة هولها.

لقد كانت ألسنة النيران... تتوهج داخل المبنى كالعيون الشيطانية مـــن وراء النوافذ الزجاجية الملوّنة.

91

أسرع لانغدون وفيتوريا نحو المدخل الرئيس لكنيسة سيّدة الانتصار فوجدا بابها الخشبي مقفلاً. فأطلقت فيتوريا ثلاث طلقات من المسدس على القفل القديم الذي سرعان ما تكسّر وتحطّم.

وعندما فتحا الباب الرئيس أدركا أنه لم تكن لدى الكنيسة أي حجرة مؤدية إلى حجرتها الرئيسة، كلها مفتوحة على بعضها بعضاً. وقد كان المشهد أمامهما غير متوقّع وغريباً اضطر لانغدون إلى إغماض عينيْه وإعادة فتحهما قبل أن يتمكن ذهنه من استيعاب ما يرى.

يطغى على هذا المكان فنّ العمارة الباروكي الفخم... فجدرانها ومذابحها مطليّة كلها بالذهب. وفي وسط الكنيسة بالضبط، وتحديداً تحت قبّتها الرئيسة، كانت المقاعد الخشبية الطويلة مكدّسة عالياً فوق بعضها بعضاً وكانت تشتعل متوهجة كالمحارق الملحمية التي كانت تستخدم في الطقوس الجنائزية. مشعلة تتوهج نيرانها عالية في القبة. وفيما كانت عينا لانغدون تتبعان هذا المنظر الجهنمي المتصاعد نحو الأعلى، هبط الهول الفعلي للمشهد كالطائر الذي ينقضّ على فريسته.

في الأعلى فوق رأسيْهما، يتدلى سلكان معدنيّان يستخدمان عادة لأرجحة أوعية البخور فوق جماعة المصلّين، لكنهما لم يحملان البخور الآن ولم يكونا أيضاً يتأرجحان، إذ أنهما كانا قد استخدما لغرضٍ آخر...

شخص بشري مدلّى من تلك الأسلاكٍ، رجل عارٍ، وكان معصماه مربوطاً بالسلك الذي في الاتجاه المعاكس له، الذي رُفع تقريباً إلى حدّ فسخه إلى جزئين. أما ذراعاه فممدودتان نحو الخارج كجناحيْ النسر وكأنهما مسمّرتان إلى صليب غير مرئي يرفرف داخل بيت الله.

ففيما كان لانغدون يحدّق نحو الأعلى، إنتابه فجأة شعور بالشلل. وما هي إلاّ لحظة حتى شاهد الشيء الأخير البغيض والفظيع، الرجل العجوز حي يرفع، وعيناه اللتان يسودهما الرعب والهول تحدقان نحو الأسفل مستنجدةً بصمت. أما صدره فقد كان مسفوعاً بثمّة شعار، فهو كان قد وسم، لم يكن لانغدون قادراً على رؤية الوسم بوضوح، ولكنه كان واثقاً تقريباً كَل الثقة مما كان يقوله ذاك الوسم.

وفيما كانت ألسنة النار واللهب تتصاعد أكثر فأكثر لاسعة الرجل عند قدميْه، أصدر هذا الأخير صيحة ألم، وجسمه يرتجف بشدة.

وكأنه قد استمدّ بقوّة ما غير مرئية، شعر لانغدون بجسمه يتحرّك فجأةً مندفعاً بسرعة نحو أسفل الجناح الرئيس، صوب الحريق، ولكنه كلما اقترب، امتلأت رئتاه دخاناً. وعندما أصبح على بعد عشرة أقدام من الجحيم، اصطدم بسرعة قصوى بحائط حراري. سُفعت بشرة وجهه ووقع إلى الوراء حاجباً عينه وساقطاً بكل ثقله على الأرض الرخامية. وفيما كان يحاول جاهداً الوقوف من جديد، إندفع مرةً أخرى إلى الأمام ويداه مرفوعتان كنوع من الحماية.

فأدرك في الحال أن النيران شديدة الحرارة.

وفيما كان يرجع مجدداً إلى الوراء، راح يتفحّص جدران الكابيلاّ. أنا بحاجة إلى سجّادة ثقيلة وضخمة، فكّر بينه وبين نفسه. لو أني أتمكّن بطريقة ما من إخماد الـ ... ولكنه كان يعلم أنه لن يعثر على سجادة ضخمة. هذه كابيلاّ من الطراز الباروكي يا روبرت، راح يخاطب نفسه مفكّراً، لا قصر ألماني! فكّر! ثم عاد وبذل كل ما في وسعه موجّهاً نظره نحو الرجل المتدلي.

التفت ألسنة النار والدخان ودارت كالدوّامة فوق في أعلى القبة. أما الأسلاك المبخّرة فقد كانت تمتدّ بعيداً شادّة بمعصميْ الرجل إلى الخارج، ومرتفعةً نحو السقف حيث كانت تمرّ عبر بكرات لتعود وتنزل من جديد نحو وتديْن أو مربطيْن معدنيّين موجوديْن عند كل جهة من الكنيسة. ألقى لانغدون نظرة على أحد هذين الوتديْن، فوجده معلّقاً عالياً على الجدار، ولكنه كان يعلم أنه إن تمكّن من الوصول إليه وإرخاء أحد السلكيْن فقد يخفف بذلك من حدّة الشدّ، وقد يرتفع بالتالي الرجل بعيداً عن النيران.

وإذا بموجة جديدة من اللهب تجيش فجأة مفرقعةً ومرتفعة أكثر، وإذا بلانغدون يسمع صياحاً حاداً آتياً من فوق. كانت بشرة قدمي الرجل قد بدأت تحترق وتتقرّح، الكاردينال يُشوى حياً. عندها ركّز لانغدون نظره على الوتد المعدني وانطلق نحوه بسرعة قصوى.

أما في مؤخّرة الكنيسة فكانت فيتوريا قد تشبّثت بقوة بالناحية الخلفية لأحد المقاعد الخشبية محاولةً بالتالي استجماع قواها، الصورة فوق رأسها فظيعة، لذا حاولت قدر المستطاع أن تبعد نظرها عنها. إفعلي شيئاً! قالت لنفسها متسائلة أين يمكن لأوليفيتي أن يكون. أيمكن أن يكون قد رأى الحشّاش؟ هل قبض عليه؟ وأين

تراهما يكونان الآن؟ ثم اتجهت نحو مقدّمة الكنيسة لكي تساعد لانغدون، ولكن وفيما كانت في طريقها نحوه استوقفها صوت غريب.

صحيح أن فرقعة النيران كانت تعلو أكثر فأكر بين لحظة وأخرى، ولكن صوتاً آخر هناك. صوت قريب أشبه بالتردد الارتجاجي المعدني، بدا لها وكأنه آت من آخر المقاعد الخشبية عن يسارها، قعقعة قويّة، شيء أشبه برنين الهاتف، إنما حجريّ وصلب، أمسكت بالمسدّس بقوةّ وراحت تترل صف المقاعد الخشبية، راح الصوت يعلو أكثر فأكثر، يعلو ومن ثم يتوقّف على نحو تردّد ارتجاجي متواتر.

وفيما كانت تقترب من آخر الجناح، شعرت وكأن الصوت آت من الأرض عند الزاوية التي في آخر الصفوف الخشبية. وبينما تابعت تقدمها حاملةً المسدس أمامها في يدها اليمنى، أدركت فجأة أنها تمسك أيضاً شيئاً آخر في يدها اليسرى - هاتفها الخلوي، فهي وسط ذعرها وهولها نسيت أنها كانت قد استخدمته في الخارج لكي تتصل بالقائد الذي ضبط هاتفه على وضعيّة الارتجاج كنوع من الإنذار. رفعت فيتوريا هاتفها إلى أذنها، لا يزال يرنّ، لم يجبها القائد قط. انتابها فجأة خوف متزايد، وشعرت كأنها تعرف مصدر ذاك الصوت، فراحت تواصل تقدّمها مرتجفةً.

بدت لها الكنيسة بكاملها وكأنها تغرق تحت قدميْها عندما وقع نظرها على الجثة الميتة الهامدة التي كانت على الأرض. لم يكن هناك أي سائل يتدفّق من الجثة ولم تكن أيضاً هذه الأخيرة موسومة بشكل من أشكال العنف. ولكن كل ما كان هناك هو شكل رأس القائد المخيف... المطوّق والمخلوع إلى الخلف على 180 درجة فلاحت في ذهنها صور والدها المشوّه الجسم.

الهاتف المعلّق بحزام القائد ملقى على الأرض مرتجاً، فأغلقت هاتفها وتوقّف بالتالي الرنين. ثم سمعت صوتاً آخر يخترق الصمت المخيف المحيط بها، نفساً وسط الظلام خلفها تماماً.

استدارت رافعةً مسدسها، ولكنها أدركت أنها قد تأخرت، إذ إن شعاعاً لايزريّاً من الحرارة زعق من أعلى رأسها وحتى أخمص قدميها، فيما ضربها القاتل بكوعه على الناحية الخلفية من عنقها.

"أصبحت الآن لي"، قال الصوت.

ثم اسودّ العالم بأسره من حولها.

* * *

أما في الجهة الأخرى من الكنيسة، وتحديداً عند حائطها الجانبي الأيسر، فوقف لانغدون على أحد المقاعد الخشبية وماداً يده إلى فوق على الحائط محاولاً بلوغ الوتد. إلا أن السلك كان لا يزال فوق رأسه بستة أقدام. كانت مألوفة هذه الأوتاد وكثيرة الاستخدام في الكنائس، توضع في أماكن عالية للحؤول دون وصول الناس إليها واللعب بها. وكان لانغدون يعلم أيضاً أن الكهنة كانوا يستخدمون سلّماً خشبياً للتمكّن من بلوغ تلك الأوتاد. ولا شك بالتالي في أن القاتل قد استخدم هذا السلم لكي يتمكّن من رفع ضحيّته. ولكن أين تراه قد يكون الآن هذا السلم اللعين! فنظر لانغدون إلى الأسفل باحثاً على الأرض من حوله، إذ هيّئ إليه وكأنه كان قد شاهد سلماً هنا في مكان ما. ولكن أين؟ وما هي إلا لحظة حتى تذكّر المكان الذي كان قد رآه فيه. فاستدار نحو النيران المحتدمة وإذا به يراه هناك في أعلى الحريق تلتهمه النيران.

وفيما كان اليأس قد قضى عليه الآن بالكامل، راح لانغدون يتفحّص الكنيسة بكاملها من فوق، من على منبره العالي، باحثاً في ذلك عن أي شيء قد يساعده على بلوغ الوتد. وفيما كانت عيناه تتفحّصان الكنيسة، لاحظ فجأة شيئاً غريباً.

أين فيتوريا بحق الله؟ لقد اختفت، أيمكن أن تكون قد ذهبت بحثاً عمّن يمكنه مساعدتنا؟ راح يناديها بأعلى صوته ولكنه لم يلق أي إجابة، وأين أوليفيتي!

هناك في الأعلى ولولة فظيعة، فشعر لانغدون أنه قد تأخر كثيراً، وفيما يوجّه عينيْه من جديد إلى فوق، إلى الضحية التي تُشوى ببطء، لم يفكّر لانغدون سوى بحل واحد فقط. الماء. الكثير منه. إخماد النيران أو على الأقلّ تخفيضها والتخفيف من حدة اضطرامها. "أنا بحاجة إلى الماء، تباً!" راح يصيح عالياً.

"ها هو التالي"، دمدم صوت من آخر الكنيسة.

فهرول لانغدون مرتطماً بالمقاعد الخشبية.

لقد كان رجل مسخيّ أسود يمشي بخطى سريعة وواسعة يصعد الجناح الجانبي ومتجهاً مباشرةً صوبه. حتى وسط وهج النيران، كانت عيناه تشعّان سواداً، فعرف لانغدون أن المسدس الذي يحمله في يده هو نفسه ذاك الذي كان في جيب سترته... ذاك الذي كانت فيتوريا تحمله لدى دخولهما إلى هنا.

انتابته هول فجائية، هي كناية عن نوبة مخاوف منفصلة. غير أن خوفه الأساسي كان على فيتوريا. ماذا يمكن لهذا الحيوان أن يكون قد فعل بها؟ أيمكن أن

يكون قد أذاها؟ أو ربّما فعل لها شيئاً وأسوأ من ذلك؟ وفي تلك اللحظة بالـــذات، أصبح صراخ لانغدون صياح الرجل فوق رأسه أعلى. سوف يموت الكاردينـــال. فقد بات من المستحيل عليه مساعدته. بعد ذلك، وفيما كان الحشاش قد صـــوّب المسدس على صدر لانغدون، مستعداً لكي يطلق النار عليه، إرتمى لانغدون بسرعة من فوق بحر مقاعد الكنيسة.

فارتطم بالمقاعد إرتطاماً قوياً ومؤلماً وأخذ يتدحرج نحو الأرض، وقد خفـــف الرخام من صدمة وقوعه على الأرض، إلا أنه كان يسمع خطوات تقترب منه عن يمينه. فأدار جسمه نحو الجهة الأمامية للكنيسة وراح يزحف تحت المقاعد الخشـــبية ساعياً وراء حياته.

أما فوق في أعلى الكابيلاّ، فقد كان الكاردينال غيديرا قد عانى ما عاناه في آخـــر لحظات حياته المعذبة والمريرة. وفيما كان ينظر إلى الأسفل إلى طول جسمه العـــاري، رأى جلده وكان قد بدأ يتقرّح وينسلخ عن ساقيْه. أنا في جهنّم، قال بينه وبين نفسه. لماذا تخلّيت عني، يا رب؟ فهو كان واثقاً من أنه في الجحيم، وذلك لأنه كان ينظـــر إلى الوسم الذي على صدره رأساً على عقب... ومع ذلك، فقد كان قادراً علـــى قـــراءة الكلمة بسهولة، وكأن الشيطان بنفسه كان يساعده على قراءتها: **(نار)**

92

ثلاث عمليات اقتراعية، ولا بابا جديداً حتى الآن.

داخل الكابيلاّ سستينة، كان الكاردينال مورتاتي قد بدأ يصلّي لكي تحصـــل معجزة ما. أرسل إلينا يا رب المرشّحين الأربعة! لقد تأخروا كثيراً. أن يكون هناك مرشّح واحد فقط مفقود، قد يكون هذا أمراً معقولاً. ولكن الأربعة معاً؟ لم يعـــد أمامه الآن سوى خيار واحد فقط. ففي ظروف كهذه قد يتطلب الأمر تدخلاً إلهي للمساعدة على إنجاز العملية الانتخابية بأغلبية الثلثيْن.

عندما بدأت أقفال الباب الخارجي تجرش فاتحةً إياه على مصراعيْه، أسرع مورتاتي ومجمع الكرادلة برمتهم نحو المدخل. فأدرك مورتاتي أن فتح الباب الآن في هذه اللحظة لا يعني سوى شيء واحد فقط. فوفقاً للقانون الفاتيكاني لا يجوز فتح باب الكابيلاّ إلا في حالتيْن اثنتيْن فقط - إما لإخراج أحد المرضى، وإما لإدخال الكرادلة المتأخّرين.

لقد وصل الكرادلة الأربعة النخبة!

ارتاح قلب مورتاتي وطار فرحاً، ظناً منه أن الخلوة الانتخابية قد أُنقذت.

ولكن عندما فُتح الباب، لم يكن اللهاث الذي تردد صداه في الكنيسة لهاث فرح وسرور، فراح مورتاتي يحدّق مصدوماً بالرجل الداخل إلى الكابيلاّ. لقد كانت هذه المرة الأولى في تاريخ الفاتيكان حيث يقوم السكرتير البابوي باختراق الخلوة الانتخابية بعد أن تكون أبواب الكابيلاّ قد أقفلت.

ما الذي يفكّر به يا ترى؟!

مشى السكرتير البابوي نحو المذبح بخطى كبيرة وواسعة ثم استدار لمخاطبة جمهور الكرادلة المشدوه والمصعوق: "حضرات السادة الكرام"، قال، لقد انتظرت قدر ما أستطيع. ثمة شيء في الواقع يجب أن تعرفوه".

93

ليس لدى لانغدون أي فكرة عن الجهة التي كان يقصدها، فغريزته هي بوصلته الوحيدة التي تقوده بعيداً عن الخطر. بدأ يشعر بألم في أكواعه وركبتيه من الزحف، تحت المقاعد الخشبية، ومع ذلك واصل زحفه من دون أي تردد. صوتٌ ما يقول له إنه يتعيّن عليه أن يتّجه يساراً. إن تمكّنتَ من بلوغ الجناح الرئيس فقد تتمكّن بالتالي من الاندفاع بسرعة إلى المخرج، ولكنه كان يعلم أن هذا أمر مستحيل، فهناك جدار من اللهب يسدّ الجناح الرئيس! وفيما كان ذهنه يفتّش عن خيارات ممكنة ومعقولة، واصل لانغدون زحفه العشوائي بينما كان وقع الخطى يقترب منه الآن على نحو أسرع من الجهة اليمنى.

ما يجري، لم يكن لانغدون مستعدّاً له إطلاقاً، فهو يظن أن لا تزال أمامه عشرة أقدام أخرى من المقاعد الخشبية قبل وصوله إلى الناحية الأمامية من الكنيسة،

385

ولكنه كان مخطئاً. وبالتالي ومن دون سابق إنذار أو تحذير، اختفى فجأة ذاك الغطاء الخشبي من فوق رأسه. فجمد في مكانه للحظة، نصفَ مكشوف عند الناحية الأمامية من الكنيسة، في حين كان ذاك المسخ الضخم سبب مجيئه إلى هنا واقفاً كالعملاق عن يساره. وكان لانغدون قد نسي هذا الأمر كلياً؛ إذ في تمثال برنيني حول نشوة القديسة تيريزا، كان القديس واقفاً خلفها فاتحاً فمه وكأنه يتأوّه وفوقه قوس من اللذة، في حين كان الملاك فوقها مصوّباً رمحه الناري.

دوّت رصاصة في المقعد الخشبي فوق رأس لانغدون، فشعر الأخير بجسمه ينهض من تلقاء نفسه كالعدّاء الذي ينطلق لبدء السباق، وكان بالكاد واعياً لتصرفاته، راح فجأة يعدو مزوّداً فقط بوقود الأدرينالين حانياً ظهره ورأسه نحو الأسفل عابراً الناحية الأمامية من الكنيسة عن يمينه. وبما أن الرصاص كان ينهال عليه من الخلف، عاد لانغدون وغطس من جديد متزلقاً على الأرضية الرخامية قبل أن يصطدم بشيء ضخم كان عند درابزين مشكاة على الحائط الأيمن.

وعندها رآها، كومة منهارة بالقرب من الناحية الخلفية للكنيسة، فيتوريا! ساقاها الحافيتان مفتولتان تحتها، لكنه أيقن بطريقة ما أنها لا تزال تتنفس، ولكن لا لديه لمساعدتها.

استدار القاتل على الفور من حول المقاعد الخشبية على الجهة اليسرى للكنيسة واتجه نحوه بقسوة وصرامة. فأدرك لانغدون أنه قد قضي عليه، فما أن رفع القاتل سلاحه حتى فعل لانغدون الشيء الوحيد الذي كان قادراً على فعله، لفّ جسمه من فوق الدرابزين واختبأ داخل المشكاة. وما أن وقع على الأرض من الجهة الأخرى من الدرابزين، حتى راح وابل من الرصاص ينهال على أعمدة الدرابزين الرخامية.

وفيما كان لانغدون يزحف أكثر فأكثر إلى أعماق تلك المشكاة النصف دائرية، شعر فجأة وكأنه حيوان محشور في الزاوية. عندها ظهرت أمامه محتويات تلك المشكاة، وكانت ولسخرية القدر ملائمة وشديدة الصلة بالموضوع - تابوت حجري واحد ويتيم، قد يكون ربّما هذا الناووس ناووسي، فكر لانغدون بينه وبين نفسه، حتى أن صندوق التابوت نفسه بدا ملائماً له، إذ إنه كان كناية عن صندوق رخامي صغير وغير مزيّن أو مزخرف، قبر على قدر الميزانية. لقد كان التابوت مرفوعاً عن الأرض على منصتيْن رخاميّتيْن، راح لانغدون إلى الفتحة التي كانت تحته متسائلاً إن كان بإمكانه الإنسلال إلى داخلها.

وقع خطوات يتردد صداه خلفه.

وبما أنه لم يكن لديه أي خيار آخر، انبطح لانغدون على الأرض وانزلق نحو التابوت. بعدها تشبّث بالدعامتيْن الرخاميتيْن بيديْه وراح يشدّ جاراً جذعه إلى داخل الفتحة تحت التابوت.

وفيما كان هدير المسدس يدوي في أرجاء الكنيسة كافة، خالج لانغدون شعور لم يشعر به قط من قبل في حياته... الشعور برصاصة تمرّ به. فسمع عندئذ هسيس الهواء أشبه بحركة السوط الارتجاعية العنيفة، إذ إنه كان قد نجا لتوّه من رصاصة أخطأت مرماها وانفجرت في الرخام وسط سحابة من الغبار. وفيما كان الدم قد بدأ يقطر منه، رفع جسمه وتابع طريقه تحت التابوت زاحفاً على الأرضية الرخامية، وجارّاً نفسه خارجاً من تحت التابوت، ومنتقلاً إلى الجهة الأخرى.

طريق مسدودة. هو الآن وجهاً لوجه مع الحائط الخلفي للمشكاة، كان بالتالي واثقاً من أن هذه الفسحة الصغيرة خلف التابوت سوف تصبح وقريباً جداً قبره، راح يقول بينه وبين نفسه، إذ أنه كان قد رأى ماسورة المسدس تظهر في الفتحة من تحت الناووس. كان الحشّاش يمسك بالسلاح على نحو أفقي مع الأرض، مصوِّباً إياه مباشرةً نحو الجزء الأوسط من جذع لانغدون.

مستحيل أن يخطئ هذا المرة مرماه.

شعر لانغدون بشيء من حفظ الذات يستحوذ على عقله اللاواعي. فاستدار وانبطح على معدته على نحو متوازٍ مع التابوت. وفيما كان وجهه مصوّباً نحو الأسفل، مدّد يديْه على الأرض، وقد كان جرحه الناجم عن حطام الزجاج في الأرشيف يؤلمه كثيراً. لكن عندما فتح السفاك النيران عليه مرّة أخرى، اضطر إلى تجاهل ألمه هذا، ووضع يديْه على الأرض متكئاً عليهما وراح يشدّ رافعاً معدته عن الأرض. لقد كان يشعر بموجة الرصاص وهي تجتاز من تحته مدمّرة الحائط المصنوع من حجر الترافرتين خلفه. فأغمض عينيْه وراح يصلّي لكي يتوقف القصف.

وإذا به يتوقّف أخيراً.

حلت محلّ هدير الطلقات النارية طقطقة باردة لمسدّس خال من الرصاص.

فتح لانغدون عينيْه ببطء، وكأنه كان يخاف أن تصدر جفونه أي صوت وهو يفتحها، ومن ثم ومتغلباً على ألمه، حافظ على وضعيّته تلك مقوّساً كالهرّ. فهو لم يكن حتى يجرؤ على التنفس. وفيما كانت طبلتا أذنيْه فاقدتيْ الحسّ من جرّاء الطلقات النارية، راح يصغي إلى أي صوت قد يشير إلى رحيل القاتل. صمت.

راح يفكّر بفيتوريا وهو يتوق توقاً شديداً وموجعاً إلى مساعدتها.

إلا أن الصوت الذي تلا ذلك كان مصمّاً وبالكاد بشرياً. لقد كـان أشـبه بلهاث عال وعميق من الإجهاد.

بعدها، بدا فجأة التابوت الحجري فوق رأس لانغدون وكأنه يرتفـع عـن جانبه. فانهار لانغدون على على الأرض لدى رؤيته مئات الأطنان تميـل نحـوه مترنّحة. غير أن الجاذبية قد تغلّبت في الواقع على الاحتكاك، وإذا بغطاء النـاووس ينحرف أولاً ساقطاً عن الناووس وهابطاً على الأرض بجواره، لَيليه بعـد ذلـك التابوت الذي تدحرج عن دعاماته متداعياً رأساً على عقب صوب لانغدون.

وفيما كان الصندوق يتدحرج، أدرك لانغدون أنه إما يُدفن في الفجوة تحـت التابوت وإما أن إحدى حافّات هذا الأخير سوف تسحنه. فتقوقع علـى نفسـه وأغمض عينيْه منتظراً الهبوط المقزّز للنفس.

وعندما حدث هذا الأخير، إهتزّت الأرض بكاملها من تحته، وحطّت الحافّـة العلوية من الناووس على بعد ملّمترات قليلة من رأسه مقعقعة أسنانه في مغارزهـا. أما ذراعه اليمنى التي كان لانغدون قد ظنّ أنها قد سُحنت لا محالة، فقد نجت على نحو عجائبي ولم تصب بالتالي بأي أذى. ففتح عندئذ عينيْه ورأى بصيص نـور. لم تقع حافة التابوت اليمنى بالكامل على الأرض، إنما كانت لا تزال مستندة على نحو جزئي إلى دعاماتها. ولكن وعلى الرغم من ذلك، وجد لانغدون نفسـه يحـدّق بالموت تحديقاً فعلياً ومباشراً، إذ إن صاحب ذاك التابوت كان قـد أصـبح الآن متدلياً فوق رأسه تماماً، كونه كان، شأنه شأن سائر الجثث الباليـة، قـد التصـق بأسفل التابوت. فراح الهيكل العظمي يتأرجح لوهلة كالعاشق المتردّد، ثم استسلم للجاذبية وانسلخ عن التابوت محدثاً طقطقةً أشبه بطقطقة انسلاخ شيء دبق وهبط حاضناً لانغدون وجارفاً معه العظم العفن والغبار في عينيْ لانغدون وفمه.

وقبل أن يتمكّن لانغدون من فعل أيّ شيء، كانت ذراع عمياء قد انسلّت عبر الفتحة التي تحت التابوت ممحّصة الجثة كالثعبان الجائع الذي يبحث عن فريسة يلتهمها. وظلت هذه الذراع تتلمّس طريقها إلى أن عثرت على عنـق لانغـدون وراحت بالتالي تشدّ عليه بصرامة. حاول لانغدون مقاومة تلك القبضة الحديديـة التي كانت قد أصبحت الآن تسحن حنجرته، إلا أنه سرعان ما وجد كمه الأيسر عالقاً تحت حافّة التابوت، تاركاً إياه بالتالي بيدٍ واحدة وسط هذه المعركة الخاسرة.

وكانت قدما لانغدون مثنيّتيْن في الفسحة الوحيدة المتوافرة لديهما، في حين كانت قدماه تبحثان عن أرضية التابوت فوقه. فإذا به قد وجدها. ففتل جسمه وثبّت قدميْه عليها. ومن ثمّ وفيما كانت اليد تضيّق الخناق على عنقه أكثر فأكثر، أغمض لانغدون عينيْه ومدّ ساقيْه ناطحاً التابوت بعيداً عنه بعض الشيء.

وهكذا، إنزلق الناووس عن دعاماته وسط جرش مزعج، وحطّ على الأرض ساحناً بإحدى حافاته ذراع القاتل الذي صاح صيحة ألم مكتومة. أفلتت اليد عنق لانغدون وراحت تتراجع بتلوّ وارتجاج وسط الظلام. وبالتالي وما أن سحب القاتل أخيراً ذراعه من تحت الناووس حتى سقط هذا الأخير على الأرض الرخامية المسطّحة محدثاً صوتاً نهائياً حاسماً ومكتوماً.

ساد بعدها صمت وظلام تامان.

وفيما كان لانغدون ممدداً هناك في الظلام وسط كومة من العظام، راح يفكّر بها من جديد.

فيتوريا، هل أنت حيّة؟

ولكن لو كان لانغدون يعلم حقيقة ما كان سيحدث لفيتوريا والرعب الذي كانت قريباً ستستفيق عليه لكان تمنى أن تكون الآن ميتة.

94

حاول الكاردينال مورتاتي، الجالس بين زملائه المصعوقين، استيعاب كلمات السكرتير البابوي الذي أخبرهم إياها لتوّه على ضوء الشموع؛ قصة مليئة بالحقد والخيانة ما جعله يرتجف. تحدث السكرتير البابوي عن كرادلة مخطوفين، وكرادلة موسومين، وكرادلة مقتولين، وعن الطبقة المستنيرة القديمة - ذاك الاسم الذي عاد وأيقظ في نفوسهم مخاوفهم المنسيّة - وعن ولادتها الجديدة، وأخيراً عن وعدها بأن تنتقم من الكنيسة.

كان الألم يملأ صوت السكرتير البابوي وهو يتحدث عن البابا الراحل... الذي وقع ضحيّة تسميم الطبقة المستنيرة له. ثم راح أخيراً يتحدّث وبصوت أشبه بالهمس عن المادة المضادة، تلك التكنولوجيا الحديثة والمميتة التي تهدد بتدمير مدينة الفاتيكان بالكامل في مهلة أقصاها ساعتيْن.

وعندما قال كل ما لديه، بدا الجو وكأن الشيطان قد سحب هـواء الغرفـة كله. كان الجميع عاجزاً عن الحراك، وظلّت بالتالي كلمات السـكرتير البـابوي متدليّةً في الهواء وسط الظلام.

الصوت الوحيد الذي كان مورتاتي قادراً الآن على سماعه هو طنين إحـدى الشاشات التلفزيونية الشاذ - ذاك الوجود الإلكتروني الأول والغريب في تـاريخ الخلوات الانتخابية - الذي أدخل إلى حرم الكابيلاّ بناءً على طلـب السـكرتير البابوي.

في الواقع، إن أكثر ما أثار دهشة الكرادلة كان دخول السـكرتير البـابوي الكابيلا سِستينة مع مراسليْن صحفييْن من شبكة البي بي سي التلفزيونية - أولهمـا رجل والثاني امرأة - وإعلانه لهم أنهما سوف يبثّان للعالم بأسره تصـريحه الـديني الجليل هذا بثاً حيّاً ومباشراً.

وإذا بالسكرتير البابوي يخطو خطوةً إلى الأمام متوجّهاً في حديثه إلى الكاميرا مباشرة: "إلى الطبقة المستنيرة"، قال بصوت عميق: "وإلى ذوي العلـم والمعرفـة، دعوني أقول لكم ذلك". ثم توقف قليلاً قبل أن يستطرد كلامه من جديد ويقول: "لقد ربحتم الحرب".

لفت الصمت زوايا الكابيلاّ، واستطاع مورتاتي سماع خفقان قلبـه اليـائس والبائس.

"لقد دارت العجلات لفترة طويلة"، قال السكرتير البـابوي: "وقـد كـان انتصاركم أمراً محتوماً بحيث أنه لم يكن بيّناً وجليّاً مثلما هو الآن في هذه اللحظـة. العلم هو الإله الجديد".

ما الذي يقوله بحق الله! فكّر مورتاتي بينه وبين نفسه، هل جُنَّ أم ماذا؟ العالم بأسره يستمع إلى كلامه هذا!

"الطب ووسائل الاتصال الالكترونية والرحلات الفضائية والتلاعب الجيني... هذه هي المعجزات التي نخبرها اليوم لأولادنا. هذه هي المعجزات الـتي تثبـت أن العلم هو الذي سوف يأتينا بالأجوبة. في الواقع، كل القصص القديمة حول الحبـل بلا دنس والآجام المحترقة والبحار المنقسمة إلى قسميْن لم تعد مناسبة بعد الآن. لقد أضحى الله قديم الطراز والعلم هو الذي فاز بالحرب. نحن نستسلم ونـذعن لهـذا الواقع المرير".

سادت حالة من التشوّش والذهول والارتباك الكابيلاّ بكاملها.

"إلا أن انتصار العلم"، أضاف السكرتير البابوي بصوت يزداد حـدّةً "قـد كلّف كل واحد منا، وقد كلفنا الكثير".

فعمّ الصمت الكابيلاّ من جديد.

"يمكن للعلم أن يكون قد خفّف من مآسي الأمراض ومن الأعمال الشاقة أو الحقيرة، كما ويمكن أن يكون قد أمّن لنا مجموعة كـبيرة مـن الأدوات والآلات الضرورية لراحتنا وتسليتنا وترفيهنا، ولكنه تركنا في عـالم لا عجـب فيـه ولا استغراب. فغروب الشمس قد أحيل إلى الطول والتواتر الموجي. وتعقيدات الكون قد قسِّمت إلى معادلات رياضية حسابية، حتى إن قيمتنا الذاتية نحن البشـر قـد دُمِّرت. ويصرّح العلم أن كوكب الأرض وسكانه ليسوا سوى مجرد ذرة صـغيرة وتافهة في هذا المخطَّط العالمي الكبير. عرَض أو حادث كوني مفاجئ". ثم توقّـف بعض الشيء قبل أن يستطرد كلامه قائلاً: "ولكن حتى التكنولوجيـا الـتي تعِـد بتوحيدنا فهي في الواقع تقسّمنا وتفرّقنا عن بعضنا بعضاً. فكل واحد منا متّصـل الآن إلكترونياً بالكوكب، ومع ذلك نشعر بأننا في عزلة تامّة. فـنحن معرّضـون لوابل من العنف والانقسام والانشقاق والخيانة. فقد أصبح الشكّ فضيلةً، في حين أن التهكّم والتشاؤم وطلب الأدلة والبراهين قد أصبحوا مـن الأفكـار النيّـرة. وبالتالي، ولا عجب إن كان البشر في أيامنا هذه يشعرون بالإحباط والهزيمة أكثـر من أيّ وقت مضى، إذ إن العلم لم يعد يحافظ على أي شيء مقدّس. فهو يبحـث عن أجوبة من خلال سبره أجنتنا ودراستها دراسة دقيقة؛ حتى إنه يتجرّأ على إعادة تنظيم تركيبتنا الوراثية الجينية من الـ د ن أ (D.N.A). فهو في الواقع يحطّم عـالم الله إلى أجزاء أصغر وأصغر، وهذا كله سعياً وراء معنى... وكل ما يعثر عليـه في النهاية هو المزيد من الأسئلة".

يراقب مورتاتي برعب ورهبة، فقد أضحى السكرتير البابوي أشـبه بـالمنوم مغنطيسياً، فصوته وحركاته يتحلّون بقوة بدنية لم يشهد قطّ مثلها علـى مـذبح الفاتيكان، صوته مفعم بالحزن والاقتناع.

"لقد انتهت الحرب القديمة بين العلم والدين"، قال السكرتير البابوي: "لقـد ربحتم، ولكنكم لم تربحوا بالعدل، إذ إنكم لم تربحوا مـن خـلال مـدّ البشـرية بالأجوبة. إنما ربحتم من خلال إعادة توجيهكم مجتمعنا توجيهاً راديكالياً وجـذرياً

بحيث أن الحقائق التي كنا ننظر إليها في الماضي على أنها معالم تؤدي إلى الطريق الصحيحة أصبحت تبدو لنا الآن وبكل بساطة غير قابلة للتطبيق. لا يمكن في الواقع للدين أن يجاري التقدم العلمي الأسِّي الدليلي الذي يتغذّى من ذاته شأنه شأن الحمة. فكل اكتشاف جديد يفتح الأبواب أمام اكتشافات أخرى وجديدة. فقد كان الإنسان بحاجة إلى آلاف السنين لكي يتطوّر من العجلة إلى السيارة. إلا أن وصوله إلى الفضاء لم يتطلّب بعد ذلك سوى بضع عقود، وها نحن الآن نقيس التقدّم العلمي بالأسابيع. فنحن ندور بسرعة جنونية بحيث أنه يتعذّر علينا السيطرة عليها أو التحكم بها. أما الهوّة التي في ما بيننا فتزداد عمقاً يوماً بعد يوم. وبما أن الدين قد أصبح الآن أمراً قديماً تجاوزناه منذ فترة بعيدة، يجد الناس أنفسهم وسط فراغ روحاني عقيم. فنحن نصرخ سعياً وراء معنى لحياتنا، صدقوني أننا نصرخ، إننا نرى الأشياء الطائرة التي لم يتم بعد التعرّف إليها والتقْنية والاتصال الروحي والتجارب التي تُجرى خارج الجسم والأبحاث الذهنية - كل هذه الأفكار الشاذّة والغريبة متخفّية وراء مظهر علمي خادع، إلا أنها وبكل وقاحة بعيدة كل البعد عن العقل والمنطق. فهي في الواقع صيحة الروح المعاصرة اليائسة والوحيدة المنعزلة والمضطربة المصابة بالشلل من جراء تنوّرها وعجزها عن قبول أي معنى خارج عن إطار التكنولوجيا".

كان مورتاتي يشعر بنفسه ينحني إلى الأمام في كرسيّه. فهو وسائر الكرادلة والعالم بأسره كانوا كلهم وقفاً الآن على كل كلمة يتفوّه بها ذاك الكاهن. ولم يكن السكرتير البابوي يتحدّث لا بلغة بليغة ومنمّقة ولا بلغة نقدية لاذعة أو قاسية؛ وعلاوةً على ذلك، فهو لم يكن يستند أو يستشهد لا بيسوع المسيح ولا بمقاطع من الكتاب المقدس. إنما كان يتحدث بلغة عصرية غير منمّقة وصافية وكأن كلماته كانت منزَلةً من عند الله. لقد كان يتحدّث بلغة عصرية... ناقلاً مع ذلك الرسالة القديمة. عندها فقط أدرك مورتاتي سبباً من الأسباب التي كان من أجلها البابا الراحل يعزّ كثيراً ذاك الرجل الشاب. في الواقع إن الرجال أمثال السكرتير البابوي، الواقعيين القادرين على مخاطبة أرواحنا تماماً مثلما فعل للتوّ هذا الشاب، هم أمل الكنيسة اليتيم وسط عالم مفعم باللامبالاة والتشاؤم وتأليه التكنولوجيا.

لقد كان السكرتير البابوي يتكلّم بنبرة أكثر قوة.

"تقولون إن العلم سوف ينقذنا. وأنا أقول لكم إن العلم قد دمرنا. لقد

حاولت الكنيسة ومنذ أيام غاليليو أن تبطئ مسيرة التقدم العلمي القاسي والعديم الشفقة، بوسائل مخطئة ومضلّلة أحياناً، هذا صحيح، إنما بنيّة خيّرة وحسنة. إلا أن مغريات الحياة كثيرة وعظيمة بحيث يتمكّن الإنسان من مقاومتها. لذا فأنا أحذّركم وأنصحكم بأن تنظروا جيداً من حولكم. فالعلم لم يفِ بوعوده، ووعوده حول البساطة والفاعلية لم تؤدِّ سوى إلى التلوّث والفوضى. نحن الجنس البشري كناية عن نوع إحيائي مقسَّم ومسعور وشديد الاهتياج... نوع أحيائي في طريقه نحو الدمار والزوال".

ثم توقّف السكرتير البابوي لفترة طويلة محدِّقاً إلى الكاميرا بنظرة حادة وثاقبة.

"مَن هو هذا الإله العلمي؟ مَن هو هذا الإله الذي يمدّ شعبه بالقوّة من دون أن يقدّم إليه أي نظام أخلاقي يشرح له فيه كيف يتعيّن عليه أن يستخدم هذه القوة؟ ما هو هذا الإله الذي يعطي للولد ناراً من دون أن يحذّره من مخاطر هذا الأخيرة؟ إن لغة العلم لا تشتمل على أي معالم أو حول ما هو خير وما هو شرّ. صحيح أنّ الكتب المدرسية العلمية تشرح لنا كيف يمكننا الحصول على تفاعل نووي، إلا أنها في الواقع أي فصل تسألنا فيه عن رأينا حول هذا الموضوع، إن كان فكرةً جيّدة وسديدة أم فكرة سيّئة.

"لذا، أنا أقول للعلم ما يلي. لقد تعبت الكنيسة وهي بالتالي قد أرهقت من محاولتها الدائمة لكي تكون بمثابة معالكم. لقد نضبت مواردنا وجفّت من جرّاء حملتنا وسعينا الدؤوب لأن نكون صوت التوازن في الوقت الذي أنتم تحرثون فيه الأرض على نحو أعمى سعياً وراء رقاقات أصغر وأرباح أكبر. ونحن هنا لا نسألكم لَم لا تسوسون أنفسكم، إنما كيف عساكم تفعلون ذلك؟ يتحرّك عالمكم ويتقدّم بسرعة كبيرة بحيث أنكم إن توقّفتم ولو للحظة صغيرة فقط لكي تفكّروا وتعيدوا النظر في كل ما قد تورّطكم فيه أعمالكم، فقد يسبقكم أحد أكثر فاعلية متجاوزاً إياكم بلمح البصر. لذا فإنكم تواصلون تقدّمكم من دون توقّف. أنتم تكثرون من اختراع أسلحة الدمار الشامل، ولكن البابا هو مَن يجوب العالم متوسِّلاً القادة والزعماء لكي يضعوا حدوداً تقيّد استخدام هذه الأسلحة. أنتم تستنسخون الكائنات الحيّة، ولكن الكنيسة هي التي تذكّرنا بوجوب النظر في التوريطات والنتائج الأخلاقية لأعمالنا. أنتم تشجعون الناس على التفاعل والتواصل في ما بينهم بواسطة الهاتف وشاشات التلفزيون وأجهزة الكومبيوتر، ولكن الكنيسة هي التي تفتح أبوابها أمام الناس مذكّرة إياهم بضرورة التواصل مع الآخرين شخصيّاً،

مثلما يفترض بنا أصلاً أن نفعل. حتى أنكم تقتلون الأجنّة قبل ولادتها باسم الأبحاث العلمية التي سوف تنقذ حياة العديد من الناس، والكنيسة هي التي تشير إلى هذا المعتقد الخاطئ والخادع.

"وعلى الرغم من هذا كله، تصرّحون بأن الكنيسة جاهلة. ولكن مَن برأيكم هو الأكثر جهلاً؟ الشخص العاجز عن تحديد مفهوم البرق أم ذاك الذي لا يحترم ويجلّ قوّة هذا الأخير المرعبة والرهيبة؟ إن هذه الكنيسة تمدّ لكم أيديها، تمدّ أيديها لكل واحد منكم، ولكننا كلما تقرّبنا منكم كلما دفعتمونا بعيداً عنكم. أنتم تطلبون منّا دليلاً وبرهاناً على وجود الله، وأنا أقول لكم استخدموا مقاربكم وانظروا إلى السماء ثم قولوا لي كيف يمكن ألا يكون هناك الله!" وكانت عينا السكرتير البابوي قد بدأت الآن تترقرق دمعاً. "تسألوننا عن شكل الله، وأنا أسألكم من أين أتيتم بهذا السؤال؟ فالأجوبة كلها واحدة ومتشابهة. ألا ترون الله في أبحاثكم ودراساتكم العلمية؟ كيف يمكنه أن يفوتكم! أنتم تقولون إنّ أقلّ تغيير في قوّة الجاذبية أو في وزن إحدى الذرات كان ليحوّل عالمنا هذا إلى سديم ميت ومقفر، ومع ذلك تعجزون عن رؤية التدخّل الإلهي في هذا كلّه؟ أهو حقاً من الأسهل بكثير أن نؤمن بأننا نختار وبكل بساطة الورقة الصحيحة من بين بليون ورقة أخرى؟ هل أصبحنا مفلسين روحياً إلى حدّ أننا قد نفضّل الإيمان بأمور رياضية مستحيلة عوضاً عن الإيمان بقوّة أعظم منا؟

"سواء أكنتم تؤمنون بالله أم لا"، قال السكرتير البابوي بصوت خفيض وأنيق: "من المفترض بكم أن تؤمنوا بما يلي. عندما نتخلّى نحن البشر عن ثقتنا وإيماننا بوجود قوّة أعظم منا، فإننا بالتالي نتخلّى عن حسّ المسؤولية فينا. فالإيمان... أياً كان نوعه... هو كناية عن تذكير أو تحذير بوجود شيء لا يمكننا فهمه، شيء مسؤول عن وجودنا... ونحن بالإيمان، نكون مسؤولين حيال أنفسنا وحيال بعضنا بعضاً كما وحيال حقيقة أعلى وأسمى. صحيح أن الدين متصدّع، ولكن هذا فقط لأن الإنسان نفسه متصدّع. فلو كان العالم الخارجي قادراً على رؤية الكنيسة مثلما أراها أنا... بعيداً عن طقوس هذه الجدران وشعائرها... لكان رأى معجزة حديثة وعصرية... أخويّة من الأرواح البسيطة والناقصة التي لا تريد سوى أن تكون صوت شفقة في عالم يدور بسرعة بحيث يكاد يفقد السيطرة على نفسه".

ثم أشار السكرتير البابوي بيده إلى مجمع الكرادلة الذي راحت مصوِّرة البي بي سي تصوّره لا شعوريّاً ممرّرة الكاميرا عمودياً وأفقياً فوق الحشد الغفير.

"هل أصبحنا نحن من الطراز القديم؟" سأل السكرتير البابوي. "هل تعتبرون هؤلاء الرجال دينوصورات؟ هل تعتبرونني أنا أيضاً كذلك؟ أيحتاج العالم حقاً إلى صوت من أجل الفقير والضعيف والمظلوم والطفل الذي لم يولد بعد؟ هل نحن فعلاً بحاجة إلى أرواح كتلك التي، وعلى الرغم من كونها ناقصة، تقضي حياتها كلها وهي تناشد كل واحد منا وتتوسّل إلينا لكي نقرأ معالم المبادئ الأخلاقية فلا نتوه ونضلّ الطريق؟".

أدرك عندئذ مورتاتي أن السكرتير البابوي، سواء عن وعي أو عن غير وعي، كان يقوم بخطوةٍ رائعة وذكية. فهو ومن خلال إشارته إلى الكرادلة وتصويره إياهم كان يسِم الكنيسة بصفة إنسانية شخصية. وبذلك، لم تعد مدينة الفاتيكان كناية عن مبنى، إنما كناية عن ناس وأشخاص - أشخاص كانوا كالسكرتير البابوي قد أمضوا حياتهم في خدمة الخير.

"نحن الليلة جالسون على شفا كارثة كبرى"، قال السكرتير البابوي. "ولا يمكن بالتالي لأيّ منا أن يشعر باللاّمبالاة. فسواء أكنتم تنظرون إلى هذا الشرّ على أنه الشيطان أو الفساد أو عمل لا أخلاقي... إن قوى الظلام حيّة وهي تنمو أكثر فأكثر يوماً بعد يوم. فلا تتجاهلوها". ثم أخفض السكرتير البابوي صوته إلى الهمس قائلاً: "صحيح أن هذه القوى عظيمة وجبّارة، ولكن هذا لا يعني أنه قد يكون من المستحيل قهرها. يمكن في الواقع للخير أن ينتصر في النهاية، إصغوا إلى قلوبكم، إصغوا إلى الله. يمكننا معاً أن نبتعد عن هذه الهاوية".

فهِم مورتاتي كل شيء، هذا هو سبب اختراق السكرتير البابوي الخلوة الانتخابية، فصحيح أن حرمة هذه الخلوة قد انتهكت، ولكن هذا الحل الوحيد أمامه. لقد كان هذا طلباً مأساويّاً ويائساً للمساعدة. يخاطب السكرتير البابوي الآن أعداءه وأصدقاءه في آن معاً. لقد كان يتوسّل إلى أيّ كان، صديقاً كان أم خصماً، ليهتدي بنور اللهً ويوقف هذا العمل الجنوني. لا بدّ من أن يستمع إلى كلامه هذا أحدهم ويدرك حماقة هذه المؤامرة وجنونها، فيهبّ بالتالي للمساعدة.

ركع السكرتير البابوي أمام المذبح قائلاً: "صلّوا معي". فركع عندئذ مجمع الكرادلة برمّته وراح يشاركه الصلاة، وركع أيضاً معهم العالم بأسره سواءً في باحة القديس بطرس أو في أنحاء الكرة الأرضية كافة.

95

وضّب الحشّاش غنيمته المغمى عليها في مؤخّرة العربة وتمهّل لحظةً لكي يتأمّل جسدها الممدّد، فهي لم تكن بجمال النساء اللواتي كان يشتريهنّ، إلا أنها كانت تتحلّى بقوّة حيوانية وطباع شرسة مثيرة. وجسدها مشِعاً ونديّاً من جرّاء التعرّق، ومع ذلك تفوح منها رائحة المِسك.

وفيما كان يستمتع بغنيمته، نسي الألم والارتجاف في ذراعه، صحيح أن الرّضّة الناجمة عن سقوط الناووس على ذراعه مؤلمة، إلا أنها تافهة وغير مهمة... لا بل هي جديرة بالتعويض الممدد أمامه. ثم راح يعزّي نفسه لعلمه أن الأميركي الذي فعل هذا به، من المحتمل جداً أن يكون قد مات الآن.

وفيما كان يحدّق في سجينته الضعيفة والعاجزة، أطلق الحشّاش العنان لمخيّلته، ثم راح يمرّر يده صعوداً من تحت قميصها. بدا له ثديها ممتازاً من فوق صدريّتها. أجل، قال بينه وبين نفسه مبتسماً. أنت تستحقّين كل هذا العناء وأكثر. وفيما كان يصارع رغبته الملحّة في الإنقضاض عليها هنا في العربة، أغلق الباب وانطلق بها وسط الظلام.

وهو لم يكن هنا بحاجة إلى إنذار الصحافة بهذه الجريمة... إذ أن ألسنة النيران سوف تقوم بذلك نيابةً عنه.

* * *

وفي مركز CERN، كانت سيلفي جالسة مصعوقةً وهي تستمع إلى خطاب السكرتير البابوي. فهي لم تشعر قطّ من قبل بهذا الفخر كونها كاثوليكية وبهذا الخجل من نفسها كونها تعمل في مركز CERN. وفيما كانت تغادر الجناح الترفيهي، كان يبدو لها الجو داخل كل غرفة تمرّ بها مصدوماً وكئيباً. وعندما عادت إلى مكتب كوهلر، وجدت الخطوط الهاتفية السبعة كلها ترنّ. وبما أن التحقيقات الصحافية لم تكن يوماً لتحوّل مباشرةً إلى مكتب كوهلر، فهذا يعني أن هذه الاتصالات الواردة كلها إلى مكتبه لا يمكنها أن تكون سوى شيء واحد فقط.

المال، اتصالات مالية.

لقد أصبح هناك الآن طلب على تكنولوجيا المادة المضادة.

أما داخل الفاتيكان، فيسير غانثر غليك على الهواء، ويتابع السكرتير البابوي من الكابيلاّ سِستينة. في الواقع، إن غليك وماكري قد قاما للتوّ بأهم نقـل حـيّ ومباشر حدثَ في هذا العقد. ويا له من نقلٍ فاتنٍ حقاً. فقد كان خطاب السكرتير البابوي ساحراً.

والآن وقد أصبح السكرتير البابوي في المدخل الخارجي، استدار فجأة نحـو غليك وماكري قائلاً: "لقد طلبت من الحراس السويسريين أن يجمعوا لكما صوراً عن الكرادلة الموسومين كما وصورة عن قداسة البابا الراحـل. وهنـا يجـب أن أحذّركما من تلك الصور؛ فهي ليست بسارّة وسائغة على الإطلاق، إذ تظهر فيها حروق مروِّعة وألسنة مسودّة. ولكن أودّ منكما أن تذيعاها وتعرضاها على العـالم بأسره".

فقرّر غليك أنه من المفترض بعيد الميلاد أن يكـون دائمـاً داخـل مدينـة الفاتيكان. أيريدني أن أبثّ صورة واحدة عن البابا الراحل. "هل أنتَ واثـق مـن قرارك هذا؟" سأل غليك محاولاً إخفاء الحماسة والإثارة من صوته.

فأومأ السكرتير البابوي برأسه، ثم أضاف قائلاً: "كما وسوف يمدّكما أيضـاً الحرس السويسري بشريط فيديو حيّ يظهر المادة المضادة في عدّها العكسي داخل علبتها الصغرية الحابسة".

فراح غليك يحدّق فيه مذهولاً، عيد الميلاد، عيد الميلاد، عيد الميلاد، عيد الميلاد!

"سوف تكتشف الطبقة المستنيرة وقريباً جداً"، قال السكرتير البابوي: "أنها قد تصرّفت بطريقة مغالية".

96

ها هي الظلمة الدامسة والخانقة قد عادت من جديد تخيّم عليه كلحنٍ رئيس في سمفونية شيطانية.

لا نور ولا هواء ولا مخرج.

ظلّ لانغدون محتجزاً تحت الناووس المقلوب فوقه رأساً على عقب، وشعر أنّه يركّز تفكيره كله على الحافّة الخطيرة فوق رأسه. وفيما كان يحاول أن يحمل عقله

على التفكير بأي شيء آخر غير هذا المكان الساحق الذي يحيط به، راح لانغدون يحثّ ذهنه على التفكير بحلّ منطقي للخروج من ورطته هذه... رياضيات، موسيقى، أي شيء. ولكن لم يكن هناك في الواقع أيّ مكان للأفكار المطمئنة. لا يمكنني أن أتحرّك! لا يمكنني أن أتنفّس!

والحمد للّه أن كمّ سترته لم يعد عالقاً تحت الناووس الذي سقط فوقه، الأمر الذي سمح له بتحرير يده، أصبح لديه من جديد ذراعان حرّتان متحرّكتان، ولكن وعلى الرغم من دفعه بسقف زنزانته الصغرية نحو الأعلى، فقد كان هذا التابوت لا يتحرك. فتمنّى عندئذٍ لو كان كمّه لا يزال عالقاً؛ لكان على الأقلّ قد ترك له شقّاً صغيراً يتنفّس منه.

وفيما كان لانغدون يدفع من جديد بالسقف إلى الأعلى، هبط كمّه إلى الوراء كاشفاً عن الوهج الباهت الصادر عن صديق قديم له. ساعته الميكي ماوس. وقد بدا له الوجه الكارتوني الضارب إلى الخضرة وكأنه يسخر منه الآن.

راح لانغدون يسبر الظلمة الكالحة المحيطة به بحثاً عن أي أثر للنور، إلا أن حافّة التابوت كانت متساطحة مع الأرض تساطحاً تامّاً. تبّاً للإيطاليين وكماليّتهم، قال شاتماً، وقد وجد نفسه معرّضاً لخطر تلك المهارة الفنية الممتازة، تلك المهارة نفسها التي كان يعلّم تلاميذه على تقديرها... حافات خالية من الأخطاء وسطوح متوازية لا عيوب فيها، والاستخدام الوحيد طبعاً لرخام الكرّارا الخالي من الشقوق والأكثر مرونةً.

يمكن للدقّة أن تكون خانقةً فعلاً.

"إرفع هذا الشيء اللعين"، قال عالياً شادّاً بقوّة ودافعاً بكتلة العظام إلى الأعلى، فتحرّكت العلبة تحرّكاً طفيفاً. ثم شادّاً على حنكه، راح يبذل قصارى جهوده محاولاً رفع التابوت عنه من جديد، وإذا بالصندوق يسقط مرّةً أخرى كالجُلمود، إنما مرتفعاً هذه المرة عن الأرض حوالى ربع الإنش. فأحاط به عندئذٍ وميض واهن سرعان ما تلاشى وزال مع سقوط التابوت وارتطامه بالأرض من جديد. فتمدّد لانغدون لاهثاً وسط الظلام، وحاول الاستعانة بقدميْه ليرفع التابوت عنه مثلما كان قد فعل من قبل، إلا أن الناووس كان قد أصبح على نحوٍ مستوٍ مع الأرض، ولم يعد لديه بالتالي أي مجال لكي يقوِّم ركبتيْه.

وفيما كان رُهاب الاحتجاز قد بدأ يستولي عليه من جديد، راحت تستحوذ

بلانغدون صور عن الناووس يتقلّص ويتضاءل من حوله. وفيما راح البطاح يضغط عليه أكثر فأكثر، حاول التغلّب على تلك الأوهام بكل ذرّة منطق بقيت لديه.

""ناووس"، قال عالياً بكل ما لديه من عقْم أكاديمي. ولكن حتى المعرفة الواسعة بدت له وكأنها قد أضحت اليوم عدوّته اللدودة. في الواقع، إن كلمة Sarcophagus أي الناووس مشتقّة من الكلمتيْن اليونانيتيْن "sarx" التي تشير إلى اللحم و"phagein" التي تعني الآكل أو الملتهِم. أنا عالِق فعلاً في علبة مصمّمة حرفيّاً لأكل اللحوم.

ولم تؤدِّ صور اللحم الملتهَم من قبل العظام تلك سوى إلى إعادة تذكير لانغدون بأنه ممدّد وسط بقايا بشرية؛ الأمر الذي جعله يشعر بالغثيان والاشمئزاز والقشعريرة. إلاّ أن تلك الصور كانت من جهة أخرى مفيدة بعض الشيء إذ أنها أوحت إلى لانغدون بفكرة نيّرة.

ففيما كان يتلمّس وسط الظلام المكان من حول التابوت، عثر لانغدون على قطعة عظم، ضلع ربّما. إلا أن هذا لم يكن مهماً. فكل ما كان يريده هو وتد وشقّ صغير. وإن تمكّن في الواقع من رفع التابوت ولو قليلاً وإقحام قطعة العظم تحت حافّته فقد يتمكّن بالتالي قدر كاف من الهواء من...

أمسك لانغدون العظم بإحدى يديْه مهيِّئاً نفسه لإقحام طرفه المستدقّ في الشق الصغير بين الأرض والتابوت ورفع التابوت بيده الثانية، إلا إنه لم يتحرّك البتّة. فحاول مجدداً وإذا بالصندوق يهتزّ اهتزازاً خفيفاً ومن ثم يتوقّف.

ولكن ونظراً للرائحة النتنة وقلّة الأكسيجين اللتيْن كانتا تسلبانه قواه الجسدية، أدرك لانغدون أنه لم يعد لديه الوقت سوى لتجربة واحدة وأخيرة، كما وقد أدرك أيضاً أنه قد يكون بحاجة إلى استخدام يديه الاثنتيْن معاً.

فاستجمع قواه من جديد، ووضع طرف العظم المستدقّ قبالة الشقّ، ثم جارّاً جسده على الأرض راح يقحم العظم بكتفه مثبّتاً إياه في مكانه. بعدها، رفع التابوت فوقه بيديْه الاثنتيْن منتبهاً لكي لا يزيح العظم من مكانه. وفيما بدأ يختنق داخل هذا المكان الضيّق، راح يشعر فجأة بقدر كبير من الهول والذعر، المرّة الثانية اليوم التي يحتجز فيها داخل غرفة خالية من الهواء. عندها وبصيحة عالية، دفع لانغدون بالتابوت إلى الأعلى بحركة واحدة قويّة وسريعة وإذا بالصندوق يرتفع أخيراً عن الأرض للحظة، كانت كافية لإقحام قطعة العظم التي كان يسندها إلى كتفه التي سرعان ما انزلقت نحو الخارج موسِّعةً بالتالي ذاك الشقّ الصغير. ولكن

عندما أفلت لانغدون التابوت، عاد هذا الأخير وسقط من جديد على الأرض محطِّماً بالتالي قطعة العظم. إلا أنه كان لا يزال بإمكان لانغدون هذه المرّة رؤية التابوب مرفوعاً بعض الشيء عن الأرض، كما وقد كان بإمكانه أيضاً ومن تحت حافّة الناووس رؤية شعاع طولي صغير من النور.

انهار لانغدون مرهقاً، وانتظر على أمل أن يزول ذاك الشعور بالاختناق من حلقه. إلا أن هذا الشعور كان يزداد مع مرور الوقت، ولم يكن بالتالي ليشعر بالهواء الداخل عبر ذاك الشق. فراح لانغدون يتساءل إن كان الهواء الذي يدخل عبر ذاك الشق كافياً لإبقائه على قيد الحياة. وإن كان كذلك، فإلى متى؟ وفي حال توفّي، فهل سيعرف أحدهم بوجوده هنا؟

ثم وبيديْن كالرصاص، رفع لانغدون ساعته من جديد. إنها العاشرة والدقيقة الثانية عشرة مساء. وفيما كان يحاول التغلب على أصابعه المرتجفة، راح يتلمّس المكان بواسطة ساعته ولعب بالتالي ورقته الأخيرة فاتلاً إحدى المدرّجات الصغرية وضاغطاً على أحد الأزرار.

وفيما بدأ يفقد شعوره بالوعي، وبدأت الجدران تضيق عليه، شعر لانغدون بالمخاوف القديمة وقد بدأت تجتاحه من جديد. حاول أن يتخيّل كما كان دائماً يفعل أنه في حقل مفتوح غير مطوّق بحواجز، إلا أن الصورة التي حاول أن يستحضرها في ذهنه كانت في الواقع من دون جدوى. فالكابوس الذي كان ينتابه منذ صغره عاد يرهقه ويستولي عليه من جديد...

تبدو الأزهار هنا كاللوحات الزيتية، فكّر الولد مبتسماً وهو يجتاز المرج راكضاً. فتمنّى لو أن والديْه كانا قد أتيا إلى هنا معه، ولكنهما كانا منهمكيْن يطليان أرض المخيّم بالزفت.

"لا تذهب بعيداً"، قالت أمّه.

إلا أنه سرعان ما قفز متغلغلاً في الغابات، ومتظاهراً بالتالي بعدم سماعها.

والآن وفيما كان الصبي يجتاز ذاك الحقل الرائع والبهيّ، مرّ بكومة من الحجارة المرصوفة بحالتها الطبيعية. فأدرك أنه من المفترض بها أن تكون أساس منزل قديم. إلا أنه لم يكن ليقترب منها. وعلاوةً على ذلك، لفت نظره شيء آخر - زهرة رائعة من فصيلة خفّ السيدة وهي أندر وأجمل زهرة في نيو هامشاير، وهو لم يكن قد رآها من قبل إلاّ في الكتب.

فاتّجه الصبيّ بحماسة وركع أمامها. فشعر وكأن الأرض تحته مجوّفة ومفروشة مهاداً. وأدرك أنّ زهرته قد وجدت لنفسها موقعاً جدّ خصيب تنمو فيه. فهي تنمو في رقعة من الخشب المتعفّن.

تحمّس الفتى لفكرة أخذ جائزته معه إلى المترل، ومدّ يده وأصابعه نحو سويْقتها، إلا أنه لم يتمكّن قطّ من بلوغها، إذ سرعان ما انهارت الأرض تحت قدميْه وتصدّعت وسط طقطقة حادّة ومدوية.

أدرك الولد أثناء وقوعه أنه سوف يموت لا محالة، أثناء هبوطه العمودي هذا، راح يتهيّأ نفسيّاً لذاك الارتطام القوي الذي قد يؤدّي إلى كسور خطيرة في عظامه، ولكنه عندما حدث، لم يشعر بأي ألم على الإطلاق، إنما بمجرّد نعومة وطراوة وبرودة.

ارتطم وجهه أولاً بسطح السائل العميق، غاطساً في ظلمة كالحة دامسة. وفيما كان يهبط متشقلباً وفاقداً حسّ المكان والزمان، راح يتلمّس طريقه داسّاً الجدران العمودية والشديدة التحدّر التي كانت تحيط به من الجهات كافة، إلى أن عاد بطريقة ما وبلغ السطح.

وإذا به يرى نوراً باهتاً، فوق في الأعلى، فوقه بأميال وأميال.

فراح يتخبّط في الماء، باحثاً بواسطة ذراعيْه في جدران الفجوة عن شيء يتمسّك به، إلا أنه لم يكن ليعثر سوى على حجارة مالسة وناعمة. فهو سقط في حفرة مهجورة، فراح يصيح مستنجداً، غير أن صدى صيحاته كان يتردّد في تلك الحفرة الضيّقة، فراح يصيح ويصيح، إلا أنّ الحفرة الخربة كانت تزداد ظلمة لحظةً بعد لحظة إلى أن هبط الظلام.

بدا الوقت طويلاً في الظلمة، وراح بالتالي يشعر بجسمه كله مخدّراً من جرّاء الوقت الذي كان قد قضاه في التخبّط في الماء في أغوار تلك الهوّة منادياً ومستنجداً. بعدها، راحت تتراءى له صور وتهيّؤات مزعجة حول انهيار الجدران من حوله، دافنةً بالتالي إياه تحتها حيّاً. ثم بدأت يداه تؤلمانه وهيّئ إليه مرات عدة وكأنه يسمع أصواتاً. راح يصيح ويصرخ، إلا أن صوته كان صامتاً... تماماً كما في الأحلام.

ومع حلول الليل، إزدادت الحفرة غوراً وراحت بالتالي جدرانها تسير ببطء وهدوء نحوه مضيِّقة المكان عليه. فراح الصبي يدفع بالسياج بعيداً عنه. إلاّ أن

الإرهاق بدأ يستحوذ به حاثّاً إياه على الاستسلام. ولكنه كان يشعر وكأن المياه كانت تبقيه طافياً على وجهها، مبرِّدة مخاوفه المضطرمة إلى أن بدأ يشعر في النهاية بتخدّر تامّ في جسمه.

وعندما وصل فريق الإنقاذ، وجدوا الصبي بالكاد واعياً على ما يدور من حوله. فهو يتخبّط في الماء بيديْه ورجليْه منذ خمس ساعات. وبعد مرور يومَيْن على تلك الحادثة، نشرت صحيفة البوسطن غلوب في صفحتها الأولى قصّة عنوانها "السبّاح الصغير".

97

ابتسم الحشّاش وهو يدخل بعربته المبنى الحجريّ الضخم المطلّ على نهر التيبر، حاملاً ومتوغّلاً داخل ذاك النفق الحجري، وشاكراً ربّه أنّ حمولتة نحيلة وخفيفة.

"كنيسة التنوّر"، قال متأمِّلاً إياها في رضاً وحبور: "هذه غرفة الاجتماعات القديمة التابعة إلى الطبقة المستنيرة. مَن كان ليتصوّر أنها تقع هنا؟".

مددها في الداخل على أريكة بَلْشيّة، ثم أوثق ذراعيها بخبرة خلف ظهرها، وربط قدميْها. فهو يعلم أنّ ما يتلهّف شوقاً إلى القيام به لا يستطيع أن ينجزَ مهمّته الأخيرة، الماء.

ولكن ومع ذلك، رأى أن لديه بعض الوقت لكي يطلق العنان ولو قليلاً لأهوائه ورغباته وشهواته. فركع بجانبها وراح يمرّر يده على فخذها الناعم. وظلّ يصعد ويصعد إلى أعلى ساقها، مسلِّلاً أصابعه الداكنة من تحت طرف سروالها القصير.

ثم توقّف: "صبراً"، راح يقول لنفسه، شاعراً بالإثارة.

"هناك عمل يجب إنجازه أولاً".

راح يتمشّى لوهلة في الخارج على الشرفة الحجرية العالية للحجرة، فبرد نسيم المساء العليل حماسته الملتهبة شيئاً فشيئاً، في حين كان نهر التيبر في الأسفل شديد الهيجان، فرفع عينيْه ناظراً إلى قبّة كاتدرائية القديس بطرس التي كانت على مسافة ثلاثة أرباع الميل عنه والتي كانت تبدو عارية تحت وهج أضواء الصحافة.

"هذه ساعتكم الأخيرة"، قال عالياً، متذكراً آلاف المسلمين الذين قُتلوا وذبِحوا خلال الحملات الصليبية: "عند منتصف الليل سوف تلتقون بإلهكم".

وإذا بالمرأة خلفه تتحرك تحرّكاً ضئيلاً، فاستدار مفكّراً إن كان يجدر به إيقاظها، إذ أكثر ما يثير شهوته الجنسية هو رؤية الذعر والهول في عينيْ المرأة.

إلا أنه اختار في النهاية توخّي الحذر، من المستحسن أن تظلّ فاقدةً الوعي أثناء غيابه، صحيح أنها كانت موثقة اليديْن والقدميْن، وعاجزةً عن الفرار، إلا أن الحشّاش لم يكن يريد أن يعود ويجدها مرهقةً من شدّة المقاومة. أريدك أن تحتفظين بقوّتك كلها... لي.

رفع رأسها قليلاً واضعاً راحة يده تحت عنقها، ثمّ وجد التجويف الغائر مباشرةً تحت جمجمتها، فهو معتاد على اللجوء إلى نقطة الضغط تلك. فوضع إبهامه داخل ذاك الجزء الغضروفي الطريّ وضغط عليه بقوّة ساحقة، الأمر الذي جعلها تسترخي من جديد على الفور. عشرون دقيقة، فكّر بينه وبين نفسه. سوف تكون بمثابة ختامٍ مثير ومشوِّق ليوم مثالي. فبعد أن تكون قد خدمته وماتت وهي تخدمه، سوف يقف عند منتصف الليل على الشرفة لمشاهدة الألعاب النارية الفاتيكانية.

وبالتالي، تاركاً جائزته مغمىً عليها على الأريكة، نزل الحشّاش الدرج ودخل زنزانةً يضيئها نور إحدى المشاعل. المهمّة الأخيرة. ثم سار بعد ذلك نحو الطاولة وانحنى انحناءة تبجيل وتقدير أمام الأشكال المعدنية المقدّسة التي كانت قد وُضعت له هناك.

الماء، المرحلة النهائية والأخيرة.

ثم نازعاً المشعل الأخير عن الحائط، تماماً كما فعل في المرّات الثلاث السابقة، راح يحمّي طرفه، وعندما ابيض طرفه من شدّة الحماوة، حمله واتّجه به نحو الزنزانة.

هناك، كان رجل وحيد واقفاً بصمت، عجوز ووحيد.

"كاردينال بادجيا"، قال القاتل بصوت أشبه بالهسيس: "ألم تصلِّ بعد؟".

وإذا بالإيطاليّ يجيبه بنظرة شجاعة لا تعرف الخوف قائلاً: "لم أصلِّ سوى من أجل خلاص روحك أنت".

98

وصل رجال الإطفاء الستة إلى كنيسة سيّدة الانتصار، وشرعوا يخمدون النيران المضطرمة فيها بواسطة غاز الهالون الذي راحوا يضخّونه فيها. صحيح أن المياه وسيلة أرخص لإخماد النيران، إلا أنها في الوقت عينه خطيرة، وذلك لأنّ

البخار الناجم عنها من شأنه أن يضرّ ويسيء إلى اللوحات الجصية الموجودة على جدران الكابيلا. لذا كان الفاتيكان يدفع لرجال الإطفاء الرومان راتباً ضخماً لقاء قيامهم بخدمة سريعة ورشيقة وحذِرة في كافة المباني الخاصّة بالفاتيكان.

ورجال الإطفاء، وبحكم طبيعة عملهم، معتادون على مشاهدة المآسي يوميّاً تقريباً، إلا أنّ العمل الإجرامي الذي شاهدوه في تلك الكنيسة، كان في الواقع شيئاً لن يتمكّن أي منهم من نسيانه أبداً في حياته. ففيما كان جزء من هذا العمل الإجرامي الشنيع يرتكز على الصلْب، وجزء منه على الخنق، وجزء آخر على الحرق، بدا لهم المشهد شيئاً مستوحىً من كابوس قوطيّ.

كانت الصحافة وللأسف الشديد قد وصلت كالعادة إلى المكان قبل فوج الإطفاء، وكانت بالتالي قد أخذت الكثير من الصور قبل وصول رجال الإطفاء وإخلاء الكنيسة. وعندما أنزل أخيراً رجال الإطفاء الضحيّة ومددوها على الأرض، لم يكن لديهم أي شكّ حول هويّة ذاك الرجل.

"الكاردينال غيديرا"، همس أحدهم: "من برشلونة".

كان الرجل المسكين عارياً، الجزء السفلي من جسمه قرمزيّ اللون مسوَّد، والدم يترّ من الشقوق في فخذيْه، أما عظمتا ساقيْه الكبيرتان فظاهرتان من جرّاء انسلاخ جلده عنهما، تقيّأ أحد رجال الإطفاء لدى رؤيته ذلك، في حين خرج أحدهم ليأخذ نفساً نقيّاً.

أما الشيء المروّع حقاً فكان ذاك الرمز أو الوسم الذي سفع به صدر الكاردينال. فراح رئيس فوج الإطفاء يدور حول الجثة بفزع ورهبة. عمل شيطاني، قال بينه وبين نفسه، إن الشيطان نفسه قام بهذا العمل، ثم صلّب يده على وجهه للمرّة الأولى منذ طفولته.

"هناك جثّة أخرى!" صاح أحدهم إذ كان أحد رجال الإطفاء قد عثر على جثّة أخرى.

كانت الضحيّة الثانية رجلاً سرعان ما تعرّف إليه رئيس الفرقة. ولم يكن في الواقع قائد الحرس السويسري القاسي والصارم محبوباً من قبل الكثيرين من ضبّاط الأمن وموظفيه. فحاول الرئيس الاتصال بالفاتيكان، ولكنّ الخطوط كلها كانت مشغولة. وهو لم يكن ليكترث كثيراً للأمر، إذ إنه كان واثقاً من أنّ دقائق قليلة ويُذاع هذا الخبر على التلفزيون.

وفيما كان الرئيس يعاين المكان ويمسح الأضرار، محاولاً معرفة حقيقة ما يمكن أن يكون قد حصل هنا، رأى فجأةً مشكاةً كان وابل من الرصاص قد خرّمها كلها تاركاً فيها ثقوباً واسعة، وكان في داخل تلك المشكاة تابوت قد دُحرج عن قاعدته ورمي رأساً على عقب إثر صراع واضح وجليّ، تعمّ الفوضى المكان: "هذا ليس من شأني، إنما من شأن الشرطة والحرّاس السويسريين"، فكّر القائد بينه وبين نفسه مبتعداً عن المشكاة.

ولكن وفيما كان يستدير بعيداً، توقّف فجأة إذ تناهى إلى مسمعه صوت آتٍ من التابوت.

ولم يكن ذاك الصوت من الأصوات التي يحبّ رجال الإطفاء سماعها على الإطلاق.

"قنبلة!" قال فجأةً صائحاً.

وبالتالي وعندما قامت الفرقة المختصّة بتفكيك القنابل بدحرجة التابوت، اكتشفت مصدر الطنين الإلكتروني وراح بالتالي عناصرها يحدّقون بارتباك.

"الإسعاف!" صاح أخيراً أحدهم. "استدعوا سيّارة الإسعاف!".

99

"ألديك أي أخبار من أوليفيتي؟" سأل السكرتير البابوي، وقد بدا مستنزف القوى، فيما كان روشيه يرافقه في عودته من الكابيلاّ سِستينة إلى مكتب البابا.

"كلاّ سيّدي. أنا خائف من الأسوأ".

وبالتالي وعندما بلغا المكتب البابوي، بدا صوت السكرتير البابوي كئيباً ومثقلاً بالهمّ والأسى: "يا حضرة القائد، لم يعد هناك أي شيء يمكنني فعله هنا الليلة. لا بل أنا أخشى أن أكون قد فعلت الكثير إلى الآن، سوف أدخل إلى هذا المكتب لأصلّي. لا أريد أن يزعجني أحد. لقد وضعت الباقي بين يديْ الله".

"حسناً، سيّدي".

"لقد تأخّر الوقت، يا حضرة القائد. أعثر على العلبة الحابسة".

"نحن مستمرّون في البحث عنها"، قال روشيه بصوت متردِّد، إنّ السلاح مخبّأ على ما يبدو في مخبأ ممتاز".

أجفل السكرتير البابوي، وكأنه عاجز حتى عن مجرّد التفكير بالأمر.

"أجل لأنني عند الساعة الحادية عشرة والربع، وإن كانت الكنيسة لا تزال في خطر، أريدك أن تخرج الكرادلة من المدينة. أنا أضع سلامتهم بين يديْك. هذا كل ما أطلبه منك، دع هؤلاء الرجال يخرجون من هذا المكان بكرامة، دعهم يخرجون إلى ساحة القديس بطرس، ويقفون جنباً إلى جنب مع سائر العالم، أنا لا أريد أن يظهر في الصورة الأخيرة لهذه الكنيسة رجال عجزة خائفون يفرّون منسلّين من أحد الأبواب الخلفيّة".

"حسناً، سيدي. وأنتَ؟ هل تريدني أن آتي إليك عند الساعة الحادية عشرة والربع؟".

"لن تكون هناك ضرورة لذلك".

"عفواً، سيدي؟".

"سوف أغادر هذا المكان عندما أشعر بالرغبة في ذلك".

راح روشيه يتساءل إن كان السكرتير البابوي ينوي الغرق مع السفينة.

فتح السكرتير البابوي باب المكتب البابوي ودخل: "في الواقع..." قال مستديراً: "هناك شيء واحد فقط".

"ماذا سيدي؟".

"يبدو لي هذا المكتب بارداً الليلة، فأنا أرتجف".

"هذا ربّما لأنّ التدفئة المركزية الكهربائية مطفأة، دعني أشعل بعض الحطب في الموقد".

ابتسم السكرتير البابوي منهكاً وقال: "شكراً لك. شكراً جزيلاً".

* * *

خرج روشيه من المكتب البابوي حيث ترك السكرتير البابوي يصلّي على ضوء نار الموقد أمام تمثال صغير لمريم العذراء، المنظر مخيف، ظلّ أسود راكع وسط الوهج المترجرج. وفيما كان روشيه يترل الرواق، ظهر فجأة أحد الحرّاس أمامه راكضاً صوبه. وحتى على ضوء الشموع، أدرك روشيه أنه الملازم الأول تشارتراند، ذاك الشاب الفاتن المفعم بالحياة والحماسة.

"حضرة القائد"، صاح تشارتراند ماسكاً جهازاً خلويّاً، لدينا متّصل هنا يقول إن لديه معلومات من شأنها أن تفيدنا، لقد اتّصل على أحد الأرقام الامتداديّة

الخاصة بالفاتيكان. أنا لا أعرف كيف حصل على الرقم".

فتوقّف روشيه قائلاً: "ماذا؟".

"يرفض أن يتحدّث إلى أيّ كان سوى إلى الضابط الأعلى مقاماً".

"هل عرفتم شيئاً عن أوليفيتّي؟".

"كلاّ، سيّدي".

فأخذ روشيه السمّاعة وقال: "أنا القائد روشيه وأنا الضابط الأعلى مقاماً هنا".

"روشيه"، قال الصوت عند الطرف الثاني من الخط: "سوف أشرح لك أولاً من أكون، ثم سوف أقول لك ما الذي ستفعله لاحقاً".

وبعد أن توقّف المتّصل عن الكلام وأنهى المكالمة الهاتفية، ظلّ روشيه واقفاً مصدوماً، فهو كان قد أصبح يعلم الآن ممّن يتلقّى الأوامر.

وبالعودة إلى مركز CERN، كانت سيلفي بودولوك تحاول مسعورةً تسجيل الاتصالات كافّة الواردة على بريد كوهلر الصوتي للاستعلام بشأن التراخيص المطلوبة. ولكن عندما راح الخطّ الخاص على مكتب المدير يرنّ، قفزت سيلفي مجفلةً، إذ لم يكن أحد يعرف ذاك الرقم ثمّ أجابت.

"نعم؟".

"سيّدة بودلوك؟ أنا المدير كوهلر، اتصلي بربّان طائرتي على الفور، أريد طائرتي النفّاثة أن تكون جاهزة في غضون خمس دقائق".

100

عندما فتّح لانغدون عينيْه، وجد نفسه يحدّق إلى الأعلى إلى الناحية السفلية لقبّة باروكيّة الطراز مزيّنة بلوحات جصيّة، ولم تكن لديه بالتالي أي فكرة لا عن المكان الذي هو موجود فيه الآن، ولا عن الوقت الذي ظلّ فيه غائباً عن الوعي. الدخان يتصاعد فوق رأسه، وفمه مغطّى بقناع خاص للأكسيجين. فنزعه عن فمه، وقد كانت تعمّ الغرفة رائحة كريهة أشبه برائحة اللحم المحترق.

حاول لانغدون الجلوس، إلا أنه كان يشعر بدوار شديد في رأسه، رجل بثياب بيضاء يركع إلى جانبه.

"استرح!" قال الرجل بالإيطالية وهو يساعد لانغدون على التمدّد من جديد على ظهره: "أنا الطبيب". فأطاعه لانغدون ورأسه يدور كالدخان الذي فوق رأسه: "ماذا حدث بحقّ الله؟ ثم راح ينتابه شعور طفيف بالذعر.

"ساعتك الميكي ماوس هي التي أنقذتك"، قال الطبيب.

إلا أن لانغدون لم يفهم شيئاً من كلامه هذا، ساعتي الميكي ماوس أنقذتني؟

فأشار الرجل إلى ساعة يد لانغدون الميكي ماوس، وعندها فقط بدأت أفكار هذا الأخير تتّضح وتنجلي، تذكّر أنه كان قد عيّر منبّه ساعته، وفيما كان يحدّق بالساعة شارداً، انتبه أيضاً إلى الوقت، الساعة العاشرة مساءً والدقيقة الثمانية والعشرين، فجلس فجأةً مذهولاً.

وعندها عادت ذاكرته إليه.

وقف لانغدون بالقرب من المذبح الرئيس مع رئيس فرقة الإطفاء وبعض من رجاله الذين كانوا قد انهالوا عليه بالأسئلة. غير أن لانغدون لم يكن يصغي إليهم، راحت تتوالى على ذهنه أفكاره الخاصة. وعلاوةً على ذلك، جسمه كلّه يؤلمه، إلا أنه كان يعلم أنه من الضروريّ عليه أن يتصرّف في الحال.

ثمّ اجتاز أحد رجال الإطفاء مقترباً من لانغدون وقال: "لقد فتّشت الكنيسة كلّها مرّة ثانية، يا سيدي والجثّتان الوحيدتان اللتان عثرنا عليهما هما جثّة الكاردينال غيديرا وجثّة قائد الحرس السويسري، لا أثر لأي امرأة هنا".

"شكراً"، أجابه لانغدون بالإيطالية غير واثق من إذا كان من المفترض بهذا الخبر أن يطمئنه أو أن يروّعه. فهو كان واثقاً من كونه قد رأى فيتوريا ملقاةً على الأرض وغائبة عن الوعي. ولكنها الآن لم تعد هنا. وبالتالي فإن التفسير الوحيد لذلك الذي قد توصّل إليه، لم يكن قطّ مطمئناً. لم يكن في الواقع القاتل لطيفاً على الهاتف: "امرأة ذكيّة حقّاً، إنّك تثيرينني، ربّما قد أعثر عليك قبل بزوغ الفجر وعندما سأفعل سوف..."

نظر لانغدون من حوله وسأل: "أين قوّات الحرس السويسري؟".

"لم نتمكّن بعد من الاتصال بهم، فهناك ضغط كبير على خطوط الفاتيكان".

شعر لانغدون بالقهر والوحدة. فأوليفيتي قد مات، وكذلك الأمر أيضاً بالنسبة إلى الكاردينال. وفيتوريا مفقودة. لقد انقضت نصف ساعة من حياته بلمح البصر.

راح لانغدون يسمع أصوات الصحفيين المحتشدين في الخارج، وهو يتوقّع بالتالي أن تبثّ قريباً جدّاً صور الميتة المريعة والفظيعة التي مات بها الكاردينال الثالث، هذا إن لم تكن تلك الصور قد بُثّت الآن. فأمل لانغدون أن يكون السكرتير البابوي قد افترض الأسوأ منذ زمن بعيد، واتّخذ بالتالي الإجراءات الضرورية لإخلاء مدينة الفاتيكان اللعينة تلك! كفانا ألعاباً! لقد خسرنا!

ثم أدرك فجأةً أن الحوافز كلها التي كانت تسيّره - كمساعدة مدينة الفاتيكان وإنقاذ الكرادلة الأربعة ومواجهة الأخوية التي كانت وعلى مدى سنوات طويلة محور دراساته - هذه الأمور كلها تبخّرت من ذهنه، تاركةً المكان لحافز جديد قد اشتعل الآن في داخله. حافز بسيط إنما صارم وأساسي؛ ألا وهو العثور على فيتوريا.

ثم خالجه فجأةً شعور غير متوقّع بالفراغ، فغالباً ما كان لانغدون يسمع أنه من شأن الأوضاع الحرجة والصعبة أن توحّد في ما بين شخصيْن أو شعبيْن لم تتمكّن قطّ العقود من الجمع في ما بينهما. ولكنه بات الآن يؤمن بهذه الحقيقة. فهو وفي غياب فيتوريا شعر بشيء لم يشعر به منذ سنوات عديدة. الوحدة، وبالتالي فإن ألمه هذا قد مدّه بالقوّة.

سارع لانغدون إلى طرد هذه الأفكار كلها من ذهنه، وحصر بالتالي تركيزه وتفكيره كلّه بفيتوريا. فراح يصلّي أن يكون الحشّاش قد اختار إتمام أعماله أولاً قبل التفضّي للذّاته؛ وإلاّ فقد يكون الأوان قد فات، ولكن كلاّ، راح يخاطب نفسه قائلاً: لديكَ الوقت، فلا يزال لدى خاطف فيتوريا مهمّة واحدة وأخيرة ينجزها، يتعيّن عليه أن يظهر لمرّة أخيرة قبل أن يعود ويختفي إلى الأبد.

المذبح الأخير للعلم، راح لانغدون يفكّر بينه وبين نفسه، لا تزال لدى القاتل مهمّة واحدة وأخيرة، تراب. هواء. نار. مياه.

نظر إلى ساعته، هناك ثلاثون دقيقة فقط، فاتّجه نحو منحوتة برنيني حول نشوة القديسة تيريزا. وهذه المرّة، وفيما كان يحدّق في علامة برنيني الدليلية، لم يكن لدى لانغدون أدنى شكّ عن الشيء الذي كان يبحث عنه.

"دعوا الملائكة تقودكم في ضالّتكم المنشودة...

فتماماً فوق القديسة المستلقية، كان ملاك برنيني يرفرف قبالة خلفيّة شعلة ذهبية، يمسك في يده رمحاً ناريّاً حادّاً ومصوَّباً نحو جهة محددة. فراحت عينا

لانغدون تتبعان الجهة التي كان يشير إليها ذاك الرمح المصوَّب نحو الجهة اليمنى من الكنيسة، وإذا بهما تصطدمان فجأة بالحائط، فراح يتفحّص البقعة التي كان الرمح يشير إليها، إلا أنه لم يجد هناك أي شيء محدّد، فأدرك أن الرمح يشير من دون شك إلى ناحية بعيدة خلف هذا الحائط، إلى ناحية ما في الجهة الأخرى من روما.

"ما هي هذه الجهة هناك؟" سأل لانغدون مستديراً وموجّهاً سؤاله إلى القائد بحزم.

"الجهة؟" سأل القائد وهو ينظر إلى حيث كان لانغدون يشير، فأجابه بصوت بدا مشوَّشاً ومحتاراً وقال: "لا أعرف... إنها الغرب، على ما أظن".

"وما هي الكنائس الواقعة في هذا الاتجاه؟".

هنا بدا القائد أكثر حيرة وارتباكاً، إذ قال: "هناك العشرات منها، لماذا السؤال؟".

عبس لانغدون، لا شك في أن هناك كنائس عديدة تقع في هذا الاتجاه: "أنا بحاجة إلى خريطة عن المدينة، وفي الحال".

أرسل القائد أحد رجاله ركضاً إلى سيّارة الإطفاء بحثاً عن خريطة، واستدار لانغدون من جديد نحو التمثال. تراب... هواء... نار... فيتوريا.

إن العلامة الدليلية الأخيرة هي الماء، راح يقول بينه وبين نفسه، مياه برنيني، لا بدّ من أنها في كنيسة ما هنا، الأمر أشبه بالبحث عن إبرة في كومة قشّ، ثم راح يفكّر بكل عمل يخطر على باله لبرنيني. أنا بحاجة إلى تمثال قدّم إجلالاً لعنصر المياه العلمي!

فخطر على بال لانغدون تمثال برنيني عن تريتون - إله البحر عند اليونان الذي أدرك أنه موجود في الساحة الخارجية لهذه الكنيسة، إنما في الاتجاه المعاكس تماماً للجهة التي كان يشير إليها الملاك، فراح عندئذ يحثّ عقله على التفكير، ما هو التمثال الذي يمكن لبرنيني أن يكون قد نحته إجلالاً للماء؟ أهو تمثال نبتون وأبّولو؟ ولكنّ هذا التمثال موجود وللأسف الشديد في لندن في متحف فيكتوريا وألبرت.

"سيّدي؟" دخل أحد رجال الإطفاء الكنيسة راكضاً وفي يده خريطة.

شكره لانغدون وبسطها على المذبح، مدركاً على الفور أنه قد استعان بالأشخاص الصحّ، فخريطة مركز الإطفاء عن روما مفصّلة أكثر من أي خريطة أخرى رآها إلى الآن: "أين نحن الآن؟".

أشار الرجل على الخريطة قائلاً: "نحن بالقرب من ساحة باربيريني".

نظر لانغدون من جديد إلى رمح الملاك محاولاً تحديد وجهته، لقد كان تقدير الرئيس صحيحاً، إذ وفقاً إلى الخريطة، كان الرمح يشير نحو الغرب، فرسم لانغدون خطّاً من موقعه الحالي على الخريطة ذهاباً باتجاه الغرب، عندها بدأت آماله تتلاشى على الفور، إذ إن الكنائس على ذلك الخط كانت كثيرة إلى أن خلا الخطّ في النهاية من الكنائس في ضواحي روما. فتنهّد لانغدون وابتعد عن الخريطة، تبّاً.

وفيما كان لانغدون يتفحّص مدينة روما ككلّ، وقع نظره على الكنائس الثلاث التي قتل فيها الكرادلة الثلاث. الكابيلاّ تشيجي... وبازليكا القديس بطرس... وهذه الكنيسة هنا...

وبينما كان يراها كلها الآن منتشرةً على الخريطة أمام عينيْه، أدرك فجأةً شيئاً غريباً في ما يختصّ بموقع كل منها. فهو يتصوّر أن الكنائس موزّعة على نحو عشوائي في روما. إلا أنها في الواقع لم تكن كذلك إطلاقاً. فالكنائس الثلاث ترسم على الخريطة مثلّثاً هائل الحجم، فعاد لانغدون وتحقّق من الأمر مرّة ثانية، صحيح، فهو لم يكن يتهيّأ أموراً خيالية خالية من الصحّة. "قلم"، قال فجأة من دون أن يرفع بصره عن الخريطة.

وإذا بأحدهم يمدّه بقلم حبر، رسم دائرةً حول الكنائس الثلاث، وإذا بها تشكّل مثلّثاً متماثلاً!

فأوّل ما خطر على باله كان الختم الأعظم على ورقة الدولار الواحد النقدية - ذاك المثلّث الذي يحوي العين البصيرة التي لا يخفى عنها شيء. ولكن الأمر لم يكن واضحاً ومفهوماً بالنسبة إليه، إذ إنه لم يحدّد سوى ثلاث نقاط فقط، في الوقت الذي يُفترض بتلك النقاط أن تكون أربع.

أين تراها تكون تلك العلامة الدليلة المرتبطة بالمياه؟ لقد كان لانغدون يعلم أنّ النقطة الرابعة سوف تشوّه المثلّث أيّاً كان موقعها. لذا ولكي يبقي على تماثل المثلّث وتساوقه لم يكن أمامه سوى خيار واحد فقط، ألا وهو وضع العلامة الدليلية الرابعة داخل المثلّث، في وسطه. فراح ينظر إلى تلك النقطة على الخريطة، ولكن لا شيء. كانت الفكرة تزعجه على أيّ حال، وذلك لأن عناصر العلم الأربعة كانت تعتبر متساوية و لم تكن بالتالي المياه عنصراً مميّزاً لكي تكون في وسط العناصر الأخرى.

ولكن وعلى الرغم من ذلك كله، فقد كان حدسه يقول له إنه لا يمكن لهذا الترتيب المتماثل المتساوق أن يكون قد أتى هكذا عرضيّاً. لم يكن هناك سوى حلّ واحد آخر وبديل، وهو ألا تشكّل النقاط الأربع مثلثاً، إنما شكلاً هندسيّاً آخر.

راح ينظر من جديد إلى الخريطة، متسائلاً إن كان يمكن لهذا الشكل أن يكون مربّعاً مثلاً؟ صحيح أن المربّع ليس لديه أي معنى رمزيّ على الإطلاق، ولكنّ المربعات على الأقلّ متماثلة هي أيضاً، فوضع إصبعه على الخريطة عند إحدى النقاط التي من شأنها أن تحوّل المثلّث إلى مربّع، إلا أنه سرعان ما استدرك أنه من المستحيل الحصول على مربّع كامل ومتساوق، وذلك لأن زوايا المثلّث الأصلي كانت منحرفة، وكانت بالتالي تشكّل شكلاً يكاد يكون أقرب إلى شكل رباعي الأضلاع مشوّه منه إلى المربّع.

وفيما كان يدرس النقاط الأخرى المحتملة والموجودة حول المثلّث، حدث فجأة شيء غير متوقّع، لاحظ أن الخطّ الذي رسمه سابقاً للإشارة إلى الجهة التي يشير إليها رمح الملاك كان يمرّ تماماً عبر إحدى تلك الاحتمالات. فوقف لانغدون مذهولاً ورسم دائرةً حول تلك النقطة وأصبح بالتالي الآن ينظر إلى أربع علامات حبر كانت تشكّل على الخريطة شكلاً أشبه بحبّة ماس.

قطّب حاجبيْه، إذ إنّ الماس لم يكن هو أيضاً من رموز الطبقة المستنيرة. فتوقّف بعض الشيء ثم عاد وتذكّر لوهلة ماسة الطبقة المستنيرة الشهيرة، ولكنه سرعان ما عاد وطرد هذه الفكرة السخيفة من ذهنه. وعلاوةً على ذلك، فقد كان شكل حبّة الماس تلك مستطيلاً كالكيْت تقريباً، وبعيداً بالتالي كل البعد عن ماسة الطبقة المستنيرة التي كانت شهيرة بتماثلها وتساوقها الكامليْن والمثاليّيْن.

ولكن عندما حنى رأسه ليتفحّص المكان الذي كان قد وضع فيه العلامة الأخيرة، تفاجأ لانغدون لدى اكتشافه أن النقطة الرابعة كانت تقع بالضبط في وسط أحد أبرز أبراج روما وأشهرها، ألا وهو برج نافونا. فهو كان يعلم أن هذا البرج يحتوي على كنيسة مهمّة، ولكنّ هذه الأخيرة لم تكن على حدّ علمه أعمالاً لبرنيني، وكانت هذه الكنيسة تعرف بكنيسة القديسة أغنيس المعذّبة، وذلك على اسم القديسة أغنيس التي كانت مراهقة بتولاً وفاتنة، حُكم عليها بالعيش حياةً من الاستعباد الجنسي، وهذا كلّه لرفضها التخلّي عن دينها وإيمانها.

لا بدّ من أن يكون هناك شيء في تلك الكنيسة! فكّر لانغدون بينه وبين نفسه، متصوّراً داخل تلك الكنيسة. إلا أنه لم يكن في الواقع قادراً على تذكّر أي

عمل فيها لبرنيني على الإطلاق، ولا حتى أي شيء له علاقة بالماء. إلاّ أن ترتيب تلك النقاط الأربعة على الخريطة كان يزعجه أيضاً، ماسة. إنه في الواقع من المستبعد جدّاً أن يكون ذاك الترتيب الدقيق والمضبوط على الخريطة قد أتى هكذا صدفةً، ولكنّه ومن جهة أخرى لم يكن دقيقاً ومضبوطاً بحيث يشير إلى معنى محدّد. فراح لانغدون يتساءل إن كان من المحتمل أن يكون قد اختار نقطة غير صحيحة. ما الذي يفوتني يا ترى؟!

استغرقت الإجابة على هذا السؤال ثلاثين ثانية أخرى قبل أن يكتشفها، ولكنّه عندما فعل، شعر بابتهاج لم يشعر مثله من قبل في حياته المهنيّة والأكاديمية.

يبدو أن عبقريّة الطبقة المستنيرة لا تعرف حدوداً.

في الواقع، إن الشكل الذي كان ينظر إليه لم يكن قطّ من المراد به الإشارة إلى حبّة ماس. فالنقاط الأربع لم تشكّل شكلاً أشبه بحبّة الماس سوى لأنّ لانغدون كان قد ربط في ما بين نقاط متجاورة. إلا أنّ الطبقة المستنيرة تؤمن في الواقع بالأشياء المتضادّة والمتعارضة! وبالتالي وفيما كان يربط بواسطة قلمه في ما بين النقاط المتقابلة، راحت أصابعه ترتجف. لقد ظهر فجأةً على الخريطة أمامه شكل صليبي ضخم. إنه صليب! وإذا بعناصر العلم الأربعة قد تجلّت بوضوح أمام عينيْه... منتشرةً عبر روما على شكل صليب ضخم وهائل الحجم.

وفيما كان يحدّق بالصليب أمامه بتعجّب وانشداه، خطر على باله فجأة أحد بيوت الشعر كصديق قديم إنما بوجه جديد.

"تتصالب عبر روما العناصر السرية...

تتصالب عبر روما..."

بدأ عندها الضباب ينجلي، ورأى لانغدون أن الإجابة كانت أمامه طيلة الليل! فقد كانت قصيدة الطبقة المستنيرة تشرح له كيفيّة انتشار وتوزيع مذابح العلم. على شكل صليب!

"تتصالب عبر روما العناصر السرية!".

ثم أدرك لانغدون أن ذاك الشكل الصليبي الذي على الخريطة هو في الواقع من أعظم ثنائيات الطبقة المستنيرة وأهمّها. فهو رمز ديني مؤلف من عناصر علميّة، فدرب غاليليو إلى التنوّر إجلال للعلم والله في آن معاً!

وعندها، حُلّت على الفور الأحجية بكاملها.

برج نافونا.

ففي وسط برج نافونا وتحديداً خارج كنيسة القديسة أغنيس المعذّبة، كان برنيني قد نحت واحدة من أهمّ منحوتاته وأبرزها، وبالتالي فكلّ مَن كان يأتي إلى روما كان يأتي لرؤيتها.

نافورة الأنهر الأربعة!

كانت منحوتة برنيني تلك إجلالاً ممتازاً للماء، إذ إنها كانت تجلّ الأنهر الأربعة والأهمّ في العالم القديم، ألا وهي نهر النيل ونهر الغانج ونهر الدانوب ونهر ريو بلاتا.

مياه، فكّر لانغدون بينه وبين نفسه، العلامة الدليلية الأخيرة، لقد كانت مثاليةً.

والأكثر من ذلك مثاليّة، أدرك لانغدون، كانت تلك المسلّة الشاهقة المنتصبة فوق نافورة برنيني تلك تماماً كالكرزة على قالب الحلوى.

تاركاً رجال الإطفاء في حالة من التشوّش والارتباك، ركض لانغدون نحو الجهة الأخرى من الكنيسة باتجاه جثّة أوليفيتي الهامدة.

إنها الساعة العاشرة مساء والدقيقة الحادية والثلاثون، فكّر بينه وبين نفسه، لديّ الكثير من الوقت، لقد كانت هذه في الواقع المرة الأولى اليوم التي يشعر فيها لانغدون أنه في طليعة اللعبة.

وفيما كان راكعاً بالقرب من أوليفيتي، وبعيداً عن الأنظار خلف بعض المقاعد الخشبية، أخذ لانغدون بتكتّم وحذر سلاح القائد النصف أوتوماتيكي وجهازه اللاسلكي، فهو يعلم أنه سيحتاج إلى الاستنجاد، إنما ليس هنا في هذه الكنيسة. فقد كان ينبغي على المذبح الأخير للعلم أن يظلّ سرّيّاً في الوقت الحاضر، وإلاّ فقد تتسابق وسائل الإعلام وأفواج الإطفاء إلى ساحة نافونا، ولن يكون عندئذ دويّ صفّارات الإنذار مفيداً على الإطلاق.

وبالتالي ومن دون أن ينبس ببنت شفة، إنسلّ لانغدون خارج باب الكنيسة متجنّباً الصحفيين الذين كانوا الآن يدخلون الكنيسة جماعات جماعات واجتاز ساحة باربيريني. أدار بعد ذلك الجهاز اللاّسلكي وحاول مناداة مدينة الفاتيكان، إلا أنه لم يسمع شيئاً سوى تشوّش. فإما أنه كان خارج مجال الإرسال، وإمّا أنّ الجهاز كان بحاجة لكي يعمل إلى إدخال نوع من الرمز السرّي أو ما شابه. فحاول لانغدون أن يضبط تلك الأزرار والمدرّجات المعقّدة إنما من دون جدوى. فأدرك عندئذٍ فجأةً أن

خطّته إلى الاستنجاد لن تجدي نفعاً. فراح عندها يدور باحثاً عن هاتف للعموم، ولكنّه لم يعثر على أي واحد، لقد كان هناك ضغط كبير على خطوط الفاتيكان.

لقد كان وحيداً تماماً.

عندها، وفيما راح يشعر بتضاعف ثقته بنفسه، وقف لانغدون للحظة وراح يقيّم وضعه المزري وحالته المثيرة للشفقة. فهو كان مغطّى بغبار العظم، ومجروحاً، ومرهقاً وجائعاً.

عاد لانغدون وألقى نظرة سريعة على الكنيسة خلفه، الدخان يتصاعد من القبّة على نحو لولبيّ، تنيره أضواء الصحفيين وسيّارات الإسعاف، فراح يتساءل إن كان يجدر به العودة إلى هناك واستحضار العون، إلا أن غريزته سرعان ما حذّرته من أنّ استحضار أي عون إضافي، لن يكون بالنسبة إليه سوى عائق ومسؤوليّة إضافية عليه، سيّما وإن كان ذاك العون غير مدرَّب. "إن رآنا الحشّاش قادمين..." قال لانغدون بينه وبين نفسه مفكّراً بفيتوريا ومدركاً أن هذه قد تكون فرصته الأخيرة لمواجهة خاطفها.

ساحة نافونا، فكّر بينه وبين نفسه، مدركاً أنّه لا يزال لديه متّسع كاف من الوقت للوصول إلى هناك ومراقبة المكان. ثم راح يتفحّص المكان بحثاً عن سيّارة أجرة، غير أن الشوارع كانت مقفرة. فسائقو سيّارات الأجرة كانوا على ما يبدو قد تركوا كل شيء بحثاً عن جهاز تلفزيون يتسمّرون أمامه. صحيح أنّ ساحة نافونا تبعد مسافة ميل واحد فقط من هنا، غير أن لانغدون لم تكن لديه النيّة إطلاقاً لكي يهدر طاقته الثمينة بالذهاب إلى هناك سيراً على الأقدام. فعاد ونظر من جديد إلى الكنيسة خلفه، متسائلاً إن كان بإمكانه إستعارة سيارة أحدهم.

سيّارة إطفاء ربّما أو إحدى العربات الصحفية؟

وفيما كان يشعر أنه بهذه الطريقة يهدر الكثير من الوقت والخيارات سدىً، توصّل أخيراً لانغدون إلى قراره النهائي. فانتزع المسدّس من جيبه واقترف عملاً شنيعاً وغير مناسب له حيث راح يشك باحتمال أن تكون روح شيطانية ما قد تلبّسته. فإذا به يعدو صوب سيّارة من طراز سيتروان كانت متوقّفة عند إحدى إشارات السير الضوئية، ويشهر سلاحه على سائقها صائحاً: "ترجّل من السيّارة!".

فترجّل الرجل على الفور مرتجفاً.

فقفز بلانغدون داخل السيّارة، وداس بقوّة على دوّاسة البنزين.

101

جلس غانثر غليك على مقعد خشبي طويل في أحد سجون مكتب الحرس السويسري وراح يصلّي للّه ولجميع القدّسين الذين يعرفهم طالباً منهم ألاّ يكون في حلم. فهذا السّبق الصحفي الذي من شأنه أن يغيّر له مجرى حياته، السبق الذي من شأنه أن يغيّر حياة كل إنسان. في الواقع، إنّ كل مراسل صحفي على وجه الأرض يتمنّى الآن لو انّه يكون محلّ غليك. أنت لا تحلم، راح يخاطب نفسه قائلاً، لقد أصبحت الآن نجماً عالمياً، إنّ دان راثر يبكي في الوقت الحاضر من حسرته.

وكانت ماكري بجانبه تبدو مصدومة بعض الشيء، لم يلمها غليك ولم يوبّخها، فهما وعلاوةً على بثّهما خطاب السكرتير البابوي بثّاً حصريّاً ومباشراً، كانا قد زوّدا أيضاً العالم بأسره بصور رهيبة وشنيعة عنٍ الكرادلة المغدورين والبابا الراحل - لا سيّما لسان هذا الأخير الأسود!- هذا فضلاً عن الشريط الحيّ الذي تظهر فيه العلبة الحابسة للمادة المضادة في عدّها العكسيّ، شيء لا يُصدّق حقّاً!

وهذا كلّه بالطبع كان بناءً على أمرٍ من السكرتير البابوي، فلم يكن هذا إذن سبب احتجاز غليك وماكري هنا في سجن مكتب الحرس السويسري؛ ولكنّ ملحق غليك الجريء الذي أضافه إلى تغطيتهما لهذا الحدث هو الذي لم ينل إعجاب الحراس السويسريين.

"سامريّ الساعة الحادية عشرة؟" هممت ماكري على المقعد بجانبه غير متأثّرة على الإطلاق.

ابتسم غليك وقال: "لقد كان الأمر رائعاً، أليس كذلك؟".

"لا بل رائع الغباء".

أدرك عندئذ أنها تشعر بالغيرة والحسد، فبعد خطاب السكرتير البابوي بفترة وجيزة، كان غليك ولحسن حظّه قد وُجد صدفةً في المكان الصحيح وفي الوقت المناسب. فهو سمع بالصدفة روشيه يوجّه لرجاله أوامر جديدة، بعد تلقيه على ما يبدو اتصالاً هاتفيّاً من شخص مجهول زعم روشيه إن في جعبته أخبار مهمة بشأن الأزمة الحالية التي يمرّ بها الفاتيكان. وراح روشيه يتحدّث وكأنّ باستطاعة ذلك الرجل مساعدتهم، ويوصي رجاله بأن يقوموا بكافة الترتيبات والتحضيرات اللازمة لاستقبال ذاك الضيف.

صحيح أن تلك المعلومات كانت سريّة، إلا أن غليك قد تصرّف حيالها كما كان أي مراسل صحفي متفان ليفعل لو انّه كان في مكانه - من دون أن يلتزم بقواعد الشرف والآداب. فهوً كان قد بحث عن زاوية خفيّة وأمر ماكري أن تدير كاميرتها التي يمكن أن تتحكّم بها عن بعد وراح ينقل بالتالي الأخبار كاملة.

"تطورات جديدة فظيعة ومروِّعة في مدينة الله"، كان قد أعلن محدّقاً في الكاميرا بعينيْن نصف مغمضتيْن، وذلك للمزيد من التشويق والإثارة، ثم ذهبت به الوقاحة إلى حدّ القول إن ضيفاً سرّياً ومجهولاً آت الآن إلى الفاتيكان لينقذ المدينة من ورطتها هذه. وكان غليك قد أطلق على ذاكَ الضيف المجهول لقب سامريّ الساعة الحادية عشرة، وهو في الواقع لقب ممتاز لرجل مجهول يظهر في اللحظة الأخيرة ليقوم بعمل جيّد ومفيد للجميع. وكانت شبكات الإرسال قد نقلت مرّة أخرى عن غليك تلك الأخبار الجديدة الآسرة والمشوِّقة، وإذا بهذا السبق الصحفي يخلّد غليك من جديد.

"أنا صحفي لامع"، راح يقول بينه وبين نفسه مستغرقاً في التفكير: "لا شكّ في أن بيتر جينّينغز قد رمى للتوّ نفسه عن أحد الأبراج".

إلا أنّ غليك لم يتوقّف طبعاً هنا؛ إذ فيما كان مستقطباً اهتمام العالم بأسره، أضاف إلى ذاك الخبر شيئاً من تحليله الشخصي.

"لقد أذهلتنا"، قالت ماكري، لقد قلت كل ما لديك".

"ما الذي تقصدينه بكلامك هذا؟ هل كنت مذهلاً حقاً؟!".

عندها راحت ماكري تحدّق إليه والشكّ باد بجلاء في عينيْها: "الرئيس السابق جورج بوش؟ هو أيضاً ينتمي إلى الطبقة المستنيرة؟ً".

ابتسم غليك، إذ ما من شيءٍ كان بالنسبة إليه واضحاً وبيّناً أكثر من ذلك. فقد كان في الواقع جورج بوش رجلاً واسع الإطلاع، ويحتل الدرجة الثالثة والثلاثين من درجات الماسونية، وهو كان على رأس وكالة الاستخبارات المركزية الأميركية عندما أقفلت هذه الأخيرة ملفّ تحقيقها حول موضوع الطبقة المستنيرة، وذلك لعدم توفّر الأدلّة والبراهين الكافية. هذا فضلاً طبعاً عن خطاباته كلها حول "ألف نقطة نور"، و"نظام عالمي جديد"... فلا شكّ بالتالي في أن بوش كان من الطبقة المستنيرة.

"وماذا عن ذاك الجزء المتعلّق بمركز CERN؟" قالت ماكري بنبرة تعنيف وتوبيخ: "سوف تجد غداً أمام بيتك صفّاً طويلاً من المحامين".

"مركز CERN؟ ولكن هيّا! هذا لأمر بديهي! فكّري قليلاً بالأمر! لقد اختفت الطبقة المستنيرة عن وجه الأرض في الخمسينات، أي تقريباً في الحقبة نفسها التي تأسس فيها مركز CERN. ويأوي في الواقع هذا المركز أكثر الأشخاص تنوّراً على الأرض. لقد اخترعوا سلاحاً يمكنهم بواسطته تدمير الكنيسة ومحوها عن وجه الأرض، وإذا بهم فجأة... يضيعونه!".

"فتعلن إذن على الملأ أن مركز CERN هو المركز الرئيس الجديد للطبقة المستنيرة؟".

"بكل تأكيد! في الواقع، إن الجمعيات والأخويات لا تختفي هكذا بكل بساطة عن وجه الأرض؛ لذا ينبغي على الطبقة المستنيرة أن تنتقل إلى مكان ما. وإذا بها تجد في مركز CERN مكاناً ممتازاً تختبئ فيه. ولكن أنا لا أقصد بكلامي هذا أنّ جميع مَن في CERN هم بالضرورة من الطبقة المستنيرة. هذا المركز هو على الأرجح أشبه بمحفل ماسوني ضخم معظم سكّانه أبرياء، ولكنّ الأشخاص الذين يحتلّون فيه الدرجات العلوية من الهرم -".

"هل سمعت من قبل عن الافتراء والتشويه لسمعة الآخرين، يا غليك؟ هل سمعت عن المسؤولية القانونية؟".

"وأنتِ هل سمعتِ يوماً عن الصحافة الحقيقية؟!".

"صحافة؟ أنتَ كنت تخترع قصصاً خيالية لا أساس لها من الصحّة! لقد كان من المفترض بي أن أطفئ الكاميرا! وبالمناسبة، ماذا بحقّ الله كانت تلك التفاهات والترّهات التي تفوّهت بها في ما يختصّ باللوغوغراف المشترك الخاص بمركز CERN ودراسة الرموز الشيطانية؟ هل فقدت صوابك، أم ماذا؟".

ابتسم غليك، لقد كانت غيرة ماكري منه واضحة وضوح الشمس. في الواقع، لقد كان اللوغو الخاص بمركز CERN الضربة الأكثر روعةً. وبالتالي الآن وبعد خطاب السكرتير البابوي ذاك، فقد أصبحت شبكات الإرسال كافّة تتحدّث عن CERN والمادة المضادة. حتى إنّ بعض هذه المحطّات كان يظهر اللوغو الخاص بمركز CERN في ستارته الخلفية، وبدا معيارياً بما فيه الكفاية - دائرتان متداخلتان تمثّلان مسرّعيْن اثنيْن للجسيْمات، وخمسة خطوط مُماسّة تمثّل أنابيب إقحام الجسيْمات. لقد كان العالم بأسره يحدّق في هذا اللوغوغراف، ولكنّ غليك كان هو أوّل من رأى رمز الطبقة المستنيرة المتخفّي بين طيّاته.

"أنت لست اختصاصياً في دراسة الرموز وتفسيرها"، قالت ماكري بنبرة عنيفة: "أنت لست سوى مراسل صحفي فاشل، إنما محظوظ. كان يجدر بك أن تترك تفسير الرموز لشابّ هارفارد ذاك".

"إن شابّ هارفارد ذاك الذي تتحدثين عنه قد فاته هذا الأمر"، قال غليك.

كان أثر الطبقة المستنيرة في هذا اللوغو واضحاً، لا بل بديهياً.

وكان غليك يشعّ من الداخل من فرط سعادته، فصحيح أن مركز CERN كان لديه عدد كبير من مسارعي الجسيْمات، إلا أن اللوغو الخاص به لم يكن يظهر سوى مسارعيْن اثنيْن فقط. والعدد اثنيْن هو عدد الثنائية والإزدواجية عند الطبقة المستنيرة. وأيضاً وعلى الرغم من أنّ معظم مسارعي الجسيمات كان مزوّداً بأنبوب واحد فقط للحقن، إلا أن اللوغو كان يظهر خمسة. والخمسة هو في الواقع العدد الذي يرمز إلى نجمة الطبقة المستنيرة الخماسية الأضلاع. ثم أتت بعد ذلك الضربة القاضية، الضربة الأكثر حنكة وذكاء، إذ أشار غليك إلى كون ذاك اللوغو عينه يحوي أيضاً العدد ستّة 6 مكتوباً بخطّ كبير - وتشكّله بوضوح إحدى الدائرتيْن وإحدى الخطوط الخمسة. وبالتالي، وفي حال أدرنا ذاك اللوغو فقد يظهر لدينا عدد ستّة آخر... ومن ثم آخر. فقد كان إذن ذاك اللوغو يحوي ثلاث ستّات! 666! رقم الشيطان! علامة الوحش البهيمي!

لقد كان غليك عبقريّاً حقاً.

بدت ماكري جاهزةً لضربه.

ولكنّ غليك كان واثقاً من أنّ غيرتها تلك سوف تزول في النهاية، إلا أنه كان يفكّر الآن بأمر آخر. ففي حال كان CERN هو المركز الرئيس للطبقة المستنيرة، فهل يكون CERN عندئذ المكان حيث تحتفظ الطبقة المستنيرة بماستها السيئة السمعة؟ في الواقع، كان غليكَ قد قرأ عن حبّة الماس تلك على الإنترنت - "ماسة كاملة نشأت عن العناصر القديمة وقد بلغت حدّ الكمال بحيث كل مَن رآها لم يتمكن سوى من الوقوف أمامها بذهول وانشداه".

ثم راح غليك يتساءل عندئذ إن كان المكان السريّ الذي وضعت فيه ماسة الطبقة المستنيرة لغزاً آخر سيتمكّن الليلة من حلّه.

102

ساحة نافونا، نافورة الأنهر الأربعة.

تتميز ليالي روما، كالليالي الصحراوية، ببرودة مذهلة ومنعشة، حتى بعد يوم طويل وحارّ. بينما لانغدون يرابط عند أطراف ساحة نافونا لافّاً جسمه بسترته التويدية يتناهى إلى مسمعه صوت التقارير الصحفية الإخبارية التي يتردّد صداها عبر المدينة تماماً كضجيج زحمة بعيدة. تحقّق من ساعته، لا يزال أمامه خمس عشرة دقيقة. فشكر ربّه على فترة الاستراحة القصيرة التي تسنّت له أخيراً.

كانت الساحة مقفرة تماماً، ونافورة برنيني التي تدلّ على براعة فنيّة رائعة ومذهلة تئزّ أمامه بسحر مريع أشبه بالشعوذة. والبركة المزبدة تقذف سديمها السحري إلى السماء، ذاك السديم الذي تنيره من الأسفل أَضواء غامِرة مثبّتة تحت الماء. فشعر لانغدون بتيّار بارد يسري في الهواء.

وأكثر ما يلفت في تلك النافورة ارتفاعها الشاهق، حيث يزيد ارتفاع جزئها المركزي وحده العشرين قدماً ، وهو كناية عن جبل جلف غليظ من رخام الترافرتين المخرّم كالغربال بكهوف ومغارات كانت المَياه تتدفّق منها. أما النافورة بكاملها فتكسوها تماثيل وثنية، وتنتصب فوق ذلك كلّه مسلّة ترتفع على طول أربعين قدماً. فتسلقها لانغدون بناظريْه ليلاحظ عند رأس المسلّة المستدقّ ظلاً باهتاً وطفيفاً يلطّخ السماء؛ ظلّ حمامة يتيمة جاثمة هناك بصمت.

صليب، فكّر لانغدون بينه وبين نفسه مذهولاً بترتيب العلامات الدليلية الأربعة وتوزيعها عبر مدينة روما. لقد كانت نافورة الأنهر الأربعة لبرنيني المذبح الرابع والأخير للعلم. فهو ومنذ ساعات قليلة فقط، كان واقفاً في البانتيون، واثقاً من أنّ درب التنوّر قد شُوِّهت، ومن أنّه لن يتمكّن أبداً من الوصول إلى هذا الحدّ، هذه حماقة من جهته، فالدرب بكاملها كانت لا تزال في هي هي. ترابٌ وهواء ونار ومياه. وقد سلكها بلانغدون... من البداية وحتى النهاية.

ليس تماماً حتى النهاية، عاد وذكّر نفسه، تشمل تلك الدرب خمس محطّات، لا أربع. وبالتالي فإن العلامة الدليلية الرابعة هذه تشير بطريقة ما إلى القدر النهائي – إلى مخبأ الطبقة المستنيرة السريّ والمقدّس – كنيسة التنوّر. تساءل لانغدون إن

كان هذا المخبأ لا يزال موجوداً، وإن كان هذا هو المكان الذي يُحتمل أن يكون الحشّاش قد أخذ فيتوريا إليه.

تتفحص عينا لانغدون التماثيل الموجودة على النافورة سعياً وراء أي شيء يشير بطريقة أو بأخرى إلى الجهة التي يقع فيها مخبأ الطبقة المستنيرة. "دعوا الملائكة تقودكم في ضالّتكم المنشودة". ولكن سرعان ما لاحظ شيئاً أزعجه كثيراً، لا تحوى تلك النافورة أيّ ملاك من أي نوع كان. فقد كانت عملاً وثنياً بحتاً، منحوتاتها كلها وثنيّة دنيويّة لمخلوقات بشرية وحيوانية، حتى أنها كانت تحوي أيضاً منحوتة بشعة لحيوان المدرَّع، وكان الملاك الخطأ يبرز وسط هكذا منحوتات.

أيحتمل أن أكون في المكان الخطأ؟ راح يتساءل مفكّراً من جديد بالترتيب الصليبي للمسلاّت الأربع. ثمّ أطبق كفّيْه مخاطباً نفسه وقائلاً: "إنّ هذه النافورة موقعها ممتاز".

عند الساعة الحادية عشرة إلا ربع ظهرت عربة سوداء خارجة من الزقاق عند الجهة الأخرى من الساحة. لم يشك لانغدون بداية بتلك العربة، ولكن سيرها البطيء ومصابيحها الأمامية المطفأة أثار اشكوكه، ثم راحت تدور في الساحة كسمكة القرش التي تقوم بدوريّة بحثاً عن خليجٍ مضاء بنور القمر.

انخفض لانغدون وربض في الظلمة بجانب الدرج الضخم المؤدّي إلى كنيسة سيّدة أغنيس المعذّبة وراح يحدّق بالساحة وقلبه يخفق خفقاناً سريعاً.

وبعد قيامها بدورتيْن كاملتيْن حول الساحة، انحرفت نحو الداخل باتجاه نافورة برنيني وراحت تسير بجانب البركة على نحو جانبي على طول حافّتها إلى أن أصبح جانبها محاذياً تماماً للبركة ثمّ توقّفت بشكل كان بابها المنزلق لا يعلو المياه المتدفّقة سوى ببضعة إنشات فقط.

وإذا بالسديم يلفّ الساحة بأسرها.

خالج لانغدون شعور داخلي بالقلق والخوف. أيمكن للحشّاش أن يكون قد وصل باكراً؟ هل أتى إلى هنا بعربة؟ كان لانغدون قد تصوّر القاتل مرافقاً ضحيّته الأخيرة عبر الساحة سيراً على الأقدام، تماماً مثلما كان قد فعل في ساحة القديس بطرس؛ الأمر الذي كان ليعطي لانغدون مجالاً مفتوحاً للرمي. ولكن إن كان الحشّاش قد وصل بعربة، فهذا يعني أن قواعد اللعبة كلها قد تغيّرت للتوّ.

وإذا بباب العربة الجانبي يفتح فجأةً، وكان ممدّداً على أرض العربة رجل عارٍ

يتلوّى ويتمعّج من شدّة الألم، كان ملفوفاً ومكبّلاً بالكثير من السلاسل الحديدية الثقيلة والطويلة، وكان يتخبّط وسطها محاولاً حلّها عنه، إلا أنها كانت ثقيلة. وكانت واحدةٌ من تلك السلاسل تشطر فم الرجل تماماً مثل الشكيمَة التي تعترض فم الفرس، خانقةً بالتالي صيحات استنجاده. بعد ذلك، رأى لانغدون شخصاً ثانياً يتحرّك في الظلام خلف السّجين وكأنه يقوم بالترتيبات الأخيرة.

فأدرك عندئذ أن ليست أمامه سوى بضع ثوان لكي يتصرّف.

أخذ المسدّس، ورمى عنه سترته على الأرض، كي لا تربكه، ولأنه لم يكن ينوي من جهة أخرى أن يأخذ معه ورقة غاليليو من كتيّب البيان إلى مكان قريب من الماء. فقد يبقي بهذه الطريقة المستند هناك حيث تركه آمناً وجافّاً.

راح يزحف يميناً من حول النافورة إلى أن تمركز قبالة العربة تماماً، غير أنّ جزء النافورة المركزي والضخم كان يحجب نظره. فوقف وركض مباشرةً نحو البركة آملاً أن يحجب صوت المياه الراعد وقع خطواته. وأخيراً وعندما بلغ النافورة، تسلّق حافّتها وغطس في البركة المزبِدة.

وصلت المياه إلى وسطه، وكانت باردةً كالثلج، فراح يصرّ أسنانه شاقّاً طريقه عبر الماء. كان قعر البركة زلقاً بسبب طبقة النقود المعدنية التي كان الناس يرمونها في البركة لتجلب لهم الحظّ والتوفيق. إلاّ أنه كان يشعر أنه بحاجة إلى شيء أكثر من حسن الحظّ. وفيما كان السديم يرتفع من حوله، راح فجأة يتساءل إن كان البرد هو وراء ارتجاف المسدس في يده، أم الخوف.

بلغ وسط النافورة، وراح يدور فيها يساراً بالاتجاه المعاكس، وراح يشق المياه بصعوبة وجهد، متمسّكاً بغطاء الأشكال الرخامية، إلى أن اختبأ في النهاية خلف منحوتة ضخمة على شكل حصان وراح يحدّق إلى العربة البعيدة عنه خمسة عشر قدماً. كان الحشّاش جاثماً على أرض العربة ويداه متشابكتان بجسم الكاردينال المكبّل بالسلاسل المعدنية متهيّئاً لدحرجته خارج باب العربة المفتوح ورميه في البركة.

وفيما كانت المياه تصل إلى خصر لانغدون، رفع هذا الأخير مسدّسه وخرج من السديم شاعراً وكأنه راعٍ مائيّ يقوم على صهوة جواده بهجومه الأخير. "لا تتحرّك". صاح بصوت أكثر ثباتاً ورساخةً من المسدّس الذي يحمله بيده.

رفع الحشّاش عينيه، وقد بدا مرتبكاً للوهلة الأولى وكأنه قد رأى شبحاً. ثم فاتلاً شفتيْه في ضحكة ملؤها الشر والأذى، رفع يديْه الاثنتيْن مستسلماً.

"ترجّل من العربة".

"تبدو مبلّلاً".

"لقد أتيت باكراً".

"أتحرّق شوقاً للعودة إلى غنيمتي".

فرفع لانغدون المسدّس قائلاً: "لن أتردّد في إطلاق النار عليك".

"ها أنت تتردّد الآن".

فشعر لانغدون بإصبعه يشدّ على زند المسدّس، وكان الكاردينال ممدّداً من دون حراك. كان مرهقاً وكأنه يحتضر.

"فكّ أسره".

"إنسَ أمره الآن. فأنت أتيت من أجل المرأة. لا تتدّعِ بغير ذلك".

حاول لانغدون أن يضغط على نفسه قدر المستطاع لكي لا ينهي الأمر هنا عند هذه المرحلة وسأله قائلاً: "أين هي؟".

"إنها في مكان ما بأمان. تنتظر عودتي".

"إنها على قيد الحياة. شعر لانغدون ببصيص أمل. "أهي في كنيسة التنوّر؟".

فابتسم القاتل وقال: "أجل ولكنّك لن تتمكّن أبداً من الوصول إليها".

لا يكاد لانغدون يصدّق أذنيْه. لا يزال المخبأ موجوداً. فصوّب المسدّس إلى الحشّاش وسأله قائلاً: "أين تقع الكنيسة؟".

"لقد ظلّ موقع هذه الكنيسة سرّيّاً على مدى عصور طويلة. فحتى أنا لم أعرف مكانها إلاّ مؤخّراً. وبالتالي فأنا أفضّل الموت على البوح لك بمكانها".

"يمكنني أن أعثر عليها من دونك".

"يا لها من فكرة متعجرفة متغطرسة".

ثمّ أشار لانغدون إلى النافورة قائلاً: "ها أنا قد وصلت إلى هنا".

"وهكذا فعل الكثيرون. ولكن الخطوة الأخيرة هي الأصعب".

تقدّم لانغدون في الماء مقترباً من العربة، لا يزال الحشّاش يبدو هادئاً وهو جالس القرفصاء في مؤخّرة العربة ويداه مرفوعتان فوق رأسه. فصوّب لانغدون المسدّس على صدره متسائلاً إن كان من المفترض به أن يطلق النار ويضع بالتالي حدّاً لكل هذه المسألة. ولكن لا. فهو يعرف مكان وجود فيتوريا. وهو يعرف مكان وجود المادّة المضادة. أنا بحاجة إليه من أجل الحصول على المعلومات!

راح الحشّاش يحدّق عبر ظلمة العربة إلى الخارج، إلى ذاك المعتدي عليه و لم يكن بالتالي بإمكانه سوى الشعور بالشفقة حياله. لقد كان الأميركي شجاعاً؛ هذا واضح. ولكنّه كان يحتاج أيضاً إلى التدريب؛ وهذا أيضاً أمر واضح. والشجاعة من دون خبرة هي في الواقع أشبه بالانتحار. فهناك قواعد للبقاء، قواعد قديمة، والأميركي يخرقها كلّها.

كان من المفترض بك أن تستغلّ عنصر المفاجأة وتفوز بالمعركة، ولكنّك قد فوّتّ عليك هذه الفرصة.

غير أن الأميركي كان شديد التردد... فهو كان يأمل على الأرجح أن يصله دعم ما... أو كان ربما يأمل أن يزلّ لسان ذاك الحشّاش ويكشف له عن بعض المعلومات المهمّة والمفيدة.

يجدر بنا أن نضعف غنيمتنا أولاً قبل أن نسارع إلى استجوابها. فالعدوّ المحرَج والمحشور في الزاوية هو في الواقع من ألدّ الأعداء وأخطرهم.

راح الأميركي يتحدّث من جديد، يمتحن ويجسّ النبض، يناور.

القاتل يضحك عالياً، هذا ليس واحداً من أفلامك الهوليوديّة... لن يكون هناك المزيد من الأحاديث وأنتَ تهدّدني بمسدّسك هذا. لن يكون هناك المزيد من الأحاديث قبل المعركة النهائية والحاسمة، هذه النهاية، الآن.

ومن دون أن يشح بنظره عن لانغدون، راح القاتل يدسّ بيديْه سقف العربة إلى أن عثر أخيراً على ضالته. وفيما كان لا يزال يحدّق بلانغدون تحديقاً مباشراً، تناول شيئاً، ولعب لعبته.

كانت حركته غير متوقّعة على الإطلاق، حتى أن لانغدون كان قد اعتقد للوهلة الأولى أن قواعد الفيزياء لم تعد موجودةً. فقد بدا القاتل وكأنّه يتدلّى عديم الوزن في الهواء، فأخرج ساقيْه من تحته، ووجّه بالتالي جزمتيْه صوب جانب الكاردينال المكبّل ودفعه خارج الباب. فسقط الكاردينال في البركة مطلقاً في الهواء رشاشاً واسعاً من الماء.

وفيما كان وجهه ينضح بالماء، أدرك لانغدون متأخّراً ما كان قد حدث. في الواقع، كان القاتل قد تشبّث بإحدى قضبان العربة واستخدمها ليدلّي نفسه خارجاً. وسبح نحوه وقدماه تسبقانه وسط الرذاذ.

ضغط لانغدون زند المسدّس على خافِض الصوت وإذا بالرصاصة تنفجر

مخترقة إصبع قدم جزمة الحشاش اليسرى. فشعر لانغدون على الفور بنعل جزمتي الحشاش على صدره ترفسانه خلفاً رفسةً قويّة.

وإذا بالرجليْن يسقطان معاً وسط نافورة من الدّم والماء.

وفيما كان الماء المثلج يغلّف جسم لانغدون بالكامل، شعر بالألم، ثم تلته بعد ذلك غريزة البقاء، أدرك بعدها أنه لم يعد يمسك بمسدّسه. فغطس عميقاً وراح يتلمّس طريقه في موازاة قعر البركة الموحِل واللزج. وإذا بيده تمسك شيئاً معدنياً، كانت حفنة من النقود المعدنية، فأفلتها فاتحاً عينيْه، وراح يتفحّص قعر البركة المتوهّج، كانت المياه قارسة البرودة.

وعلى الرغم من غريزة التنفّس، كان الخوف يحثّه على البقاء في القعر في حركة دائمة. فهو لم يكن يعلم من أي جهة قد يكون الهجوم التالي الذي سوف يتعرّض له. وعلاوةً على ذلك، فهو كان بحاجة إلى العثور على مسدّسه! إلاّ أن يديْه ظلّتا عبثاً تبحثان أمامه.

لديّ الأفضليّة، راح يخاطب نفسه قائلاً. فأنا الآن في محيط يلائمني أحسن ملاءمة. فحتى في ثيابه الضيّقة والمبلّلة كان لانغدون سبّاحاً رشيقاً وماهراً. المياه هي محيطي.

وعندما عثرت أصابعه في المرّة التالية على شيءٍ معدنيّ، كان أكيداً أنّ حظّه قد تغيّر هذه المرّة. فالشيء هذه المرّة لم يكن حفنة من النقود المعدنية، أمسك به محاولاً شدّه إليه، ولكنّه وجد نفسه يتزلق في الماء. فقد كان ذاك الشيء ثابتاً.

أدرك لانغدون، وحتى قبل أن يصبح فوق جسم الكاردينال المتمعّج أنه كان قد أمسك بجزء من السلسلة المعدنية التي كانت تثقل جسم الرجل شادّةً إياه نحو الأسفل. راوح لانغدون مكانه للحظة، مصدوماً بمشهد ذاك الوجه المذعور الذي كان يحدّق إليه من قعر البركة.

وفيما كان لانغدون مصدوماً لرؤية الحياة في عينيْ الرجل، مدّ يديْه نحو الأسفل وأمسك بالسلاسل المعدنية محاولاً رفعه فوق سطح الماء، إلا أن جسمه كان يرتفع ببطء شديد... تماماً كالمرساة. شدّ لانغدون أكثر، وإذا برأس الكاردينال يشقّ سطح الماء متنشقاً أنفاس يائسة. ثم عاد وتدحرج جسمه بعنف جاعلاً يديْ لانغدون تتزلقان عن السلاسل وتفلتانها، فاختفى بادجيا من جديد تحت المياه.

عاد لانغدون وغطس من جديد في المياه العكرة ووجد الكاردينال. ولكنه عندما أمسك هذه المرّة بالسلاسل الملفوفة حول جسم بادجيا، تغيّر موقع هذه الأخيرة... وتفرّقت قليلاً عن بعضها البعض... لتكشف عن شيء فظيع ومروّع... كلمة موسومة في الجلد المسفوع: **(مياه)**

وما هي إلا لحظات حتى ظهرت جزمتان، واحدة يتدفق منها الدم.

103

كونه لاعب بولو مائي، كان روبرت لانغدون معتاداً على المعارك الشرسة تحت الماء. في الواقع، إنّ الوحشيّة التنافسيّة التي كانت تحتدم تحت سطح مياه أحواض البولو بعيداً عن أنظار الحكّام كانت تضاهي وحشيّة أشنع مباريات المصارعة الحرّة وأبشعها. فلطالما كان لانغدون يتعرّض لرفسات وخدوش، ولطالما كان يقيّد تحت الماء، حتى أنه كان قد تعرّض مرّة لعضّة من قبل أحد لاعبي الدفاع المحبطين.

ولكن الآن، وفيما كان لانغدون يتخبّط في مياه نافورة برنيني المثلجة، أدرك فجأة أن المأزق العالق فيه الآن بعيد كل البعد عن الوضع الذي يكون فيه عادةً في حوض هارفارد. فهو لم يكن هنا يصارع ويناضل من أجل لعبة، إنما من أجل حياته. وقد كانت هذه المرّة الثانية التي يتعارك فيها اليوم مع ذاك الرجل. وعلاوةً على ذلك، فلا حكّام هنا ولا مباريات ثانية. وفي الواقع، إنّ الذراعيْن اللتيْن كانتا تشدّان بوجهه نحو قعر البركة كانتا تشدّان بقوّة بحيث أنهما كانتا لا تتركان أي شكّ حول نيّتهما القتل.

راح لانغدون لاشعوريّاً يغزل في مكانه ويدور حول نفسه كالطربيد. إفلتْ من بين يديْه! راح يخاطب نفسه قائلاً، إلا أنّ الحشّاش عاد وطوّقه بقبضة قويّة مستمتعاً بالتالي بفرصة لم يحظَ بها ولا أي لاعب دفاعي في لعبة البولو المائي من قبل - فقدماه الاثنتان تدوسان الأرض. ثم راح لانغدون يتلوّى ويتمعّج محاولاً الوقوف على قدميْه، إلا أن الحشاش وعلى الرغم من استخدامه إحدى يديْه فقط دون الأخرى فقد كان يمسك به بقوّة.

عندها فقط أدرك لانغدون أنه لن يتمكّن أبداً بعد الآن من الصعود فوق الماء. فارتأى القيام بالشيء الوحيد الذي تمكّن من التفكير به، ألا وهو التوقّف عن محاولة الصعود فوق سطح الماء. إن كنتَ عاجزاً عن الذهاب شمالاً، فاذهب شرقاً. وفيما كان يستجمع ما تبقّى لديه من قوى، رفس لانغدون ساقيْه كالدلفين ووضع ذراعيْه تحت جسمه بحركة فراشيّة تعوزها البراعة والرشاقة وإذا بجسمه يصبح منحنياً إلى الأمام.

وقد بدا هذا التغيير المفاجئ في الاتجاه وكأنه قد أفقد الحشّاش حذره ووضعه الدفاعي، إذ كانت في الواقع حركة لانغدون الجانبية تلك قد سحبت ذراعيْ معتقله جانباً مفقدةً بالتالي إيّاه توازنه. عندها، تداعت قبضة الرجل، وإذا بلانغدون يرفس من جديد. فبدا الإحساس هنا وكأنّ حبلاً معدّاً للقطر قد انقطع فجأة محدثاً صوتاً حادّاً. وإذا بلانغدون قد وجد نفسه فجأة حرّاً طليقاً. فنفخ الهواء القديم خارج رئتيْه، شاقّاً بالتالي طريقه نحو سطح الماء. إلا أنه لم يحظَ ولسوء الحظّ سوى بنفس واحد يتيم، إذ سرعان ما أصبح الحشاش فوقه من جديد، واضعاً راحتيْه على كتفيْه، وشادّاً به بكل قواه وثقله إلى الأسفل. فاندفع لانغدون مذعوراً ومحاولاً تثبيت قدميْه على الأرض من جديد، وإذا بساق الحشّاش تتدلّى خارجاً حائلةً دون تمكّن لانغدون من الوقوف على قدميْه.

عاد هذا الأخير من جديد نحو قاع البركة. ثم بدأت عضلات لانغدون تحرقه لشدّة تخبّطه تحت الماء. غير أنّ خططه ومناوراته لم تأتِ هذه المرّة بأي نتيجة. راح لانغدون يتفحّص عبر فقاقيع المياه المزبدة قعر البركَة بحثاً عن المسدّس، ولكنّ كل شيء كان ضبابياً. فقد كانت الفقاقيع أكثر كثافة هنا. ثم عماه فجأة نور ساطع، إذ إنّ القاتل كان قد ثبّته على مستوى أعمق، بالقرب من ضوء موضعيّ كشّاف مثبّت تحت الماء على أرض البركة. فمدّ لانغدون يده وأمسك بالعلبة الصغيرة، إلا أنها كانت حامية. فحاول لانغدون أن يتمسّك بها ويفلت من قبضة القاتل، غير أن تلك الأداة الغريبة الشكل كانت مثبّتة على مفصلات وتدور في يده على محور.

ثم عاد الحشّاش ودفعه أكثر نحو الأسفل.

وإذا بلانغدون يرى جسماً أسود أسطوانيّ الشكل يظهر من تحت النقود المعدنية مباشرةً تحت وجهه. هذا مخمد صوت مسدّس أوليفيتي! راح يفكّر بينه

وبين نفسه. فمدّ لانغدون يده ولكنّه عندما لـف أصابعه حول ذاك الجسم الأسطواني لم يشعر قطّ بأنه أمسك بشيء حديدي، إنما بشيء بلاستيكي. وبالتالي وعندما شدّ ذاك الشيء صوبه، إرتفع خرطوم المياه المطاطي والمرن صوبه ثم عاد وسقط بتثاقل أشبه بأفعى مهلهلة وضعيفة. كان طول الخرطوم يناهز القدمين تقريباً، وكانت فقاقيع المياه تتدفّق من طرفه بغزارة. لم يعثر لانغدون إذن على المسدّس إطلاقاً، فهذا كان واحداً من خراطيم النافورة العديدة.

وعلى مسافة بضع أقدامٍ فقط، كان الكاردينال بادجيا يشعر بروحه تكافح وتناضل لكي تغادر جسمه. صحيح أنه كان قد أمضى حياته كلها يتهيّأ لهذه اللحظة، إلا أنه لم يتصوّر يوماً أن نهايته ستكون على هذا النحو. كان جسمه ينازع... مليئاً بالحروق والخدوش والكدمات، وعلاوةً على ذلك كله كان محتجزاً تحت الماء بسبب تلك السلاسل الثقيلة والراسخة. ثم عاد وذكّر نفسه أن هذا العذاب ليس بشيء إذا ما قارنّاه بالعذاب الذي تعذّبه يسوع المسيح.

فهو قد مات من أجل خطاياي...

وكان بإمكان بادجيا سماع جلبة معركة تزداد احتداماً على مقربة منه، إلا أنه لم يكن قادراً على تحمّل هذه الفكرة. فقد كان خاطفه على وشك قتل شخص آخر... ذاك الرجل الطيّب، ذاك الرجل الذي حاول مساعدته.

وفيما كان ألمه يزداد أكثر فأكثر، تمدّد بادجيا على ظهره وراح يحدّق عبر المياه إلى السماء السوداء فوقه. فظنّ للحظة أنه يرى نجوماً.

فكان في الواقع الأوان قد آن.

وبالتالي ومتحرّراً من كافّة شكوكه ومخاوفه، فتح بادجيا فمه ونفث ما كان يعرف أنه سيكون نفسه الأخير. بعدها راح يراقب روحه تقرقر مرتفعةً نحو الجنّة وسط دفق من الفقاقيع الشفافة. ثم لهث لاشعورياً، وإذا بالمياه تتدفّق كالخناجر الجليدية إلى داخل جسمه. لم يدم الألم سوى لحظات قليلة.

ثم كان بعد ذلك... سلام.

تجاهل الحشّاش الحرق في قدمه وراح يركّز على الأميركي الذي كان يغرق والذي يحتجزه تحته في المياه المزبِدة. إشربها كلّها راح يقول بينه وبين نفسه محكماً قبضته ومدركاً أن روبرت لانغدون لن ينجو هذه المرّة منه. وبالتالي، وتماماً كما كان قد توقّع، راح كفاح ضحيّته من أجل الحياة يضعف شيئاً فشيئاً.

فجأةً أصبح جسم لانغدون صلباً، وبدأ يرتجف بقوّة.

أجل، قال الحشّاش متأمّلاً. الرِّعدة وتيبّس الأعضاء. هذا ما يحدث في البداية عندما تضرب المياه الرئتيْن. وهو كان يعلم أن هذه الرعدة لن تدوم أكثر من خمس ثوانٍ.

ولكنّها قد دامت في الواقع ستّة.

بعد ذلك، وتماماً كما كان الحشّاش قد توقّع، أصبحت ضحيّته فجأة ضعيفةً واهنةً، وشعر روبرت لانغدون بالإنهاك والترهّل شأنه شأن بالون ضخم يفرغ من الهواء. لقد انتهى الأمر. فظلّ الحشاش محتجزاً إيّاه في الأسفل لمدة ثلاثين ثانية أخرى تاركاً بذلك نسيجه الرئوي يفيض ماءً، ثم بدأ يشعر تدريجاً بجسم لانغدون يغرق طوعاً نحو الأسفل. فإذا بالحشّاش يفلته أخيراً. سوف يعثر الصحفيون على مفاجأة مزدوجة في نافورة الأنهر الأربعة.

"تبّاً!" قال الحشّاش شاتماً وهو يتسلّق بجهد حافّة البركة، ناظراً إلى إصبع قدمه الذي ينزف بقوّة. كان طرف جزمته ممزّقاً، وجُزّ إصبع قدمه الأكبر. وفيما كان لا يزال غاضباً من طيشه ولامبالاته، مزّق ثنية ساق بنطلونه ولفّ بها إصبع قدمه. فشعر بألم شديد. "ابن الكلب!" صاح مطبقاً كفّيْه ومُقحماً الخرقة على نحوٍ أعمق داخل جزمته. خف النزيف بعد ذلك شيئاً فشيئاً إلى أن أصبح في النهاية يتقطّر هزيلاً طفيفاً.

عندها، ومحوّلاً أفكاره من الألم إلى المتعة واللذة، ركب الحشّاش من جديد عربته، إذ أنّ مهمّته في روما كانت قد انتهت.

فهو كان يعلم تماماً ما قد يخفّف من ألمه وانزعاجه. لقد كانت فيتوريا فيترا لا تزال مكبّلةً تنتظره. وعلى الرغم من كونه بارداً ومبلّلاً، كان الحشّاش يشعر بنفسه متيبّساً متصلّباً.

أنا أستحقّ جائزتي.

أما في الجهة الأخرى من المدينة، فقد استفاقت فيتوريا متألّمةً، كانت مستلقيةً على ظهرها، وتشعر بعضلاتها يابسةً كالحجارة. وعلاوةً على ذلك، كان ذراعاها يؤلمانها. وعندما حاولت أن تتحرّك، شعرت بتشنّج في كتفيْها. لقد استغرقها الأمر فترةً قبل أن تدرك أن يديْها مكبّلتان وراء ظهرها. فكان ردّ فعلها الأوّلي التشوّش والارتباك. هل أنا في حلم؟ ولكنها عندما حاولت أن ترفع رأسها، عرفت من الألم

الذي شعرت به في أسفل جمجمتها أنها في حالة اليقظة.

تحوّل تشوشها إلى خوف، وراحت بالتالي تتفحّص المكان من حولها. لقد كانت في غرفة حجريّة بسيطة وواسعة إنما مجهّزة بأثاث جيّد ومضاءة بواسطة مشاعل كهربائية، كانت الغرفة أشبه بغرفة اجتماعات قديمة، فيها مقاعد خشبية قديمة الطراز، مصفوفةً على جوانبها.

شعرت فيتوريا بنسيم بارد على بشرتها. أما على مقربة منها، فباب مزدوج مفتوح على مصراعيْه يطل على شرفة. ومن خلال شقوق الدرابزين الطولية كان بإمكان فيتوريا رؤية الفاتيكان.

104

كان روبرت لانغدون ممدَّداً على فراش النقود المعدنية في قعر نافورة الأنهر الأربعة، وفي فمه ذاك الخرطوم البلاستيكي. والهواء الذي يُضَخّ عبر الأنبوب الأبيض لجعل النافورة مُزبِدة ملوث بسبب المضخّة، الأمر الذي جعله يشعر بحريق في حنجرته. ولكنْ وعلى الرغم من ذلك كلّه فهو لم يكن ليتذمّر قطّ من ذلك، إذ إنه كان يحمد ربّه أنه قد نجا من قبضة ذاك السفاح ولا يزال بالتالي على قيد الحياة.

ولم يكن واثقاً من اتقان تقليده الصحيح لدور رجل يغرق، ولكن وبما أنه كان قد أمضى حياته كلها في محيط الماء، فلا شكّ في أنه كان قد سمع العديد من القصص والروايات حول أشخاص ماتوا غرقاً. وهو بالتالي كان قد بذل كل ما في وسعه لكي يبقى على قيد الحياة. حتى إنه في آخر المعركة تقريباً، كان قد نفخ خارجاً كل الهواء الذي كان في رئتيْه وتوقّف بالتالي عن التنفّس لكي يغرق بالتالي جسمه نحو قاع البركة.

فالحمد لله أنّ الحشّاش قد صدّق تمثيليّته هذه وأفلته.

والآن، وفيما كان لا يزال مستلقياً في أسفل النافورة ينتظر قدر ما يستطيع، شعر أنه أصبح على وشك الاختناق. فراح يتساءل إن كان الحشّاش لا يزال هنا. ثم أخذ نفساً لاذعاً من الأنبوب وأفلته وراح يسبح في قعر النافورة إلى أن وجد جزءها المركزيّ. فراح يتسلّقه بصمت، وصعد إلى سطح الماء، ولكنّه ظلّ بعيداً عن

الأنظار، مختبئاً في الظلام تحت التماثيل الرخامية الضخمة.

نظر إلى الساحة وإذا بالعربة قد ذهبت.

وهذا ما كان لانغدون بحاجة إلى رؤيته. فأخذ نفساً عميقاً، متنشّقاً الهواء النقيّ، ثم عاد وزحف نحو المكان الذي كان الكاردينال بادجيا قد رُمي فيه. وكان لانغدون يعلم أنه سيعثر الآن على الرجل فاقداً وعيه وأنّ فرص إعادة إنعاشه ستكون بالتالي حقاً ضئيلة، ولكنّه كان من المفترض به المحاولة. فعندما عثر لانغدون على الجثّة، ثبّت قدميْه على الأرض، واحدةً من كل جنب، ثم مدّ يديْه نحو الأسفل وأمسك بالسلاسل الحديدية الملفوفة حول جسم الكاردينال ورفعه. وعندما خرق الكاردينال سطح الماء، رأى لانغدون عينيْه ناتئتيْن منتفختيْن ومقلوبتيْن نحو الأعلى. فلم تكن هذه علامةً جيدة. وعلاوةً على ذلك، فهو لم يكن يتنفّس ولم يكن لديه أيضاً نبض.

وبما أنه كان يعلم أنه لن يتمكّن أبداً من رفع الجثة فوق حافّة النافورة، جرّ لانغدون الكاردينال بادجيا في الماء وأدخله في الفجوة تحت الكومة الرخامية المركزية. كانت المياه هناك ضحلة، جرّ لانغدون الجثّة العارية على الحيْد المنحني قدر ما يستطيع ثم بدأ بالعمل. راح لانغدون يضغط على صدر الكاردينال المكبّل بالسلاسل ضاخّاً بالتالي المياه خارج رئتيْه، ماداً إياه بنفس اصطناعي يعدّ بحذر وتروٍّ، محاولاً قدر المستطاع مقاومة غريزته التي كانت تحثّه على النفخ بقوّة وسرعة. ظلّ لانغدون يحاول على مدى ثلاث دقائق إعادة إنعاش الرجل، ولكن بعد مرور خمس دقائق، أدرك أن لا فائدة من هذا كلّه.

النخبة. الرجل الذي كان سيصبح بابا ممدّد أمامه جثّةً هامدة.

ولكن حتى الآن وهو ممدّد وسط الظلام على الحيْد المغمور نصفه بالمياه كان الكاردينال بادجيا يحتفظ بشيء من الجلال والوقار. لقد كانت المياه ترتطم برفق بصدره، كانت نادمةً... كأنها تطلب منه السماح كونها المسؤولة النهائية عن قتله... وكأنها تحاول أيضاً أن تطهّر ذاك الجرح الموسوم الذي كان يحمل اسمها.

عندها، مرّر لانغدون يده بلطف على وجه الرجل وأغمض عينيْه المقلوبتيْن. وفيما كان يقوم بذلك، شعر فجأة بدموع غزيرة تفيض في داخله. فأذهله الأمر، فللمرة الأولى منذ سنوات عديدة، يبكي.

105

بدأ ضباب العواطف الحزينة والكئيبة ينقشع شيئاً فشيئاً مع ابتعاد لانغدون عن الكاردينال الميت، وخوضه المياه العميقة من جديد. وفيما وجد نفسه في النافورة وحيداً ومرهقاً، توقّع أن ينهار، ولكنّه بدأ يشعر في الواقع عوضاً عن ذلك بحافز جديد يستيقظ في داخله، حافز لا يمكن نكرانه. راح يشعر بعضلاته تتصلّب بثبات وعزم غير متوقّعيْن. أما ذهنه فكان قد أزاح الماضي جانباً متجاهلاً الألم الذي في قلبه ومركّزاً بالتالي على المهمّة الوحيدة واليائسة التي كانت لا تزال أمامه، ألا وهي العثور على مخبأ الطبقة المستنيرة ومساعدة فيتوريا. فاستدار نحو جذع نافورة برنيني الجبلي متفائلاً بالخير، وشرع يبحث عن علامة الطبقة المستنيرة الدليلية الأخيرة. فهو كان واثقاً من وجود شيء ما هنا بين مجموعة التماثيل تلك يشير إلى مكان المخبأ. ولكن وفيما كان يتفحّص النافورة، زال أمله بسرعة، إذ بدت كلمات كتاب "الإشارة" أو Segno وكأنها تقرقر من حوله ساخرةً. "دعوا الملائكة تقودكم في ضالّتكم المنشودة". فراح لانغدون يحدّق إلى الأشكال المنحوتة أمامه، إلا أن النافورة كانت وثنيّةً! وهي لم تكن بالتالي تشتمل على أي ملاك إطلاقاً!

وبعد أن أنهى تفحّصه غير المثمر للجذع، وجد عينيه تتسلّقان لاشعورياً ذاك العمود الحجري الشاهق. "أربع علامات دليلية"، راح يفكّر بينه وبين نفسه: "موزّعة عبر روما على شكل صليب ضخم وعملاق.

وفيما كان يتفحّص الكتابات الهيروغليفية التصويرية التي كانت تغطّي المسلّة، راح فجأة يتساءل إن كان من الحتمل أن يكون الحلّ مخبّأً بين تلك الكتابات المصرية الرمزيّة. ولكنّه سرعان ما عاد وعدل عن فكرته تلك، وذلك لأنّ الكتابات الهيروغليفيّة سبقت تاريخيّاً برنيني بعصور وعصور، حتى إنه لم يتمّ في الواقع فكّ مغالق تلك التصاوير الهيروغليفيّة إلاّ بعد أن تمّ اكتشاف حجر رشيد. ولكن وعلى الرغم من ذلك كلّه، فضّل لانغدون المغامرة، إذ ربّما يكون برنيني قد نحت على نافورته هذه رمزاً إضافيّاً من عنده، رمزاً قد يكون من الصعب رؤيته أو ملاحظته بين زحمة تلك الرسوم الهيروغليفية كلها.

وفيما كان قد اعتمره عندها شعور جديد بالأمل، سبح لانغدون من حول النافورة مرّة أخرى متفحّصاً واجهات المسلّة الأربع. وعندما بلغ نهاية الواجهة

الرابعة، بعد دقيقتين، تلاشت آماله كلها من جديد، إذ لم يشعر بأن هناك أشياء أو رموزاً مضافة إلى الرموز الهيروغليفية الأصليّة، كما وأنه لم يعثر في تلك النافورة على أيّ ملاك إطلاقاً.

تحقّق لانغدون من ساعته وإذا بها الحادية عشرة تماماً. فهو لم يكن قادراً على معرفة إذا ما كان الوقت يطير بسرعة أو يتقدّم ببطء شديد. ثم راحت تنتابه صور وأفكار حول فيتوريا والحشّاش، الأمر الذي جعله يشعر بالإحباط الشديد وهو يقوم بدورته الأخيرة وغير المثمرة من حول النافورة. لقد كان مرهقاً بحيث أنه كان على وشك الانهيار. فردّ رأسه إلى الوراء مستعدّاً للصياح عالياً، إلاّ أن الصوت كان قد علق مختنقاً في حنجرته.

أخذ لانغدون يحدّق عالياً إلى المسلّة، فلاحظ مجدداً ذاك الشيء الذي كان جاثماً عند رأس المسلّة والذي كان قد شاهده من قبل من دون أن يعيره أي اهتمام يُذكر. إنما الآن، كان هذا الشيء قد استوقفه فعلاً. فهو لم يكن ملاكاً؛ لا بل كان بعيداً كل البعد عن أن يكون كذلك. حتى إنّه في الواقع لم يكن جزءاً من نافورة برنيني، بل مخلوقاً حيّاً، قمّاماً آخر من قمّامي المدينة جاثماً على برج عالٍ شامخٍ.

حمامةً

راح لانغدون يحدّق بالسماء بعينيْن نصف مغمضتيْن، بذاك الشيء الجاثم فوق في أعلى المسلّة، غير أن السديم المتوهّج من حوله كان يعشي بصره. إنها حمامة، أليس كذلك؟ فهو كان يرى رأس تلك الحمامة ومنقارها مرسوميْن بوضوح قبالة خلفيّة من النجوم. ولكنّ هذا الطير لم يتزحزح قطّ من مكانه منذ وصول لانغدون إلى هذا المكان، وحتى إثر المعركة التي كانت قد دارت في الأسفل بينه وبين الحشّاش. فالطير لا يزال جاثماً تماماً مثلما كان عندما دخل لانغدون الساحة. كان جاثماً في أعلى المسلّة يحدّق بهدوء نحو الجهة الغربية.

حدّق لانغدون إليه فترة، ثم غطّس يده في البركة والتقط حفنةً من النقود المعدنية وقذفها عالياً نحو السماء وإذا بها تصطدم بالنواحي العليا من المسلّة الغرانيتية مقعقعةً في الجوّ، ومع ذلك فقد ظلّ الطير ثابتاً في مكانه لا يتحرّك. فأعاد لانغدون الكرّة وإذا بإحدى النقود تصطدم هذه المرّة بالعلامة محدثةً صوتاً خفيفاً أشبه بصوت ارتطام معدن بمعدن.

إنّ هذه الحمامة اللعينة مصنوعةً من البرونز.

"ولكنّك يا لانغدون تبحث أساساً عن ملاك، لاحمامة"، عاد وذكّره صوت في داخله. لكنّ السيف كان قد سبق العذَل، إذ كان لانغدون قد توصّل أخيراً إلى ربط الأفكار ببعضها البعض. لقد أصبح واثقاً الآن من أن هذا الطير ليس بحمامةٍ على الإطلاق.

إنه في الواقع يمامة.

وفيما كان بالكاد واعياً على أعماله، غطس لانغدون نحو وسط النافورة ثمّ راح يتسلّق ذاك الجبل الترافرتيني صاعداً على درج من الأيادي والرؤوس الضخمة والهائلة. وعندما بلغ منتصف الطريق نحو أسفل المسلّة، بزغ رأسه من السديم، وأصبح قادراً على رؤية رأس الطير بوضوح أكثر.

لم يكن هناك أي شكّ في ذلك. لقد كان ذاك الطير يمامةً. أمّا لونه القاتم والمضلّل فقد كان سببه التلوّث الذي يسود مدينة روما ويُفقد البرونز بريقه ولمعانه. وأدرك بلانغدون فجأة المعنى الذي كانت ترمز إليه تلك اليمامة. فهو كان قد شاهد في البانتيون وفي وقت سابق اليوم يمامتيْن. غير أنّ زوج اليمامات ذاك لم يكن ليشير له إلى أيّ معنى يُذكر. ولكنّ هذه اليمامة كانت يتيمةً. واليمامة الوحيدة اليتيمة هي في الواقع الرمز الوثني لملاك السلام. فالحقيقة هي التي رفعت لانغدون وساعدته في إكمال طريقه نحو أعلى المسلّة. فكان برنيني قد اختار الرمز الوثني للملاك لكي لا يكون هذا الأخير بارزاً وناتئاً في نافورة وثنيّة كهذه. دعوا الملائكة تقودكم في ضالّتكم المنشودة. اليمامة هي إذن الملاك! وهي تنظر غرباً. فحاول لانغدون أن يتبع مجال نظرها، إلا أن المباني كانت تحجب نظره. فتسلّق أكثر نحو الأعلى وإذا به يتذكّر فجأة كلاماً مقتبساً عن القديس جورجيس في نيسّا الذي قال مرّةً: "عندما تصبح الروح منوَّرةً... تتّخذ عندئذ شكل اليمامة الجميل".

فرفع لانغدون نفسه نحو الجنّة، نحو اليمامة، وكان علَى وشك الطيران، ثم بلغ المنبسَط الذي كانت المسلّة منتصبةً عليه و لم يتمكّن بعدها من التسلّق أكثر من ذلك. إلا أنه ومن نظرة واحدة فقط أدرك أنه ليس مضطرّاً إلى الذهاب أعلى من ذلك. فقد كانت روما بكاملها منبسطةً أمام ناظريْه، وكان المشهد من فوق رائعاً.

عن يساره أضواء وسائل الإعلام المشوِّشة والمحيطة ببازليكا القديس بطرس، وعن يمينه قبّة كنيسة سيّدة الانتصار المشتعلة، وأمامه في البعيد ساحة ديل بوبولو. أما خلفه، وعند النقطة الرابعة والأخيرة، فكان صليب عملاق من المسلاّت.

نظر لانغدون إلى اليمامة فوق رأسه مرتجفاً ثم استدار نحو الاتجاه التي كانت هي تنظر إليه وأنزل عينيْه محدّقاً في الأفق.

وما هي بالتالي إلاّ ثوانٍ حتى رآه جليّاً وواضحاً وضوح الشمس.

وفيما كان يحدّق إليه، بات لانغدون عاجزاً عن تصديق كيف تمكّن مخبأ الطبقة المستنيرة أن يظلّ سريّاً طوال هذه السنوات. عندها، بدت له المدينة برمّتها تافهةً بالنسبة إلى تلك البنية الحجرية الضخمة التي كانت أمامه عند الجهة المقابلة للنهر. لقد كان المبنى شهيراً شأنه شأن سائر مباني روما الشهيرة، وهو كان منتصباً على ضفاف نهر التيبر متاخماً إنما على نحوٍ منحرف للفاتيكان. أما هندسته فقد كانت شديدة البروز، إذ إنَه كان كنايةً عن قصر مستدير داخل حصنٍ مربّع، ثم خارج جدرانه ومحيطةً بالبناء كلّه، كانت هناك حديقةعلى شكل نجمة خماسية.

كانت الأسوار الحجرية القديمة مضاءةً أمامه على نحوٍ مثير بواسطة مصابيح غامرة ومريحة للنظر. أما في أعلى القصر فيرتفع شامخاً ملاكٌ برونزي ضخمٌ يشير بسيفه نحو الأسفل، وتحديداً نحو وسط القصر. كما وكأنّ هذا كلّه لم يكن كافياً، هناك أيضاً جسر الملائكة الشهير الذي يؤدّي وحده مباشرةً إلى مدخل القصر الرئيسي، وهو كناية عن ممرّ مزيّن باثني عشر ملاكاً شامخاً منحوتين كلّهم من قبل برنيني نفسه.

والمفاجأة الكبرى والأخيرة التي تحبس الأنفاس كانت عندما اكتشف لانغدون أن صليب المسلاّت الخاص ببرنيني، الهائل الحجم، كان يشير إلى القلعة وفقاً لنمط الطبقة المستنيرة بامتياز؛ وذلك لأنّ يد الصليب الوسطى كانت تمرّ مباشرةً عبر وسط الجسر المؤدي إلى القصر، قاسمةً بالتالي إيّاه إلى نصفيْن متساوييْن.

حمل لانغدون سترته التويديّة، مبقياً إياها بعيدةً عن جسمه المبلّل، ثم قفز في السيّارة التي كان قد سرقها وداس بحذائه المشبَع بالماء على دوّاسة البنزين منطلقاً بسرعة قصوى عبر الظلام.

106

لقد كانت الساعة الحادية عشرة والدقيقة السابعة مساءً، انطلق لانغدون مسرعاً بسيارته عبر شوارع روما المظلمة. وفيما كان يسير بموزاة النهر، كان يرى المكان الذي يقصده يرتفع شامخاً كالجبل عن يمينه.

قصر الملاك.

وإذا بالمنعطف المؤدّي إلى جسر الملائكة الضيّق يظهر فجأةً أمامه من دون سابق تحذير أو إنذار. داس الفرامل بقوة، ودخل ذاك المنعطف في الوقت الملائم، إلا أن الجسر كان مسدوداً بحواجز. فانزلقت إطارات السيارة حوالى عشرة أقدام لتصطدم في النهاية بسلسلة من عواميد الباطون القصيرة التي كانت تسدّ طريقه. فانزلق لانغدون إلى الأمام على أثر الصدمة صافراً ومرتجفاً. فهو نسي أهم ومن أجل الحفاظ على برج الملائكة كانوا قد حوّلوه إلى منطقة للمشاة فقط.

ترجّل لانغدون مترنّحاً من السيارة المنبعجة على أثر الضربة، آملاً لو انّه كان قد اختار واحدةً من الطرق الأخرى. فهو لا يزال يشعر بالبرد الشديد ويرتجف من ماء النافورة. فارتدى سترته التويدية فوق قميصه المبلّل ممتنّاً لماركة هاريس المعروفة ببطانالها المزدوجة. ينبغي على ورقة كتيّب البيان أن تظلّ جافّة. وإذا بالقلعة الحجرية ترتفع أمامه عند الناحية الأخرى للجسر شامخةً كالجبل. فاقتحم طريقاً متعرجة وراح يجتازها منهك القوى، وسلسلة من ملائكة برنيني من الجهتيْن في مسيرته العسيرة والشاقّة نحو طيّته الأخيرة. "دعوا الملائكة تقودكم في ضالّتكم المنشودة". كلّما كان يقترب من القصر كلّما كان يبدو هذا الأخير وكأنه يرتفع أكثر وأكثر نحو السماء ليبلغ في النهاية ذروة بدت له أكثر هولاً وشموخاً من قبّة بازليكا القديس بطرس. فراح يعدو بأقصى سرعته نحو الحاكورة المحصنة راكضاً بغضب، يحدق عالياً إلى الجزء المركزي والدائري للحصن الذي كان يرتفع نحو السماء، نحو ملاك عملاقي ضخمٍ شاهرٍ سيفه في الهواء.

يبدو القصر مهجوراً ومقفراً.

يعلم لانغدون أنّ هذا المبنى استخدم على مرّ العصور من قبل الفاتيكان تارةً كمقبرة وتارةً كقلعة وكمخبأ بابوي تارة أخرى، أو حتى أحياناً كسجنٍ لأعداء الكنيسة ومتحف. إلا أنه كان لدى هذا القصر على ما يبدو نزلاء آخرون أيضاً- الطبقة المستنيرة؛ الأمر الذي كان يشعره بالخوف والغرابة. صحيح أن هذا القصر كان ملكاً للفاتيكان، إلا أنه لم يكن في الواقع يُستخدم إلاّ على مراحل متقطّعة، كما وأنّ برنيني كان قد أضاف إليه إصلاحات جمّة على مرّ السنين. فيُقال إنّ هذا المبنى قد زوّد بمداخل سريّة ودهاليز وحجرات خفيّة، وكان لانغدون واثقاً تقريباً من كون الملاك والحديقة الخماسيّة الزوايا والأضلاع المحيطة بالقصر من صنع برنيني أيضاً.

وعندما وصل لانغدون إلى الأبواب الخارجية الضخمة والمزدوجة للقصر، دفعها دفعاً قوياً وعنيفاً إلا أنها لم تتحرّك قيد أنملة. كانت هناك مقرعتان حديديتان مقلقتان على مستوى النظر. إلا أن لانغدون لم يزعج نفسه؛ وإنما خطا خطوةً إلى الوراء وراحت عيناه تتسلّقان الجدار الخارجي الشاهق الارتفاع. فقد كان هناك شيء يقول له إن فرص دخوله إلى هناك ضئيلة جداً.

"هل أنتِ في الداخل، يا فيتوريا؟" راح لانغدون يفكّر بينه وبين نفسه. ثم راح يدور من حول الجدار الخارجيّ مسرعاً. لا بدّ من أن يكون هناك مدخل آخر!

وفيما كان يدور حول الحصن الغربي الثاني، وصل لانغدون لاهثاً إلى باحة صغيرة بعيدة بعض الشيء عن قصر Lungotevere. وإذا به يعثر على مدخلٍ ثانٍ للقصر، لا بل على جسر متحرِّك مرفوع ومغلَق. راح لانغدون يركز نظره إلى فوق من جديد، وإذا بالأضواء الوحيدة المضاءة في القصر هي الأضواء الخارجية الغامرة التي كانت تنير واجهته. بدت له النوافذ الصغيرة والكوّات كلها في الداخل مظلمةً. فرفع عينيْه أكثر وأكثر إلى الأعلى، وإذا به يجد في أعلى البرج المركزي وعلى ارتفاع حوالى مئة قدم عن الأرض ومباشرةً تحت سيف الملاك شرفةً واحدةً ناتئةً إلى الخارج. فقد بدا له حاجز الشرفة الرخامي يومض وميضاً طفيفاً وكأن الغرفة خلفه مضاءة بنور مشعلٍ متوهّج متّقد. فتوقف قليلاً، وشعر فجأة برجفة عنيفة تهزّ جسمه المبلّل كله. أهذا طيف، أم ماذا؟ انتظر بعض الشيء متوتّراً، ثم عاد ورآه من جديد. فشعر عندئذٍ بوخزٍ في عموده الفقري. لقد كان أحدهم فوق في الأعلى!

"فيتوريا!" صاح عالياً غير قادرٍ على تمالك نفسه، إلاّ أنّ صوت مياه نهر التيبر الهائج كان يخنق صوته. فراح يدور حول نفسه متسائلاً أين كان رجال الحرس السويسري بحق الله، وإن كانوا قد سمعوا نداءه.

رأى لانغدون عربة إعلاميةً ضخمة متوقّفة في الجهة الأخرى من الباحة. ركض نحوها فوجد فيها رجلاً متكرِّشاً واضعاً سمّاعةً على رأسه وجالساً في القمرة يضبط قمره الصناعي. اتجه لانغدون إلى بابها، فجفل ونزع السمّاعة عن رأسه.

"ما المشكلة، يا رفيق؟" قال بلهجة أوسترالية.

"أنا بحاجة إلى هاتفك". أجابه لانغدون مسعوراً.

فهزّ الرجل فزعاً كتفيْه استهجاناً وقال: "لا يوجد إرسال. أنا أحاول منذ فترة. ولكن يبدو أن الخطوط كلها مشحونة".

فشتم لانغدون عالياً، ثم سأله مشيراً إلى الجسر المتحرّك: "هل رأيت شخصاً يدخل إلى هناك؟".

"في الواقع، أجل. هناك عربة سوداء أمضت الليل بطوله تدخل وتخرج من هذا المكان".

شعر عندها لانغدون بتشنّج شديد في معدته.

ابن الساقطة، إنه محظوظ حقاً"، قال ذاك الأوسترالي وهو ينظر إلى البرج العالي، ومن ثم متجهّماً لرؤيته المصدومة للفاتيكان. "أراهن بأن المنظر من فوق ممتاز. فأنا لم أتمكّن من الوصول إلى باحة القديس بطرس بسبب الزحمة. لذا أحاول أن أصوّر من هنا".

لم يسمعه لانغدون؛ فهمه البحث عن وسيلة تخوّله الدخول إلى القصر.

"ما رأيك؟" قال الأوسترالي. "أتصدّق قصّة الساعة السامريّة الحادية عشرة تلك؟".

فاستدار لانغدون سائلاً: "الساعة ماذا؟".

"ألم تسمع عن ذلك" لقد تلقى قائد الحرس السويسري اتصالاً هاتفياً من شخص يقول إنّ في جعبته معلومات أساسيّة ومهمة، ولا بد من أنه الآن في الطائرة في طريقه إلى هنا. كل ما أعرفه أنه إذا تمكّن من إنقاذ الفاتيكان من محنته هذه... فعندها ستبدأ التقديرات!" قال الرجل ضاحكاً.

شعر لانغدون بتشوّش وحيرة شديديْن. سامريّ صالح مسافر إلى هنا للمساعدة؟ أكان ذاك الشخص على علم بمكان وجود المادة المضادة؟ ولكن إن كان على علم بمكانها فلمَ لم يطلع الحرّاس السويسريين عليه؟ وما هو سبب قدومه شخصيّاً إلى هنا؟ ثمّة شيء غريب في هذه القصة، غير أن لانغدون لم يكن لديه الوقت لفهم ماهيّة هذا الشيء واكتشافه.

"هاي"، قال الأوسترالي ممحّصاً وجه لانغدون عن كثب أكثر. "ألست أنت ذاك الشاب الذي شاهدته على التلفزيون؟ ألست أنت الذي كنت تحاول إنقاذ ذاك الكاردينال في باحة القديس بطرس؟".

لم يجبه لانغدون البتّة. كانت عيناه مركزتين على أداةٍ غريبة الشكل مثبّتة في

أعلى العربة. قمراً صناعيّاً مثبّتاً على لاحقة قابلة للطيّ. فنظر لانغدون إلى القصر من جديد. ارتفاع السور الخارجي يبلغ خمسين قدماً، في حين كانت القلعة الداخلية أكثر ارتفاعاً من ذلك حتى. يا له من دفاع قوقعيّ حقاً. فقمّة القصر عالية بحيث أنه كان من المستحيل بلوغها من هنا. غير أن الوصول إلى فوق قد يصبح ممكناً إن استطاع تسلّق الجدار الأول...

استدار لانغدون نحو الصحافي ثم سأله مشيراً إلى يد القمر الصناعي وقائلاً: "كم يمكن لهذا الشيء أن يرتفع؟" فبدا الرجل مشوّشاً ثم أجابه قائلاً: "خمسة عشر متراً. ولكن لَمَ السؤال؟".

"أنقل العربة من هنا واركنها بجانب الحائط. أنا بحاجة إلى مساعدتك".

"ولكن ما الذي تنوي فعله؟".

شرح له عندئذ لانغدون ما ينوي فعله.

ففتح الأوسترالي عينيْه واسعاً وقال: "هل جُننت؟ هذه ليست سلّماً إنما توصيلة تلسكوبية ثمنها مئتي ألف دولار!".

"أنتَ تسعى وراء سَبق صحفي، أليس كذلك؟ فأنا سوف أمدّك بمعلومات تغيّر مجرى حياتك كلها". قال لانغدون بنبرة يائسة.

"وهذه المعلومات، أتساوي مئتيْ ألف دولار؟".

فأخبره عندئذٍ لانغدون ما الذي كان سيكشفه له مقابل مساعدته وإسدائه له هذه الخدمة.

وبالتالي وبعد تسعين ثانية بالضبط، كان روبرت لانغدون متشبّثاً بأعلى يد القمر الصناعي متمايلاً في الهواء على ارتفاع خمسين قدماً عن الأرض. فمدّ يده نحو الخارج وتمسّك بأعلى الحصن الأوّل دافعاً بجسمه نحو الجدار ثم قفز إلى حاكورة القصر السفلى.

"والآن، حان الوقت لكي تنفّذ صفقتك!" صاح الأوسترالي عالياً. "أين هو؟".

شعر لانغدون بالذنب كونه قد كشف لذاك الرجل عن هذه المعلومات، إلا أن الصفقة صفقة. وعلاوةً على ذلك، فربما قد يقدم في جميع الأحوال الحشّاش نفسه على الاتصال بالصحافة. "في ساحة نافونا"، صاح لانغدون. "إنه في النافورة".

فأخفض عندئذ الأوسترالي قمره الصناعي وانطلق مسرعاً وراء السبق الصحفي الذي سيغيّرً مجرى حياته المهنية.

في إحدى الغرف الحجريّة العالية والمشرفة على المدينة بكاملها، خلع الحشّاش جزمته المشبعة ماءً وضمّد إصبع قدمه المجروح. صحيح أن هذا الأخير كان يؤلمه، ولكنّ ألمه لم يكن شديداً إلى حدّ منعه من الاستمتاع.

فاستدار نحو جائزته.

فقد كانت هذه الأخيرة في زاوية الغرفة، ممدّدةً على ظهرها على أريكة أثريّة بدائية مسدودة الفم وموثَقة اليديْن خلف ظهرها. تقدّم الحشّاش نحوها، كانت مستيقظةً، وهذا في الواقع ما كان يروق له. ولكنّ الغريب في الأمر هو أنه وعوض أن يرى في عينيْها الخوف والذعر كان يرى فيهما ناراً متّقدة غضباً وحقداً.

ولكن لا بدّ للخوف أن يأتي لاحقاً.

107

راح روبرت لانغدون يدور بسرعة من حول الحصن الخارجي للقصر ممتنّاً لوهج الأضواء الغامرة. وفيما كان يدور من حول الحائط، بدا الفناء تحته أشبه بمتحف حربيّ قديم - مراجم وكدسات من القذائف المدفعية الرخامية وأسلحة أخرى غريبة الشكل. وكان بعض أجزاء القصر مفتوحاً أمام السيّاح خلال النهار، في حين كان الفناء قد أعيد جزئيّاً ترميمه.

عبرت عينا لانغدون الفناء نحو الجزء المركزي للقلعة. كان الحصن الدائري يرتفع نحو السماء على حوالى 107 أقدام وصولاً إلى الملاك البرونزيَ في الأعلى. وكانت الشرفة لا تزال تتوهّج في الأعلى من الداخل. فشعر لانغدون برغبة شديدة في الصراخ، ولكنّه كان يعلم أن هذا لن يفيده بشيء. فقد كان يتعيّن عليه أن يجد سبيلاً إلى داخل القلعة.

تحقق من ساعته، وإذا الساعة الحادية عشرة والدقيقة الثانية عشر مساءً.

نزل لانغدون إلى الفناء متزلقاً بسرعة قصوى على المنحدر الحجري الذي كان بمحاذاة الناحية الداخلية من الجدار. وما أن أصبح من جديد على الدور الأرضي حتى شرع يدور راكضاً من حول الحصن باتجاه حركة عقارب

الساعة. مرّ بأروقة ثلاثة، إلاّ أن كلاًّ منها كان مغلقاً على نحو دائم ومستمرّ. ولكن كيف دخلَ الحشّاش إلى هناك إذاً؟ تابع لانغدون ركضَه السريع مارّاً بمدخليْن عصريّيْن، لكنهما كانا أيضاً مقفليْن من الخارج. ليس من هنا، قال بينه وبين نفسه متابعاً الركض.

دار لانغدون حول المبنى بكامله تقريباً عندما رأى فجأةً طريقاً مفروشةً حصىً تجتاز الفناء أمامه. وعند أحد طرفيْ الطريق، وتحديداً عند الجدار الخارجي للقصر، رأى الناحية الخلفية للجسر المتحرّك الذي يؤدّي من جديد نحو الخارج. أما عند الطرف الثاني، فالطريق تتوغل داخل القلعة، وتبدو وكأنها في نفق - أو في تجويف يؤدي إلى الجزء المركزي للقلعة. المنحدر اللولبي! سمع لانغدون من قبل عن منحدر هذا القصر اللولبي، ذاك المنحدر اللولبي الهائل الذي كان يلتف صعوداً داخل القلعة، والذي كان القادة يستخدمونه على صهوة جوادهم للصعود من تحت إلى فوق بأقصى سرعة ممكنة. لا شكّ في أن الحشّاش قد صعد من هنا! إذ كان الباب الذي يسدّ النفق مرفوعاً، ما سمح للانغدون بالدخول. فشعر بحماسة ما بعدها حماسة وهو يركض نحو النفق. ولكن وما أن بلغ فتحته حتى اختفت حماستهُ بالكامل.

كان النفق يلتفّ نزولاً على نحوٍ لولبيّ.

إنها الطريق الخطأ. لقد كان في الواقع هذا الجزء من المنحدر اللولبي ينزل على ما يبدو إلى الأبراج المحصّنة، ولا يصعد نحو الأعلى.

وفيما كان واقفاً عند مدخل تجويف مظلمٍ يبدو وكأنه يسبر أغوار الأرض متلويّاً على نحو لا متناه، تردّد لانغدون ناظراً من جديد إلى فوق، إلى الشرفة حيث تأكد من أنه رأى حركةً في الأعلى. قرّر! راح يخاطب نفسه قائلاً. ولكن وبما أنه لم تكن لديه أي خيارات أخرى، إنزلق في النفق.

أما فوق في الأعلى، فوقف الحشّاش فوق غنيمته. مرّر يده على ذراعها، وإذا ببشرتها ناعمة كالحرير. كان يتحرّق شوقاً لاستكشاف ثرواتها ومفاتنها الجسدية. كم طريقةً هناك يمكنه أن يغتصبها بها، يا ترى؟

كان الحشاش يعلم أنه يستحقّ هذه المرأة. وعلاوةً على ذلك قد خدم يانوس أفضل خدمة. فهي كانت بمثابة غنيمة حرب، وبالتالي فهو عندما سينتهي منها سوف يدفعها عن الأريكة ويجبرها على الركوع أمامه لتخدمه مرّةً أخرى. الإذعان النهائي. وعندها، وفي لحظة بلوغه ذروة النشوة، سوف ينحر لها حنجرتها.

غاية السعادة، هكذا كانوا يسمونها. غاية اللذة والمتعة.

وبعد ذلك، وفيما هو ينعم بمجده، سوف يقف عند الشرفة ويستمتع بتأوّج انتصار الطبقة المستنيرة... ذاك الثأر الذي يتوق إليه الكثيرون منذ زمن بعيد.

كان النفق يزداد ظلمةً، لكن لانغدون واصل نزوله.

وبعد دورة كاملة في الأرض، إختفى النور بالكامل تقريباً، وأصبح النفق منبسطاً. عندها أبطأ لانغدون بعض الشيء، إذ شعر من صدى وقع قدميْه أنه دخل للتوّ حجرةً واسعةً. أمامه في الظلمة، ظنّ أنه شاهد بصيص نور... إنعكاسات غامضة وغير واضحة وسط الوميض الذي كان يكتنف المكان هناك. تقدّم قليلاً ومدّ يده إلى الأمام، وإذا به يعثر على أسطح ملساء من الكروم والزجاج، إنها عربة، فراح يتلمّس طريقه إلى سطحها إلى أن عثر أخيراً على باب وفتحه.

عندها أضيء ضوء السيارة الداخلي، رجع إلى الوراء، وتعرّف على الفور إلى عربة الحشّاش السوداء. فانتابه شعور بالإشمئزاز، ثم راح يتفحص لبعض الوقت إلى أن دخلها أخيراً وراح يبحث فيها على أمل أن يعثر على سلاحٍ يستعيض به عن سلاحه الذي كان قد أضاعه في النافورة، ولكنه لم يعثر على أي سلاحٍ إطلاقاً، بل عثر عوضاً عن ذلك على هاتف فيتوريا الخلوي، إلا أنه كان محطّماً بالكامل. فشعر عندها لانغدون بالخوف يعتمره، وراح يصلّي آملاً ألا يكون الأوان قد فات.

مدّ يده إلى الأعلى وأضاء مصابيح العربة الأمامية، وإذا بالحجرة من حوله تتوهّج، ظلالاً قاسيةً وجافّةً في غرفة بسيطة. عرف لانغدون أن هذه الحجرة كانت تستخدم كمخزن للجياد والذخائر الحربية. الطريق عندها مسدودة وغير نافذ.

لا مخرج من هنا. لا شك في أني قد سلكت الطريق الخطأ! راح يخاطبٌ نفسه قائلاً، فقفز من العربة وراح يتفحّص الجدران من حوله. لا مداخل ولا أبواب. ففكر بالملاك الذي كان فوق مدخل النفق، متسائلاً إن كان الأمر صدفةً. كلاّ! عاد وقال في نفسه متذكّراً ما كان قد قاله له القاتل عند النافورة. إنها في كنيسة التنوّر... تنتظر عودتي. لا يمكن للانغدون أن يضعف ويتراجع الآن وقد وصل إلى هذه المرحلة. لقد كان قلبه يخفق خفقاناً شديداً، في حين كان الإحباط والحقد قد بدآ يشلاّن حواسّه.

عندما رأى آثار الدم على الأرض، ظنّ أولاً أنه دم فيتوريا. ولكن وفيما

كانت عيناه تلاحق تلك البقع، أدرك أنها آثار أقدام دامية. فقد كانت الخطوات طويلةً وكبيرةً، في حين لم تكن لطخ الدم سوى عند القدم اليسرى. الحشّاش!

راح لانغدون يقتفي آثار الأقدام المتّجهة نحو زاوية الحجرة، وكان ظلّه يتلاشى شيئاً فشيئاً. أما حيرته فقد كانت تزداد مع كل خطوة يقوم بها، إذ بدت آثار الأقدام الدامية وكأنها قد دخلت مباشرة إلى زاوية الغرفة ومن ثم اختفت.

ولكنه عندما وصل إلى الزاوية، لم يستطع أن يصدّق عينيْه. فالحجر الغرانيتي الذي كان في الأرض هنا لم يكن مربّعاً كسواه. فهو كان ينظر الآن إلى معلَم آخر، كان الحجر منحوتاً على شكل نجمة خماسية ممتازة، ومنحوتاً على نحو يشير فيه رأسها إلى الزاوية. فتلك الزاوية تحوي شقاً طولياً ضيقاً محفوراً في الحجر ومخفياً بدهاء وراء جدران متدخلة ومتراكبة فوق بعضها بعضاً. انسلّ لانغدون عبر ذاك الشقّ ووجد نفسه في أحد الممرّات، وأمامه بقايا حاجز خشبيّ كان في السابق يسدّ هذا النفق. وخلف ذاك الحاجز نور.

بدأ بلانغدون يركض. تسلّق فوق الخشبة بجهد واتجه نحو الضوء. عندها انفتح ذاك الممرّ بسرعة على ممرّ آخر، لا بل على حجرة أوسع. هنا نور مضاء واحد ويتيم يترجرج على الحائط. لانغدون موجود الآن في جزء من القصر لا كهرباء فيه على الإطلاق... جزء لا يصل إليه السيّاح أبداً، وهو مخيف في النهار، فكيف في الليل على ضوء ذاك المشعل الذي كان يضفي عليه جوّاً من الرعب والرهبة.

السجن

حيث هناك حوالى اثنتي عشرة زنزانة تآكل معظم قضبانها الحديدية. غير أن إحدى أكبر الزنزانات كانت لا تزال هي هي، رأى لانغدون على أرضها شيئاً كاد يوقف قلبه. أردية سوداء وأحزمة حمراء مرميّة على الأرض. هذا هو المكان الذي كان يحتجز فيه الكرادلة!

وفي الجدار على مقربة من الزنزانة، باب حديدي، مفتوح جزئياً على ممرّ ضيّق. فركض صوب الباب، ولكنّه عاد وتوقّف قبل أن يدخله، إذ لاحظ أنّ ذيل البقع الدمويّة قد انقطع هنا ولم يستمرّ إلى داخل ذاك الممرّ. لكنّ لانغدون سرعان ما أدرك السبب لدى رؤيته الكلمات المحفورة فوق المدخل المقنطر.

الممرّ الصغير.

ذُهل لانغدون. فهو كان قد سمع عن هذا النفق مرّات عديدة، ولكنّه لم

يعرف بالتحديد مدخله. كان الممرّ الصغير هذا كناية عن نفق ضيّق طوله حوالى ثلاثة أرباع ميل، ويربط بين قصر الملاك والفاتيكان، ويُستخدم من قبل العديد من الباباوات للفرار إلى برّ الأمان في الأوقات التي يكون الفاتيكان فيها محاصراً... ومن قبل بعض الباباوات الأقل ورعاً للقاء خليلاتهم، أو للإشراف على أعمال التعذيب التي كانوا يُخضعون لها أعداءهم. إنما اليوم فكان من المفترض بطرفيْ النفق أن يكونا مسدوديْن ومختوميْن بأقفال محكَمة، مفاتيحها مخبّأة في أحد سراديب الفاتيكان. أدرك لانغدون فجأةً كيف كان أعضاء الطبقة المستنيرة يدخلون إلى الفاتيكان ويخرجون منه. ثم راح يتساءل مَن من الداخل قد خان الكنيسة وأخرج تلك المفاتيح. أوليفيتي؟ أم أحد الحراس السويسريين؟ غير أن هذا كلّه لم يعد مهمّاً الآن.

يقود الدّم على الأرض نحو الطرف المقابل للسجن. تبعه لانغدون فوصل أمام باب صدئ مكسوٍّ بسلاسل حديديّة، خُلع قفله، ففتح الباب جزئياً. أما خلف الباب فكَانَ درج لولبي شديد الانحدار نحو الأعلى، والأرض معلّمةً بحجر على شكل نجمة خماسية. حدّق لانغدون بالحجر مرتجفاً، ومتسائلاً إن كان برنيني نفسه قد نحت هذه القطع الفنية الغليظة والصغيرة، فالمدخل المقبَّب فوق رأسه مزيّناً بمنحوتات ملائكية صغيرة. ها هو. كان الذيل الدموي ينحرف صاعداً على السلالم.

ولكن وقبل أن يصعد إلى فوق، أدرك لانغدون أنه بحاجة إلى سلاح، أيّ سلاح. فوجد على الأرض بالقرب من إحدى الزنزانات شلفاً حديدياً طوله حوالى أربعة أقدام، حادَّ الطرف مستدقّه، وثقيل بعض الشيء، ولكنّه كان أفضل ما يمكن للانغدون العثور عليه. فأمل عندئذ أن يلعب عنصر المفاجأة بالإضافة إلى جرح الحشّاش دوراً إيجابيّاً لصالحه. ولكنّ أكثر ما كان يتمنّاه هو ألاّ يكون قد تأخّر كثيراً.

كان الدرج اللولبيّ بالياً ومفتولاً نحو الأعلى بانحدار شديد. تسلّقه لانغدون، منتبهاً لأيّ صوت قد يسمعه، إلا أنه لم يكن يسمع شيئاً على الإطلاق. وفيما كان يواصل طريقه، راح الضوء المنبعث من السجن في الأسفل يخبو شيئاً فشيئاً. فواصل تسلّقه وسط ظلمة دامسة كالحة مبقياً إحدى يديْه على الجدار. فشعر لانغدون وسط الظلام بشبح غاليليو يتسلّق هذه الدرجات نفسها متحمّساً للقاء رجال آخرين من رجال العلم والإيمان ليشاركهم آراءه ورؤياه حول الجنّة.

وكان لانغدون لا يزال مصدوماً من موقع المخبأ. فقد كانت غرفة اجتماعات الطبقة المستنيرة في مبنى تابع للفاتيكان. لا شكّ في أنه وفيما كان حرّاس الفاتيكان يفتّشون منازل العلماء المشهورين وأدوارها التحتيّة، كانت الطبقة المستنيرة تعقد اجتماعاتها هنا... مباشرةً أمام عينيْ الفاتيكان. ثم بدا له الأمر فجأةً ممتازاً لأنّ برنيني، وبما أنه كان المهندس الأعلى المسؤول عن أعمال الترميم هنا، فلا شكّ في أنه كان حينذاك يتمتّع بالصلاحيات التامة والمطلقة للدخول إلى أي مكان يريد في هذا المبنى... وبالتالي إعادة بنائه وفقاً لمواصفاته الخاصّة وذلك من دون أن يسأله أحد شيئاً حول ما يفعل. فلا أحد يعلم بالتالي كم مدخلاً سريّاً يمكن لبرنيني أن يكون قد أضافه إلى هذا المبنى، ولا حتى كم منحوتةً زينيّة تشير ببراعة وحذاقة إلى الطريق المؤدية إلى المخبأ السرّي.

كنيسة التنوّر. كان لانغدون واثقاً من أنه قد أصبح قريباً.

وفيما بدأ الدرج يضيق شيئاً فشيئاً، شعر لانغدون بالممرّ ينسدّ من حوله. لقد كانت أطياف التاريخ تتهامس في الظلام، إلا أنه تابع صعوده. وعندما شاهد شعاع النور الأفقي أمامه، أدرك أنه واقف الآن على مسافة بضع خطوات تحت منبسَط كان فيه وهج أحد المشاعل ينسلّ من تحت عتبة باب أمامه. فواصل صعوده بصمت.

لم تكن لدى لانغدون أدنى فكرة عن المكان الذي كان فيه الآن داخل هذا القصر، ولكنه كان يعلم أنه تسلّق ارتفاعاً كافياً ليكون قد أصبح بالقرب من القمّة. فعاد عندها وتصوّر الملاك الضخم الذي كان في أعلى القصر شاكّاً في أن يكون هذا الأخير قد أصبح الآن مباشرةً فوق رأسه.

إحرسني، يا أيها الملاك، راح يفكّر بينه وبين نفسه ماسكاً القضيب الحديدي بإحكام. ثم اتّجه نحو الباب بصمت.

على الأريكة، كان ذراعا فيتوريا يؤلمانها. فهي أوّل ما استيقظت واكتشفت أن يديْها موثقتيْن خلف ظهرها، ظنّت أنها قد تتمكّن من الاسترخاء والعمل على تحريرهما. إلا أن الوقت كان قد غدرها ومرّ بسرعة وكان بالتالي الوحش قد عاد، فوقف فوقها عاريَ الصدر، وكان يبدو ضخماً وقويّاً ومليئاً بالندوب من جرّاء المعارك الكثيرة التي كان قد خاضها. وفيما كان يحدّق نحو الأسفل إلى جسم فيتوريا، بدت عيناه أشبه بشقّيْن أسوديْن طوليّيْن. فشعرت فيتوريا أنه كان يتخيّل الأعمال التي كان على وشك القيام بها. ثم راح ببطء بعد ذلك ينزع حزامه المشبع ماءً رامياً به على الأرض وكأنّ في نيّته إذلالها والسخرية منها.

شعرت فيتوريا برعب واشمئزاز شديدين. وأغمضت عينيْها ولكنها عندما عادت وفتّحتهما، كان الحشّاش قد أخرج مدية نابضيّة وفتحها مباشرةً أمام وجهها.

فشاهدت فيتوريا صورة وجهها المذعور التي انعكست على الفولاذ.

أدار الحشّاش شفرة المدية وراح يمرّر ناحيتها الخلفية على بطنـها. فشعرت بالقشعريرة نتيجة برودة المعدن. فرمقها بنظرةٍ ترشح ازدراءً ودسّ السكين تحـت خصر سرواله القصير. فشهقت. ثم راح يتحرّك إلى الأمام وإلى الـوراء، بـبطء، وعلى نحو يوحي بالخطورة، ثم انحنى إلى الأمام هامساً بنفسه الساخن في أذنها.

"هذهِ هي الشفرة التي اقتلعت عين والدك".

أدركت عندئذ فيتوريا على الفور أنها كانت قادرة على قتله.

حرّك الحشّاش الشفرة من جديد، وبدأ يمزّق بها سروالها القصيـر الكـاكيّ اللون. ثم توقّف فجأةً رافعاً ناظريْه هناك شخص ما في الغرفة.

"ابتعد عنها"، هدر صوت خفيض من المدخل.

لم يكن باستطاعة فيتوريا رؤية الشخص الذي تكلّم، ولكنّها قد تعرّفـت إلى صوته. هذا روبرت! إنه على قيد الحياة!

بدا الحشاش وكأنه رأى شبحاً، فقال: "لا بدّ من أن يكون لديك ملاكـك الحارس، يا سيد لانغدون".

108

ما هي إلاّ لحظة حتى أدرك لانغدون أنه موجود داخل مكان مقـدّس، إذ إنّ زخرفة تلك الغرفة المستطيلة الشكل، وعلى الرغم من قدمها وخبوّ ألوانها، كانـت تزخر بالرموز المألوفة. نجمات خماسية قرميديّة ولوحات جداريـة جصـية عـن الكواكب ويمامات وأهرام.

ها هي كنيسة التنوّر البسيطة والطاهرة. لقد وصل إليها أخيراً.

كان الحشاش واقفاً مباشرةً أمامه عند باب الشرفة، عاري الصـدر، وواقفـاً فوق فيتوريا التي كانت ممدّدة موثوقة اليديْن، إنما حيّة والحمد لله. فشعر لانغدون بشيء من الارتياح عندما رآها، وراحا للحظة يتبادلان النظرات المفعمة بالعواطف الجيّاشة – مزيج من الرضى والمسرة واليأس والندم.

446

"ها نحن نلتقي مجدداً"، قال الحشاش ناظراً إلى القضيب الحديدي الذي كان في يد لانغدون وضاحكاً بصوتٍ عالٍ. "وتأتي إليّ هذه المرّة ومعك هذا؟".

"حلّ وثاقها".

قرّب الحشّاش السكين من عنق فيتوريا قائلاً: "سوف أقتلها".

ولم يكن لدى لانغدون أدنى شكّ عن قدرة الحشاش على القيام بعمل كهذا. لذا بذل كل ما في وسعه محاولاً التكلّم إليه بصوت هادئ وقال: "أتصوّر أنها قد ترحّب بهذه الفكرة... وتفضّلها على الخيار الآخر المطروح عليها".

ابتسم لانغدون لهذه الإهانة وأجابه قائلاً: "أنت محقّ. لديها الكثير لتقدّمه إلي. فهي قد تذهب بذلك خسارةً".

تقدم لانغدون بخطوة إلى الأمام متشبِّثاً بالقضيب الحديدي الصدئ، مصوِّباً طرفه المستدقّ والحادّ مباشَرةً على الحشاش. لقد كان الجرح في يده يؤلمه بشدة. "أطلق سراحها".

بدا الحشاش للوهلة الأولى وكأنه يفكّر بالأمر ثم أخفض كتفيْه متنهِّداً. لقد كانت حركته هذه تشير بوضوح إلى الاستسلام، ولكن وفي تلك اللحظة بالذات، حرّك الحشّاش ذراعه بسرعة وعلى نحو غير متوقّع، وإذا بشفرة تظهر فجأةً شاقّةً طريقها في الهواء نحو صدر لانغدون.

لم يعرف لانغدون إن كانت غريزته هي التي سمّرت ركبتيْه في مكانهما حينذاك أم الإرهاق، ولكن كلّ ما كان يعرفه هو أن السكّين كان قد مرّ بأذنه اليسرى ثم سقط محدثاً قعقعةً على الأرض خلفه. ولم يبدُ الحشاش عندها قلقاً أو مزعوجاً، إنما راح على العكس يبتسم للانغدون الراكع على الأرض حاملاً القضيب المعدني بين يديْه. فابتعد القاتل عن فيتوريا واتّجه نحو لانغدون بمشية بطيئة ومتشامخة شبيهة بمشية الأسد.

وفيما كان لانغدون يزحف على قدميْه رافعاً من جديد القضيب الحديدي في الهواء، شعر فجأةً أنّ سرواله وكنزته المبلّليْن كانا يزعجانه ويحصران حركته؛ في حين أنّ الحشّاش الذي كان قد تعرّى من نصف ثيابه تقريباً كان في الواقع يتحرّك بحريّة أكثر وسرعة أكبر من دون أن يبدو الجرح في قدمه وكأنه يعيق حركته على الإطلاق. شعر لانغدون وكأن الحشاش رجل معتاد على الألم. وكانت هذه اللحظة الأولى التي يتمنّى فيها لانغدون لو انّه يحمل مسدّساً أو بندقيّة كبيرةً.

دار الحشّاش ببطء وكأنه يستمتع بهذه اللعبة، متجهاً نحو السكين المرمية على الأرض. اعترضه لانغدون وإذا به يعود إلى الوراء نحو فيتوريا. فاعترضه لانغدون من جديد.

"لا يزال هناك بعض الوقت"، قال لانغدون مغامراً. "قل لي أين هي العلبة الحابسة. أعدك بأنّ الفاتيكان سوف يدفع لك مقابل اعترافك هذا أكثر بكثير ممّا قد تفعل الطبقة المستنيرة".

"يا لك من رجل بسيط وساذج حقاً".

راح لانغدون يضرب بالقضيب الحديدي في الهواء، ويتنقّل الحشاش جيئة وذهاباً من مكان إلى آخر متفادياً الضربة. ثم راح يدور حول أحد المقاعد الطويلة، حاملاً سلاحه أمامه في محاولة منه لحشر الحشّاش في مكان ما داخل الغرفة الإهليلجيّة الشكل. تبّاً لهذه الغرفة التي لا زوايا فيها! والغريب في الأمر هو أن الحشّاش لم يبد مهتمّاً لا لفكرة الهجوم ولا أيضاً لفكرة الهروب. لقد كان وبكل بساطة يجاري لانغدون في لعبته منتظراً بكل هدوء وبرودة أعصاب.

ما الذي ينتظره يا ترى؟ ظلّ القاتل يدور ببراعة، مختاراً بامتياز المواقع الملائمة له والأفضل لحمايته. لقد كان الأمر أشبه بلعبة شطرنج لا نهاية لها. والسلاح يصبح ثقيلاً في يد لانغدون، وشعر فجأة وكأنه كان يعلم ما الذي كان الحشاش ينتظره. إنه يحاول إتعابي. وهو ينجح في خطّته هذه.

شعر لانغدون فجأةً بضرورة التيقّظ وأخذ الحذر، إذ إن الأدرينالين وحده لم يعد كافياً لإبقائه حذراً ومتيقّظاً لكل ما يدور من حوله. فأدرك أنّ الوقت قد حان للتوقّف عن اللعب والمراوغة والبدء بالجدّ.

وبدا الحشّاش وكأنه كان يقرأ أفكار لانغدون، إذ راح يتنقّل متحايلاً من مكان إلى آخر، وكأنه يقود عمداً لانغدون نحو طاولة كانت في وسط الغرفة. وإذا بلانغدون يلاحظ فجأة ثمّة وميض متألّق داخل المشعل الكهربائي. أهذا سلاح أم ماذا؟ ظلّ لانغدون مركّزاً نظره على الحشّاش مقترباً شيئاً فشيئاً من الطاولة. وعندما ألقى الحشاش نظرةً طويلة وساذجة على الطاولة، حاول لانغدون قدر المستطاع أن يتمالك نفسه لكي لا يهجم على الطعم، غير أن غريزته هي التي غلبته وكانت سيّدة الموقف. فاسترق النظر ملقياً نظرة أخيرة وعاجلة على الطاولة ثم هجم على هذه الأخيرة غير آبهٍ لعواقب فعلته.

لم يكن الوميض صادراً عن أيّ سلاحٍ إطلاقاً. وبالتالي فقد لفت ذاك المشهد انتباهه على نحوٍ آسر.

كان هناكَ على الطاولة صندوق نحاسي قديم مخمس الشكل مغلّف بغشاء العتق، وغطاؤه مفتوح. أما في داخله فهناك وسومات خمسة موضّبة وفقاً لخَمسة أقسام مستقلة ومبطّنة. كانت الوسومات الخمسة مطرَّقة في الحديد على شكل أدوات كبيرة مزيّنة بنقوش نافرة مع مسكات خشبية ضخمة. فلم يكن لدى لانغدوَن أي شكّ حول ما كانت تقوله تلك النقوش.

الطبقة المستنيرة والتراب والهواء والنار والمياه.

رد لانغدون بسرعة رأسه إلى الوراء خشية أن ينقضّ القاتل عليه، ولكنّه لم يفعل. لقد كان هذا الأخير ينتظر وكأن هذه اللعبة قد أعادت إليه نشاطه وحيويّته. راح لانغدون يبذل كل ما في وسعه لكي يستعيد تركيزه، مسمِّراً نظره من جديد على طريدته وهاجماً عليها بشلفه الحديدي، غير أن صورة ذاك الصندوق كانت قد علقت في ذهنه. صحيح أن الوسومات بحدّ ذاتها كانت فاتنة وساحرة – تحفاً فنيّة لا يعلم سوى القليل من تلاميذ الطبقة المستنيرة بوجودها – إلا أن لانغدون كان قد أدرك فجأة أن في هذه العلبة شيئاً آخر ينذر بالشر. وفيما كان الحشّاش قد عاد إلى المناورة من جديد، استرق لانغدون النظر إلى أسفل العلبة مرةً أخرى.

يا إلهي!

لقد كانت الوسومات الخمسة مصفوفةً حول الطرف الخارجي للصندق داخل أقسام خمسة مستقلّة، وهناك أيضاً في الوسط قسم آخر خالٍ ولكنّه من الواضح أنه كان قد صُمِّم أساساً لكي يحمل وسماً آخر... وسماً أكبرَ بكثير من الآخرين ومربّع الشكل بامتياز.

غير أن هجوم الحشاش عليه أعشى فجأة بصره.

فإذا به ينقضّ عليه كطير ينقضّ على فريسته. حاول لانغدون الذي كان قد حُوِّل انتباهه بمهارة أن يشنّ عليه هجوماً مضادّاً، إلا أنه كان يشعر بثقل الشلف الحديدي في يده كما لو أنه كان حاملاً جذع شجرة كامل بين يديْه. كانت حركته الدفاعية بطيئة جداً. فراح الحشاش يراوغ من جديد متنقّلاً جيئة وذهاباً من مكان إلى آخر. ولكن وفيما كان لانغدون يحاول مسك القضيب، مدّ الحشّاش يديْه بسرعة ممسكاً به. كانت قبضة الرجل قويّة وكأنه لم يعد يتأثر بالجروح

والندوب في يديْه. راح الرجلان يتصارعان بعنف، إلى أن شعر لانغدون في النهاية بالقضيب يفلت من قبضته شاقّاً إحدى يديْه، إذ سرعان ما شعر بـألم مـبرّح في راحته. وبعد مرور لحظة على ذلك، ركز لانغدون نظره على طرف ذاك السـلاح المستدقّ والحادّ، ها قد أصبح الصيّاد هو الطريدة.

وفجأة شعر بلانغدون وكأنّ إعصاراً قد ضربه، في حين كان الحشاش يـدور في الغرفة مبتسماً ودافعاً لانغدون إلى الوراء نحو الحائط. "ماذا يقـول ذاك المثـل الأميركي الشهير؟" سأله بنبرة موبِّخة. "شيئاً عن الهرّ وفضوليّته؟".

بالكاد كان لانغدون قادراً على التركيز، وراح يلعن إهماله ولا مبالاته عندما هجم الحشاش عليه. فهو لم يكن يفهم شيئاً. هل هناك وسم سادس خاص بالطبقة المستنيرة؟ ثم شرع يتكلّم بإحباط ومن دون تفكير. "أنا لم أقرأ يوماً عن أي شـيء يشير إلى وجود وسم سادس خاص بالطبقة المستنيرة!".

"ولكنّي أظنّ أنك قد قرأت على الأرجح شيئاً عنه". ضحك الحشاش ضحكة خافتةً وهو يدفع بلانغدون نحو الحائط.

كان لانغدون ضائعاً، فهو يرجّح فكرة أنه لم يقرأ شيئاً حول هذا الموضوع. لقد كانت هناك خمس وسومات خاصة بالطبقة المستنيرة. فراح يبحث عندها عن أي سلاح يمكنه الاستعانة به.

"اتحاد ممتاز للعناصر القديمة"، قال الحشاش. "إن الوسم الأخير هـو أكثرهـا إشراقاً وتنوّراً. ولكني أخشى ألاّ تتمكّن أبداً من رؤيته".

شعر لانغدون أنه لن يتمكّن من رؤية الكثير في لحظة، وظلّ يفتّش الغرفة بحثاً عن سلاح أو ما شابه. "وهل رأيت أنتَ هذا الوسم الأخير؟" سأله لانغـدون في محاولة منه لكسب بعض الوقت.

"قد يأتي ربما اليوم الذي يجِلّونني ويقدّرون فيه أعمالي، إذ إنني أحاول الآن أن أثبت نفسي". همهم للانغدون وكأنه يستمتع باللعبة.

تابع لانغدون سيره إلى الخلف، وكان لديه شعور بأن الحشاش يقـوده مـن حول الحائط نحو مكان غير مرئيّ. ولكن إلى أين، يا ترى؟ لم يكن لانغدون قادراً على تحمّل فكرة النظر ورَاءه. "ولكن أين هو هذا الوسم؟" سأل لانغدون.

"ليس هنا. يانوس هو على ما يبدو الشخص الوحيد الذي يملكه".

"يانوس؟" لم يكن لانغدون قد سمع بهذا الاسم من قبل.

"إنه زعيم الطبقة المستنيرة. سوف يصل إلى هنا بعد قليل".

"زعيم الطبقة المستنيرة آت إلى هنا؟".

"أجل، لكي ينفّذ الوسم الأخير".

رمق لانغدون فيتوريا بنظرة ملؤها الخوف والذّعر، ولكن الغريب في الأمر أنها كانت تبدو هادئةً، مغمضة عينيْها للعالم من حولها، وتتنفّس ببطءٍ وعمق شديديْن. أهي الضحيّة الأخيرة؟ أم هو؟

"يا للغرور"، قال الحشّاش بسخرية وتهكّم وهو يراقب عينيْ لانغدون. "أنتما الاثنين لستما شيئاً. سوف تموتان حتماً، هذا شيء مؤكّد. ولكن الضحية الأخيرة التي أتكلّم عنها هي في الواقع عدوّ خطير حقّاً".

حاول لانغدون أن يفهم ما كان الحشّاش يقصده بكلامه هذا.

عدوّ خطير. ولكنّ الكرادلة النخبة قد ماتوا جميعهم. والبابا أيضاً قد مات. غير أن لانغدون عاد ووجد الإجابة عن هذا السؤال في الفراغ الذي كان في عينيْ الحشاش.

السكرتير البابوي الخاص.

كان في الواقع السكرتير البابوي فنتريسّا أمل العالم الوحيد في هذه المحنة؛ ولكنّ ما فعله الليلة لإدانة الطبقة المستنيرة كان في الواقع أعظم وأخطر من أهمّ النظريّات التآمرية التي واجهت الطبقة المستنيرة على مرّ السنين. وهو بالظاهر سوف يدفع ثمن فعلته. فقد كان هو هدف الطبقة المستنيرة الأخير.

"لن تتمكّن أبداً من النيل منه"، قال لانغدون بنبرة تحدٍّ.

"لست أنا مَن سينال منه"، أجاب الحشاش مجبِراً لانغدون على الرجوع أكثر وأكثر من حول الحائط. "فهذا الشرف متروك ليانوس نفسه".

"إن زعيم الطبقة المستنيرة ينوي شخصيّاً وسم السكرتير البابوي؟".

"للسلطة امتيازاتها".

"ولكن يستحيل على أي شخص دخول مدينة الفاتيكان في الوقت الحاضر!".

فبدا الحشّاش معتدّاً بنفسه وقال: "إلا في حال كان لديه موعد".

ارتبك لانغدون، إذ إنّ الشخص الوحيد المنتَظر والمتوقّع وصوله إلى الفاتيكان في الوقت الحاضر كان ذاك الذي تلقّبه الصحافة بسامريّ الساعة الحادية عشرة – الشخص الذي كان روشيه قد قال إن في جعبته معلومات من شأنها إنقاذ

توقّف لانغدون مصدوماً. يا إلهي!

ابتسم الحشّاش ابتسامة متكلّفة، وقد بدا عليه بوضوح أنه يستمتع بتدارك لانغدون المقزّز للنفس. "أنا أيضاً كنت أتساءل كيف سيتمكّن يانوس من الدخول إلى هناك. ولكني قد سمعت بعد ذلك على الراديو وأنا في العربة - تقريراً عن ساميّ الساعة الحادية عشرة". ثم أضاف مبتسماً، "سوف يستقبل الفاتيكان يانوس بكل حفاوة ورحابة صدر".

زلّت قدم لانغدون وكاد يقع خلفاً. يانوس هو السامريّ! هذا شيء مؤسف حقاً. سوف يحظى زعيم الطبقة المستنيرة بمواكبة ملكيّة تقوده مباشرة إلى مكتب السكرتير البابوي. ولكن كيف تمكّن يانوس من خداع روشيه؟ أم أن روشيه متورّط هو أيضاً في هذه المسألة؟ شعر لانغدون بالقشعريرة. فهو في الواقع كان قد فقد ثقته بروشيه كلياً عندما كاد يختنق في الأرشيف السري. وإذا بالحشّاش يقفز فجأة لاكماً لانغدون في جنبه.

قفز لانغدون إلى الخلف، وهو يكاد ينفجر غضباً. "لن يخرج يانوس أبداً من الفاتيكان حيّاً!".

ضحك الحشاش ضحكة خافتة ثم أجابه قائلاً: "ثمّة قضايا تستحقّ أن نموت ونستشهد من أجلها".

شعر لانغدون أن القاتل جادّ في كل ما يقول. يانوس آت إذن إلى مدينة الفاتيكان في مهمّة انتحارية؟ أهي مسألة شرف، أم ماذا؟ عندها فقط استوعب لانغدون وبلحظة واحدة كل تلك الدورة الرهيبة والمروّعة. لقد أصبحت مكيدة الطبقة المستنيرة حلقة كاملة متكاملة. وبالتالي فقد تبيّن أنّ الكاهن الذي كانت الطبقة المستنيرة قد جلبته إلى الحكم بطريقة غير مقصودة أو متعمّدة من خلال قتلها البابا هو عدوّ خطير ومهم. لذا سوف يقوم زعيم الطبقة المستنيرة بتصفيته كخطوة تحدٍّ أخيرة.

فجأة شعر لانغدون باختفاء الحائط من خلفه، وبدأ يشعر بتدفّق هواء بارد. وإذا به قد أصبح يترنّح خلفاً في الظلام. الشرفة! لقد أدرك الآن ما كان الحشّاش يخطّط له.

شعر لانغدون على الفور بشفا الهاوية وراءه - تهبط من على ارتفاع مئة قدم إلى الفناء في الأسفل. فهو كان قد شاهد هذا الجُرف من قبل، وهو يدخل إلى

القصر. غير أنّ الحشّاش لم يكن ليهدر الوقت. فاندفع هذا الأخير إلى الأمام مطلقاً الحربة بعنف في الهواء. إلا أنّ هذه الأخيرة كانت قد انحرفت يميناً نحو الجزء الأوسط من جذع لانغدون الذي سرعان ما انزلق خلفاً لتقصّر بالتالي الحربة عن هدفها وتعلق بقميصه. فأطلق الحشاش حربة أخرى على لانغدون، ما اضطره إلى الانزلاق أكثر إلى الوراء، حتى وصل إلى الدرابزين. لذا وواثقاً من أنّ الطعنة التالية سوف تقضي عليه لا محالة، حاول لانغدون القيام بشيء مناف للعقل والمنطق. فاستدار بسرعة جانباً وتمسّك بحافّة الدرابزين شاعراً بالتالي بألمٍ شديد في راحة يده. ثمّ ظلّ لانغدون ثابتاً في مكانه لا يتحرّك وينتظر الحشّاش الذي بدا من ناحيته غير قلق على الإطلاق. ظلاّ يتصارعان لوهلة وجهاً لوجه ونفَس الحشّاش النتِن والكريه يدخل مباشرة في منخريْ لانغدون، إلى أن بدأ القضيب يترلق. كان الحشّاش قويّاً جداً، فبحركة أخيرة ويائسة، مدّ لانغدون ساقه على نحو خطير فاقداً بالتالي توازنه، وحاول أن يسحق بقدمه إصبع قدم الحشّاش المجروح. لكنّ هذا الأخير كان ماهراً ومحترفاً وتمكّن بالتالي من تغيير وقفته لكي يحمي ضعفه.

لعب لانغدون للتوّ ورقته الأخيرة، وأدرك أنه قد خسر اللعبة. رفع الحشّاش بعد ذلك ذراعيْه عالياً جارّاً لانغدون من جديد نحو الدرابزين. لم يكن لانغدون يشعر سوى بالفراغ وراءه، إذ إن الدرابزين كان لا يصل إلاّ إلى تحت مؤخّرته. فظلّ الحشّاش ماسكاً القضيب بالعرض جارّاً إيّاه على صدر لانغدون إلى أن تقوّس ظهر لانغدون فوق الهوّة.

"مع السلامة"، قال الحشّاش بسخرية. ثمّ وبنظرة خالية من الرحمة دفع لانغدون دفعةً عنيفة وأخيرة. عندها، تغيّر مركز ثقل لانغدون وارتفعت قدماه عن الأرض متأرجحة بالتالي في الهواء. فتشبّث لانغدون بالدرابزين محاولاً بذلك التشبّث بالحياة. ولكن سرعان ما انزلقت يده اليسرى، في حين ظلّت يده اليمنى متشبّثة بالدرابزين إلى أن أصبح في نهاية المطاف متدلّياً في الهواء رأساً على عقب من ساقيْه الاثنتيْن ويد واحدة يناضل لكي يبقى معلّقاً بالدرابزين.

لكن الحشّاش هبط من جديد فوقه، رافعاً القضيب عالياً فوق رأسه، ومتحضّراً لضربه به من جديد. ولكن وفيما كان القضيب قد بدأ يتّجه صوبه مسرعاً، شاهد لانغدون طيفاً. فظنّ أنّ رؤياه هذه قد تكون ربّما ناجمة عن شعوره بالموت الوشيك والمحتّم أو ربما عن شعوره بالخوف، ولكن وفي تلك اللحظة

بالذات، شعر فجأة بهالة تحيط بالحشّاش. بدا وهج ساطع وكأنه يرتفع ويتضـــخّم وراءه من لا شيء... أشبه بكرة نار أو شهاب وهّاج. ثم رمى بعد ذلك الحشّـــاش القضيب وراح يصرخ بألم. فسقط القضيب الحديدي في الظلام مـــارّاً بلانغـــدون ومقعقعاً، وراح الحشّاش يدور حول نفسه متخبِّطاً ومبتعداً عن لانغدون الذي رأى أحد المصابيح الزيتية واللاسعة تحترق على ظهره. فرفع لانغـــدون جســـمه ورأى فيتوريا تنظر إلى الحشّاش بعينيْن متّقدتيْن.

كانت فيتوريا تلوّح أمامها بأحد المصابيح، والثأر يشع من وجهها كـــالنيران المشتعلة. كيف تمكّنت من الفرار، هذا ما كان لانغدون لا يعرفه ولا يريـــد حـــتى معرفته. إنما راح يتسلّق الدرابزين مسرعاً.

سوف تكون المعركة الآن قصيرة وحاسمة. لقد كان الحشّاش متبارزاً مميتـــاً. وفيما كان القاتل يصيح بغضب، إنقضّ على فيتوريا التي حاولت المراوغة متنقِّلـــة من مكان إلى آخر، إلا أن الرجلَ كان فوقها ماسكاً المصباح وعلى وشك أن يرميه عليها. غير أن لانغدون لم ينتظر، إنما قفز من فوق الدرابزين وضرب بكفّه المطبـــق الحشّاش على ظهره في مكان الحرق.

عندها بدا دويّ صياحه وكأنه قد وصل إلى الفاتيكان. ثم جمد الحشاش لفترة مقوِّساً ظهره من شدة الألم وتاركاً المصباح. فأخذت فيتوريا المصباح من جديـــد وضغطته بقوّة على وجهه، فسُمع هسيس لحمٍ من جرّاء احتراق عينه اليسرى. وإذا بهذا الأخير يصيح من جديد واضعاً يديْه على وجهه.

"العين بالعين والسنّ بالسنّ"، قالت فيتوريا باستهجان، ثم راحت تلـــوّح من جديد بالمصباح، وبالتالي وعندما أصاب الحشاش هذه المرة اصـــطدم هـــذا الأخير بالدرابزين. عندها وفي اللحظة نفسها، ذهب كل من لانغدون وفيتوريا إليه، ودفعاه من فوق حافّة الشرفة. لم يُسمع أي صراخ، سوى صوت طقطقة عموده الفقري وهو يحطّ في الأسفل كالنسر الناشر على كومة مـــن القنابـــل المدفعية.

استدار لانغدون ناظراً إلى فيتوريا بانذهال. لقد كانـــت حبـــال طويلـــة وثقيلة متدلّية من كتفيْها والجزء الأوسط من جـــذعها، وعيناهـــا تتوهّجـــان كالجحيم.

"كان هوديني يعرف اليوغا".

109

في هذا الوقت، وفي ساحة القديس بطرس، كان الحراس السويسريون يصيحون الأوامر، منتشرين خارجاً، ومحاولين دفع الحشود خلفاً، بعيداً عن الفاتيكان، نحو مسافة أكثر أمناً وسلامةً. ولكن هذا كله من دون جدوى. فالحشود كثيفةً، وقد بدت مهتمّة بهلاك الفاتيكان الوشيك أكثر من اهتمامها بسلامتها الخاصة. والشاشات الإعلامية الشاهقة والضخمة تنقل في الساحة، ومباشرة من مِرقاب جهاز أمن الحرس السويسري، العدّ العكسي لعلبة المادة المضادّة الحابسة - مع تحيّات السكرتير البابوي. ولكن ومع الأسف الشديد، لم تكن صورة العدّ العكسي للعلبة الحابسة لتردّ الحشود وتفرّقها. فالناس في الساحة يراقبون على ما يبدو قطيْرة السائل المتدلّية في العلبة، وقرّروا بالتالي أنها ليست خطيرة بقدر ما كانوا يظنون. وعلاوةً على ذلك، فقد كان بإمكانهم أيضاً رؤية ساعة العدّ العكسي التي كانت تشير إلى أقلّ من خمس وأربعين دقيقة تفصلهم عن موعد الانفجار؛ ما يعني أنه لا يزال أمامهم متّسع كافٍ من الوقت ليبقوا ويشاهدوا.

وعلى الرغم من هذا كلّه، كان الحراس السويسريون يوافقون بالإجماع على أن القرار الشجاع الذي اتّخذه السكرتير البابوي بمخاطبة العالم بأسره وإطلاعه على الحقيقة، ومن ثمّ مدّ وسائل الإعلام بالأدلّة البصريّة التي تثبت خيانة الطبقة المستنيرة، كان تصرّفاً ذكيّاً، هذا صحيح إنما غير مفهوم. فلا شكّ في أن الطبقة المستنيرة قد توقّعت من الفاتيكان أن يكتم كالعادة العدوان الموجَّه ضده. إنما ليس الليلة. فقد أثبت اليوم السكرتير البابوي فنتريسا أنه خصم قويّ وشجاع.

أما داخل الكابيلاّ سستينة، فكان الكاردينال مورتاتي شديد القلق والاضطراب. كانت الساعة قد تجاوزت الحادية عشرة والربع ليلاً، وكان العديد من الكرادلة لا يزالون يواصلون صلاواتهم، في حين كان بعضهم الآخر قد تجمّع حول باب المخرج والقلق باد بجلاء على وجوههم. ثم راح بعض الكرادلة يقرع الباب بقوّة وعنف. فسمع الملازم الأول تشارتراند قرع الباب في الخارج، ولكنّه لم يكن يعلم ماذا يفعل. فتحقّق من ساعته وإذا بالوقت قد حان. إلاّ أن أوامر القائد روشيه كانت واضحة وصارمة بألاّ يُسمح للكرادلة بالخروج إلاّ عندما يصدر هو

شخصيّاً الأمر بذلك. غير أنّ القرع على الباب أصبح أقوى وأعنف، الأمر الذي جعل تشارتراند يشعر بالقلق والانزعاج. فراح يتساءل إن كان من المحتمل للقائد أن يكون وبكل بساطة قد نسي أمر الكرادلة هنا في الداخل، إذ أنه ومنذ تلقّيه اتصاله الغريب ذاك كان يتصرّف بطريقة جدّ غريبة.

سحب تشارتراند جهازه اللاّسلكي: "حضرة القائد؟ معك تشارتراند. لقد تجاوزت الساعة الحادية عشر والربع. هل لي بفتح باب الكابيلاّ سستينة؟".

"ينبغي على هذا الباب أن يظلّ موصداً. أظنّ أني سبق وقلت لك هذا الأمر".

"أجل سيدي، ولكني كنت فقط أريد أن -".

"سوف يصل ضيفنا قريباً جداً. خذ بعض الرجال إلى فوق واحرسوا باب المكتب البابوي. ينبغي على السكرتير البابوي ألاّ يذهب إلى أي مكان".

"عفواً سيّدي، ماذا قلت؟".

"ما الذي لم تفهمه يا حضرة الملازم؟".

"لا شيء سيّدي. أنا في طريقي إلى فوق".

أما فوق في مكتب البابا، فقد كان السكرتير البابوي يحدّق إلى النار بصمت وتأمّل. مدّني بالقوّة اللازمة، يا ربّ. قم بمعجزةٍ ما. ثم راح يحرّك الجمرات في الموقد متسائلاً إن كان سيطلع الصباح عليه.

110

ها قد أصبحت الآن الساعة الحادية عشرة والدقيقة الثالثة والعشرين ليلاً.

كانت فيتوريا تقف مرتجفةً على شرفة قصر الملاك وتراقب روما، وعيناها تترقرقان بالدموع. هي كانت ترغب بضمّ روبرت لانغدون بقوّة إلى صدرها، إلا أنها كانت عاجزةً عن ذلك. كانت تشعر بجسمها مخدّراً. يستعيد قواه وعافيته ويخزّن الطاقة من جديد. ها هو الرجل الذي قتل والدها ممدّد تحت في الأسفل جثّةً هامدة، في الوقت الذي كادت هي أيضاً تكون ضحيّته.

ولكن عندما وضع لانغدون يده على كتفها، بدا دفء يده وكأنّه قد حطّم الجليد بسحر ساحر، وإذا برعدة الحياة تعود من جديد إلى جسمها. فارتفع

الضباب واستدارت. كان منظر لانغدون مريعاً، كان مبللاً ومتلبِّداً، وكأنه قد عانى الأمرّيْن قبل أن يتمكّن من المجيء إليها لإنقاذها.

"شكراً..." همست قائلةً.

ابتسم لها لانغدون ابتسامةً يبدو عليها التعب والإرهاق، ثمّ عاد وذكّرها أنها هي مَن يستحقّ في الواقع الشكر، إذ أن قدرتها على خلع كتفيْها من مكانهما هي التي أنقذتهما. فمسحت فيتوريا عينيْها، وهي تودّ لو أنها تظل واقفة هنا معه إلى الأبد، غير أنّ الإنقاذ كان موقّتاً.

"ينبغي علينا الخروج من هنا"، قال لانغدون.

إلا أن ذهن فيتوريا كان في مكان آخر. فهي كانت تحدّق خارجاً إلى الفاتيكان، تلك الدويْلة الأصغر في العالم التي كانت تبدو قريبةً جداً منها والتي كانت تتوهج الآن تحت وابل من أضواء الإعلام البيضاء. وأكثر ما صدمها، أن باحة القديس بطرس لا تزال مكتظة بالناس! فالحرّاس السويسريون لم يتمكّنوا على ما يبدو سوى من إخلاء الناحية الأمامية، تلك القريبة من البازليكا، رادّين بالتالي الحشود حوالى مئة وخمسين قدماً فقط إلى الوراء، ما تسبّب باحتشاد الناس واحتقانهم أكثر فأكثر في الساحة، علماً أن الواقفين في الخلف، في آخر الساحة على مسافات بعيدة أكثر أمناً وسلامة، كانوا يدفعون الآخرين ويحشرونهم في الداخل، وذلك لكي يتمكّنوا هم أيضاً من الحصول على رؤية قريبة وواضحة.

إنهم قريبون جداً! فكّرت فيتوريا بينها وبين نفسها.

"أنا ذاهب من جديد إلى هناك"، قال لانغدون بنبرة باردة.

فاستدارت فيتوريا غير قادرة على تصديق أذنيها. "سوف تعود إلى الفاتيكان؟".

فأخبرها لانغدون عن ذاك السامريّ وحيلته وكيف أنّ زعيم الطبقة المستنيرة، وهو رجل يُدعى يانوس، آت شخصيّاً إلى هنا لكي يقوم بنفسه بوسم السكرتير البابوي الخاص، كعمل نهائيٍ يثبت انتصار الطبقة المستنيرة وهيمنتها على الفاتيكان.

"لا أحد في مدينة الفاتيكان يعلم بذلك"، قال لانغدون. "وليس هناك من طريقة لكي أتصل بهم. وهذا الرجل سوف يصل بين دقيقة وأخرى". يجب أن أنذر الحرّاس بالأمر قبل أن يسمحوا له بالدخول إلى هناك".

"ولكنّك لن تتمكّن أبداً من اجتياز هذه الحشود كلها!".

فأجابها بنبرة قويّة وحازمة قائلاً: "هناك سبيل لذلك. ثقي بي".

فشعرت من جديد وكأنّ عالم التاريخ هذا يعلم شيئاً هي لا تعلمه. "أنا آتية معك".

"لا. لمَ المخاطرة بحياتنا نحن الاثنين؟".

"يجب أن أجد طريقةلإخراج هؤلاء الناس من هناك! إنّ حياتهم في خطر...".

وقبل أن ينهي لانغدون جملته، بدأت الشرفة التي كانا واقفيْن عليها ترتجّ تحت أقدامهم وراح فجأة هدير يصم الآذان يهزّ القصر بكامله. ثمّ عماهما بعد ذلك ضوء أبيض باهر آت من جهة باحة القديس بطرس. لم يخطر عندها على بال فيتوريا سوى شيء واحد فقط. يا إلهي! لقد انفجرت المادة المضادّة باكراً!

ولكن وعوضاً عن الانفجار، تصاعدت فجأةً من الحشود هتافات تهليل وابتهاج. فراحت فيتوريا تحدّق في الضوء بعينيْن نصف مغمضتيْن. لقد بدا وابل من الأضواء الإعلاميّة موجّهاً صوبهما! كان الجميع مستديراً نحوهما يصيحون ويشيرون بأصابعهم. وما هي إلاّ لحظات حتى راح الهدير يزداد قوّةً، وقد بدا فجأةً الجوّ في الساحة وكأنه يزخر بالبهجة والسرور.

بدت الحيرة على وجه لانغدون. "ما الذي يجري بحقّ الله -".

ثم هدرت السماء فوق رأسيْهما.

وإذا بالمروحيّة البابويّة تظهر فجأة من وراءالبرج. كانت تطير فوقهما بخمسين قدماً، وتتجه مباشرةً نحو مدينة الفاتيكان. فارتجّ القصر عند مرورها فوقه متألّقة وسط الأضواء الإعلامية التي ظلّت تتبعها في طيرانها إلى أن عاد كل من لانغدون وفيتوريا وغرقا من جديد في الظلام.

خالج فيتوريا إحساس كبير بالقلق والإنزعاج، إذ شعرت أنهما قد تأخّرا كثيراً، سيّما وأنها كانت تشاهد تلك الآلة الضخمة تتمهّل لتحطّ بعد ذلك وسط سديم من الغبار في الجزء الخالي من الباحة الذي يفصل في ما بين البازليكا والحشود الغفيرة.

"كنّا نتحدّث عن سبيل للدخول إلى هناك"، قالت فيتوريا.

بعدها، رأت شخصاً يخرج من الفاتيكان ويتّجه نحو الهليكوبتر، لم تكن لتتعرّف إليه لولا تلك البيريه الحمراء التي كان يعتمرها على رأسه، "إنه روشيه".

ضرب لانغدون بيده الدرابزين. "ينبغي على أحد أن ينـــذرهم!" واســـتدار ليذهب، إلا أنّ فيتوريا أمسكته من ذراعه قائلةً: "انتظر!" فهي كانت قد شاهدت لتوّها شيئاً، شيئاً رفضت عيْناها تصديقه. ثمّ أشـــارت بأصـــابعها المرتجفـــة نحـــو المروحيّة. فحتى من عن هذه المسافة، لم يكن هناك أيّ مجال للشكّ أو الغلط. لقـــد كان هناك شخص آخر يترل المعبر الخشبي إلى البرّ... شخص كان يتنقّل بطريقـــة مميّزة بحيث أنه لم يكن هناك أي مجال للشكّ بغيره. فعلى الرغم مـــن كـــون ذاك الشخص جالساً، إلا أنه كان يجتاز الساحة بسرعة مذهلة ومن دون أن يبـــذل في ذلك أي جهد.

إنه ملك العرش الإلكتروني.

إنه ماكسيميليان كوهلر.

111

إشمأزّ كوهلر من غنى مدخل البلفدير وفخامته. فالورقة الذهبية التي تكســـو السقف كانت ربّما هي وحدها كافية لتمويل ما يوازي سنة كاملة من الأبحـــاث السرطانية. قاد روشيه كوهلر إلى طريق غير مباشرة وخاص بالمعـــاقين تقـــود إلى داخل القصر البابوي.

"أليس من مصعد هنا؟" سأل كوهلر.

"التيار الكهربائيّ مقطوع". أجابه روشيه، مشيراً إلى الشموع المشتعلة مـــن حولهما، والتي كانت تنير ذاك المبنى المظلم. "هذا جزء من تكتيك بحثنا عن العلبـــة الحابسة".

التكتيكات التي لا شك في أنها قد فشلت".

فأومأ روشيه برأسه موافقاً إياه الرأي.

أصيب كوهلر بنوبة أخرى من السعال، وأدرك أنها قد تكون إحـــدى آخـــر نوباته، هذا علماً أنّ هذه الفكرة لم تكن لتزعجه كثيراً.

عندما بلغا الطابق العلوي وبدآ يترلان الرواق المؤدي إلى مكتب البابا، ركض أربعة حراس سويسريين نحوهما، وكان القلق بادياً بجلاء على وجوههم. "يا حضرة القائد، ما الذي تفعلانه هنا؟ ظننت أن هذا الرجل لديه معلومات قد –".

"هو لن يتحدّث إلا مع السكرتير البابوي نفسه".

فتراجع الحرّاس، غير مقتنعين تماماً بما قاله للتوّ لهم قائدهم.

"قلْ للسكرتير البابوي"، قال روشيه بنبرة قوية وصارمة: "إن السيّد ماكسيميليان كوهلر مدير مركز CERN موجود هنا ويودّ رؤيته. فوراً".

"حاضر سيّدي!" قال أحد الحرّاس راكضاً باتجاه مكتب السكرتير البابوي، في حين ظلّ الحرّاس الآخرون واقفين في أماكنهم. كانوا يحدّقون إلى روشيه بنظرات ملؤها القلق والانزعاج. "لحظة واحدة فقط، يا حضرة القائد. سوف نعلم السكرتير البابوي بحضورك أنت وضيفك".

إلا أن كوهلر لم يتوقّف قطّ، إنما استدار بغضب وراح يدور بكرسيّه حول الحراس.

فاستدار هم أيضاً، وراحوا يعدون بجانبه صائحين: "سيّدي! توقّف!".

غير أن كوهلر كان يشعر حيالهم بالمقت والكراهية. فحتى أهمّ القوى الأمنية وأعظمها في العالم كانت لتشعر بالشفقة حيال المقعدين. وبالتالي فلو كان كوهلر رجلاً يتمتّع بصحّة جيّدة وسليمة لكان يحقّ لهم ملاحقته والقبض عليه. ولكن المقعدين أشخاص ضعفاء، راح كوهلر يفكّر بينه وبين نفسه. أو هذا على الأقل ما يظنّه العالم عنهم.

كان كوهلر يعلم أن ليس لديه سوى القليل من الوقت لكي ينجز ما قد أتى إلى هنا من أجله. حتى أنه كان يعلم أنه قد يلقى حتفه هنا الليلة. ولكنّ هذا كان آخر همٍّ عنده. فالموت كان بالنسبة إليه بمثابة ثمن كان مستعدّاً لدفعه. فهو كان قد عانى الكثير في حياته، ولم يكن بالتالي ليسمحَ لشخص كالسكرتير البابوي فنتريسا بأن يهدم له كل ما كان قد صنعه.

"سيّدي!" صاح به الحرّاس عالياً، راكضين أمامه قاطعين عليه الطريق. "يجب أن تتوقّف!" قال أحدهم ساحباً سلاحه الجَنبي ومصوّباً إياه على كوهلر.

فإذا بكوهلر يتوقّف.

فتدخّل روشيه والأسف باد على محيّاه. "سيّد كوهلر، أرجوك. لن يستغرق الأمر سوى لحظة. فلا أحد يدخلُ مكتب البابا من دون إذن".

أدرك عندئذ كوهلر من النظرة التي كانت في عينيْ روشيه أن لا خيار آخر أمامه سوى الانتظّار. حسناً، فكّر كوهلر بينه وبين نفسه. ننتظر.

وكان الحرّاس على ما يبدو قد أوقفوا كوهلر بقساوة بجانب مرآة طوليّة مطليّة بالذهب، الأمر الذي جعله ينفر من منظر شكله المقتول. فعاد الغضب القديم وطفح مادّاً إياه من جديد بقوّته وسلطته المعهودتيْن. فهو الآن موجود بين أعدائه. هؤلاء هم الأشخاص الذين سلبوه شرفه وكرامته. هؤلاء هم الأشخاص الذين بسببهم لم يشعر يوماً بلمسة امرأة... ولم يتمكّن يوماً من الوقوف على رجليْه لاستلام جائزة. ما هي الحقيقة التي يملكها هؤلاء الناس؟ ما هي هذه الحقيقة اللعينة؟! كتاب من الخرافات القديمة؟ وعود بالمزيد من المعجزات؟ العلم يقوم يوميّاً بالمعجزات!

راح كوهلر يحدّق في عينيْه المتحجّرتيْن والخاليتيْن من الأحاسيس. ربّما قد أموت الليلة على يديْ الدين، راح يفكّر في قرارة نفسه قائلاً: ولكنها لن تكون هذه المرة الأولى التي أموت فيها بهذه الطريقة.

ثم راح يتذكّر من جديد مرّة كان فيها في الحادية عشرة من عمره ممدّداً في سريره في قصر أهله في فرانكفورت. كانت الملاءات حينذاك من تحته من أحسن أنواع البياضات الأوروبية وأجودها، ولكنها كانت مشبّعة بالعرق. كان ماكس الصغير يشعر وكأنه يحترق من شدّة الألم الذي كان يهدّ جسمه بالكامل. وكان والداه راكعيْن بجانب سريره منذ يوميْن يصلّيان من أجله.

وكان أيضاً ثلاثة من أحسن أطباء فرانكفورت وأكثرهم مهارةً واقفين معهم في الظلمة.

"أنصحكما بإعادة التفكير بالأمر!" قال حينها أحد الأطباء. "أنظرا إلى الصبيّ! لا تنفكّ حرارته ترتفع وهو يتألم كثيراً. إنّ حياته في خطر!".

إلا أنّ ماكس كان يعلم مسبقاً إجابة والدته. "الله وحده سوف يحميه".

أجل، فكّر حينذاك ماكس. الله سوف يحميني. لقد كان الإيمان في صوت أمه يمدّه بالقوّة. الله سوف يحميني.

وبعد مرور ساعة على ذلك، شعر ماكس وكأن جسمه كلّه ينسحق تحت محدلة ضخمة وهائلة الحجم. فهو لم يعد حتى قادراً على التنفّس لكي يصرخ أو يبكي.

"يتعذّب ابنكما كثيراً"، قال طبيب آخر. "دعاني على الأقلّ أخفّف من ألمه. لديّ في حقيبتي حقنة بسيطة من -".

"أسكت من فضلك!" قال حينها والد ماكس للطبيب مسكتاً إيّاه مـــن دون أن يفتح حتى عينيْه. وظلّ بالتالي وبكل بساطة يتابع تلاوة صلاواته.

"أبي، أرجوك!" أراد عندها ماكس أن يصيح. "دعهم يوقفون الألم!" غير أن كلماته كانت قد ضاعت وسط نوبة من السعال.

وبعد مرور ساعة أخرى على ذلك، كان الألم قد ازداد أكثر فأكثر.

"قد يُشلّ ابنكما بهذه الطريقة"، صاح أحد الأطبّاء. "أو حتى أيضاً قد يموت! لدينا أدوية من شأنها أن تساعد على شفائه!".

إلا أن السيد والسيدة كوهلر لم يكونا ليسمحا بذلك. فهما لم يؤمنا يومـــاً بالطب. فمَن كانوا هم ليتدخّلوا في مشيئة الله وتدبيره الإلهي والعظيم للأمـــور؟ ثم راحا يصلّيان أكثر فأكثر، إذ أنّ الله تعالى هو الذي أنعم عليهما بهذا الصبي، فلمَ قد يسلبهما إذن إياه؟ ثم همست له والدته بأن يكون قوياً شارحةً له أنّ الله يجرّبـــه... تماماً كقصّة الإنجيل حول إبراهيم... وكيف أن الله جرّب إيمانه به.

فحاول ماكس أن يكون أكثر إيماناً بالله، غير أن الألم كان شديداً ومبرّحاً.

"لا يمكنني أن أستمرّ في مشاهدته بهذه الحالة!" قال أخيراً أحد الأطباء خارجاً من الغرفة.

وبالتالي ومع حلول الفجر، كان ماكس بالكاد واعياً على ما يدور من حوله وكانت كل عضلة من عضلات جسمه تتشنج وتؤلمه. أيـــن هـــو يســـوع؟ راح يتساءل قائلاً. ألا يحبني؟ كان ماكس يشعر بالحياة تنساب من جسمه.

وكانت أمه قد غفت بجانب سريره ويداها لا تزالان مشبوكتيْن فوقه. أمـــا والده فكان واقفاً عند النافذة في الجهة الأخرى من الغرفة يحدّق خارجاً إلى بـــزوغ الفجر. بدا له وكأنه كان في عالم آخر، وقد كان بإمكان ماكس سماعه وهـــو لا ينفكّ يتمتم بصوت خافت صلواته اللامتناهية لكي تحلّ رحمة الله على ولده.

عندها فقط، شعر ماكس بطيف يحوم فوقه. أهو ملاك؟ كان ماكس بالكـــاد قادراً على رؤيته. كانت عيناه مغمضتيْن من شدّة تورّمهما. فهمـــس الطيـــف في أذنه، ولكنّ صوته لم يكن صوت ملاك. فأدرك عندها ماكس أنه صـــوت أحـــد الأطباء... ذاك الذي كان قد ظلّ طوال يوميْن كامليْن جالساً في الزاوية مـــن دون أن يغادر الغرفة، ومتوسّلاً أهل ماكس أن يسمحوا له بأن يصف له دواء جديد من إنكلترا.

"لن أغفر لنفسي أبداً"، همس الطبيب: "إن لم أقم بهذا". ثم أخذ الطبيب بلطف ذراع ماكس الضعيفة قائلاً: "أتمنى لو أني كنت قد قمت بذلك من قبل".

شعر ماكس بوخز طفيف في ذراعه لم يعره أي اهتمام.

بعدها، وضّب الطبيب أغراضه بهدوء، وقبل مغادرته وضع يده على جبين ماكس قائلاً: "سوف ينقذ هذا حياتك. إيماني بالطب وقدراته قويّ وعظيم جداً".

وما هي إلا دقائق حتى شعر ماكس وكأن روحاً سحريّة قد بدأت تسري في عروقه، وانتشر الدفء في جسمه بالكامل، مخدِّراً ألمه. ثم أخيراً، وللمرة الأولى منذ أيام عدّة، نام ماكس.

وعندما انخفضت حرارة جسمه، زعم والداه أنها عجيبة من عند الله، ولكن عندما تبيّن لهما أن ولدهما قد أضحى مقعداً، أصيبا بحالة من القنوط والاكتئاب واصطحباه إلى الكنيسة متوسِّلين إلى الكاهن وطالبيْن مشورته.

"لم ينج هذا الفتى سوى بأعجوبة من عند الله"، قال لهما الكاهن.

وكان ماكس يصغي إلى كلامه بصمت.

"ولكنّ ابننا أمسى عاجزاً عن المشي!" راحت السيدة كوهلر تنوح باكيةً.

فأومأ حينها الكاهن برأسه بحزن وقال: "أجل. يبدو أن الله قد عاقبه لقلّة إيمانه به".

"سيّد كوهلر؟" قالها الحارس السويسري الراكض أمامه.

"يقول السكرتير البابوي إنه مستعدّ لاستقبالك لرؤية ما لديك من أخبار".

فنخر كوهلر وراح يترل الرواق مسرعاً.

"إنه متفاجئ بزيارتك"، قال الحارس.

"بالتأكيد". أجابه كوهلر وهو يواصل تقدّمه. "أودّ رؤيته على انفراد".

"مستحيل"، قال الحارس "لا يمكن لأحد أن -".

"يا حضرة الملازم الأوّل"، صاح روشيه به عالياً. "سوف يكون الاجتماع مثلما يريده السيّد كوهلر".

فراح عندها الحارس يحدّق إليه غير مصدِّق أذنيْه.

أمّا خارج باب المكتب البابوي، فقد سمح روشيه لحرّاسه بأن يقوموا بكافّة التدابير الأمنية الاحتياطية الاعتيادية واللازمة قبل أن يسمحوا لكوهلر بالدخول. إلا أنّ مِكشاف المعادن الذي بحوزتهم قد أصبح من دون فائدة بوجود كلّ تلك

الأجهزة الإلكترونية على كرسيّ كوهلر المدولَب. صحيح أنّ الحرّاس كانوا قد قاموا بتفتيشه، إلا أنهم لم يقوموا على ما يبدو بذلك على نحو تامّ، وذلك بسبب شعورهم بالخجل والشفقة حيال عجزه، الأمر الذي حال دون عثورهم على المسدّس الذي كان قد خبّأه تحت كرسيّه، كما وأنهم لم يجرّدوه أيضاً من الشيء الآخر... ذاك الشيء الذي كان كوهلر يعلم أنه سوف يكون مسك ختام سلسلة أحداث الليلة.

وبالتالي عندما دخل كوهلر المكتب البابوي، وجد فيه السكرتير البابوي فنتريساً وحيداً راكعاً بجانب النار الخامدة ومستغرقاً في صلاواته، ومن دون حتى أن يفتح عينيْه قال: "سيد كوهلر، هل أتيتَ لكي تجعل مني شهيداً آخر؟".

112

في ذلك الحين، كان النفق الضيّق الذي يُعرف "بالممرّ" لا يزال يمتدّ أمام لانغدون وفيتوريا اللذيْن كانا يتقدّمان من خلاله بسرعة نحو مدينة الفاتيكان على ضوء مشعل يحمله لانغدون في يده وغير كاف سوى لإنارة بضع ياردات فقط من الدرب المظلمة الممتدّة أمامهما. كانت الجدرانُ تطبق عليهما من الجانبيْن والسقف منخفضاً. أما الجوّ في الداخل فكريه الرائحة من شدة الرطوبة. راح لانغدون يعدو وسط الظلام مع فيتوريا التي كانت تتبعه خطوةً خطوة.

راح النفق ينحدر بشدّة خارجاً من قصر الملاك ومن ثمّ صاعداً من جديد داخل الجانب السفلي لحصن حجريّ كان أشبه بقناة رومانية. بعدها أصبح النفق منبسطاً، وبدأ مجراه السري نحو مدينة الفاتيكان.

وفيما كان لانغدون يعدو، كانت أفكاره تدور وتدور وسط دوّامة من الصور المحيِّرة والمشوِّشة - كوهلر ويانوس والحشاش وروشيه... والوسم السادس؟ لا شك في أنك قد سمعت عن الوسم السادس، كان القاتل قد قال له. إنه أكثرها إشراقاً وتنوّراً. إلا أنّ لانغدون كان واثقاً من أنه لم يسمع يوماً أيّ شيء عن هذا الوسم. وحتى في دراساته حول نظرية التآمر، لم يكن لانغدون قادراً على تذكّر أي شيء كان قد مرّ أمامه عن وسم سادس، حقيقياً كان أم خيالياً. كانت هناك شائعات تتحدّث عن وجود سبيكة ذهبية وماسة الطبقة المستنيرة الصافية والخالية

من أي شوائب، إنما هو لم يقع يوماً على أيّ ذكر لوجود وسم سادس.

"لا يمكن لكوهلر أن يكون يانوس!" قالت فيتوريا فيما كانا يترلان الخندق راكضين. "هذا مستحيل!".

غير أنّ كلمة "مستحيل" كلمة كان لانغدون قد توقّف عن استخدامها الليلة. "لا أعرف"، صاح لانغدون. "يضمر كوهلر في داخله حقداً وضغينة خطيرين، وعلاوة على ذلك فهو يتمتّع بنفوذ وتأثير قويّين".

"هذه الأزمة قد جعلت مركز CERN يبدو كمركز علميّ إرهابي وشاذ! وبالتالي فلا يمكن لماكس أن يقدم على أيّ عمل من شأنه أن يسيء لسمعة CERN!".

صحيح أنّ لانغدون كان يعلم أنّ مركز CERN قد تلقّى الليلة ضربةً عامّة، وهذا كلّه بسبب رغبة الطبقة المستنيرة وإصرارها على تحويل هذه المسألة إلى مسرحية عامّة، إلاّ أنه كان في الواقع يتساءل حول النسبة الفعلية للضرر الذي ألحقته هذه الأزمة بمركز CERN. فانتقاد الكنيسة لم يكن بالشيء الجديد بالنسبة إلى CERN. وبالتالي، كلّما كان لانغدون يتعمّق في التفكير بهذا الأمر، كلّما راح يتساءل أكثر فأكثر كمْ يمكن لهذه الأزمة أن تكون بالأحرى مفيدةً بالنسبة إلى CERN. فإن كانت اللعبة ترتكز كلها على الدعاية، فقد تكون عندئذ المادة المضادة هي الفائزة الكبرى الليلة، إذ أنها كانت قد أصبحت الآن على كل لسان.

"أتعلمين ما قاله ذات مرّة المروِّج ب. ت. بارنوم؟" سألها لانغدون وهو يواصل ركضه. "'أنا لا آبه لما تقولونه عني، ولكن كل ما أطلبه منكم هو أن تكتبوا اسمي بطريقة صحيحة!، أنا واثق أن الناس قد بدأوا الآن يصطفّون سرّاً أمام باب كوهلر لكي يحصلوا منه على رخصة رسميّة لاستخدام تكنولوجيا المادة المضادة. ولكنهم عندما سيشاهدون قوّتها الفعلية عند منتصف الليل..."

"كلامك هذا غير منطقيّ"، قالت فيتوريا. "وذلك لأنّ ترويج الاختراعات والاكتشافات العلمية لا يكون بإظهار قدرتها على التدمير والتخريب! هذا فظيع بالنسبة إلى المادة المضادة، صدّقني!".

كان نور مصباح لانغدون قد بدأ يخبو: "ربّما يكون تفسير هذا كلّه أبسط بكثير. ربّما يكون كوهلر قد راهن على أنّ الفاتيكان قد يُبقي مسألة المادة المضادّة سريّةً - رافضاً بذلك الإقرار بقوّة الطبقة المستنيرة من خلال تأكيده وجود هذا

السلاح. لا شكّ في أنّ كوهلر توقّع أن يكتم الفاتيكان كالعادة هذا التهديد الموجّه ضدّه، إلاّ أن السكرتير البابوي قد غيّر هذه المرة قواعد اللعبة".

ظلّت فيتوريا صامتةً وهما يترلان النفق بسرعة.

وإذا بهذا السيناريو يبدو فجأةً للانغدون منطقيّاً أكثر فأكثر. "أجل! لم يأبه كوهلر يوماً لردّ فعل السكرتير البابوي. لكنّ هذا الأخير قد خرق هذه المرّة التقاليد الفاتيكانية المتعلّقة بالسريّة التامة، وأراد على العكس عرض هذه الأزمة التي يواجهها الفاتيكان على الملأ. فهو قد أظهر في الواقع بصدق متناه؛ حتى أنه عرض المادّة المضادة على التلفزيون. لقد كان ردّ فعله مذهلاً، وهذا في الواقع ما لم يتوقّعه كوهلر. وأكثر ما يُضحك في الأمر هو أن هجوم الطبقة المستنيرة قد انقلب سلباً عليها، إذ أنه أدّى ومن غير قصد إلى ظهور زعيم جديد للكنيسة هو السكرتير البابوي الخاص. وبالتالي، ها هو الآن كوهلر آت لقتله والقضاء عليه!".

"صحيح أنّ ماكس نذل"، قالت فيتوريا: "ولكنّه ليس بقاتلٍ". وهو علاوةً على ذلك يستحيل أن يكون متورّطاً في مقتل والدي".

ولكن في ذهن لانغدون، كان صوت كوهلر هو الذي أجاب على ما كانت فيتوريا قد قالته للتوّ. فقد كان ليوناردو يُعدّ خطيراً بالنسبة إلى العديد من العلماء المتزمّتين في CERN. وبالتالي فإنّ دمجه العلم بالله هو من أسوأ التجديفات العلمية. "ربما قد يكون كوهلر قد اكتشف أمر مشروع المادة المضادة منذ أسابيع عدة، و لم تعجبه بالتالي مفاهيمه الدينيّة".

"لذا قتل والدي برأيك؟ هذا سخيف! على أيّ حال، لم يكن ماكس كوهلر ليعرف يوماً بوجود هذا المشروع".

"ربما قد يكون والدك أثناء غيابك قد انهار في مرحلة معيّنة ولجأ بالتالي إلى كوهلر طالباً مشورته. فأنتِ نفسك قلتِ لي إنّ والدك كان قلقاً بشأن مخاطر اختراعه مادّة مميتة كهذه".

"أبي يطلب المشورة الأخلاقية من ماكسيميليا كوهلر؟" قالت فيتوريا بتهكّم. "لا أظنّ ذلك!".

إنحرف النفق انحرافاً طفيفاً نحو الغرب. وهما كلّما كان يزيدان من سرعتهما في الركض، كلّما خفت نور مصباح لانغدون الذي بدأ يخاف ممّا قد يكون عليه هذا المكان في حال انطفأ المصباح. سواد كالحٌ.

"بالمناسبة"، عادت فيتوريا وقالت: "لَم قد يعذّب كوهلر نفسه ويتّصل بك هذا الصباح طالباً منك المساعدة إن كان هو وراء هذا كله؟".

كان لانغدون قد سبقها وفكّر بهذه المسألة من قبل. "باتصاله بي، أبعد كوهلر عنه الشبهات. فبهذه الطريقة، لن يتمكّن أحد من اتّهامه بعدم فعل أي شيء إزاء هذه الأزمة. ولكنّه ربّما لم يتوقّع أننا قد نصل إلى هذا الحدّ".

كانت فكرة أن يكون مستخدَماً من قبل كوهلر قد أثارت سخط لانغدون. في الواقع، إنّ تدخّل لانغدون في الأمر قد أعطى الطبقة المستنيرة مستوىً من المصداقيّة. فقد أمضت وسائل الإعلام الليل بطوله تستشهد بأبحاثه ومنشوراته، وأسخف ما في الأمر هو أنّ وجود بروفسور من هارفارد في مدينة الفاتيكان قد رفع بطريقة ما حالة الطوارئ هذه إلى مستوى أعلى بكثير من مستوى التضليل أو الجنون وأقنع بالتالي الشكوكيين من حول العالم أن أخويّة الطبقة المستنيرة ليست واقعاً تاريخياً فحسب إنما أيضاً قوّة يجب أن يُحسب لها حساب.

"ويظنّ ذاك المراسل الصحفيّ في شبكة البي بي سي أن مركز CERN هو المخبأ الجديد للطبقة المستنيرة"، أضاف لانغدون قائلاً.

"ماذا!" قالت فيتوريا وقد زلّت بها قدمها خلفه. ثم نهضت وتابعت العدو. "أقال حقّاً ذلك؟!".

"أجل، وعلى الهواء. لقد شبّه CERN بالمحافل الماسونيّة - بمعنى أنه كناية عن منظّمة شريفة وغير مذنبة تأوي أخوية الطبقة المستنيرة داخلها إنما من دون علمها.

"يا إلهي، سوف يقضي هذا الخبر على CERN. غير أن لانغدون لم يكن واثقاً من ذلك. ولكن بكلا الحالتيْن، بدت له فجأة هذه النظرية جدّ منطقيّة ومحتمَلة. فقد كان CERN الملاذ العلمي الأوّل والأخير. فهو كان في الواقع ملاذ العلماء من بلاد العالم كافّة، وكان ماكسيميليان كوهلر مديرهم.

كوهلر هو يانوس.

"إن لم يكن كوهلر متورّطاً بالأمر"، قال لانغدون بنبرة تحدٍّ: "فما الذي يفعله هنا؟".

"هو يحاول ربما وضع حدّ لهذه المهزلة. أم أنه ربما يحاول أن يظهر دعمه للفاتيكان ومساندته له. إنه ربما يتصرّف فعلاً كالسامريّ! تُراه ربّما قد اكتشف

الشخص الذي كان على علمٍ بمشروع المادة المضادة وقد أتى بالتالي لينقل هذه الأخبار إلى الفاتيكان.

"ولكنّ القاتل قال إنه آت لوسم السكرتير البابوي".

"ولكن لو كان كلامه هذا صحيحاً لكانت مهمّته هذه أشبه بعمليّة انتحارية، إذ يستحيل على ماكس أن يخرج منها حيّاً".

فكر لانغدون بالأمر، قائلاً بينه وبين نفسه، ربّما قد يكون هذا هدفه في الحياة.

وإذا بشكل أشبه بباب فولاذي يلوح فجأةً أمامهما سادّاً عليهما تقدّمهما داخل النفق. كاد قلب لانغدون يتوقّف. لكنّهما عندما اقتربا منه وجداه مفتوحاً والقفل القديم معلقاً فيه تعليقاً.

تنفّس لانغدون الصعداء، مدركاً أنّ هذا النفق القديم، وتماماً كما كان يتوقّع، هو قيد الاستخدام. لا بل كان قد استخدم مؤخّراً، كاليوم مثلاً. فهو لم يعد لديه الآن أي شك في أن يكون القاتل قد خطف الكرادلة الأربعة وهرّبهم إلى قصر الملاك من هنا.

تابعا عدوهما وإذا بلانغدون يسمع أصوات فوضى عارمة عن يساره، كان هذا الضجيج في باحة القديس بطرس، إنهما أخيراً يقتربان من الفاتيكان.

وصلا إلى باب آخر، أثقل من السابق، كان مفتوحاً أيضاً. ثم راح ضجيج ساحة القديس بطرس يخبو الآن وراءهما، وشعر لانغدون وكأنهما قد عبرا الجدار الخارجي لمدينة الفاتيكان، فراح يتساءل عن المكان الذي يؤدّي إليه هذا الممر القديم داخل الفاتيكان. إلى الحدائق؟ أم إلى البازليكا؟ أم إلى مقرّ الإقامة البابوية؟

وفجأة ومن دون أي سابق إنذار أو تحذير انتهى النفق.

الباب الضخم الذي يسدّ طريقهما كناية عن جدار سميك من الحديد المبَرشَم. وحتى على ضوء آخر ومضات مصباحه، كان بإمكان لانغدون رؤية الباب أملس تماماً. فلا مسكات له ولا مقابض ولا ثقوب للمفاتيح ولا مفصلات ولا حتى مدخل.

شعر لانغدون بشيء من الذعر والهلع. ففي اللغة الهندسيّة، يُعرف هذا النوع النادر من الأبواب بالأبواب الأحاديّة الاتجاه، وهي تستخدم للأمن، ولا يمكن فتحها سوى من جهة واحدة – ألا وهي الجهة الأخرى. ففقد لانغدون آماله كلها، وبهتت حماسته... تماماً كما كان يبهت ضوء المصباح في يده.

نظر إلى ساعته وإذا بميكي يتوهّج مشيراً إلى الساعة الحادية عشرة والدقيقة التاسعة والعشرين ليلاً.

عندها وبصيحة ملؤها اليأس والإحباط، علّق لانغدون المصباح وراح يقرع على الباب بقوّة.

113

خطب ما.

كان الملازم الأول تشارتراند واقفاً في الخارج أمام مكتب البابا وقد أوحت له وقفة الجنديّ الذي معه أنهما يتشاركان القلق نفسه. كان روشيه قد قال لهما إنّ الاجتماع الخاص والسريّ هذا من شأنه أن ينقذ الفاتيكان من الهلاك. لذا راح تشارتراند يتساءل لَمَ كانت غرائزه الحِمائية توخزه، ولَمَ كان روشيه يتصرّف بهذه الغرابة؟

ثمّة خطب حتماً.

ظلّ القائد روشيه واقفاً ثابتاً عن يمين تشارتراند يحدّق أمامه بنظرة حادّة وباردة بمكان أنّ تشارتراند نفسه بالكاد كان قادراً على التعرّف إليه. لم يكن روشيه يتصرّف في الآونة الأخيرة بشكلٍ طبيعي. حتى أن قراراته لم تعد منطقيّة.

يتعيّن على أحدنا أن يكون حاضراً في هذا الاجتماع إلى جانب السكرتير البابوي! فكّر تشارتراند بينه وبين نفسه. فهو كان قد سمع ماكسيميليان كوهلر يقفل الباب وراءه بعد أن دخل. فلمَ كان روشيه قد سمح له بذلك يا ترى؟

ولكن هناك المزيد من الأمور التي تزعج تشارتراند وتشغل باله كالكرادلة مثلاً. فهم كانوا لا يزالون محتجَزين داخل الكابيلاّ سستينة، كانت هذه حماقة مطلقة. الحقيقة كان السكرتير البابوي قد أمر بإخراجهم من هناك منذ خمس عشرة دقيقة! إلا أنّ روشيه قد نقض هذا القرار من دون حتى أن يعلم السكرتير البابوي بذلك. وكان تشارتراند قد عبّر للقائد روشيه عن قلقه إزاء هذا الأمر، إلاّ أنه كاد يقطع له رأسه. لا يستطيع أحد توجيه الأسئلة لقادة الحرس السويسري؛ وروشيه كان قد أصبح الآن بغياب أوليفيتي هو القائد الأعلى.

نصف ساعة. أسرع من فضلك. هذا في الواقع ما كان روشيه يفكّر به بينه

وبين نفسه، متحقّقاً بتحفّظ من كرونومتره السويسري على ضوء الشمعدان الخافت الذي كان ينير الرواق.

تمنّى تشارتراند لو كان بإمكانه سماع ما يدور من الجهة الأخرى للأبواب، ولكنه كان يعلم أن السكرتير البابوي هو أفضل شخص يمكنه معالجة هذه المحنة. فقد خضع هذا الرجل الليلة لاختبارات لا تُعقل، وعلى الرغم من هذا كله فهو لم يحجم. لقد واجه هو نفسه المشكلة... بتحدٍّ وصدق ونزاهة، وكان المثال الأعلى للجميع. كان تشارتراند يشعر بالفخر كونه كاثوليكيّاً. في الواقع، لقد ارتكبت الطبقة المستنيرة خطأً فادحاً بتحدّيها السكرتير البابوي فنتريسّا.

ولكن في تلك اللحظة بالذات، اهتزّت أفكار تشارتراند بصوت غير متوقّع، لقد كان الصوت أشبه بقرع عنيف، آت من أسفل الرواق. بدت الضربات بعيدة ومكتومة ولكنها متواصلة. فرفع روشيه نظره ثم استدار نحو تشارتراند مشيراً إلى أسفل الرواق. عندها فهم تشارتراند ما كان القائد يطلبه منه. فأضاء مشعله الكهربائي وذهب ليتحقّق من الأمر.

أصبحت الضربات أكثر يأساً. فركض تشارتراند حوالى ثلاثين ياردةً نحو أسفل الرواق إلى أن وصل أمام نقطة تقاطع. عندها بدا له الصوت آتياً من حول الزاوية خلف صالة كليمنتينا. فشعر تشارتراند بالحيرة إذ لم تكن هناك في الخلف سوى غرفة واحدة فقط - ألا وهي مكتبة البابا الخاصة وقد كانت هذه الأخيرة مقفلة منذ وفاة قداسته، وبالتالي فلا يمكن لأحد أن يكون هناك!

ركض تشارتراند إلى أسفل الرواق الثاني وانعطف من حول زاوية أخرى ثم تابع ركضه مهرولاً نحو باب المكتبة. كان الرواق الخشبي المعمّد شديد الصّغر، منتصباً وسط الظلام كالخفر الصارم والقاسي. كان القرع آت من مكان ما في الداخل. فتردّد تشارتراند إذ أنه لم يدخل يوماً المكتبة البابوية الخاصة. في الواقع، قليلون هم الذين كانوا قد دخلوها، إذ لم يكن يُسمح لأحد بالدخول إليها من دون مرافقة البابا الشخصيّة له.

مدّ تشارتراند يده بتردّد نحو مقبض الباب وأداره. ولكن تماماً كما كان قد توقّع، الباب مقفل. وضع أذنه على الباب وإذا بالطرق يقوى أكثر فأكثر. ثم سمع صوتاً آخر، بل أصوات! لقد كان أحدهم يصيح مستنجداً!

وهو عاجز عن فهم كلماتهم، ولكنّ الذعر باد بجلاء في صيحاتهم. أيمكن أن

يكون أحدهم محبوساً في المكتبة؟ أيُحتمل ألاّ يكون الحراس السويسريّون قد أخلوا المبنى إخلاءً تامّاً؟ فتردّد تشارتراند متسائلاً إن كان من المفترض به أن يعود إلى روشيه ويستشيره حول هذا الأمر. ولكن تبّاً لذلك. فقد كان تشارتراند مدرّباً على اتّخاذ القرارات بنفسه، وهو كان الآن على وشك اتّخاذ واحد. فسحب سلاحه وأطلق طلقة واحدة على سقّاطة الباب ففجرها وفتح الباب.

لكنه لم يرَ وراء الباب سوى الظلام. فوجّه ضوء مشعله نحو الداخل وإذا بغرفة مستطيلة الشكل - سجّادات شرقيّة ورفوف من أجود أنواع خشب السنديان مرصوصة بالكتب وأريكة جلدية وموقدة رخاميّة - ثلاثة آلاف مجلّد قديم مصفوفين الواحد بجانب الآخر، هذا بالإضافة إلى مئات المجلاّت والمنشورات الدّورية والصادرة حديثاً. أيّ شيء كان قداسته يطلبه موجود هنا في هذه المكتبة. أما طاولة القهوة فقد كانت هي أيضاً مغطّاة بالمجلاّت العلمية والسياسية.

كان القرع قد أصبح أكثر وضوحاً. فوجّه تشارتراند ضوء مشعله صوب الصوت الآتي من الناحية المقابلة للغرفة، وإذا به يرى على الحائط في آخر الغرفة وخلف منطقة الجلوس باباً حديديّاً ضخماً. لقد بدا له هذا الأخير أشبه بسرداب من المستحيل خرقه، إذ كان مزوّداً بأربعة أقفال ضخمة. غير أن الأحرف الصغريّة المحفورة في وسط الباب كان قد خطفت أنفاسه.

الممرّ

راح تشارتراند يحدّق إلى الباب بذهول تام. إنه مفرّ البابا السرّي! وكان تشارتراند قد سمع طبعاً عن هذا الممرّ من قبل، كما وأنه كان قد سمع حتى عن شائعات حول وجود مدخل إليه هنا في المكتبة، غير أن النفق لم يُستخدم منذ دهر! فمَن تُراه قد يكون بحقّ الله عالقاً عند الجهة الأخرى من الباب؟

أخذ تشارتراند مشعله وراح يقرع على الباب، وإذا به يسمع من الناحية الخلفية له أصوات ابتهاج مكبوتة. ثم توقّف القرع فجأةً، وراح يسمع صياح عال، لكنه بالكاد كان قادراً على فهم كلماتهم من وراء الأعمدة.

"... كوهلر... يكذب... السكرتير البابوي.. ".

"مَن هناك؟" صاح تشارتراند.

"... برت لانغدون... فيتوريا فيت..."

ففهم تشارتراند ما يكفي لكي يصبح مشوَّش الذهن. ظننتكما ميتيْن!

"... الباب"، صاحت الأصوات. "افتح... !".

نظر تشارتراند إلى الحاجز الحديدي وأدرك أنه بحاجة إلى الديناميت لكي يتمكّن من الدخول إلى هناك. "هذا مستحيل!" صاح قائلاً: "إنه سميك جداً!"

"... اجتماع... أوقفوا... كرتير البابوي... خطر...".

وهنا وعلى الرغم من خضوعه لتدريب على كيفيّة مواجهة مخاطر الهلع، شعر تشارتراند فجأة بفورة عارمة من الخوف، خصوصاً لدى سماعه الكلمات الأخيرة. أيُعقل أن يكون ما سمعه صحيحاً. فاستدار بسرعة وقلبه يخفق خفقاناً شديداً وعاد مهرولاً نحو المكتب. ولكن، وبينما كان يستدير، توقّف فجأة في مكانه، فوقع نظره على شيء على الباب... شيء يصدم أكثر من الرسالة الآتية من خلفه، مفاتيح تخرج من الثقوب المخصّصة لها في أقفال الباب الضخمة، فراح تشارتراند يحدّق إليها محتاراً ومشوشاً.. المفاتيح هنا؟ لا يصدّق عينيْه. ولكن يُفترض بمفاتيح هذا الباب أن تكون مخبّأة في مكان ما داخل سرداب! كما ويُفترض بهذا الممر ألا يكون قد استخدم منذ قرون!

رمى تشارتراند مشعله الكهربائي على الأرض ثم أمسك بالمفتاح الأول وأداره، صحيح أنّ القفل كان صدئاً وقاسياً، إلا أنه كان يعمل، فأحدهم فتحه مؤخّراً. فتح تشارتراند الأقفال الأخرى، وأخيراً فتح، الباب الحديدي ثم أخذ مصباحه من جديد وصوّبه إلى داخل الممرّ.

بدا روبرت لانغدون وفيتوريا فيترا أشبه بشبحيْن وهما يدخلان المكتبة مترنِّحيْن. كان كلاهما مرهقاً ورثّ الملابس، ولكنهما كانا على قيد الحياة.

"ما هذا!" سأل تشارتراند. "ما الذي يجري هنا! من أين أتيْتما؟".

"أين ماكس كوهلر؟" سأل لانغدون.

"إنه في اجتماع خاص مع السكر –".

دفعاه وراحا يترلان الرواق المظلم ركضاً، فاستدار تشارتراند وصوّب لاشعورياً مسدّسه عليهما من الخلف، إلا أنه سرعان ما عاد وأخفضه وشرع يركض وراءهما. يبدو أنّ روشيه سمعهما آتييْن نحوه، إذ أنهما ما أن وصلا أمام مكتب البابا حتى وجداه واقفاً هناك فاتحاً ساقيْه ومصوِّباً عليهما مسدّسه. "توقّفا!" صاح بهما.

"إن السكرتير البابوي في خطر!" صاح لانغدون رافعاً يديْه. "افتح الباب! سوف يقوم ماكس كوهلر بقتل السكرتير البابوي!".

بدا عندها روشيه غاضباً.

"افتح الباب!" قالت فيتوريا. "أسرعْ!".

غير أن السيف كان قد سبق العذل!

فقد سُمع داخل مكتب البابا صياح مروِّع، صوت السكرتير البابوي.

114

لم تدم المواجهة سوى لحظات.

كان السكرتير البابوي فنتريسا لا يزال يصيح ألماً عندما تقدّم تشارتراند على روشيه وخلع باب المكتب البابوي فاتحاً إيّاه على مصراعيْه. عندها اندفع الحرّاس بعنف إلى داخل المكتب، وركض كل من لانغدون وفيتوريا وراءهم.

كان المشهد أمامهم مروّعاً.

كانت تضيء الغرفة نار خامدة وبضع شموع، وكوهلر أمام كرسيّه المدولب بالقرب من الموقد على نحو مربك مصوّباً مسدّسه على السكرتير البابوي الذي كان ممدّداً على الأرض عند قدميْه ويتلوّى ألماً. كانت غفّارته ممزّقة ومفتوحةً عند صدره الذي كان يبدو عارياً ومسفوعاً بالأسود. لم يتمكّن لانغدون من قراءة الرمز من مكانه في الجهة المقابلة للغرفة، غير أنّ وسماً كبيراً ومربّعاً كان مرمياً على الأرض بالقرب من كوهلر، وكانت الناحية المعدنية منه لا تزال تتوهّج احمراراً.

عندها ومن دون أي تردّد فتح اثنان من الحراس السويسريين نيران أسلحتهم الرشاشة على كوهلر الذي ارتمى في كرسيّه المدولب والدم يقرقر من صدره، فانزلق مسدّسه على الأرض.

ظلّ لانغدون واقفاً في الرواق مصدوماً أمام هذا المشهد.

أما فيتوريا فقد بدت مشلولة الحركة. "ماكس..." همست قائلةً.

وفيما كان السكرتير البابوي لا يزال يتلوّى على الأرض من شدّة الألم، تدحرج نحو روشيه وأشار إليه بسُبابته مذعوراً وصاح. "من الطبقة المستنيرة!".

"أيها النذل الحقير"، قال عندها روشيه راكضاً صوبه. "يا أيها المنافق النذل والـ"

إلا أنّ تشارتراند كان هو هذه المرّة الذي تصرّف لاشعورياً وأطلق ثلاث رصاصات على ظهر روشيه رامياً به أرضاً على وجهه ويسبح جثّةً هامدةً وسط دمائه. عندها، ركض تشارتراند والحراس على الفور نحو السكرتير البابوي الذي كان ممدّداً على الأرض ينازع ألماً، وإذا بالحارسيْن يصيحان رعباً واشمئزازاً لدى رؤيتهما الرمز المسفوع على صدره. ثم رأى الحارس الثاني الوسم مقلوباً رأساً على عقب فرجع على الفور إلى الوراء والذعر باد في عينيْه. أما تشارتراند الذي بدا هو أيضاً مذعوراً من الرمز فقد شدّ غفّارة السكرّتير البابوي الممزّقة وغطى بها الحرق.

شعر لانغدون بالهذيان وهو يجتاز الغرفة. فهو كان يحاول وسط سديم من العنف والجنون إيجاد تفسير منطقي لما كانت تراه عيْناه. عالِم مقعَد تسلّل إلى داخل مدينة الفاتيكان ووسم رأس الكنيسة في خطوة أخيرة ترمز إلى الهيمنة النهائية. ثمّة أمور تستحقّ أن نموت من أجلها، كان الحشّاش قد قال له. ثم راح لانغدون يتساءل كيف تمكّن رجل مقعد من التغلّب على السكرتير البابوي. وعلاوةً على ذلك، فقد كان في حوزة كوهلر مسدّس. لا يهمّ الآن كيف تمكّن من القيام بذلك! فقد أنجز كوهلر مهمّته وانتهى الأمر!

تقدّم لانغدون نحو المشهد المروّع، وفيما كان السكرتير البابوي يخضع للإسعافات الطبية الأوليةِ، وجد لانغدون نفسه منجذباً نحو الوسم الداخنِ الذي كان على الأرض بالقرب من كرسي كوهلر المدولب. الوسم السادس؟ ولكن كلّما اقترب لانغدون من الوسم، كلما ازداد حيرةً وتشوّشاً. بدا الوسم كبيراً ومربّعاً، آت من الجزء المركزي للصندوق الذي في مخبأ الطبقة المستنيرة. وسم سادس وأخير، كان الحشّاش قد قال. إنه أكثرها إشراقاً وتنوّراً.

ركع لانغدون إلى جانب كوهلر ومدّ يده لتناول الوسم، إلا أنّ ناحيته المعدنية كانت لا تزال تشعّ حرارةً. فأمسكه من مسكته الخشبية والتقطه عن الأرض، فتفاجأ بما كُتب عليه.

تفحص لانغدون الوسم طويلاً، ولكنه لم يكن ليفهم منه شيئاً. لَمَ صاح الحرّاس بذعر عندما رأوا هذا؟ إنه مربّع مليء بالخربشات التي لا معنى لها. أكثرها تنوّراً وإشراقا؟ لقد كان متساوقاً؛ هذا ما تمكّن لانغدون من اكتشافه وهو يقلّبه في يده، ولكنّ كلامه غير مفهوم.

شعر لانغدون بيد على كتفه، رفع نظره متوقّعاً أن تكون يد فيتوريا، إلا أن اليد كانت مغطّاة بالدمّاء، كانت يد ماكسيميليان كوهلر الذي كان مادّاً ذراعه من كرسيّه المدولب.

فأفلت لانغدون الوسم ووقف مذهولاً ومترنّحاً على ساقيه. لا يزال كوهلر على قيد الحياة!

كان المدير جالساً على كرسيّه المدولب على نحو مترهّل يلفظ أنفاسه الأخيرة. تلاقى نظر لانغدون بنظر كوهلر فرأى تلك النظرة الحادّة والمتحجّرة نفسها التي كانت قد رحّبت به هذا الصباح في CERN. إلا أن عينيْه كانتا تبدوان أكثر قسوةً وهما تموتان، إذ أن الاشمئزاز والعداء كانا يطفوان على السطح، جسمه، يرتعش يحاول الحراك. كان الجميع في الغرفة يركزون انتباههم على السكرتير البابوي، وأراد لانغدون أن يستنجد بهم، ولكنّه لم يتمكّن من ذلك. لقد كان في الواقع مشلولاً بفعل القوة التي كانت تشعّ من كوهلر في لحظاته الأخيرة. فرفع المدير يده المرتجفة بجهد وسحب جهازاً صغيراً من ذراع كرسيّه المدولب، بحجم علبة الثقاب، فخشي لانغدون للوهلة الأولى أن يكون لدى كوهلر سلاح آخر، ولكنّه كان شيئاً آخر.

تفوّه بكلماته الأخيرة"، أعطِ... أعطِ هذا... للص‍ّ-للصحافة". قالها كوهلر ثم انهار جثّة هامدةً ووقع الجهاز فيَ حرجه.

حدق لانغدون بالجهاز الالكتروني المطبوع عليه كلمتي سوني روفي. فعرف لانغدون أنها واحدة من تلك الكاميرات الصغرية الجديدة.

كان كوهلر قد سجّل على ما يبدو رسالة انتحارية أخيرة يريد من وسائل الإعلام أن تبثّها على الملأ. لا شك في أنها عظة حول أهمية العلم ومساوئ الدين. عندها قرّر لانغدون أنه كان قد قام الليلة بالكثير من أجل قضيّة هذا الرجل. لذا، وقبل أن يراه تشارتراند أخذها ودسّها في إحدى جيوب سترته الخفيّة. يمكن لرسالة كوهلر الأخيرة أن تذهب إلى الجحيم!

خرق صوت السكرتير البابوي الصمت هذه المرّة، كان يحاول الجلوس. "الكرادلة"، قال لتشارتراند لاهثاً.

"لا يزالون في الكابيلا سستينة!" أجابه تشارتراند قائلاً: "لقد أمر القائد روشيه –".

"أخرجوهم... حالاً. أخرجوهم كلّهم".

فأرسل تشارتراند أحد الحرّاس ركضاً لإخراج الكرادلة.

قال السكرتير البابوي بألم: "الهليكوبتر... في الخارج... خذوني إلى المستشفى".

115

في باحة القديس بطرس، جلس ربّان الحرس السويسري في قمرة الهليكوبتر الفاتيكانية وراح يمسّد صُدغيْه. كان الضجيج في الساحة من حوله عالياً بحيث أنّ هدير المروحيّات لم يكن بشيء أمامه. لم تكن هذه سهرة دينية مَهيبة وخاشعة، ومع ذلك فهو كان متفاجئاً كونه لم يحصل حتى الآن أيّ حادث يخلّ بالأمن ويثير الشغب.

لا يزال هناك أقلّ من خمس وعشرين دقيقة تفصلهم عن منتصف الليل، ومع ذلك لا يزال الناس محتشدين في الساحة، بعضهم يصلّي، وبعضهم الآخر يبكي على الكنيسة، وبعضهم يطلق الشتائم زاعماً أنّ هذا ما كانت تستحقّه الكنيسة، وبعضهم الآخر ينشد تراتيل عن آيات إنجيلية من سفر الرؤيا.

راح رأس الربّان يطنّ من شدّة وميض الأضواء الإعلامية عبر حاجب الريح. فحدّق بعيْنيْن نصف مغمضتيْن إلى الحشود المتذمّرة والصاخبة، وإذا به يرى الناس رافعين رايات يلوحون بها فوق الحشود وكُتب عليها ما يلي:

المادة المضادة هي المسيح الدجّال!

عالِم = شيطانيّ

أينَ هو إلهكم الآن؟

تأفف الربّان، فرأسه يزداد ألماً. ففكّر بأخذ غطاء الفينيل ورفعه من جديد على حاجب الريح فلا يضطرّ بالتالي إلى المشاهدة، ولكنه كان يعلم أنها ما هي إلا دقائق ويطير. كان الملازم الأول تشارتراند قد بلّغه الأخبار الفظيعة للتوّ بواسطة الجهاز اللاسلكيّ. لقد تعرّض السكرتير البابوي لهجوم فظيع من قبل ماكسيميليان

كوهلر وجروحه خطيرة. تشارترناند والأميركي والمرأة يُخرجون الآن السكرتير البابوي من الفاتيكان لنقله إلى المستشفى.

شعر الربان أنه مسؤول شخصيّاً عمّا حصل للسكرتير البابوي، وراح بالتالي يلوم نفسه كونه لم يتصرّف حينها بحسب حدسه. فهو عندما ذهب ليأخذ كوهلر من المطار، كان قد شعر بشيء غريب في عينيْ العالم الميتتيْن، لم يتمكّن حينها من تحديده، ولكنّه وبكل بساطة لم يعجبه ولم يرتح إليه. إلا أنه لم يكترث كثيراً للأمر، إذ أن روشيه كان القائد في ذلك الوقت، وهو كان قد أفهم الجميع أن هذا هو الشخص الذي سينقذ الفاتيكان من محنته. غير أن روشيه كان مخطئاً على ما يبدو.

ثم تصاعدت فجأة من الحشود جلبة جديدة. فنظر الربان إلى الخارج، وإذا بصفّ طويل من الكرادلة يتقدّم بصمت وخشوع خارج الفاتيكان متّجهاً نحو ساحة القديس بطرس.

ولكن ارتياح الكرادلة لمغادرتهم منطقة الخطر بدا من خلال نظرات الاندهال والارتباك التي كانت في عيونهم وكأنه قد زال بسرعة لدى رؤيتهم ذاك المشهد الذي يدور خارج الكنيسة.

فسرعان ما عاد ضجيج الحشود ووتّرهم من جديد. أما رأس الربّان فيطن من شدّة الصخب. كان بحاجة إلى الأسبرين، صحيح أنه لم يكن يحبّذ فكرة تناول أي دواء قبل الطيران، ولكن لا شك في أن بضع حبّات من الأسبرين قد تريحه بعض الشيء من هذا الصداع المؤلم والفظيع. فمدّ يده لتناول صندوق الإسعافات الأولية الذي كان يحتفظ به مع الخرائط والكتب المنوّعة داخل علبة شحن مثبّتة بيت المقعديْن الأماميّيْن. ولكنّه عندما حاول فتح العلبة، وجدها مقفلة. فراح يبحث عن المفتاح من حوله ولكنه لم يعثر عليه. يبدو أن حظّه الليلة سيئ. فاستسلم للأمر وراح يدلّك صدغيْه من جديد.

أما داخل البازليكا المظلمة، فكان لانغدون وفيتوريا والحارسان يتجهون لاهثين نحو المخرج الرئيس. أربعتهم ينقلون السكرتير البابوي المجروح على طاولة صغيرة مؤرجحين الجسم الهامد في ما بينهم وكأنهم يحملونه على نقّالة الجرحى. وما أن أصبحوا خارجاً حتى بات بإمكانهم سماع الهدير البشري الخافت. يترنح السكرتير البابوي على شفير اللاّوعي.

كان الوقت يداهمهم.

116

الساعة الحادية عشرة والدقيقة التاسعة والثلاثين ليلاً عندما خرج لانغدون ومَن معه من بازليكا القديس بطرس، لكن الوهج الذي ضرب فجأة عينيْه كان قد أعشى بصره. كانت الأضواء الإعلامية تسطع على الرخام الأبيض تماماً كما تسطع أشعة الشمس على سهل واسع تكسوه الثلوج. نظر لانغدون بعينيْن نصف مغمضتيْن، محاولاً إيجاد مكان يختبئون فيه خلف أعمدة واجهة المبنى الضخمة، إلا أن الضوء أحاط بهم من الجهات كافّة، وأمامه كانت سلسلة من الشاشات التلفزيونية الضخمة تعلو الجماهير.

وفيما كان لانغدون يقف هناك في أعلى الدرج الرائع المؤدي إلى الساحة في الأسفل، شعر وكأنه ممثّل متردِّد بعض الشيء بشأن تأديته دوره على أكبر مسرح في العالم. ولكن في مكان ما خلف هذه الأضواء الساطعة، سمع لانغدون هدير إحدى الهليكوبترات، وهدير مئات آلاف الأصوات. أما عن يسارهم، فصفّ طويل من الكرادلة يخرجون من الكابيلا سستينة متجهين نحو الساحة. فتوقّف الجميع والحزن بادٍ على وجوههم لرؤية المشهد الذي كان سيُعرض الآن أمامهم على الدرج.

"انتبهوا الآن"، صاح تشارتراند، وكان يبدو شديد الحذر، وهم يترلون الدرج ليتجهوا نحو الهليكوبتر.

إلا أن لانغدون شعر وكأنهم كانوا يسيرون تحت الماء، وكانت يداه قد بدأتا تؤلمانه من ثقل السكرتير البابوي والطاولة. فراح يتساءل كيف يمكن لهذه اللحظة أن تصبح أقلّ أهميّة. وإذا به يرى بعد ذلك الإجابة عن سؤاله هذا، فمراسلا البي بي سي يعبران الجزء الخالي من الساحة إلى منطقة الصحافة. ولكن عندما سمعا هدير الناس وصراخهم استدارا. ركض غليك وماكري من جديد نحوهم، وكانت ماكري قد رفعت كاميراتها وبدأت بالتصوير. ها قد أتى النسران، فكّر لانغدون بينه وبين نفسه.

"توقّفوا!" صاح تشارتراند. "إرجعوا إلى الوراء!".

غير أن الصحفيّيْن واصلا تقدّمهما، وأدرك لانغدون أنّ الأمر لن يستغرق أكثر من حوالى ستّ ثوان حتى تحصل شبكات الإرسال الأخرى على شريط البي بي سي الحيّ هذا. إلاّ أنه كان مخطئاً، إذ لم يستغرقها الأمر في الواقع سوى ثانيتين فقط؛ وإذا بالشاشات الإعلامية التي في الساحة تقطع فجأة كلها وفي الوقت عينه

نقلها المباشر للعدّ العكسي لساعاتها، وتبدأ ببثّ الصورة نفسها - صورهم على درج الفاتيكان. وبالتالي حيثما ينظر لانغدون يرى جسم السكرتير البابوي المترهّل في لقطة سينمائية ملوّنة.

هذا خطأ! فكّر لانغدون بينه وبين نفسه، وأراد أن يترل الدرج ركضاً، ويتدخّل، ولكنّه كان عاجزاً عن ذلك. ولم يكن هذا في جميع الأحوال ليفيد بشيء، إذ حدث فجأةً ما لم يكن في الحسبان.

فتماماً كرجل استيقظ للتوّ من كابوس مزعج، فتّح السكرتير البابوي فجأةً عينيْه وجلس على الطاولة مستقيماً. عندها، ارتبك لانغدون ومَن معه من شدّة الصدمة وتلعثموا على الدرج بسبب تغيّر توزيع الوزن الذي يحملونه، وانحدرت الناحية الأمامية من الطاولة. عندها بدأ السكرتير البابوي بالانزلاق. فحاولوا إعادته إلى مكانه من خلال إنزالهم الطاولة على الأرض، إلا أن السيف كان قد سبق العذَل. انزلق السكرتير البابوي عن الطاولة، ولكنّه لم يقع، إنما ضربت قدماه الأرضية الرخامية ووقف على الدرج على نحو مستقيم. ظلّ واقفاً في مكانه للحظة وكأنه كان يبدو تائهاً، ثمّ ومن دون أن يتمكّن أحد من إيقافه، اندفع إلى الأمام نازلاً الدرج بسرعة ومتجهاً نحو ماكري.

"لا!" صاح لانغدون.

فانطلق تشارتراند وراءه محاولاً ردعه، ولكن هذا الأخير كان قد استدار نحوه بجنون وقال له: "أتركني!".

وهنا، بدأ المشهد يزداد سوءاً، إذ أن غفّارة السكرتير البابوي الممزّقة والتي كان تشارتراند قد ألقاها كما هي على صدره راحت تترلق شيئاً فشيئاً عن جسمه. فظنّ لانغدون للوهلة الأولى أنها قد تظلّ عالقة على صدره، ولكنها سرعان ما فلتت مترلقةً عن كتفيْه لتحطّ في نهاية المطاف عند خصره.

عندها شهق الجميع في الساحة، وبدا شهيقهم هذا وكأنه قد سافر من حول الكرة الأرضية وعاد في لحظة. فدارت الكاميرات على الفور، وراحت مصابيح آلات التصوير الفوتوغرافية تنفجر مومضةً في كل مكان. كانت الشاشات في كل مكان تبثّ صورة صدر السكرتير البابوي الموسوم على نحو مضخّم وبأدقّ تفاصيلها، حتى أن بعض الشاشات كان يجمّد الصورة ويدوّرها على 180 درجة مقلّباً إياها من الجهات كافّة.

الانتصار النهائي للطبقة المستنيرة.

راح لانغدون يحدّق إلى الوسم على الشاشات. صحيح أنه كان دمغ الوسم المربّع نفسه الذي حمله منذ قليل، إلا أنّ الرمز بات مفهوماً الآن تماماً.

الاتجاه. فقد نسي لانغدون القاعدة الأولى لدراسة الرموز وتفسيرها. متى لا يكون المربّع مربّعاً؟ وعلاوةً على ذلك، فهو نسي أيضاً أن الوسومات الحديدية، شأنها شأن الأختام المطاطية، لا تشبه أبداً دمغاتها، إنما هي في الواقع بالمقلوب. لقد كان لانغدون ينظر إلى الصورة السلبية للوسم!

وفيما كان الصخب يزداد أكثر فأكثر، تردّد فجأة في الجو صدى قول قديم مقتبس عن الطبقة المستنيرة: "ماسة صافية لا تشوبها شائبة، ماسة منبثقة عن العناصر القديمة على نحوٍ ممتاز بحيث أن كل من كان يراها لم يكن باستطاعته سوى الوقوف أمامها والتحديق إليها بتعجّب وانشداه".

فأدرك لانغدون عندها أن الأسطورة حقيقيّة.

تراب وهواء ونار وماء.

إنها ماسة الطبقة المستنيرة.

117

لم يكن لدى لانغدون أي شكّ في أن حالة الفوضى والهستيريا التي عمّت ساحة القديس بطرس في تلك اللحظة تفوق أي شيء كانت هضبة الفاتيكان قد شهدته إلى الآن. في الواقع، لم يحدث في تاريخ الكنيسة منذ 2000 سنة إلى الآن أي معركة أو صلب أو حجّ أو رؤيا غامضة... أو أي شيء آخر يمكنه أن يضاهي هذه اللحظة عنفاً وتأثيراً.

وبالتالي وفيما كانت المأساة قد انكشفت، شعر لانغدون فجأة بعزلة تامّة وكأنه كان يحوم هناك في أعلى الدرج بالقرب من فيتوريا.

ثم بدت له الحركة بعد ذلك تتضخّم وكأن الجنون كله وفي لحظة ضلال واحدة راح يتباطأ زاحفاً...

السكرتير البابوي الموسوم... يواجه العالم في حالة من الهذيان لرؤية... ماسة الطبقة المستنيرة... تنكشف بدهائها الشيطاني...

العدّ العكسي للساعة يشير إلى الدقائق العشرين الأخيرة من تاريخ الفاتيكان...

إلا أن الدراما كانت قد بدأت للتوّ، إذ بدا فجأة السكرتير البابوي قويّاً وكأنه في حالة نشوة أو كأن روحاً شيطانية شريرة قد تلبّسته، فراح يهذي ويخاطب الأرواح بكلام غير مفهوم، ناظراً إلى السماء، ورافعاً يده إلى الله.

"تكلّم!" صاح السكرتير البابوي مخاطباً السماوات. "أجل، أنا أسمعك!".

فهِم لانغدون عندها كل شيء، وإذا بقلبه يسقط بين رجليْه.

وكانت فيتوريا قد فهمت هي أيضاً على ما يبدو، إذ ابيضّ فجأةً لونها وقالت: "إنه مصدوم ويهلوس. يظنّ أنه يتكلّم إلى الله!".

يتعيّن على أحد إيقافه، فكر لانغدون بينه وبين نفسه، إنها نهايةً بائسة ومحرِجة، يجب أخذ هذا الرجل إلى المستشفى!

خلفهم على الدرج، وقفت تشينيتا ماكري تصوّر بكل اتّزان ورباطة جأش، وكأنها قد وجدت على ما يبدو النقطة المثالية للتصوير، وتظهر صورها مباشرة خلفها على الشاشات الإعلامية كافة الموزّعة في الساحة... أشبه بسلسلة لامتناهية من الشاشات السينمائية في الهواء الطلق، والتي تبثّ كلها المأساة الرهيبة والمروِّعة نفسها.

بدا المشهد بكامله ملحميّاً، فالسكرتير البابوي، بغفّارته الممزّقة وذاك الوسم الذي يسفع صدره، كان يبدو كالبطل الذي تعرّض لهجمات عنيفة، وتغلّب على جيوش جهنّم كافة من أجل لحظة الحقيقة هذه، وكأنه كان ينتمي إلى السماوات.

"أنا أسمعك، يا رب!".

تراجع عندها تشارتراند والرعب باد على وجهه، وخيّم في الحال على الساحة صمت تام ومطلق، وكأنه لفّ في لحظة واحدة الكرة الأرضية بكاملها... تسمّر الجميع أمام التلفزيون... أمام مشهد عام يحبس الأنفاس.

ظلّ السكرتير البابوي واقفاً على الدرج أمام العالم بأسره رافعاً يديْه إلى السماء،

كان يشبه المسيح بعض الشيء في وقفته هذه أمام الناس بصدره العاري وجروحه الأليمة، ثم رفع يديْه عالياً ونظر إلى السماء صائحاً: "شكراً لك يا ربّ! شكراً لك!".

وظلّ الصمت مخيماً على الجماهير.

"شكراً لك، يا رب!" صاح السكرتير البابوي من جديد، وتماماً كالشمس التي تشرق وسط سماء عاصفة ومتلبّدة بالغيوم، أشرق فجأة وجهه فرحاً، وقال: "شكراً لك، يا رب!".

شكراً لك، يا رب؟ راح لانغدون يتساءل مستغرباً.

شعّ السكرتير البابوي سعادة، رفع ناظريْه إلى السماء وصاح قائلاً: "على هذه الصخرة سوف أبني كنيستي!".

يعرف لانغدون هذه الكلمات، ولكنّه لم يكن يعلم لماذا يصيحها السكرتير البابوي عالياً.

ثم استدار السكرتير البابوي من جديد نحو الحشود وجأر في الظلام بصوت عال وعميق: "على هذه الصخرة، سوف أبني كنيستي!" ثم رفع يديْه إلى السماء وضحك عالياً وهو يقول: "شكراً لك يا ربّ، شكراً لك!".

لا شك في أن الرجل قد جنّ.

وكان العالم بأسره يشاهده مسحوراً.

ولكنّ جنونه هذا كان قد تأوّج بحركة لم يكن أحد يتوقّعها، إذ استدار فجأةً وسط تهليل وابتهاج أخيريْن ودخل مسرعاً من جديد إلى بازليكا القديس بطرس.

118

كانت الساعة الحادية عشرة والدقيقة الثانية والأربعين ليلاً.

ولم يكن لانغدون يتوقّع قطّ أنّه سيكون هو الذي يتقدّم تقريباً ذاك الموكب المسعور الذي اندفع من جديد إلى البازليكا لإخراج السكرتير البابوي، ولكنّه كان هو الأقرب إلى الباب، فتصرف لاشعورياً.

سوف يموت هنا في الداخل، فكر لانغدون بينه وبين نفسه، فقفز بأقصى سرعته من فوق عتبة الباب داخلاً إلى الظلمة الكالحة. "يا حضرة السكرتير البابوي! توقّف!".

غير أن لانغدون اصطدم بجدار دامس ومطبق من الظلام.

فتقلص بؤبؤا عينيْه من شدّة الوهج في الخارج، وحُدّ مجال نظره ببضعة أقدام، انزلق جانباً وتوقّف بعض الشيء، عندما سمع غفّارة السكرتير البابوي تحفّ على الأرض أمامه وهو يركض وسط الظلام.

وصل وراءه على الفور كل من فيتوريا والحرّاس السويسريين. صحيح أنهم كانوا يحملون مشاعل كهربائية، إلا أنها كانت خفيفة الآن و لم تتمكّن بالتالي من سبر أغوار البازليكا، أمامهم. الأمر الذي لم يكن يسمح لهم برؤية سوى الأعمدة والأرضيّة الرخامية الجرداء. أما السكرتير البابوي فلم يعثروا عليه في أي مكان.

"يا حضرة السكرتير البابوي!" صاح تشارتراند بصوت مرتجف. "انتظر، يا سيدي!".

وفجأة سمعت آثار حركة وراءهم في الرواق، فاستدار الجميع لرؤية تشينيتا ماكري تندفع مسرعة عبر المدخل. حاملة الكاميرا على كتفها، وكان الضوء الأحمر الومض في الأعلى يشير إلى أنها كانت تواصل التصوير. أما غليك فيركض وراءها حاملاً المِذياع في يده وصائحاً لها لكي تتمهّل قليلاً.

كان لانغدون عاجزاً عن تصديق هاذيْن الاثنيْن. فلا وقت لهذا الآن!

"أخرجا!" صاح بهما تشارتراند بعنف، "لا يحقّ لكما تصوير هذا!"، غير أنهما واصلا تقدّمهما.

"تشينيتا!" صاح غليك بصوت خائف الآن. "هذا أشبه بالانتحار! لن آتي معك!".

لكنها لم تلتفت إليه، أدارتْ مفاتيح الكاميرا الكهربائية مُشعِلة الضوء العالي الكشّاف، ومُعشيةً بالتالي بصر الجميع.

غطّى لانغدون وجهه واستدار متألّماً. تبّاً! ولكنّه عندما عاد ورفع نظره، وجد الكنيسة من حولهم تشعّ نوراً على مسافة ثلاثين ياردة.

عندها، وفي تلك اللحظة بالذات، تردّد صوت السكرتير البابوي في البعيد قائلاً: "على هذه الصخرة سوف أبني كنيستي!".

وجهّت ماكري الكاميرا صوب الناحية التي كان الصوت آت منها، وإذا هم يشاهدون في البعيد وتحديداً في آخر متناول الضوء الكشّاف شيئاً أسود يركض نازلاً الجناح الرئيس للبازليكا.

كانت هناك في عيون الجميع لحظة تردّد سرعان ما زالت، ثم تحطّم السدّ وإذا

بتشارتراند يدفع لانغدون جانباً وينطلق راكضاً وراء السكرتير البابوي ليتبعه بعد ذلك الحرّاس وفيتوريا.

أما ماكري ففي آخر الموكب تنير الدرب للجميع أمامها، وتبثّ هذه المطاردة الكئيبة إلى العالم بأسره، في حين كان غليك المعارِض لهذه الفكرة يتبعها متلمِّساً طريقه عبر الظلام، ولاعِناً بصوت عالٍ ساعة مجيئه إلى هنا ومعلِّقاً على ما يحدث تعليقاً دقيقاً ومفصّلاً.

لاحظ الملازم الأول تشارتراند مرّة أن الجناح الرئيس لبازليكا القديس بطرس يفوق ملاعب كرة القدم الأولمبية طولاً، إلا أنه شعر الليلة أنه يفوقها طولاً بحوالى مرتيْن تقريباً. وفيما كان الحارس يعدو وراء السكرتير البابوي بأقصى سرعته، راح يتساءل فجأة أين كان ذاك الأخير متّجهاً. فالصدمة تبدو جليّة على السكرتير البابوي الذي كان من دون أي شكّ منفعلاً من جرّاء الأذى الجسدي والجريمة الفظيعة والنكراء التي كان قد تعرّض لها في مكتب البابا.

ثم سُمع في مكان ما في الطليعة وبعيداً عن مرأى ضوء البي بي سي الكشّاف رنين صوت السكرتير البابوي الذي كان يردّد بجذل وبهجة قائلاً: "على هذه الصخرة سوف أبني كنيستي!".

أدرك تشارتراند أنّه كان يردّد مقطعاً من الكتاب المقدس - إنجيل متى 16:18 إن لم يكن مخطئاً. ولكنّ إلهامه هذا، مع الأسف الشديد في غير موقعه إذ أن الكنيسة كانت في الواقع على وشك الزوال. فلا شكّ في أن السكرتير البابوي قد جُنّ.

شعر تشارتراند لوهلة وكأن روحه ترفرف في عالم آخر، إذ لطالما بدت له الرؤى المقدّسة والرسائل الإلهية مجرّد أوهام تنمّ عن آمالنا ورغباتنا - أي أنها وبمعنى آخر نتاج الأذهان المفرطة الحماسة التي تروح تسمع ما كانت ترغب أو تتمنّى سماعه - من دون أن يكون الله قد تدخّل في ذلك تدخّلاً مباشراً!

ولكن بعد فترة كانت لتشارتراند رؤيا، وكأنّ الروح القدس نفسه كان قد نزل وحلّ عليه ليقنعه بقدرته الإلهية تعالى.

فأمامه بخمسين ياردة، وفي وسط الكنيسة تماماً، ظهر له شبح... لا بل طيف شفّاف ومتوهّج، إنه طيف السكرتير البابوي العاري الصدر. بدا شبحه شفّافاً وكأنه يشعّ نوراً، فتوقّف تشارتراند مترنّحاً، إذ شعر من شدّة الصدمة ببلاطة على

صدره، السكرتير البابوي يتوهّج نوراً! لا بل بدا جسمه أكثر إشعاعاً الآن. ثمّ راح بعد ذلك يغرق أكثر فأكثر في الأرض، إلى أن اختفى في النهاية في أغوار الأرض.

شاهد لانغدون أيضاً الشبح؛ وظنّ للوهلة الأولى أنه قد شاهد رؤيا عجائبية. ولكنّه وفيما كان يتجاوز تشارتراند المذهول ويركض نحو البقعة التي كان السكرتير البابوي قد اختفى عندها، أدرك فجأة حقيقة ما كان قد حدث للتوّ، فالسكرتير البابوي وصل إلى مشكاة البليوم - تلك الحجرة الغائرة التي كان ينيرها تسعة وتسعون مصباحاً زيتياً، كانت المصابيح تشعّ في الحجرة من الأسفل، فأنارته بشكل جعلته يبدو أشبه بالشبح. ثم وفيما كان السكرتير البابوي يترل الدرج نحو الضوء، بدا لهم وكأنه كان يختفي في أغوار الأرض.

وصل لانغدون لاهثاً أمام الحافّة المطلة على الحجرة الغائرة، وراح ينظر إلى الدرج في الأسفل، فرأى السكرتير البابوي يجتاز راكضاً تلك الحجرة الرخامية متجهاً نحو مجموعة الأبواب الزجاجية المؤدية إلى الغرفة التي تحتوي على الصندوق الذهبي الشهير.

ولكن ما الذي يفعله؟ راح لانغدون يتساءل. لا يمكن له بالتأكيد أن يظنّ أن الصندوق الذهبي -.

ثم فتح السكرتير البابوي الأبواب بعنف، وركض إلى الداخل. ولكن الغريب في الأمر هو أنه تجاهل الصندوق الذهبي كلياً وتجاوزه مسرعاً نحو حاجز حديديّ مقضَّب كان في الأرض وراء الصندوق الذهبي بخمسة أقدام، ركع أمام القضبان محاولاً رفعها بجهد.

شاهده لانغدون مذعوراً، ومدركاً الآن المكان الذي كان السكرتير البابوي يقصده. يا إلهي، لا! ثم انطلق وراءه على الدرج مسرعاً وصائحاً: "أبت! لا تفعلْ هذا!

وما أن فتح لانغدون الأبواب الزجاجية وركض نحو السكرتير البابوي حتى رأى هذا الأخير يرفع لاهثاً الحاجز المقضّب الذي ينفتح أخيراً على مهوى ضيّق ودرج شديد الانحدار يهبط نحو العدم. وما أن همّ السكرتير البابوي للترول داخل الحفرة، حتى أمسك لانغدون به من كتفيْه العاريين وشدّه إلى الوراء. صحيح أن بشرته كانت زلقة من شدّة العرق، غير أن لانغدون ظلّ ممسكاً به مانعاً إياه من الترول.

فاستدار السكرتير البابوي وسأله مجفلاً: "ما الذي تفعله!".

تفاجأ لانغدون عندما وقع نظره بنظر السكرتير البابوي، إذ لم تعد نظرة هذا

الأخير غاشية كنظرة رجل في النشوة، إنما كانت قويّة وحادّة، تتلألأ حزماً وثباتاً. أما الوسم على صدره فيبدو جدّ مؤلم.

"أبت"، قال له بأكبر قدر ممكن من الهدوء: "لا يمكنك أن تترل إلى هناك. يجب أن نغادر هذا المكان على الفور".

"بنيّ"، أجابه السكرتير البابوي بصوتٍ سليم وطبيعي: "لقد تلقّيت للتوّ رسالة إلهية. أنا أعلم –".

"يا حضرة السكرتير البابوي!" كان هذا تشارتراند والآخرون، وهم نزلوا الدرج بسرعة ووصلوا إلى الحجرة الغائرة التي كان ينيرها الآن ضوء الكاميرا الخاصة بماكري. فعندما شاهد تشارتراند الحاجز المقضَّب مفتوحاً في الأرض، امتلأت عيناه على الفور فزعاً. فصلّب يده على وجهه ورمق لانغدون نظرة شكر كونه قد ردع السكرتير البابوي عن الترول إلى تحت. ففهم لانغدون، إذ أنه كان قد قرأ الكثير حول هندسة الفاتيكان ليعلم ما كان هناك تحت هذه القضبان الحديدية. فهذا المكان الأكثر طهراً وقداسة في كل العالم المسيحي. الأرض المقدسة. وقد كان البعض يطلق عليه اسم مدينة الموتى، في حين كان بعضهم الآخر يطلق عليه اسم سرداب الموتى. ووفقاً لروايات بعض رجال الإكليروس الذين قد نزلوا إلى هناك على مرّ السنين، يُقال إن مدينة الموتى كناية عن متاهة مظلمة من السراديب التحت أرضية التي من شأنها أن تبتلع الزائر في حال ضلّ طريقه فيها. وبالتالي فهم لم يكونوا يرغبون في مطاردة السكرتير البابوي في مكان كهذا.

"سيّدي"، قال تشارتراند، "أنت لا تزال في صدمة. يجب أن نغادر هذا المكان، لا يمكنك الترول إلى هناك، فهذا أشبه بالانتحار".

بدا السكرتير البابوي فجأة رزيناً، إذ وضع يده بهدوء على كتف تشارتراند وقال: "شكراً لخوفك وقلقك عليّ، أنا أقدّر لك هذا كثيراً صدّقني، ولكنّ الله قد أوحى إلي بشيء، فأنا أعلم مكان وجود المادّة المضادة".

راح عندها الجميع يحدّق إليه باندهال تام.

ثم استدار السكرتير البابوي نحو المجموعة وقال: "على هذه الصخرة سوف أبني كنيستي. هذه كانت الرسالة. المعنى واضح".

لا يزال لانغدون عاجزاً عن استيعاب اقتناع السكرتير البابوي بأنه قد تحدّث

إلى الله، وبأنه تمكّن من حلّ لغز هذه الرسالة، على هذه الصخرة سأبني كنيستي؟ كانت هذه في الواقع الكلمات التي قالها يسوع المسيح لبطرس عندما اختاره لكي يكون رسوله الأول، ولكن ما علاقة هذه العبارة بوضعهم الآن؟

اقتربت ماكري لتصوّر المشهد عن كثب، في حين ظلّ غليك ساكتاً ومصدوماً.

يتحدث السكرتير البابوي بسرعة، "لقد وضعت الطبقة المستنيرة سلاحها المدمّر عند حجر الزاوية لهذه الكنيسة، أي عند أسسها"، قال مشيراً إلى أسفل الدرج. "على الصخرة نفسها التي بنيت عليها هذه الكنيسة. وأنا أعلم أين هي هذه الصخرة".

إلا أن لانغدون بات أكيداً الآن أنّ الوقت قد حان لهم لكي يكفّوا عن الاستماع إلى هذه التفاهات، ويحملوا السكرتير البابوي بالقوّة خارج هذا المكان. فهو وعلى الرغم من أنه كان يبدو بكامل قواه العقليّة، إلا أنه كان يتفوّه بالحماقات، ويقول أشياء غير منطقية. صخرة؟ وحجر زاوية أسس هذه الكنيسة؟ في الواقع إن الدرج أمامهم لم يكن يؤدّي إلى أسس هذه الكنيسة، إنما إلى المقبرة الكبرى أو مدينة الموتى! "إن هذا القول المقتبس عن يسوع المسيح هو مجاز، يا أبتِ! ليس هنا في الواقع أي صخرة!".

فبدا السكرتير البابوي حزيناً، ثمّ قال مشيراً إلى الحفرة:"هناك صخرة، بنيّ. بطرس هو الصخرة".

جمد لانغدون في مكانه، وما هي إلاّ لحظة حتى بات كل شيء واضحاً ومفهوماً بالنسبة إليه، فارتعش لبساطة الفكرة، وفيما كان واقفاً هناك مع الآخرين يحدّق إلى أسفل الدرج الطويل، أدرك أنه كانت هناك حقّاً صخرة مدفونة في الظلمة تحت هذه الكنيسة.

وبطرس هو تلك الصخرة.

كان إيمان بطرس بالله كبيراً وقوياً بحيث أطلق يسوع المسيح على بطرس اسم "الصخرة" - ذاك الرسول القوي الذي كان يسوع قد بنى كنيسته على كتفيْه. ففي هذه النقطة بالذات، أدرك لانغدون، أي على هضبة الفاتيكان هذه، كان بطرس قد صلب ودُفن. وكان المسيحيّون الأولون قد شيّدوا مزاراً صغيراً فوق ضريحه. ولكن ومع انتشار المسيحية في العالم، راح هذا المزار يكبر مع الوقت شيئاً

فشيئاً إلى أن تحول في نهاية المطاف إلى هذه البازليكا الضخمة. وبالتالي فإن الإيمان المسيحي قد شُيِّد بالمعنى الحرفي على القديس بطرس، على الصخرة.

"إن المادة المضادة موجودة على ضريح القديس بطرس"، قال السكرتير البابوي بصوت شفّاف.

عندها، وعلى الرغم من المصدر الإلهي الخارق لهذه المعلومة، شعر لانغدون أنها جدّ منطقية، وبالتالي فقد بدا له الآن وضع المادة المضادة على ضريح القديس بطرس أمراً واضحاً وبيّناً. في الواقع، إن الطبقة المستنيرة قد وضعت المادة المضادة في صميم العالم المسيحي دلالةً منها على قدرتها على التحدي كما ودلالةً منها أيضاً على قدرتها على التسلّل حتى إلى أقصى حدود الكنيسة.

"وإن كنتم كلكم بحاجة إلى دليل على ذلك"، قال السكرتير البابوي، وقد بدا نافد الصبر: "فلقد وجدت للتو هذا الحاجز المقضَّب مفتوحاً". وهو كان يشير هنا إلى الحاجز المقضّب المفتوح في الأرض. ثم أضاف قائلاً: "إنه لا يكون أبداً مفتوحاً. وبالتالي لا شك في أنّ هناك من كان قد نزل إلى هناك في الآونة الأخيرة".

راح الجميع يحدّق إلى داخل الحفرة.

وما هي بالتالي إلا لحظات حتى استدار السكرتير البابوي آخذاً بخفّة ورشاقة إحدى المصابيح الزيتية ومتجهاً نحو الحفرة.

119

تنحدر الدرجات الحجرية بشدّة نحو أغوار الأرض.

سوف أموت تحت، فكّرت فيتوريا بينها وبين نفسها وهي تنزل وراء الآخرين ذاك الممر الضيق متشبّثةً بدرابزينه الحبالية الثقيلة. وعلى الرغم من أنّ لانغدون حاول ردع السكرتير البابوي عن دخول هذه الحفرة، إلا أنّ تشارتراند تدخّل وأمسك بلانغدون تاركاً بالتالي السكرتير البابوي يفعل ما يشاء. فقد بدا الحارس الشاب مقتنعاً الآن بأنّ السكرتير البابوي يعرف ماذا يفعل.

ولكن وبعد عراك لم يدم سوى لحظات قصيرة، تمكّن لانغدون من تحرير نفسه وراح وتشارتراند يتبعان السكرتير البابوي خطوةً خطوة. عندها، انطلقت

فيتوريا لاشعوريّاً وراءهما، كانت تترل بسرعة وتهوّر ممرّاً شديد الانحدار يمكن لأي خطوة ناقصة قد تقوم بها في غير مكانها أن تودي بحياتها. كانت ترى تحت في الأسفل الوهج الذهبي المنبعث من المصباح الزيتي الذي كان السكرتير البابوي يحمله، ووراءها تسمع خطوات مراسليْ البي بي سي يسرعان لكي يظلاّ بالقرب من الآخرين، بحيث لا يتخلّفان كثيراً عنهم. كان ضوء الكاميرا الكشّاف يرمي ظلالاً متلوّية وراءها على الممرّ المنحدر، منيراً كلاً من تشارتراند ولانغدون. غير أن فيتوريا كانت لا تزال بالكاد قادرة على تصديق أن العالم يشتمل على هذا القدر من الجنون. أطفئي هذه الكاميرا اللعينة! ولكنها سرعان ما عادت واستدركت أنّ ضوء الكاميرا هذا كان له فضل كبير عليهم لأنه وحده كان يخوّلهم رؤية الطريق أمامهم.

وفيما كانت هذه المطاردة الغريبة مستمرّة، راحت الأفكار تتوافد على رأس فيتوريا. ماذا يمكن للسكرتير البابوي أن يفعل في الأسفل هنا؟ وحتى ولو عثر على المادة المضادة؟ فليس لدينا متّسع كاف من الوقت!

ثم استغربت فيتوريا عندما سمعت فجأةً حدسها يقول لها السكرتير البابوي يمكن محقاً أن يكون. في الواقع، بدا وضع المادة المضادة تحت الأرض بثلاث طبقات خياراً نبيلاً ورحيماً بعض الشيء، إذ عندما تكون المادّة المضادة في أعماق الأرض، تُكبح عواقب انفجارها، ولن يكون بالتالي في هذه الحالة لا انفجار حراري ولا شظايا متطايرة تجرح المتفرّجين، إنما مجرّد حفرة هائلة الحجم في الأرض وانهيار البازليكا الشاهقة داخل تلك الحفرة.

أيُعقل أن يكون هذا العمل الوحيد الشهْم والمؤدّب الذي قام به كوهلر في حياته؟ إنقاذ حياة البشر؟ لا تزال فيتوريا عاجزة عن فهْم تورّط المدير في هذه المسألة. فهي كانت لتتقبّل فكرة كرهه للدين... إلا أن هذه المؤامرة الرهيبة كانت في الواقع تفوق قدرتها على الفهم. أكان مقت كوهلر وكرهه للدين عميقاً إلى هذا الحدّ؟ إلى حد تدمير الفاتيكان واستخدام قاتل مأجور، وبالتالي قتل والدها والبابا والكرادلة الأربعة؟ بدا لها الأمر غير وارد. وكيف تمكّن كوهلر من تدبير كل هذه الخيانة والمؤامرة من داخل أسوار الفاتيكان؟ لقد كان روشيه متواطئاً مع كوهلر، راحت فيتوريا تخاطب نفسها قائلةً. فروشيه أيضاً ينتمي إلى الطبقة المستنيرة. ولا شكّ في أن القائد روشيه كانت لديه نسخة عن مفاتيح الفاتيكان كلها، لا سيما منها تلك الخاصة بغرف البابا والممر ومدينة الموتى وضريح القديس بطرس. من

الممكن إذن أن يكون هو مَن وضع المادة المضادة على ضريح القديس بطرس في تلك المنطقة المغلقة والمحظّر على الجميع الدخول إليها، وأمر بالتالي حرّاسه بعدم هدر الوقت وتفتيش المناطق المغلقة من الفاتيكان. لقد كان روشيه يعلم أنّ أحداً لن يتمكّن أبداً من العثور على العلبة الصغرية الحابسة.

إلا أن روشيه لم يحسب قط حساب الوحي السماوي الذي حلّ فجأة على السكرتير البابوي.

الرسالة، ها هي في الواقع وثبة الإيمان التي كانت فيتوريا لا تزال تكافح جاهدة لكي تتمكّن من تقبّلها. فهل يمكن لله أن يكون قد تحدّث حقّاً إلى السكرتير البابوي؟ كان هناك شيء في داخلها يقول لها إنه يستحيل على هذا أن يكون قد حدث فعلاً، مع العلم أنها كانت عالمة فيزيائية واختصاصية في مجال ترابط الأشياء ببعضها بعضاً. فهي لطالما كانت تشهد ظواهر ترابط فيزيائية عجائبية كتلك المرّة التي شاهدت فيها كيف أنّ بيضتيْن توأميْن لسلحفاة بحرية، وعلى الرغم من تفريقهما عن بعضهما البعض ووضع كل منهما على حدة في مختبريْن مختلفيْن يبعد أحدهما عن الآخر آلاف الأميال، قد فقّستا في نهاية المطاف في اللحظة نفسها... أو أيضاً كتلك المرة التي شهدت فيها أطياناً من قناديل البحر تنبض مع بعضها بعضاً بتناغم تام وكأن لها ذهن واحد. هناك في الواقع في كل مكان خيوط خفيّة من التواصل، فكّرت بينها وبين نفسها.

ولكن هل هذه الخيوط موجودة بين الله والإنسان أيضاً؟

تمنّت فيتوريا لو كان والدها لا يزال حيّاً لكي يمدّها بالإيمان. فهو كان قد شرح لها مرّة عن التواصل الإلهي بمفردات ومصطلحات علمية وجعلها بالتالي تقتنع بكلامه وتصدّقه. فهي لا تزال تتذكّر ذلك اليوم عندما رأته يصلّي وسألته: "أبي، لِمَ تزعج نفسك بالصلاة؟ فلا يمكن لله أن يستجيب لك؟".

فنظر ليوناردو فيترا حينذاك إليها مبتسماً وقال: "يا ابنتي التّراعة إلى الشك، ألا تؤمنين إذن بأن الله يتحدّث إلى عباده؟ دعيني أشرح لك هذه المسألة بلغتك الخاصة". وحينها، تناول نموذجاً عن دماغ الإنسان وأنزله عن أحد الرفوف ووضعه أمامها قائلاً: "أنت ربما تعلمين يا فيتوريا أن الإنسان لا يستخدم إجمالاً سوى نسبة مئوية ضئيلة جدّاً من قدراته الذهنية. ولكنّك إن وضعته في حالات مشحونة بالعواطف الزاخرة والجيّاشة - كصدمة جسدية ما، أو حالة من الفرح، أو الخوف المفرط، أو أيضاً حالة من التأمّل العميق - فقد تستفحل فجأةً نيوتروناته

وتصبح شديدة الاتّقاد، وقد ينشأ بالتالي عن ذلك صفاء ذهني كبير".

"وإن يكن"، قالت فيتوريا، "فصفاء الذهن لا يعني بالضرورة أنك قادر على الاتصال بالله والتحدّث إليه".

"صحيح!" أجابها فيترا، "ولكنّ إيجاد الحلول الجديدة بالملاحظة للمشاكل المستعصية غالباً ما يحدث في لحظات الصفاء الذهني تلك. وهذا في الواقع ما يسمّيه الغورو أو المعلّمون الروحيون في الهندوسية حالة الوعي المرتفعة، في حين يطلق عليه علماء الأحياء تسمية الأحوال المتبدّلة، بينما يطلق عليه علماء النفس تسمية الإحساسية المفرطة". ثم توقّف بعض الشيء قبل أن يستطرد كلامه قائلاً: "أما المسيحيون فيطلقون على ذلك تسمية الصلوات المستجاب لها". ثم ابتسم ابتسامة عريضة وأضاف قائلاً: "إن الوحي الإلهي يعني أحياناً وبكل بساطة أن نضبط أذهاننا على نحوٍ يخوّلنا سماع ما تعرفه قلوبنا".

الآن، وفيما كانت تواصل نزولها السريع وسط الظلام، شعرت فجأة أن والدها كان ربّما على حق. هل من الصعب أن نصدّق أن الصدمة التي تعرّض لها السكرتير البابوي قد وضعت ذهنه في حالة قد ساعدته وبكل بساطة على كشف موقع المادة المضادة؟

في الواقع، كان بوذا قد قال ذات مرّة إنّ كلاً منّا إله، وكلاً منا يعرف كل شيء، ولكننا بحاجة فقط إلى أن نفتّح أذهاننا لكي نتمكّن بالتالي من الاستماع إلى حِكمنا الخاصة.

وبالتالي وفي لحظة صفائها الذهني تلك، وفيما كانت لا تزال تواصل نزولها في أغوار الأرض، شعرت بذهنها يتفتّح... وبحكمتها تظهر. فهي باتت واثقة الآن من نوايا السكرتير البابوي، وقد رافق بالتالي وعيها هذا خوفٌ ما بعده خوف.

"يا حضرة السكرتير البابوي، لا!" صاحت فيتوريا عالياً وهي تنزل الممرّ. "أنتَ لا تعلم!" أضافت متصوّرة الجماهير الغفيرة المحتشدة حول مدينة الفاتيكان. "إن أصعدت المادة المضادة إلى فوق... فقد تودي بحياة الجميع!".

بدأ لانغدون يختزل ثلاث ثلاث الدرجات لكي يحرز بعض التقدّم، صحيح أن الممر كان ضيّقاً، إلا أنه لم يكن يشعر قطّ برهاب الاحتجاز، وذلك لأنّ خوفاً من نوع آخر كان يسيطر عليه الآن.

"حضرة السكرتير البابوي!" قال لانغدون شاعراً بأنه كان قد بدأ يقترب من

وهج مصباح هذا الأخير. "يجب أن تترك المادة المضادة حيث هي الآن! لا خيار آخر أمامنا!".

غير أنّ لانغدون وحتى وهو يتفوّه بهذه الكلمات، لم يكن قادراً على تصديقها. فهو لم يتقبّل فحسب فكرة أن يكون الله قد أوحى على السكرتير البابوي بمكان المادة المضادة، ولكنه كان أيضاً يؤيّد فكرة دمار بازليكا القديس بطرس... وهي من أهمّ المعالم الهندسية في العالم وأعظمها... كما ودمار كل الثروات الفنّية التي تحتوي عليه.

ولكن الناس الواقفين في الخارج... فهذه الطريقة الوحيدة.

لقد بدا له هذا الخيار أشبه بالمضحك المُبكي، إذ أصبح الآن دمار الكنيسة هو الحلّ الوحيد لإنقاذ الناس في الخارج.

بَرُدَ الهواء المتصاعد من أسفل النفق وعَنُفَ. ففي مكان ما تحت كانت مدينة الموتى المقدسة، ذلك المكان الذي دُفن فيه القديس بطرس وعدد لا يُحصى من المسيحيين الأوّلين. فشعر لانغدون بالقشعريرة، متأمّلاً ألا تكون المهمّة التي يقومون بها الآن مهمّة انتحاريّة، ثم بدا له فجأة مصباح السكرتير البابوي وكأنه قد توقّف، اقترب منه لانغدون بسرعة، فلاحت نهاية الدرج وسط الظلام، وباب حديدي مزخرف ومزيّن بثلاث جماجم ناتئة يسدّ أسفل الدرج، حاول السكرتير البابوي شدّ الباب ليفتحه، غير أن لانغدون وثب بسرعة مغلقاً الباب من جديد، وقاطعاً بالتالي طريق السكرتير البابوي. ثم نزل الآخرون الدرج وراءه، وقد بدوا شاحبي اللون وسط ضوء البي بي سي الكشّاف، لا سيما غليك الذي كان لونه يزداد شحوباً مع كل خطوة يقوم بها.

أمسك تشارتراند لانغدون قائلاً: "دع السكرتير البابوي يمرّ!".

"لا!" قالت فيتوريا من فوق لاهثةً، "يجب أن نغادر هذا المكان في الحال! لا يمكنكم أن تخرجوا المادة المضادة من هنا! وفي حال أخرجتوها إلى فوق، سوف يموت جميع مَن في الخارج!".

إلا أن السكرتير البابوي أجابها بصوت هادئ وقال: "أنتم جميعكم... يجب أن نؤمن بالله ونثق به. لدينا القليل من الوقت".

"أنت لا تفهم"، عادت فيتوريا وقالت: "إذا انفجرت المادة المضادة في الطابق الأرضي فسوف تكون عواقبها أسوأ من عواقب انفجارها هنا في الأسفل!".

نظر عندئذ السكرتير البابوي إليها بعينيْن خضراويْن تشعّان حكمةً ورزانة وقال: "ومَن منّا تحدّث عن انفجار في الطابق الأرضي؟".

حدّقت فيتوريا إليه بذهول وسألت: "سوف تتركها هنا في الأسفل؟".

فأجابها السكرتير البابوي بثقة: "لن يكون هناك المزيد من الموت الليلة".

"أبت، ولكن -".

"من فضلكم... ليكن لديكم القليل من الإيمان". ثم أضاف السكرتير البابوي بصوت هادئ وقويّ: "أنا لم أطلب من أحدكم الانضمام إليّ، يمكنكم أن تذهبوا جميعاً. ولكن كل ما أطلبه منكم هو ألاّ تتدخّلوا في مشيئته تعالى. دعوني أقوم بما دعاني الله إلى القيام به". ثم أضاف السكرتير البابوي بنظرة حادّة وقال: "من المفترض بي أن أقوم بإنقاذ الكنيسة. وأنا قادر على ذلك. أقسم لكم بحياتي على ذلك".

تلا كلامه هذا صمت وقع عليهم أشبه بقصف الرعود.

120

الساعة الحادية عشرة والدقيقة الواحدة والخمسين ليلاً.

مدينة الموتى. لا شيء ممّا قرأه روبرت لانغدون عن هذا المكان قد حضّره لما كان على وشك أن يشاهده في داخله، فالحفرة التحت أرضية الهائلة الحجم مليئة بالأضرحة المتفتّتة الشبيهة بالمنازل الصغيرة والهواء في الداخل مفعماً برائحة الموت، وشبكة بشعة من الممرات الضيّقة تمرّ بين النصب التذكارية المتحلّلة المصنوعة من الآجرّ المكسّر والمطليّ بالرخام، وعدد لا يُعد ولا يُحصى من الأعمدة الترابية غير المنبوشة ترتفع عالياً شبيهةً بأعمدة الغبار، داعمةً سماء ترابية تتدلّى على نحو منخفض فوق قرية الموتى تلك.

مدينة الموت، راح لانغدون يفكّر بينه وبين نفسه، وكان يشعر كأنه عالق بين الدهشة الأكاديمية من جهة والخوف القاسي من جهة أخرى. بدأ والآخرون يترلون بسرعة إلى تلك الممرات المتشابكة. هل قمتُ بالخيار الخطأ؟

تشارتراند أوّل من وقع بسحر السكرتير البابوي، فاتحاً الباب أمامه بعنف، ومعلناً له إيمانه به. أما غليك وماكري فكانا ونزولاً عند رغبة السكرتير البابوي قد

493

وافقا وإن بتردّد على تأمين الإنارة لعمليّة التنقيب تلك، مفكّريْن بما كان ينتظرهما بعد ذلك في حال خرجا من هنا على قيد الحياة. غير أن فيتوريا كانت أقلّهم حماسةً، وشاهد لانغدون في عينيْها حذراً بدا له أشبه بالحدس النسائي المزعج.

فات الأوان، فكّر وهو يترل مع فيتوريا وراء الآخرين. نحن متورِّطان الآن مثلنا مثلهم في هذه العملية.

ظلّت فيتوريا صامتةً، ولانغدون يعلم أنهما يفكّران بالشيء نفسه. فتسع دقائق ليست في الواقع كافية للخروج من الفاتيكان في حال كان السكرتير البابوي مخطئاً.

وفيما كانا يواصلان الركض بين الأضرحة، شعر لانغدون فجأةً بتعب في ساقيْه، مدركاً ولشدّة دهشته أنّ المجموعة كانت تتسلّق الآن منحدراً مطّرداً. وبالتالي وعندما اتّضحت له الفكرة، شعر بقشعريرة تسري في جسمه بالكامل. لقد كانت الطوبوغرافيا تلك تحت قدميْه تابعةً لزمن المسيح، وهو كان بالتالي يركض الآن صاعداً هضبة الفاتيكان الأصلية! وكان لانغدون قد سمع من قبل طلاب الفاتيكان يزعمون أن ضريح القديس بطرس يقع بالقرب من أعلى هضبة الفاتيكان، وهو بالتالي لطالما كان يتساءل كيف يعلمون ذلك. ولكنه قد فهم الآن كل شيء، إذ أنّ الهضبة كانت لا تزال موجودة!

شعر لانغدون وكأنه كان يركض عبر صفحات التاريخ، إذ في مكان ما أمامه كان ضريح القديس بطرس - الذخيرة المسيحية. وكان من الصعب التصوّر أنّ قبره الأساسي لم يكن قد وُسم سوى بمزار بسيط ومتواضع. ولكنه الآن لم يعد كذلك. ففي الواقع ومع ارتفاع مقام القديس بطرس، راحت مذابح جديدة تُبنى فوق القديمة إلى أن بلغ ارتفاع كنيسته اليوم 440 قدماً، وصولاً حتى أعلى قبّة فيه، ألا وهي قبّة ميكال آنجلو، تلك القمة المتمركزة مباشرة فوق الضريح الأصلي والأولي.

فواصلوا صعودهم تلك الممرات المتعرّجة كالأفعى، وتحقّق لانغدون مرّة أخرى من ساعته. ثماني دقائق. بدأ عندها يتساءل إن كانت جثّته وجثّة فيتوريا ستنضمّان أبداً إلى الجثث المدفونة هنا.

"انتبهوا!" صاح غليك من الخلف. "جحور أفاعي!".

كان لانغدون قد رآها في الوقت المناسب. كانت الدرب أمامهم مخرّمةً كلها بسلسلة من الجحور الصغيرة. فقفز من فوقها وفيتوريا بالكاد متفاديةً تلك الثقوب

الصغيرة والضيقة. ثم بدت قلقة وهما يواصلان العدو. "جحور أفاعي؟".

"لا بل جحور غذائية"، صحّح لها لانغدون قائلاً: "من الأفضل لك ألا تعرفي حقيقة تلك الثقوب، صدقيني". فهو كان قد أدرك للتوّ ماهية تلك الثقوب، إنها أنابيب الإراقة، إذ كان المسيحيون الأوّلون يؤمنون بانبعاث الموتى والأجسام، وكانوا يستخدمون هذه الثقوب"لإطعام موتاهم" من خلال صب الحليب والعسل داخل مدافنهم الموجودة تحت الأرض.

بدأ السكرتير البابوي يشعر بالضعف والتعب، ولكنّه واصل تقدّمه نحو ضريح القديس، بطرس مستمدّاً القوّة من واجبه حيال الله والإنسان، لقد اقتربنا، راح يقول بينه وبين نفسه. كان يعاني من ألم شديد؛ ولكن يمكن أحياناً للذهن أن يكون أشدّ ألماً من الجسم. لذا، وعلى الرغم من شعوره بالتعب والعياء، ظلّ يواصل تقدّمه، فهو يعلم أن ليس لديهم سوى القليل من الوقت الثمين.

"سوف أنقذ كنيستك، يا أبت. أقسم لك بذلك".

ظل السكرتير البابوي حاملاً مصباحه الزيتي عالياً، على الرغم من أضواء كاميرا البي بي سي، أنا منارة في الظلمة، أنا النور. ولكن المصباح كان يترجرج كثيراً وهو يركض، وقد خاف أن ينسكب الزيت السريع الالتهاب عليه ويحرقه، فهو عانى قدراً كافياً من الحروق لليلة.

ومع اقترابه من أعلى الهضبة، كان العرق يتصبّب منه بغزارة، وأصبح بالكاد قادراً على التنفس، وعندما بلغ القمّة شعر وكأنّه قد وُلد من جديد. فوقف مترنّحاً على قطعة الأرض المنبسطة التي كان قد وقف عليها مرات عديدة من قبل. كانت الدرب تنتهي هنا عند هذه النقطة بالذات، وتنتهي مدينة الموتى فجأة هنا عند حائط ترابي يحمل لوحة بالغة الصغر كُتب عليها ما يلي: ضريح القديس بطرس. وأمامه تماماً وعلى مستوى خصره كانت هناك فتحة صغيرة في الحائط. ولم تكن في الواقع هذه الفتحة لا مزخرفة ولا مطلية بالذهب، إنما مجرّد فجوة بسيطة في الحائط تنفتح على مغارة صغيرة وتابوت حجري هزيل ومتفتّت. فراح السكرتير البابوي يحدّق إلى داخل الحفرة، ثم ضحك منهكاً. لقد كان بإمكانه سماع الآخرين يصعدون الهضبة وراءه. فوضع مصباحه الزيتي على الأرض وركع ليصلّي.

شكراً لك، يا ربّ. لقد أوشك الأمر على الانتهاء.

أما في الساحة خارجاً، ومحاطاً بالكرادلة المصعوقين، راح الكاردينال مورتاتي

يحدّق عالياً إلى الشاشة الإعلامية ويتفرّج على الدراما التي كانت تدور تحـــت في المدفنة. فهو لم يعد يعلم ما الذي ينبغي عليه تصديقه. هل كان العالم بأسره يشاهد ما كان قد رآه للتو؟ هل كان الله قد تحدّث حقاً إلى السكرتير البابوي؟ هل كانت المادة المضادة ستظهر فعلاً على ضريح القديس بطـــ...

"انظروا!" هتفت الحشود بتلهّف.

"هناك!" الجميع يشير فجأة إلى الشاشة، "إنها معجزة!".

رفع مورتاتي نظره، صحيح أن الصورة لم تكن ثابتة، ولكنها كانت شـــديدة الوضوح.

يبدو السكرتير البابوي من الخلف راكعاً على الأرض الترابية يصلّي في حـــين كانت ثمّة فجوة محفورةً في الحائط أمامه على نحوٍ غير مصقول، في داخلها صندوق مصنوع من الطين النضيج موضوعاً وسط الدّبش وكُسارة الحجارة. صـــحيح أن مورتاتي كان قد رأى هذا التابوت مرّة واحدة فقط في حياته، ولكنه لم يكن لديـــه أدنى شكّ بشأن محتواه.

القديس بطرس.

لم يكن مورتاتي بسيطاً وساذجاً إلى هذا الحدّ لكي يظنّ أن صيحات الفـــرح والابتهاج المتعالية تتعالى الآن وسط الحشود كانت تهليلاً لمشاهدتها إحـــدى أهـــم الذخائر المسيحية وأكثرها طهراً وقداسةً. فالناس غير راكعين يصلون من أجل قبر القديس بطرس، إنما ذاك الشيء الذي كان عليه.

العلبة الصغريّة الحابسة للمادة المضادة، ها هي هناك... بانتظارهم... مختبئـــة وسط الظلمة التي كانت تكتنف مدينة الموتى، مصقولة وعديمة الشـــفقة ومميتـــة، الوحي الذي نزل على السكرتير البابوي كان صحيحاً.

حدق مورتاتي بدهشة إلى ذاك الجسم الأسطواني الشكل والشفاف، تتـــدلى متأرجحة وسط السائل، وتومض المغارة المحيطة بالعلبة الحابسة وميضاً أحمر منذرة بالعد العكسي للدقائق الخمس الأخيرة من الحياة.

وعلى هذا القبر أيضاً، وبعيداً عن تلك العلبة الحابسة بإنشات، كانت الكاميرا اللاسلكية التابعة للحرس السويسري التي تصوّر العلبة الحابسة.

فصلّب مورتاتي يده على وجهه، واثقاً من كون هذه الصورة هي الأكثر رهبة التي شاهدها إلى الآن في حياته؛ لا بل سرعان ما أدرك بعد ذلك بقليل أن الأمـــر

كان على وشك أن يزداد سوءاً، إذ وقف فجأة السكرتير البابوي حـــاملاً المـــادة المضادة بين يديْه وانطلق بها مسرعاً نحو الآخرين، مارّاً بهم، وعائداً بهـــا أدراجـــه، ونازلاً هضبة الفاتيكان من جديد.

ثم التقطت الكاميرا صورة لفيتوريا فيترا تبدو فيها مسمّرة في مكانها من شدّة الهول.

"إلى أين أنت ذاهب، يا حضرة السكرتير البابوي! ظننتك قلت -".

"تحلّي بالإيمان!" أجابها راكضاً.

استدارت فيتوريا نحو لانغدون وسألته قائلةً: "ما الذي يتعـــيّن علينـــا فعلـــه الآن؟".

حاول لانغدون إيقاف السكرتير البابوي، إلا أن تشارتراند كـــان يـــركض بينهما، وكأنه كان يبدو واثقاً من قناعة السكرتير البابوي. الصورة الصادرة عـــن البي بي سي أشبه في جريانها الملتوي نحو مدخل مدينة الموتى من جديد بلعبة الأفعى في مدينة الملاهي.

صاح مورتاتي: "أهو آت بها إلى هنا؟".

الشاشات التلفزيونية كلّها من حول العالم تنقل صورة الســـكرتير البـــابوي راكضاً خارج مدينة الموتى، حاملاً المادة المضادة أمامه: "لن يكون هناك المزيد من الموت الليلة!".

غير أن السكرتير البابوي كان على خطأ.

121

انطلق السكرتير البابوي خارج أبواب بازليكا القديس بطرس في تمام الساعة الحادية عشرة والدقيقة السادسة والخمسين ليلاً، ثم وقف مترنّحاً أمام تحديق العالم بأسره إليه وهو يحمل المادة المضادة أمامه وكأنها شيء مقدّس. يرى نفسه بجذعـــه العاري وجروحه أشبه بالمارد على الشاشات الإعلامية المنتشرة من حول الساحة. أمّا هدير الجماهير المحتشدة في ساحة القديس بطرس فلم يسمع السكرتير البـــابوي مثله قطّ في حياته، كان مزيجاً من البكاء والصراخ والصلاة والترتيل... مزيجاً مـــن التبجيل والرعب.

نجّنا من الشرّ، راح يهمس قائلاً.

استنفد طاقاته كلها وقواه، وهو يعدو بأقصى سرعته خارج مدينة المـــوتى، كاد الأمر ينتهي بكارثة، إذ أن روبرت لانغدون وفيتوريا فيترا كانا يريدان اعتراض طريقه ليعودا ويرميا بالعلبة الحابسة في مخبئها التحت أرضية من جديد وليهربوا من ثم خارجاً للاحتماء من انفجارها. إنهم مجانين حقّاً! في الواقع، كـــان الســـكرتير البابوي قد أدرك الآن وبجلاء ووضوح تامّين أنه لم يكن ليفوز بهذا السباق لو كان هذا الأخير قد حدث في أيّ ليلة أخرى. ولكن الليلة، كان الله تعالى قد أظهر لـــه مرّة أخرى أنه معه، إذ أنّ تشارتراند، الذي كان إيمانه قد جعله يثـــق بالســـكرتير البابوي وبكل ما يفعل ثقةً عمياء، أمسك بلانغدون الذي كان على وشك الإلحاق به، في حين كان المستبعد على المراسليْن الصحافيين أن يتمكّنا من اللحـــاق بـــه وردعه عن ذلك، سيّما وأنهما كانا محمّليْن بالكثير من الأجهزة والمعدات.

يعمل الله بطرق عجائبية.

وصل فجأة إلى مسمع السكرتير البابوي وقع أقدام الآخرين الـــذين كـــانوا يصلون وراءه... وراح يراهم على الشاشات وهم يقتربون منه. فرفع بكل ما تبقّى له من قوى المادة المضادة عالياً فوق رأسه، رامياً كتفيْه العارييْن إلى الوراء تحـــدّياً للألم الذي كان يتسبّب له به وسم الطبقة المستنيرة على صدره، راح يترل الـــدرج بأقصى سرعته.

هناك شيء أخير ينبغي عليه فعله.

مدّني يا الله بالسرعة الكافية، راح يفكّر بينه وبين نفسه.

أربع دقائق...

غشاوة ضربت لانغدون منعته من الرؤية عندما اندفع خارج البازليكا، حيث بحر من الأضواء الإعلامية يبهر نظره من جديد، فكل ما تمكّن من رؤيته كان طيف السكرتير البابوي الضبابي مباشرةً أمامه، وهو يترل الدرج راكضاً. لقد بدا له هذا الأخير للوهلة الأولى أشبه بإله جديد نازل من السماء، سيّما وأنه كان يتألّق وسط هالة من الأضواء الإعلامية. فغفّارته عالقةً كالكفن عند خصره، وجســـمه ملـــيء بالجروح والندوب التي تسبّبت له بها أيادي أعدائه، ومع ذلك فهو لا يزال صامداً، يواصل السكرتير البابوي ركضه نحو الحشود، حاملاً سلاح الدمار الشامل هـــذا، صائحاً إلى العالم بأسره لكي يتحلّى بالإيمان.

تبعه لانغدون نازلاً الدرج وراءه، ما الذي يفعله بحقّ الله، سوف يقتلنا كلنا!

"لا مكان للشيطان ولأعماله الشريرة في منزل الله!" أخذ السكرتير البابوي يصيح راكضاً بين الحشود المذعورة.

"أبتِ!" صاح لانغدون خلفه، "لا يمكنك الذهاب إلى أي مكان!".

"أنظر إلى السماوات! فنحن ننسى دائماً أن ننظر إلى السماوات!".

وفي تلك اللحظة بالذات، وما أن رأى لانغدون المكان الذي كان السكرتير البابوي متجهاً نحوه حتى تجلّت له الحقيقة بالكامل، فعلى الرغم من أن لانغدون لم يكن قادراً على رؤيتها بسبب وهج الأضواء، إلا أنه أدرك أنّ خلاصهم كان فوق رؤوسهم تماماً.

سماء إيطاليّة مليئة بالنجوم. طريق الخلاص.

كانت الهليكوبتر التي استدعاها السكرتير البابوي لتقلّه إلى المستشفى لا تزال رابضةً أمامه والربّان جالس بانتظاره في القمرة ومروحيّاها تدندن جاهزة للطيران. ففيما كان السكرتير البابوي يركض نحوها، شعر لانغدون فجأة ببهجة عارمة، وراحت بالتالي الأفكار تتوافد على ذهنه بغزارة...

راح يتصوّر أولاً البحر الأبيض المتوسط بامتداده الواسع والشاسع. فكم يبعد هذا الأخير من هنا؟ خمسة أميال؟ عشرة؟ فهو كان يعلم أن البحر في فيوموتشينو على مسافة سبعة أميال من هنا فقط في القطار. أما بواسطة الهليكوبتر التي تطير بسرعة 200 ميل في الساعة من دون توقّف... فإن كان باستطاعتهم الطيران بالعلبة الحابسة إلى أبعد مكان ممكن فوق البحر ومن ثم رميها هناك... ثم أدرك أن هناك خيارات أخرى. لا كافا رومانا، إن هذه المقالع الرخامية تقع شمال المدينة على مسافة تقلّ عن ثلاثة أميال من هنا. وكم قد تبلغ مساحتها يا ترى؟ ربما ميلَيْن مربّعيْن؟ ولا شك في أنها مهجورة في هذه الساعة! وبالتالي فإن رُميت العلبة الحابسة هناك...

"ليتراجع الجميع!" صاح السكرتير البابوي، كان صدره يؤلمه وهو يركض، "افسحوا الطريق! في الحال!".

أما الحراس السويسريون فكانوا واقفين حول المروحية فاغري أفواههم وهم يشاهدون السكرتير البابوي يركض صوبهم.

"ابتعدوا!" صاح الكاهن.

فتراجع الحراس إلى الوراء.

وفيما كان العالم بأسره يشاهد بانشداه وذهول، راح السكرتير البابوي يركض من حول الطوّافة نحو باب قمرة الربان فاتحاً إيّاه بعنف صارخاً: "انزل بنيّ! حالاً!".

قفز الحارس خارجاً.

ثم راح السكرتير البابوي ينظر إلى مقعد القمرة العالي وأدرك بالتالي أنه وبحالته المنهكة تلك سوف يحتاج إلى يديْه الاثنتيْن ليرفع نفسه ويتمكّن من الصعود إليه. فاستدار نحو الربان الذي كان يرتجف بجانبه ووضع العلبة الحابسة بين يديْه. "إمسكْ لي هذه قليلاً. أعطني إياها من جديد عندما أصبح في الداخل".

وفيما كان السكرتير البابوي يرفع نفسه ليصعد إلى القمرة، تناهى إلى مسمعه صوت روبرت لانغدون الذي كان يصيح بحماسة راكضاً نحو المروحية. فهمتَ الآن، فكّر السكرتير البابوي بينه وبين نفسه. آمنتَ أخيراً!

ثم رفع السكرتير البابوي نفسه داخل القمرة وعدّل وضعيّة بعض العتلات ثم استدار من جديد نحو النافذة ليأخذ العلبة الحابسة.

غير أنه وجد يدي الحارس فارغتين: "لقد أخذها!" صاح الحارس.

شعر السكرتير البابوي بقلبه قد توقّف. "مَن هو!".

فأشار الحارس قائلاً: "هو!".

تفاجأ روبرت لانغدون بثقل العلبة الحابسة بين يديْه، وركض نحو الجهة الأخرى من الطوّافة، ثم قفز نحو القسم الخلفيّ منها حيث كان وفيتوريا قد جلسا منذ بضع ساعات، تاركاً الباب مفتوحاً وواضعاً حزام الأمان. ثم صاح بالسكرتير البابوي في المقعد الأمامي قائلاً: "هيا يا، أبت!".

استدار السكرتير البابوي ناظراً إلى لانغدون في الخلف بفزع: "ما الذي تحاول فعله!".

"هيا تحرك وأنا سأرمي بها!" صاح به لانغدون بغضب، لا وقت لدينا! طرْ أنتَ بهذه المروحية المباركة وحسب!".

بدا السكرتير البابوي مشلولاً للوهلة الأولى بينما كانت الأضواء الإعلامية تسطع عبر القمرة جاعلة قسمات وجهه تبدو قاتمة ومكفهرّة، "يمكنني أن أقوم بهذا بمفردي"، همس قائلاً: "من المفترض بي أن أقوم بهذا بمفردي".

غير أن لانغدون لم يكن ليصغي إليه. طرْ! سمع نفسه يصيح، أنا موجود هنـــا لكي أساعدك! ثم نظر لانغدون إلى العلبة الحابسة وإذا بنفسه يعلـــق في حنجرتـــه عندما يرى الوقت الذي لا يزال أمامهم. "ثلاث دقائق، أبت! ثلاث!".

وبدا هذا الرقم وكأنه قد صعق السكرتير البابوي وأعاد إليه رزانته، فاستدار من دون أي تردّد من جديد نحو جهاز القيادة، ثم أقلعت أخيراً الطوّافة وسط هدير مصمّ.

تشابك نظره بنظر فيتوريا التي كانت تركض نحو المروحية... لتغيـــب بعـــد ذلك عن بصره كحجرة غارقة وسط بحر من الغبار.

122

صعقت المحرّكات في الداخل حواس لانغدون بسبب الباب المفتوح. فثبّـــت نفسه جيّداً في مقعده استعداداً للسحب الجاذبي العنيف، في حين سرّع الســـكرتير البابوي صعود المروحيّة عالياً في السماء. ثم راح وهج ساحة القديس بطرس يخبـــو ويتلاشى شيئاً فشيئاً تحتهما إلى أن أصبح في النهاية أشبه بجسم متوهّج يشع في بحر من الأضواء.

شعر لانغدون بالمادة المضادة كالحمل الساكن بين يديْه، أمسكها بشدّة بـــين راحتيْه المتصبّبتيْن دماً وعرقاً. أما داخلَ العلبة الحابسة، فكريّة المادة المضادة تتأرجح بهدوء نابضةً بالأحمر وسط وهج الساعة التي كانت تواصل عدّها العكسيّ.

"دقيقتان!" صاح لانغدون متسائلاً عن المكان الذي كان السكرتير البـــابوي ينوي أن يرمي العلبة الحابسة فيه.

تنتشر أضواء المدينة من تحتهما في الاتجاهات كافّة. أما في البعيـــد ومـــن جهـــة الغرب، فقد كان بإمكان لانغدون رؤية خطّ الشـــاطئ المتوسّـــطي المتلألـــئ – ذاك الشاطئ المتألّق الذي تمتدّ وراءه مساحة مظلمة ولامتناهية من الفراغ والعدم. غـــير أن البحر بدا للانغدون أبعد ممّا كان يتصوّره. وعلاوةً على ذلك، فقـــد كـــان انحصـــار الأضواء عند الشاطئ يذكّر بالعواقب المدمّرة التي قد يخلّفها انفجار المادة المضادة حـــتى ولو كان هذا الأخير في آخر البحر. فلانغدون لم يفكّر حتى بعواقب عشرة كيلوطنّات من الماء التي قد تبيد الساحل في حال ضربته موجة مديّة عنيفة من جرّاء ذاك الانفجار.

ولكن عندما استدار لانغدون ونظر مباشرة أمامه عبر نافذة القمـرة، شـعر بتفاؤل أكبر إذ أمامهما تماماً، لاحت لهما وسط الظلام التلال الرومانية السـفحيّة. لقد كانت هذه الأخيرة مرقّطة بالأضواء - أضواء ديار الأثرياء - ولكـن وعلـى مسافة حوالى الميل منها شمالاً، كانت تلك التلال مظلمة تماماً. فلم تكن هنـاك أي أضواء على الإطلاق، إنما مجرد جيب هائل من الظلام، لا شيء.

مقالع الحجارة! فكر لانغدون بينه وبين نفسه. لا كافا رومانا!

وفيما كان لانغدون يحدّق بتركيز تام إلى ذاك الجيب القاحـل مـن الأرض، شعر بأنه واسع بحيث يستوعب انفجار المادة المضادة. وعلاوةً على ذلك، فقد بدا له هذا الأخير قريباً، لا بل أقرب بكثير من المحيط. فشعر عندها بحماسة غامرة. هذا هو على ما يبدو المكان الذي كان السكرتير البابوي ينوي أن يرمي فيـه المـادة المضادة! فالمروحيّة تتجه نحوه مباشرةً! مقالع الحجارة! ولكنّ الغريب في الأمر هـو أنهما وعلى الرغم من ارتفاع هدير المحركات وطيران الهليكوبتر السريع في الهـواء، لم يكونا في الواقع ليقتربا من تلك المقالع. فألقى نظرة خاطفةً خارج الباب الجانبي وإذا بالمشهد الذي يراه يحوّل فجأة حماسته إلى موجة من الخوف والهلع. فتحتـهما تماماً وعلى مسافة آلاف الأقدام، كانت الأضواء الإعلاميـة المتوهّجـة في باحـة القديس بطرس.

ما زلنا فوق الفاتيكان!

"يا حضرة السكرتير البابوي!" صاح لانغدون مصدوماً. طـرْ قـدماً! لقـد أصبحنا الآن على ارتفاع كاف! يجب أن نبدأ الآن بالطيران قـدَماً! لا يمكننـا أن نرمي بالعلبة الحابسة فوق مدينة الفاتيكان!".

ولكن السكرتير البابوي لم يجبه. بقي مركّزاً على قيادة الهليكوبتر.

"لم يعد لدينا سوى أقلّ من دقيقتيْن!" صاح لانغدون ماسكاً بالعلبة الحابسة. "يمكنني رؤيتها! لا كافا رومانا! إنها شمالاً على مسافة ميليْن تقريباً من هنا! لـيس لدينا -".

"لا"، قال السكرتير البابوي. "هذا أمر في غاية الخطورة. أنا آسف". وفيمـا كانت الطوّافة تواصل صعودها نحو السماء، استدار السكرتير البـابوي وابتسـم للانغدون ابتسامةً حزينة: "أتمنى لو انك لم تأتِ معي، يا صديقي. ولكنك قد قمت بالتضحية الكبرى".

نظر لانغدون عندها إلى عينيْ السكرتير البابوي المنهكتيْن وفهم كل شـــيء. فتجمّد دمه في عروقه. "ولكن... لا بدّ من أن يكون هناك مكان يمكننا أن نذهب إليه!".

"فوق"، أجابه السكرتير البابوي بصوت مستسلِم. "هذه الضمانة الوحيدة!".

إلا أن لانغدون كان بالكاد قادراً على التفكير. فهو كان قد أساء فهم خطّة السكرتير البابوي. أنظر إلى السماوات!

أدرك لانغدون عندها أن السكرتير البابوي كان يقصد هذه الكلمة بمعناهـــا الحرفي. فهو كان فعلاً متّجهاً نحو السماء و لم تكن لديه أساساً أي نيّـــة في رمـــي المادة المضادة. إنما كان وبكل بساطة يحاول إبعادها قدر الإمكـــان عـــن مدينـــة الفاتيكان. لقد كانت في الواقع هذه رحلة ذهاب بلا عودة.

123

أما في ساحة القديس بطرس فقد كانت فيتوريا تحدّق عالياً نحو الســـماء إلى الهليكوبتر التي كانت قد أصبحت الآن نقطة صغيرة في السماء و لم تعـــد بالتـــالي الأضواء الإعلامية لتصل إليها. وحتى هدير محرّكاها القويّ والمصمّ للآذان كان قد تلاشى، وتحوّل الآن إلى همهمة بعيدة. بدا العالم في تلك اللحظة وكأنـــه يوجـــه أنظاره نحو الأعلى بصمت، فالناس والقلوب كلها كانت تنبض نبضاً واحداً.

أما العواطف التي كانت تنتاب فيتوريا فكانت كناية عن دوّامة لامتناهية من الصراعات الحزينة والمؤلمة. ففيما كانت الهليكوبتر تغيب عـــن الأنظـــار، راحت تتصوّر وجه روبرت وهو يحلّق فوقها. بمَ كان يفكّر يا ترى؟ أتُراه قـــد فهم؟

وكانت الشاشات التلفزيونية الموزّعة من حول الساحة تسبر الظلام منتظرةً، بحر من الوجوه يحدّق نحو الأعلى وسط عدٍّ عكسيّ صامت وموحّـــد، في حـــين كانت الشاشات الإعلامية كلها تبثّ المشهد الهادئ نفسه... سماء رومانيّة ساكنة تشعّ بالنجوم المتألّقة. فشعرت فيتوريا بالدموع وقد بدأت تترقرق في عينيْها.

وخلفها على الجرف الرخاميّ، كان مئة وواحد وستون كاردينالاً يحدّقون إلى الأعلى برهبة وصمت. بعضهم كان يصلّي شابكاً يديْه، في حين كـــان معظمهـــم

واقفاً مسمّراً في مكانه من دون حراك، أما بعضهم الآخر فقد كان يتأجّش بكـــاءً، وكانت الثواني تمرّ الواحدة تلوَ الأخرى.

أما في المنازل والحانات والمؤسسات والمطارات والمستشفيات كلــها حـــول العالم، كانت الأرواح والقلوب كافّة قد انضمّت إلى بعضها البعض لمشاهدة هـــذا الحدث العالمي. كان الوقت يبدو وكأنه عالقاً.

فجأة راحت أجراس القديس بطرس تقرع بقوّة، وراحت فيتوريـــا تـــذرف الدموع التي كانت لا تزال تحبسها.

ثم... وعلى مرأى من الجميع... كان الأوان قد آن.

كان صمت هذا الحدث المميت هو الأكثر رهبةً.

ثم فجأة، وفوق مدينة الفاتيكان بآلاف الأقدام، ظهرت عالياً في السماء نقطة صغريّة من الضوء. وما هي بالتالي إلاّ لحظات حتى وُلد جسم سماويّ جديد... ذرّة ضوئيّة لم يكن أحد قط قد شاهد يوماً مثل بياضها وصفائها.

ثم حدث ما كان مرتقباً.

وهج ساطع. راحت النقطة الضوئية تنتفخ وكأنها تغـــذّي نفســـها بنفســـها منفجرةً في السماء وسط شعاع متّسع ومتمدّد من الضوء الأبيض المعشي، انفجرت في الاتجاهات كافّة بسرعة خارقة بحيث أنها ما لبثت أن التهمت الظـــلام. وفيمـــا كانت كريّة الضوء هذه تزداد كبراً، راحت تشتدّ قوّةً أشـــبه بعفريـــت متـــبرعِمٍ يتحضّر لالتهام السماء بكاملها. ثم راحت تنزل بسرعة قصوى نحوهم.

شهق حشد الوجوه المستنيرة وغطّوا جميعهم عيونهم صائحين برهبة وذعر.

وفيما كان الضوء يدوّي في الاتجاهات كافّة، حدث فجأة ما لم يكن أحـــد يتوقّعه؛ إذ بدا الشعاع المنبعث وكأنّه قد كُبِح بقوّة إلهية أو كأنه قد اصطدم بجدار ما. لقد كان الأمر وكأن الانفجار كان محصوراً داخل كرة زجاجيّة هائلة الحجم، إذ سرعان ما عاد الضوء وارتدّ نحو الداخل شديد الحدّة ومتموجّاً عبر نفسه. لقـــد بدت الموجة حينها وكأنها قد بلغت قطراً مسبَق التحديد، وبقيت بالتـــالي متدلّيـــةً هناك. وفي تلك اللحظة، راحت كرة صامتة من الضوء تتوهج ساطعة فوق روما، جاعلةً بالتالي الليل يصبح نهاراً.

ثم انفجرت.

وكانت عندها رجّة عميقة ومكتومة – ونزلت بالتالي عليهم مـــن الأعـــالي

موجة اهتزازية تصادميّة راعدة ومدوّية كالعقاب الإلهي هازّةً أسس مدينة الفاتيكان الغرانيتيّة، وخاطفةً الهواء من رئات الناس، ودافعةً بالبعض إلى الوراء. ثم راح الارتجاج يدور في حلقة من حول صفّ الأعمدة وتبعه بعد ذلك دفق مفاجئ من الهواء الساخن الذي اجتاز الساحة بعنف مطلقاً عويلاً كئيباً وهو يصفر شاقّاً طريقه بين الأعمدة ومرتطماً بالجدران. التف الغبار كالدوّامة فوق رؤوس الجماهير المحتشدة لمشاهدة هذه المعركة الحاسمة والفاصلة بين قوى الخير وقوى الشر.

ثم وبالسرعة نفسها التي كانت قد ظهرت بها، عادت الكرة وانفجرت داخلياً منطويةً من جديد على نفسها، وعائدةً بالتالي إلى حجمها الأساسي، إلى تلك الذرّة الضوئية التي كانت قد انبجست منها.

124

لم يكن العالم يوماً بهذا القدر من الصمت والسكون.

فالوجوه في ساحة القديس بطرس حوّلت عيونها عن السماء المعتمة وأدارتها نحو الأسفل، كلّ في لحظته الخاصّة من الصمت والتأمّل، وكذلك الأمر أيضاً بالنسبة إلى الأضواء الإعلامية التي حذت حذوها وأحنت أضواءها نحو الأرض إجلالاً وتبجيلاً للظلام الكالح الذي كان قد حلّ الآن عليهم جميعاً. بدا لوهلة أن العالم بأسره وكأنه يحني رأسه انحناءة وقار وتبجيل.

ركع الكاردينال مورتاتي مصلّياً وانضمّ بالتالي إليه سائر الكرادلة. أما الحراس السويسريون فقد أخفضوا سيوفهم الطويلة ووقفوا مخدّرين في أماكنهم. لم يكن أحد لينبس ببنت شفة أو ليتحرّك ولو حركة صغيرة. كانت قلوب العالم برمّته ترتعد بانفعال عفويّ وطبيعي وكأنها حزينة لفقدانها أحد أفراد أسرتها، كآبة، خوف، تعجّب، إيمان، واحترام رهيب لتلك القوّة الجديدة والمروّعة التي كانوا قد شاهدوها للتو.

وقفت فيتوريا فيترا مرتجفةً عند درج البازليكا وأغمضت عينيْها، وإذا بها وسط دوّامة العواطف التي كانت تسري في عروقها تسمع كلمة واحدة تقرع في ذهنها كجرس بعيد قرعاً نقيّاً وقاسياً. حاولت طردها بعيداً، ومع ذلك ظلّ صداها يتردّد في ذهنها. حاولت طردها من جديد، إلا أن ألمها كان عظيماً.

حاولت الغرق في الصور التي كانت تتّقد في أذهان الآخرين... كقـوّة المـادة المضادة المُجفلة... وخلاص الفاتيكان... والسكرتير البـابوي... والأعمـال البطولية... والمعجزات... وعدم الأنانية. ولكن وعلى الرغم من هذا كلّه، ظلّ صدى هذه الكلمة يتردّد في ذهنها... مدوياً وسط الضجيج والجلبـة بحـسٍّ موحِش من الوحدة.

روبرت.

أتى إلى قصر الملاك لكي ينقذها من وحشيّة ذاك السفّاك.

لقد أنقذ حياتها.

وإذا به الآن يموت بسبب اختراعها هي.

وفيما كان الكاردينال مورتاتي يصلّي، راح يتساءل إن كان هو أيضاً سيسمع صوت الله مثلما سمعه السكرتير البابوي من قبله. أينبغي علـى المـرء أن يـؤمن بالعجائب والمعجزات لكي تحدث له؟ كان مورتاري في الواقع رجلاً عصـرياً ذا إيمان قديم، غير أن المعجزات لم تكن يوماً لتشكّل جزءاً من إيمانه. فلا شـكّ في أن إيمانه كان يأتي على ذكر المعجزات... كأشجار النخل الدامية والصعود من بـين الأموات والدمغات على الأكفان...، إلاّ أن عقل مورتاتي وتحليله المنطقي للأمـور لطالما كان يفسّر هذه الظواهر على أنها أمور خرافية أسطورية. فهي وبكل بساطة نتيجة ضعف الإنسان وحاجته الماسّة إلى دليل أو برهان. وبالتالي ليست المعجزات سوى قصص نتشبّث بها لأننا نتمنّى لو أنها تكون حقيقيّةً.

ولكن...

هل أنا عصريّ بحيث أني لا أستطيع تقبّل ما قد شاهدته عيْناي للتوّ؟ كـان الأمر معجزة، أليس كذلك؟ بلا! إن الله تعالى وبكلمـات قليلـة همسـها في أذن السكرتير البابوي، تدخّل وأنقذ هذه الكنيسة. لَمَ كان هذا أمـر مـن الصـعب تصديقه؟ وماذا كان الناس ليفكّروا عن الله لو أنه تعالى لم يتدخّل؟ أن الله تعالى لم يأبه لهذا الأمر؟ أو أنه تعالى كان عاجزاً عن وضع حدّ لذلك؟ لذا كانت المعجـزة هي الاستجابة الوحيدة المحتمَلة!

وفيما كان مورتاتي راكعاً بذهول وانشداه، راح يصلّي لراحة نفس السكرتير البابوي شاكراً هذا الشاب الذي حتى وهو في ريعان شبابه تمكّن من أن يفتّح عينيْ ذاك العجوزعلى عجائب الإيمان التامّ.

ولكن الشيء الذي لا يُصدّق هو أن مورتاتي لم يشكّ يوماً في أنّ الله سوف يجرّبه ليرى مدى إيمانه به...

وإذا بالصمت المخيِّم على باحة القديس البطرس يُخرق أولاً بخرير طفيف سرعان ما تحوّل إلى دمدمة قويّة فهدير قويّ ومفاجئ. ثمّ راحت الحشود فجأة تصيح بصوت واحد.

"انظروا! انظروا!".

فتح مورتاتي عينيْه واستدار نحو الحشود فإذا بهم يشيرون صوب الناحية الأمامية لبازليكا القديس بطرس. كانت وجوههم بيضاء، خرّ بعضهم على الأرض راكعاً في حين كان بعضهم الآخر قد أغمي عليه لشدّة الصدمة، وبعضهم الأخير يجهش بكاءً.

"انظروا! انظروا!".

استدار مورتاتي مشدوهاً وأدار نظره صوب أياديهم الممدودة فإذا بهم يشيرون إلى سطح البازليكا حيث كانت تماثيل ضخمة للمسيح ورسله ساهرةً على الحشود تحرسها.

فرآه واقفاً فوق عن يمين يسوع المسيح مادّاً ذراعيْه إلى العالم... السكرتير البابوي كارلو فنتريسا.

125

لم يسقط روبرت لانغدون الآن.

ولم يعد هناك لا هول ولا ألم ولا حتى صوت الهواء المتدفّق بقوّة، إنما مجرّد الصوت الناعم لارتطام الأمواج، وكأنه نائم يرتاح على شاطئ وثير.

وفيما كان لانغدون في حالة أشبه بالغيبوبة، شعر أن هذا هو الموت، وكان مسروراً بذلك، إذ سمح لتخدّره الجارف هذا بأن يستحوذ عليه بالكامل، لا بل سمح له بأن ينقله حيثما يريد. كان شعوره بالألم والخوف قد تخدّر، لم يكن يتمنّى أن يعود هذا الشعور ويخالجه من جديد مهما كان الثمن. أما آخر ذكرياته فكانت واحدة لا ينشدها الإنسان إلا في الجحيم.

خذني. أرجوك...

أيقظ فيه ارتطام المياه إحساساً بعيداً بالطمأنينة وشدّه السلام أيضاً إلى الوراء محاولاً إيقاظه من حلم ما. لا! أتركني وشأني! فهو لم يكن يريد أن يستيقظ، كان يشعر وكأنّ الشياطين مجتمعة عند تخوم نعيمه وهي تقرع بعنف لكي تفسد عليه بهجته ونشوته. صور غائمة ومشوّشة تلتفّ في ذهنه كالدوّامة، وأصوات مريعة تدوّي صائحةً، وهواء يتدفّق بقوّة وعنف. لا، أرجوك! لكنه كلما كان يقاوم تلك الصور والأصوات كلما كانت روح الغضب والحقد والعنف تتسرّب إلى داخله.

ثم فجأة وجد نفسه يعيش القصّة كلها من جديد...

كانت الهليكوبتر تتسلق سريعاً ومميتاً وهو عالق في الداخل. أما وراء الباب المفتوح فكانت أضواء روما تزداد بعداً كل ثانية. وغريزة البقاء عنده تقول له أن يتخلّص من العلبة الحابسة ويرميها من الهليكوبتر في الحال. غير أن لانغدون كان يعلم أن هذه الأخيرة قادرة على الهبوط مسافة نصف ميل في أقلّ من عشرين ثانية، وهي بالتالي قد تهبط على مدينة تعجّ بالسكان.

راحت الهليكوبتر تواصل صعودها أكثر فأكثر!

وراح لانغدون يتساءل عن الارتفاع الذي كانا قد وصلا إليه الآن. كان يعلم أنّ الطائرات المروحية الصغيرة تطير على ارتفاع أقصاه أربعة أميال. ولا شكّ بالتالي في أن تكون هذه الهليكوبتر قد اجتازت إلى الآن مسافة لا بأس بها. ربما قد نكون الآن على ارتفاع ميلَيْن أو ثلاثة؟ فلا تزال أمامهما فرصة. وفي حال تمكّنا من توقيت الهبوط توقيتاً مثالياً وممتازاً، فلن تسقط العلبة الحابسة سوى جزء من طريقها نحو الأرض منفجرةً بالتالي على مسافة آمنة فوق سطح الأرض، بعيداً عن المروحية. ثم راح لانغدون ينظر إلى المدينة الممتدّة تحتهما.

"وفي حال لم تحسبها جيداً؟" قال السكرتير البابوي.

استدار لانغدون مجفلاً؛ إلا أن السكرتير البابوي لم يكن حتى ينظر إليه، إذ أنه كان على ما يبدو ومع صورة لانغدون المنعكسة على جدار الطائرة الزجاجي كالشبح قد عرف ما يجول في ذهن هذا الأخير من أفكار. والغريب في الأمر أن السكرتير البابوي لم يعد منهمكاً بجهاز قيادة الهليكوبتر، حتى أن يديْه لم تعودا على ذراع المخنق. فبدت كأنها تحت المروحية القيادة الذاتية، وفي حالة تسلّق ثابتة ومطّردة. فمدّ السكرتير البابوي يده إلى سقف القمرة فوق رأسه متلمِّساً شيئاً خلف الغطاء، انتزع مفتاحاً كان ملصقاً هناك بعيداً عن الأنظار.

راح لانغدون يشاهد السكرتير البابوي باستغراب وهو يفتح الصندوق المعدني المثبّت بين المقعديْن الأماميين مخرجاً منه رزمة كبيرة سوداء من النايلون، وواضعاً إياها على المقعد الذي بجانبه. فاهتاجت أفكار لانغدون واضطربت، وبدت له حركات السكرتير البابوي نظاميّة وكأنه كان لديه حلّ.

"أعطني العلبة الحابسة"، قال السكرتير البابوي بنبرة هادئة.

ومن دون تفكير مرّر لانغدون العلبة الحابسة بعنف إلى السكرتير البابوي. "تسعون ثانية!".

ولكنّ ما فعله السكرتير البابوي أدهشه تماماً، إذ أمسك بالعلبة الحابسة بحذر بين يديْه ثم وضعها داخل الصندوق المعدني وأغلق الغطاء الثقيل عليها ثم استخدم المفتاح ليقفل الصندوق بإحكام.

"ما الذي تفعله!" سأل لانغدون.

"أبعد الإغراء عنّا". أجابه السكرتير البابوي رامياً المفتاح خارج النافذة المفتوحة.

شعر لانغدون بروحه تهبط مع هبوط ذاك المفتاح الذي راح يتشقلب وسط الظلام.

ثم أخذ السكرتير البابوي رزمة النايلون ودسّ ذراعيْه بين الرباطات ثم ربط ملزم الخصر حول معدته وأوثقه بإحكام على طول الناحية السفلية من جسمه واستدار نحو روبرت لانغدون المصعوق.

"أنا آسف"، قال السكرتير البابوي. "لم يكن من المفترض بالأمور أن تسير على هذا المنوال". ثم فتح بابه وارتمى وسط ظلام الليل.

احترقت الصورة في ذهن لانغدون غير الواعي، وأتى بالتالي معها الألم. الألم الحقيقي. ألم جسديّ موجع ومبرح. فراح يتوسّل إليه لكي يتوقّف ولكن وفيما كان صوت ارتطام المياه يعلو أكثر فأكثر في أذنيْه لمعت في ذهنه صور جديدة، وكان جحيمه قد بدأ للتوّ، وبدأ يرى أجزاء ومقتطفات من الهلع المطبق. لقد كان على الحافّة بين الموت والكابوس يلتمس الرحمة والخلاص، غير أن الصور كانت تزداد وضوحاً في ذهنه.

كانت العلبة الحابسة للمادة المضادة داخل الصندوق المقفل، وهي تواصل عدّها العكسي بينما كانت الهليكوبتر تواصل صعودها نحو السماء. لم يعد هناك

سوى خمسين ثانية ولا تزال الهليكوبتر تصعد أكثر فأكثر. راح لانغدون يدور بعنف داخل القمرة محاولاً استيعاب ما كان قد رآه للتوّ... خمسة وأربعون ثانية. راح يبحث تحت المقاعد عن مظلّة هبوط أخرى... أربعون ثانية، ولكنه لم يعثر على واحدة أخرى! لا بدّ أن يكون هناك حلّ آخر! خمسة وثلاثون ثانية. فاندفع نحو باب الهليكوبتر المفتوح ووقف بوجه الهواء العنيف محدّقاً نحو الأسفل إلى أضواء روما المشعّة تحته... اثنتان وثلاثون ثانية. ثم أخيراً أقدم على خيار.

الخيار الذي لا يُصدّق...

كان روبرت لانغدون قد قفز خارج الباب من دون مظلّة. وبينما كان الليل يلتهم جسمه المتشقلبِ في الهواء، بدت له الهليكوبتر وكأنها قد انفجرت فوقه، في حين كان صوتَ محرّكاها قد تبخّر وسط سقوطه الحرّ الصاخب والعنيف.

وفيما كان يهبط عمودياً نحو الأرض، أحسّ روبرت لانغدون بشيء لم يكن قد أحسّ به منذ السنوات البعيدة التي كان يمارس فيها رياضة الغطس عن المرتفعات العالية، ألا وهو قوّة الجاذبية العنيفة التي لا تعرف لا الرحمة ولا الشفقة. في الواقع، كلما كانت سرعته في الهبوط تزداد كلما كان يُهيّأ إليه وكأنّ الأرض تشدّه نحوها بقوّة أكبر. إلاّ أنّ الهبوط هذه المرة لم يكن هبوطاً في إحدى برك السباحة عن ارتفاع خمسين متراً، إنما كان هبوطاً عن ارتفاع آلاف الأقدام نحو مدينة - لا بل نحو امتداد شاسع ولامتناه من الأرصفة والإسمنت.

وفي مكان ما وسط تدفّق الهواء الجارف واليائس، راح صوت كوهلر يردّد من قبره كلمات كان قد تفوّه بها في وقت سابق اليوم عندما كان واقفاً أمام قناة CERN الخاصّة بالهبوط الحرّ وقال إن ياردة مربّعة واحدة من الاحتكاك من شأنها أن تبطئ سرعة الجسم في هبوطه بمعدّل عشرين بالمئة تقريباً. إلا أنّ لانغدون عاد وأدرك أن عشرين بالمئة ليست حتى بنسبة قريبة من النسبة التي قد يحتاجها المرء لينجو من هبوط كهذا. ولكن وعلى الرغم من ذلك، وبدافع العجز أكثر منه بدافع الأمل، أطبق لانغدون أصابعه بإحكام على الغرض الوحيد الذي كان قد أخذه معه وهو يخرج من الهليكوبتر. صحيح أنّ هذا الغرض كان شيئاً غريباً، ولكنه كان الشيء الوحيد الذي مدّه ولو لوهلة قصيرة بالأمل.

كان غطاء حاجب الريح المصنوع من التربولين المشمّع مرميّاً في الناحية

الخلفية من الهليكوبتر، وهو كناية عن مستطيل مقعّر، طوله أربع ياردات، بعرض ياردتيْن، أشبه بملاءة تلائم بمقاييسها مقاييس جسم الإنسان، وكان بالتالي أقرب من حيث شكله إلى الباراشوت أو المظلّة. وهو لم يكن يحوي أيّ عدّة إطلاقاً، ولكن كل ما كان لديه هما حلقتان أو عروتان، واحدة من كل جهة من الغطاء، تستخدمان لتثبيت هذا الأخير على تقويس حاجب الريح. فأمسكه لانغدون بإحكام وأدخل يديْه في الحلقتيْن متمسّكاً بهما جيداً ثم وثب في الهواء.

لقد كان هذا العمل البطولي الأعظم والأخير الذي يقوم به، والذي ينمّ عن شجاعته الفتيّة.

لا أوهام عن الحياة بعد الآن.

سقط لانغدون كالصخرة، قدميْه أولاً، رافعاً ذراعيْه ومتشبّثاً بالحلقات. أما غطاء التربولين فكان قد انتفخ كالفطر فوق رأسه. لقد كان يشقّ طريقه بعنف عبر الهواء.

وفيما كان يهبط عمودياً نحو الأرض، تناهى إلى مسمعه انفجار عميق في مكان ما فوقه وقد بدا له هذا الأخير أبعد ممّا كان قد توقّع. وما هي بالتالي إلا لحظات حتى ضربته موجة الاصطدام. شعر عندها لانغدون وكأن الهواء قد انعصر خارج رئتيْه، وفجأة أصبح الجوّ كلّه من حوله دافئاً. بذل قصارى جهوده ليبقى متمسّكاً، فجدار كامل من الحرارة يسابقه من فوق نحو الأسفل. وبدأت الناحية العلوية من الغطاء الشمعيّ كأنها احترقت... ولكنها ظلّت صامدة.

كان لانغدون يهبط كالصاروخ على حافّة غطاء ضوئي منتفخ وكان يشعر وكأنه راكب أمواج يحاول تجاوز موجة مديّة طولها ألف قدم. ثم فجأةً تقلّصت الحرارة وتقهقرت، وعاد بالتالي يهبط من جديد وسط الظلام البارد.

شعر لانغدون بالأمل لوهلة، ولكن ما لبث بعد ذلك هذا الأمل أن عاد وخبا من جديد. فعلى الرغم من ذراعيْه الممدودتيْن إلى أقصى حدّ نحو الأعلى والمتشبّثتيْن بالغطاء الشمعي الذي كان يؤمّن له هبوطاً بطيئاً نوعاً ما، كان لا يزال جسمه يشق طريقه عبر الهواء بسرعة رهيبة. كان لانغدون واثقاً من أنه لا يزال يهبط بسرعة كبيرة بحيث أنه لن ينجو من سقوطه هذا. فهو سينسحق لا محالة لدى اصطدامه بالأرض.

راحت عندها الأرقام الحسابية تدور في رأسه، ولكنه كان مشدوهاً وعاجزاً عن فهمها... ياردة واحدة مربّعة من الاحتكاك... تخفّف السرعة بنسبة 20 بالمئة. كل ما كان لانغدون قادراً على إدراكه هو أن الغطاء الشمعي فوق رأسه كبير بحيث كاف لتبطئة هبوطه بنسبة تفوق الـ 20 بالمئة. ولكنه ومع الأسف الشديد كان يعلم مًن الهواء الذي يمرّ به بعنف أن هذا الغطاء الشمعي ومهما كان جيّداً فهو لن يكون كافياً، إذ أنه لا يزال يهبط بسرعة... وهو بالتالي لن ينجو من اصطدامه ببحر الإسمنت الذي ينتظره في الأسفل.

كانت أضواء روما تنتشر تحته في الاتجاهات كافة، وكانت المدينة تبدو كسماء هائلة مضاءة بالنجوم، كان لانغدون على وشك الهبوط فيها. أما هذا الامتداد الشاسع والتام من النجوم فكان يشوبه خطّ طوليّ داكن يقسم المدينة إلى شقّيْن أشبه بشريط مظلم ينسلّ عبر نقاط الضوء كأفعى ضخمة وسمينة. راح لانغدون يحدّق نحو الأسفل إلى تلك الرقعة الصغيرة المتمعّجة والسوداء. ثم شعر فجأة بالأمل يعتمره من جديد.

فبقوّة أقرب إلى الجنون، شدّ لانغدون الغطاء المشمّع بيده اليمنى نحو الأسفل فراح يخفق بشدّة منتفخاً يميناً وباحثاً عن الطريق الذي يجد فيه أقلّ قدر ممكن من المقاومة. شعر عندها لانغدون بنفسه وكأنه ينجرف جانباً. شدّ من جديد إنما بقوّة أكبر هذه المرّة متجاهلاً الألم في راحته وإذا بالغطاء المشمّع يتّسع خارجاً، الأمر الذي جعل لانغدون يشعر وكأن جسمه يتزلق جانبياً. فنظر تحته من جديد إلى ذاك الشريط الأسود الذي يشبه الأفق وإذا به عن يمينه، ولكنه كان لا يزال عالياً جداً. أتُراني انتظرت طويلاً؟ فعاد وشدّ بكلّ قوّته مقرّاً نوعاً ما أن كل شيء بات الآن في يد الله. ثم راح يركّز على الجزء الأوسع من الأفعى... مصلّياً بالتالي وللمرّة الأولى في حياته لكي يقوم الله معه بمعجزة.

أما الباقي فكان كله ضبابياً.

تعدو الظلمة بسرعة صاخبة من تحته... وغرائز الغطس تراوده من جديد... الانعقاد اللاشعوري والانعكاسي للعمود الفقري... وترويس أصابع القدميْن... وانتفاخ رئتيْه لحماية أعضائه الحيويّة... وثنيه قدميْه على شكل الكبش... وأخيراً... الحمد لله أن نهر التيبر كان يتدفق بقوّة وغزارة... جاعلاً بالتالي مياهه مزبدةً ومفعمة بالهواء... وأنعم بثلاث مرات من المياه الراكدة.

ثم حصل الاصطدام... وكان الظلام.

كان صوت خفقان الغطاء الشمعي قد حوّل أنظار الجماعة عن الكرة النارية المشتعلة في السماء. إذ كانت السماء فوق روما زاخرة الليلة بالمشاهد الغريبة العجيبة... هليكوبتر مرتفعة في السماء ثم انفجار هائل والآن هذا الشيء الغريب الذي كان قد هبط عمودياً في مياه نهر التيبر المزبدة مباشرةً بالقرب من شاطئ جزيرة النهر الوحيدة، جزيرة تيبيرينا الصغيرة.

في الواقع، إنّ هذه الجزيرة ومنذ أن استخدمت للحجر الصحي للمرضى الذين أصيبوا في روما بوباء الطاعون في سنة 1656 للميلاد، كان يُظنّ أنها تتمتّع بقدرات شفائية خفيّة. ولهذا السبب بالتحديد أنشئ عليها في ما بعد مستشفى روما تيبيرينا.

كان جسمه مسحوقاً عندما جرّوه إلى الشاطئ. ولا يزال لديه نبض خفيف، الأمر الذي أذهل حقّاً الجماعة التي راحت عندها تتساءل إن كانت قوّة جزيرة تيبيرينا الشفائية والخفيّة هي التي ساعدت قلبه على الاستمرار في الخفقان. ولكن بعد بضع دقائق وعندما بدأ الرجل يسعل مسترداً بالتالي وعيه ببطء، قرّرت الجماعة أن هذه الجزيرة سحريّة فعلاً.

126

كان الكاردينال مورتاتي يعلم أن ليست هناك أي لغة يمكننا بواسطتها وصف سحر هذه اللحظة. فقد كان صمت الرؤيا فوق باحة القديس بطرس أعلى وأقوى من ترنيم أي كورس ملائكيّ.

وفيما كان يحدّق عالياً إلى السكرتير البابوي فنتريسا، شعر مورتاتي بتصادم عقله وقلبه. لقد بدت الرؤيا حقيقيّة وواقعية. ولكن... كيف يمكن لذلك أن يحدث؟ فالجميع رأى السكرتير البابوي وهو يصعد إلى الهليكوبتر، وجميعهم رأى كرة الضوء في السماء. وإذا بالسكرتير البابوي واقف الآن فوقهم على سطح البازليكا. أيُعقل أن تكون الملائكة قد نقلته إلى هنا؟ أم أنّ الله أراده أن يعود ويتقمّص من جديد؟

هذا مستحيل...

لم يكن قلب مورتاتي يريد شيئاً أكثر من تصديق ما كانت تراه عيْناه، إلا أنّ عقله كان يصيح ساعياً وراء شيء من المنطق. إلا أن جميع الكرادلة من حوله كانوا هم أيضاً يحدّقون إلى الأعلى خدِرين ومذهولين لمشاهدتهم على ما يبدو ما كان هو نفسه يشاهده.

كان هذا السكرتير البابوي. ليس هناك أي شكّ في ذلك. ولكنه كان بطريقة ما يبدو مختلفاً، لا بل إلهاً وكأنه قد طَهُر. أهي روح؟ أهو رجل؟ لقد كانت بشرته البيضاء تسطع وسط الأضواء الكشّافة بروحانية وشفافيّة تامّة. عندها كان هناك في الساحة بكاء وفرح وتصفيق عفوي، وركعت مجموعة من الراهبات على الأرض، ثمّ تصاعدت من الحشد ذبذبة قويّة وراحت فجأة تنشد الساحة بكاملها اسمَ السكرتير البابوي وانضمّ إليها الكرادلة الذين كان الدمع ينذرف من عيون بعضهم. فنظر مورتاتي من حوله محاولاً أن يفهم. أهذا يحدث حقاً؟

وقف السكرتير البابوي كارلو فنتريسا على سطح بازليكا القديس بطرس ونظر نحو الأسفل إلى الحشود الغفيرة التي كانت تحدّق إليه عالياً. أكان مستيقظاً أم أنه يحلم؟ لقد كان يشعر وكأنه في عالم آخر مغاير للعالم الواقعي. ثم راح يتساءل إن كان جسمه أم روحه فقط هي التي نزلت من الجنّة نحو الامتداد الناعم والمظلم لحدائق مدينة الفاتيكان... حاطّةً كملاك صامت على تلك المرجات المقفرة. راح يتساءل إن كان جسمه أم روحه هي التي تتحلّى بالقوّة التي خوّلته تسلّق درج الرصائع القديم إلى السطح حيث كان الآن واقفاً.

كان يشعر أنه خفيف كالشبح.

صحيح أن الناس في الأسفل كانوا ينشدون اسمه، إلا أنه كان يعلم أنهم لا يهتفون له شخصياً، إنما يهتفون من شدّة فرحهم، ذاك الفرح نفسه الذي كان يخالجه في كل يومٍ يتأمّل فيه الله العليّ القدير. لقد كانوا يعيشون ما كان كل واحد منهم يتوق إليه... تأكيداً من فوق... تجسيداً لقوّة الخالق.

وكان السكرتير البابوي فنتريسا قد أمضى حياته كلها يصلّي لهذه اللحظة، حتى ولو كان عاجزاً عن استيعاب فكرة أن الله تعالى قد وجد طريقةً لإظهار قدرته الإلهية على الملأ. أراد أن يصيح عالياً ويقول لهم إنّ إلهكم إله حيّ! انظروا إلى المعجزات كلها التي تحدث من حولكم!

ولكنه ظلّ واقفاً هناك لفترة خائر القوى، ولكنه شاعر بما يدور مـــن حولــه أكثر من أيّ يوم مضى. وعندما حرّكته الروح أخيراً، حنى رأسه وابتعد عن الحافّة ثم ركع وحيداً على السطح وشرع يصلّي.

127

بدأت عينا لانغدون تركزان شيئاً فشيئاً بعد أن كانت الصـــور مـــن حولـــه مشوشة. ساقاه تؤلمانه، ويشعر بجسمه وكأن شاحنةً ضخمة قد سحقته. كان ممدداً على الأرض على جنبه، ويشتمّ رائحة نتنة كرائحة الصفراء. ولا يـــزال يسمـــع صوت ارتطام المياه المتواصل. وكان يسمع أصوات أشخاص يتكلّمون بالقرب منه. ثم راح يرى أشكالاً بيضاء ضبابية. أيرتدون جميعهم ثياباً بيضاء؟ فاعتقد أنه إما في مأوى وإما في الجنة. إلا أنه ومن الحرقة التي كانت في حنجرته أدرك أنه لـــيس في الجنة.

"انتهى من التقيّؤ"، قال أحد الرجال بالإيطالية. "أديروه". بصـــوت صـــارم ومحدق ومحترفاً.

شعر لانغدون بأيد تديره ببطء على ظهره، ولكنه كان يشعر بدوار شـــديد. حاول الجلوس، لكن الأيدي عادت وأجبرته بلطف على البقاء مستلقياً. فاستسلـــم جسمه ورضخ لمشيئتهم. ثم شعر بأحدهم يمدّ يده إلى جيوبه وينتزع منها أشياء.

ثم أغمي عليه.

لم يكن الدكتور جاكوبوس رجلاً متديّناً، فعلم الطب قد جرّده من إيمانه منذ زمن بعيد. غير أن الأحداث التي جرت الليلة في مدينة الفاتيكان كانت قد وضعت منطقه النظامي قيد الامتحان. هل أصبحت الأجسام تسقط الآن من السماء؟

جسّ الدكتور جاكوبوس نبض الرجل المتسخ بوحول نهر التيبـــر الـــذي سحبوه منه، وقرّر بالتالي أن يد الله نفسها هي التي أنقذت حياة هذا الرجل. في الواقع، إن الارتجاج المخيّ الذي أصيب به لانغدون من جراء اصطدامه بالميـــاه أفقده وعيه؛ ولو لم يكن جاكوبوس وطاقمه واقفين على حافة النهر يشاهدون المشهد في السماء، لكانت هذه الروح الهابطة من الأعالي قد ماتت غرقاً مـــن دون أن يدري بها أحد.

"إنه أميركي"، قالت إحدى الممرضات بالإيطالية وهي تفتّش محفظة الرجل بعد أن تمّ سحبه إلى اليابسة.

أميركي؟ غالباً ما كان الرومان يمزحون قائلين إنّ عدد الأميركيين قد أصبح كبيراً في روما بحيث بات يجدر بالهامرغر أن يصبح الطبق الإيطالي الرسمي. ولكن أميركيين يهبطون من السماء؟! أخذ جاكوبوس ضوءاً خفيفاً وصوّبه إلى عينيْ الرجل ليفحص تمددهما. "سيّدي؟ أتسمعني؟ أتعلم أين أنتَ الآن؟".

لكنه فاقد وعيه، ولم يكن جاكوبوس متفاجئاً بذلك. فالرجل قد تقيّأ الكثير من الماء بعد أن أنعشه جاكوبوس.

"اسمه روبرت لانغدون"، قالت الممرضة التي قرأت اسمه على رخصة القيادة.

ثم توقّفت فجأة المجموعة على الرصيف مذهولةً.

"مستحيل!" صاح جاكوبوس. روبرت لانغدون هو الرجل الذي ظهر على التلفزيون. إنه ذاك البروفسور الأميركي الذي كان يساعد الفاتيكان. وكان في الواقع جاكوبوس قد شاهد السيد لانغدون منذ بضع دقائق فقط وهو يصعد في إحدى الهليكوبترات في ساحة القديس بطرس محلّقاً فيها في الهواء على ارتفاع أميال عدة. ثم ركض جاكوبوس والآخرون خارجاً إلى الرصيف ليشاهدوا انفجار المادة المضادة - تلك الكرة الضوئية المروِّعة التي لم يشاهد أيّ منهم شيئاً مثلها من قبل. كيف يمكن لهذا الرجل أن يكون هو نفسه!

"إنه هو!" صاحت الممرضة مسرِّحة شعره المبلّل إلى الوراء. "فأنا أذكر سترته التويدية هذه!".

وفجأة صاح أحدهم من مدخل المستشفى، كانت واحدة من المرضى، تصيح بجنون، رافعةً مذياعها نحو السماء ومسبِّحة الله. إن السكرتير البابوي فنتريسا قد ظهر على ما يبدو بطريقة عجائبية على سطح الفاتيكان.

فقرّر عندها الدكتور جاكوبوس أنه حالما ينتهي من مناوبته عند الساعة الثامنة من صباح الغد سوف يذهب مباشرة إلى الكنيسة.

أخذت الأضواء فوق رأس لانغدون تسطع أكثر وأعمق. كان مستلقياً على طاولة الفحص الطبيّة، يشتمّ روائح المعقمات ومواد كيميائية غريبة. وكان أحدهم قد أعطاه للتوّ حقنةً، وخلعوا عنه ثيابه.

ليسوا حتماً من الغجر، قرر في هذيانه. ربّما كائناتٍ من كوكب آخر؟ أجل،

فهو كان قد سمع عن أمور كهذه. ولكن لحسن حظّه أن هذه الكائنات لن تؤذيه، إذ كل ما كانت تريده هو -.

"ليس على حياتك!" جلس فجأة لانغدون مجفلاً وفاتحاً عينيْه.

"مهلاً!" صاحت إحدى الكائنات مهدِّئة من روعه. كانت شارته تحمل اسم الدكتور جاكوبوس وكان يبدو بشرياً.

"أنا... ظننت..." تمتم لانغدون قائلاً.

"إهدأ، سيّد لانغدون. أنت في المستشفى".

بدأ الضباب ينقشع، وشعر لانغدون بموجة من الارتياح تعتمره. فهو كان يكره المستشفيات.

"اسمي الدكتور جاكوبوس"، قال الرجل، ثم شرح له ما كان قد حدث للتوّ. "أنتَ محظوظ حقاً كونك لا تزال على قيد الحياة".

إلا أن لانغدون لم يكن يشعر قطّ أنه محظوظ. فهو بالكاد كان قادراً على استيعاب ذكرياته... الهليكوبتر... والسكرتير البابوي. كان جسمه يؤلمه. فقدّموا إليه بعض الماء ليغسل به فمه، وضمّدوا له راحته، مبدلين اللفافات القطنية القديمة بضمادات جديدة.

"أين ثيابي؟" سأل لانغدون الذي كان يرتدي ثوباً ورقياً.

فأشارت إحدى الممرضات إلى لفيفة أوراق مالية متقطّرة وسترة تويدية ممزّقة "كانوا مشبعين بالماء لذا اضطررنا إلى تمزيقهم لنتمكّن بالتالي من نزعهم عنك".

فنظر لانغدون إلى سترته الهاريس التويدية الممزّقة وعبس.

"كان لديك في جيبك بعض المحارم الورقية"، قالت الممرضة.عندها فقط رأى لانغدون فتات ورق الرّق العالق على قماش سترته. لقد كانت هذه ورقة كتيّب البيان لغاليليو. ها قد انحلّت للتوّ النسخة الأخيرة منها. ولكنّ لانغدون كان خدراً بحيث لم يكن يعلم ما الذي ينبغي عليه فعله، فظل جالساً يحدّق إلى فتات الورقة بانشداه.

"لقد احتفظنا لك بأغراضك وأوراقك الخاصة". قالت الممرضة مادّة له صندوقاً بلاستيكياً. "محفظة وكاميرا مسجّلة وقلم. لقد جففت الكاميرا المسجّلة قدر الإمكان".

"ليس لديّ كاميرا مسجّلة".

عبست عندئذ الممرضة مشوّشة الذهن وأخرجت الصندوق. راح لانغدون ينظر إلى محتويات هذا الأخير، وإذا به يجد في داخله بالإضافة إلى محفظته وقلمه كاميرا مسجلة صغيرة من ماركة سوني روفي، تذكّرها الآن. إنها الكاميرا التي كان كوهلر قد أعطاه إياها طالباً منه أن يسلّمها إلى وسائل الإعلام.

"لقد وجدناها في جيبك. ومع ذلك فإني أظنّ أنك ستحتاج إلى واحدة جديدة الآن. ثم فتحت الممرضة الشاشة الصغيرة في الخلف. "منظارك مكسور". ثم أشرق وجهها بهجة وسعادة، وأضافت: "إنما لا يزال الصوت شغّالاً وإن كان بالكاد مسموعاً"، ثم رفعت الجهاز إلى أذنها. "إنه يردّد العبارة نفسها مراراً وتكراراً". وراحت تصغي لوهلة ثم عبست مادّة جهاز التسجيل إليه. "أظنّ أنهما شخصان يتشاجران".

أخذ لانغدون المسجّلة وقرّبها من أذنه. لقد كانت الأصوات خافتة ورنّانة، ولكن من الممكن تمييزها. فأحدها كان قريباً والثاني بعيداً. وقد تمكّن من التعرّف عليهما.

جلس في ردائه الورقي وراح يصغي إلى الحديث بدهشة. صحيح أنه كان عاجزاً عن رؤية ما كان يدور بين هذيْن الشخصيْن، إلا أنه عندما سمع العبارة الختاميّة الصاعقة، شكر ربّه أنّ المنظار كان قد تحطّم.

يا إلهي!

وفيما كانت المسجّلة تعيد الحديث من بدايته، أخفض لانغدون الجهاز عن أذنه وجلس بارتباك وحيرة مروّعيْن. المادة المضادة... والهليكوبتر. كان ذهن لانغدون قد بدأ الآن يحلّل الأمور تحليلاً منطقياً.

ولكن هذا يعني أن...

شعر برغبة جديدة في التقيّؤ، ولكنه سرعان ما نزل بغضب عن طاولة الفحص الطبية ووقف على ساقيْه المرتجفتيْن.

"سيد لانغدون!" قال الطبيب محاولاً إيقافه.

"أنا بحاجة إلى ثياب"، قال لانغدون شاعراً بتدفّق الهواء على مؤخّرته بسبب ردائه الورقي الذي لا ظهر له.

"ولكن يجب أن ترتاح قليلاً".

"أريد أن أخرج من هنا حالاً. ولكني بحاجة إلى ثياب فقط".

"ولكن سيّدي، أنت -".

"قلت حالاً".

راح الجميع ينظرون إلى بعضهم بعضاً بذهول تامّ. "ليس لدينا ثياب"، قال الطبيب. "ربما أحد أصدقائك يجلب لك غداً بعض الثياب".

تنهّد لانغدون ببطء وصبر وراح يحدّق إلى الطبيب في عينيْه قائلاً: "دكتور جاكوبوس، أنا خارج من هنا الآن وأنا بحاجة إلى ثياب. فأنا ذاهب إلى مدينة الفاتيكان، ولا يمكن لأحد أن يذهب إلى هناك كاشفاً عن مؤخّرته. أكلامي واضح الآن؟".

رضخ الدكتور جاكوبوس لمشيئته وقال: "أحضروا لهذا الرجل شيئاً يرتديه".

وعندما انطلق لانغدون مسرعاً خارج مستشفى تيبيرينا، شعر وكأنه جرموز كبير ينتمي إلى إحدى الفرق الكشفية، إذ أنه كان يرتدي عفريتةً طبيّة خاصة بمساعدي الأطباء وتُقفل من الأمام بسحّاب طويل ومزيّنة بشارات قماشية تشير على ما يبدو إلى مؤهّلات الممرّض أو مساعد الطبيب.

والمرأة التي ترافقه كانت أكثر بدانةً وترتدي الزيّ نفسه، إلا أن الطبيب كان قد أكّد له أنها قد توصله إلى الفاتيكان في وقت قياسيّ.

"هناك الكثير من الزحمة"، قال لانغدون مذكّراً إياها بأن المنطقة المحيطة بالفاتيكان مكتظّة الآن بالناس والسيارات.

ولكن المرأة لم تبدُ مهتمّةً لكلامه وأشارت بفخر إلى إحدى شاراتها قائلةً: "أنا أقود مركبة إسعاف".

"مركبة إسعاف؟" ظنّ عندها لانغدون أنها ستأخذه إلى هناك بواسطة إحدى سيّارات الإسعاف.

فقادته إلى الناحية الجانبية للمبنى حيث كانت مركبتها بانتظارها على طبقة صخرية بارزة فوق سطح الماء. توقّف لانغدون في مكانه مذهولاً لدى مشاهدته المركبة. لقد كانت مروحيّة قديمةً وكان قد كُتب على بدنها "طائرة إسعافية".

ظلّ لانغدون رافعاً رأسه بانشداه.

فابتسمت المرأة قائلة: "سوف نطير فوق مدينة الفاتيكان. إنها سريعة جداً".

128

كان مجمع الكرادلة يغلي حماسةً واهتياجاً وهو يتدفّق من جديد إلى داخل الكابيلاّ سستينة. غير أن مورتاتي شعر في داخله بحيرة متزايدة. فهو كان يؤمن بمعجزات الكتاب المقدس القديمة، إلا أن ما شاهده للتوّ كان أمراً من المستحيل عليه فهمه. فهو وبعد تسعة وسبعين سنة أمضاها في التقوى والورع، كان يعلم أنه من المفترض بهكذا أحداث أن توقظ فيه حماسةً مفعمة بالورع والإيمان الحيّ والمتّقد حماسةً. ولكن وعلى الرغم من ذلك، كل ما كان يشعر به هو اضطراب وقلق متزايديْن.

ثمة خطب ما.

"سيّد مورتاتي!" صاح أحد الحراس السويسريين، نازلاً الردهة راكضاً. "لقد صعدنا إلى السطح مثلما طلبت منّا أن نفعل. إنه السكرتير البابوي نفسه... بلحمه ودمه! ليس روحاً! إنه بالضبط مثلما عرفناه!".

"هل تحدّث إليكم؟".

"إنه راكع يصلّي بصمت! ونحن للصراحة خفنا أن نلمسه!".

بدا عندها مورتاتي مرتبكاً إذ قال: "قلْ له... إن كرادلته بانتظاره".

"سيّدي، كونه رجل..." أجابه الحارس متردداً.

"ما الأمر؟".

"صدره... إنه محروق. أليس من المفترض بنا أن نضمّد له جروحه؟ لا بدّ أنه يشعر بالألم".

ففكّر مورتاتي بالأمر إذ لا شيء من قبل في حياته التي أمضاها في خدمة الكنيسة كان قد حضّره لموقف كهذا. "إن كان رجلاً، فاخدموه إذن على هذا الأساس. حمّموه وضمّدوا له جروحه؛ وضعوا له ثياباً نظيفة، ونحن سنكون بانتظاره في الكابيلاّ سستينة".

هرول الحارس إليه راكضاً.

اتّجه مورتاتي نحو الكابيلاّ التي كان قد سبقه إليها سائر الكرادلة. وفيما كان يسير نازلاً الردهة الرئيسة، رأى فيتوريا فيترا جالسة بترهّل على أحد المقاعد عند

أسفل الدرج الملكي. كان باستطاعته رؤية الحزن والوحدة اللذيْن كانت تشعر بهما من جرّاء خسارتها، وأراد بالتالي الذهاب إليها ولكنه كان يعلم أن لديه الآن أموراً أهمّ يقوم بها... على الرغم من أنه لم تكن لديه أي فكرة عن ماهية تلك الأمور وطبيعتها.

دخل مورتاتي الكابيلا حيث جوّ الحماسة والاهتياج. أغلق الباب طالباً من الله تعالى أن يساعده.

راحت الهليكوبتر الإسعافية التابعة لمستشفى تيبيرينا تدور خلف مدينة الفاتيكان وكان لانغدون قد أطبق أسنانه قاسماً بالله بأن تكون هذه المرة الأخيرة في حياته التي يركب فيها الهليكوبتر.

وبعد تمكّنه من إقناع الربّان بأن القوانين التي تنظّم الطيران في الأجواء الفاتيكانية هي آخر همّ الفاتيكان في الوقت الحاضر، قادها لانغدون داخل الفاتيكان بعيداً عن الأنظار من فوق الجدار الخلفي وطلب منها أن تحطّ على المهبط الخاص بالهليكوبترات.

"شكراً"، قال لها حانياً جسمه بألم على الأرض. فأرسلت إليه قبلة في الهواء ثم عادت وأقلعت بسرعة، مختفية من جديد فوق الجدار وسط الظلام.

تنهّد لانغدون، محاولاً استعادة صفو أفكاره، وآملاً فهْم ما كان على وشك القيام به. وحاملاً الكاميرا المسجِّلة في يده، ركب في عربة الغولف نفسها التي كان قد ركبها هذا الصباح. لكن بطّاريّة هذه الأخيرة لم تكن مشحونة وكانت بالتالي على وشك أن تفرغ تماماً، مما اضطره إلى قيادتها من دون إشعال المصابيح الأمامية، وذلك توفيراً للطاقة.

وعلاوة على ذلك، فهو كان يفضّل ألا يراه أحد آتياً.

أما في الناحية الخلفية من الكابيلا سستينة، فقد كان الكاردينال مورتاتي واقفاً يراقب بذهول الجلبة أمامه.

"لقد كانت معجزة!" صاح أحد الكرادلة. "هذا هو التدبير الإلهي!".

"أجل!" صاح آخرون. لقد أظهر لنا الله تعالى مشيئته!".

"سوف يصبح السكرتير البابوي البابا الجديد!" صاح آخر.

"صحيح أنه ليس كاردينالاً، لكنّ الله قد أرسل لنا إشارة عجائبية!".

"أجل!" أجابه أحدهم موافقاً إياه الرأي. "إن قوانين الخلوة الانتخابية هي

بالنهاية قوانين بشريّة. لقد أظهر لنا الله مشيئته! أنا أدعو فوراً إلى الاقتراع!".

"اقتراع؟" سأل مورتاتي متّجهاً نحوهم. "أظنّ أن هذه وظيفتي أنا".

فاستدار عندئذ الجميع.

وشعر عندها مورتاتي بأن الكرادلة يحدّقون إليه بجفاء وارتباك وكأنّه يهينهم برزانته ورصانته. وهو كان يتمنّى لو أن قلبه ينجرف وراء الابتهاج العجائبي الذي كان يراه على وجوه الآخرين من حوله، إلا أنه لم يكن كذلك. ثم شعر فجأة بألم غريب في روحه... وبحزن أليم كان من الصعب عليه تفسيره. فهو كان قد نذر بأن يدير هذه الإجراءات بصفاء روحي تام، ولكنه لم يكن قادراً على تجاهل كل هذا التردد والشكّ الذي يراوده.

"يا أصدقائي"، قال مورتاتي، صاعداً إلى المذبح. كان صوته يبدو غريباً. "أظنّ أني سأمضي ما تبقى من أيام في حياتي وأنا أحاول أن أجد تفسيراً لما شاهدته الليلة. ولكنّ ما تقترحونه بشأن السكرتير البابوي... فمن المستحيل أن تكون هذه مشيئة الله".

خيّم عندها على الغرفة صمت تام.

"ولكن... كيف يمكنك أن تقول هذا؟" سأله أخيراً أحد الكرادلة. "فالسكرتير البابوي هو الذي أنقذ الكنيسة. لقد تحدّث الله إليه مباشرةً! حتى أن الرجل قد نجا من الموت بأعجوبة! فأيّ إشارة نحتاج أكثر من ذلك!".

"إن السكرتير البابوي آت إلينا الآن"، قال مورتاتي. "لذا دعونا ننتظر. دعونا نستمع إلى رأيه في هذا الشأن قبل أن نباشر بعمليّة الاقتراع. فربّما قد يكون لديه تفسير لذلك".

"تفسير؟".

"كوني ناخبكم الأعظم، فقد نذرت أن أحافظ على قوانين الخلوة الانتخابية وأدعمها. ولا شك في أنكم تعلمون أنه وبموجب القوانين المقدّسة لا يجوز للسكرتير البابوي أن يعتلي العرش البابوي. فهو ليس كاردينالاً. إنه كاهن... لا بل حاجب. وعلاوة على هذا كله، هناك أيضاً مسألة سنّه غير الملائمة لهذا المنصب. هنا، بدأ مورتاتي يشعر بازدياد نظرات الكرادلة إليه قسوةً. "حتى أني بسماحي لكم القيام بعملية اقتراع، أكون بالتالي أطلب منكم أن تنتخبوا رجلاً يعتبره القانون الفاتيكاني غير مؤهّل لهكذا منصب وكأني أدعوكم بالتالي إلى خرق يمين مقدّس".

"ولكن ما حدث هنا الليلة يفوق من دون شك قوانينا"، قال أحدهم متمتماً.

"حقّاً؟" صاح مورتاتي غير شاعر بالكلمات التي كان يتفوّه بها، وغير مدرك حتى مصدرها. "أهي حقاً مشيئة الله أن ننبذ قوانين الكنيسة؟ أهي حقاً مشيئة الله أن نتخلّى عن المنطق ونستسلم للجنون؟".

"ولكنك ألم تشاهد ما شاهدناه؟" راح آخر يتحدّاه بغضب. كيف تجرؤ على التشكيك بهذا النوع من القوّة!".

نهره مورتاتي وأجابه بصوت عال وعميق لم يعهده من قبل قائلاً: "أنا لا أشكّك بقوّة الله! لكن الله هو مَن مدّنا بالعقل والمنطق! والله هو مَن نقوم بخدمته بوعي وحذر!".

129

أما في الردهة خارج الكابيلاّ سستينة، فكانت فيتوريا فيترا تجلس خدرةً عند أسفل الدرج الملكي، وعندما شاهدت شخصاً قادماً عبر الباب الخلفي، تساءلت إن كانت ترى روحاً أخرى. كان هذا الشخص مضمّداً، ويعرج ويرتدي زيّاً طبيّاً.

فوقفت... عاجزةً عن تصديق الرؤية. "رو... برت؟".

لم يجبها، إنما راح يمشي صوبها بخطى واسعة ثم أخذها بين ذراعيْه وراح يقبّلها باندفاع على شفتيْها قبلة مفعمةً بالشكر والحرارة والتوق.

شعرت بالدموع تترقرق في عينيْها. "يا إلهي،... شكراً لك يا رب...".

عاد وقبلها من جديد بحرارة أكبر؛ أما هي فضمته بقوّة مستسلمةً بين ذراعيه، وظلاّ متشابكيْن وكأنهما يعرفان بعضهما بعضاً منذ سنوات طويلة. نسيت كل الخوف والألم، وأغمضت عينيْها هائمةً في حرارة تلك اللحظة.

"هذه مشيئة الله!" كان أحدهم يصيح بصوت عال ومدوٍّ داخل الكابيلاّ سستينة. "مَن سوى المختار كان بإمكانه أن ينجو من هذا الانفجار الشيطاني؟".

"أنا"، قال صوت من الناحية الخلفية للكابيلاّ. فاستدار مورتاتي والآخرون بدهشة لدى مشاهدهم الشخص المتّسخ الذي كان يتقدّم صاعداً الجناح المركزيّ. "سيّد... لانغدون؟".

ولكن ومن دون أن ينبس ببنت شفة، ظلّ لانغدون يتقدّم ببطء إلى الناحية

الأمامية للكابيلاّ، ودخلت فيتوريا فيترا وراءه. ثم دخل حارسا الكابيلاً مسرعيْن يدفعان عربة صغيرة كانت قد وُضعت عليها شاشة تلفزيونية كبيرة. فانتظر لانغدون بينما كانا يوصّلاها بالقابس الكهربائي ويضعاها على نحو مواجه للكرادلة، ثم أشار لانغدون للحارسيْن بأن يغادرا. ففعلا وأغلقا الباب وراءهما.

لم يعد الآن داخل الكابيلا سوى لانغدون وفيتوريا والكرادلة. فشبك لانغدون الكاميرا المسجّلة بالشاشة التلفزيونية وضغط زرّ التشغيل.

فانقشع المشهد المصور في المكتب البابوي أمام الكرادلة. غير أن التصوير لم يكن جيّداً وكأنه قد أُخذ بواسطة كاميرا خفيّة أو مخبّأة. ولكن في خلفيّة الشاشة وبعيداً عن وسطها، كان السكرتير البابوي واقفاً في العتمة بوجه نار الموقد. صحيح أنه كان يبدو وكأنه يتحدّث مباشرة إلى الكاميرا، ولكنه سرعان ما يصبح من الواضح بعد ذلك أنه يتحدّث إلى شخص آخر - أي الشخص الذي كان في الواقع يصوّر شريط الفيديو هذا. فقال لهم لانغدون إن هذا الشريط من تصوير ماكسيميليان كوهلر، مدير CERN. فمنذ ساعة واحدة فقط، صوّر كوهلر سرّاً اجتماعه هذا مع السكرتير البابوي، وذلك بواسطة كاميرا مسجِّلة صغريّة كان قد ثبّتها مخفيّة تحت ذراع كرسيّه المدولب.

وراح مورتاتي والكرادلة يشاهدون بانذهال تام. صحيح أنّ الحديث بين هذيْن الشخصيْن كان قد قطع شوطاً أصبح في مرحلة متقدّمة، لكن لانغدون لم يزعج نفسه بإعادته إلى البداية، إذ أنّ ما كان يريد من الكرادلة أن يروا كان على ما يبدو سيأتي في ما بعد...

"ليوناردو فيترا يحتفظ بدفتر يوميّات؟" كان السكرتير البابوي يقول.

"أظنّ أن هذه أخبار سارّة لـ CERN. فإن كانت هذه اليوميّات تحوي سلسلة العمليّات التي قام بها لاستنباط المادة المضادّة -".

"كلاّ، إنها لا تحوي العمليّات المتّبعة لاستنباط المادة المضادة"، قال كوهلر. "اطمئن، إذ أن سلسلة العمليّات هذه قد ماتت مع ليوناردو. إلا أن يوميّاته كانت تتحدّث عن شيء آخر. عنكَ أنتَ".

بدا عندها الاضطراب على صوت السكرتير البابوي إذ قال: "أنا لا أفهم. ما الذي تقصده بكلامك هذا؟".

"إنه يتحدّث في يوميّاته عن اجتماع كان قد عقده الشهر الماضي معكَ أنتَ".

فتردّد السكرتير البابوي، ثم نظر إلى الباب. "لم يكن يجدر بروشيه إدخالك إلى هنا من دون إذني. كيف دخلتَ إلى هنا؟".

"إن روشيه على علم بالحقيقة. فأنا كنت قد اتصلت به في وقت سابق وأطلعته على كل ما فعلتَ".

"على كل ما فعلته أنا؟ على أيّ حال، أيّاً كانت القصّة التي أخبرته إياها، فإن روشيه حارس سويسري شديد الإخلاص لهذه الكنيسة بحيث أنه لن يصدّق عالماً قاسياً ويكذّب سكرتيره البابوي".

"هذا صحيح. فهو شديد الإخلاص بحيث أنه وعلى الرغم من الإثبات الذي قدّمته إليه بشأن خيانة أحد حرّاسه الأوفياء للكنيسة، رفض أن يصدّق ويقبل بالأمر، وأمضى بالتالي نهاره كله وهو يبحث عن تفسير آخر للأمر".

"وهل قدّمت إليه تفسيراً لذلك؟".

"لقد قدّمت له الحقيقة بكل فظاعتها وشناعتها".

"لو كان روشيه صدّق قصّتك تلك لكان أوقفني".

"كلا. فأنا لم أكن لأسمح له بذلك، إذ أني قدّمت إليه صمتي وكتماني للأمر لقاء سماحه لي بهذا الاجتماع".

ضحك السكرتير البابوي ضحكة غريبة. "أتنوي ابتزاز الكنيسة بتهديدها بقصة لا يمكن لأحد تصديقها؟".

"أنا لست بحاجة إلى الابتزاز التهديدي. كل ما أريده هو وبكل بساطة أن أسمع الحقيقة منك أنتَ الذي كنتَ صديق ليوناردو فيترا".

لم ينبس عندها السكرتير البابوي ببنت شفة، إنما ظلّ وبكل بساطة يحدّق إلى كوهلر.

"لنرَ"، قال كوهلر بعنف. "منذ حوالى شهر تقريباً، اتصل بك ليوناردو فيترا طالباً منك مقابلةً ضرورية وملحّة مع البابا وأنتَ كنت قد سمحت له بهذه المقابلة أولاً لأنّ البابا كان شديد الإعجاب بعمل ليوناردو، وثانياً لأنّ ليوناردو كان قد قال لك إن الأمر ضروري".

فاستدار السكرتير البابوي صوب النار من دون أن يقول شيئاً.

"وهكذا حضر ليوناردو إلى الفاتيكان بسريّة تامّة، إذ أنه كان بمجيئه إلى هنا يخون ثقة ابنته به؛ الأمر الذي كان يزعجه في الصميم، ولكنه شعر أن لا خيار آخر

أمامه. كانت في الواقع أبحاثه قد تركته في حيْرة عميقة، وكان بالتالي بحاجة إلى إرشاد روحيّ وكنسي. وأثناء هذا الاجتماع السريّ، أخبرك أنتَ والبابا أنه قام باكتشاف علمي يحمل تضمّنات دينية عميقة. فهو كان قد أثبت أنّ سفر التكوين أمر ممكن فيزيائيّاً، وأنّ المصادر القويّة للطاقة - التي أطلق عليها فيترا اسم الله - يمكنها أن تستنسَخ إلى نسختيْن متطابقتيْن لحظةَ الخلق.

عمّ الصمت الغرفة.

ثم استطرد كوهلر كلامه قائلاً: "ذُهل البابا، وأراده أن ينشر هذا الاكتشاف على الملأ، إذ أن قداسته كان يظنّ أنّ هذا الاكتشاف من شأنه أن يكون بمثابة الجسر الذي سيلغي الثغرة بين العلم والدين - وهذا كان في الواقع واحد من الأحلام التي يسعى البابا إلى تحقيقها في حياته. ثم راح ليوناردو يشرح لكما سبب حاجته إلى إرشاد الكنيسة. فيبدو في الواقع أن تجربة الخلق التي قام بها، وتماماً كما يتنبأ إنجيلكم، قد أنتجت كل شيء على نحو مزدوج. أي الشيء ونقيضه. كالنور والظلمة. وبالتالي فقد وجد فيترا أنه وبالإضافة إلى خلقه المادة خلق نقيضها أيضاً، أي مضادّ المادة. أتريدني أن أتابع؟".

ظل السكرتير البابوي صامتاً وانحنى وحرّك الجمرات مُذكياً بذلك النار.

"وبعد مجيء ليوناردو فيترا إلى هنا"، قال كوهلر: "ذهبتَ بدورك إلى CERN لكي تشاهد عمله. في الواقع، إن ليوناردو يقول في يوميّاته إنّك قمت شخصيّاً برحلة إلى مختبره".

فرفع السكرتير البابوي نظره.

وتابع كوهلر حديثه. "لم يكن البابا قادراً على السفر من دون أن يلفت انتباه الوسائل الإعلامية، لذا أرسلكَ أنتَ بالنيابة عنه. وهكذا قمتَ مع ليوناردو بجولة سرّيّة في مختبره وعرض عليك عملية إبادة المادّة المضادة - البيغ بانغ أو الانفجار العظيم - قوّة الخلق، كما وعرض عليك أيضاً عيّنةً ضخمة كان يحتفظ بها في مكان مغلق بإحكام، وذلك دلالةً على أنّ تجربته الجديدة هذه من شأنها أن تولّد المادة المضادة بنسب هائلة. فاعتمرتك عندئذ رهبة شديدة وعدت إلى مدينة الفاتيكان لتنقل إلى البابا ما كنت قد شاهدتهً هناك".

تنهّد السكرتير البابوي وقال: "وما الذي يقلقك في هذا؟ أني احترمت خصوصيّة ليوناردو وكتمت سرّه مدعياً الليلة أمام العالم كله أني لا أعلم شيئاً عن المادة المضادة؟".

"كلا! ما يقلقني ويزعجني هو أنّ ليوناردو فيترا قد أثبت عمليّاً وجود إلهكم، ومع ذلك فقد أمرت بقتله!".

فاستدار السكرتير البابوي من دون أن تكون هناك أي سيماء معبِّرة على وجهه.

أما الصوت الوحيد الذي في الغرفة فكان صوت فرقعة النار في الموقد.

ثم اهتزّت فجأةً الكاميرا وظهرت ذراع كوهلر في الصورة. فهو كان منحنياً إلى الأمام وكأنه كان يتصارع مع شيءٍ مثبّت تحت كرسيّه المدولب. وبالتالي، وعندما عاد وجلس من جديد، كان حاملاً مسدّساً ومصوّباً إياه على السكرتير البابوي. ثم قال له كوهلر: "اعترف بخطاياك، أبت. فوراً".

بدا عندها السكرتير البابوي مجفلاً، فقال: "لَن تتمكّن أبداً من الخروج من هنا على قيد الحياة".

"لا شكّ في أنّ الموت سيريحني من حياة البؤس والشقاء التي عشتها منذ كنت صبيّاً صغيراً بسبب إيمانكم هذا". وكان كوهلر ممسكاً المسدس بيديْه الاثنتيْن. "أنا أعرض عليك الخيار التالي: إما أن تعترف بخطاياك... وإما أن تموت في الحال".

رمق السكرتير البابوي البابَ نظرة سريعة.

"روشيه في الخارج"، قال كوهلر بنبرةٍ ملؤها التحدّي. "وهو أيضاً جاهز لقتلك".

"روشيه مدافِع محلّف عن الـ".

"روشيه هو مَن سمح لي بالدخول مسلّحاً إلى هنا. فهو قد سئم كذبكم ونفاقكم. أمامك خيار واحد. اعترف لي. يجب أن أسمعه منك شخصيّاً".

فتردّد السكرتير البابوي.

عندها، ردّ كوهلر ديك مسدّسه إلى الوراء استعداداً للرمي وقال: "أتشكُّ حقّاً في أني قد أقتلك؟".

"مهما سأقول لك"، قال السكرتير البابوي: "لن يتمكّن أبداً رجل مثلك من الفهم".

"جرّبني".

ظلّ السكرتير البابوي جامداً في مكانه لفترة، ثم عندما بدأ يتكلّم راحت كلماته تدوّي بجلال ووقار يلائمان السرد الغيريّ المجيد أكثر منه الاعتراف.

"منذ بدء الزمان"، قال السكرتير البابوي: "والكنيسة تحارب أعداء الله. وهي تارةً كانت تقوم بذلك بواسطة الكلام وطوراً بواسطة السيوف. ولكننا لطالما كنّا قادرين على الصمود".

وكان السكرتير البابوي يشعّ قناعةً.

"غير أن شياطين الماضي"، تابع كلامه قائلاً: "كانوا شياطين نار ومقت... كانوا أعداء بإمكاننا محاربتهم - أعداء يوحون بالخوف. إلا أنّ الشيطان داهية. فهو ومع مرور الزمن، راح يطلق العنان لرزانته الشيطانية خافياً إياها وراء وجه جديد... وجه العقل والمنطق المحض. واضح وماكر، إنما في الوقت نفسه عديم الروح أيضاً". ثم ظهر فجأة الغضب في صوت السكرتير البابوي - وكأن فيه مسّ من الجنون. "قل لي، سيّد كوهلر! كيف يمكن للكنيسة أن تشجب شيئاً منطقيّاً بالنسبة إلى عقولنا وأذهاننا! كيف يمكننا أن نشجب ذاك الشيء الذي أضحى الآن الأساس الذي يرتكز عليه مجتمعنا! في كل مرّة كانت الكنيسة ترفع فيها صوتها للتحذير، كنتم أنتم تصيحون من الخلف، ناعتين إيانا بالجهّال وبمجانين العظمة والاضطهاد. وهكذا راح نفوذ شيطانكم يتعاظم شيئاً فشيئاً متخفّياً وراء حجاب التعقّليّة البارّة، ومنتشراً كالسرطان في كل مكان إلى أن أصبح في نهاية المطاف شرعيّاً ومقدّساً بسبب معجزاته التكنولوجية العظيمة. كان يؤلّه نفسه بحيث أنه لم يعد بإمكاننا أن نشكّ سوى في أنه البرّ بحدّ ذاته. فقد توصّل العلم إلى شفائنا من المرض وإنقاذنا من الجوع والألم! انظروا إلى العلم - ذاك الإله الجديد، إله المعجزات اللامتناهية، الإله الخيّر والكريم والكليّ القدرة! وتجاهلوا الأسلحة والفوضى والتشوّش. أنسوا أمر الوحدة والمخاطر اللامتناهية. فالعلم هنا!" ثم تقدّم السكرتير البابوي إلى المسدّس. "ولكني قد رأيت وجه الشيطان المتخفّي... شاهدت الخطر...".

"ما الذي تتحدّث عنه هذا! إن فيترا قد أثبت عمليّاً بواسطة علمه وجود إلهكم! كان حليفكم!".

"حليفنا؟ إن العلم والدين لا يتشاركان بشيء في هذا المجال! فأنت وأنا كلانا يبحث عن إله مختلف! مَن هو إلهك؟ إله البروتونات والكُتل وشحنات الجسيْمات؟

وكيف يوحي إلهك؟ وكيف يدخل إلى قلب الإنسان ويذكّره بأن وجوده ناجمٌ عن قوّة أكبر منه وأعظم، وبأنه مسؤول تجاه أخيه الإنسان! لقد كان فيترا عرضة للتضليل وعمله لم يكن دينيّاً، إنما مدنس للمقدّسات! لا يجوز في الواقع للإنسان أن يضع خلق الله داخل أنبوب تجربة، وأن يلوّح بالتالي به أمام العالم لكي يشاهدوه! فهذا لا يمجّد الله إنما يحطّ من قدره!" وكان السكرتير البابوي قد بدأ بحك جسمه، وأضحى صوته مخنوقاً.

"وهكذا إذن أمرت بقتل ليوناردو فيترا!".

"من أجل الكنيسة! من أجل البشريّة جمعاء! من أجل العمل الجنوني الذي كان يقوم به! فالإنسان ليس بعد مستعداً لكي يمسك قوّة الخلق بين يديْه. الله في أنبوب تجربة؟ قطيرة من سائل أصبح بإمكانها الآن أن تمحي مدينة بالكامل من الوجود؟ كان ينبغي على أحد أن يضع حدّاً لذلك!" ثم سكت فجأة وعاد وأدار نظره صوب الموقد. بدا حينها وكأنه يفكّر بالخيارات المتوفّرة لديه.

رفع عندها كوهلر مسدّسه قائلاً: "الآن وقد اعترفت، لم يعد هناك من مفرٍّ أمامك".

فضحك السكرتير البابوي بحزن وقال: "أنتَ لا تعلم شيئاً. إن اعتراف الإنسان بخطاياه هو المفرّ". ثم نظر إلى الباب واستطرد كلامه قائلاً: "عندما يكون الله بجانبك، تصبح لديك عندئذ خيارات يستحيل على المرء فهمها". وفيما كانت كلماته هذه لا تزال متدلّية في الهواء، مسك السكرتير البابوي غفّارته من عنقها وفتحها بعنف كاشفاً بالتالي عن صدره العاري.

قفز عندئذ كوهلر في كرسيّه مجفلاً. "ما الذي تفعله!".

غير أن السكرتير البابوي لم يجبه، إنما رجع إلى الوراء نحو الموقد وأخذ شيئاً من قلب النار.

"توقّف!" صاح به كوهلر وهو لا يزال رافعاً مسدّسه. "ما الذي تفعله!".

ولكن عندما عاد السكرتير البابوي واستدار، كان هذا الأخير حاملاً وسماً أحمر شديد الحماوة. ماسة الطبقة المستنيرة. وبدت فجأة عيناه وحشيّتيْن. "كنت أنوي القيام بذلك بمفردي". ثم أضاف بصوت يغلي وحشيّةً وضراوة وقال: "ولكني الآن... أرى أن الله أرادك أن تكون هنا معي وتشاركني هذه اللحظة. أنتَ خلاصي".

وقبل أن يتمكّن كوهلر من القيام بأي شيء، أغمض السكرتير البابوي عينيْه وقوّس ظهره ثم كبس الوسم الأحمر الحامي على وسط صدره. سُمع عندها هسيس بشرته المسفوعة. "يا أمنا مريم! يا أمنا المباركة... أنظري إلى ابنك!" صاح بألم مبرّح.

ثم ظهر عندها كوهلر في الصورة... واقفاً على قدميْه على نحو مربك وملوّحاً أمامه بالمسدّس بعنف. ثم أطلق السكرتير البابوي صيحة أعلى مترنّحاً من شدّة الصدمة ورامياً بالوسم عند قدميْ كوهلر. ثم انهار وارتمى على الأرض وهو يتلوّى من شدّة الألم.

أما ما حدث بعد ذلك فكان مشوّشاً وضبابياً.

ثم ظهر فجأة على الشاشة اهتياج عظيم مع فتح الحراس السويسريين الباب بالقوّة ودخولهم الغرفة. ثم سُمع إطلاق نار وإذا بكوهلر يظهر ماسكاً صدره الذي ينزف، مرميّاً إلى الوراء في كرسيّه المدولب.

"لا!" صاح روشيه محاولاً ردع حرّاسه عن إطلاق النار على كوهلر.

أما السكرتير البابوي الذي كان لا يزال يتلوّى على الأرض من شدة الألم فتدحرج على الأرض وأشار مسعوراً إلى روشيه وصاح: "إنه من الطبقة المستنيرة!".

"أيها النذل الحقير"، قال عندها روشيه راكضاً صوبه. "يا أيها المنافق النذل والـ"

ثم أطلق تشارتراند ثلاث طلقات نارية على روشيه الذي سقط في الحال على الأرض ميتاً.

ركض بعد ذلك الحراس نحو السكرتير البابوي المجروح والتفّوا حوله. وفيما كان الجميع محتشداً حوله، ظهر فجأة على الشاشة وجه روبرت لانغدون المصعوق راكعاً بالقرب من الكرسيّ المدولب وهو يحدّق إلى الوسم. ثم راحت بعد ذلك الصورة بكاملها تهتزّ بعنف. وكان كوهلر قد استعاد وعيه، وراح يفكّ المسجّلة الصغيرة من تحت ذراع كرسيّه المدولب محاولاً إعطاءها إلى لانغدون.

"أع... أعطِ" قال كوهلر لاهثاً: "إعطِ هذه للإعلام".

ثم ساد الشاشة بياض مطلق.

130

بدأ السكرتير البابوي يشعر بضباب التعجّب والكُظْرين ينقشع. وفيما كان الحراس السويسريون يساعدونه على نزول الدرج الملكي المؤدّي إلى الكابيلاّ سستينة، تناهى إلى مسمعه ترتيل في ساحة القديس بطرس، وشعر بالتالي أنّ جبالاً كاملةً قد أُزيحت من أماكنها.

شكراً لك يا ربّ، راح يفكّر بينه وبين نفسه.

فهو كان قد صلّى إلى الله سائلاً إيّاه تعالى أن يمدّه بالقوّة، وإذا بالله قد أعطاه القوّة. وفي الأوقات التي بدأت تساوره فيها الشكوك، تكلّم الله معه. مهمّتك مهمّة مقدّسة، كان الله قد قال له. سوف أمدّك بالقوة. ولكن وعلى الرغم من كونه تعالى قد أمدّه بالقوة، ظلّ السكرتير البابوي يشعر في بعض الأحيان بالخوف، متسائلاً إن كانت الدرب التي يسلكها درباً صالحةً ومستقيمة.

إذا لم تكن أنتَ، فمَن إذن سواك؟ كان الله قد تحدّاه قائلاً.

وإذا لم يكن الآن، فمتى إذن؟

وإن لم يكن بهذه الطريقة، فكيف إذن؟

ثم عاد الله وذكّره أن يسوع المسيح قد أنقذهم جميعاً... أنقذهم من لامبالاتهم وفتور مشاعرهم. في الواقع، إن يسوع المسيح وبأمريْن اثنيْن فقط، تمكّن من تفتيح عيونهم. الرعب والأمل. الصلب ومن ثم القيامة. كان قد غيّر العالم بأسره.

ولكنّ هذا كان منذ ألوف السنين، وقد تسبّب الوقت بتأكّل هذه المعجزة. فالناس قد نسوا واستداروا نحو آلهة زائفة، ألا وهي الآلهة التقْنية والمعجزات العقلية. ولكن ماذا عن معجزات القلب؟!

وغالباً ما كان السكرتير البابوي يصلّي إلى الله سائلاً إياه تعالى أن يرشده إلى الطريقة التي يمكنه من خلالها أن يعيد الإيمان إلى قلوب الناس. غير أنّ الله ظلّ صامتاً لفترة طويلة إلى أن بلغ السكرتير البابوي أكثر لحظات حياته يأساً وظلمةً. عندها فقط أتى الله إليه. ويا لهول تلك الليلة!

كان السكرتير البابوي لا يزال يذكر جيداً كيف أنه كان ممدّداً على

531

الأرض بثياب نومه البالية والممزّقة وهو يحك جلده، محاولاً بـذلك أن يطهّـر روحه من الألم الناجم عن اكتشافه للتوّ حقيقةً خسيسة ومريرة. هذا مستحيل! صاح حينها. إلاّ أنه يعلم أن الأمر كان كذلك. راح عندها اليأس وخيبة الأمل يتجاذبه كنيران جهنّم. فالأسقف الذي كان قد احتضنه وأخـذه في كنفـه، والرجل الذي كان بمثابة أب له والكاهن الذي كان السكرتير البابوي قد وقف بجانبه وهو يعتلي عرش البابويّة... كان كلّه خدعة. آثماً كسواه مـن البشـر. يكذب على العالم بشأن عملٍ خائنٍ بحيث أنّ السكرتير البابوي نفسه كان حتى يشكّ بإمكانية أن يسامحه اللهُ عليه. "ونذرك!" كان السكرتير البابوي قد صاح بالبابا. "لقد نكست بوعدك ونذرك أمام الله! كنت أتوقّع ذلك من كل الناس، إلاّكَ أنتَ!".

حاولٍ حينها البابا أن يبرّر عمله، إلا أن السكرتير البابوي كان عاجزاً عـن الاستماع إليه. فهو كان قد خرج راكضاً مترنّحاً بـذهول في الردهـات متقيِّئـاً ومهبِّشاً جلده، إلى أن وجد نفسه وحيداً دامياً ممدداً على الأرض الترابية البـاردة أمام قبر القديس بطرس. يا أمّنا مريم، ما الذي يتعيّن عليّ فعله؟ وبالتالي وفي تلـك اللحظة بالذات من الألم والخيانة، وفيما كان السكرتير البابوي ممـدّداً في مدينـة الموتى يصلّي إلى الله سائلاً إياه أن يأخذه من هذا العالم الخالي من الإيمان، حلّ الله عليه.

لقد كان الصوت يتردّد في ذهنه كقصف الرعود.

"هل نذرت بأن تخدم ربّك؟".

"أجل!" صاح السكرتير البابوي.

"هل أنت مستعدّ لأن تموت من أجل ربّك؟".

"أجل! خذني الآن!".

"هل أنت مستعدّ لأن تموت من أجل كنيستك؟".

"أجل! خلّصني أرجوك!".

"ولكن هل أنت مستعدّ لأن تموت من أجل... البشرية؟".

عندها وفي الصمت الذي تلا ذاك السؤال، شعر السكرتير البـابوي نفسـه يسقط في الهاوية. فراح يتعثّر ويتشقلب فاقداً وعيه وصوابه ولكنه وعلى الرغم من ذلك كله، كان يعلم الإجابة. فهو لطالما كان يعرفها.

"أجل!" صاح بجنون. أنا مستعدّ للموت من أجل الإنسان! تماماً كابنك، أنا مستعدّ للموت في سبيلهم!".

وبعد مرور ساعات عديدة، كان السكرتير البابوي لا يزال ممدّداً على الأرض يرتجف. رأى عندها وجه أمه. إن لدى الله خططاً من أجلك، كانت تقول له. فازداد عندئذ جنون السكرتير البابوي. وتحدّث إليه الله من جديد، إنما هذه المرة بصمت. ولكنّ السكرتير البابوي فهم الرسالة. أعد إليهم إيمانهم.

إذا لم تكن أنتَ... فمن إذن سواك؟

إذا لم يكن الآن... فمتى إذن؟

وفيما كان الحرّاس يفتحون باب الكابيلا سستينة، شعر السكرتير البابوي كارلو فنتريسا بالقوّة تسري في عروقه... تماماً كما كانت تفعل عندما كان صبياً. إن الله قد اختاره. ومنذ زمن بعيد.

ليكن بحسب مشيئته.

شعر السكرتير البابوي وكأنه قد وُلد من جديد. فكان الحراس السويسريون قد ضمّدوا له صدره وحمموه ووضعوا له ثوباً نظيفاً أبيض، كما وكانوا قد أعطوه أيضاً حقنةً من المورفين لتخدير آلامه الناجمة عن حرقه. وهو كان قد تمنى لو أنهم لم يعطوه مهدّئات للألم، إذ أنّ يسوع المسيح احتمل آلامه مدّة ثلاثة أيام قبل أن يصعد إلى السماء! لكنه كان قد بدأ يشعر بالمخدِّر يجتثّ حواسّه من جذورها... كتيّار تحت السطح مسبِّب للدوار.

وفيما كان يدخل الكابيلا، لم يتفاجأ قطّ برؤية الكرادلة يحدّقون إليه بتعجّب. إنهم يشعرون برهبة من الله، ذكّر نفسه قائلاً. ليس مني أنا، إنما من الطريقة التي يعمل بها الله من خلالي. وفيما كان يصعد الجناح المركزي، راح يرى الذهول والارتباك على كل وجه. ولكنّه، ومع كل وجه جديد كان يمرّ به، كان يشعر بشيء آخر في عيونهم. ما كان هذا، يا ترى؟ فكان السكرتير البابوي قد حاول تصوّر الاستقبال الذي كان سيلقاه الليلة. استقبالاً فرحاً؟ استقبالاً توقيريّاً؟ وحاول بالتالي قراءة التعبير في عيونهم، ولكنّه لم يجد أيّاً من هذيْن الانفعاليْن.

عندها فقط نظر السكرتير البابوي إلى المذبح وشاهد روبرت لانغدون.

131

وقف السكرتير البابوي كارلو فنتريسا في جناح الكابيلا سستينة وكان الكرادلة جميعهم الواقفون بالقرب من صحن الكنيسة قد استداروا يحدّقون إليه. كان روبرت لانغدون على المذبح بالقرب من شاشة تلفزيونية كبيرة تبثّ مشهداً كان السكرتير البابوي يعرفه تماماً، ولكنّه لم يكن يعلم كيف وصل إلى هنا. أما فيتوريا فيترا فكانت واقفةً بجانبه تحدّق بانشداه.

أغمض السكرتير البابوي عينيْه للحظة آملاً أن يكون في حالة هلوسة وهذيان بسبب المورفين وآملاً أن يختلف المشهد أمامه عندما يعود ويفتح عينيْه؛ إلا أنّ الأمر لم يكن كذلك.

فقد كانوا يعلمون.

والغريب في الأمر أنه لم يشعر قطّ بالخوف. أرِني الطريق، يا أبتِ. مدّني بالكلمات المناسبة لكي أتمكّن من جعلهم يرون رؤياك تعالى.

إلا أن السكرتير البابوي لم يتلقَّ قط أيّ جواب.

أبت، نحن لم نجتزْ معاً كل هذه المراحل لكي نفشل الآن في مهمّتنا.

ولكنّه لم يتلقّ أي جواب أيضاً.

إنهم لا يفهمون ما قمنا به نحن الاثنيْن.

لم يتعرّف عندها السكرتير البابوي إلى الصوت الذي سمعه في ذهنه، غير أن الرسالة كانت شديدة الوضوح والصرامة.

سوف تحرّرك الحقيقة لا محالة...

ظلّ بالتالي السكرتير البابوي كارلو فنتريسا رافعاً رأسه عالياً وهو يمشي متشامخاً نحو الناحية الأمامية للكابيلاّ سستينة. وفيما كان يتّجه نحو الكرادلة، لم يتمكّن حتى ضوء الشموع المنتشر في الكابيلاّ تليين العيون والنظرات الثاقبة التي كانت تحدّق إليه. دافع عن نفسك، كانت الوجوه تقول له. برّر العمل الجنوني الذي قمت به. قل لنا إن مخاوفنا ليست في مكانها!

الحقيقة، قال السكرتير البابوي لنفسه. الحقيقة ولا شيء سوى الحقيقة. لقد كانت هذه الجدران تكتنف أسراراً عديدة... وقد كان أحدها مظلماً وخفيّاً بحيث

أنه قد أودى به إلى الجنون. ولكن من الجنون انبجس النور.

"إن كنتم قادرين على التضحية بأرواحكم وحياتكم من أجل إنقاذ الملايين"، قال السكرتير البابوي وهو يترل الجناح: "أكنتم فعلتم ذلك؟".

ولكن ظلّت الوجوه في الكابيلا تحدّق إليه بكل بساطة. فلم يتحرّك أحد و لم ينبس حتى أحدهم ببنت شفة. ولكن خارجاً وخلف جدران تلك الكابيلاّ كانت الساحة كلها ترقص على ترانيم الفرح والبهجة. ثم مشى السكرتير البابوي نحوهم. "ما هي الخطيئة العظمى؟" أن نقتل عدوّنا؟ أو أن نظلّ وبكل بساطة واقفين نتفرّج على حبّنا الحقيقي وهو يختنق؟" إنهم يغنّون في ساحة القديس بطرس! ثم توقّف السكرتير البابوي للحظة عن الكلام وراح يحدّق عالياً إلى سقف الكابيلا سستينة. لقد كان إله ميكال آنجلو يحدّق نحو الأسفل من قبّته المظلمة... وقد كان تعالى يبدو مسروراً بذلك.

"لم يعد باستطاعتي الوقوف جانباً من دون أن أتدخّل"، قال السكرتير البابوي. ولكنّه وعلى الرغم من ذلك ظلّ لا يرى أيّ بصيص تفهّم في عيون أيّ منهم. ألم يروا بساطة أفعاله المشعّة والمتّقدة؟ ألم يروا الضرورة والحاجة الملحّة إلى ذلك!

لقد كان الأمر غايةً في النقاوة والطهارة.

الطبقة المستنيرة. العلم والشيطان واحد.

أحيِ المخاوف القديمة من جديد ثم اسحقْها واقضِ عليها.

الرعب والأمل. اجعلهم يؤمنون من جديد.

إن الطبقة المستنيرة قد أطلقت الليلة من جديد العنان لقوّها... وأحرزت بالتالي نتائج عظيمة. فقد تبخّر الشعور بالفتور واللامبالاة وانتشر الخوف من حول العالم كصاعقة منيرة وحّدت البشر في ما بينهم. ثم تغلّبت بعد ذلك عظمة الله تعالى على الظلمة.

لم يكن بإمكاني الاكتفاء بالوقوف جانباً والتفرّج!

لقد كان الوحي وحياً إلهيّاً، وهو كان قد حلّ كالمنارة على السكرتير البابوي ليضيء ليلة كرْبه وألمه المبرّح. يا لهذا العالم الخالي من الإيمان! ينبغي على أحد أن يخلّصهم. أنتَ. إذا لم تكن أنتَ، فمَن إذن سواك؟ لقد أُنقذتم من أجل غاية ما. أرِهم الشياطين القديمة. ذكّرهم بمخاوفهم. اللامبالاة هي الموت. لا نور مـِنْ دون

ظلمة ولا خير من دون شرّ. دعهم يختارون في ما بين النور والظلمة. أين هو الخوف؟ أين هم الأبطال؟ إذا لم يكن الآن فمتى إذن؟

صعد السكرتير البابوي الجناح المركزي متّجهاً مباشرة صوب حشد الكرادلة الذين كانوا لا يزالون واقفين. وقد شعر عندها نفسه كالنبي موسى، إذ راح بحر الأحزمة والقلنسوات الحمراء ينشقّ أمامه سامحاً له بالمرور. أما روبرت لانغدون فقد أوقف تشغيل التلفزيون وأمسك بيد فيتوريا وغادر معها المذبح. لقد كان السكرتير البابوي يعلم أن الله تعالى أراد روبرت لانغدون أن ينجو. فالله إذن قد أنقذ روبرت لانغدون. ولكن لِمَ يا ترى؟ راح السكرتير البابوي يتساءل.

إلا أن الصوت الذي خرق الصمت كان صوت المرأة الوحيدة الموجودة في الكابيلاّ سستينة. "هل قتلتَ والدي؟" سألت خاطية نحو الأمام.

فعندما استدار السكرتير البابوي نحو فيتوريا فيترا، لم يتمكّن قطّ من فهم النظرة التي كانت في عينيْها - إنها نظرة ألم، صحيح. ولكن أهي أيضاً نظرة غضب؟ لا بدّ لها أن تفهم. فقد كانت عبقريّة والدها مميتة. لذا كان من المفترض بأحد أن يوقفه عند حدٍّ. وهذا كله من أجل خير البشرية.

"لقد كان يقوم بعمل الله"، قالت فيتوريا.

"عمل الله لا يُصنع داخل المختبر، إنما داخل القلب".

"لقد كان قلب والدي طاهراً! وقد أثبتت أبحاثه -".

"ما أثبتته أبحاثه هو أن عقل الإنسان أسرع في تطوّره وتقدّمه من روحه!" أجابها السكرتير البابوي بصوت أكثر حدّةً مما كان يتوقّع. ثم أخفض صوته بعض الشيء واستطرد قائلاً: "إن كان رجل بروحانيّة والدك قادراً على اختراع سلاحٍ كذلك الذي رأيناه الليلة، تخيّلي إذن ما قد يفعله رجل عاديّ بالتكنولوجيا".

"رجل مثلك أنتَ مثلاً؟".

أخذ السكرتير البابوي نفساً عميقاً. ألم ترَ؟ لم تكن أخلاق الناس تتقدّم بسرعة تقدّم علومهم. ولم يكن بالتالي الإنسان متطوّراً روحيّاً بمكان كاف بالنسبة إلى القوى التي كان يملكها. فنحن لم نخترع يوماً سلاحاً من دون أن نستخدمه! وهو كان يعلم أنّ المادة المضادة ليست بشيء سوى مجرّد سلاح آخر يضاف إلى مجموعة أسلحة الإنسان المزدهرة. فالإنسان قادر من قبل على التدمير. وهو كان

قد تعلّم على القتل منذ زمنٍ بعيد. وهكذا كان دم والدته قد أريق. إلا أن عبقريّة ليوناردو فيترا كانت خطيرةً لسبب آخر.

ثم استطرد السكرتير البابوي كلامه وقال: "لقد ظلّت الكنيسة وعلى مدى عصور عديدة واقفةً جانباً تتفرّج على العلم الذي كان لا ينفكّ يزعج الدين وينتقده بكل حذافيره. معجزات فاضحة، وتدريب العقل على التغلّب على القلب، وإدانة الدين على أنه مخدِّر الكتل. حتى أنهم شجبوا الله واعتبروه هلوْسةً - لا بل عكّازاً وسناداً وهميّاً للضعفاء العاجزين عن تقبّل فكرة أنّ الحياة خالية من أيّ معنى أو مغزى. ولكني أنا لم أتمكّن من البقاء واقفاً جانباً بينما كان العلم يدّعي أنه يستخدم قوّة الله تعالى نفسها! إثباتاً، تقولون؟ أجل، تطلبون مني إثباتاً على جهل العلم! ما العيب في إقرارنا بوجود شيء يفوق قدرة عقولنا على الفهم؟ في الواقع، إن اليوم الذي يقوم فيه العلم بتجسيد الله في المختبر يكون اليوم الذي لا يعود الناس بحاجة فيه إلى الإيمان!".

"أتقصد بذلك اليوم الذي لن يعودوا فيه بحاجة إلى الكنيسة"، قالت فيتوريا بنبرة متحدِّية وهي تتقدّم نحوه. "الشكّ هو آخر ما لديكم لكي تظلّوا مسيطرين على الوضع. فالشكّ هو في الواقع ما يمدّكم بالروح. حاجتنا إلى معرفة أنّ للحياة معنى. قلق الإنسان وحاجته إلى روح منيرة تؤكّد له أن كل شيء جزء من خطّة عظمى. ولكنّ الكنيسة ليست هي وحدها الروح المنيرة على هذا الكوكب! فنحن جميعاً نبحث عن الله إنما بطرق مختلفة. ممَّ أنتم خائفون؟ تخافون أن يتجلّى لنا الله ويظهر لنا نفسه في مكان آخر خارج هذه الجدران؟ تخافون أن يجده الناس، كلٌّ في حياته الخاصّة فيتخلّوا بالتالي عن طقوسكم وشعائركم القديمة؟ إن الأديان في تطوّر دائم! تجد العقول أجوبةً على أسئلتها وتتشبّث القلوب بحقائق جديدة. لقد كان والدي يبحث عن الشيء نفسه الذي تبحثون أنتم أنفسكم عنه! إنما بطريقة موازية لطريقتكم! لمَ لا يمكنكم أن تفهموا هذا؟ فالله ليس سلطة كلّيّة القدرة والنفوذ تنظر إلينا من فوق مهدّدة إيانا بأن ترمي بنا في جهنّم في حال لم نطعها. إنما الله هو الطاقة التي تتدفّق عبر نقاط اشتباك نظامنا العصبي وعبر تجاويف قلوبنا! الله موجود في كل شيء!".

"إلا في العلم"، أجابها السكرتير البابوي بعنف وبعينيْن لا تظهران سوى الشفقة. "فالعلم ومن حيث تحديده، خالٍ من الروح. وهو منفصل عن القلب انفصالاً تاماً. أما المعجزات الفكرية كالمادّة المضادة فهي تصل إلى عالمنا هذا من

دون أي تعليمات أخلاقية مرتبطة بها. وهذا بحدّ ذاته أمر خطير! ولكن عندما يروح العلم ينادي بمواصلة أبحاثه اللاربّانية على أنها الدرب المنوّرة؟ ويَعد بأجوبة على أسئلة جمالها أن لا أجوبة لها؟ فلا". قال هازّاً برأسه.

سادت لحظة صمت، شعر السكرتير البابوي فجأةً بالتعب وهو يبادل فيتوريا النظرة المتحفّظة نفسها. لم يكن من المفترض بالأمور أن تجري على هذا المنوال. أهذه تجربة الله الأخيرة له؟

ثم خرق مورتاتي جدار الصمت إذ قال: "وماذا عن الكرادلة النخبة، بادجيا والآخرين؟ قل لي أرجوك أنّك لستَ أنتَ مَن...".

فاستدار السكرتير البابوي نحوه مستغرباً من الألم الذي كان في صوته. لا شكّ في أن مورتاتي قادر على فهمه. فقد كانت عناوين الصحف تتحدّث كل يوم عن معجزات علمية جديدة. ولكن كم مرّ من الزمن على آخر معجزة دينيّة؟ قرون؟ لقد كان الدين بحاجة إلى معجزة ما! إلى شيء يوقظ هذا العالم النائم. شيء يعيد الناس إلى الطريق الصحيح. شيء يحيي إيمانهم من جديد. فالكرادلة النخبة لم يكونوا في الأحوال كلها قادةً إنما محوِّلين. لقد كانوا في الواقع ليبراليين مهيّئين لاحتضان العالم الجديد والتخلّي عن الطرق القديمة! لذا كانت هذه الطريقة الوحيدة. قائد جديد، شابّ قويّ، نابض بالحياة شاب خارق وعجائبي. بموتهم، خدم الكرادلة النخبة الكنيسة أكثر ممّا كانوا ليفعلوا في حياتهم. الرعب والأمل. نقدّم أربع أرواح لكي ننقذ الملايين. سوف يتذكّرهم العالم أبداً على أنهم شهداء. وسوف تظلّ الكنيسة تجلّ أسماءهم وتقدّرها. كم من آلافٍ ماتوا في سبيل مجد الله؟ فهم في النهاية أربعة فقط.

"ماذا عن الأربعة النخبة؟" كرّر مورتاتي.

"لقد شاركتهم آلامهم"، قال السكرتير البابوي مدافعاً عن نفسه ومشيراً إلى صدره. "وأنا أيضاً كنت مستعدّاً لأن أموت في سبيل الله، ولكنّ مهمّتي قد بدأت للتوّ. ها هم في الخارج يرتّلون في ساحة القديس بطرس!".

لكنّ السكرتير البابوي شاهد الرعب في عينيْ مورتاتي، واعتمره عندئذ شعور جديد بالحيرة والارتباك. أيمكن أن يكون هذا مفعول المورفين؟ لقد كان مورتاتي ينظر إليه وكأن السكرتير البابوي نفسه قد قتل هؤلاء الرجال بيديْه الاثنتيْن. أنا كنت مستعدّاً حتى للقيام بذلك، إن كان هذا في سبيل الله، فكّر السكرتير البابوي

بينه وبين نفسه. ولكنه لم يقم في الواقع هو شخصيّاً بذلك. فقد كان الحشّاش، ذاك الشخص الهمجي، هو الذي قام عنه بهذه الأعمال، ظنّاً منه أنه يقوم بعمل الطبقة المستنيرة. أنا يانوس، كان السكرتير البابوي قد قال له. سوف أثبت قوّتي للعالم بأسره. وهكذا فعل. إن حقد الحشّاش هو الذي جعله في الواقع لعبةً في يد الله يستخدمها من أجل تحقيق مآربه.

"أصغوا إلى التراتيل في الخارج"، قال السكرتير البابوي مبتسماً والبهجة تملأ قلبه. "لا شيء يوحّد القلوب مثل حضور الشيطان. أحرقوا كنيسةً وسوف ترون كيف ينهض المجتمع بكامله يداً واحدة ويعيد بناءها. انظروا إليهم الليلة محتشدين. فالخوف قد أعادهم إلى ديارهم. اصنعوا شياطين عصرية للإنسان العصري. فالفتور قد مات. أظهروا لهم وجه الشيطان - في الواقع إن عبدة الشيطان مندسّون في ما بيننا، يديرون حكوماتنا ومصارفنا ومدارسنا ويهددون بمحو بيت الله بواسطة علومهم المضلِّلة. فالفساد سريع الانتشار وهو يتسلّل إلى أعماق المجتمع. لذا ينبغي على الإنسان أن يكون حذِراً. اسعوا وراء الخير. أصبحوا أنتم أنفسكم خيراً!".

ثم أمل السكرتير البابوي في الصمت الذي تلا محاضرته تلك أن يكونوا قد فهموا. فالطبقة المستنيرة لم تظهر من جديد. الطبقة المستنيرة قد ماتت منذ زمن بعيد. ولكن أسطورتها وحدها هي التي لا تزال حيّة. كان في الواقع السكرتير البابوي قد أعاد إحياء الطبقة المستيرة كتذكير وتحذير للمسيحيين من حول العالم. وبالتالي فإن الذين كانوا يعلمون تاريخ الطبقة المستنيرة عادوا وعاشوا شرّ هذه الأخوية من جديد. أما الذين لم يكونوا يعلمون أيّ شيء عنها فقد تعلّموا من هذا الدرس وأدركوا كم أنهم كانوا عميان. لقد أعيد إذن إحياء الشياطين القديمة بغية إيقاظ العالم وتخليصه من لامبالاته.

"ولكن... ماذا عن الوسوم؟" سأل مورتاتي بعنف وتهجّم.

لم يجبه السكرتير البابوي. لقد كان من المستحيل على مورتاتي أن يعرف بالأمر، ولكنّ هذه الوسوم كان الفاتيكان قد صادرها منذ حوالى قرن تقريباً. وكانت بالتالي قد وُضعت في مكان سريّ وأقفل عليها داخل السرداب البابوي - وهو المَذخر البابوي الخاص الموجودً داخل شقّته البورجيّة. وكان السرداب البابوي يحوي تلك الوسوم التي كانت الكنيسة تعتبرها خطيرةً بالنسبة إلى أي شخص باستثناء البابا.

وقد تسألون لَمَ قد تحتفظ الكنيسة بأشياء توحي بالخوف؟ فذلك لأن الخوف يقرّب الناس من الله!

وكان مفتاح هذا السرداب ينتقل من بابا إلى آخر. إلا أن السكرتير البابوي كارلو فنتريسا كان قد اختلس المفتاح وتجرّأ على دخول السرداب؛ فالأسطورة حول ما كان يحتويه ذاك السرداب كانت ساحرة حقّاً - النسخة الأصلية لكتب الإنجيل الأربعة عشر التي لم يتمّ نشرها والتي تعرف بالأبوكريفا؛ ونبوءة فاطمة الثالثة، إذ أن النبوءتيْن الأولتيْن كانتا قد تحقّقتا، في حين أنّ النبوءة الثالثة والرهيبة لم تكن الكنيسة قطّ لتكشف عنها. وبالإضافة إلى هذا كله، عثر السكرتير البابوي أيضاً على مجموعة الطبقة المستنيرة وكل الأسرار التي كانت الكنيسة قد كتمتها بعد طرد هذه الجماعة من روما... كدرب تنوّرهم التافه والخسيس... وخداع برنيني الماكر والماهر... وأهمّ علماء أوروبا الذين هزئوا بالدين، إذ كانوا يجتمعون سرّاً في الفاتيكان نفسه، وتحديداً في قصر الملاك. وعلاوة على ذلك، فقد كانت المجموعة تحوي صندوقاً مخمَّس الشكل يحوي وسوماً حديدية، أحدها كان ماسة الطبقة المستنيرة الأسطورية. لقد كان هذا جزءاً من تاريخ الفاتيكان الذي ظنّ القدماء أنه قد يكون من الأفضل نسيانه. إلا أن السكرتير البابوي لم يوافقهم الرأي حول هذه المسألة.

"ولكن المادة المضادة..." سألت فيتوريا. "كدت تدمّر الفاتيكان!".

"لا خطر عندما يكون الله بجانبنا"، قال السكرتير البابوي. "فهذه القضيّة كانت قضيّته تعالى".

"أنت مجنون!" قالت باهتياج وغضب.

"لقد أُنقذت حياة الملايين".

"ولكن هناك أشخاصاً قد قُتلوا!".

"لقد نجت الأرواح".

"يجب أن تقول هذا لوالدي ولماكس كوهلر!".

"كان يتعيّن على أحدنا الكشف عن وقاحة CERN. قطيْرة من سائل قادرة على محو نصف ميل؟ وتنعتينني بالمجنون؟" تأجج في داخله. أكانوا يحسبون مهمّته مهمّة سهلة وبسيطة؟ إنّ مَن يؤمن بالله يكون مستعداً للخضوع لتجارب عظيمة من أجله تعالى! فقد طلب الله من إبراهيم أن يضحّي بابنه! وقد أمر الله يسوع أن

يتحمّل الصلب. لذا نحن نعلّق اليوم رمز الصليب أمام عيوننا - دامياً ومتألّماً ومعذّباً - لكي يذكّرنا بقوّة الشيطان! ولكي نحافظ على قلوبنا حذرةً ومتيقّظة! وكذلك الأمر أيضاً بالنسبة إلى الندوب التي على جسد المسيح، إذ أنها تذكار حيّ لقوى الشر والظلام! وأيضاً بالنسبة إلى ندوبي أنا، فهي تذكار حيّ! إن الشرّ حيّ، ولكن قوّة الله هي التي سوف تنتصر في النهاية!".

راح صدى صيحاته يتردّد خارج الجدار الخلفي للكابيلا سستينة، ثم لفّ المكان صمت تامّ. بدا الوقت عندها وكأنه توقف. أما لوحة ميكال آنجلو حول يوم الدينونة أو يوم الحساب الأخير فكانت ترتفع وراءه بتشاؤم ينذر بالسوء... إذ كان يظهر المسيح فيها وهو يرسل الخاطئين إلى جهنّم. فترقرقت الدموع في عينيْ مورتاتي.

"ما الذي فعلتَه، يا كارلو؟" سأل مورتاتي هامساً. ثم أغمض عينيْه مذرفاً دموعه بألم وحسرة. "وماذا عن قداسته؟".

فتصاعدت تنهيدة جماعية ملؤها الأسى والألم، وكأن جميع مَن في الغرفة كان قد نسي أمر البابا الذي مات مسمَّماً.

"لقد كان كاذباً حقيراً"، قال السكرتير البابوي.

بدا عندها مورتاتي محطَّم الفؤاد. "ما الذي تقصده بكلامك هذا؟ فهو كان صادقاً! لقد... أحبّك".

"وأنا أيضاً أحببته". آه كم أحببته! ولكن ماذا عن غشّه وخداعه! وماذا عن النذور التي كان قد أخذها على نفسه عهداً أمام الله و لم يفِ بها!

لقد كان السكرتير البابوي يعلم أنهم لم يفهموا الآن، ولكنهم سيفهمون في ما بعد، لامحالة. لقد كان قداسته أكبر مخادع ومحتال عرفته الكنيسة إلى الآن. وكان السكرتير البابوي لا يزال يتذكّر تلك الليلة الفظيعة، عندما عاد لتوّه من الرحلة التي قام بها إلى CERN وفي جعبته أخبارٌ عن اختراعِ فيترا لسفر التكوين وللمادة المضادة وقوّتها المهيبة. وكان السكرتير البابوي واثقاً من إدراك البابا مخاطر هذه الاكتشافات، غير أنّ قداسته لم يرَ سوى الأمل في اكتشافات فيترا. حتى أنه اقترح بأن يقوم الفاتيكان بتمويل عمل فيترا هذا تعبيراً له عن رضاه حيال الأبحاث العلمية التي ترتكز على الروحانيات.

جنون! الكنيسة تستثمر في أبحاث تهدّد بزوالها؟ الكنيسة تستثمر في أعمال

تهدف إلى إنتاج أسلحة دمار شامل؟ القنبلة التي كانت قد قتلت أمّه...

"ولكن... هذا مستحيل!" كان السكرتير البابوي قد قال حينها لقداسته.

إلا أن البابا كان قد أجابه قائلاً: "أنا مَدين للعلم بديْن كبير. شيئاً كنت قد أخفيته طيلة حياتي. فالعلم قد قدّم إلي في شبابي هديّة ثمينة. هديّة لم أتمكّن قطّ من نسيانها".

"أنا لا أفهم. ما الذي يمكن للعلم أن يقدّمه إلى رجل دين؟".

"إن الأمر معقّد"، كان البابا قد أجابه عندها. "سوف أحتاج إلى الكثير من الوقت لكي أتمكّن من إفهامك. ولكن أولاً، هناك أمر بسيط يخصّني ويجدر بك أن تعرفه. لقد كتمته عنكَ طيلة هذه السنوات ولكني أظنّ أنه قد آن الأوان لكي أطلعك عليه".

ثم أطلعه البابا على الحقيقة المدهشة والمذهلة.

132

كان السكرتير البابوي متقوقعاً على نفسه وممدّداً على التراب أمام ضريح القديس بطرس. كان الجوّ داخل مدينة الموتى بارداً، إلا أنّ البرد كان قد ساعد في الواقع على تخثّر الدم الذي كان يتدفّق من الجروح الناجمة عن حكّه جسمه. لن يتمكّن قداسته من العثور عليه هنا. لن يتمكّن أحد من العثور عليه هنا...

"الأمر معقّد"، كان صوت البابا يدوّي في ذهنه. "سوف أحتاج إلى الكثير من الوقت لكي أتمكّن من إفهامك...".

غير أن السكرتير البابوي كان يعلم أن لا وقت إطلاقاً يستطيع بإفهامه.

كاذب! لقد وثقت بك! والله تعالى قد وثق بك!

كان البابا، وبعبارة واحدة منه فقط، قد جعل عالم السكرتير البابوي ينهار من حوله. فكل شيء كان السكرتير البابوي قد صدّقه بشأن معلّمه الخاص كان قد انهار أمام عينيْه. الحقيقة تنخر قلب السكرتير البابوي بقوّة كبيرة بحيث أنها رمته خلفاً خارج المكتب البابوي وجعلته بالتالي يتقيّأ في الردهة.

"انتظر!" صاح البابا راكضاً وراءه. "دعني أشرح لك، أرجوك!".

إلا أن السكرتير البابوي ركض خارجاً. كيف يمكن لقداسته أن يتوقّع منه أن

يحتمل أكثر من ذلك؟ إنها ذروة الفساد والحقارة! ماذا لو عرف شـخص آخـر بالأمر؟ تصوّروا هذا التدنيس لقدسيّة الكنيسة! ألم تعد النذور البابويّة المقدّسة تعني شيئاً؟

ثم أصيب بسرعة بمسٍّ من الجنون إلى أن استفاق أمام ضريح القديس بطرس. عندها فقط حلّ الله عليه بقوّة وجبروت مرعبيْن.

إلهك إله حاقد وتوّاق إلى الانتقام!

معاً سوف نضع خططنا، ومعاً سوف نحمي الكنيسة، ومعاً سـوف نعيـد الإيمان إلى هذا العالم. لقد كان الشرّ في كل مكان، ولكن وعلى الرغم من ذلـك، ظلّ العالم منيعاً! معاً سوف نكشف النقاب عن الظلمة لكي يرى العالم... وسوف يكون النصر في النهاية لله! الرعب والأمل. ثم سيؤمن العالم من جديد!

لكنّ تجربة الله الأولى للسكرتير البابوي كانت أقلّ رهبة ممّا كـان يتصـوّر. التسلل إلى غرفة نوم البابا... تعبئة حقنته... ومن ثم تغطية فم الكـاذب والمنـافق بينما ينتفض جسمه آخر انتفاضاته قبل أن يفارق هذه الحيـاة. وكـان بإمكـان السكرتير البابوي أن يرى على ضوء القمر عينيْ البابا وكأنه كان فيهما كلام.

ولكن الأوان فات الآن.

وقال البابا ما فيه الكفاية.

133

"تبنّى البابا ولداً".

وقف السكرتير البابوي داخل الكابيلا سستينة وقفة صلبة، يقـول ثـلاث كلمات غريبة ومدهشة. ارتدّ الجميع مجفلين إلى الوراء. لقد تحوّلت سيماء الكرادلة الاتهامية إلى نظرات مذعورة، وكأنّ كل روح موجودة في الغرفة كانت تصلّي أن يكون السكرتير البابوي مخطئاً.

تبنّى البابا ولداً.

شعر لانغدون بالصدمة تصيبه كأي شخص آخر موجود في الغرفة. أما يـد فيتوريا التي كان يمسكها بإحكام فكانت هي أيضاً ترتجف من شدّة الصدمة، في حين كان ذهن لانغدون مشوشاً بفعل كثرة الأسئلة التي لم يجد لها أجوبةً، وراح

يكافح ويناضل محاولاً إيجاد مركزاً للجاذبية يشدّه من جديد إلى الأرض ويعيد إليه رشده.

بدا كلامه كأنه سيظلّ أبداً عالقاً فوقهم في الهواء. وكان في عينيه المسعورتيْن بإمكان لانغدون رؤية قناعة تامّة. أراد لانغدون الانسحاب من هذا المجلس وأن يقول لنفسه إنه كان تائهاً في كابوسٍ مريع وغير طبيعي، وأنه سيعود قريباً ويستيقظ من كابوسه هذا ليجد نفسه من جديد في عالم طبيعي ومنطقي.

"هذا كذبٌ!" صاح أحد الكرادلة.

"لن أصدّق هذا!" احتجّ آخر. "لقد كان قداسته الرجل الأكثر ورعاً على وجه الأرض!".

ثم تكلّم بعد ذلك مورتاتي بصوت رفيع ومنهار. "يا أصدقائي. إن ما يقوله السكرتير البابوي صحيح". عندها، استدار الكرادلة الموجودون جميعهم داخل الكابيلاّ، وكأنّ مورتاتي قد تفوّه للتوّ بفاحشة أو قذارة. "إن البابا كان حقّاً متبنّياً ولداً".

فبهتت سحناهم من شدّة الفزع، وبدا فجأة السكرتير البابوي مصعوقاً. "كنتَ على علمٍ بذلك؟ ولكن... كيف عرفت بالأمر؟".

فتنهّد عندها مورتاتي قائلاً: "عندما انتُخب قداسته... كنتُ أنا محامي الشيطان".

فشهق الجميع، وفهم لانغدون كل شيء. هذا يعني أنّ المعلومة صحيحة على الأرجح. فمحامي الشيطان السيئ السمعة كان هو نفسه يمثّل السلطة عندما تكون هناك داخل الفاتيكان ثمّة معلومات مشينة وإفترائيّة. والفضائح السرية المرتبطة بالبابا التي تبقى طيّ الكتمان أمر في غاية الخطورة. وقبل الانتخابات، كان كاردينال واحد - تُطلق عليه إجمالاً تسمية محامي الشيطان - هو الذي يقوم سرّاً بالتحقيق في ماضي المرشّح الأوّل للمنصب البابوي ليرى إن كانت هناك أسباب خطيرة ودفينة تحول دون إمكانية اعتلائه هذا المنصب. وكان في الواقع يتمّ تعيين محامي الشيطان مسبقاً من قبل البابا الحاكم، وذلك تحضيراً للشخص الذي سيخلفه بعد مماته. وعلاوةً على ذلك، فقد كان من المفترض بمحامي الشيطان ألاّ يكشف أبداً عن هويّته أبداً.

"وأنا كنت حينها محامي الشيطان"، كرّر مورتاتي. "وهكذا اكتشفت الأمر".

وقف الجميع فاغري الأفواه أمام هذه الحقيقة الصاعقة، إذ يبدو أن الليلة هي الليلة التي ستُرمى فيها القوانين كافّة خارج النافذة.

* * *

شعر عندها السكرتير البابوي بقلبه يمتلئ غضباً. "وأنتَ... ألم تخبر أحداً؟".

"لقد واجهت قداسته بالأمر"، قال مورتاتي. "وهو كان قد اعترف لي بالحقيقة. شرح لي قصّته كاملة، وطلب مني أن أدع قلبي وحده يقودني في القرار الذي سوف أتّخذه حول ما إذا كنت سأفشي بسرّه هذا أم لا".

"وهل قال لك قلبك أن تطمس الحقيقة وتبقيَها دفينة الكتمان؟".

"لقد كان هو المرشّح الأفضل للبابوية وكان الجميع يحبّه، وهذه الفضيحة كانت ستؤذي الكنيسة في الصميم".

"ولكنّه قد تبنى ولداً! وهو يكون بذلك قد نقض نذره المقدّس المرتبط بعزوبته وتبتّله!" وكان السكرتير البابوي قد بدأ يصيح الآن. لقد كان بإمكانه الآن سماع صوت أمّه وهي تقول له إن النذر أو العهد الذي نأخذه على أنفسنا أمام الله هو النّذر الأهمّ على الإطلاق؛ وينبغي علينا بالتالي ألا ننقض هذا النذر أبداً. "لقد نقض البابا نذره!".

بدا مورتاتي وكأنه يهذي بذعر وقلق. "كارلو، لقد كان حبّه... طاهراً وعفيفاً. فهو لم ينقض أيّ نذر على الإطلاق. ألم يشرح لك الأمر؟".

"يشرح ماذا؟" ثم راح السكرتير البابوي يتذكّر نفسه راكضاً خارج المكتب البابوي والبابا يركض وراءه صائحاً: "دعني أشرح لك الأمر!".

راح مورتاتي يتلو القصة كاملة بحزن وأسى. منذ سنوات عديدة وعندما كان البابا لا يزال كاهناً عادياً كان هذا الأخير قد وقع في حبّ راهبة شابة. وكان كلاهما حينها قد نذر نفسه لله، ولم يفكّرا بالتالي يوماً باحتمال أن ينقضا نذرهما هذا. ولكن ومع ازدياد هيامهما ببعضهما بعضاً، وعلى الرغم من تغلّبهما على شهواتهما الجسدية، وجد فجأة كلاهما نفسه تائقاً إلى شيء لم يكن قطّ يتوقّعه، ألا وهو المشاركة في معجزة الله الجوهرية والأساسية، المشاركة في معجزة الخلق. لقد كانا يرغبان بولد. ولد منهما. ثم راحت هذه الرغبة تزداد هي خصوصاً إلى أن أصبحت في نهاية المطاف غامرة. ولكن وعلى الرغم من ذلك كله، كان الله يأتي دائماً في المقام الأول. وبعد مرور عامٍ على ذلك، وبعد أن كان الإحباط قد بلغ

فيها حدّاً لم يعد يُحتمَل، أتت إليه ذات يومٍ بحماسة واندفاع لا يوصَفان. فهي كانت قد قرأت مقالةً حول معجزة علميّة جديدة - عمليّة يمكن من خلالها لأي شخصيْن أن ينجبا ولداً من دون أن تكون حتى هناك أي علاقة جنسية بينهما. فشعرت عندها أن هذه إشارة من عند الله. فلمّا رأى الكاهن الفرح يملأ عينيْها وافقَ على الأمر، وهكذا وبعد مرور عام آخر على ذلك، رُزقت أخيراً بولد، وهذا كله بفضل معجزة الإخصاب الاصطناعي...

"لا يمكن لهذا... أن يكون صحيحاً"، قال السكرتير البابوي مذعوراً وآملاً أن يكون المورفين هو الذي يقضي على حواسّه. لا شكّ في أنه يهيَّأ إليه سماع أشياء.

لكنّ الدموع بدأت تترقرق في عينيْ مورتاتي. "لهذا السبب يا كارلو كان قداسته يحبّ العلوم، وهو كان يشعر بأنه مَدين للعلم بدين كبير. فالعلم وحده كان قد سمح له بأن يعرف أفراحِ الأبوة من دون أن ينقض نذر تبتّله. وكان قداسته قد قال لي إنه ليس نادماً سوى على شيء واحد فقط، ألا وهو أن هذا المنصب الرفيع المرشح إليهِ يحرّم عليه العيش مع المرأة التي يحبّ ورؤية ولده وهو ينمو".

شعر عندها السكرتير البابوي كارلو فنتريسا بأنه على وشك الإصابة بنوبة جنون أخرى وشعر بالتالي برغبة عامرة في أن يهبش جسمه. ولكن كيف كان بإمكاني أن أعرف؟

"لم يرتكب البابا أي خطيئة على الإطلاق، يا كارلو. فهو لطالما كان طاهراً وعفيفاً".

"ولكن..." راح السكرتير البابوي يبحث في ذهنه المكروب عن أي أساسٍ منطقي لذلك. "فكّر بخطورة... أفعاله". ثم تابع بصوتٍ ضعيف وواهنٍ. "وماذا لو كانت هذه المومس بغيّته قد أظهرت نفسها؟" "أو لا سمحَ الله، ولده؟ تصوّر العار الذي كان ليطال الكنيسة عندها".

فأجابه مورتاتي بصوت مرتجف وقال: "لقد فعل الولد وأظهر نفسه".

توقّف عندها كل شيء.

"يا كارلو..."، قال مورتاتي منهاراً: "أنتَ هو ابن قداسته".

شعر عندها السكرتير البابوي بنار الإيمان تخبو في قلبه، ووقف على المذبح مرتجِفاً أمام لوحة ميكال آنجلو الشاهقة حول يوم الدينونة أو يوم الحساب الأخير.

فهو كان يعلم أنه قد لمح لتوّه جهنّم. ولكن وفيما كان قد فتح فاه ليتكلّم، راحت شفتاه ترتعشان من دون أن تقولا شيئاً".

"هل فهمت الآن؟" قال مورتاتي بصوت مختنق. "لهذا السبب أتى إليك قداسته عندما كنت صبياً في المستشفى في باليرمو. أفهمتَ الآن لماذا أخـذك واحتضـنك وربّاك؟ فالراهبة التي أحبَّ كانت ماريا... والدتك. فهي كانت قد تركت الرهبنة لكي تربّيك، ولكنها لم تتخلَ يوماً عن ورعها وحبّها الشديد لله. وعندما سمع البابا بخبر وفاتها إثر انفجار ما، وعرف أنكَ أنت ابنه قد نجوت بأعجوبة... قسم أمـام الله بألاّ يعود ويتركك أبداً وحدك. لقد كان والداك يا كارلو، كلاهمـا بتـوليْن. وهما لم ينقضا قطّ نذريْهما إلى الله. لكنّهما وجدا طريقةً ليأتيا بك إلى هذا العـالم. فأنت كنت ولدهما العجائبي".

سدّ عندها السكرتير البابوي أذنيْه، محاولاً عدم سماع المزيد، وظلّ واقفاً على المذبح مشلولاً. ثمّ ومع انهيار عالمه من تحت قدميْه، سقط بعنف على ركبتيْه باكياً ومنتحباً.

ثوان... فدقائق... فساعات.

بدا الوقت وكأنه لم يعد لديه أي معنى داخل جدران الكابيلاّ سستينة الأربعة. ثم شعرت فيتوريا وكأنها تتحرّر شيئاً فشيئاً من حالة الشلل التي كانت قد أصابتهم جميعاً، فأفلتت يد لانغدون وراحت تمشي وسط حشد الكرادلة. بدا لهـا بـاب الكابيلا على مسافة أميال عديدة منها، شعرت وكأنها كانت تمشي تحت المـاء... ببطء شديد.

وفيما كانت تشقّ طريقها عبر الأثواب، بدت حركتها تسحب الآخرين أيضاً من حالة شرودهم. فبدأ أحد الكرادلة يصلّي، وراح بعضهم يبكي وينتحـب، في حين استدار بعضهم الآخر ليشاهدها وهي تغادر الكابيلاّ، وتحولـت سـيماؤهم الشاحبة والمشدوهة شيئاً فشيئاً إلى حالة الإدراك المنذر بالسوء. وقبل أن تبلغ تقريباً آخر الحشد أمسكت يدٌ بذراعها. كانت لمسته ضعيفة صـحيح، إنمـا حازمـة. استدارت لتجد نفسها وجهاً لوجه مع كاردينالٍ ذاوٍ، وجهه مكفهر مـن شـدّة الخوف.

"لا"، همس الرجل. "لا يمكنك الخروج".

نظرت إليه غير مصدّقةٍ أذنيْها.

ثم اقترب منها كاردينال آخر وقال: "يجب أن نفكّر جيّداً قبل أن نقدم على أيّ عملٍ كان".

وإذا بواحد آخر يقترب منها ويقول: "إن الألم الذي قد يسبّبه هذا...".

أصبحت فيتوريا محاطة بالكرادلة من كل حدب وصوب، وراحت تنظر إليهم مذهولةً. "ولكن كل هذه الأشياء التي حصلت هنا اليوم، لا بل الليلة... لا شكّ في أنه يتعيّن على العالم أن يعرف الحقيقة".

"إن قلبي يوافقك الرأي في ذلك، قال الكاردينال الذاوي وهو لا يزال ماسكاً بذراعها. "ولكن هذه الطريق ستكون عندئذ طريقاً لا رجوع عنها. يجب أن نفكّر بالآمال المحطّمة والسخرية والانتقاد اللذيْن قد تتعرّض لهما الكنيسة. كيف سيتمكّن الناس من الوثوق بنا من جديد؟".

ثم هيّئ إليها فجأة وكأنّ المزيد من الكرادلة كانوا يقطعون عليها طريقها. فقد أصبح أمامها جدار من الأثواب السوداء. "إصغي إلى الناس في الساحة"، قال أحدهم. "ما الذي قد يفعله هذا بقلوبهم؟ يجب أن نكون حذرين".

"نحن بحاجة إلى بعض الوقت لكي نفكّر ونصلّي"، قال آخرٌ. "يجب أن نتصرّف بحكمة وتبصّر، إذ أنّ عواقب هذا...".

"لقد قتل والدي!" قالت فيتوريا. "وقد قتل أيضاً والده!".

"أنا واثق من أنه سوف يدفع ثمن خطاياه"، قال الكاردينال الذاوي بحزن.

كانت فيتوريا واثقةً من ذلك أيضاً، كما وأنها كانت تنوي التأكّد من إذا ما كان فعلاً سيدفع ثمن أفعاله. حاولت مواصلة سيرها نحو الباب، إلا أن الكرادلة كانوا يضيّقون عليها الخناق أكثر فأكثر، والخوف باد على وجوههم.

"وما الذي ستفعلونه؟" صاحت: "هل ستقتلونني أنا أيضاً؟".

بهت لون الرجال العجزة، وندمت فيتوريا على الفور على ما كانت قد قالته للتوّ. فهي كانت تعلم أن هؤلاء الرجال طيبوا القلب، وأنّ ما شاهدوه من عنف الليلة كاف بالنسبة إليهم. فهم لم يقصدوا تهديدها أو إخافتها. لكنهم كانوا وبكل بساطة عالقين في مأزق. خائفين. يحاولون التفكير بما يجدر بهم فعله.

"أنا أريد... أن أفعل الصواب"، قال الكاردينال الذاوي.

"سوف تدعها إذن تخرج من هنا"، قال صوت عميق من ورائها. لقد كانت

كلماته هادئة إنما حازمة. كان روبرت لانغدون قد اقترب منها، وشعرت بيده تمسك يدها. "أنا والسيدة فيترا سوف نغادر هذه الكابيلاّ. وفي الحال".

بدأ الكرادلة يفسحون لهما الطريق بتردّد وقلق.

"انتظرا!" صاح مورتاتي الذي كان يتّجه نحوهما نازلاً الجناح المركزي وتاركاً بالتالي السكرتير البابوي على المذبح وحيداً ومحبطاً. وكان قد بدا فجأة أكبر سنّاً وأكثر حكمةً، غير أن حركته كانت مثقلة بالخجل والعار. وصل إليهما ووضع يده على كتف لانغدون وأخرى على كتف فيتوريا. شعرت عندها فيتوريا بالصدق في لمسته. ثم راحت عيْناه تترقرقان بالدموع أكثر فأكثر.

"يمكنكما طبعاً الذهاب"، قال مورتاتي. "ولكني لا أطلب منكما سوى شيء واحد فقط..." ثم راح يحدّق نحو الأسفل إلى قدميْه لفترة طويلة ثم عاد ورفع نظره إلى لانغدون وفيتوريا وقال: "دعوني أنا أقوم بذلك. سوف أخرج إلى الساحة في الحال وأجد طريقة لذلك. سوف أقول لهم. أنا لا أعرف كيف... ولكني سوف أجد حتماً طريقةً لذلك. ينبغي على اعتراف الكنيسة أن يكون منها وفيها. ينبغي علينا أن نعرض نحن أنفسنا فشلنا على الملأ".

ثم عاد مورتاتي واستدار بحزن نحو المذبح. "كارلو، أنتَ مَن وضعت الكنيسة في هذا الموقف المشؤوم والحرِج". ثم توقّف ناظراً من حوله. لقد كان المذبح خالياً.

ثم سُمع حفيف ثياب عند الجناح الجنابي، اتبع بصوت بابٍ يُغلق.

السكرتير البابوي اختفى.

134

انتفخ ثوب السكرتير البابوي الأبيض وهو يترل الردهة خارج الكابيلاّ سستينة. صحيحٌ أنّ الحراس السويسريين كانوا قد بدوا مرتبكين عندما رأوه يخرج بمفرده من الكابيلاّ، قائلاً لهم إنه بحاجة إلى الاختلاء بنفسه لبعض الوقت، إلا أنهم أطاعوه وتركوه بالتالي يذهب.

وفيما كان يلفّ الزاوية مختفياً عن أنظارهم، خالجه فجأةً مزيج عظيم من العواطف المضطربة. فهو كان قد دسّ السمّ للرجل الذي لطالما كان يطلق عليه اسم "الأب المقدّس"، الرجل الذي كان يسمّيه "بنيّ". ولطالما كان السكرتير

البابوي يظنّ أن كلمتيْ "أب" و"ابن" هما كلمتان تنتميان إلى التقاليد الدينية. ولكنه بات يعرف الآن الحقيقة الشيطانية. لقد كان لهاتيْن الكلمتيْن معنى حرفيّ.

عندها، وتماماً كما في تلك الليلة المشؤومة التي عاشها منذ بضع أسابيع، شعر السكرتير البابوي نفسه يترنّح بجنون وسط الظلام.

كان المطر يتساقط في ذاك الصباح عندما راح موظّفو الفاتيكان يقرعون باب السكرتير البابوي موقظين إياه من نومه المتقطّع، قائلين له إن البابا لا يجيب لا على بابه ولا على هاتفه. كان رجال الإكليروس خائفين. فالسكرتير البابوي كان الشخص الوحيد الذي يمكنه دخول غرفة البابا من دون إذن.

دخل السكرتير البابوي وحده ليجد البابا تماماً كما كان قد تركه ليلة أمس ميتاً في سريره. كان وجه قداسته أشبه بوجه الشيطان، ولسانه أسود اللون قاتم، وكأنّ الشيطان نفسه كان نائماً في سرير البابا.

لم يشعر عندها السكرتير البابوي بأي ندم على الإطلاق، إذ كان الله قد قال كلمته.

لن يتمكّن أحد من رؤية غشّه وخداعه. لكنّهم سوف يعرفونه في ما بعد على حقيقته.

خرج وأعلن النبأ المروّع - لقد توفّي قداسته من جرّاء سكتة دماغية. ثم راح بعد ذلك يحضّر للخلوة الانتخابية.

كان صوت أمه ماريا يهمس له في أذنه قائلاً: "لا تنقض أبداً النذر الذي تقوم به إلى الله".

"أنا أسمعك، يا أمي"، أجابها. "يا له من عالمٍ خال من الإيمان. يتعيّن على أحد أن يقودهم من جديد نحو طريق الصواب. الرعب والأمل. هذه هي الطريقة الوحيدة لذلك".

"أجل"، قالت له. "إذا لم تكن أنتَ... فمَن إذن سواك؟ مَن سوف يُخرج الكنيسة من ظلمتها؟".

هو ليس بالتأكيد واحداً من الكرادلة الأربعة النخبة. فهم جميعهم عجزة... على حافّة قبرهم... ليبراليّون ولا شكّ بالتالي في أنهم، وإحياءً لذكرى البابا، سيواصلون مسيرته ويسيرون على خطاه داعمين العلم، يبحثون عن أتباع معاصرين لهم وسيتخلصون بالتالي من الطرق القديمة. كانوا سيفشلون لا محالة، إذ أن قوّة

الكنيسة تكمن في تقاليدها، لا في تحوّلها نحو العلم. العالم بأسره زائلاً. لذا لم تكن الكنيسة بحاجة إلى التغيير، بقدر ما كانت وبكل بساطة بحاجة إلى إعادة تذكير العالم أنها الأنسب والأصحّ! الشرّ حيّ! لكنّ الله هو الذي سوف ينتصر في النهاية!

لقد كانت الكنيسة بحاجة إلى قائد. فالرجال العجزة لا يؤثّرون في النفوس! لكنّ يسوع ذاك الشاب القوي والشجاع والنابض بالحياة فقد ترك في النفوس أثراً عظيماً! لقد كان عجائبيّاً حقاً.

"استمتعوا بالشاي"، قال السكرتير البابوي للكرادلة الأربعة النخبة، تاركاً إياهم في المكتبة البابوية الخاصّة قبل بدء الخلوة الانتخابية. "سوف يصل مرشِدكم عمّا قريب".

شكره حينها الكرادلة النخبة، وكانوا في الواقع شديدي الحماسة والاهتياج كونهم قد سُمح لهم بدخول الممرّ الشهير. فهذا لم يكن بالأمر المعهود! ولكن، وقبل أن يغادرهم السكرتير البابوي، كان قد فتح لهم الباب المؤدّي إلى الممر، وبالتالي، وفي الوقت المحدّد تماماً، فُتح فجأةً الباب، وظهر كاهن غريب يحمل مصباحاً في يده، وأشار إليهم بالدخول.

وهكذا دخلوا، ولكنهم لم يتمكّنوا أبداً بعد ذلك من الخروج.

سوف يكونون هم الرعب. أما أنا فسوف أكون الأمل.

كلاّ... أنا هو الرعب بحدّ ذاته.

يمشي السكرتير البابوي مترنّحاً وسط ظلمة بازليكا القديس بطرس. لكنّه وعلى الرغم من جنونه وشعوره بالذنب، وعلى الرغم من صور والده، وعلى الرغم من الألم والبوْح بالحقيقة، لا بل وحتى على الرغم من جرعة المورفين، تمكّن بطريقة ما من العثور على حقيقة ساطعة ومشرقة، على إحساس بالقدر. أنا أدرك هدفي، راح يفكّر بينه وبين نفسه مرتعباً من شدّة وضوح تلك الحقيقة.

فهو ومنذ البداية، لم تكن الأمور تسير معه الليلة تماماً مثلما كان قد خطّط لها. فقد واجهته عراقيل كثيرة غير متوقّعة، ولكن وعلى الرغم من ذلك فقد تمكّن السكرتير البابوي من التأقلم مع هذه المصاعب وبالتالي تعديل خططه بحسب ما يلائمها. إلاّ أنه لم يكن في الواقع يتصوّر قطّ أن تنتهي الليلة على هذا النحو. ومع ذلك فهو كان يرى الآن العظمة التي كانت مقدَّرة له.

لم تكن هناك نهاية أخرى محتمَلة.

آه، يا للهول الذي شعر به داخل الكابيلا سستينة، متسائلاً إن كان الله قد تخلّى عنه في هذه اللحظة الأخيرة! يا لكل الأفعال التي كان قد أمر بها! ثم سقط على ركبتيْه والشك يتقاذفه بعنف، وأذناه متوتّرتان بحيث أنهما كانتا تبحثان عن صوت الله ولكنهما لم تكونا لتسمعا سوى الصمت. راح يتوسّل إلى الله طالباً منه إشارةً أو توجيهاً أو إرشاداً. أكانت هذه مشيئة الله؟ أن تقضي الفضائح على الكنيسة؟ لا! فالله تعالى هو مَن طلب من السكرتير البابوي أن يقوم بهذا كله! أليس كذلك؟

ثم رآها فجأة جالسةً على المذبح. الإشارة. الرسالة الإلهية. شيء عاديّ يتجلّى وسط نور خارق. الصليب الخشبي الوضيع. يسوع على الصليب. وبالتالي وفي تلك اللحظة بالذات، أصبح كل شيء واضحاً بالنسبة إليه... فالسكرتير البابوي لم يكن وحيداً. وهو لن يكون في الواقع أبداً كذلك.

لقد كانت هذه مشيئته... لقد كان هذا مُراده.

لطالما كان الله يطلب تضحيات عظيمة من الأشخاص الذين يحبّهم. ولكن لِمَ كان السكرتير البابوي بطيء الفهم إلى هذا الحدّ؟ أكان شديد الخوف؟ أم أنه كان شديد الوضاعة؟ على أيّ حال، لم يعد هذا مهماً الآن. فالله قد وجد طريقةً. حتى أن السكرتير البابوي قد أدرك الآن سبب نجاة روبرت لانغدون. فهو قد نجا لكي يأتي بالحقيقة.

لقد كانت هذه الدرب الوحيدة المؤدية إلى خلاص الكنيسة!

وكان السكرتير البابوي يشعر وكأنه يطفو وهو يترل إلى مشكاة البليوم أو الطيلسانات البابوية. صحيح أنَ أثر المورفين كان يبدو الآن قاسياً وعديم الشفقة، ولكنه كان يعلم أن الله هو الذي يقوده.

أما في البعيد، فقد كان يتناهى إلى مسمعه صخب الكرادلة وغضبهم وهم يتدفّقون خارج الكابيلاّ صائحين الأوامر إلى الحراس السويسريين.

لكنهم لن يتمكنوا أبداً من العثور عليه، أم أنهم على الأقلّ لن يعثروا عليه في الوقت الملائم.

شعر السكرتير البابوي يغرق أكثر وأكثر وهو يترل بسرعة قصوى الدرج المؤدي إلى الناحية الغائرة من المشكاة حيث كانت المصابيح الزيتية التسعة والتسعون تسطع مشعّةً. لقد كَان الله يقوده من جديد نحو الأرض المقدسة. فتقدّم

نحو الحاجز الذي كان يغطّي الحفرة المؤدية إلى مدينة الأموات. فمدينة الموتى هي المكان الذي سوف تنتهي فيه القصّة الليلة. تحت في الظلمة المقدسة. ثم تناول أحد المصابيح متهيئاً للترول.

ولكنه وفيما كان يعبر المشكاة، توقّف بعض الشيء. شعر أنّ في ذلك قضية. فكيف كانت هذه النهاية الهادئة والمنعزلة لتخدم الله؟ فيسوع المسيح قد تألم وتعذّب على مرأىً من العالم بأسره. لا يمكن لهذه حتماً أن تكون مشيئة الله! فمدّ أذنه ليسمع صوت الله، وإذا به لا يسمع سوى أزيز الأدوية التي كانت تعشي بصره.

"كارلو". كان هذا صوت أمه. "لدى الله خططٌ من أجلك".

فواصل تقدّمه مشدوهاً.

ثمّ، ومن دون أي سابق إنذار، وصل الله تعالى. فتوقّف السكرتير البابوي فجأة في مكانه يحدق بانشداه وذهول. كانت أضواء المصابيح التسعة والتسعين قد رمت بظلّ السكرتير البابوي على الجدار الرخامي بجانبه، ظلاً عملاقاً ومخيفاً، شكلاً ضبابياً محاطاً بنور ذهبيّ. وبوجود النيران الخافقة من حوله، بدا السكرتير البابوي أشبه بملاك صاعد إلى الجنة. فوقف رافعاً ذراعيْه يتأمّل صورته على الجدار. ثم عاد بعد ذلك واستدار ناظراً إلى الدرج فوقه.

لقد كان مُراد الله واضحاً.

مرت ثلاث دقائق على الفوضى والجلبة التي سادت الردهات خارج الكابيلاّ سستينة، من دون أن يتمكّن أحد من العثور عليه، وكأنّ الليل قد ابتلع ذاك الرجل. وكان مورتاتي على وشك أن يطلب من الحراس السويسريين تفتيشاً كاملاً لمدينة الفاتيكان، عندما ارتفع فجأة في الخارج في ساحة القديس بطرس هدير تهليل وابتهاج شديديْن. لقد كان احتفاء الحشد عفوياً وصاخباً. فراح الكرادلة يتبادلون نظرات مجفلة.

أغمض مورتاتي عينيْه وقال: "ليكن الله في عوننا".

لقد كانت هذه المرة هي الثانية في هذه الليلة التي يفيض فيها مجمع الكرادلة إلى ساحة القديس بطرس. أما لانغدون وفيتوريا فكانا قد انجرفا مع احتشاد الكرادلة وتدافعهم، وانضمّا إلى الأمسية في الهواء الطلق. كانت الأضواء الإعلامية مصوَّبةً كلّها نحو البازليكا. وهناك، كان السكرتير البابوي كارلو فنتريسا قد ظهر

لتوّه على الشرفة البابوية المقدسة الواقعة في وسط الواجهة الشاهقة ووقف رافعاً يديْه نحو السماوات. وحتى من بعيد، كان يبدو وكأنّ الطهارة كلّها قد تجسّدت فيه. لقد كان يبدو بثوبه الأبيض كتمثال صغير يفيض نوراً.

بدت موجة الحماسة في الساحة عارمة بحيث اضطر الحرّاس السويسريون إلى إزالة كافّة عواقبهم وفتح الطرق أمام الحشود، الأمر الذي جعل الجماهير تتدفّق نحو البازليكا وسط سيل بشري جارف وصاخب بدا وكأنه لا يمكن لشيء أن يوقفه.

غير أنّ ما حدث بعد ذلك تمكّن في الواقع من إيقاف ذاك الوابل البشري.

فوق في الأعلى، كان السكرتير البابوي قد قام بإحدى أصغر الحركات، ثني يديْه أمامه، ثم حنى رأسه وراح يصلّي بصمت. فراح عندها جميع مَن في الساحة يحني رأسه الواحد تلوَ الآخر، فالعشرات تلوَ العشرات، ومن ثم المئات تلوَ المئات، إلى أن عمّ الساحة صمت تام... وكأنّ ذلك قد تمّ بسحر ساحر.

كانت صلوات السكرتير البابوي تدور كالدوّامة في ذهنه الشارد... سيلاً من الآمال والأحزان والأسى...سامحني يا أبي... سامحيني يا أمي الممتلئة نعمةً... أنتِ الكنيسة... أرجو منكِ أن تتفهّمي تضحية ابنك الوحيد هذا.

يا يسوع... نجِّنا من نار جهنّم... وارفع أرواح الناس كلهم إلى الجنة، لا سيّما منها الأرواح التي بحاجة إلى رحمتك تعالى...

لكنه لم يفتح بعد ذلك عينيْه ليرى الناس المحتشدين تحته والكاميرات التلفزيونية والعالم بأسره الذي يشاهده، ولكنه كان يحسّ بذلك في روحه. فعلى الرغم من كرب تلك اللحظة، كان اتّحاد الناس وانسجامهم مع بعضهم بعضاً آسراً. كان الأمر وكأنّ شبكة اتصالات واحدة قد انتشرت من حول الأرض في الجهات كافّة. فأمام أجهزة التلفزيون، وفي المنازل والسيارات وفي كل مكان كان العالم بأسره يصلّي مع بعضه بعضاً. وتماماً كنقاط الاشتباك المتّقدة ترادفيّاً داخل قلب هائل الحجم، كان الناس كافّة يصلّون إلى الله بعشرات اللغات المختلفة، في مئات البلدان من حول العالم. كانت الكلمات التي يهمسون بها كلمات جديدة، ومع ذلك فقد كانت تبدو لهم مألوفةً مثل أصواتهم تماماً... حقائق قديمةً... مختومة بالروح. فبدا عندها الانسجام أبدياً.

وفيما كان الصمت قد رفع حصاره عن الحشد، عادت تراتيل الفرح والبهجة ترتفع من جديد.

كان يعلم أنه آن الأوان.

يا أيها الثالوث الأقدس، ها أنذا أقدّم إليك جسدي ودمي وروحي... تعويضاً عن لامبالاتي وكل إهاناتي واعتداءاتي، وتعويضاً عن تدنيسي المقدّسات وانتهاكي حرمات الكنيسة...

وكان عندها السكرتير البابوي قد بدأ يشعر بالألم الجسدي ينتشر في جسمه كالطاعون، جاعلاً إياه يشعر برغبة عارمة في حك جلده، تماماً مثلما كان قد فعل منذ بضع أسابيع عندما كان الله قد حلّ عليه للمرّة الأولى. لا تنسَ الألم الذي عاناه يسوع المسيح. وقد بدأ يتذوّق طعم الأدخنة في حنجرته بحيث أنّ المورفين نفسه لم يكن ليغير طعمها.

إن مهمّتي قد انتهت هنا.

وهكذا كان الرعب له هو، والأمل لهم.

ففي مشكاة البليون أو الطيلسانات البابوية، كان السكرتير البابوي قد فعل بحسب مشيئة الله ومسح جسمه كله بزيت المصابيح التسعة والتسعين المشتعلة هناك، شعره ووجهه وثوبه الكتّاني وجلده، حتى أشبعه بتلك الزيوت الزجاجية المقدسة، وكانت رائحتها حلوة وعذبة تماماً كرائحة أمه، إلا أنها كانت قابلة للاشتعال. سيكون صعوده صعوداً رحيماً ورؤوفاً، عجائبياً وسريعاً. وهكذا لن يخلّف وراءه أي فضيحة أو عار... إنما قوّةً جديدة ومدهشة.

دسّ يده داخل جيب ثوبه وأمسك بالقدّاحة الذهبية الصغيرة التي كان قد جلبها معه من البليوم.

ثم راح يهمس مقطعاً من يوم الحساب أو الدينونة. "وعندما ارتفعت الشعلة نحو الجنّة، ارتفع معها ملاك الربّ".

وضع إبهامه على القدّاحة، في حين كان لا يزال الجميع يرتّل في باحة القديس بطرس...

لن يتمكّن أحد أبداً من نسيان ذاك المشهد.

فعلى الشرفة فوق، وتماماً كالروح المتحرِّرة من قيودها الجسدية، تصاعدت شعلة نارية مشعّة من وسط السكرتير البابوي، ثم راحت ترتفع صعوداً ملتهمةً جسمه بالكامل. وهو لم يصرخ أو يتأوّه، إنما رفع ذراعيْه فوق رأسه وراح ينظر نحو الجنة. ثم هدر الحريق من حوله وغاب جسمه وسط عمود من نور. بدت

النيران وكأنها ظلّت مستعرّةً دهراً بكامله والعالم بأسره واقف يتفرّج عليها. ثم راح النور يزداد توهّجاً أكثر فأكثر إلى أن بدأت بعد ذلك النيران تتلاشى شيئاً فشيئاً. كان السكرتير البابوي قد اختفى. لقد كان من المستحيل معرفة إن كان قد تبخّر في الهواء أو انهار رماداً خلف الدرابزين. ولكن كلّ ما كان باقياً منه هي سحابة من الدخان كانت تحلّق فوق مدينة الفاتيكان تحليقاً لولبياً نحو السماء.

135

بزغ الفجر على روما في وقتٍ متأخّر، وكانت عاصفة مطريّة مبكرة قد فرّقت الناس المحتشدين في باحة القدّيس بطرس. أما وسائل الإعلام فقد ظلّت رابضةً في أماكنها ومحتشدةً إما في العربات وإما تحت المظلّات لتعلّق على أحداث الليلة الماضية. غصّت الكنائس من حول العالم بالمؤمنين، إذ كان الوقت وقت تأمّل ونقاش... في الأديان كافّة. لقد كانت التساؤلات كثيرةً، ولم تبدُ في الواقع الأجوبة عليها سوى بأسئلة أعمق. غير أن الفاتيكان كان لا يزال حتى الآن صامتاً ولم يصدر عنه أي تصريح على الإطلاق.

أما في أغوار الفاتيكان، فكان الكاردينال مورتاتي قد ركع وحيداً أمام التابوت الحجري المفتوح ومدّ يده إلى داخله وأغلق فم الرجل العجوز المسودّ. لقد كان قداسته يبدو الآن هادئاً ومرتاحاً في سباته الأبدي الساكن والعميق.

كانت عند قدميْ مورتاتي جرّة ذهبية مثقلة بالرماد. فمورتاتي جمع الرماد بنفسه ووضعه هنا. "فرصة لكي تصفح عنه وتغفر له خطاياه"، كان قد قال لقداسته واضعاً الجرّة داخل الناووس بجانب البابا. "ليس من حبٍّ أعظم من حبّ الأب لابنه". ثم دسّ مورتاتي الجرّة تحت أثواب البابا مخفياً بالتالي إياها عن الأنظار. وكان مورتاتي يعلم أن هذه المغارة المقدّسة مخصّصة للذخائر البابويّة فقط، ولكنه شعر أن هذا قد يكون نوعاً ما ملائماً.

"سيّدي؟" قال أحدهم داخلاً المغارات، كان الملازم الأول تشارتراند يرافقه ثلاثة من الحرس السويسري. "إنهم بانتظارك جاهزون لبدء الخلوة الانتخابية".

فأومأ مورتاتي برأسه وقال: "لحظة واحدة وأكون عندهم". وراح بعدها

يحدّق للمرة الأخيرة إلى الناووس أمامه، ثم وقف واستدار نحو الحرّاس. "لقد آن الأوان لقداسته لكي يحظى بالسلام الذي يستحقّه".

تقدّم الحراس وراحوا يدفعون بقصارى جهودهم غطاء ناووس البابا إلى مكانه من جديد. وهكذا أغلق هذا الأخير نهائياً.

عبر مورتاتي وحيداً فناء بوردجيا متجهاً نحو الكابيلاّ سستينة، وراح ثوبه يخفق مع النسيم الرطب. ثم خرج زميله أحد الكرادلة من القصر البابوي وراح يمشي بجانبه بخطى كبيرة وواسعة.

"هل لي بشرف مرافقتك إلى الخلوة، يا سيّدي؟".

"الشرف لي أنا".

"سيّدي"، قال الكاردينال وقد بدا مضطرباً. "يدين لك المجمع باعتذار بشأن ما حدث ليلة أمس. لقد عمانا في الواقع -".

"أرجوك"، أجابه مورتاتي. "ترى أحياناً عقولنا ما تتمنّى قلوبنا أن يكون صحيحاً".

فسكت الكاردينال لفترة طويلة ثم قال: "هل عرفت أنك لم تعد ناخبِنا الأعظم".

فابتسم عندئذٍ مورتاتي وأجابه قائلاً: "أجل، فأنا أشكر الله على نعمه الصغيرة".

"يصرّ المجمع على أن تكون مؤهّلاً للانتخابات".

"يبدو أنّه لا يزال هناك محبّة وإحسان في هذه الكنيسة".

"أنتَ رجل حكيم، ولا شكّ بالتالي في أنك سوف تحسن قيادتنا".

"أنا رجل عجوز، ولن أكون بالتالي قائدكم سوى لفترة قصيرة من الزمن".

فضحكا معاً.

وفيما بلغا آخر فناء بورجيا، تردّد الكاردينال بعض الشيء ثم استدار نحو مورتاتي بارتباك وحيرة وكأن أهوال الليلة الفائتة ومخاطرها كانت قد انسلّت من جديد إلى قلبه.

"أكنتَ تخشى"، همس الكاردينال: "ألا نجد أي بقايا له على الشرفة؟".

فابتسم مورتاتي وقال: "ربّما كنت ظننت أن مياه الأمطار قد جرفتها بعيداً".

فنظر الرجل إلى السماء العاصفة وقال: "أجل ربّما..."

136

كانت سماء الظهيرة لا تزال مكفهرّةً ومثقلةً بالغيوم عندما نفثت مدخنة الكـــابيلا سستينة أنفاسها الأولى الخفيفة من الدخان الأبيض. فراحت خيوط الـــدخان الرفيعـــة والمرجانية اللون تلتفّ متصاعدةً نحو السماء ومن ثم متلاشية شيئاً فشيئاً في الهواء.

أما تحت في ساحة القديس بطرس فكان المراسل الصحافي غانثر غليك يراقب بتأمّل وصمت. الفصل الأخير...

اقتربت منه تشينيتا ماكري من الخلف ورفعت كاميرتها على كتفها. "لقد آن الأوان"، قالت.

فأومأ غليك برأسه بحزن ثم استدار نحوها آخذاً نفساً عميقاً. إنهـــا رســـالتي الأخيرة، فكّر بينه وبين نفسه. وتجمّع بالتالي حشدٌ صغير حولهما للمشاهدة.

"ستّون ثانية من الإرسال الحيّ والمباشر"، قالت ماكري.

ألقى عندئذ غليك نظرة سريعة وخاطفة من فوق كتفه إلى ســـطح الكـــابيلاّ سستينة خلفه. "أيمكنكِ أن تصوّري الدخان؟".

فأومأت ماكري برأسها بصبر وأجابته قائلةً: "أنا أعرف كيف أضبط إطـــار الصورة، يا غانثر".

أدرك عندها غليك شدّة غبائه. إنها تعرف طبعاً كيف تلـــتقط الصـــور. في الواقع، إن أداء ماكري خلف الكاميرا ليلة أمس قد جعلها على الأرجـــح تفـــوز بجائزة الصحافة. أما أداؤه هو،... فلم يكن يريد أن يفكّر به. لقد كان واثقاً مـــن أنّ البي بي سي سوف تطرده، إذ أنها سوف تواجه طبعاً بسببه الكثير من المشـــاكل القانونية مع العديد من الهيئات والشخصيّات الضخمة والمهمة... كمركز CERN مثلاً وجورج بوش وسواهم.

"تبدو بحالة جيّدة"، قالت تشينيتا ناظرة إليه بشيء من الاهتمـــام مـــن وراء الكاميرا. "أنا لا أعلم إن كان بإمكاني أن أسدي لك..." ثم ترددت بعض الشيء.

"نصيحة؟".

فتنهّدت ماكري قائلة: "كنت فقط أريد أن أقول لك أن لا حاجة لأن نـــثير ضجّة كبيرة حول هذا الخبر".

"أعلم ذلك"، أجابها قائلاً: "أنتِ تريدين تغطية أمينة مقتضبة وسريعة".

"التغطية الأسرع والأقصر في التاريخ. سوف أضع ثقتي بك".

فابتسم غليك مفكّراً بينه وبين نفسه، تغطية مقتضبة وسريعة؟ هل جُنَّت أم ماذا؟ إنّ قصّةً مثل قصّة ليلة أمس تستحقّ أكثر من ذلك بكثير. إنها تستحقّ فتلةً وقنبلةً أخيرة، لا بل بوحاً غير متوقّع لحقيقة فظيعة ومروِّعة.

لحسن الحظّ أنّ تذكرة سفر غليك كانت جاهزة للسفر في أي لحظة.

"أنتَ على الهواء... خمسة... أربعة... ثلاثة...".

ولكن وفيما كانت تشينيتا ماكري تنظر عبر الكاميرا، شعرت وكأن وميضاً ماكراً وخبيثاً في نظرة غليك. أنا مجنونة لتركي إياه يقوم بهذا، فكّرت بينها وبين نفسها. ماذا كنتُ أظنّ؟

لكنّ وقت التفكير كان قد فات، إذ أنهم كانوا الآن على الهواء.

"مباشرة من مدينة الفاتيكان، معكم المراسل الصحافي غانثر غليك". أعلن غليك محدّقاً إلى الكاميرا بإجلال مَهيب فيما كان الدخان الأبيض يتصاعد وراءه من الكابيلاّ سستينة. "سيّداتي سادتي، لقد أصبح الأمر الآن رسمياً. فقد تمّ انتخاب البابا الجديد لمدينة الفاتيكان، وهو الكاردينال سافيريو مورتاتي وهو في عمر يناهز التاسعة والسبعين، وصحيح أنّ سنّه لا تخوّله الترشّح لهذا المنصب المقدّس، إلا أنّ مجمع الكرادلة صوّت له بالإجماع".

وفيما كانت تراقبه بحذر، بدأت ماكري تتنفّس الصعداء، إذ كان غليك يبدو اليوم ولشدّة دهشتها صحفياً محترفاً، لا بل صحافيّاً قاسياً وصارماً. فهو كان في الواقع، وللمرّة الأولى في حياته، يبدو صحافيّاً فعلياً.

"وكما سبق وأعلنّا في بياننا السابق"، أضاف غليك بصوت قويّ وحازم: "سوف يتلو عليكم الفاتيكان في وقت لاحق بيانه الخاص في ما يختص بالأحداث العجائبية التي حدثت ليلة أمس".

ثم تابع بصوت حزين وقال: "صحيح أن ليلة البارحة كانت ليلة مدهشة، إلا أنها كانت أيضاً ليلةً مأساوية. لقد نشأ في الأمس خلاف كبير ذهب ضحيّته أربع كرادلة ومعهم القائد أوليفيتي والنقيب روشيه من الحرس السويسري اللذيْن كانا يقومان بواجبهما. وعلاوةً على ذلك، تتضمّن قائمة الموتى أسماء أخرى كليوناردو فيترا وهو عالم CERN الفيزيائي الشهير ومستنبِط تكنولوجيا المادة المضادة؛

وماكسيميليان كوهلر مدير مركز CERN الذي كان قد أتى على ما يبدو إلى مدينة الفاتيكان بهدف المساعدة ولكنّه وللأسف الشديد مات أثناء قيامه بمهمّته الإنسانية تلك. وتجدر الإشارة هنا إلى أنه لم يصدر بعد أي تقرير رسمي بشأن حيثيّات موت السيد كوهلر، ولكن يظنّ البعض أنه مات إثر مضاعفات ناشئة عن مرض قديم عنده".

فأومأت ماكري برأسها. كان البيان يسير على نحو ممتاز، تماماً مثلما كانا قد اتّفقا.

"أما في ما يختصّ بالانفجار العظيم الذي دوّى ليلة أمس في سماء الفاتيكان، فقد أضحت الآن تكنولوجيا CERN المتعلّقة بالمادة المضادة موضوع جدل وحماسة بين أوساط العلماء.

وقد أفادت الآنسة سيلفي بودلوك، وهي مساعدة السيّد كوهلر، في خطاب لها ألقته في جينيفا هذا الصباح أن مجلس إدارة CERN وعلى الرغم من تحمّسه لطاقة المادة المضادة الكامنة، إلا أنه سوف يعلّق الآن كل الأبحاث والتراخيص المتعلّقة بهذا الموضوع إلى أن تقام الأبحاث اللازمة ويتم بالتالي التحقّق من سلامة استخدام المادة المضادة".

ممتاز، فكّرت ماكري بينها وبين نفسها. المرحلة النهائية.

"والجدير بالذكر هنا هو أنّ الغائب عن شاشاتنا الليلة"، أضاف غليك في تقريره: "هو وجه روبرت لانغدون، بروفسور هارفارد، الذي كان قد أتى بالأمس إلى الفاتيكان لكي يقدّم خبراته في مجال الطبقة المستنيرة في هذه المحنة. وهنا، صحيح أننا كنّا ظننّاه قد ذهب ضحية انفجار المادة المضادة، ولكن وردتنا تقارير الآن تفيد بأنّ لانغدون كان قد شوهد في ساحة القديس بطرس بعد وقوع الانفجار. نحن ما زلنا لا نعرف حتى الآن كيف وصل إلى هناك، ولكنّ أحد الناطقين باسم مستشفى تيبيرينا يقول إنّ السيد لانغدون هبط من السماء وسقط بالتالي في نهر التيبر بعد منتصف ليل أمس بفترة وجيزة، وكان قد تلقّى العلاج اللازم داخل المستشفى ثم خرج". وهنا قوّس غليك حاجبيْه مستغرباً وأضاف: "وأنا لا أعلم إن كان هذا حقيقياً... ولكنّ ليلة الأمس كانت حقّاً ليلة المعجزات".

نهاية ممتازة! فكّرت ماكري بينها وبين نفسها مبتسمةً إحدى ابتساماتها العريضة. تغطية ممتازة! أختم الآن!

إلا أنّ غليك لم يكن ليختم تقريره، إنما توقّف للحظة وتقدّم نحو الكـاميرا. لقد كان يبتسم ابتسامةً غامضة وغريبة. "ولكن الآن وقبل أن نختم..."

لا! فكّرت ماكري. لم ينته بعد!

"... أودّ أن أدعو أحد الضيوف للانضمام إليّ".

تجمّدت يدا تشينيتا على الكاميرا. أحد الضيوف؟ ما الذي يفعله بحقّ الله؟ أي ضيف هو هذا؟! أختمْ يا غليك! ولكنها كانت تعلم أن السيف قد سبق العذَل، إذ كان غليك قد وعد المشاهدين باستضافة شخص ما.

"إن الرجل الذي سأقدّمه لكم الآن"، قال غليك: "هو أميركـي... وعـالِم شهير".

فتردّدت عندئذ تشينيتا حابسة أنفاسها بينما كان غليك قد استدار نحو الحشد الصغير الذي كان قدّ تجمّع حولهما وأشار إلى ضيفه بالتقدّم. راحت ماكري تصلّي بينها وبين نفسها بصمت. أرجو أن يكون قد عثر في مكان مـا علـى روبـرت لانغدون... أو على أحد المجانين المتآمرين مع الطبقة المستنيرة.

ولكن عندما ظهر ضيف غليك، هبط قلب ماكري بين رجليْها. فهو لم يكن روبرت لانغدون على الإطلاق، إنما كان رجلاً أصلع يرتدي سروالاً جينزياً أزرق وقميصاً من الفلانيلّة، ويمسك عكّازاً ويضع نظّارات سميكة.

شعرت عندها ماكري بالذّعر. مجنون!

"دعوني أقدّم إليكم"، أعلن غليك: "العالم الفاتيكاني الشهير المتخـرّج مـن جامعة دي بول في شيكاغو، الدكتور جوزيف فانيك".

تردّدت ماكري عندما انضمّ ذاك الرجل إلى غليك أمام الكاميرا. فهو لم يكن مهووساً تآمرياً؛ إذ كانت ماكري قد سمعت بهذا الرجل من قبل.

"دكتور فانيك"، قال غليك. "لديك معلومات مروّعة تريد أن تطلعنا عليهـا بشأن خلوة الأمس الانتخابية".

"أجل، هذا صحيح"، قال فانيك. "في الواقع وبعد ليلة مليئـة بالمفاجـآت، يصعب التصوّر أنه لا يزال هناك المزيد من المفاجآت... وعلاوةً على ذلك..." ثمّ توقف بعض الشيء.

فابتسم غليك وقال: "وعلاوةً على ذلك، يبدو أنّ هناك تحريفاً غريباً لكـل هذا".

فأومأ فانيك برأسه وقال: "أجل. أنا أعلم أنّ ما سأطلعكم عليه الآن قد يبدو لكم محيِّراً ومعقّداً بعض الشيء، ولكني في الواقع أظنّ أنّ مجمع الكرادلة قد انتخب في نهاية هذا الأسبوع، ومن دون أن يكون له أي علم بذلك، باباويْن اثنيْن".

كادت الكاميرا تسقط عندها من بين يديْ ماكري.

فابتسم غليك ابتسامة لاذعة وقال: "باباويْن اثنيْن، تقول؟".

فأومأ العالم برأسه وقال: "أجل. وهنا أظنّ أنه يجدر بي أولاً أن أقول لكم إني قد أمضيت حياتي كلها في دراسة قوانين الانتخابات البابوية. في الواقع، إنّ النظام القضائي الخاص بالخلوات الانتخابية نظام معقّد جداً، وقد أضحى بالتالي معظمه الآن منسيّاً أو مجهولاً كونه بات قديماً. حتى أن النّاخب الأعظم نفسه قد لا يكون ربّما على علم بما أنا الآن على وشك كشفه. على أيّ حال... ووفقاً للقوانين القديمة والمنسيّة الصادرة عن القانون الانتخابي الباباوي الروماني، رقم 63... ليس الاقتراع هو الطريقة الوحيدة التي يتم من خلالها انتخاب البابا، إنما هناك طريقة أخرى أكثر قداسةً من الأولى، تُعرف 'بالتصويت التهليلي، وهي كانت قد حصلت ليلة أمس".

فرمق غليك ضيفه نظرة اندهاش وتعجّب ثم قال: "تابع، أرجوك".

"لا أعلم إن كنتم تذكرون"، واصل العالم قائلاً: "ولكن عندما كان السكرتير البابوي كارلو فنتريسا واقفاً ليلة أمس على سطح البازليكا، راح الكرادلة جميعهم في الأسفل يهتفون اسمه معاً بتساوق وانسجام تامّيْن".

"أجل، أذكر ذلك".

"بناءً على ذلك، اسمحوا لي إذن أن أتلوَ عليكم حرفيّاً فقرة من النظام الانتخابي القديم". ثم أخرج الرجل بعض الأوراق من جيبه وشرع يقرأ. "يحدث التصويت التهليلي عندما... يروح كل الكرادلة وكأن بوحي من الروح القدس يهتفون معاً وبحريّة وعفوية تامتيْن اسم شخص واحد عالياً".

فابتسم غليك وقال: "أنتَ تريد إذن أن تقول إنّ الكرادلة وهتافهم اسم كارلو فنتريسا معاً ليلة أمس، يكونون بالتالي قد انتخبوه حبراً أعظم؟".

"هذا صحيح. وعلاوةً على ذلك، ينصّ هذا القانون على أنّ التصويت التهليلي يُبطل الشروط الأساسية لترشّح الكاردينال، ويسمح بالتالي لأي رجل دين، سواء أكان مرسوماً كاهناً أو أسقفاً أو كاردينالاً، أن يتبوّأ العرش البابوي. إذاً وكما يمكنكم

أن تروا، لقد كان السكرتير البابوي وبموجب هذا الإجراء، مؤهلاً بامتياز لكي ينتخب حبراً أعظم". وراح الدكتور فانيك ينظر مباشرةً إلى الكاميرا. "الواقع هو التالي... لقد تمّ بالأمس انتخاب كارلو فنترسيا حبراً أعظم، ولكنّ عهده لم يدم سوى فترة تقلّ عن سبع عشرة دقيقة. وهو لم يصعد إلى السماء بطريقة عجائبية، لذا يجب أن يتمّ دفنه في مغاور الفاتيكان أسوةً بسائر الباباوات".

"شكراً لك، دكتور". قال غليك مستديراً نحو ماكري وغامزاً إياها غمزةً عابثةً. "لقد أنرتنا بمعلوماتك العظيمة هذه...".

137

نادته فيتوريا من أعلى درج الكولوسيوم الروماني ضاحكةً. "أسرع يا روبرت! كنت أعلم أنه كان من المفترض بي أن أتزوجّ برجل أصغر سنًّا!" كانت ابتسامتها ساحرةً.

أما هو فقد كان يبذل قصارى جهوده لكي لا يتخلّف عنها، إلا أنّه لم يعد يشعر بقدميْه. "انتظري، من فضلك..." راح يتوسّل إليها قائلاً.

ثم شعر بقرع عنيف في رأسه. فاستيقظ روبرت لانغدون مجفلاً.

وإذا بظلمة دامسة تحيط به من الجهات كافّة.

ظلّ ممدّداً لفترة طويلة في نعومة وطراوة سريره الغريبتيْن، عاجزاً عن تحديد مكانه. كانت الوسادات كبيرة الحجم ورائعة، في حين كان الجوّ مفعماً بشذا الورد والأطايب. أما عند الجهة الأخرى من الغرفة فهناك بابان زجاجيّان ينفتحان على شرفة فخمة حيث كان النسيم العليل يتلاعب تحت قمر متلألئ تحجبه الغيوم. حاول أن يتذكّر كيف وصل إلى هذا المكان... وأي مكان كان هذا بالضبط.

ثم راحت تراوده خيوط ذكريات سرّيالية...

نار روحانية غامضة... وملاك يتجسّد خارجاً من بين الحشود... ويدها الناعمة تأخذ بيده وتقوده وسط ظلمة الليل... تقود جسمه المنهَك عبر الطرقات... تقوده إلى هنا... إلى هذا الجناح... ثم قائدةً إياه نصفَ نائم نحو الحمّام حيث سمطته بالماء الساخن والحار... ثم قادته إلى هذا السرير... وراحت تشاهده وهو يغفو غارقاً كالموتى في سباتٍ عميق.

ولكنّ لانغدون كان قادراً الآن على رؤية سرير آخر وسط الظلام. كانت ملاءاته مشعَّثةً، ولكنه خالٍ. ثم تناهى إلى مسمعه من إحدى الغرف المحاذية صوت تدفّق المياه الخفيف والمتواصل.

وفيما كان يحدّق إلى سرير فيتوريا، شاهد على وسادتها وسماً كبيراً ومزخرفاً كُتب عليه: فندق برنيني. فابتسم، إذ إنها أحسنت الاختيار. فخامة العالم القديم مشرفة على نافورة برنيني التريتونية... لا فندق في روما أنسب من هذا.

وفيما كان لانغدون لا يزال ممدّداً هناك، سمع قرعاً على الباب، وأدرك بالتالي ما كان قد أيقظه من نومه. ثم راح القرع يزداد عنفاً وقوّةً. فنهض من سريره مشوّش الذهن. لا أحد يعلم بوجودنا هنا، راح يفكّر بينه وبين نفسه شاعراً بشيء من القلق. فارتدى ثوباً منمّقاً خاصاً بالفندق وخرج من غرفة النوم متجهاً نحو ردهة الجناح. ظلّ للحظة وقفاً أمام الباب السنديانيّ الضخم ثم فتحه بعنف.

كان رجلاً قوي البنية، يرتدي بذلةً أرجوانية وصفراء فخمة، يقف محدقاً إليه: "أنا الملازم الأوّل تشارتراند"، قال. "من حرس الفاتيكان السويسري".

لقد كان لانغدون يعرفه جيداً. "كيف... كيف عرفت بمكاننا؟".

"شاهدتكما تغادران الساحة ليلة أمس فتبعتكما إلى هنا. أنا مرتاح كونكما لا تزالان هنا".

فخالج لانغدون شعور مفاجئ بالقلق، إذ راح يتساءل إن كان الكرادلة قد أرسلوا تشارتراند ليعود ويواكبهما هو وفيتوريا إلى مدينة الفاتيكان. فهما الشخصان الوحيدان غير مجمع الكرادلة اللذيْن كانا يعرفان الحقيقة، وكانا بالتالي يشكّلان لهم خطراً فعلياً.

"لقد طلب مني قداسته أن أسلّمكما هذا"، قال تشارتراند مسلّماً إياه مغلّفاً مختوماً بختم الفاتيكان. ففتح لانغدون المغلّف وراح يقرأ الرسالة المكتوبة بخطّ اليد.

سيّد لانغدون وسيّدة فيترا،

على الرغم من رغبتي الشديدة في أن أطلب منكما تكتّمكما التام في ما يختص بأحداث الساعات الأربع والعشرين الماضية، إلا أنه لا يسعني في الواقع أن أطلب منكما أكثر ممّا كنتما قد قدّمتماه للفاتيكتان. لذا وبناءً على ذلك، ها أنذا أسحب طلبي هذا متمنّياً منكما أن تدعا قلبكما يرشدكما في هذه المسألة. يبدو العالم في وضع أفضل اليوم... وربّما قد تكون الأسئلة أكثر قوّة من الأجوبة.

سيكون بابي دائماً مفتوحاً لكما،

قداسته، سافيريو مورتاتي.

قرأ لانغدون الرسالة مرتيْن. إن مجمع الكرادلة قد اختار على ما يبدو قائداً نبيلاً وشهماً.

ولكن وقبل أن يتمكّن لانغدون من التفوّه بشيء، أخرج تشارتراند رزمةً صغيرة. "هذا عربون شكر من قداسته".

فأخذ لانغدون الرزمة. لقد كانت ثقيلةً وملفوفةً بورق بنيّ.

"يقول قداسته"، قال تشارتراند: "إنّ هذه التحفة الفنية هي بمثابة قرض غير محدّد لكما من السرداب البابوي المقدس. ولكن كل ما يطلبه قداسته منكما هو أن تضمنا في وصيّتكما الأخيرة أن يعود هذا الغرض بعد مماتكما إلى مكانه الأصلي".

فتح لانغدون الرزمة فصدم، لقد كان هذا وسم ماسة الطبقة المستنيرة.

ابتسم تشارتراند. "السلام عليكما". ثم ذهب.

"شكراً... لك"، قال لانغدون ويداه ترتجفان حول تلك الهدية الثمينة.

ثم توقّف الحارس فجأة في الرواق متردّداً. "سيّد لانغدون، أيمكنني أن أطرح عليك سؤالاً؟".

"بالطبع".

"أنا ورفاقي الحراس كنا نتساءل عمّا يمكن أن يكون قد حدث في الدقائق القليلة الأخيرة... فوق في الهليكوبتر".

شعر عندها لانغدون بقلق شديد. فهو كان يعلم أن هذه اللحظة آتية لا محالة - لحظة الحقيقة.

هو وفيتوريا كانا قد تحدّثا بهذا الموضوع البارحة بينما كانا يهربان من ساحة القديس بطرس، وكانا بالتالي قد توصّلا إلى قرار واضح وصريح في هذا الشأن، حتى قبل أن يستلما رسالة البابا تلك.

فلطالما كان والد فيتوريا يحلم بأن يولّد اختراعه هذا للمادة المضادة وعياً روحانياً عند الناس. صحيح أن أحداث الأمس لم تكن بالتأكيد ما كان يرنو إليه، ولكن لا يمكننا أن ننكر... أن الناس جميعهم من حول العالم باتوا الآن ينظرون إلى الله بطريقة مختلفة تماماً عن تلك التي كانوا ينظرون بها إليه من قبل. ولكن كَم قد يدوم هذا السحر يا تُرى؟ هذا ما لم يكن لانغدون وفيتوريا يعرفانه. ولكن كل ما

كانا يعرفانه هو أنهما لا يمكنهما أبداً أن يحطّما هـذا الشـيء المـثير للدهشـة والإعجاب بالمزيد من الفضائح والشكوك. يعمل الله بطرق عجيبة، قال لانغـدون لنفسه متسائلاً بمرارة وتجهّم إن كانت هذه البارحة حقاً مشيئة الله.

"سيد لانغدون؟" كرّر تشارتراند. "كنت أسألك عن حقيقة ما حدث معكما فوق في الهليكوبتر؟".

فابتسم لانغدون ابتسامةً حزينةً. "أجل، أنا أعلم..." ثم شعر بالكلمات تخرج من قلبه لا عقله، فأجابه قائلاً: "أعذرني ولكن... ربما قد تكـون هـذه صـدمة وقوعي من على ارتفاع عالٍ... ولكني لم أعد في الواقع أذكر شيئاً... ويبـدو لي كل شيء ضبابياً...".

"لم تعد تذكر شيئاً؟" ردّد تشارتراند مصدوماً.

فتنهّد عندها لانغدون وقال: "أخشى أن يظلّ هذا سرّاً إلى الأبد".

وعندما عاد روبرت لانغدون إلى غرفة النوم، كان المشهد الذي ينتظره قـد استوقفه مشدوهاً. كانت فيتوريا واقفةً على الشرفة ساندةً ظهرها على الدرابزين وتحدّق إليه بعمق. كانت تبدو ظاهرة سماوية... بقامتها المتألّقة والقمر الذي يشـعّ وراءها. كانت أشبه بآلهة رومانية مدّثرة بثوبها الوبريّ الأبيض الذي كانـت قـد شدّت حزامه بإحكام بحيث أنه كان يبرز تفاصيل جسمها النحيل. أمـا خلفهـا فكان سديم شاحب متدلّياً كالهالة فوق نافورة برنيني التريتونية.

شعر عندها لانغدون بانجذاب قويّ نحوها... لم يشعر قطّ مثله تجاه أي امرأة أخرى كان قد صادفها إلى الآن في حياته. فوضع الرسالة البابوية وماسـة الطبقـة المستنيرة بهدوء على الطاولة التي كانت بجانب سريره وذهب إليها على الشرفة.

بدت فيتوريا مسرورةً لرؤيته: "لقد استيقظت أخيراً"، قالت بصوت خفـيض وخجول.

فابتسم قائلاً: "لقد كان يوماً طويلاً".

مرّرت يدها عبر شعرها الوافر، وهبطت قبّة ثوبها منفتحةً بعض الشيء علـى صدرها. "والآن... أظنّك تريد المكافأة التي تستحقّها".

فاجأ هذا التعليق لانغدون الذي قال: "عفواً... ماذا قلت؟".

"نحن بالغون، يا روبرت. يمكنك الإقرار بذلك. أنتَ تشعِر بتوق. بإمكـاني رؤية ذلك في عينيْك. جوع شهواني عميق". ثم أضافت مبتسِمةً: "أنا أشعر بذلك

أيضاً. وهذا التوق على وشك أن يشعر بالشّبع والسرور".

"حقّاً؟" وشعر عندها ببعض التشجيع وخطا خطوةً نحوها.

"بالتأكيد". قالت رافعةً قائمة الطعام. "لقد طلبت كـل الأطبـاق المتـوفّرة لديهـم".

كانت الوليمة سخيّة. فهما كانا قد تناولا العشاء معاً على ضوء القمـر... جالسيْن على شرفتهما... وراحا يتـذوّقان أطبـاق الهنـدباء والأرز الإيطـالي، ويرتشفان النبيذ، ويتسامران حتى آخر ساعات الليل.

ولم يكن لانغدون بحاجة لأن يكون عالماً بالرموز وتفسـيراتها لكـي يفهـم الإشارات التي كانت فيتوريا ترسلها إليه. ففي أثناء تناولهما العُقبة، كبست فيتوريا تحت الطاولة ساقيْها العاريتيْن على ساقيْه ثم راحت تحدّق إليه بحرارة وإثارة. بدت وكأنها تريده أن يضع شوكته من يده ويأخذها بين ذراعيه.

إلا أنّ لانغدون لم يقم بشيء من هذا، إنما ظلّ يـؤدي دور الرجـل النبيـل بامتياز. إنّ هذه اللعبة بحاجة إلى لاعبيْن، فكّر بينه وبين نفسه خافياً ابتسامةً مفعمة بالحيلة والدهاء.

وبعد أن انتهيا من كل الأطباق التي كانت أمامهما، انسحب لانغدون إلى حافّة سريره حيث جلس وحيداً يقلّب ماسة الطبقة المستنيرة بين يديْه ويبـدي إعجابه المتكرّر بتساوقها العجائبي. أما فيتوريا فكانت تحدّق إليه بتشوّش متزايـد سرعان ما تحوّل إلى إحباط واضح وجلي. إنك تجد هذا الرمز مثيراً حقاً للاهتمام، أليس كذلك؟" سألته قائلةً.

فأومأ لانغدون برأسه وقال: "إنه ساحر حقّاً".

"أيمكنك أن تقول عنه إنه أكثر شيء يثير اهتمامك في هذه الغرفة؟".

حكّ لانغدون رأسه وكأنه يفكّر ثم أجابها قائلاً: "حسناً، هناك شيء واحـد فقط يثير اهتمامي أكثر منه".

"وما هو هذا الشيء؟" سألته مبتسمةً ومتقدّمة خطوةً منه.

"كيف تمكّنت من ضحد نظريّة آينشتاين تلك من خلال استخدامك سمـك التُّنّ.

رفعت فيتوريا يديْها عالياً وقالت: "يا إلهي! كفانا حديثاً عن سمك التّن! لا تتلاعب بي، أنا أحذّرك".

رأسه وقال: "ربما يمكنك في تجربتك التاليـــة أن تدرســـي السمك المفَلْطَح لتثبتي بالتالي أن الأرض مسطّحةَ".

كان البخار قد بدأ يتصاعد من مخها، وظهرت بالتالي على شـــفتيها طلائـــع ابتسامة غاضبة. "لمعلوماتك، يا حضرة البروفسور، سوف تشكّل تجـــربتي التاليـــة منعطفاً مهماً في تاريخ العلم، إذ أني أخطّط لإثبات أنّ للنيوترين حجماً".

"للنيوترين حجم؟" نظر إليها مصعوقاً. "أنا لم أكن حتى أعلـــم أنّ لا حجـــم لديه".

فانقضّت عليه وبحركة واحدة ورشيقة تمكّنت من تثبيته تحتها على الســـرير. "آمل أنك تؤمن بالحياة في الآخرة، يا روبرت لانغدون". وكانت فيتوريا تضحك فوقه ومثبِّتة إياه بيديْها ورامقةً إياه نظرة متّقدة ولعوبة.

"لطالما كانت عندي مشكلة في تصوّر أي شيء خارج هذا العالم"، قال وهو يكاد يختنق من شدة الضحك.

"حقّاً؟ أنت لم تمرَّ إذن بأي تجربة دينية من قبل، صحيح؟".

فهزّ رأسه وقال: "كلاّ، وأنا حقّاً أشكّ في أن أمرّ يوماً ما بتجربـــة دينيـــة في حياتي".

خلعت عنها ثوبها وقالت: "ولا شكّ في أنك لم تكن يوماً في السرير نفسه مع امرأة بارعة باليوغا، أليس كذلك؟".